LAS NORMAS
DE LA CASA

Jodi Picoult

LAS NORMAS DE LA CASA

Una novela

ATRIA ESPAÑOL

Nueva York   Londres   Toronto   Sídney   Nueva Delhi

ATRIA ESPAÑOL
Una división de Simon & Schuster, Inc.
1230 Avenue of the Americas
New York, NY 10020

Primera edición en rústica de Atria Español, noviembre 2013

ATRIA ESPAÑOL y su colofón son sellos editoriales de Simon & Schuster, Inc.

Para obtener información respecto a descuentos especiales en ventas al por mayor, diríjase a Simon & Schuster Special Sales al 1-866-506-1949 o a la siguiente dirección electrónica: business@simonandschuster.com.

La Oficina de Oradores (Speakers Bureau) de Simon & Schuster puede presentar autores en cualquiera de sus eventos en vivo. Para más información o para hacer una reservación pra un evento, llame al Speakers Bureau de Simon & Schuster, 1-866-248-3049 o visite nuestra página web en www.simonspeakers.com.

Impreso en los Estados Unidos de América

10 9 8 7 6 5 4 3 2 1

ISBN 978-1-4767-2836-0
ISBN 978-1-4767-2837-7 (ebook)

A Nancy Friend Stuart (1949-2008) y David Stuart

LAS NORMAS
DE LA CASA

CASO N.º I: QUE DUERMAS BIEN

A primera vista, parecía una santa: Dorothea Puente alquilaba habitaciones a discapacitados y ancianos en Sacramento, California, en los años ochenta; pero entonces, sus inquilinos comenzaron a desaparecer. Se hallaron siete cuerpos en el jardín, y el análisis toxicológico forense reveló la presencia de residuos de pastillas para dormir en los cadáveres. Puente fue acusada de asesinar a sus inquilinos para poder quedarse con el cheque de sus pensiones, hacerse la cirugía plástica y comprarse ropa cara con el objeto de mantener su imagen de gran dama de la sociedad de Sacramento. Fue acusada de nueve asesinatos y condenada por tres de ellos.

En 1998, mientras cumplía dos condenas consecutivas a cadena perpetua, Puente empezó a cartearse con un escritor llamado Shane Bugbee y a enviarle recetas de cocina que posteriormente serían publicadas en un libro titulado Cooking with a Serial Killer.***

Llámame loco, pero yo no me acercaría a menos de tres metros de esa comida.

---

* «Cocinando con un asesino en serie.» (N. del T.)

I

EMMA

Allá donde miro hay signos de lucha. El correo está esparcido por el suelo de la cocina, los taburetes patas arriba. Han tirado el teléfono de su mesita, y tiene la batería colgando de unos cables como si fuese un cordón umbilical. Hay una única y tenue huella en el umbral del salón, y apunta hacia el cadáver de mi hijo, Jacob.

Está tendido en el suelo como una estrella de mar, delante de la chimenea. Tiene la sien y las manos ensangrentadas. Por un instante, me quedo paralizada, sin respiración.

Él, de repente, se incorpora y se sienta.

—Mamá —dice Jacob—, ni siquiera lo estás intentando.

«Esto no es real», me recuerdo, y observo cómo vuelve a tumbarse en la misma posición exacta: boca arriba, con ambas piernas giradas hacia la izquierda.

—Mmm, hubo una pelea —digo.

Los labios de Jacob apenas se mueven.

—¿Y…?

—Te dieron un golpe en la cabeza. —Me pongo de rodillas, tal y como él me ha dicho ya cien veces que haga, y me fijo en la figura del elefante de cristal que suele estar en la repisa de la chimenea y que ahora se asoma desde detrás del sofá. Lo recojo con precaución y veo la sangre en la trompa. Toco el líquido con el dedo meñique y lo pruebo.

—Oh, Jacob, no me digas que has vuelto a acabar con mi sirope de maíz…

—¡Mamá! ¡Concentración!

Me siento y me hundo en el sofá con el elefante acunado entre las manos.

—Entraron unos ladrones, y les hiciste frente.

Jacob se incorpora y suspira. La mezcla de colorante alimenticio y sirope de maíz le ha apelmazado el pelo, su cabello oscuro; le brillan los ojos, aunque no miren directamente a los míos.

—¿Sinceramente crees que plantearía dos veces el mismo escenario del crimen?

Abre una mano, y por primera vez veo un penacho de hebras de maíz. El padre de Jacob tiene el pelo de color panizo, o al menos lo tenía cuando nos abandonó hace quince años y me dejó con Jacob y con Theo, su hermanito rubio recién nacido.

—¿Te ha matado Theo?

—En serio, mamá, este caso lo podría haber resuelto un niño de preescolar —dice Jacob, que se pone en pie de golpe. La sangre de mentira le gotea por un lado de la cara, pero no se da cuenta; me da la sensación de que cuando se concentra con tanta intensidad en el análisis del escenario de un crimen, podría estallar a su lado una bomba atómica y él no daría ni un respingo. Camina hacia la huella al borde de la alfombra y la señala. Ahora, al mirarla más detenidamente, advierto el dibujo similar a un gofre de la suela de las zapatillas Vans de skater para las que Theo estuvo ahorrando durante meses, y la última parte del logotipo de la marca —NS— que va quemado en la suela de goma.

—Se produjo una confrontación en la cocina —explica Jacob—. Finalizó con el lanzamiento del teléfono en defensa propia, y conmigo perseguido hasta el salón, donde Theo me dio un trompazo.

Ante esto, no puedo evitar una leve sonrisa.

—¿Dónde has oído esa expresión?

—*CrimeBusters,* episodio 43.

—Muy bien, solo para que lo sepas: significa que le has dado a alguien un buen golpe, y no que le hayas arreado con la trompa de un elefante.

Jacob parpadea frente a mí, inexpresivo. Vive en un mundo literal, una de las características distintivas de su diagnóstico. Años atrás, cuando nos trasladábamos a Vermont, me preguntó por cómo era aquello. «Muy verde —le conté—, un paisaje que te deja sin aliento.» Al oír aquello, rompió a llorar. «¿Y nos va a doler?», dijo.

—Pero ¿cuál es el móvil? —pregunto, y Theo, puntual, baja las escaleras hecho una fiera.

—¿Dónde está el rarito? —grita.

—Theo, no llames a tu hermano…

—¿Y si dejo de llamarle rarito cuando él deje de robarme las cosas de mi habitación?

Me he situado de manera instintiva entre él y su hermano, aunque Jacob nos saca una cabeza a los dos.

—No he robado nada de tu habitación —dice Jacob.

—¿Ah, sí? ¿Y qué pasa con mis zapatillas?

—Estaban en la entrada —puntualiza Jacob.

—Subnormal —dice Theo para el cuello de su camisa, y atisbo el destello de un fogonazo en los ojos de Jacob.

—Yo no soy subnormal —gruñe, y arremete contra su hermano.

Le sujeto con el brazo extendido.

—Jacob —le digo—, no deberías coger nada que pertenezca a Theo sin pedirle permiso. Y Theo, no quiero volver a oír esa palabra salir de tu boca, o me llevo tus zapatillas y las tiro a la basura. ¿He sido lo bastante clara?

—Me largo de aquí —masculla Theo, y se marcha con paso decidido hacia la entrada. Un instante después oigo el portazo.

Sigo a Jacob hasta la cocina y le veo retroceder hasta un rincón.

—*Lo que ocurre* —masculla Jacob, que de repente comienza a arrastrar las palabras— *es… que algunos no quieren comprender.* —Se pone en cuclillas y se abraza las piernas flexionadas.

Cuando no encuentra palabras para expresar lo que siente, utiliza las de otro. Estas son de *La leyenda del indomable*; Jacob recuerda los diálogos de todas las películas que ha visto.

He conocido a infinidad de padres con hijos que se encuentran en el extremo inferior del espectro autista, chicos diametralmente opuestos a Jacob con su asperger. Me dicen que soy afortunada por tener un hijo tan verbal, inteligentísimo, capaz de desmontar el microondas roto y tenerlo funcionando otra vez una hora más tarde. Piensan que no hay peor infierno que tener un hijo que vive encerrado en su propio mundo y sin percatarse de que hay otro más amplio por explorar; pero prueba a tener un hijo que viva encerrado en su propio mundo y, aun así, quiera establecer una conexión, un hijo que intente ser como todo el mundo, pero no sepa realmente cómo hacerlo.

Extiendo la mano hacia él, para consolarlo, pero me contengo: un ligero roce puede hacer que Jacob se dispare. No le gustan los apretones de manos, ni las palmaditas en la espalda, ni que le revuelvan el pelo.

—Jacob —empiezo a decir, y entonces me doy cuenta de que no está enfurruñado, ni mucho menos. Sostiene en alto el teléfono sobre el que ha estado encorvado, para que pueda ver el manchón negro en un lateral.

—También has pasado por alto una huella dactilar —dice Jacob, animado—. No te ofendas, pero serías una criminalista pésima. —Arranca un trozo de papel de cocina del rollo y lo humedece en el fregadero—. No te preocupes, voy a limpiar toda la sangre.

—Al final no me has dicho cuál era el móvil de Theo para matarte.

—Ah. —Jacob vuelve la mirada sobre su hombro. Una sonrisa perversa se apodera de su rostro—. Le robé las zapatillas.

En mi esquema mental, el asperger es una etiqueta que no describe los rasgos que posee Jacob, sino más bien los que ha perdido. Fue en algún momento alrededor de los dos años cuando empezó a omitir algunas palabras, a dejar de mirarte a los ojos, a evitar las conexiones con la gente. No nos oía, o no quería. Me quedé observándolo una vez que estaba tumbado en el suelo junto a un camión de juguete. Le daba vueltas a las ruedas, con la cara a apenas unos centímetros, y pensé «¿dónde te has ido?».

Ponía excusas para su comportamiento: la razón de que se acurrucase en el fondo del carro de la compra cada vez que íbamos al supermercado era que allí hacía frío. Las etiquetas que tenía que quitarle a su ropa eran anormalmente ásperas. Cuando me pareció incapaz de conectar con ninguno de los otros niños de preescolar, le organicé una fiesta de cumpleaños por todo lo alto, con sus globos de agua y el juego de «ponle la cola al burro». A la media hora de celebración, me di cuenta de que Jacob había desaparecido. Estaba embarazada de seis meses e histérica: los demás padres se pusieron a buscar por el patio, por la calle, por la casa… Fui yo quien lo encontró; estaba sentado en el sótano, metiendo y sacando una cinta de vídeo una y otra vez.

Me eché a llorar cuando le diagnosticaron. Hay que recordar que esto fue en 1995, y el único contacto que yo había tenido con el autismo había sido el *Rain Man* de Dustin Hoffman. Según el primer psiquiatra al que vimos, Jacob sufría de un impedimento en la comunicación y la conducta social, pero sin el déficit del lenguaje que caracterizaba otras formas de autismo. No fue hasta años más tarde que llegamos siquiera a escuchar la palabra *asperger:* simplemente, no figuraba en los radares de búsqueda en el diagnóstico. Pero para entonces, yo ya había tenido a Theo, y Henry —mi ex— se había marchado. Era un programador informático que trabajaba en casa, y no podía soportar las rabietas que se agarraba Jacob cuando el más mínimo detalle lo disparaba: una luz brillante en el cuarto de baño, el sonido del camión de UPS al entrar por el camino de gravilla o la textura de los cereales de su desayuno. Y para entonces, yo ya me había entregado por completo a los terapeutas de intervención temprana de Jacob: un desfile de gente que venía a casa decidida a sacar a Jacob a rastras de su pequeño mundo. «Quiero recuperar mi casa —me dijo Henry—, quiero recuperarte a ti.»

Sin embargo, ya me había percatado de que, con la terapia conductual y la logopedia, Jacob había vuelto a comunicarse. Podía ver la mejora. Ante aquello, ni siquiera había elección posible.

La noche que se marchó Henry, Jacob y yo nos sentamos ante la mesa de la cocina a jugar a un juego: yo ponía una cara, y él intentaba adivinar la emoción a la que iba asociada. Sonreía, aunque estuviese llorando, y esperaba a que Jacob me dijera que estaba feliz.

Henry vive con su familia actual en Silicon Valley. Trabaja para Apple y rara vez habla con los niños, aunque envía religiosamente un cheque para su manutención, todos los meses. Pero, claro, es que a Henry siempre se le ha dado muy bien la organización. Y los números. Su capacidad para memorizar un artículo del *New York Times* y recitarlo al pie de la letra —algo que me parecía tan intelectualmente sexy cuando estábamos saliendo— no era tan diferente de la de Jacob para aprenderse de memoria toda la parrilla televisiva cuando tenía seis años. Solo años después de que Henry se hubiera marchado, le diagnostiqué también a él una pizca de asperger.

Se discute mucho sobre si el asperger se encuentra dentro del espectro autista o no, pero la verdad, eso no importa. Es un término que utilizamos para conseguir la plaza que Jacob necesita en el instituto, no una etiqueta para contar quién es él. Si lo vieses ahora, lo primero que advertirías es que se le ha olvidado cambiarse de camisa de ayer a hoy, o peinarse. Si hablas con él, has de ser tú quien inicie la conversación. Él no te mirará a los ojos, y si haces una pausa para hablar con otra persona un instante, al darte la vuelta te podrías encontrar con que Jacob se ha marchado de la habitación.

Los sábados, Jacob y yo vamos a hacer la compra.

Es parte de su rutina, lo que significa que rara vez nos apartamos de ella. Cualquier novedad ha de ser introducida con mucha antelación y requiere una preparación previa, ya sea una cita con el dentista, unas vacaciones o un compañero nuevo que se una a sus clases de Matemáticas a mitad de curso. Yo ya sabía que tendría limpia y recogida su escena del crimen de mentira antes de las once en punto de la mañana, porque es entonces cuando la señora de las muestras gratuitas monta su puesto frente a la cooperativa de Townsend. Ya reconoce a Jacob de vista y le suele dar un par de minirrollitos de primavera, canapés o lo que sea que esté ofreciendo esa semana.

Theo no ha vuelto, así que le he dejado una nota por mucho que él se conozca la planificación del horario tan bien como yo. Cuando cojo el abrigo y el bolso, Jacob ya se encuentra en el asiento de atrás del coche. Le gusta ir ahí porque se puede estirar. No tiene carné de conducir, aunque es un tema que discutimos con regularidad, ya que tiene dieciocho años y hace ya dos que podría tenerlo. Conoce todos los detalles del funcionamiento mecánico de un semáforo, y es probable que pudiese desmontar uno y volver a montarlo, pero no estoy plenamente convencida de que sea capaz de recordar si se ha de parar o seguir al llegar a una intersección cuando esté rodeado de otros coches que vengan zumbando.

—¿Qué deberes te quedan por hacer? —le pregunto cuando salimos del camino de entrada a casa.

—La estupidez de Lengua.

—La asignatura de Lengua no es algo estúpido —le digo.

—Pues mi profesor sí lo es. —Pone cara de asco—. El señor Franklin ha mandado un trabajo sobre nuestro sujeto favorito, y yo quería escribir sobre el almuerzo, pero no me deja.

—¿Por qué no?

—Dice que el almuerzo no es un sujeto.

Le miro.

—No lo es, no.

—Bueno —dice Jacob—, tampoco es un predicado, ¿él no debería saberlo?

Contengo una sonrisa. La lectura literal que Jacob hace del mundo puede ser, en función de las circunstancias, o bien muy divertida, o bien muy frustrante. A través del espejo retrovisor, veo cómo presiona el pulgar contra la ventanilla del coche.

9

—Hace demasiado frío para las huellas —le digo de repente, algo que él me ha enseñado a mí.

—Pero ¿sabes por qué?

—Mmm. —Le miro—. ¿Se corrompen las pruebas por debajo del punto de congelación?

—El frío contrae los poros —dice Jacob—, de forma que las secreciones se reducen, y eso significa que la materia no se adhiere a la superficie ni deja una impresión latente en el cristal.

—Esa era mi segunda opción —le digo en broma.

Le decía que era mi pequeño genio porque ya desde una edad muy temprana me despachaba explicaciones como aquella. Recuerdo una vez, cuando tenía cuatro años, que estaba leyendo el cartel de la consulta de un médico cuando pasó por allí un cartero. El hombre no podía quitarle los ojos de encima, pero, claro, es que no todos los días se oye a un parvulario pronunciar con claridad cristalina la palabra *gastroenterología*.

Entro en el aparcamiento. Hago caso omiso de un sitio perfectamente bueno porque da la casualidad de que está junto a un coche de color naranja chillón, y a Jacob no le gusta el color naranja. Siento cómo toma aire y aguanta la respiración hasta que pasamos de largo. Salimos del coche, y Jacob va corriendo a por un carro; a continuación, entramos.

El sitio que suele ocupar la señora de las muestras gratuitas está vacío.

—Jacob —digo de inmediato—, no es para tanto.

Mira su reloj.

—Son las 11.15. Viene a las once y se va a las doce.

—Habrá pasado cualquier cosa.

—Cirugía de un juanete —interviene un empleado que está apilando cajas de zanahorias a poca distancia—. Estará de vuelta en cuatro semanas.

La mano de Jacob comienza a sacudirse contra su pierna. Echo un vistazo a la tienda y calculo mentalmente si causará una escena mayor intentar sacarlo de aquí antes de que sus movimientos compulsivos se

conviertan en un ataque con todas las de la ley, o si seré capaz de recon-
ducirlo hablándole.

—¿Te acuerdas de cuando la señora Pinham no pudo ir a clase durante tres semanas porque se contagió con un herpes, y no pudo avisar-
te con antelación? Pues esto es lo mismo.

—Pero son las 11.15 —dice Jacob.

—La señora Pinham se puso mejor, ¿verdad? Y todo volvió a la normalidad.

A estas alturas, el hombre zanahoria nos mira fijamente. ¿Y por qué
no habría de hacerlo? Jacob *parece* un joven del todo normal. Está claro
que es inteligente, pero es probable que el hecho de ver su día alterado
le haga sentir igual que si a mí me dijesen de pronto que tengo que ti-
rarme haciendo puenting desde lo alto de la torre Sears.

Cuando surge un gruñido grave de la garganta de Jacob, entonces sé
que hemos dejado atrás el punto de no retorno. Retrocede, se aparta de
mí y choca de espaldas contra una estantería cargada de botes de encurtidos y salsas. Algunos tarros se caen al suelo, y el sonido de los cristales
rotos le pone a cien. De repente, Jacob está chillando: una nota aguda
de lamento que se ha convertido en la banda sonora de mi vida. Se
mueve a ciegas y arremete contra mí cuando extiendo los brazos en su
busca.

Son solo treinta segundos, pero treinta segundos pueden durar una
eternidad cuando eres objeto del escrutinio de todo el mundo, cuando
forcejeas con tu hijo de más de metro ochenta hasta llevarlo al suelo de
linóleo y lo sujetas con todo el peso de tu cuerpo, el único tipo de presión que puede calmarlo. Aprieto los labios contra su oído.

—*I shot the sheriff* —le canto—, *but I didn't shoot no deputy…*

Esa canción de Bob Marley le ha tranquilizado desde que era pequeño. Había veces que la ponía las veinticuatro horas del día solo para
tenerlo en calma; el mismo Theo se sabía la letra entera antes de cumplir
los tres años. En efecto, la tensión comienza a abandonar los músculos
de Jacob, y los brazos quedan relajados a ambos lados de su cuerpo.
Una lágrima solitaria brota de la comisura de su párpado.

—*I shot the sheriff* —susurra—, *but I swear it was in self-defense.**
Tomo su rostro entre mis manos y le obligo a mirarme a los ojos.

—¿Bien ya?

Vacila, como si estuviese llevando a cabo un inventario a conciencia.

—Sí.

Me incorporo y, sin darme cuenta, me arrodillo en el charco de vinagre. Jacob también se incorpora y se abraza las piernas hasta llevarse las rodillas al pecho.

Se ha formado una multitud a nuestro alrededor. Además del hombre zanahoria, el encargado de la tienda, varios clientes y unas niñas gemelas que lucen un firmamento de pecas a juego en las mejillas descienden todos su mirada sobre Jacob con esa curiosa mezcla de horror y lástima que nos persigue como un perro que nos mordisquease los talones. Jacob sería incapaz de matar una mosca —ya fuese en sentido literal o figurado—, le he visto ahuecar las manos para trasladar una araña durante un viaje de tres horas en coche con tal de soltarla viva al llegar a nuestro destino; pero si eres un extraño y ves a un hombre alto y musculoso tirando estanterías abajo, al mirarlo no asumes que está frustrado. Piensas que es violento.

—Es autista —les suelto—. ¿Alguna pregunta?

Descubrí que la ira es lo que mejor funciona. Es la descarga eléctrica que necesitan para apartar la mirada del morbo de la escena. Como si nada hubiese sucedido, los clientes vuelven a dedicarse a escoger entre las naranjas navel y a embolsar pimientos. Las niñas salen corriendo por el pasillo de los productos lácteos. El hombre zanahoria y el encargado no se miran, y eso me viene de maravilla: sé cómo manejar su curiosidad malsana; es su amabilidad lo que podría partirme en dos.

---

* «Disparé al *sheriff*, pero no disparé a su ayudante… / Disparé al *sheriff*, pero juro que fue en defensa propia.» (N. del T.)

Yo guío el carro, y Jacob viene detrás de mí arrastrando los pies. Un leve tic persiste en su mano, que lleva pegada al costado.

Mi mayor deseo para Jacob es que no sucedan momentos como este.

Mi mayor temor: que lo harán, y yo no estaré siempre ahí para evitar que la gente piense lo peor de él.

THEO

Me han tenido que dar veinticuatro puntos de sutura en la cara gracias a mi hermano. Diez de ellos me dejaron una cicatriz que me atraviesa la ceja izquierda después de la vez que Jacob tirase mi trona cuando yo tenía ocho meses. Los otros catorce me los dieron en la barbilla, en las Navidades de 2003, cuando me emocioné tanto con alguna tontería de regalo que arrugué el envoltorio y Jacob se puso hecho una furia con el ruido. Sin embargo, el motivo de que te cuente esto no tiene nada que ver con mi hermano. Es porque mi madre te dirá que Jacob no es violento, y yo soy la prueba viviente de que se engaña a sí misma.

Se supone que debo hacer excepciones por Jacob, una de nuestras normas de la casa no escritas. Por eso, cuando tenemos que desviarnos para evitar una señal de desvío (qué irónico, ¿no?) porque es de color naranja y a Jacob le pone de los nervios, eso está por encima del hecho de que yo vaya a llegar diez minutos tarde a clase. Y él *siempre* se ducha el primero porque hace mil años, cuando yo no era más que un bebé, Jacob se dio su primera ducha antes que yo, y le supera que le trastoquen su rutina. Y cuando cumplí los quince y pedí hora para sacarme el permiso de aprendizaje en la oficina de tráfico —cita que se canceló cuando a Jacob le dio un ataque por la compra de un par de zapatillas nuevas—, se esperaba de mí que entendiese que estas cosas pasan. El problema es que las tres veces que intenté que mi madre me llevase a la oficina de tráfico pasó algo y, al final, dejé de pedirlo. A este paso, seguiré moviéndome en skate hasta los treinta.

Una vez, cuando éramos pequeños, Jacob y yo estábamos jugando con una barca hinchable en un estanque cerca de casa. Me tocaba a mí cuidar de Jacob, aunque él era tres años mayor y había recibido tantas clases de natación como yo. Volcamos la barca y salimos nadando a la superficie justo debajo de ella, un espacio muy agobiante y cargado de humedad. Jacob se puso a hablar de dinosaurios, el tema por el que le había dado en aquella época, y no se callaba. De repente, me empezó a entrar el pánico, Jacob estaba consumiendo todo el oxígeno que había en aquel espacio tan reducido. Empujé el bote en un intento de quitárnoslo de encima, pero el plástico había creado algún tipo de efecto de vacío con la superficie del agua, lo que solo consiguió que sintiese más pánico aún. Claro que sí, que ahora y visto desde aquí, podría haber salido nadando por debajo de la barca, pero en aquel momento no se me ocurrió. Lo único que había en aquel instante para mí era que no podía respirar. Cuando la gente me pregunta qué se siente al crecer con un hermano que sufre asperger, eso es lo que siempre me viene a la cabeza, aunque la respuesta que doy en voz alta es que nunca he conocido algo diferente.

No soy un santo. Hay veces que hago cosas para volver loco a Jacob, porque no veas lo fácil que es, como cuando me metí en su armario y le revolví toda la ropa. O cuando le escondí el tapón de la pasta de dientes para que no se lo pudiese volver a poner al tubo cuando terminase de lavárselos. Pero entonces acabo sintiéndome mal por mi madre, que suele llevarse la peor parte de las crisis de Jacob. Hay veces que la oigo llorar, cuando cree que Jacob y yo estamos dormidos. Entonces me acuerdo de que tampoco ella eligió esta vida.

Así que me dedico a intervenir. Soy yo quien aparta físicamente a Jacob de una conversación cuando empieza a rallar a la gente por ser demasiado intenso. Soy yo quien le dice que pare quieto cuando se pone nervioso en el autobús, porque eso le hace parecer un verdadero chiflado. Soy yo quien va a las clases de Jacob antes de ir a las mías solo para contarle al profesor que Jacob ha tenido una mañana complicada porque no nos dimos cuenta de que se nos había acabado la leche de soja. En otras palabras, yo hago de hermano mayor aunque no lo soy. Y en esos ratos en que pienso que no es justo, cuando me hierve la sangre, me quito de en medio. Y si mi cuarto no está lo bastante lejos, me subo en mi tabla y me doy una vuelta por ahí, por cualquier parte que no sea el sitio donde se supone que está mi hogar.

Y eso hago esta tarde, después de que mi hermano haya decidido convertirme en el asesino de su escenario del crimen de mentira. Te seré sincero: no se trató del hecho de que cogiese las zapatillas sin preguntarme, ni tampoco siquiera que pillase pelo de mi cepillo (que, francamente, da escalofríos en plan *El silencio de los corderos*). Fue que, cuando vi a Jacob en la cocina con la sangre de sirope de maíz, la herida de pega en la cabeza, y que todas las pruebas apuntaban hacia mí, durante medio segundo pensé: «Ojalá».

Pero no se me permite decir que mi vida resultaría más sencilla sin Jacob. Ni siquiera se me permite pensarlo. Es otra de esas normas no escritas de la casa. Así que pillo mi abrigo y me voy hacia el sur, aunque ahí fuera haga siete bajo cero y sienta como si el aire me cortase la cara. Hago una parada breve en las pistas de skate, el único sitio en esta ciudad de los huevos donde la policía te deja siquiera patinar ya, aunque no se pueda hacer absolutamente nada en invierno, que es algo así como nueve meses al año en Townsend, Vermont.

Anoche nevó, unos cinco centímetros, y cuando llego allí hay un chaval con una tabla de snowskate que intenta hacer un *ollie* por las escaleras. Un amigo lleva un móvil y graba el truco. Los reconozco del instituto, pero no van a mis clases. Yo soy como una especie de antiskater: doy todas las asignaturas en el programa de bachillerato avanzado y tengo una media de notable. Eso, por supuesto, me convierte en un empollón entre los skaters, exactamente igual que mi forma de vestir y que me guste el skate me convierte en un *colgao* para los que sacan buenas notas.

El chico de la tabla se va al suelo de culo.

—Esto lo subo a YouTube, tío —le dice su amigo.

Paso de largo las pistas de skate y atravieso el pueblo hasta esa calle que da más vueltas que una peonza. En pleno centro hay una casa de jengibre —creo que las llamáis *victorianas*—, pintada de color morado y con una torreta en un lateral. Me parece que eso fue lo que me hizo pararme la primera vez: a ver, ¿quién narices tiene una torreta en su casa, aparte de Rapunzel? Pero la persona que vive en esa torreta es una niña de unos diez u once años, y que tiene un hermano de más o menos la mitad de su edad. Su madre conduce un monovolumen Toyota verde, y su padre debe de ser médico de alguna clase, porque ya le he visto en dos ocasiones llegar a casa del trabajo con uniforme de hospital.

He venido mucho por aquí esta última temporada. Me suelo agachar ante la ventana en saliente que da al salón. Desde ahí lo puedo ver prácticamente todo: la mesa del comedor, donde los niños hacen los deberes; la cocina, donde la madre prepara la cena. A veces abre una rendija en la ventana y casi puedo saborear lo que están comiendo.

Esta tarde, sin embargo, no hay nadie en casa. Eso hace que me envalentone. Aunque esté a plena luz del día, aunque haya coches yendo y viniendo por la calle, camino hasta la parte de atrás de la casa y me siento en uno de los columpios. Retuerzo las cadenas y a continuación dejo que se desenreden, aunque ya esté un poco mayor para ese rollo. Luego camino hasta el porche trasero y pruebo con la puerta.

Se abre.

Está mal, eso lo sé. Pero me da igual, me meto dentro.

Me quito los zapatos porque es lo correcto. Los dejo sobre una alfombrilla en la entrada y me adentro en la cocina. Hay boles de cereales en el fregadero. Abro el frigorífico y miro los Tupperware apilados. Hay sobras de lasaña.

Saco un tarro de manteca de cacahuete y olisqueo el contenido. ¿Me lo estoy imaginando, o esta huele mejor que la Jif que tenemos nosotros en casa?

Meto un dedo y la pruebo. A continuación, y con los fuertes latidos que siento en el pecho, me llevo el tarro a la encimera junto con otro de Smucker's. Cojo dos rebanadas de pan de la barra que hay sobre la encimera y rebusco por los cajones hasta que doy con los cubiertos. Me preparo un sándwich de manteca de cacahuete con mermelada como si se tratase de algo que hiciera en aquella cocina cada dos por tres.

En el comedor, me siento en la silla en la que se pone la niña para las comidas. Muerdo el sándwich y me imagino a mi madre, que sale de la cocina con un gran pavo asado en una fuente.

—Eh, papá —digo en voz alta a la silla vacía que hay a mi izquierda, y finjo que tengo un padre de verdad en lugar de un donante de esperma que se siente culpable y manda un cheque todos los meses.

«¿Qué tal en el instituto?», me preguntaría él.

—He sacado un diez en el examen de Biología.

«Eso es fantástico. No me sorprendería que acabases en la Facultad de Medicina, igual que yo.»

Sacudo la cabeza y lo aparto. O bien me imagino a mí mismo en una serie cómica de la tele, o bien tengo algún tipo de complejo de Ricitos de Oro.

Jacob solía leerme por las noches. Bueno, no, la verdad. Se leía a sí mismo, y no estaba tanto leyendo como recitando lo que había memorizado, y daba la casualidad de que yo me encontraba más o menos en la misma zona geográfica, así que no podía evitar escucharle. Aun así, me gustaba. Cuando Jacob habla, su tono de voz asciende y desciende como si cada frase fuese una canción, algo que suena realmente raro en una charla normal, pero que de algún modo va perfecto cuando se trata de un cuento. Recuerdo escuchar la historia de Ricitos de Oro y los tres osos y haber pensado que menuda torpe. Si hubiera jugado bien sus cartas, habría tenido la posibilidad de quedarse.

El curso pasado, mi primer año en el instituto regional, pude empezar de cero. Allí había chicos de otros sitios que no sabían nada de mí. La primera semana me junté con esos dos, Chad y Andrew, que iban conmigo a las clases de Prácticas y parecían geniales, además de vivir en Swanzey en lugar de Townsend y de no conocer a mi hermano. Nos reíamos de cómo el profesor de ciencias llevaba el bajo de los pantalones cinco centímetros corto y nos sentábamos juntos en la cafetería en el almuerzo. Incluso llegamos a hacer planes para ir al cine si ponían algo bueno el fin de semana. Pero entonces apareció Jacob por la cafetería, porque había terminado de hacer sus tareas de Física en un tiempo increíblemente rápido y su profesor le había dejado salir antes, y por supuesto que tuvo que venirse derechito a por mí. Lo presenté y dije que era mayor que nosotros. Muy bien, ese fue mi primer error: Chad y Andrew estaban tan obsesionados con la idea de ir por ahí con los más mayores que se pusieron a hacerle preguntas a Jacob, como a qué curso iba y si estaba en algún equipo de deportes del instituto. «Undécimo», dijo Jacob, y les contó que no le gustaban mucho los deportes. «Me gusta la investigación criminal —añadió—. ¿Alguna vez habéis oído hablar del doctor Henry Lee?», y se puso a largar durante diez minutos seguidos sobre el patólogo de Connecticut que había trabajado en grandes casos como el de O. J. Simpson, el de Scott Peterson y el de Elizabeth Smart. Creo que perdió a Chad y a Andrew por el camino, más o menos hacia la lección pormenorizada sobre las formas de las manchas de sangre. Ni que decir tiene que, al día siguiente, cuando escogimos compañeros de laboratorio en Prácticas, me dejaron tirado a la primera.

Me he terminado el sándwich, así que me levanto de la mesa del comedor y me dirijo a la planta superior. La primera habitación de arriba es la del niño, y tiene pósteres de dinosaurios en todas las paredes. Sobre las sábanas hay una colcha de pterodáctilos fluorescentes, y, en el suelo, un tiranosaurio-rex por control remoto descansa sobre un costado. Por un instante, me quedo de piedra. Hubo una época en que a Jacob le volvían tan loco los dinosaurios como ahora las ciencias forenses. ¿Sería aquel niño pequeño capaz de hablarte del therizinosaurido hallado en Utah, con unas garras de cuarenta centímetros que parecían salidas de una de esas pelis de terror donde descuartizan adolescentes? ¿O del primer esqueleto de dinosaurio prácticamente completo —un hadrosaurio— que se encontró en 1858 en Nueva Jersey?

No, es solo un niño, y no un niño con asperger. Lo sé solo con mirar a sus ventanas por la noche y observar a la familia. Lo sé porque esa cocina con sus cálidas paredes amarillas es un sitio en el que deseo estar, no un sitio del que huiría.

De pronto me acuerdo de algo. Aquel día en que Jacob y yo estábamos jugando en el estanque, debajo de la barca hinchable, cuando se me empezaron a cruzar los cables porque no podía respirar y la barca no se movía de encima, él consiguió romper no sé cómo el vacío de la barca sobre la superficie del agua y me envolvió con los brazos alrededor del pecho para sujetarme en alto y que pudiese tomar grandes bocanadas de aire. Me arrastró hasta la orilla y se sentó a mi lado, tiritando, hasta que fui capaz de arreglármelas para volver a hablar. Es la última vez que recuerdo que Jacob cuidase de mí en lugar de yo a él.

En el dormitorio donde me encuentro de pie, hay toda una pared de estanterías llenas de videojuegos. De la Wii y de la Xbox, principalmente, con algunos pocos de la Nintendo DS desperdigados por si no era suficiente. Nosotros no tenemos videoconsola de ninguna clase, no nos las podemos permitir. La mierda que Jacob se tiene que tomar en el desayuno, todo un menú extra de pastillas, inyecciones y suplementos, cuesta una fortuna, y yo sé que mi madre se queda levantada algunas noches haciendo trabajos como editora *freelance* solo para poder pagar a Jess, la tutora de interacción social de Jacob.

Oigo el ruido de un coche en el silencio de la calle, y cuando me asomo a la ventana, veo que el monovolumen verde está girando hacia el camino de entrada. Bajo volando las escaleras, atravieso la cocina y salgo por la puerta de atrás. Me tiro de cabeza entre los arbustos, contengo la respiración y observo al niño salir corriendo del coche el primero, vestido de hockey. A continuación sale su hermana, y por fin sus padres. El padre saca una bolsa de deporte del maletero, y todos desaparecen en el interior de la casa.

Bajo andando hasta la calle y me alejo de la casa de jengibre montado en la tabla. Debajo del abrigo llevo el juego de la Wii que he pillado en el último momento: un SuperMario. Noto los fuertes latidos del corazón contra él.

No tengo manera de usarlo. Ni siquiera lo quiero. La única razón de habérmelo llevado es que sé que nunca llegarán a enterarse de que falta. ¿Cómo iban a hacerlo, con todo lo que tienen?

JACOB

Puede que sea autista, pero no sé decirte en qué día de la semana cayó el trigésimo segundo cumpleaños de tu madre. No soy capaz de calcular logaritmos mentalmente. No puedo quedarme mirando una porción de césped y contarte que contiene 6446 briznas individuales de hierba. Por el contrario, sí que te puedo contar todo lo que jamás hayas deseado saber sobre los relámpagos, las reacciones en cadena de la polimerasa, citas cinematográficas famosas y los saurópodos del Cretácico inferior. Memoricé la tabla periódica sin pretenderlo siquiera, aprendí yo solo a leer egipcio medio y ayudé a mi profesor de Cálculo a arreglar su ordenador. Sería capaz de hablar sin parar sobre el detalle de las crestas papilares en el análisis de huellas dactilares y acerca de si el citado análisis es un arte o una ciencia (por ejemplo, el ADN de gemelos idénticos es también idéntico, eso lo sabemos sobre la base del análisis científico; pero las huellas dactilares de gemelos idénticos difieren en sus detalles de Galton: ¿con qué prueba preferirías contar si fueses fiscal? Pero me estoy desviando de la cuestión).

Supongo que tales talentos harían que tuviese mucho éxito en una fiesta tipo cóctel si (a) yo bebiese, que no lo hago, o (b) tuviese algún amigo que me invitase a alguna fiesta, ya fuese cóctel o no. Mi madre me lo ha explicado de este modo: imagínate cómo es que alguien venga hacia ti con una mirada muy intensa y se ponga a hablarte de los patro-

nes de las manchas de impactos de sangre a media velocidad provocadas por objetos que se desplazan entre 1,5 y 7,5 metros por segundo y
cómo difieren de los impactos a alta velocidad de los disparos o los
explosivos. O aún peor, imagínate ser tú la persona que está hablando
y no captar la indirecta cuando la víctima de tu conversación está intentando huir de manera desesperada.

Me diagnosticaron asperger mucho antes de que se convirtiera en la
enfermedad mental en boca de todos, objeto del abuso de los padres
para describir el mal comportamiento de sus hijos con el fin de que la
gente piense que son superdotados en lugar de simplemente antisocia-
les. La verdad es que la mayoría de mis compañeros de clase saben ya lo
que es el asperger gracias a una candidata de *America's Next Top Model*.
Me ha hablado de ella tanta gente que deben de pensar que somos familia. En cuanto a mí respecta, intento no decir la palabra en voz alta.
asperger. Es decir, ¿no suena a una enfermedad provocada por hongos?
¿A regar el césped?

Vivo con mi madre y con mi hermano Theo. El hecho de que pro-
cedamos del mismo acervo genético me resulta inconcebible, ya que no
podríamos ser más diferentes el uno del otro ni aunque lo intentásemos
de manera activa. Parecemos polos opuestos: él tiene el pelo tan fino y
tan rubio que podría pasar por platino; yo lo tengo oscuro, y se me
infla si no me lo corto religiosamente cada tres semanas (en realidad, el
motivo de que me lo corte cada tres semanas es en parte que el tres es
bueno, un número seguro, no como el cuatro, por ejemplo, y la única
forma de que acepte que alguien me toque el pelo es si yo sé con anterioridad que va a ocurrir). A Theo siempre le preocupa lo que piensan
los demás de él, mientras que yo sé lo que la gente piensa de mí: que
soy el chico raro que se acerca mucho y que no se calla. Theo apenas
escucha nada que no sea rap, que a mí me da dolor de cabeza. Él hace
skate como si llevara las ruedas adheridas a las plantas de los pies, y lo
digo como un cumplido, porque yo casi no soy capaz de caminar y
comer chicle a la vez. Él aguanta mucho, supongo; yo me altero si los
planes no salen bien o si cambia algo en mi horario, y a veces no puedo

controlar lo que pasa. Me pongo como Hulk: grito, digo palabrotas y me voy dando golpes. Nunca he pegado a Theo, pero sí le he tirado objetos y le he roto algunas de sus cosas, en especial una guitarra que mi madre me hizo pagar a plazos durante los tres años siguientes de mi vida. Theo es también quien sufre la peor parte de mi sinceridad:

EJEMPLO ILUSTRATIVO N.º 1

Theo entra en la cocina con unos vaqueros tan bajos que se le ven los calzoncillos, una camiseta que le viene muy grande y una cadena rara que le cuelga del cuello.

Theo: Q'pasa.

Yo: Eh, colega, quizá no hayas captado aún el mensaje, pero vivimos en una urbanización de chalés, no en el barrio. ¿Es que hoy se celebra el Día Mundial de Tupac, o qué?

Yo le digo a mi madre que no tenemos nada en común, pero ella insiste en que eso cambiará. Creo que está loca.

No tengo ningún amigo. Los abusos comenzaron en el jardín de infancia, cuando me pusieron gafas. La profesora hizo que uno de los niños más populares se pusiera unas gafas de mentira para que yo tuviese alguien con quien conectar, pero claro, resultó que a él no le apetecía realmente hablar acerca de si el *archaeopteryx* debería ser catalogado como un ave prehistórica o como un dinosaurio. No hace falta decir que aquella amistad duró menos de un día. Ahora ya me he acostumbrado a que los chicos me digan que me vaya, a sentarme en cualquier otro sitio. Nunca me llaman los fines de semana. Es solo que no capto las indirectas sociales que lanzan los demás. De ese modo, si estoy hablando con alguien en clase y me dice: «Eh, tío, ¿es que ya es la una?», entonces yo miro el reloj y le digo que sí, que ya es la una en punto, cuando en realidad lo que está intentando es encontrar una manera educada de apartarse de mí. No entiendo por qué la gente nunca dice lo que quiere decir. Es como con los inmigrantes que llegan a un país y aprenden el idioma, pero se hacen un lío con los modismos (en serio, ¿cómo va un extranjero a «enterarse de qué va el cuento», por así decirlo, sin dar por sentado que tiene algo que ver con un libro o una novela?). Para mí, hallarse en situaciones sociales —ya sea en el instituto, en la cena de Acción de Gracias o en la cola del cine— es como irse a vivir a Lituania sin haber aprendido lituano. Si alguien me pregunta qué voy a hacer el fin de semana, no soy capaz de responder con la misma facilidad que Theo, por ejemplo. Me atasco en cuánta información será demasiada información, así que, en lugar de ofrecer una descripción pormenorizada de mis futuros planes, hago uso de las palabras de otro. En mi mejor imitación de Robert De Niro en *Taxi driver*, diría: «¿Hablas conmigo?». Pero fíjate, no solo malinterpreto a la gente de mi edad. Una vez, mi profesora de Educación de Sanidad tuvo que marcharse a atender una llamada de teléfono en la oficina principal y le dijo a la clase: «No os mováis, ni respiréis». Los niños normales no hicieron caso de su indicación, algunos de los buenos de la clase permanecieron en sus pupitres trabajando en silencio. ¿Y yo? Me quedé allí sentado como una estatua, con los pulmones ardiendo, hasta que estuve a punto de morir.

Tenía una amiga. Se llamaba Alexa, y se mudó en séptimo. Después de aquello, decidí tratar el instituto como un estudio antropológico. Intenté cultivar el interés por los temas de los que hablaban los chicos normales, pero qué aburrido era:

EJEMPLO ILUSTRATIVO N.º 2

Chica: Eh, Jacob, cómo mola este mp3, ¿verdad?

Yo: Es probable que lo hayan fabricado unos niños chinos.

Chica: ¿Quieres probar mi granizado?

Yo: Compartir bebidas puede contagiar mononucleosis. Igual que besarse.

Chica: Voy a ir a sentarme a otro sitio…

¿Se me puede culpar por pretender animar un poco las conversaciones con la gente de mi edad hablando de temas como el enfoque del doctor Henry Lee en el asesinato de Laci Peterson? Con el tiempo dejé de participar en charlas de carácter mundano: seguir una conversación acerca de quién estaba saliendo con quién me resultaba tan difícil como catalogar los rituales de apareamiento de una tribu nómada de Papúa Nueva Guinea. Mi madre a veces dice que ni siquiera lo intento. Yo digo que lo intento constantemente, y no dejo de ser rechazado. Ni siquiera me entristece, en serio. ¿Por qué iba a querer ser amigo de unos chicos que son tan desagradables con gente como yo?

Hay ciertas cosas que soy realmente incapaz de soportar:

1. El sonido del papel cuando lo arrugan. No te puedo decir por qué, pero me hace sentir como si alguien se lo estuviese haciendo a mis órganos internos.
2. Demasiado ruido o destellos luminosos.
3. Los cambios de planes.
4. Perderme *CrimeBusters,* que lo ponen en la USA Network a las 16.30 todos los días gracias al maravilloso invento que son las reposiciones. Aunque me sé de memoria los 114 episodios, verlos a diario es para mí tan importante como lo sería la administración de insulina para un diabético. Mi día entero se planifica a su alrededor, y si no recibo mi dosis, sufro temblores.
5. Cuando es mi madre quien guarda la ropa. Yo la ordeno según el arco iris, RNAVAAV, y los colores no se pueden tocar. Ella lo hace lo mejor que sabe, pero la última vez se olvidó por completo del añil.
6. Si alguien prueba mi comida, tengo que quitar la parte que ha tocado su saliva para poder seguir comiendo.
7. Perder pelo. Me pone de los nervios, y por eso llevo un corte militar.
8. Que me toque alguien que no conozco.
9. Las comidas con membranas, como las natillas; o los alimentos que te explotan en la boca, como los guisantes.
10. Los números pares.

11. Cuando la gente me llama *subnormal*, que no lo soy.
12. El color naranja. Significa peligro, y no rima con prácticamente nada: eso lo convierte en sospechoso. (Theo quiere saber por qué tolero entonces cosas que son de color «argénteo», pero yo no entro en esas discusiones.)

He pasado gran parte de mis dieciocho años aprendiendo a existir en un mundo que en ocasiones es naranja, caótico y demasiado ruidoso. Entre clase y clase, por ejemplo, me pongo auriculares. Antes llevaba aquellos cascos tan geniales que me hacían parecer un controlador del tráfico aéreo, pero Theo dijo que todo el mundo se reía de mí cuando me veían por los pasillos, así que mi madre me convenció para que usase unos pequeños que se meten en el oído. Casi nunca voy a la cafetería, porque (a) no hay nadie con quien sentarme, y (b) todas esas conversaciones que se entrecruzan son como cuchillos que me cortasen la piel. En vez de eso, me voy a la sala de profesores, un sitio donde nadie me mira como si me hubiese crecido una segunda cabeza si es que se me ocurre mencionar que Pitágoras no descubrió en realidad el teorema de Pitágoras (los babilonios lo utilizaban miles de años antes de que Pitágoras fuese siquiera un brillo de seducción en la mirada de sus padres griegos). Si las cosas se ponen realmente mal, la presión ayuda, como por ejemplo tumbarse bajo un montón de ropa para la colada o una manta con pesos (una manta que lleva dentro bolitas de polietileno que hacen que pese más), porque la estimulación sensorial por contacto profundo me tranquiliza. Uno de mis terapeutas, un entusiasta de Skinner, consiguió que me relajase con canciones de Bob Marley. Cuando me altero, recito la letra una y otra vez, y la pronuncio en un tono de voz plano. Cierro los ojos y me pregunto: ¿qué haría el doctor Henry Lee?

No me meto en líos porque las normas son lo que me mantiene cuerdo. Las normas significan que el día va a salir exactamente como yo predigo. Hago lo que se me dice; ojalá lo hiciese todo el mundo.

En esta casa tenemos normas:

1. Recoge lo que desordenas.
2. Di la verdad.
3. Lávate los dientes dos veces al día.
4. No llegues tarde a clase.
5. Cuida de tu hermano, es el único que tienes.

El cumplimiento de la mayoría de estas reglas me resulta natural, bueno, excepto lo de lavarme los dientes, que lo odio, y lo de cuidar de Theo. Digamos que mi interpretación de la regla número cinco no está siempre en sintonía con la interpretación de Theo. Tomemos el día de hoy, por ejemplo. He contado con él para un papel estelar en mi escenario del crimen, y se ha puesto furioso. Le he dado el papel de asesino… ¿Cómo es capaz de no ver eso como el más elevado de los halagos?

Mi psiquiatra, la doctora Luna Murano, me suele pedir que califique las situaciones que me producen ansiedad en una escala del uno al diez.

EJEMPLO ILUSTRATIVO N.º 3

Yo: Mi madre salió al banco y me dijo que estaría de vuelta en un cuarto de hora; cuando se cumplieron diecisiete minutos, me empezó a entrar el pánico. Cuando la llamé y no me cogió el móvil, estaba seguro de que estaría tirada muerta en alguna cuneta.

Dra. Luna: ¿Cómo te hizo sentir eso en una escala del uno al diez?

Yo: Un nueve.

(Nota: en realidad era un diez, pero es un número par, y decirlo en voz alta me dispararía la ansiedad por las nubes.)

Dra. Luna: ¿Se te ocurre alguna solución que hubiese funcionado mejor que llamar a emergencias?

Yo: (en mi mejor imitación de Cher en *Hechizo de luna*): *¡Quítate eso de la cabeza!*

También pongo nota a mis días, aunque eso no se lo he contado todavía a la doctora Luna. Los números altos son días buenos; los números bajos son días malos. Y hoy, entre mi pelea con Theo y la ausencia de la señora de las muestras gratuitas, es un uno (en mi defensa, decir que he descifrado un algoritmo para predecir lo que ofrece esta señora, y quizá no me hubiese alterado tanto de haber sido primer sábado de mes, cuando da cosas vegetarianas; pero hoy era día de postre, por el amor de Dios). Me he quedado en mi habitación desde que volvimos a casa. Me sumerjo bajo mi ropa de cama y añado una manta con peso en lo alto. Preparo *I shot the sheriff* para que se reproduzca en mi iPod, solo esa canción, hasta las 16.30, que es la hora de ver *CrimeBusters* y tengo que ir al salón, que es donde está la tele.

El episodio es el número 82, uno de mis cinco favoritos de toda la serie, que cuenta un caso en el que una de las investigadoras criminalistas, Rhianna, no va a trabajar. Resulta que la ha tomado como rehén un hombre que está destrozado por el dolor que le produce la reciente muerte de su mujer. Rhianna va dejando pistas para que las solucione el resto del equipo, y así conducirlos hasta donde se encuentra retenida.

Como es natural, me imagino el final mucho antes de que lo haga el resto del equipo de investigación criminal.

La razón de que me guste tanto el episodio es que en realidad hacen algo incorrecto. El secuestrador se lleva a Rhianna hasta una cafetería, donde ella deja un cupón de su tienda de ropa favorita debajo del plato que acaba de terminar. Sus colegas lo encuentran y tienen que demostrar que es realmente suyo. Procesan las huellas por medio de un reactivo de partículas pequeñas, y a continuación usan ninhidrina, cuando en realidad se supone que tienes que utilizar la ninhidrina primero: reacciona a los aminoácidos, y después le sigue el reactivo de partículas pequeñas, que reacciona a las grasas. Si utilizas este el primero, como hicieron en el episodio de la serie, echas a perder la superficie porosa de cara al procedimiento con la ninhidrina. Cuando me percaté del error, escribí a los productores de *CrimeBusters*. Ellos me escribieron una carta de contestación y me enviaron una camiseta oficial de la serie. La camiseta ya no me vale, pero aún la tengo guardada en mi cajón.

Después de ver el episodio, mi día mejora decididamente del uno al tres.

—Eh —dice mi madre, que asoma la cabeza por la puerta del salón—. ¿Qué tal vas?

—Bien —respondo.

Se sienta a mi lado en el sofá. Nuestras piernas están en contacto. Ella es la única persona a la que soporto tener tan cerca. De haber sido cualquier otro, ya me habría apartado unos cuantos centímetros.

—Bien, Jacob —dice ella—, solo quiero dejar constancia del hecho de que al final no te has muerto hoy sin la muestra de comida gratis.

Es en momentos como este cuando me alegro de no mirar a la gente a los ojos. Si lo hiciera, seguro que morirían al instante por el desprecio que lanzan los míos. Por supuesto que he sobrevivido, pero ¿a qué precio?

—Un momento instructivo —explica mi madre, y me da una palmadita en la mano—, solo digo eso.

—*Francamente, querida* —murmuro—, *eso no me importa.*

Mi madre suspira.

—Cenamos a las seis, Rhett —dice, aunque la cena siempre es a las seis, y aunque mi nombre es Jacob.

En diferentes momentos, los medios han diagnosticado asperger a posteriori a ciertos personajes famosos. He aquí una muestra:

1. Wolfgang Amadeus Mozart.
2. Albert Einstein.
3. Andy Warhol.
4. Jane Austen.
6. Thomas Jefferson.

Estoy seguro al noventa y nueve por ciento de probabilidades de que ni uno solo de ellos sufrió un ataque en un supermercado y acabó rompiendo toda una estantería de botes de encurtidos y salsas.

La cena resulta ser una cuestión desagradable. Mi madre parece decidida a iniciar una conversación, si bien ni Theo ni yo nos sentimos inclinados a participar en el otro extremo. Acaba de recibir otro paquete de cartas del *Burlington Free Press;* a veces nos las lee en voz alta durante la cena y nosotros ideamos respuestas políticamente incorrectas que mi madre jamás de los jamases incluiría en su consultorio del periódico.

EJEMPLO ILUSTRATIVO N.º 4

Querida tía Em:

Mi suegra insiste en prepararnos asado de ternera cada vez que mi marido y yo vamos a visitarla, aunque sabe bien que soy vegetariana de toda la vida. ¿Qué debería hacer la próxima vez que suceda?

Irritada, de South Royalton

Querida Irritada:

Ponle cara de vinagre y déjala plantada.

A veces, las preguntas que recibe son realmente tristes, como la de esa mujer cuyo marido la había abandonado y no sabía cómo decírselo a sus hijos. O la madre que se moría de cáncer de mama y escribió una carta para que su hija pequeña la leyese cuando fuese mayor, y le decía cuánto le hubiese gustado estar allí cuando ella se graduara, cuando se prometiese en matrimonio, cuando tuviera su primer hijo. No obstante, en su mayoría, las consultas proceden de una panda de idiotas que toman malas decisiones. «¿Cómo hago que vuelva mi marido, ahora que me doy cuenta de que no le debería haber engañado?» Pruebe con la fidelidad, señora. «¿Cuál es la mejor manera de recuperar a una amiga a la que has herido con un comentario desagradable?» Pues empiece por no decirlos. Juro que a veces no me puedo creer que mi madre cobre por decir lo obvio.

Esta noche sostiene la nota de una adolescente. Lo sé porque la tinta del bolígrafo es de color violeta y porque la *i* de «tía Em» tiene un corazoncito en el lugar que debería ocupar la tilde.

—«Querida tía Em» —nos lee, y, exactamente igual que siempre, me imagino a una viejecita que lleva un moño y unos zapatos más cómodos que bonitos, y no a mi propia madre—. «Me gusta un chico que ya tiene novia. Sé que yo le gusto xq…» Dios mío, ¿es que ya no enseñan ortografía?

—No —le respondo—. Nos enseñan a usar el corrector ortográfico.

Theo levanta la vista del plato lo suficiente para gruñir en dirección al zumo de uva.

—«Sé que yo le gusto *porque* —edita mi madre— me acompaña a casa desde el instituto y hablamos horas por teléfono y ayer ya no pude más y le besé y él me devolvió el beso…» Oh, por favor, que alguien le preste alguna coma a esta chica. —Entonces frunce el ceño ante la hoja suelta de papel—. «Dice que no podemos salir, pero que podemos ser amigos con derecho. ¿Cree que debería decirle que sí? Afectuosamente, Colega, de Burlington.» —Mi madre se me queda mirando—. ¿No tienen todos los amigos los mismos derechos?

La miro inexpresivo.

—¿Theo? —pregunta.

—Es un dicho —mascolla.

—¿Un dicho que significa qué exactamente?

A Theo se le pone la cara muy roja.

—Búscalo en Google.

—Dímelo tú.

—Cuando se enrollan un chico y una chica que no están saliendo. Con derecho a roce, ¿vale?

Mi madre lo valora.

—Te refieres a algo como… ¿mantener relaciones sexuales?

—Entre otras cosas…

—¿Y después qué pasa?

—¡Yo qué sé! —dice Theo—. Pues vuelven a ignorarse el uno al otro, supongo.

Mi madre se queda boquiabierta.

—Eso es lo más degradante que he oído jamás. Esta pobre chica no debería mandar al tío a freír espárragos sin más, tendría que rajarle las cuatro ruedas del coche, y… —De repente, clava la mirada en Theo—. Tú no habrás tratado así a ninguna chica, ¿verdad?

Theo pone los ojos en blanco.

—¿Es que no puedes ser como las demás madres y limitarte a preguntarme si fumo hierba?

—¿Fumas hierba? —pregunta ella.

—¡No!

—¿Tienes amigas con derecho a roce?

Theo se aparta de la mesa de un empujón y se pone en pie de un solo movimiento acompasado.

—Claro, tengo miles. Están haciendo cola ahí fuera, en la puerta, ¿o es que no te habías fijado en ellas estos días? —Deja caer su plato en el fregadero y sale corriendo escaleras arriba.

Mi madre se lleva la mano a la coleta en busca de un bolígrafo que lleva ahí cogido (siempre lleva coleta porque sabe cómo me siento con el pelo suelto que se frota sobre sus hombros) y comienza a garabatear una respuesta.

—Jacob —dice—, sé un cielo y recoge la mesa por mí, ¿te importa?

Y allá que va mi madre, campeona de los confusos, gran dama de los espesos, a salvar el mundo a base de cartas, una a una. Me pregunto qué pensarían todos esos devotos lectores si supieran que la verdadera tía Em tiene un hijo que es prácticamente un sociópata y otro que es un incapacitado social.

Me gustaría tener una amiga con derecho a roce, aunque jamás lo admitiría delante de mi madre.

Me gustaría tener amigos, punto.

El año pasado, por mi cumpleaños, mi madre me compró el regalo más increíble del mundo: un escáner de frecuencias de la policía. Funciona como un receptor de frecuencias que no captan las radios estándar: las asignadas por el gobierno federal en los rangos del UHF y el VHF por encima de las emisoras de FM, y que utilizan la policía, los bomberos y las dotaciones de rescate. Yo siempre sé cuándo la patrulla de carreteras va a enviar los camiones de sal antes de que lleguen. Recibo las alertas meteorológicas especiales cuando se acerca una tormenta del nordeste. Pero, principalmente, lo que hago es escuchar las llamadas a la policía y a emergencias, porque incluso en un lugar tan pequeño como Townsend, te encuentras con un escenario de un crimen cada dos por tres.

He ido ya a dos escenarios solo desde Acción de Gracias. El primero fue cuando entraron en una joyería. Fui en bicicleta hasta la dirección que oí en el escáner y me encontré con un enjambre de agentes en busca de pruebas en el escaparate. Fue la primera vez que pude ver cómo usaban espray de cera en la nieve para sacar un molde de una pisada, un momento destacable, sin duda. El segundo escenario no fue realmente la escena de un crimen, sino la casa de un chico que va a mi instituto y es un verdadero imbécil conmigo. Su madre había llamado a emergencias, pero para cuando llegaron, ella los esperaba fuera, en la puerta de la casa, la nariz todavía sangrando y diciendo que no quería denunciar a su marido.

Esta noche, me acabo de poner el pijama cuando oigo en el escáner un código que es diferente de cualquier otro que haya oído, y he oído muchos:

10-52   se requiere una ambulancia.

10-50   accidente de vehículo motorizado.

10-13   civiles presentes y a la escucha.

10-40   falsa alarma, la posición es segura.

10-54   ganado en la autovía.

Ahora mismo, escucho esto:

10-100

Que significa *cadáver*.

No creo que me haya vestido tan rápido en mi vida. Pillo un cuaderno de clase, aunque sé que está usado, pero no quiero perder un segundo, y garabateo la dirección que menciona el escáner una y otra vez. Bajo las escaleras de puntillas. Con un poco de suerte, mi madre ya está dormida y ni se enterará de que me he ido.

Fuera hace un frío espantoso, y hay unos cinco centímetros de nieve en el suelo. Estoy tan emocionado con el escenario del crimen que me he puesto zapatillas de deporte en lugar de las botas. Las ruedas de mi bicicleta de montaña derrapan cada vez que giro en una esquina.

La dirección es una carretera estatal, y sé que he llegado al sitio porque hay cuatro coches de policía con las sirenas azules encendidas. Hay una estaca de madera con precinto policial (amarillo, no naranja) que ondea al viento, y un sendero de huellas visible. Hay un coche abandonado en la cuneta, un Pontiac, cubierto de hielo y de nieve.

Saco mi cuaderno y escribo: «Vehículo abandonado hace doce horas por lo menos. Antes de la tormenta».

Me agacho hacia el bosque cuando llega otro coche de policía. Este es normal, no es una patrulla, pero lleva una sirena pequeña adherida magnéticamente al techo. El hombre que se baja de él es alto y pelirrojo. Va con un abrigo negro y botas grandes. En una mano lleva una tirita de Dora la Exploradora.

También anoto esto en mi cuaderno.

—Capitán —dice un agente que sale de entre los árboles. Viste uniforme, con guantes gruesos y buenas botas, también—. Siento haberle llamado.

El capitán hace un gesto negativo con la cabeza.

—¿Qué tenemos?

—Un hombre que había salido a correr se encontró un cadáver en el bosque. El tío está medio desnudo y cubierto entero de sangre.

—¿Quién puñeta sale a correr por la noche en lo más crudo del invierno?

Los sigo al interior del bosque, con cuidado de permanecer oculto. El área que rodea el cuerpo está iluminada por reflectores para poder registrar todas las pruebas.

El muerto está tumbado boca arriba. Los ojos abiertos. Tiene los pantalones en los tobillos, hechos un montón, pero aún lleva puesta la ropa interior. El rojo de la sangre le brilla en los nudillos, y también tiene ensangrentadas las palmas de las manos, las rodillas y las pantorrillas. La cremallera de la cazadora está abierta, y le falta un zapato y un calcetín. A su alrededor, la nieve es de color rosa.

—Me cago en la leche —dice el capitán. Se arrodilla y se pone un par de guantes de goma que saca de su bolsillo. Examina el cuerpo con atención.

Escucho dos pares de pasos, y otro hombre entra en la zona de luz, escoltado por un agente de uniforme. El agente echa un vistazo al muerto, se pone totalmente pálido y vomita.

—Je… sús —dice el otro hombre.

—Jefe —responde el capitán.

—¿Suicidio u homicidio?

—No lo sé aún. La agresión sexual parece clara, de todas formas.

—Rich, el tío está cubierto de sangre de la cabeza a los pies, y está ahí tirado en calzoncillos. ¿Crees que sufrió una agresión sexual y después se hizo el harakiri? —El jefe se burla con un bufido—. Ya sé que con mis quince años de servicio en la metrópolis de Townsend no tengo tu amplia experiencia detectivesca, pero…

Observo la lista de mi cuaderno. ¿Qué haría el doctor Henry Lee? Bueno, pues examinaría las heridas con mucho detenimiento. Analizaría por qué solo hay sangre superficial: la transferencia de color rosa en la nieve, sin salpicaduras ni manchas. Habría reparado en las huellas en la nieve: un par que encaja con la solitaria zapatilla del pie de la víctima, y otro par atribuido al corredor que halló el cuerpo. Él preguntaría por qué, tras una agresión sexual, conservaría la víctima la ropa interior puesta si le habían quitado otras prendas.

Tengo tanto frío que estoy tiritando. Sacudo los pies, congelados dentro de las zapatillas. Entonces miro al suelo y, de repente, todo está claro como el agua.

—En realidad —digo, saliendo de mi escondite—, ambos se equivocan.

RICH

No sé por qué me sigo tomando el pelo a mí mismo pensando que me van a dejar hacer algo los fines de semana. Tengo la mejor de las intenciones, pero siempre sale algo. Hoy, por ejemplo, estaba decidido a montar una pista de hielo en el jardín de atrás para Sasha, mi hija de siete años. Vive con mi ex, Hannah, pero pasa conmigo del viernes por la noche al domingo, y ahora pretende formar parte del equipo nacional de patinaje artístico (si no se convierte en veterinaria cantante). Me imaginé que se lo pasaría bien ayudándome a llenar de agua una lona impermeable que había preparado, rodeada de estacas de diez por cinco que me pasé clavando toda la semana pasada después de trabajar, solo para dejarlo listo. Le prometí que, cuando se levantase el domingo por la mañana, ya podría patinar.

Con lo que no había contado era con que haría un frío tan bestial ahí fuera. Sasha empezó a quejarse en cuanto se levantó el aire, así que descarté el plan y, en vez de eso, me la llevé a cenar a Burlington: le encanta un sitio donde puedes pintar en el mantel. Se queda dormida en el coche de vuelta a casa, mientras yo aún canturreo al compás de su CD de Hannah Montana, y la subo en brazos a su cuarto, un islote rosa en una casa de soltero. En el acuerdo de separación, yo me quedé con la casa y Hannah se quedó con casi todo lo que había dentro. Se me hace raro recoger a Sasha en su otra casa y ver a su reciente padre adoptivo despatarrado en mi viejo sofá.

Se revuelve un poco mientras le quito la ropa y le pongo el camisón, pero enseguida suspira y se hace un ovillo de costado bajo las sábanas. Por un minuto, me quedo sin hacer otra cosa más que mirarla. La mayoría de las veces, ser el único detective de un pueblucho no es más que una batalla perdida. Me pagan una mierda, investigo casos tan aburridos que ni siquiera dan para la reseña policial del periódico del pueblo. Pero me aseguro de que el mundo de Sasha, o al menos esta minúscula porción de él, sea un poco más seguro.

Me mantiene en la lucha.

Bueno…, eso y mi pensión de jubilación de veinte años.

Abajo, agarro una linterna y me dirijo hacia la malograda pista de patinaje. Abro el grifo de la manguera. Si me quedo levantado unas pocas horas más, habrá suficiente agua en la lona para que se congele por la noche.

No me gusta incumplir las promesas; eso se lo dejo a mi ex.

No soy un amargado; no lo soy. Es solo que, en mi profesión, resulta mucho más sencillo ver los actos, o bien correctos, o bien incorrectos, sin grados explicativos entre ambos. Yo no tenía ninguna necesidad de saber cómo Hannah se dio cuenta de que su media naranja no era el tío con el que se había casado, sino el que reponía las máquinas de café de la sala de profesores. «Empezó a traer café de avellana por mí», dijo ella, y de algún modo se suponía que yo debía ser capaz de entender que eso significaba «ya no te quiero».

De regreso dentro, abro el frigorífico y cojo una cerveza Sam Adams. Me quedo en el sofá, pongo un partido de los Bruins en la NESN y pillo el periódico. Aunque la mayoría de los tíos van directos a las páginas de economía o a las de deporte, yo siempre voy a los pasatiempos por la columna que hay detrás. Estoy enganchado a la Señora Francis, que dirían antes para referirse a la columna-consultorio. Se hace llamar Tía Em, y ella es mi placer secreto.

Me he enamorado de mi mejor amigo, y sé que nunca estaremos juntos…
¿Cómo puedo olvidarme de él?

Mi pareja se acaba de largar y me ha dejado con un crío de cuatro meses. ¡Ayuda!

¿Se puede estar deprimida si solo tienes catorce años?

Hay dos cosas que me gustan de esta columna: que las cartas son un recordatorio constante de que mi vida no da tanto asco como la de otros, y que hay al menos una persona en este planeta que parece tener todas las respuestas. La tía Em siempre tiene las soluciones más prácticas, como si la clave de los grandes enigmas de la existencia requiriese de la extirpación quirúrgica del componente emocional y de la sola concentración en los hechos.

Es probable que tenga ochenta años y viva rodeada de una horda de gatos, pero me da en la nariz que la tía Em sería una gran policía.

La última carta me pilla desprevenido.

Estoy casada con un buen hombre, pero no dejo de pensar en mi ex y de preguntarme si cometí un error. ¿Debería decírselo?

Los ojos se me abren como platos, y no puedo evitar ir a comprobar la firma. La autora de la carta no vive en Strafford, como Hannah, sino que es de Stowe. «Contrólate, Rich», me ordeno en silencio.

Alargo el brazo en busca de la cerveza, y estoy justo a punto de darle ese primer e indescriptible sorbo cuando me suena el móvil.

—Matson —respondo.

—¿Capitán? Siento molestarle en su noche libre…

Es Joey Urqhart, un agente novato. Estoy seguro de que son imaginaciones mías, pero los agentes nuevos son más jóvenes cada año; es probable que este aún lleve pañal por la noche. Sin duda, me llama para preguntarme dónde guardamos el suministro de clínex en la comisaría u otra cosa igualmente inútil. Los novatos saben que no hay que molestar al jefe, y yo soy el segundo al mando.

—… es solo que hemos recibido un aviso de un cadáver y me he imaginado que usted querría saberlo.

Al instante estoy alerta. No voy a cometer el error de hacerle preguntas como si hay signos de que sea un crimen o si estamos hablando de un suicidio. Ya lo descubriré por mí mismo.

—¿Dónde?

Me da la dirección de una carretera estatal, cerca de una franja de reserva natural. Es un lugar muy concurrido por esquiadores de fondo con raquetas en esta época del año.

—Voy para allá —digo, y cuelgo.

Dedico una última mirada cargada de añoranza a la cerveza que no me he bebido y la vacío por el fregadero. Cojo el abrigo de Sasha del pasillo de la entrada y busco sus botas por todas partes. En la entrada no están, tampoco en el suelo de su habitación. Me siento en el borde de su cama y la despierto con un movimiento suave.

—Eh, cielo —susurro—. Papi tiene que irse a trabajar.

Me mira con los ojos entrecerrados.

—Es muy de noche.

Según el reloj, son solo las nueve y media, pero el tiempo es relativo cuando tienes siete años.

—Ya lo sé. Voy a llevarte a casa de la señora Whitbury.

Es bastante probable que la señora Whitbury tenga un nombre de pila, pero yo jamás lo he usado. Vive al otro lado de la calle, y es la viuda de un hombre que estuvo en el cuerpo treinta y cinco años, así que entiende que las emergencias se producen. Cuidaba de Sasha cuando Hannah y yo estábamos juntos, y ahora lo hace cuando tengo a la niña y me llaman de manera inesperada.

—La señora Whitbury huele a pies.

La verdad es que sí.

—Venga, Sash, necesito que te pongas en marcha.

Se incorpora entre bostezos, mientras le voy poniendo el abrigo y le ato el gorro de lana bajo la barbilla.

—¿Dónde están tus botas?

—No lo sé.

—Pues abajo no están. Será mejor que aparezcan, porque yo no soy capaz de encontrarlas.

Sonríe de medio lado.

—Venga, ¿y tú eres el detective?

—Gracias por el voto de confianza. —La cojo en brazos—. Ponte las zapatillas —le digo—. Yo te llevo hasta el coche.

La ato a su asiento para niños del coche, aunque no vamos más que a veinte metros de distancia, y es entonces cuando las veo: las botas, tiradas en la alfombrilla del suelo del asiento de atrás. Se las ha debido de quitar de camino a casa desde Hanover, y yo no me he enterado, ya que la he metido en casa en brazos.

Ojalá todos los misterios fueran tan fáciles de resolver.

La señora Whitbury abre la puerta como si nos hubiese estado esperando.

—No sabe cuánto siento molestarla… —comienzo a decir, pero ella me interrumpe con un gesto de la mano.

—En absoluto —dice—. Me moría de ganas por un poquitín de compañía. Sasha, no me acuerdo de si lo que te gustaba era el helado de chocolate o las galletas caseras, ¿eh?

Dejo a Sasha dentro del umbral. «Gracias», le digo a la señora Whitbury moviendo los labios, y me doy la vuelta para marcharme, al tiempo que voy trazando mentalmente un mapa con el recorrido más rápido hasta el escenario del crimen.

—¡Papi!

Me vuelvo para encontrarme a Sasha con los brazos extendidos.

Durante una buena temporada tras el divorcio, Sasha no era capaz de dejar que nadie se marchase de su lado. Nos inventamos un ritual que, de alguna forma, por el camino, se convirtió en un conjuro de la buena suerte.

—Beso, abrazo, choca esos cinco —le digo mientras me arrodillo y acompaño mis palabras con sus acciones correspondientes. Juntamos entonces nuestros pulgares y hacemos fuerza—. Cacahuetes.

Sasha apoya la frente contra la mía.

—No te preocupes —decimos al unísono.

Me dice adiós con la mano y la señora Whitbury cierra la puerta.

Pego la sirena magnética en el techo de mi coche y conduzco treinta kilómetros por hora por encima del límite de velocidad antes de percatarme de que el muerto no va a estar más muerto aún si llego cinco minutos más tarde, y de que hay placas de hielo en todas las carreteras.

Lo cual me recuerda...

No he cerrado el grifo de la manguera, y para cuando regrese a casa, la pista de hielo de Sasha se habrá extendido hasta ocupar la totalidad de mi jardín trasero.

Querida tía Em:
He tenido que firmar una segunda hipoteca sobre la casa para poder pagar la factura del agua. ¿Qué debo hacer?

Atribulado, de Townsend

Querido Atribulado:
Beba menos.

Aún estoy sonriendo cuando llego al punto donde el precinto de la policía marca la escena del crimen. Urqhart viene a buscarme mientras compruebo el vehículo abandonado, un Pontiac. Aparto un poco de nieve de la ventana y echo un vistazo dentro con la linterna para ver el asiento de atrás lleno de botellas de ginebra vacías.

—Capitán. Siento haberle llamado —me dice.

—¿Qué tenemos?

—Un hombre que había salido a correr se encontró un cadáver en el bosque. El tío está medio desnudo y cubierto entero de sangre.

Comienzo a seguirle por la senda marcada.

—¿Quién puñeta sale a correr por la noche en lo más crudo del invierno?

La víctima está medio desnuda y congelada. Tiene los pantalones por los tobillos. Hago una ronda rápida por los demás agentes para ver qué pruebas han encontrado, que es casi nada. A excepción de la sangre en las extremidades del hombre, no hay señal de ningún altercado. Hay huellas que coinciden con la zapatilla que le queda a la víctima, y otro par que en apariencia pertenece al corredor (cuya coartada ya le ha excluido como sospechoso); pero, o bien el autor borró sus huellas, o bien llegó volando para matarlo. Me acuclillo y estoy examinando las sombras de la abrasión en la parte inferior de la palma de la mano izquierda de la víctima cuando llega el jefe.

—Je... sús —dice—. ¿Suicidio u homicidio?

No estoy seguro. De ser un homicidio, ¿dónde están las señales de lucha? Es casi como si le hubiesen frotado la piel a lo bestia en vez de arañársela, y no hay traumatismo en los antebrazos. Si es un suicidio, ¿por qué está el tío en calzoncillos, y cómo se mató? La sangre la tiene en los nudillos y en las rodillas, pero no en las muñecas. La verdad es que no vemos esto con la suficiente frecuencia en Townsend, Vermont, como para hacer un juicio tan rápido.

—No lo sé aún —me voy por las ramas—. La agresión sexual parece clara, de todas formas.

De pronto, un adolescente sale de entre los árboles.

—En realidad, ambos se equivocan —dice.

—¿Y tú quién eres? —pregunta el jefe, y dos de los agentes dan un paso al frente para flanquear al chico.

—Tú otra vez no —dice Urqhart—. Apareció por un robo hace más o menos un mes. Es una especie de fan de los escenarios de los crímenes. Piérdete, chaval, este no es sitio para ti.

—Espera —digo al recordar de forma vaga al adolescente de la escena de aquel robo. Ahora mismo juraría que este chaval es el autor, y no quiero que se esfume.

—Es muy simple, la verdad —prosigue el muchacho con los ojos clavados en el cadáver—. En el episodio 26, segunda temporada, todo el equipo de *CrimeBusters* se traslada hasta el monte Washington para investigar a un tío desnudo hallado en la cima. Nadie era capaz de imaginar qué hacía un tío desnudo en lo alto de una montaña, pero resultó ser hipotermia. A este hombre le sucedió lo mismo. Se desorientó y se cayó. Al producirse una subida de la temperatura corporal, él mismo se quitó la ropa porque tenía calor…, pero en realidad, eso fue lo que hizo que muriese congelado. —Sonríe—. No me puedo creer que no sepan eso.

El jefe entrecierra los ojos.

—¿Cómo te llamas?

—Jacob.

Urqhart frunce el ceño.

—La gente que muere congelada no suele ponerlo todo perdido de sangre…

—¡Urqhart! —zanja el jefe.

—Este hombre no lo ha puesto todo perdido de sangre —dice Jacob—. Habría salpicaduras de sangre en la nieve, pero en cambio solo hay una transferencia. Miren las heridas. Son abrasiones en los nudillos, las rodillas y la parte inferior de las manos. Se cayó e intentó subir a gatas. La sangre procede de sus arrastrones por el suelo antes de quedar inconsciente.

Observo a Jacob detenidamente. En su teoría hay un enorme fallo, por supuesto, y es que no te pones a sangrar de manera espontánea cuando gateas por la nieve. Si ese fuera el caso, habría cientos de niños de primaria desangrados en los recreos durante los inviernos de Vermont.

Hay algo en él, apenas insignificante, que…, pues… que no encaja. Su tono de voz es demasiado agudo y monótono, no te mira a los ojos. Se balancea sobre los talones, y creo que ni siquiera se da cuenta de ello.

En el punto donde él se ha estado balanceando, la nieve se ha derretido, y ha dejado al descubierto una porción de brezo. Doy un puntapié en el suelo bajo mis botas y hago un gesto negativo con la cabeza. Este pobre malnacido, borracho y muerto tuvo la desgracia de ir a caer en una zona de zarzas.

Antes de que pueda decir nada más, llega el forense del juzgado. Wayne Nussbaum fue a una escuela de payasos antes de sacarse su título de medicina, aunque yo no he visto a este tío provocar una sonrisa en los quince años que llevo en el cuerpo.

—Saludos a todos —dice al entrar en el claro de luz artificial—. Me dicen que tienen un asesinato misterioso entre manos, ¿es así?

—¿Piensa usted que podría ser hipotermia? —le pregunto.

Lo medita mientras voltea con sumo cuidado a la víctima y examina la parte de atrás de la cabeza.

—Nunca lo he visto con mis propios ojos…, pero he leído sobre ello. Sin duda coincidirían las circunstancias. —Wayne levanta la vista hacia mí—. Buen trabajo…, aunque tampoco hacía falta que me sacara de la prórroga del partido de los Bruins por una muerte por causas naturales.

Miro hacia el lugar donde se encontraba Jacob hace unos instantes, pero ha desaparecido.

JACOB

Pedaleo a casa tan rápido como puedo. Estoy deseando transcribir mis notas del escenario del crimen a un cuaderno nuevo. Voy a hacer dibujos, con lápices de colores y mapas a escala. Me cuelo en casa por el garaje, y estoy justo quitándome las zapatillas cuando la puerta se abre de nuevo a mi espalda.

Al instante, me quedo paralizado.

Es Theo.

¿Y si me pregunta qué es lo que he estado haciendo?

Nunca se me ha dado bien mentir. Si me pregunta, voy a tener que contarle lo del escáner, el cadáver y la hipotermia. Y eso me pone de mal humor porque ahora mismo me lo quiero guardar todo para mí en lugar de contarlo. Me meto el cuaderno en el bolsillo de atrás del pantalón, estiro el jersey hacia abajo para taparlo y lo escondo cruzando las manos a la espalda.

—¿Qué? ¿Es que ahora me vas a espiar? —dice Theo, que se quita las botas de una patada—. ¿Por qué no te buscas tu propia vida, eh?

Hasta que se encuentra a medio camino escaleras arriba no le miro y veo lo rojas que tiene las mejillas, y que está despeinado por el viento. Me pregunto dónde habrá estado y si mamá lo sabe, y enseguida desaparece la idea, sustituida por la visión de la piel desnuda del muerto, azulada bajo la luz de los reflectores, y del rosa de la nieve manchada a su alrededor. Tendré que recordar todo eso la próxima vez que prepare el escenario de un crimen. Podría utilizar colorante alimenticio en agua y pulverizarlo sobre la nieve del exterior. Y me pintaré los nudillos y las rodillas con rotulador rojo. Aunque no me hace mucha ilusión tumbarme en la nieve en calzoncillos, estoy dispuesto a hacer un sacrificio con tal de lograr un escenario que deje a mi madre perpleja.

Aún voy tarareando para mis adentros cuando llego a mi habitación. Me quito la ropa y me pongo el pijama. Me siento entonces en mi mesa y corto con mucho cuidado la hoja del cuaderno viejo ya utilizado, para no tener que oír el sonido del papel arrugado o roto. Saco un cuaderno de espiral totalmente nuevo y comienzo a esbozar la escena del crimen.

Fíjate tú. En una escala del uno al diez, este día ha resultado ser un once.

CASO N.º 2: INTRODUCCIÓN A LA IRONÍA

*I*mette St. Guillen era una muy buena estudiante de Derecho Penal de Nueva York. Una noche de invierno de 2006, salió a tomar algo con sus amigas, para acabar separándose de ellas y dirigiéndose al SoHo, desde donde llamó a una de ellas para decirle que estaba en un bar. Nunca volvió a casa. En cambio, encontraron su cuerpo desnudo a veintidós kilómetros de distancia, en un área desierta a las afueras del cinturón de Brooklyn, la autopista Belt Parkway, envuelto en una colcha estampada de flores. Le habían cortado el pelo en un lado de la cabeza, estaba atada de pies y manos con tiras de plástico, la habían amordazado con un calcetín y tenía la cabeza envuelta en cinta de embalar. La habían violado, sodomizado y asfixiado.

Se halló sangre en una de las ataduras de plástico, pero las pruebas de ADN revelaron que esta no pertenecía a la víctima. En cambio, coincidió con el de Darryl Littlejohn, un gorila de discoteca al que le habían pedido que sacase del bar a la joven, borracha, alrededor de las cuatro de la mañana. Los testigos dijeron que mantuvieron una discusión antes de abandonar el local.

En la residencia de Littlejohn se encontraron fibras que coincidían con la cinta de embalar del cadáver de la víctima.

Littlejohn también fue acusado de un segundo secuestro y asalto de otra estudiante universitaria que consiguió escapar después de que él se hiciese pasar por agente de policía, la esposase y la metiese en su furgoneta.

E Imette St. Guillen, de manera trágica, pasó de ser una estudiante de Derecho Penal a convertirse en materia de estudio impartida por los profesores de Análisis Forense del ADN.

2

EMMA

Yo tenía amigas. Antes de tener hijos, cuando trabajaba en una editorial de libros de texto a las afueras de Boston, salía hasta altas horas con algunas de las demás editoras. Íbamos a comer sushi, o a ver una película. Cuando conocí a Henry —hizo de asesor técnico en un libro de texto de programación informática—, fueron mis amigas quienes me animaron a que le pidiera yo salir a él, ya que él parecía demasiado tímido para pedírmelo a mí. Se asomaban a mi cubículo, entre risas, y me preguntaban si tenía un lado oculto estilo Superman debajo de una apariencia tan de Clark Kent. Y cuando Henry y yo nos casamos, ellas fueron las damas de honor.

Entonces me quedé embarazada, y de repente, toda la gente con quien me podía relacionar estaba apuntada a mi clase de preparación al parto, practicando la respiración y charlando sobre las mejoras ofertas de pañales. Después de dar a luz, otras tres madres y yo formamos una especie de grupo de juegos informal. Rotábamos en el papel de anfitriona, y los adultos nos sentábamos en el sofá a cotorrear mientras que los bebés andaban tirados por el suelo y rodeados de juguetes.

Nuestros hijos crecieron y comenzaron a jugar los unos *con* los otros en lugar de *al lado* de los otros. Es decir, todos excepto Jacob. Los hijos de mis amigas desperdigaban los cochecitos de juguete por toda la alfombra, pero Jacob los alineaba con precisión militar, parachoques con parachoques. Mientras que los demás niños pintarrajeaban por fuera

51

de las líneas, Jacob dibujaba elegantes cuadraditos siguiendo el espectro del arco iris a la perfección.

No me percaté, al principio, cuando a mis amigas se les olvidó comentarme en casa de quién se celebraría la siguiente reunión del grupo de niños. No leí entre líneas cuando me tocó a mí y dos de las madres se excusaron por tener otros compromisos anteriores; pero esa tarde, Jacob se alteró cuando la hija de mi amiga fue a coger el camión cuyas ruedas él estaba girando y le dio un empujón tan fuerte que la niña se golpeó contra el borde de la mesita del salón.

—No puedo seguir haciendo esto —dijo mi amiga conforme recogía a su hija, que berreaba—. Lo siento, Emma.

—¡Pero si ha sido un accidente! ¡Jacob no es capaz de entender lo que ha hecho!

Me miró fijamente.

—¿Y tú?

Después de eso, la verdad es que no volví a tener amigas. ¿Qué tiempo tenía para eso, con todos los especialistas de intervención temprana que ocupaban todos y cada uno de los minutos de la vida de Jacob? Me pasaba el día entero tirada en la alfombra con él, obligándole a relacionarse, y por la noche me quedaba levantada leyendo los últimos libros sobre investigación del autismo, como si yo fuese a encontrar una solución que ni siquiera encontraban los expertos. Con el paso del tiempo, conocí a otras familias en la guardería de Theo, que de primeras se mostraban agradables, pero se distanciaban al conocer al hermano mayor del niño. Y cuando nos invitaban a cenar a casa de alguien, todo aquello de lo que yo era capaz de hablar era de cómo las pomadas tópicas de glutatión habían ayudado a ciertos niños autistas, incapaces de producir cantidades suficientes de dicha sustancia para que esta se combine y el cuerpo elimine toxinas.

Aislamiento. Fijación con un tema en particular. Incapacidad para establecer relaciones sociales.

Fue a Jacob a quien se lo diagnosticaron, pero bien podría yo tener asperger también.

Cuando bajo las escaleras a las siete de la mañana, Jacob ya se encuentra sentado a la mesa de la cocina, duchado y vestido. Un adolescente común se quedaría en la cama hasta las doce en domingo —Theo lo haría, a ciencia cierta—, pero, claro, Jacob no es común. Su rutina de levantarse para ir a clase está por encima del hecho de que sea fin de semana y no haya ninguna prisa para marcharse de casa. Incluso los días de nieve en que se suspenden las clases, Jacob se viste en lugar de volverse a la cama.

Está devorando el periódico del domingo.

—¿Desde cuándo lees tú el periódico? —pregunto.

—¿Qué clase de madre no desea que su hijo se encuentre al día de las noticias?

—Sí, ya, en esa no caigo. Déjame que lo adivine… ¿Estás recortando cupones para el pegamento de contacto? —Jacob se cepilla el Krazy Glue de Staples como si fuera agua, ya que forma parte del proceso para obtener las huellas de los objetos; y, en esta casa, es una situación de lo más normal que algo desaparezca (mis llaves del coche, el cepillo de dientes de Theo) y reaparezca bajo la pecera invertida que Jacob utiliza para el fumigado en busca de huellas.

Dosifico en la cafetera automática el suficiente café que me haga volver a ser persona y ponerme en marcha con el desayuno de Jacob. Es un rompecabezas: no toma gluten y tampoco toma caseína, lo cual, básicamente, significa nada de trigo, avena, cebada o lácteos. Dado que aún no hay cura para el asperger, lo que tratamos son los síntomas, y por alguna razón, si le regulo la dieta, su comportamiento mejora. Cuando hace trampas, como la pasada Navidad, veo cómo retrocede con las estereotipias y las crisis. Francamente, con el diagnóstico en el espectro autista de uno de cada cien niños en los Estados Unidos, estoy segura de que podría tener mi programa estrella en el Canal Cocina: *Autismo y alimentación*. Jacob no comparte mi entusiasmo culinario y dice que soy un cruce de Jenny Craig y sus dietas con Josef Mengele.

Cinco días a la semana, además de su dieta restrictiva, Jacob come por colores. La verdad es que no recuerdo cómo empezó esto, pero es una rutina: toda la comida del lunes es verde; la del martes, roja; la del miércoles, amarilla, etcétera. Por algún motivo, esto le ayuda con su sentido de la estructuración. Los fines de semana, sin embargo, son a discreción, así que mi menú del desayuno para esta mañana incluye magdalenas caseras de arroz de tapioca descongeladas y cereales EnviroKidz Koala Crisp con leche de soja. Frío un poco de bacon de pavo Applegate Farms y saco pan sin gluten y manteca de cacahuete Skippy. Tengo un cuadernillo de espiral lleno de números de teléfono de marcas de comida y gratuitos que es mi biblia del chef. También saco el zumo de uva, porque Jacob lo mezcla con su glutatión con liposomas: una cucharadita con un cuarto de cucharadita de vitamina C en polvo. Aún sabe a rayos, pero es mejor que la alternativa previa: una pomada que se frotaba en los pies y se cubría con calcetines de lo mal que olía. No obstante, los inconvenientes del glutatión se quedan en nada comparados con sus ventajas: se combina y elimina las toxinas que el cuerpo de Jacob no es capaz de eliminar por sí solo, y le permite una mayor agudeza mental.

La comida es solo una parte del bufé.

Saco los boles minúsculos de silicona que utilizamos para los suplementos de Jacob. Todos los días se toma un complejo vitamínico, una cápsula de taurina, y una pastilla de omega-3. La taurina previene los ataques, los ácidos grasos ayudan con la flexibilidad mental. Levanta el periódico y se lo pone frente a la cara cuando le planto delante los dos tratamientos que más odia: la oxitocina en espray nasal y la inyección de B12 que él mismo se pone, ambas como ayuda frente a la ansiedad.

—Puedes esconderte, pero no te vas a escapar —le digo al tiempo que tiro del borde del periódico.

Podrías haber pensado que la inyección es lo que peor lleva, pero en realidad él solito, sin mayor ceremonia, se levanta la camisa y se toma en un pellizco la piel de la tripa para ponérsela. Sin embargo, para un chico con problemas de tipo sensorial, usar un espray nasal es como torturarse al estilo «submarino». Todos los días veo cómo Jacob se queda mirando el frasco hasta acabar por convencerse de que será capaz de controlar la sensación del líquido que desciende y le gotea en la garganta. Y todos los días me deja hecha polvo.

Ni que decir tiene que el seguro médico no cubre ninguno de estos suplementos, que cuestan cientos de dólares al mes.

Dejo un plato de magdalenas delante de él, que pasa otra página del periódico.

—¿Te has lavado los dientes?

—Sí —masculla Jacob.

Le planto la mano sobre el periódico de manera que no vea nada.

—¿Seguro?

Las pocas veces que Jacob miente, resulta tan obvio que todo lo que tengo que hacer es levantar una ceja y él cede. Las únicas situaciones en que le he visto intentar comportarse de manera deshonesta es cuando se le pide que haga algo que no quiere hacer —como tomarse sus suplementos o cepillarse los dientes— o para evitar un conflicto. En esos casos, él me dice lo que cree que quiero oír.

—Lo haré después de desayunar —promete, y yo sé que lo hará—. ¡Sí! —grita de repente—. ¡Aquí está!

—¿Qué?

Jacob se inclina hacia delante y lee en voz alta.

—La policía de Townsend ha recuperado el cuerpo sin vida de Wade Deakins, de cincuenta y tres años de edad, en una zona boscosa junto a la autopista 140. Deakins falleció por hipotermia. No se ha informado de ningún indicio que apunte a un crimen. —Suelta un bufido y hace un gesto negativo con la cabeza—. ¿Te puedes creer que lo hayan escondido en la página catorce?

—Sí —le digo—. Es horripilante. ¿Por qué iba nadie a querer leer que un hombre ha muerto congelado? —Estoy añadiendo la leche al café y me detengo en seco—. ¿Y cómo sabías tú que ese artículo iba a salir hoy en el periódico?

Vacila, consciente de que ha sido cazado con las manos en la masa.

—He acertado por casualidad.

Me cruzo de brazos y le miro fijamente. Aunque él no me mire a los ojos, puede sentir el ardor de los míos.

—¡Vale! —confiesa—. Me enteré anoche por el escáner.

Evalúo su forma de mecerse en la silla y el azoramiento que no cesa de abrirse paso hacia su rostro.

—¿Y?

—Fui para allá.

—¿Que tú *qué*?

—Fue anoche. Cogí mi bici…

—Te fuiste hasta la autopista 140 en bicicleta en el frío…

—¿Quieres que te lo cuente o no? —dice Jacob, y dejo de interrumpirle—. La policía encontró un cadáver en el bosque, y el detective se decantaba por la agresión sexual y el homicidio…

—Cielo santo.

—… pero las pruebas no lo respaldaban. —Resplandece—. Les solucioné el caso.

Me quedo boquiabierta.

—¿Y eso les ha parecido bien?

—Pues… no. Pero es que necesitaban ayuda. Teniendo en cuenta las heridas del cadáver, estaban yendo en una dirección totalmente errónea…

—¡Jacob, no puedes entrometerte en el escenario de un crimen! ¡Eres un civil!

—Soy un civil con mayores conocimientos de investigación criminal que la policía local —rebate—. Permití, incluso, que el detective se llevase el mérito.

En mi cabeza, veo a la policía de Townsend llegar frente a mi puerta hoy para echarme una reprimenda (en el mejor de los casos) y arrestar a Jacob (en el peor). ¿No es una falta alterar una investigación policial? Me imagino las consecuencias si se hace público que la tía Em, la experta consejera, ni siquiera sabe dónde anda su hijo por las noches.

—Escúchame —digo—. No vas a volver a hacer eso, de ninguna manera. Jamás. ¿Y si hubiera sido un homicidio, Jacob? ¿Y si el asesino hubiese ido a por ti?

Le veo estudiar la posibilidad.

—Pues —dice, absolutamente literal—, imagino que habría salido corriendo a toda velocidad.

—Considéralo una nueva norma de la casa. No te marcharás de aquí a escondidas a menos que me lo digas primero.

—En sentido estricto, eso no sería marcharme a escondidas —puntualiza él.

—Venga, Jacob, ayúdame un poco…

Menea la cabeza.

—No salgas a escondidas al escenario de un crimen. Entendido. —Entonces me mira, directamente, algo que sucede con tan poca frecuencia que me sorprendo conteniendo la respiración—. Pero, mamá, en serio, ojalá lo hubieras visto. Las sombras de las marcas en las espinillas del tío y…

—Jacob, ese *tío* sufrió una muerte horrible, allí solo, y se merece un poco de respeto. —Aunque según lo estoy diciendo, sé que no es capaz de entenderlo. Hace dos años, en el funeral de mi padre, Jacob me preguntó si se podía abrir el ataúd antes del entierro. Pensé que se trataba de despedirse de un familiar al que quería, pero, en cambio, Jacob le puso la mano a mi padre en la mejilla, fría y acartonada. «Solo quiero saber qué tacto tiene un muerto.»

Cojo el periódico y lo doblo.

—Le vas a escribir hoy al detective una nota de disculpa por estorbarle…

—¡No sé cómo se llama!

—Búscalo en Google —digo—. Ah, y considérate castigado hasta nuevo aviso.

—¿Castigado? ¿Te refieres a que no puedo salir de casa?

—No, excepto para ir a clase.

Para mi sorpresa, Jacob se encoge de hombros.

—Supongo que tendrás que llamar a Jess, entonces.

Mierda. Me he olvidado de la tutora de interacción social de Jacob. Va a verla dos veces a la semana para practicar sus aptitudes de sociabilidad. Jess Ogilvy, estudiante de posgrado de la Universidad de Vermont que piensa dedicarse a la enseñanza de niños autistas, es fantástica con Jacob. Él la adora, casi tanto como teme lo que ella le obliga a hacer: mirar a los ojos a las cajeras, iniciar conversaciones con extraños en el autobús o preguntar por la calle cómo se llega a algún lugar. Hoy tienen planeado ir a una pizzería para que Jacob pueda practicar con las charlas intrascendentes.

Pero, para poder hacerlo, tendrá que tener permiso para salir de casa.

—¿Una magdalena? —me ofrece con inocencia, y me pasa la fuente. Odio cuando sabe que tiene razón.

Pregúntale a la madre de un autista si las vacunas tienen algo que ver con la situación de su hijo, y te dirá que sí con vehemencia.

Pregúntale a otra y te dirá que no con la misma vehemencia.

Aún no hay sentencia definitiva al respecto, y lo digo en sentido literal. Aunque unos pocos padres hayan demandado a la administración —alegando que las vacunas son la causa del autismo de sus hijos—, yo no he recibido indemnización alguna, y no cuento con ella.

Estos son los hechos:

1. En 1988, los Centros de Control de Enfermedades recomendaron un cambio en los calendarios estadounidenses de vacunación infantil y añadieron tres inyecciones de hepatitis B (incluida una al nacer) y tres de *haemophilus influenzae b,* todas ellas antes de los seis meses.
2. Las compañías farmacéuticas salieron al paso ofreciendo dispensadores multidosis de vacunas conservados con timerosal, una sustancia antibacteria a base de un 49 % de etilmercurio.
3. Aunque los efectos del envenenamiento por mercurio ya se habían detectado en la década de los cuarenta, la Administración de Alimentos y Medicinas y los CCE no tuvieron en considera-

ción los efectos que estas dosis causarían en los recién nacidos. Tampoco las farmacéuticas dieron la voz de alarma, aunque la nueva situación supusiese que un bebé recibiera en su revisión periódica de los dos meses de edad, en un solo día, una dosis de mercurio cien veces por encima del umbral de seguridad en la exposición a largo plazo establecido por el gobierno.

4. La sintomatología del autismo tiene un lamentable y enorme parecido con la sintomatología del envenenamiento por mercurio. Por darte algún ejemplo: cuando los científicos estudiaron la migración del mercurio al cerebro de los primates, se percataron de que estos evitaban el contacto visual directo.

5. Entre 1999 y 2002, y sin hacer mucho ruido, el timerosal fue retirado de la mayoría de las vacunas infantiles.

También está el argumento contrario, que el etilmercurio —el presente en las vacunas— se elimina del cuerpo más rápido que el metilmercurio, el venenoso; que a pesar del hecho de que la mayoría de las vacunas han dejado de contener mercurio, el autismo sigue en aumento; que los CCE, la Organización Mundial de la Salud y el Instituto de Medicina han realizado cinco grandes estudios, ninguno de los cuales ha hallado un nexo entre las vacunas y el autismo. Todos esos hechos resultan convincentes, pero el único que necesito yo para convencerme de que existe algún tipo de relación es el siguiente:

1. Mi hijo tenía el aspecto de cualquier otro niño normal de dos años hasta que recibió una tanda de vacunas que incluía la DTPa, la Hib y la hepatitis B.

No creo que se trate de un nexo casual. Al fin y al cabo, de cada 100 niños con el mismo programa de vacunación, 99 no se volverán jamás autistas, pero es igual que con el cáncer, del que todos nosotros probablemente tenemos marcadores en nuestros genes, y si te fumas dos paquetes diarios tienes más probabilidades de desarrollarlo que si no lo haces. Los niños con una cierta predisposición en sus genes no son capaces de evacuar el mercurio con la misma facilidad que la mayoría de nosotros y, en consecuencia, acaban dentro del espectro.

No soy una de esas madres que dan el bandazo al extremo opuesto y se oponen a la inmunización. Cuando nació Theo, recibió sus vacunas. En mi opinión, los beneficios de la vacunación siguen sobrepasando a los riesgos.

Creo en las vacunas, en serio. Es solo que creo en distanciarlas más unas de otras.

Gracias a Jess Ogilvy, Jacob asistió al baile de su penúltimo curso en el instituto.

No era algo que yo me hubiese esperado jamás que hiciera, la verdad; hay muchos momentos que yo daba por «seguros» para un hijo mío que, tras el diagnóstico de Jacob, se convirtieron en cambio en «ojalás». Conservar un trabajo. Encontrar a alguien que le quiera. Supongo que es Theo quien sufre lo peor de mis sueños. Con Jacob albergo la esperanza de que se integre bien en el mundo, pero de su hermano, espero que deje huella.

Y ese es el motivo de que, cuando Jacob anunció que pretendía acudir al baile de primavera, me sorprendiera.

—¿Con quién? —pregunté.

—Bueno —dijo Jacob—, Jess y yo no lo hemos decidido aún.

Veía el motivo por el que Jess se lo había propuesto: las fotos, el baile, la conversación en la mesa, eran situaciones sociales que él debía conocer. Yo estaba de acuerdo con ella, pero tampoco deseaba ver sufrir a Jacob. ¿Y si no quería ir con él ninguna de las chicas a las que se lo pidiese?

No creo que yo sea una mala madre, solo una madre realista. Sabía que Jacob era guapo, divertido y tan inteligente que a veces me dejaba tambaleándome. No obstante, a otros les resultaba difícil verlo bajo esa misma luz. Para ellos, simplemente parecía raro.

Esa noche me dirigí a la habitación de Jacob. El placer de verle por una vez tan emocionado con un acto de relaciones sociales se veía amortigua-do por la imagen de una retahíla de chicas que se reía en sus narices.

—Y bien —dije, y me senté en el borde de su cama. Esperé a que dejase su lectura, la *Revista de Investigación Criminal*—. El baile, ¿eh?

—Sí —dijo él—. Jess cree que es una buena idea.

—¿Y tú? ¿Crees que es una buena idea?

Jacob se encogió de hombros.

—Supongo, pero estoy un poco preocupado…

A eso me aferro.

—¿Con qué?

—El vestido de mi acompañante —dijo Jacob—. Si es naranja, no creo que pueda soportarlo.

Se me puso una sonrisa en la cara.

—Confía en mí. Ninguna chica viste de naranja en el baile de fin de curso. —Tiro de un hilo de su manta—. ¿Estás pensando en pedírselo a alguna en particular?

—No.

—¿No?

—Así no sufriré una decepción —dijo con frialdad.

Vacilé.

—Me parece fantástico que intentes esto, e incluso aunque no fun-cione…

—Mamá —me interrumpió Jacob—, por supuesto que va a funcio-nar. Hay cuatrocientas dos chicas en el instituto. Si asumimos que una de ellas me encuentra remotamente atractivo, la posibilidad de que me digan que sí se encuentra estadísticamente a mi favor.

El caso es que solo tuvo que preguntar a ochenta y tres. Al final, una dijo que sí: Amanda Hillerstein, que tenía un hermano pequeño con síndrome de Down y el suficiente buen corazón como para ver más allá del asperger de Jacob, al menos por una noche.

Lo que vino a continuación fue un curso intensivo de etiqueta para el baile. Jess trabajó con Jacob las charlas intrascendentes durante la cena. («Apropiado: ¿vas a ir a ver universidades este verano? Inapropiado: ¿sabías que en Tennessee hay un lugar al que llaman la Granja de Cadáveres, donde se puede estudiar cómo se descomponen los cuerpos?») Y yo trabajé todo lo demás. Practicamos cómo caminar junto a una chica en lugar de mantener medio metro de distancia entre ambos; cómo mirar a la cámara cuando alguien te saca una foto; cómo preguntarle a tu acompañante si le apetece bailar, aunque Jacob dejó bien clara la línea en lo referente a los bailes lentos:

—¿De verdad tengo que tocarla?

El día del baile, mil y una trampas posibles me recorrían la imaginación. Jacob no se había puesto nunca un esmoquin; ¿y si la pajarita le sacaba de quicio y se negaba a ponérsela? Odiaba jugar a los bolos porque le contrariaba la idea de ponerse unos zapatos que habían alojado los pies de otra persona momentos antes. ¿Y si por el mismo motivo le daba una crisis a causa del par de mocasines de charol alquilados? ¿Y si el comité de decoración del baile había decidido descartar su idea de la temática submarina, que era el plan, y prefería una fiesta disco con luces intermitentes y bolas de espejo que sobreestimularían los sentidos de Jacob? ¿Y si Amanda se dejaba el pelo suelto, y Jacob, nada más verla, salía corriendo de vuelta a su cuarto?

Amanda, bendita sea, se había ofrecido a conducir, ya que Jacob no lo hacía. Apareció y aparcó su Jeep Cherokee a las siete de la tarde en punto. Jacob la estaba esperando con un ramillete de pulsera que había ido a buscar a la floristería esa tarde. Llevaba de pie junto a la ventana, observando, desde las seis.

Jess había venido con una cámara de vídeo para dejar constancia grabada del evento para la posteridad. Todos contuvimos la respiración unos instantes cuando Amanda se bajó del automóvil con un traje de noche de color melocotón.

—Dijiste que no vestiría de naranja —susurró Jacob.

—Es melocotón —le corregí.

—Se encuentra dentro de la familia del naranja —dijo, lo único de lo que tuvo tiempo antes de que Amanda llamase a la puerta.

Jacob abrió de golpe.

—Estás preciosa —afirmó, tal y como habíamos practicado.

Cuando les saqué una foto en el césped frente a la casa, Jacob incluso miró a la cámara. Hasta hoy, esta imagen permanece como la única que tengo de él donde lo hace. Lo admito, lloré un poco cuando le vi ofrecerle el brazo a Amanda para acompañarla hasta el coche. ¿Es que podía haber pedido acaso que saliese mejor? ¿Podía Jacob haber recordado mejor todas y cada una de las lecciones sobre las que con tanta diligencia había trabajado?

Jacob le abrió la puerta del coche a Amanda y lo rodeó para dirigirse al lado del acompañante.

«Oh, no», pensé.

—Eso se nos había olvidado por completo —dijo Jess.

Y desde luego que sí, Jess y yo nos quedamos mirando cómo Jacob se metía en el coche en su lugar habitual: el asiento de atrás.

THEO

—Es aquí —digo, y mi madre detiene el coche ante una casa al azar que no he visto antes en mi vida.

—¿Cuándo quieres que vuelva a recogerte? —pregunta ella.

—No lo sé. No estoy seguro de cuánto nos llevará redactar el trabajo del laboratorio —le digo.

—Vale, tienes tu móvil. Llámame. —Hago un gesto de asentimiento y salgo del coche—. ¡Theo! —grita ella—. ¿No se te olvida algo?

Una mochila. Si voy a hacer los deberes con un compañero de laboratorio imaginario, debería ser lo bastante espabilado como para llevarme un puñetero cuaderno.

—Leon lo tiene todo —digo—. Lo tiene en su ordenador.

Mira por encima de mi hombro, hacia la puerta principal.

—¿Estás seguro de que te está esperando? No parece que haya nadie en la casa.

—Mamá, ya te lo he dicho. He hablado con Leon diez minutos antes de salir de casa. Se supone que tengo que entrar por la puerta de atrás. Relájate, ¿vale?

—Que no se te olvide ser educado —dice mientras yo cierro la puerta—. Por favor, y…

«Gracias», mascullo en voz baja.

Asciendo por el camino de entrada y recorro un sendero que da la vuelta a la casa. Acabo de torcer la esquina cuando oigo cómo se marcha mi madre.

Por supuesto que tiene pinta de que aquí no hay nadie. Así lo he planeado.

No tengo que hacer ningún trabajo de laboratorio. Ni siquiera conozco a nadie que se llame Leon.

Esta es una zona nueva para mí: en este barrio viven muchos profesores que trabajan en la Universidad de Vermont. Las casas son viejas y tienen unas pequeñas placas de latón con el año en que fueron construidas. Lo genial de las casas viejas es que tienen unos pestillos penosos que, la mayoría de las veces, puedes abrir haciendo palanca con una tarjeta de crédito, deslizándola de la manera precisa. No tengo tarjeta de crédito, pero el carné del instituto funciona igual de bien.

Sé que no hay nadie en casa porque no hay huellas en el camino de entrada tras la nieve que cayó anoche, algo en lo que no ha reparado mi madre. Me sacudo la nieve de las zapatillas en el porche y entro. La casa huele a gente mayor: copos de avena y naftalina. Además, hay un bastón apoyado en la entrada. Pero —raro— también hay colgada una sudadera Gap con capucha. Quizá se la dejase olvidada su nieta.

Igual que la última vez, me voy primero a la cocina.

Y lo primero que veo es una botella de vino tinto en la encimera. Está a medias, aproximadamente. Quito el corcho, le doy un trago y casi escupo la mierda esa por toda la encimera. ¿Cómo es posible que se lo beba la gente si sabe así? Me limpio la boca, hurgo por la despensa en busca de algo que me haga olvidar el sabor del vino y encuentro unas galletas saladas. Abro el paquete y me como unas pocas. A continuación echo un vistazo al contenido del frigorífico y me hago un sándwich de jamón de la Selva negra con queso cheddar de salvia en una baguette. Nada de jamón y queso en esta casa. Demasiado fetén, incluso, para la mostaza amarilla de toda la vida: en su lugar tengo que ponerle mostaza al champán, sea lo que sea eso. Por un segundo me preocupa que sepa como el vino, pero si tiene algo de alcohol, me podría convencer.

Me voy tranquilamente al salón y dejo un rastro de migas. No me he quitado las zapatillas, así que voy dejando también un reguero de nieve a medio derretir. Finjo ser sobrehumano. Puedo ver a través de las paredes, oír el sonido de un alfiler al caer. Nadie podría jamás cogerme por sorpresa.

El salón es exactamente lo que cabía esperar. Sofás de cuero agrietado y montones de papel por todas partes, tantos libros polvorientos que, aunque no tengo asma, la siento venir.

Aquí viven un hombre y una mujer. Lo sé porque hay libros de jardinería y botellitas de cristal alineadas en la repisa de la chimenea. Me pregunto si se sientan en esta habitación y charlan sobre sus hijos, sobre aquel entonces. Estoy seguro de que se terminan las frases el uno al otro.

«¿Recuerdas cuando Louis se encontró un trozo de fieltro en el camino de la entrada después de Navidad…»

«… y se lo llevó al colegio para enseñarlo como una prueba del paso de Santa Claus?»

Me siento en el sofá. El mando de la tele está en la mesilla, así que lo cojo, dejo el sándwich a mi lado en el sofá, y enciendo los aparatos que tienen, que están mucho mejor de lo que pensarías para unos abuelos. Hay estanterías llenas de CD, con todos los tipos de música que te puedas imaginar; y una tele plana HDTV de última generación.

También tienen TiVo, y aprieto unos cuantos botones hasta que sale en la tele lo que hay allí grabado.

Los documentales *Antiques Roadshow*.

Los tres tenores en la tele pública de Vermont.

Y algo así como el canal de historia entero.

Han grabado también un partido de hockey en la NESN y una película que pusieron el pasado fin de semana: *Misión imposible 3*.

Hago doble clic en esa, porque resulta difícil imaginarse al señor Profesor y señora viendo a Tom Cruise repartir estopa, pero ya te digo, sí que lo es.

Así que decido dejarles esa. El resto lo borro.

Después, empiezo a añadir programas para grabar.

Las chicas de la mansión Playboy
Mi súper Lolita
South Park

Y para equilibrarlo un poco, me voy a la HBO y marchando una de *Borat*.

Cuando salió esa película, la ponían en el mismo cine que *Piratas del Caribe 3*. Yo quería ver *Borat*, pero mi madre me dijo que tendría que esperar algo así como una década. Nos compró entradas para *Piratas* y nos dijo que nos vería en el aparcamiento a la salida de la peli porque tenía que ir al supermercado. Sabía que Jacob jamás lo habría sugerido, de manera que le dije que le quería contar un secreto, pero me tenía que prometer que no se lo diría a mamá. Estaba tan obsesionado con el secreto que ni siquiera le importó que estuviésemos quebrantando las normas, y cuando me colé en la otra película justo después de los créditos iniciales, él me acompañó. Y, en cierto modo, imagino que mantuvo su promesa: jamás le dijo a mi madre que nos habíamos ido a ver *Borat*.

Ella lo descubrió cuando Jacob se puso a recitar frases de la película, como hace siempre. *Muy guapa, muy guapa, ¿cuánto? ¡Me gusta hacer momento sexy!*

Me parece que estuve castigado tres meses.

Tengo una fugaz visión de la señora del Profesor, que enciende su TiVo para ver lo que tiene grabado, se encuentra a las conejitas de Playboy y le da un ataque al corazón. De su marido, que se la encuentra y sufre un infarto.

Al instante, me quedo hecho una mierda.

Borro lo que había programado y recupero los programas originales. «Se acabó. Esta es la última vez que me cuelo en ningún sitio», me digo a mí mismo, aunque hay otra parte de mí que sabe que eso no será verdad. Soy un adicto, pero en lugar del subidón que a otros les da un pico o una raya, lo que yo necesito es un chute que me haga sentir un hogar.

Levanto el auricular del teléfono con la idea de llamar a mi madre y pedirle que venga a recogerme, pero me lo pienso mejor y cuelgo. No quiero que quede ningún rastro de mí. Quiero que parezca que jamás he estado aquí.

Así que dejo la casa más limpia de lo que estaba cuando entré y comienzo a caminar de vuelta a la mía. Son trece kilómetros, pero puedo intentar hacer dedo al llegar a la autopista estatal.

Al fin y al cabo, Leon tiene ese tipo de padres a los que no les importa dejarme en casa.

OLIVER

Me siento bastante bien porque, este viernes, he ganado mi caso contra el cerdo.

Vale, en la práctica, no fue el cerdo quien puso el pleito. Ese honor corresponde a Buff (apócope de Buffalo, y juro que no me lo estoy inventando) Wings, un motorista de 135 kilos que conducía su Harley de época por una carretera de Shelburne cuando un gigantesco cerdo solitario salió de la cuneta y se situó directo en su camino. A consecuencia del accidente, el señor Wings perdió un ojo, algo que —llegados a un punto— mostró al jurado al levantarse el parche de satén negro y ante lo cual, por supuesto, protesté.

Fuera como fuese, cuando Wings salió del hospital, demandó al dueño del terreno del que salió el cerdo, si bien resultó más complicado que eso: Elmer Hodgekiss, propietario del cerdo, solo estaba arrendado en aquella propiedad, que era de una terrateniente que vivía allá en Brattleboro, una dama de ochenta años de nombre Selma Frack. En el contrato de arrendamiento de Elmer había una cláusula específica que decía que nada de mascotas ni de animales, pero Elmer defendió la prohibida crianza del cerdo (y su igualmente subversiva crianza de pollos, para el caso) basándose en que Selma se encontraba en una residencia, que nunca se había personado en la propiedad y que lo que ella desconociese no le haría daño alguno.

Yo representaba a Selma Frack. Su cuidadora en la Residencia de Mayores Green Willow me contó que Selma me escogió de entre la guía por mi anuncio de las Páginas Amarillas:

«Sr. don Oliver O. Bond», decía, con un logotipo que se parecía a la pistola de 007 —excepto que ponía OOB, mis iniciales—, «cuando necesite un abogado que ni se deje impresionar, ni se deje liar».

—Gracias —dije—. Fue idea mía, la verdad.

La cuidadora se me quedó mirando, inexpresiva.

—Lo que le gustó fue que pudo leer la letra. Hay que ver con la mayoría de los abogados, su letra es demasiado pequeña.

A pesar del hecho de que Buff Wings quería que el seguro de Selma cubriese sus facturas médicas, yo contaba con dos bazas a mi favor.

1. El complicado argumento de Buff Wings consistía en que Selma debía ser considerada responsable, aunque (a) ella no tenía conocimiento del cerdo, (b) había prohibido el cerdo de forma expresa, y (c) había desahuciado a Elmer Hodgekiss en cuanto supo que este había liberado a su cerdo asesino entre la población civil.
2. Buff Wings había decidido representarse a sí mismo.

Yo aparecí con mis expertos que refutasen las afirmaciones de Wings acerca de los daños, tanto físicos como emocionales. Por ejemplo, ¿sabías que hay un hombre en Ohio que es un verdadero experto en la conducción con un solo ojo? ¿Y que en la práctica totalidad de los estados puedes seguir conduciendo —incluso una motocicleta— mientras que tu otro ojo obtenga la puntuación máxima de veinte sobre veinte en los test de visión? ¿Y que en determinadas circunstancias, el término *punto ciego* puede resultar políticamente incorrecto?

Después de que el juez fallase a nuestro favor, seguí a Selma y a su cuidadora hasta el ascensor de los juzgados.

—Bueno —dijo la cuidadora—. Bien está lo que bien acaba.

Bajé la mirada hacia Selma, que se había pasado durmiendo la mayor parte del proceso.

—Y todo es despreocupación hasta que alguien pierde un ojo —le respondo—. Por favor, haga usted extensiva mi enhorabuena a la señora Frack por su victoria ante el juez.

Salgo entonces corriendo escaleras abajo, hacia el aparcamiento, y hago un gesto con el puño en el aire.

Mi porcentaje de éxito en litigios es del cien por cien.

¿Qué más da que solo haya tenido un caso?

Al contrario de la creencia popular, la tinta de mi título de abogado no está todavía secándose.

Son restos de pizza.

Pero se trató de un accidente bienintencionado, es decir, a causa de que mi oficina esté situada sobre la pizzería del pueblo, y de que Mamá Spatakopoulous tenga la rutina de bloquearme la subida por las escaleras para ponerme en las manos un plato de espagueti o una empanada de champiñón y cebolla, que sería descaradamente maleducado rechazar. A eso se añade el hecho de que no me llega para comer, de veras, y rechazar comida gratis sería una estupidez. Por descontado, fue una estupidez por mi parte alcanzar una servilleta improvisada de un montón de papeles sobre mi escritorio, pero es que las probabilidades de que se tratase de mi título de derecho (en lugar de mi pedido de comida china para llevar) eran bien reducidas.

Y a cualquier cliente nuevo que desee ver mi título, lo que le voy a decir es que lo están enmarcando.

Efectivamente, conforme vuelvo a entrar, Mamá S. sale a mi encuentro con una calzone.

—Tienes que ponerte un gorro, Oliver.

Aún tengo el pelo mojado de mi ducha en los vestuarios del instituto. Se ha empezado a formar hielo.

—Pero usted cuidará de mí cuando tenga neumonía, ¿verdad que sí? —bromeo.

Se ríe y empuja la caja hacia mí. Subo corriendo las escaleras y Thor se pone a ladrar como un enloquecido. Abro solo una rendija de la puerta para que no salga disparado.

—Tranquilo —digo—. Si solo me he ido quince minutos.

Se tira a por mí con todos sus cinco kilos de peso.

Thor es un caniche enano. No le gusta nada oír que le llaman *caniche*: te gruñe, ¿y se le puede culpar por ello? ¿Qué perro macho quiere ser un caniche? Con ese nombre solo debería haber hembras, si quieres saber lo que pienso.

Hago todo lo que puedo por él. Le puse el nombre de un poderoso guerrero; le dejo el pelo largo, pero en lugar de parecer menos afeminado, solo hace que se parezca más al mocho de una fregona.

Lo cojo y me lo pongo bajo el brazo como un balón de rugby, y entonces me percato de que hay plumas por toda mi oficina.

—Oh, mierda —digo—. ¿Qué has hecho, Thor?

Lo dejo en el suelo y evalúo los daños.

—Fantástico. Gracias, mi poderoso perro guardián, por protegerme de mi propia almohada. —Saco el aspirador del armario y comienzo a succionar los restos. Es culpa mía, lo sé, por no haber quitado de en medio mi cama antes de salir a hacer mi recado. Hoy día, mi oficina hace también las veces de mis aposentos; no de manera permanente, por supuesto, pero ¿sabes lo caro que resulta pagar el alquiler de un despacho de abogados y de un apartamento? Además, al estar en el pueblo, puedo ir dando un paseo al instituto todos los días, y el bedel allí se porta de maravilla y me deja utilizar los vestuarios para mi aseo personal. Le di algunos consejos gratuitos sobre su divorcio, y esta es su forma de agradecérmelo.

Normalmente, doblo la manta y la guardo junto con la almohada en el armario, y oculto mi minitelevisión de trece pulgadas en un archivador tan vacío y desangelado como una cueva. De ese modo, si entran clientes nuevos a contratar mis servicios, no percibirán mi horrorosa carencia de éxito.

Es solo que soy nuevo en el pueblo, eso es todo. Y ese es el motivo de que me pase más tiempo organizando los clips en mi escritorio que haciendo un verdadero trabajo de abogado.

Hace siete años que me gradué *cum laude* por la Universidad de Vermont, en Lengua inglesa. Te ofrezco una pequeña píldora de sabiduría, por si acaso te interesa: no se puede vivir del ejercicio de la Lengua en el mundo real. Pero a ver, seamos sinceros, ¿qué habilidades tenía yo? ¿Capaz de ganar a cualquiera en un duelo de lectura? ¿Capaz de escribir un ensayo analítico totalmente incendiario sobre los tintes homoeróticos de los sonetos de Shakespeare?

Sí, claro. Con eso y con un dólar cincuenta te dan un café.

Así que decidí que tenía que dejar de vivir en teoría para empezar a experimentar la física práctica. Respondí a un anuncio que vi en el *Burlington Free Press* para ser aprendiz de herrador. Me recorrí la campiña y aprendí a reconocer qué se consideraban unos andares normales para un caballo y qué no. Estudié la manera de recortar los cascos de un pollino y cómo dar forma a la herradura de un caballo sobre un yunque, clavarla en su sitio, limarla y ver al animal salir corriendo de nuevo.

Me gustaba lo de ser herrador. Me gustaba la presión de los 680 kilos de caballo contra mi hombro cuando tenía que doblarle una mano para examinar la pezuña, pero pasados cuatro años, me impacienté. Decidí estudiar Derecho por el mismo motivo por el que todo el mundo estudia Derecho: porque no tenía la menor idea de qué otra cosa hacer.

Voy a ser un buen abogado. Incluso un gran abogado, quizá. Pero aquí estoy, con veintiocho años y el temor secreto de no llegar a ser más que otro tío que se pasa toda su vida ganando dinero haciendo algo que nunca le ha entusiasmado hacer.

Acabo de volver a guardar el aspirador en el armario cuando en la puerta suena una llamada indecisa. Allí aguarda un hombre vestido con un mono de trabajo Carhartt, que introduce la costura de un gorro de lana negro entre sus manos. Apesta a humo.

—¿En qué puedo ayudarle? —pregunto.

—Buscaba al abogado.

—Soy yo. —En el sofá, Thor empieza a gruñir. Le lanzo una mira-dita. Si empieza a ahuyentarme a los clientes, se queda sin techo.

—¿Seguro? —dice el hombre, que me mira de arriba abajo—. No parece usted lo suficientemente mayor como para ser abogado.

—Tengo veintiocho —contesto—. ¿Le enseño el carné?

—No, no —dice el hombre—. Verá, mmm, tengo un problema.

Le conduzco a la oficina y cierro la puerta tras él.

—¿Por qué no se sienta, señor…?

—Esch —dice él, que se acomoda—, Homer Esch. Estaba fuera en el patio esta mañana, quemando rastrojos, y el fuego se me ha descon-trolado. —Levanta la vista hacia mí, que me siento a mi mesa—. Diga-mos que se ha quemado la casa de mi vecino, más o menos.

—¿Más o menos? ¿O se ha quemado?

—Se ha quemado. —Su mandíbula se proyecta hacia delante—. Pero tenía permiso para la quema.

—Fantástico. —Escribo en un cuaderno amarillo: «Con licencia para quemar»—. ¿Se ha producido alguna víctima?

—No, ya no viven allí. Se hicieron otra casa en la otra parte de la parcela. Esto era un cobertizo, como mucho. Mi vecino jura que me va a demandar por todos y cada uno de los peniques que ha metido en aquel sitio. Por eso vine a usted. Es el primer abogado que encuentro que trabaja en domingo.

—Cierto. Bien. Quizá tenga que investigar un poco antes de aceptar su caso —digo, pero estoy pensando: «Le ha quemado la casa al tío. Este no hay forma de ganarlo».

Esch saca una fotografía del bolsillo interior de su mono y la empu-ja sobre la mesa.

—Puede ver el sitio aquí, en el fondo, detrás de mi esposa. Mi vecino dice que son veinticinco mil dólares lo que le voy a tener que pagar.

Miro la foto. Decir *cobertizo* es ser generoso. Yo lo habría llamado choza.

—Señor Esch —le digo—, creo que podemos bajar esa cantidad a quince, sin duda.

JACOB

He aquí todas las razones por las que odio a Mark, el novio que
tiene Jess desde el pasado septiembre.

1. A veces la hace llorar.
2. Una vez vi que Jess tenía moratones en un costado, y creo que
   fue él quien se los provocó.
3. Siempre viste una sudadera enorme de los Bengals de color naranja.
4. Me llama *jefe*, cuando le he explicado en innumerables ocasiones
   que mi nombre es Jacob.
5. Piensa que soy subnormal, aunque la diagnosis del retraso mental queda reservada para la gente que obtiene menos de un 70 en
   los test de inteligencia, y yo tengo un 162. En mi opinión, el
   mismo hecho de que Mark desconozca este criterio de diagnóstico sugiere que él se encuentra mucho más próximo a una verdadera condición de subnormal que yo.
6. El mes pasado vi a Mark con otros chicos en los grandes almacenes, y Jess no estaba. Le saludé, pero él fingió no conocerme.
   Cuando se lo conté a Jess y ella se lo preguntó, él lo negó, lo cual
   significa que Mark es un hipócrita y un mentiroso.

No esperaba que él estuviese en la clase de hoy, y por ese motivo me empiezo a sentir fuera de control de inmediato, aunque el hecho de estar con Jess me calme. La mejor manera que tengo de describirlo es que es como estar en el camino de una riada. Podrás ser capaz de sentir que la catástrofe es inminente, podrás notar la más leve nube de gotitas de agua en tu rostro, pero por mucho que veas esa pared de agua venir a toda velocidad hacia ti, sabes que eres incapaz de moverte un solo milímetro.

—¡Jacob! —dice Jess en cuanto entro por la puerta, pero veo a Mark sentado en una mesa al fondo de la sala y así, por las buenas, ya casi no oigo la voz de ella.

—¿Qué hace él aquí?

—Sabes que es mi novio, Jacob. Y quería venir hoy, para ayudar.

Claro. Y yo quiero que me destripen y me descuarticen, solo para pasar el rato.

Jess entrelaza su brazo con el mío. Me llevó un tiempo acostumbrarme a eso, y al perfume que se pone, que no es muy fuerte, pero para mí olía como una sobredosis de flores.

—Va a ir bien —dice ella—. Además, dijimos que íbamos a trabajar el ser amigables con gente a la que no conocemos, ¿verdad?

—Conozco a Mark —replico—. Y no me gusta.

—Pero a mí sí, y parte de ser sociable significa ser cortés con alguien que no te gusta.

—Eso es estúpido. El mundo es inmenso, ¿por qué no levantarse y marcharse?

—Porque eso es una grosería —explica Jess.

—Yo creo que lo grosero es ponerte una sonrisa en la cara y fingir que charlas con alguien cuando en realidad preferirías que te clavasen astillas de bambú bajo las uñas.

Jess se ríe.

—Jacob, el día que estemos en el mundo de la Sinceridad Desgarradora, ese día *tú* podrás ser mi tutor.

Un hombre baja por las escaleras que descienden de la entrada de la pizzería. Lleva un perro atado con una correa, un caniche enano. Me interpongo en su camino y comienzo a acariciar al perro.

—¡Thor! ¡Vale ya! —dice él, pero el perro no hace caso.

—¿Sabía usted que los caniches no son franceses? Es más, su nombre en inglés, *poodle,* viene del vocablo alemán *Pudel,* abreviado de *Pudelhund,* o «perro que chapotea». Esta raza era de perros de agua.

—No lo sabía —dice el hombre.

Yo sí, porque antes de estudiar investigación criminal estudiaba los perros.

—Un caniche ganó el primer premio de un concurso en Westminster en 2002 —añado.

—Cierto. Bien, este caniche se lo va a hacer encima si no lo saco fuera —dice el hombre, y me empuja al pasar.

—Jacob —dice Jess—. No abordes a la gente y te pongas a recitar hechos así.

—¡Pero los caniches le interesan! ¡Tiene uno!

—Es verdad, pero podrías haber empezado por decir: «Eh, mira qué perro tan mono».

Suelto un bufido.

—Eso no tiene nada de informativo.

—No, pero es educado…

Al principio, cuando Jess y yo comenzamos a trabajar juntos, solía llamarla unos días antes de nuestra clase solo para asegurarme de que seguía en pie, es decir, que no estaba enferma ni esperaba tener ningún tipo de emergencia. La llamaba siempre que me sentía obsesionado con el tema, y eso, a veces, era a las tres de la mañana. Si no me cogía el móvil, me ponía histérico. Una vez llamé a la policía para informar de su desaparición y resultó que solo estaba en una fiesta. Al final, acordamos que la llamaría a las diez de la noche los jueves. Como la veía los domingos y los martes, eso significaba que ya no me tendría que pasar cuatro días seguidos sin saber nada de ella y preocupado.

Esta semana se ha trasladado de su residencia universitaria a la casa de un profesor. Va a cuidar de la casa, algo que sin duda parece una inmensa pérdida de tiempo, ya que no es que la casa vaya a tocar el horno cuando está caliente, vaya a meterse algo venenoso en la boca o se vaya a caer por sus propias escaleras. Va a pasar allí el semestre, así que la clase de la semana que viene la haremos allí. En la cartera llevo la dirección, y el teléfono, y un mapa especial que ella me ha dibujado; aun así, me pone un poco nervioso. Es probable que huela a otra persona, en lugar de a Jess y a flores. Además, no tengo ni idea del aspecto que tiene, y odio las sorpresas.

Jess es guapa, aunque ella dice que ese no ha sido siempre el caso. Perdió un montón de peso hace dos años, tras someterse a una operación. He visto fotos anteriores de ella, cuando era obesa. Dice que por eso quiere trabajar con niños cuyas discapacidades los convierten en objetivos, porque recuerda haber sido también uno de ellos. En las fotos se parece a Jess, pero escondida dentro de alguien más grande y más mullido. Ahora tiene sus curvas, pero solo en los sitios apropiados. Tiene el pelo rubio y siempre liso, aunque debe esforzarse mucho para lograrlo. La he observado utilizar ese artefacto que se llama *plancha del pelo*, que parece una sandwichera, pero que en realidad le tuesta el pelo rizado y húmedo y se lo deja liso y sedoso. Cuando entra en un sitio, la gente se queda mirándola, y eso me gusta de veras, porque significa que no me miran a mí.

Últimamente he estado pensando que quizá ella debería ser mi novia. Tiene lógica:

1. Me ha visto llevar puesta la misma camisa dos veces seguidas y no hace de ello un problema enorme.
2. Se está doctorando en Educación, y está escribiendo un ensayo enorme de grande sobre el síndrome de Asperger, así que yo soy información de primera mano para ella.
3. Es la única chica, junto con mi madre, que me puede poner la mano en el brazo para llamar mi atención sin hacer que me den ganas de dejar allí mismo mi piel de un salto.
4. Se recoge el pelo sin que yo se lo tenga que pedir siquiera.

5. Es alérgica a los mangos, y a mí no me gustan.
6. Podría llamarla siempre que quisiera, y no solo los jueves.
7. Yo la trataría muchísimo mejor que Mark.

Y, por supuesto, la razón más importante de todas:

8. Si yo tuviese novia, aparentaría ser más normal.

—Venga —dice Jess, que me da unas palmaditas en la espalda—. Tú y yo tenemos trabajo por delante. Tu madre dice que aquí tienen pizza sin gluten. La hacen con una masa especial.

Yo sé lo que es el amor. Cuando encuentras a la persona a la que se supone que amas, te suenan campanas y hay fuegos artificiales dentro de tu cabeza, y no eres capaz de encontrar palabras para hablar y estás todo el rato pensando en ella. Cuando encuentras a la persona a la que se supone que amas, lo sabes al quedarte mirándola, en lo más profundo de sus ojos.

Bien, eso es un escollo para mí.

Me resulta difícil explicar por qué es tan complicado mirar a la gente a los ojos. Imagínate cómo sería que alguien te abriese el pecho con un escalpelo y hurgase en tu interior, te apretase el corazón, los pulmones y los riñones. Ese es el nivel de intrusión tan absoluto que siento cuando mis ojos se cruzan con otros. La razón por la que *yo* decidí no mirar a la gente es que no considero correcto andar revolviendo los pensamientos de los demás, y los ojos bien podrían ser como ventanas, así de transparentes son.

Sé lo que es el amor, pero solo en teoría. No lo siento como los demás. En cambio, yo lo diseccciono: «Ah, mi madre me rodea con los brazos y me dice lo orgullosa que está de mí. Me ofrece su última patata frita, aunque sé que ella también la quiere. Si *p*, entonces *q*. Si actúa de esa manera, entonces debe de amarme».

Jess pasa conmigo un tiempo que de otro modo podría pasar con Mark. No se enfada conmigo, excepto aquella vez que saqué toda su ropa del armario de su cuarto e intenté organizarla igual que la mía. Ella ve *CrimeBusters* cuando está conmigo, aunque la visión de la sangre hace que se desmaye.

Si *p,* entonces *q.*

Quizá hoy le cuente a Jess mi idea. Y ella dirá que sí a ser mi novia y yo nunca tendré que volver a ver a Mark.

En la teoría del psicoanálisis hay un fenómeno denominado *transferencia.* El terapeuta se convierte en una pantalla en blanco en la cual el paciente proyecta algún tipo de suceso o de sentimiento que se inició en la infancia. Por ejemplo, una paciente que pasase las sesiones en silencio podría encontrarse con que el terapeuta le preguntase por las razones que le hacen sentirse incómoda ante la asociación libre, si es porque ella cree que el terapeuta vaya encontrar estúpidos sus comentarios. Y entonces, quién lo iba a decir, la paciente se viene abajo. «Así me solía llamar mi padre: estúpida.» De repente, una vez roto el muro de contención, la paciente comienza a recuperar todo tipo de recuerdos reprimidos de la infancia.

Mi madre nunca me llamó *estúpido*; sin embargo, no sería una conclusión descabellada que alguien que observase mis sentimientos hacia Jess asumiese que, en el contexto de nuestra relación tutora-alumno, yo no estoy enamorado.

Es solo transferencia.

—Una pizza mediana sin gluten —digo a la mujer inmensa que hay en la caja, que es griega. Si es griega, ¿por qué tiene un restaurante italiano? Jess me da un toque—. Por favor —añado.

—A los ojos —murmura Jess.

Me obligo a mirar a la señora. Le crece vello del labio superior.

—Por favor —reitero, y le entrego el dinero.

Me devuelve el cambio.

—Yo se la llevo cuando esté lista —dice la mujer, y se gira hacia la ancha boca del horno. Introduce una pala enorme, como una lengua, y saca una calzone.

—¿Y cómo van las clases, entonces? —pregunta Jess.

—Van bien.

—¿Hiciste los deberes?

No se refiere a mis deberes académicos, que siempre hago. Se refiere a mis deberes de interacción social. Fuerzo una mueca al pensar en nuestra última clase.

—No del todo.

—Jacob, lo prometiste.

—No lo prometí. Dije que intentaría iniciar una conversación con alguien de mi edad, y lo intenté.

—¡Pero bueno, eso es genial! —dice Jess—. ¿Qué pasó?

Había estado en la biblioteca, en los ordenadores, y un chico se sentaba a mi lado. Owen está en mi clase de Física Avanzada, es bastante callado y muy inteligente, y si quieres saber mi opinión, tiene un poco de asperger. Es como el radar en los gays; lo sé.

Por diversión, he estado utilizando un motor de búsqueda para investigar la interpretación de los patrones de fractura craneal y cómo es posible diferenciar las heridas incisocontusas de las heridas por arma de fuego por medio de las fracturas concéntricas, y ese pequeño detalle me pareció un primer paso introductorio perfecto para una conversación. Pero me acordé de Jess diciendo que no todo el mundo admira a alguien que es el equivalente humano de los tapones de zumo Snapple, así que, en vez de aquello, esto fue lo que dije:

Yo: ¿Te presentarás al test de FA en mayo?

Owen: No lo sé. Supongo.

Yo *(entre risitas)*: ¡Pues espero que no encuentren semen!

Owen: Pero ¿qué cojones...?

Yo: El test de FA, fosfatasa ácida; se utiliza junto con una lámpara de criminalística en busca de posible semen. No es tan definitivo como el ADN, pero, claro, cuando atrapas a un violador que se ha sometido a la vasectomía, no habrá esperma, y si todo lo que tienes es un test de FA y una trispot de 530 nanómetros…

Owen: Apártate de mí de una puta vez, *colgao*.

A Jess se le ha puesto roja toda la cara.

—La buena noticia —dice en un tono de voz sin alteraciones— es que intentaste iniciar una conversación. Es un gran paso, de verdad. Tu decisión de hablar de semen fue algo desafortunada, pero aun así.

Ya hemos llegado a la mesa del fondo donde nos espera Mark. Está comiendo chicle con la boca abierta de par en par y lleva puesta esa sudadera naranja de las narices.

—Qué pasa, jefe —dice.

Hago un gesto negativo con la cabeza y retrocedo un paso. Esa sudadera no la llevaba puesta cuando le he visto al entrar. Seguro que se la ha puesto a propósito, porque sabe que no me gusta.

—Mark —dice Jess después de mirarme a mí—. La sudadera. Quítatela.

Él le sonríe.

—Es más divertido cuando lo haces tú, nena —dice, agarra a Jess y tira de ella hacia el banco frente a la mesa, casi sobre su regazo.

Permítame que me levante y diga que no capto eso del sexo. No entiendo que a alguien como Mark, que parece tan absolutamente empeñado en el intercambio de fluidos corporales con Jess, no le emocione de igual modo hablar sobre el hecho de que los mocos, la lejía o los rábanos picantes te puedan dar todos ellos un falso positivo en los test en busca de posible sangre. Y no entiendo por qué los chicos neurotípicos están obsesionados con los pechos de las chicas. Creo que resultaría enormemente doloroso tenerlos ahí delante, hacia fuera todo el rato.

Por suerte, Mark se quita por fin la sudadera naranja, y Jess la dobla y la coloca en el asiento, donde no alcanzo a verla. Ya es lo bastante malo con solo saber que está ahí, francamente.

—¿Me has pedido champiñones? —pregunta Mark.

—Sabes que a Jacob no le van mucho los champiñones…

Hay muchas cosas que haría por Jess, pero no los champiñones.

Con que estuviesen tan solo rozando la masa en el extremo opuesto de la pizza, tendría que ir a vomitar.

Jess se saca el teléfono móvil del bolsillo y lo deja sobre la mesa. Es de color rosa, y lleva mi nombre y mi número grabados. Podría ser el único móvil que lleve mi número. Incluso el teléfono de mi madre tiene nuestro número en la lista como CASA.

Miro fijamente a la mesa, sigo pensando en la sudadera de Mark.

—Mark —dice Jess, que se quita la mano de él de su espalda—. Venga ya, que estamos en un sitio público. —Y a continuación se dirige a mí—: Jacob, mientras esperamos la comida, vamos a practicar.

¿Practicar esperar? No me hace falta, la verdad. Soy bastante competente en eso.

—Cuando se produce una pausa en la conversación, siempre puedes lanzar un tema que haga que la gente se ponga a hablar de nuevo.

—Claro —dice Mark—, algo como: las alitas de pollo ni son alitas ni son de pollo. Debatamos.

—No estás ayudando nada —masculla Jess—. ¿Hay algo que te apetezca mucho esta semana en el instituto, Jacob?

Sin duda. Rechazo galopante y humillación abyecta. En otras palabras, lo habitual.

—Tengo que explicar la gravedad al resto de la clase en Física —digo—. La mitad de la nota se basa en el contenido y la otra en la creatividad, y creo haber encontrado la solución perfecta.

Me costó un tiempo que se me ocurriese, y cuando lo hice, no me podía creer que no se me hubiera ocurrido antes.

—Se me van a caer los pantalones —le cuento.

Mark suelta una carcajada y, por un segundo, pienso que quizá lo haya juzgado mal.

—Jacob —dice Jess—, tú no te vas a bajar los pantalones.

—Explica la ley de Newton de manera completa…

—¡No me importa si explica el sentido de la vida! Piensa en lo inapropiado que sería eso. No solo avergonzarías al profesor y le harías enfadar, sino que además se reirían de ti los compañeros por hacer tal cosa.

—No sé, Jess… Ya sabes lo que dicen de los tíos que van a educación individualizada… —dice Mark.

—Pues tú no vas a educación individualizada —responde Jess con una sonrisa—, así que ya ves dónde acaba la teoría.

—Bien lo sabes tú, nena.

No tengo ni idea de lo que están hablando.

Cuando Jess sea mi novia, comeremos pizza sin champiñones todos los domingos. Le enseñaré a elevar el contraste de las huellas en la cinta de embalar y le dejaré leer mis cuadernos de *CrimeBusters*. Ella me confesará que también tiene sus rarezas, como el hecho de que lleve una cola que oculta bajo los vaqueros.

Vale, mejor una cola no. En realidad, nadie quiere una novia con cola.

—Tengo de lo que hablar —digo. El corazón me empieza a latir con fuerza, y me sudan las palmas de las manos. Analizo eso a la manera en que el doctor Henry Lee analizaría cualquier prueba forense y lo guardo para el futuro: «Pedir salir a una chica puede provocar cambios en el aparato cardiovascular»—. Me gustaría saber, Jess, si querrías acompañarme a una película este viernes por la noche.

—Oh, Jacob…, ¡bien hecho! ¡No habíamos practicado eso en un mes entero!

—El jueves sabré lo que ponen. Puedo buscarlo en Moviefone.com. —Doblo mi servilleta en octavos—. Podría salir el sábado, si es mejor para ti. —Hay un maratón de *CrimeBusters,* pero estoy dispuesto a hacer el sacrificio. Eso le demostrará sin duda lo en serio que me tomo esta relación.

—Me cago en la puta —dice Mark con una sonrisa. Puedo sentir sus ojos sobre mí (eso es lo otro que tienen los ojos, que pueden quemar como los rayos láser, ¿y cómo saber cuándo están a punto de ponerlos a potencia máxima? Es mejor no arriesgarse y evitar mirar a los ojos)—. No te está mostrando ningún tipo de interacción social, Jess. Este subnormal te está pidiendo salir de verdad.

—¡Mark! Por Dios, no le llames…

—No soy subnormal —interrumpo.

—Te equivocas. Jacob sabe que somos solo amigos —dice Jess.

Mark suelta un bufido.

—¡Te están pagando para que seas su amiga, coño!

Al segundo me pongo en pie.

—¿Es eso cierto?

Supongo que nunca había pensado en ello. Fue mi madre quien hizo los arreglos para que me viese con Jess. Yo asumí que Jess quería hacerlo porque (a) está escribiendo su ensayo y (b) le gusta mi compañía; pero ahora veo a mi madre arrancando otro cheque de su libreta y quejándose como siempre de que no tenemos suficiente para cubrir nuestros gastos. Me puedo imaginar a Jess abriendo el sobre en su habitación y metiéndose el cheque en el bolsillo de atrás de los vaqueros.

Me la puedo imaginar llevando a Mark a tomar una pizza con el dinero que ha salido de la cuenta bancaria de mi madre.

Una pizza de champiñones rica en gluten.

—No es cierto —dice Jess—. Yo soy tu amiga, Jacob…

—Pero no irías por ahí con Forrest Gump si no te diesen todos los meses tu maravilloso chequecito —dice Mark.

Ella se gira hacia él.

—Vete, Mark.

—¿Has dicho lo que creo que has dicho? ¿Te estás poniendo de su lado?

Empiezo a mecerme hacia delante y hacia atrás.

—*No permitiré que nadie te arrincone* —cito en un susurro.

—Aquí no hay lados —dice Jess.

—Cierto —le suelta Mark—, pero sí hay prioridades. Yo quiero llevarte a esquiar por la tarde y tú me das boleto…

—No te he dado boleto. Te he invitado a acompañarme a una cita que ya tenía, una que no podía cambiar por las buenas en el último segundo. Y ya te he explicado lo importantes que son los planes para alguien con asperger.

Jess coge a Mark del brazo, pero él lo sacude y se la quita de encima.

—Y una mierda como una casa. Es como si me estuviese tirando a la madre Teresa de Calcuta.

Se marcha de la pizzería hecho una furia. No entiendo qué le gusta a Jess de él. Está haciendo un curso de posgrado en Administración de Empresas y juega mucho al hockey, pero siempre que está Mark, la conversación tiene que tratar sobre él, y yo no entiendo por qué está bien que hable Mark, pero no que hable yo.

Jess apoya la cabeza sobre los brazos, que los tiene cruzados. El pelo se le esparce sobre los hombros como una capa. Por el modo en que se le mueven los hombros, es probable que esté llorando.

—Annie Sullivan —digo.

—¿Qué? —Jess levanta la mirada. Tiene los ojos rojos.

—La madre Teresa ayudaba a los pobres y a los enfermos, y yo no soy pobre ni estoy enfermo. Annie Sullivan hubiera sido un mejor ejemplo, porque es una profesora famosa.

—Dios mío. —Jess hunde la cara entre las manos—. No puedo con esto.

Se produce una pausa en la conversación, así que la lleno.

—¿Ahora tienes libre el viernes?

—No lo puedes estar diciendo en serio.

Lo valoro. En realidad sí, hablo en serio todo el rato. Normalmente se me acusa de no tener sentido del humor, aunque también estoy capacitado para eso.

—¿Es que no te importa que Mark sea el primer tío que me haya dicho que soy guapa? ¿O que yo le quiera, de verdad? —Su voz va ganando volumen, cada palabra un peldaño más arriba—. ¿Es que no te importa si soy feliz?

—No... No... Y sí. —Me estoy poniendo nervioso. ¿Por qué me pregunta todo eso? Mark ya se ha ido, y podemos volver a lo nuestro—. Verás, he hecho una lista de las cosas que a veces dice la gente y que en realidad significan que se han cansado de oírte, pero no sé si están bien. ¿Puedes comprobarla?

—¡Cielo santo, Jacob! —Jess grita—. ¡Piérdete por ahí!

El volumen de sus palabras es enorme, y llena toda la pizzería. Todo el mundo está mirando.

—Tengo que hablar con él. —Jess se levanta.

—Pero ¿y mi clase?

—¿Por qué no piensas en lo que has aprendido —dice Jess— y luego me lo cuentas?

Sale del restaurante con paso firme y me deja solo en la mesa.

La señora trae la pizza, que ahora me voy a tener que comer yo solo.

—Espero que tengas hambre —dice ella.

No tengo. Pero, de todas formas, cojo una porción, le doy un mordisco y me lo trago. Sabe a cartón.

Algo rosa me hace guiños desde detrás del servilletero: Jess se ha dejado el móvil. La llamaría para contarle que lo tengo yo, pero es obvio que no iba a funcionar.

Me lo meto en el bolsillo y me apunto una nota mental. Se lo llevaré cuando nos veamos el martes, cuando haya descubierto qué es lo que se supone que he de haber aprendido.

Hace ya una década que recibimos una tarjeta de Navidad de una familia que no conozco. Va dirigida a los Jennings, que vivían en casa antes que nosotros. Suele tener delante una escena nevada, y dentro, con letras doradas: FELIZ NAVIDAD, CON AFECTO, LOS STEINBERG.

Los Steinberg incluyen también una nota fotocopiada que narra todo lo que han estado haciendo a través de los años. He leído sobre su hija Sarah, que pasó de ir a clases de gimnasia a ser aceptada en Vassar, a unirse a una consultora, a trasladarse a un ashram en la India y a adoptar un bebé. He llegado a saber de la gran oportunidad laboral de Marty Steinberg en Lehman Brothers, y del impacto que supuso para él quedarse sin trabajo en 2008, cuando cerró la compañía; y de cómo se marchó a enseñar economía en una escuela pública al norte del estado de Nueva York. He visto a Vicky, su mujer, pasar de ser ama de casa a ser empresaria vendiendo galletas con la forma de la cabeza de distintas razas de perros con pedigrí (¡un año había muestras!). Este año, Marty se ha tomado una excedencia y se ha ido con Vicky a un crucero por la Antártida, al parecer un sueño de toda la vida posible ahora gracias a que Eukanuba había comprado la empresa de Vicky. Sarah y su compañera, Inez, se casaron en California, y venía una foto de Raita, de tres años ya, vestida de hippy.

Todas las Navidades intento coger la carta de los Steinberg antes que mi madre. Ella las tira a la basura, diciendo cosas como «¿Es que esta gente no se va a dar cuenta nunca de que los Jennings no les contestan jamás?». Yo repesco la tarjeta y la guardo en una caja de zapatos especial que tengo reservada para los Steinberg en mi armario.

No sé por qué leer sus tarjetas de felicitación me hace sentir bien, igual que la calidez de una colada entera cuando me meto debajo, o cuando cojo el diccionario de sinónimos y me leo de una tacada todas las palabras de una letra. Hoy, sin embargo, después de llegar a casa de mi encuentro con Jess, sufro la conversación habitual y obligatoria con mi madre (Mamá: «¿Cómo ha ido?» Yo: «Bien») y a continuación me subo directo a mi cuarto. Como un adicto que necesita un chute, me tiro a por las cartas de los Steinberg y las releo, de la más antigua a la más reciente.

Respirar vuelve a ser un poco más fácil, y cuando cierro los ojos no veo ya la cara de Jess en el interior de mis párpados, granulosa, como un dibujo en la Telesketch. Es como una especie de criptograma, y *A* en realidad significa *Q* y *Z* en realidad significa *S* y etcétera, de manera que la mueca de su boca y el tono musical gracioso de su voz eran lo que en realidad ella quería decir, y no las palabras que había utilizado.

Me tumbo y me veo llegar ante la puerta de Sarah e Inez.

«Cómo me alegro de veros —diría yo—. Sois justo como pensaba.»

Hago como que Vicky y Marty están sentados en la cubierta de su barco. Marty da sorbitos a un Martini mientras que Vicky escribe una postal que tiene delante una foto de Valletta, en Malta.

Garabatea: «Ojalá estuvieses aquí». Y esta vez, me la envía directamente a mí.

EMMA

Nadie sueña con ser consultora sentimental de mayor.

Todos leemos las columnas del consultorio en secreto: ¿quién no le ha echado un ojo a *Dear Abby?* Ahora bien, ¿vivir de hurgar en los problemas de los demás? No, gracias.

Yo pensaba que, a estas alturas, ya sería una escritora de verdad. Ya tendría mis libros en las listas del *New York Times,* y me habría alabado la intelectualidad por mi saber combinar las cuestiones de peso con novelas en que se podía ver reflejado el gran público. Al igual que tantos otros aspirantes a autor, había entrado en el mundillo por la puerta trasera de la edición, de libros de texto en mi caso. Me gustaba la edición, siempre había una respuesta correcta y una incorrecta. Y yo había asumido que volvería a trabajar cuando Jacob fuese al colegio a tiempo completo, pero eso fue antes de enterarme de que ser el apoyo en la educación de tu hijo autista es en sí y de por sí un trabajo a jornada completa. Había que solicitar y hacer el seguimiento de todo tipo de adaptaciones: un permiso especial para que Jacob pudiese salir de clase cuando esta fuera demasiado para él; una sala de relajación sensorial; un tutor que le ayudase, como a un estudiante de primaria, a poner sus pensamientos por escrito; un plan educativo individualizado, un orientador escolar que no elevase la mirada al cielo cada vez que Jacob tuviese un ataque.

Hice algunos trabajos como editora *freelance* por las noches, textos que me remitía un antiguo jefe compasivo, pero no era suficiente para mantenernos. Así que, cuando el *Burlington Free Press* convocó un concurso para una columna nueva, yo escribí una. No sé de fotografía, de jardinería o ajedrez, de manera que escogí algo de lo que sí sabía: ser madre. Mi primera columna preguntaba por qué, con independencia del tamaño de nuestro esfuerzo como madres, siempre sentíamos que no hacíamos lo suficiente.

El periódico recibió más de trescientas cartas en respuesta a esa columna de prueba, y, de repente, yo era la experta consejera de paternidad. Esto evolucionó en consejera de los que no tienen hijos, los que querían tenerlos y los que no querían. Las suscripciones se incrementaron cuando mi columna saltó de una a dos veces por semana. Y he aquí lo verdaderamente notable: toda esa gente que confía en mí para que resuelva sus vidas de penuria asume que tengo alguna idea cuando se trata de solucionar la mía propia.

La pregunta de hoy la envía Warren, de Vermont:

¡Ayuda! Mi maravilloso, educado y dulce hijo de doce años se ha convertido en un monstruo. He probado a castigarle, pero nada funciona. ¿Por qué está dando guerra?

Me inclino sobre el teclado y comienzo a escribir:

Siempre que un niño se comporta mal, el motor de su conducta se halla en un elemento más profundo. Claro que le puede retirar privilegios, pero eso es como poner una tirita sobre una fractura abierta. Tendrás que ser un verdadero detective para descubrir lo que realmente le altera.

Releo lo que he escrito y borro el párrafo entero. ¿A quién le estoy tomando el pelo?

Pues a todo el término municipal de Burlington, al parecer.

Mi hijo se escapa por las noches para ir a escenarios de crímenes, ¿y sigo yo mi consejo? No.

El sonido del teléfono me rescata de mi hipocresía. Es lunes por la noche, justo pasadas las ocho, así que asumo que es para Theo. Lo coge en un supletorio del piso de arriba y, un momento después, aparece en la cocina.

—Es para ti —dice Theo.

Aguarda hasta que lo cojo y vuelve a desaparecer en el santuario de su habitación.

—Soy Emma —digo al aparato.

—¿Señora Hunt? Soy Jack Thornton… El profesor de Matemáticas de Jacob.

En mi interior, deseo meterme bajo tierra. Hay profesores que ven algo bueno en Jacob, más allá de todas sus extravagancias, y hay otros que no lo entienden y ni siquiera se molestan en intentarlo. Jack Thornton espera que Jacob sea un genio de las matemáticas, cuando eso no siempre forma parte del asperger, pese a lo que parece pensar Hollywood. En cambio, se ve frustrado por un alumno de escritura caótica, que baila números al hacer operaciones y que es demasiado literal para comprender algunos de los conceptos de las matemáticas como los números imaginarios y las matrices.

Si Jack Thornton me llama, no pueden ser buenas noticias.

—¿Le ha contado Jacob lo que ha pasado hoy?

¿Había mencionado algo Jacob? No, me acordaría, pero también es verdad que probablemente no confesaría a menos que le preguntase de forma directa. Lo más normal es que yo hubiese leído las pistas de su conducta, que se habría apartado algo de lo habitual. Por lo general, cuando Jacob se retrae todavía más o sufre estereotipias, o al revés, cuando habla demasiado o está frenético, entonces sé que pasa algo. Así que soy una criminalista mejor de lo que el propio Jacob se imaginaría.

—Le he pedido que salga a la pizarra a escribir su respuesta de los deberes —cuenta Thornton—, y cuando le he dicho que su trabajo era descuidado, me ha empujado.

—¿Empujado?

—Así es —dice el profesor—. Ya puede imaginarse la reacción del resto de la clase.

Bueno, eso explica por qué no he apreciado deterioro en la conducta de Jacob. Cuando la clase comenzó a reírse, asumiría que había hecho algo bueno.

—Lo siento —digo—. Hablaré con él.

Una vez cuelgo el teléfono, Jacob aparece por la cocina y saca el cartón de leche del frigorífico.

—¿Ha pasado algo hoy en clase de Matemáticas? —pregunto.

Jacob abre los ojos de par en par.

—*Tú no puedes encajar la verdad* —dice, en una imitación clavada de Jack Nicholson, signo evidente como el que más de que se avergüenza.

—Ya he hablado con el señor Thornton. Jacob, no puedes ir por ahí dándole empujones a los profesores.

—Él empezó.

—¡Él no te empujó a ti!

—No, pero sí que dijo: «Jacob, mi hijo de tres años sabría escribir mejor que eso», y tú siempre estás diciendo que cuando alguien se ríe de mí, debería hacerme valer.

La verdad es que sí le he dicho eso a Jacob. Y hay una parte de mí que se regocija del hecho de que él iniciase un contacto con otro ser humano, en lugar de ser al revés, aunque tal contacto fuese socialmente inadecuado.

El mundo, para Jacob, es en verdad en blanco y negro. Una vez, cuando era más pequeño, llamó su profesor de gimnasia porque Jacob había sufrido un ataque mientras jugaban al balón prisionero, cuando otro niño le tiró la pelota roja para eliminarlo. «No se le tiran cosas a la gente —explicaba Jacob entre lágrimas—. ¡Es una norma!»

¿Y por qué una norma que es válida en una situación no lo iba a ser en otra? Si un matón se mete con él, y yo le digo que está bien responder —porque a veces esa es la única forma de conseguir que esos chavales le dejen en paz—, ¿por qué no iba a hacer lo mismo con un profesor que le humilla en público?

—Los profesores se merecen un respeto —le explico.

—¿Y por qué ellos lo tienen porque sí, cuando todos los demás se lo tienen que ganar?

Pestañeo ante él, sin palabras. «Porque el mundo no es justo», pienso, pero eso ya lo sabe Jacob mejor que la mayoría de nosotros.

—¿Estás enfadada conmigo? —Sin inmutarse, alcanza un vaso y se sirve un poco de leche de soja.

Creo que eso es lo que más echo de menos en mi hijo: la empatía. Le preocupa herir mis sentimientos, o hacer que me enfade, pero eso no es lo mismo que sentir de manera visceral el dolor de otro. Con el paso de los años, ha aprendido la empatía igual que yo podría aprender griego: traduce una imagen o una circunstancia en el centro de intercambio de información de su cerebro e intenta asociarle el sentimiento apropiado, pero el idioma jamás le llega a salir fluido.

La pasada primavera, estábamos rellenando una de sus recetas en la farmacia y reparé en un expositor de tarjetas del día de la Madre.

—Me gustaría que me comprases una de esas, solo una vez —dije.

—¿Por qué? —preguntó Jacob.

—Para que sepa que me quieres.

Se encogió de hombros.

—Tú ya lo sabes.

—Pero sería agradable —dije— despertarse el día de la Madre y, como todas las demás madres de este país, recibir una tarjeta de su hijo.

Jacob se lo pensó.

—¿Qué día es el día de la Madre? —preguntó.

Se lo dije y me olvidé de aquella conversación, hasta el 10 de mayo. Cuando bajé las escaleras y comencé con mi rutina dominical de preparación del café, me encontré un sobre apoyado contra la garrafa de cristal. Dentro había una tarjeta del día de la Madre.

No decía «Querida mamá». No estaba firmada. Es más, no tenía nada escrito, porque Jacob solo había hecho lo que yo le había pedido que hiciera, y nada más.

Ese día, me quedé sentada en la mesa de la cocina y me reí. Me reí hasta que empecé a llorar.

Ahora, levanto la vista hacia mi hijo, que no me está mirando.

—No, Jacob —niego—, no estoy enfadada contigo.

Una vez, cuando Jacob tenía diez años, íbamos dando vueltas por los pasillos de un Toys "R" Us en Williston cuando un crío saltó de detrás de una cabecera con una máscara puesta de Darth Vader y blandiendo una espada láser.

—¡Bam, estás muerto! —gritó el niño.

Y Jacob le creyó.

Comenzó a chillar y a mecerse, y a continuación barrió las estanterías con el brazo. Lo estaba haciendo para asegurarse de que no era un fantasma, para asegurarse de que aún podía causar un efecto en este mundo. Se giró y se retorció, y pisoteó las cajas al salir corriendo de mi lado.

Cuando lo alcancé por fin en la sección de muñecas, estaba absolutamente fuera de control. Intenté cantarle a Marley, le grité para que respondiese a mi voz. Pero Jacob estaba en su propio y pequeño mundo, y al final, la única forma que tuve de conseguir que se calmase fue la de convertirme en una manta humana, sujetarlo contra las baldosas del suelo, abierto de pies y manos.

Para entonces, ya habían llamado a la policía por un supuesto maltrato infantil.

Me costó quince minutos explicarles a los agentes de policía que mi hijo era autista y que yo no estaba intentando hacerle daño, estaba intentando ayudarle.

He pensado a menudo, desde entonces, en lo que pasaría si a Jacob le parase un agente cuando va solo, como los domingos, cuando se va al pueblo en bicicleta a ver a Jess. Igual que los padres de muchos chicos autistas, he hecho lo que sugieren los tablones de anuncios: en la cartera de Jacob hay un carné que dice que es autista, y eso explica al policía que todo el comportamiento que muestra Jacob —frialdad, incapaci-

Jodi Picoult

dad de mirarle a los ojos, incluso la huida por respuesta— son características del síndrome de Asperger. Y aun así, me he preguntado qué sucedería si la policía se topa con un chaval de 1,83 y 85 kilos, fuera de control, que se lleva la mano al bolsillo de atrás. ¿Esperarían a que les enseñase el carné, o dispararían primero?

Es por esto, en parte, por lo que Jacob no puede conducir. Se sabe de memoria el código de circulación del estado desde los quince años, y yo sé que respetaría las normas de tráfico como si de ello dependiera su vida. Pero ¿y si le paran en carretera? «¿Sabe usted lo que estaba haciendo?», preguntaría el agente, y Jacob respondería: «Conducir». Lo tomarían por un listillo de manera inmediata cuando, en realidad, solo estaba contestando a la pregunta de forma literal.

Si el agente le preguntase si se había saltado un semáforo en rojo, Jacob respondería que sí, aunque eso hubiera ocurrido seis meses atrás, cuando aquel policía no se encontraba por allí.

Yo no caigo en el error de preguntarle si unos pantalones vaqueros me hacen un culo muy grande, porque me dirá la verdad. Un agente de policía no contaría con esa historia como ayuda para dar color a la respuesta de Jacob.

Bueno, de todas formas, no es muy probable que le paren cuando va en bicicleta al pueblo, a menos que se apiadasen de él por el frío que hace. Mucho tiempo atrás aprendí a no preguntarle a Jacob si quería que le llevase. La temperatura le importa menos que su independencia en un detalle menor como este.

Llevo a rastras el cesto de la colada hasta la habitación de Jacob y le dejo la ropa doblada sobre la cama. Cuando vuelva a casa del instituto, él la guardará por su cuenta, con los cuellos alineados de forma precisa y los bóxer ordenados por estampados (rayas, sólidos, lunares). Sobre su mesa hay una pecera boca abajo con un calentador pequeño para tazas de café, un plato de papel de aluminio y, debajo, una de mis barras de labios. Suspiro, levanto la cámara de fumigación de huellas y recupero mi maquillaje con cuidado de no mover el resto de las cosas, ordenadas con tanta exactitud.

La habitación de Jacob tiene la precisión milimétrica de un reportaje del *Architectural Digest:* todo tiene su sitio. La cama está perfectamente hecha, los lápices descansan sobre la mesa en ángulos rectos perfectos con las vetas de la madera. El cuarto de Jacob es el lugar donde la entropía sale al encuentro de su final.

En el otro extremo, Theo ya es lo bastante desordenado por los dos. Apenas me puedo abrir paso a patadas por ese campo sembrado de ropa sucia y revuelta que es la alfombra, y cuando dejo el cesto sobre su cama, algo chirría. Tampoco le guardo a Theo la ropa limpia, pero eso es porque no aguanto la visión de los cajones revueltos de forma caótica con toda la ropa que recuerdo perfectamente haber doblado sobre la encimera de la colada.

Echo un vistazo y husmeo en un vaso de cristal con algo verde que se echa a perder, junto a un yogur a medio terminar. Pongo ambos en el cesto vacío para llevarlos abajo y, en un gesto de amabilidad, intento estirarle las sábanas y que den cierta impresión de orden. Es cuando estoy recolocándole la funda a la almohada de Theo que la caja de plástico se cae y me golpea en el tobillo.

Es un juego, algo llamado Naruto con un personaje de dibujos animado que blande una espada.

Es de la Wii, una consola de videojuegos que jamás hemos tenido.

Podría preguntarle a Theo por qué lo tiene, pero algo me dice que no quiero conocer la respuesta. No después de este fin de semana, cuando me he enterado de que Jacob se ha estado escapando por las noches. No después de anoche, cuando me llamó su profesor de Matemáticas para contarme que había estado dando guerra en clase.

A veces pienso que el corazón humano no es más que un simple estante. Hay una cierta cantidad de cosas que puedes apilar sobre él antes de que algo se caiga porque no cabe, y te toque a ti recoger los trozos.

Me quedo un instante observando el videojuego y lo vuelvo a deslizar dentro de la almohada antes de salir de la habitación de Theo.

THEO

Yo enseñé a mi hermano a hacerse valer por sí mismo.

Sucedió cuando éramos más pequeños, yo tenía once y él catorce. Yo estaba en los columpios del patio, y él sentado en la hierba, leyendo una biografía de Edmond Locard, padre del análisis de huellas, que el bibliotecario había traído *ex profeso* para él. Mamá estaba dentro, en una del millón de reuniones de educación individualizada a las que iba para asegurarse de que las clases de Jacob eran un lugar donde él podía estar tan a salvo como en casa.

Al parecer, eso no incluía el patio.

Había dos chicos con unas tablas de skate alucinantes haciendo trucos en las escaleras cuando se fijaron en Jacob. Se fueron hacia él, y uno de ellos le quitó el libro.

—Es mío —dijo Jacob.

—Entonces, ven a por él —dijo el chico. Se lo tiró a su colega, que se lo tiró de vuelta, mareando a Jacob, que lo intentaba coger. Pero Jacob no es un portento atlético, que digamos, y no lo consiguió.

—Es de la biblioteca, cretinos —dijo Jacob, como si eso fuese a cambiar las cosas—. ¡Se va a estropear!

—Eso sería una putada. —El chico tiró el libro en un charco de barro enorme.

—Será mejor que lo rescates —añadió su amigo, y Jacob se abalanzó a por el libro.

Le grité, pero fue demasiado tarde. Uno de los chicos le puso la zancadilla con el pie de manera que Jacob aterrizó de cabeza en el charco. Se incorporó, empapado y escupiendo tierra.

—Feliz lectura, *retra* —dijo el primer chico, se rieron los dos, y se alejaron sobre sus tablas.

Jacob permaneció inmóvil, sentado en el charco y con el libro cogido contra el pecho.

—Levántate —le dije, y le ofrecí la mano para ayudarle.

Jacob se puso en pie con un gruñido. Intentó pasar las páginas, pero se pegaban con el barro.

—Ya se secará —dije—. ¿Quieres que vaya a buscar a mamá?

Lo negó con la cabeza.

—Se enfadará conmigo.

—No, no lo hará —dije, aunque era probable que tuviese razón. Tenía la ropa hecha un completo desastre—. Jacob, tienes que aprender a defenderte. Tienes que hacer lo que sea que te hagan ellos, solo que diez veces peor.

—¿Empujarlos a un charco?

—Bueno, no. Puedes…, no sé. Llámales cosas.

—Se llaman Sean y Amahl —dijo Jacob.

—No me refiero a sus nombres. Prueba con «Tú, carapolla», o «Corta el rollo, capullo».

—Eso son palabrotas…

—Sí, pero eso hará que se lo piensen dos veces antes de volver a machacarte.

Jacob comenzó a mecerse.

—Durante la guerra de Vietnam, a la BBC le preocupaba cómo pronunciar el nombre de un pueblo bombardeado —Phuoc Me— sin ofender a sus oyentes. Decidieron utilizar el nombre de otro pueblo cercano. Desafortunadamente, se llamaba Ban Me Tuat.*

---

* En el primer caso, la pronunciación en inglés de Phuoc Me es muy simi-

—Vale, la próxima vez que un matón te meta la cabeza en un charco de barro, le puedes gritar nombres de pueblos vietnamitas.

—*¡Caeréis en mi poder, tú y tu perro!* —citó Jacob.

—Quizá sea mejor algo más fuerte —le sugerí.

Se quedó pensativo un momento.

—*¡Yippee kay yay, hijo de puta!*

—Genial. ¿Qué vas a decir entonces la próxima vez que un chaval te quite un libro?

—¡Tú, imbécil caraculo, devuélvemelo!

Me partí de risa.

—Jacob —dije—, puede que tengas un don para esto.

Sinceramente, no tengo la menor intención de colarme en otra casa, pero entonces, el martes, voy y paso un día horrible en el instituto. Primero, saco un 7,9 en un examen de Matemáticas, y yo nunca saco notas tan bajas; segundo, soy el único de la clase que no consigue que le crezca la levadura en el ensayo de laboratorio que estamos haciendo en Biología; y tercero, creo que me estoy resfriando. Me salto la última hora de clase porque me quiero meter en la cama con una taza de té. Son, de hecho, mis ganas de tomarme un té las que me recuerdan la casa del profesor en la que me metí la semana pasada, y tal y como ha querido la suerte, me encuentro tan solo a tres manzanas de distancia cuando la idea se me pasa por la cabeza.

Sigue sin haber nadie en la casa, y ni siquiera tengo que forzar la puerta de atrás, se la han dejado abierta. El bastón sigue apoyado contra la pared de la entrada, y la sudadera con capucha sigue ahí colgada, pero ahora también hay un abrigo de lana y un par de botas de trabajo. Alguien se ha terminado la botella de vino. Hay un estéreo Bose en la

---

lar a *Fuck me*, «fóllame». En el segundo, muy cercana a *Bang my twat*, «fóllame el coño». (N. del T.)

encimera que no estaba ahí la semana pasada, y un iPod Nano muy chulo de color rosa cargándose en su base Dock.

Presiono el botón de encendido y veo que es Ne-Yo lo que está listo para sonar.

O bien estos son los profesores más enrollados de la historia, o bien sus nietas tienen que dejar de olvidarse sus movidas por ahí.

La tetera está sobre uno de los quemadores de la cocina, así que la lleno, lo enciendo y me pongo a mirar por los armarios en busca de una bolsita de té. Están escondidas en una estantería, detrás de un rollo de papel de aluminio. Escojo un Mango Madness y, mientras se calienta el agua, le echo un vistazo al iPod. Estoy impresionado. Mi madre casi no se entera de cómo se usa iTunes y, sin embargo, aquí tienes al profesor y su señora, que son un par de hachas de la tecnología.

Supongo que no serán *tan* mayores. Me los he imaginado así, pero quizá el bastón sea de una operación de artroscopia porque el profesor juega al hockey los findes y se hizo polvo la rodilla al ponerse de portero. Quizá sean de la edad de mi madre, y la sudadera sea de su hija, que es de mi edad. A lo mejor va a mi instituto, o incluso se sienta a mi lado en Biología.

Me meto el iPod en el bolsillo y me sirvo el agua de la tetera, que está silbando, y es entonces cuando caigo en que se oye correr el agua de una ducha justo encima de mí.

Me olvido del té, me cuelo en el salón, dejo atrás el equipo de sonido monstruoso y subo por las escaleras.

El sonido del agua procede del cuarto de baño de la habitación principal.

La cama está deshecha. Es un edredón lleno de rosas bordadas, y hay una pila de ropa en una silla. Cojo un sujetador de encaje y paso la mano por las cintas.

Entonces me doy cuenta de que la puerta está entreabierta y de que más o menos puedo ver la ducha reflejada en el espejo.

Mi día ha mejorado de manera considerable en los últimos treinta segundos.

Hay mucho vapor, de forma que solo puedo distinguir las curvas cuando se gira y el hecho de que el pelo le llega por los hombros. Está tarareando, y cómo desafina la cabrona. «Date la vuelta —ruego en silencio—. Frontal integral.»

—Oh, mierda —dice la mujer, y de repente abre la puerta de la mampara de la ducha. Veo emerger su brazo y palpar a tientas en busca de la toalla, que cuelga de una percha junto a la puerta de la ducha, y se restriega los ojos. Contengo la respiración con los ojos clavados en su hombro. Su teta.

Aún entre parpadeos, suelta la toalla y se da la vuelta.

En ese instante, nuestros ojos se encuentran.

JACOB

La gente no para de decir cosas que no quiere decir, y los neurotípicos descifran igualmente el mensaje. Tomemos, por ejemplo, a Mimi Scheck en el instituto. Dijo que se moriría si Paul McGrath no le pedía ir al baile de invierno, pero en realidad no se habría muerto, solo se habría quedado muy triste. O esa forma que tiene Theo a veces de golpear a otro chico en el hombro y decirle: «¡Escupe!», cuando en realidad quiere decir que quiere que su amigo se ponga a hablar. O esa vez que mi madre masculló: «¡Vaya, esto sí que es *genial*!» cuando se nos pinchó una rueda en la autopista, aunque estaba claro que no era genial; fue un lío espectacular.

Así que, quizá, cuando Jess me dijo el domingo que me perdiese por ahí, en realidad quería decir otra cosa.

Creo que podría estar muriéndome de meningitis espinal. Dolores de cabeza, demencia, rigidez en el cuello, fiebre alta. Tengo dos de los cuatro. No sé si debería pedirle a mi madre que me llevase a que me hicieran una punción lumbar o si debería sobrellevarlo hasta que me muera. Ya he preparado una nota que explica cómo me gustaría ir vestido en mi funeral, por si acaso.

Es igualmente posible, supongo yo, que la razón de que sufra fuertes dolores de cabeza y rigidez severa en el cuello sea que no he conseguido dormir desde el domingo, cuando vi a Jess por última vez.

No me ha mandado fotos de su nueva casa por anticipado, tal y como prometió. Ayer le envié cuarenta y ocho e-mails para recordárselo, y no ha respondido a ninguno de ellos. No puedo llamarla para recordarle que me envíe las fotos porque todavía tengo yo su móvil.

Anoche, hacia las cuatro de la mañana, me pregunté qué haría el doctor Henry Lee ante las pruebas siguientes:

1. No ha llegado ninguna fotografía por e-mail.
2. No hay acuse de recibo de ninguno de mis cuarenta y ocho e-mails.

La Hipótesis Uno sería que la cuenta de e-mail de Jess no se encuentra operativa, lo cual parece improbable dado que está conectada con toda la Universidad de Vermont. La Hipótesis Dos sería que está optando de manera activa por no comunicarse conmigo, algo que indicaría ira o frustración (véase más arriba: *piérdete por ahí*). Pero eso no tiene sentido, ya que me dijo de manera específica en nuestro último encuentro que debería contarle lo que había aprendido..., lo cual implica otro encuentro.

A propósito, he realizado una lista de lo que he aprendido acerca de nuestro último encuentro:

1. La pizza sin gluten sabe asquerosa.
2. Jess no está disponible para ir al cine este viernes por la noche.
3. Su teléfono móvil pía como un pájaro cuando lo apagas.
4. Mark es un imbécil tarado (aunque, en justicia, esto sea (a) redundante y (b) algo que ya sabía).

La única razón por la que he ido hoy a clase, con lo terriblemente mal que me siento, es que, de haberme quedado en casa, sé que mi madre habría insistido en que me perdiese mi clase con Jess, y eso no puedo hacerlo. Al fin y al cabo, tengo que devolverle su móvil. Y si la veo cara a cara, puedo preguntarle por qué no ha respondido a mis e-mails.

Normalmente, Theo se encarga de llevarme andando al campus de la Universidad de Vermont, que está a menos de un kilómetro del instituto. Me acompaña hasta la residencia, hasta la habitación de Jess, que ella deja siempre abierta para mí de forma que pueda esperarla hasta que ella sale de clase de Antropología. A veces hago los deberes mientras estoy esperando, y a veces hojeo los papeles que tiene encima de la mesa. Una vez me rocié su perfume por toda la ropa y me paseé por ahí todo el día oliendo como ella. Entonces aparece Jess y nos vamos a trabajar a la biblioteca, o a veces a la asociación de estudiantes o a una cafetería en Church Street.

Es probable que fuese capaz de llegar a la residencia de Jess en estado comatoso, pero hoy —cuando de verdad necesito que Theo me ayude a encontrar el camino de un destino nuevo— él va y se marcha a casa porque está enfermo. Viene a buscarme tras la sexta hora de clase y me cuenta que se siente fatal y que se va a casa a terminar de morirse.

No lo hagas, le digo yo. Eso haría que mamá se enfadase de verdad.

Mi primer instinto inmediato es preguntarle cómo se supone que voy a llegar hasta Jess si él se va a casa enfermo, pero entonces me acuerdo de Jess diciéndome que no se trata siempre de mí, y que ponerse en el pellejo de los demás es parte de las interacciones sociales (pero no de forma literal. Yo no cabría en el pellejo de Theo, porque mido metro ochenta y tres y le saco una cabeza). Así que le digo a Theo que se mejore y me marcho a ver a la orientadora, la señora Grenville. Examinamos el mapa que me ha dado Jess y decidimos que debería coger el autobús H-5 y bajarme en la tercera parada. Me dibuja, incluso, una ruta con rotulador fosforito desde el autobús hasta la casa.

Y resulta que el mapa es realmente bueno, aunque no esté dibujado a escala. Después de bajarme del autobús, giro a la derecha al llegar a la boca de incendios y cuento seis casas por la izquierda. El que va a ser el hogar temporal de Jess a partir de ahora es una casa vieja de ladrillo con hiedras que ascienden por los costados. Me pregunto si ella sabe que los zarcillos de la hiedra son capaces de romper tanto el ladrillo como el mortero. Me pregunto si debería contárselo. Si alguien me lo contase a mí, me pasaría toda la noche tumbado en la cama preguntándome si la casa se iba a derrumbar a mi alrededor.

Aún me encuentro muy nervioso cuando llamo al timbre de la puerta principal, porque no he visto nunca el interior de esta casa y eso me hace sentir como si los huesos se me hubieran vuelto de gelatina.

Nadie responde, así que doy la vuelta hacia la parte de atrás.

Bajo la vista a la nieve y voy tomando nota mental de lo que veo, pero no es en realidad importante, porque *la puerta está abierta,* y eso debe de significar que Jess me está esperando. Por fin siento que me relajo: es igual que en su residencia; entraré y esperaré, y cuando ella regrese, todo volverá a la normalidad.

Han sido solo dos las veces que Jess se ha enfadado conmigo, y ambas fueron mientras yo esperaba a que llegase. La primera fue cuando saqué toda su ropa del armario y la ordené conforme al espectro electromagnético del color, como la mía. La segunda vez fue cuando me senté en su mesa y reparé en el conjunto de problemas de cálculo en que estaba trabajando. Había hecho mal la mitad de ellos, así que se los arreglé.

Theo es la persona que me hizo entender que las reglas de la violencia se basan en la amenaza. Si se produce un verdadero problema, solo hay dos opciones:

1. Represalia.
2. Confrontación.

Eso me ha causado problemas.

Me mandaron al despacho del director por atizarle en la cabeza a un chico que me había tirado un avión de papel durante la clase de Lengua. Cuando Theo se cargó uno de mis experimentos de investigación criminal que tenía a medias, me fui a su cuarto con unas tijeras e hice trizas su colección de cómics. Una vez, en octavo, descubrí que un grupo de chicos se estaba riendo de mí, y así, como si alguien hubiese encendido un interruptor en mi cabeza, me dio un ataque de ira histérica. Me acurruqué en un cubículo de la biblioteca del instituto y preparé allí mismo una lista con la gente a la que odiaba y la forma en que desearía que terminasen sus vidas: herida por arma blanca en el vestuario del gimnasio; explosivo en su taquilla; cianuro en la Coca-Cola Light. Tal y como corresponde a la naturaleza del asperger, soy exageradamente ordenado en algunas cosas y desorganizado en otras, y quiso la suerte que perdiese aquel trozo de papel. Pensé que alguien (yo, quizá) lo había tirado a la basura, pero lo encontró mi profesor de Historia y se lo entregó al director, que llamó a mi madre.

Me estuvo gritando durante setenta y nueve minutos seguidos, en su mayoría acerca de lo contrariada que se sentía a causa de mis actos, y a continuación se enfadó todavía más porque yo no era capaz de entender por qué algo que había hecho *yo* la había contrariado a *ella*. Así pues, cogió diez de mis cuadernos de *CrimeBusters,* los pasó por la trituradora de papel, hoja por hoja, y de repente la entendí con claridad meridiana. Me puse tan furioso que, esa noche, cuando estaba dormida, le vacié las trizas de la papelera en la cabeza.

Afortunadamente, no me expulsaron —la mayor parte de la directiva del instituto me conoce lo bastante como para saber que no supongo una amenaza para la seguridad pública—, pero la lección que me dio mi madre bastó para hacerme ver por qué no podía volver a hacer algo así.

Esto lo digo a modo de explicación: la impulsividad es parte de lo que significa tener asperger.

Y nunca acaba bien.

EMMA

Me permiten trabajar en casa con mi columna, pero todos los martes por la tarde tengo que ir al centro a mata caballo a ver a mi editora. Se trata en su mayor parte de una sesión de terapia: ella me cuenta lo que va mal en su vida y espera que yo le administre consejo, a la manera en que lo hago con los lectores del periódico.

No me importa, porque creo que una hora de orientación a la semana es un intercambio bastante favorable por una nómina y un seguro médico, pero eso también supone que los martes, cuando Jacob queda con Jess, es ella la responsable de traerle de vuelta a casa.

Esta tarde, en cuanto atravieso la puerta, me encuentro a Theo en la cocina.

—¿Cómo estás? —pregunto al tiempo que le presiono la frente con la palma de la mano—. ¿Tienes fiebre?

He llamado a casa desde Burlington, como hago siempre antes de salir de la oficina, para encontrarme con que Theo estaba enfermo y desquiciado porque se había marchado del instituto sin acordarse de que hoy es el día en que lleva a Jacob a su cita con Jess. Una segunda llamada al departamento de orientación evita que caiga presa del pánico: la señora Grenville ha estado hablando con Jacob sobre coger el autobús a la casa nueva de Jess y dice que mi hijo se sentía con confianza como para hacerlo solo.

—Solo es un resfriado —dice Theo, que se escabulle—, pero Jacob no ha vuelto a casa todavía y ya son más de las cuatro y media.

La verdad es que no hace falta que diga más: Jacob se cortaría un brazo antes que perderse un episodio de *CrimeBusters*. Pero solo se está retrasando quince minutos más allá de lo normal.

—Bueno, hoy ha quedado con Jess en un sitio nuevo. Quizá esté más lejos que la residencia universitaria.

—Pero ¿y si no ha llegado hasta allí? —dice Theo visiblemente alterado—. Me tenía que haber quedado en el instituto y llevarle como siempre...

—Mira, estás enfermo. Además, la señora Grenville pensó que podría ser una buena oportunidad para Jacob de ser independiente. Y me parece que tengo el número nuevo de Jess en el e-mail; no tengo más que llamar, si eso hace que te sientas mejor. —Abrazo a Theo. Hace demasiado tiempo que no le doy un abrazo; a sus quince, se escabulle del afecto físico; aunque resulta tierno verle preocuparse por Jacob. Puede que haya roces entre ellos, pero en el fondo de su corazón, Theo quiere a su hermano—. Estoy segura de que Jacob está bien, aunque me alegro de que te tenga a ti para cuidarle —digo, y en ese mismo instante decido reforzar los buenos sentimientos de Theo hacia su hermano—. Vámonos a cenar al chino esta noche —sugiero, aun cuando salir a comer fuera sea un lujo que no nos podemos permitir; además, es más difícil encontrar algo que Jacob pueda comer si no lo hago yo misma.

Una expresión indescifrable recorre el rostro de Theo, pero enseguida asiente.

—Estaría genial —dice taciturno, y se escapa de mi abrazo.

Se abre la puerta de la entrada.

—¿Jacob? —le llamo, y me dirijo a su encuentro.

Por un instante, me quedo sin habla. Tiene la mirada de un loco y la nariz le gotea. Se da golpes a los lados de las piernas con las palmas de ambas manos, me empuja contra la pared al pasar y sube corriendo a su habitación.

—¡Jacob!

La puerta de su cuarto no tiene pestillo; hace años que se lo quité. Ahora, empujo la puerta y me encuentro a Jacob dentro del armario, bajo los puños de las camisas y los pantalones de chándal, que cuelgan como zarcillos, se mece adelante y atrás y emite una nota gutural aguda, aflautada.

—¿Qué pasa, cielo? —digo mientras me meto a gatas en el armario también. Le rodeo con fuerza con los brazos y empiezo a cantarle—: *I shot the sheriff... but I didn't shoot the deputy.*

Jacob se golpea con las palmas de las manos con tanta fuerza que me está haciendo daño.

—Háblame —le digo—. ¿Ha pasado algo con Jess?

Ante la mención de su nombre, Jacob se arquea hacia atrás, como si le hubiese atravesado una bala. Comienza a golpearse la cabeza contra la pared, tan fuerte que deja marca en el pladur.

—No lo hagas —le suplico al tiempo que empleo todas mis fuerzas para tirar de él hacia delante y, así, que no pueda hacerse daño.

Controlar el ataque de un autista es como controlar un tornado. Una vez que estás tan cerca que lo ves venir, no hay nada que hacer excepto capear el temporal. Al contrario que en la pataleta de un niño, a Jacob no le importa si su conducta me hace reaccionar. No se preocupa de no hacerse daño. No lo hace para conseguir algo, es más, no se encuentra en absoluto bajo su propio control; y al contrario de cuando tenía cuatro o cinco años, yo no soy ya lo suficientemente grande como para controlarlo.

Me levanto, apago todas las luces de la habitación y bajo las persianas para que esté oscuro. Pongo su CD de Bob Marley. A continuación comienzo a sacar la ropa del armario y a apilársela encima, lo cual hace que al principio grite más fuerte, y, conforme va aumentando el peso, se vaya calmando. Llegado el momento en que se queda dormido en mis brazos, yo ya me he destrozado la blusa y las medias. El CD se ha reproducido entero cuatro veces seguidas ya. La pantalla electrónica de su reloj despertador muestra las 20.35.

—¿Qué te ha alterado? —susurro. Podría haber sido cualquier cosa: una discusión con Jess o que no le gustase la disposición de la cocina en su nuevo lugar de residencia; o haberse dado cuenta demasiado tarde de que se estaba perdiendo su programa favorito de la tele. Beso a Jacob en la frente. Después, con suavidad, me libero del nudo de sus brazos y le dejo acurrucado en el suelo con una almohada bajo la cabeza. Le tapo con su colcha de verano estampada a cuadros con el arco iris, que estaba doblada dentro del armario a la espera de su temporada.

Bajo las escaleras con los músculos agarrotados. Todas las luces están apagadas excepto una, en la cocina.

«Vámonos a cenar al chino esta noche.»

Pero eso fue antes de saber que me vería absorbida por el agujero negro en que Jacob puede llegar a convertirse en cualquier momento dado.

Hay un bol de cereales sobre la encimera en el que aún quedan restos de leche de soja. La caja de Rice Chex se alza a su lado en tono recriminatorio.

Ser madre es una tarea sisifeana. Acabas de remendar una costura cuando de golpe se te abre otra. He llegado a creer que jamás seré capaz de hacerme a esta vida que llevo.

Dejo el bol en el fregadero y me trago las lágrimas que me manan por la garganta. «Oh, Theo, cuánto lo siento.»

«Otra vez.»

CASO N.º 3: BRAVUCÓN, TORPE Y «KAZADO»

Dennis Rader era un hombre casado y con dos hijos mayores, antiguo líder de un club de scouts y director de su propia iglesia luterana. También —y tras una investigación de treinta y un años— se descubrió que era el asesino en serie conocido como BTK, abreviatura de Bind, Torture & Kill (Atar, Torturar y Matar), el método que utilizó para asesinar a diez personas en la zona de Wichita, en el estado de Kansas, entre 1974 y 1991. Tras los asesinatos, la policía recibía cartas en las que el asesino se jactaba de las muertes y ofrecía detalles truculentos. Después de un silencio de veinticinco años, aquellas cartas y envíos volvieron a llegar en 2004, para reclamar la autoría de un asesinato del que no era sospechoso. En un intento por hallar al asesino en serie, se extrajo ADN de debajo de las uñas de una víctima, y las fuerzas del orden se encontraron con once muestras distintas de material genético.

En uno de los comunicados de BTK —un disquete de ordenador remitido a la KSAS-TV—, los metadatos del archivo de Microsoft Word revelaron que el autor era alguien llamado Dennis, así como su relación con la iglesia luterana. En una búsqueda por Internet, la policía consiguió localizar a un sospechoso: Dennis Rader. Gracias a la obtención del ADN de su hija, comparado con las muestras halladas, la policía pudo establecer un parentesco familiar positivo, lo cual les proporcionó una causa probable para el arresto. Fue condenado a ciento setenta y cinco años de cárcel.

Así que, para todos vosotros, los que veis porno por Internet u os pasáis el tiempo libre escribiendo manifiestos anarquistas: cuidado. Nunca te libras del todo de algo que tienes en el ordenador.

3

RICH

He hecho frente a gran cantidad de situaciones terribles en mis veinte años de servicio: intentos de suicidio, delincuentes a la carrera tras un atraco a mano armada o víctimas de violaciones tan traumatizadas que no eran capaces de contarme qué había pasado. Ninguna de estas, sin embargo, tiene punto de comparación con trabajar ante un público formado por niños de siete años.

—¿Puede enseñarnos la pistola otra vez? —pregunta uno.

—No es una buena idea —digo mirando al profesor, que ya me había pedido que me quitase la cartuchera y el arma antes de entrar en el aula para el Día de las Profesiones, petición que tuve que rechazar, ya que, técnicamente, aún me encontraba de servicio.

—¿Ha disparado con ella?

Dirijo la mirada al resto de la clase, por encima del crío obsesionado con las armas.

—¿Alguna pregunta más?

Una niñita levanta la mano. La reconozco, ha debido de venir a alguna de las fiestas de cumpleaños de Sasha.

—¿Y siempre cogen a los malos? —pregunta.

No resulta fácil explicarle a un niño que las líneas del bien y el mal no se dibujan siempre tan blancas y negras como nos hacen pensar los cuentos de hadas; que una persona normal y corriente se puede convertir en un villano en las circunstancias oportunas; que, a veces, los héroes que matan dragones hacen cosas de las que no están orgullosos.

La miro a los ojos.

—Desde luego que lo intentamos —digo.

El teléfono móvil que llevo en la cintura se pone a vibrar. Abro la tapa, veo el número de la comisaría y me pongo en pie.

—Vamos a tener que ir acabando con esto... Así que una última vez: ¿cuál es la regla número uno del escenario de un crimen?

La clase corea la respuesta:

—¡No toques nada húmedo que no sea tuyo!

El profesor les pide que me den las gracias con un aplauso y me agacho cerca del pupitre de Sasha.

—¿Qué te parece? ¿Te he avergonzado de algún modo que no tenga arreglo?

—Has estado bien —dice ella.

—No me puedo quedar a comer contigo —me disculpo—, tengo que ir a la comisaría.

—Está bien, papi. —Sasha se encoge de hombros—. Estoy acostumbrada.

Qué balas ni qué demonios, lo que me mata es decepcionar a mi hija.

Le doy un beso en la coronilla y dejo que el profesor me acompañe a la puerta. A continuación me dirijo en coche a la comisaría y me reúno con el sargento para un breve intercambio de información acerca de la denuncia que ha atendido.

Mark Maguire, un estudiante de posgrado de la Universidad de Vermont, está repanchingado en la sala de espera. Se tapa la cara de manera parcial con una gorra de béisbol, y no para de rebotar la pierna arriba y abajo con nerviosismo. Le observo durante un instante a través del cristal antes de salir a su encuentro.

—¿Señor Maguire? —pregunto—. Soy el detective Matson, ¿qué puedo hacer por usted?

—Mi novia está desaparecida.

—Desaparecida —repito.

—Eso. La llamé anoche, y no me lo cogió; y esta mañana, cuando he ido a su casa, se había ido.

—¿Cuándo fue la última vez que la vio?

—El martes por la mañana —dice Mark.

—¿Pudo haberse producido alguna emergencia? ¿O una cita de la que no le hubiese hablado a usted?

—No. Nunca va a ninguna parte sin su bolso, y el bolso está en casa… con su abrigo. Hace muchísimo frío. ¿Por qué se iba a ir a ningún sitio sin el abrigo? —Su voz se descontrola, preocupado.

—¿Se pelearon ustedes dos?

—Este fin de semana se mosqueó conmigo, más o menos —admite él—, pero lo hablamos y ya estábamos bien otra vez.

«Seguro que sí», pienso.

—¿Ha probado a llamar a sus amigos?

—Nadie la ha visto; ni sus amigos ni sus profesores, y ella no es de las que se saltan las clases.

No acostumbramos a abrir investigaciones por desaparición hasta pasadas treinta y seis horas, aunque tampoco se trata de una regla que se siga a rajatabla. La extensión de la red que hay que desplegar queda determinada por la situación del desaparecido: en riesgo o sin riesgo aparente, y ahora mismo, hay algo en este tío —una corazonada— que me hace pensar que no me lo está contando todo.

—Señor Maguire —digo—, ¿qué le parece si nos damos una vuelta?

A Jess Ogilvy le va estupendamente bien para ser una estudiante de posgrado. Vive en un barrio pijo lleno de casas de ladrillo y BMW.

—¿Cuánto tiempo hace que vive aquí? —pregunto.

—Solo una semana; está cuidando la casa de uno de sus profesores, que va a estar en Italia todo el semestre.

Aparcamos en la calle, y Maguire me conduce hacia la puerta de atrás, que no está cerrada con llave. Esto no es algo en absoluto anormal por aquí, a pesar de mis numerosas advertencias acerca de que más vale prevenir que curar. Mucha gente asume de manera equivocada que en este pueblo ni hay ni puede haber delincuencia.

En la entrada hay un popurrí de cosas, desde el abrigo que debe de pertenecer a la chica a un bastón o un par de botas de caballero. La cocina está ordenada, y en el fregadero hay una jarra con una bolsita de té dentro.

—No he tocado nada —dice Maguire—. Estaba todo así cuando pasé por aquí esta mañana.

El correo forma una pila perfecta sobre la mesa, y en un lado está el bolso; lo abro para encontrarme con una cartera con doscientos trece dólares aún dentro.

—¿Ha echado algo en falta? —pregunto.

—Sí —dice Maguire—. Arriba. —Me conduce a una habitación de invitados donde los cajones de una de las mitades de la cómoda están a medio abrir y la ropa se sale de ellos—. Es una fanática del orden —dice él—. Ella no dejaría nunca la cama sin hacer, ni tiraría así la ropa por el suelo. ¿Ve esa caja con el papel de regalo? Dentro había una mochila que ya no está. Todavía tenía las etiquetas y todo. Su tía se la regaló por Navidad, y a ella no le gustaba nada.

Voy hasta el armario. Dentro hay varios vestidos, al igual que camisas de vestir y pantalones vaqueros.

—Esos son míos —dice Maguire.

—¿Usted también vive aquí?

—Oficialmente no, al menos en lo que al profesor se refiere. Pero claro que sí, me he estado quedando aquí la mayoría de las noches. Es decir, hasta que ella me echó.

—¿Ella le echó?

—Ya se lo he dicho, tuvimos algo así como una pelea. El domingo por la noche no quería hablar conmigo, pero el lunes arreglamos las cosas.

—Defina eso —digo.

—Hubo sexo —responde Maguire.

—¿Consentido?

—Venga, hombre. Pero ¿qué clase de tío cree que soy? —Parece sinceramente ofendido.

—¿Qué hay de su maquillaje? ¿Sus cosas de aseo?

—Su cepillo de dientes no está —dice Maguire—, pero el maquillaje sigue aquí. Oiga, ¿no debería usted pedir refuerzos o algo? ¿O establecer una alerta naranja?

No le hago caso.

—¿Ha intentado contactar con sus padres? ¿Dónde viven?

—Los he llamado; están en Bennington, y no han tenido noticias de ella; y ahora también están de los nervios.

«Genial», pienso.

—¿Ha desaparecido así con anterioridad?

—No lo sé. Solo llevo unos pocos meses saliendo con ella.

—Mire —digo—. Si se queda usted por aquí, es probable que ella le llame, o que regrese a casa. A mí esto me suena a que necesitaba tomar un poco de aire.

—Tiene que estar tomándome el pelo —dice Maguire—. Si se marchó a propósito, ¿por qué se iba a olvidar de coger la cartera y no el móvil? ¿Por qué iba a utilizar una mochila que estaba deseando llevar a la tienda para que le devolviesen el dinero?

—No lo sé, quizá para despistarle a usted.

A Maguire se le encienden los ojos, y sé que viene a por mí desde el momento justo anterior a que salte. Le esquivo con un movimiento rápido que le sujeta el brazo retorcido en la espalda.

—Mucho cuidado —murmuro—. Podría arrestarle por esto.

Maguire tensa mi sujeción.

—Mi novia ha desaparecido. Yo pago su sueldo, ¿y usted ni siquiera va a hacer su trabajo e investigar?

En sentido estricto, si Maguire es un estudiante, él no me paga mi sueldo, pero tampoco me apetece incidir en ese aspecto.

—¿Sabe qué? —digo mientras le suelto—. Voy a echar un último vistazo alrededor.

Me dirijo con tranquilidad a la habitación principal, pero está claro que Jess Ogilvy no ha dormido aquí. Está impoluta. El cuarto de baño principal presenta unas toallas ligeramente húmedas, pero el suelo de la ducha está ya seco. En el piso de abajo, no hay restos de desorden en el salón. Me doy un paseo por el perímetro de la casa y compruebo el buzón de correos. Dentro hay una nota, impresa con ordenador, que le pide al cartero que guarde el correo hasta nueva orden.

¿Quién narices escribe a máquina una nota para el cartero?

Me calzo un par de guantes y meto la nota en una bolsita de pruebas. Le pediré al laboratorio un test de ninhidrina para las huellas.

Ahora mismo, la corazonada que tengo es que si las huellas no coinciden con las de Jess Ogilvy, sí que van a coincidir con las de Mark Maguire.

EMMA

No sé qué esperarme cuando entro en la habitación de Jacob a la mañana siguiente. Ha dormido toda la noche —le he echado un vistazo a cada hora—, pero sé por mi experiencia en el pasado que no se va a mostrar expresivo hasta que esos neurotransmisores dejen de rugir por su torrente sanguíneo.

He llamado un par de veces a Jess —a su móvil y a su nueva residencia—, pero solo me sale el buzón de voz. Le he enviado un e-mail pidiéndole que me cuente lo que pasó en la sesión de ayer, si es que hubo algo que se saliese de lo normal. Pero hasta que ella me responda, tendré que ocuparme de Jacob.

Cuando me asomo a las seis de la mañana, ya no duerme. Está sentado en la cama con las manos en su regazo y la mirada fija en la pared que tiene enfrente.

—¿Jacob? —pruebo a decir—. ¿Cielo? —Me acerco un poco y lo agito con mucha suavidad.

Jacob sigue en silencio y con los ojos clavados en la pared. Le paso la mano por delante de la cara, pero no responde.

—¡Jacob! —Lo agarro por los hombros y tiro de ellos. Se cae de costado y ahí se queda, donde ha caído.

El pánico me empieza a trepar por la garganta.

—Háblame —le exijo. Pienso en catatonia. Pienso en esquizofrenia.

Pienso en todos los lugares perdidos a los que Jacob podría escapar dentro de su propia mente, y no regresar.

Sentada a horcajadas sobre su cuerpo enorme, le abofeteo en la cara con tal fuerza que le dejo la marca roja de la mano, y aun así no reacciona.

—No —digo conforme comienzo a llorar—. No me hagas esto.

Oigo una voz en la puerta.

—¿Qué pasa? —pregunta Theo con el rostro aún somnoliento y despeinado con el pelo pincho como un puercoespín.

En ese instante me doy cuenta de que Theo podría ser mi salvador.

—Di algo que molestase a tu hermano —le ordeno.

Me mira como si estuviese loca.

—Le pasa algo —le cuento con una voz que se me quiebra—. Solo quiero que vuelva. Tengo que hacerle volver.

Theo baja la vista al cuerpo lánguido de Jacob, su mirada vacía, y sé que está asustado.

—Pero…

—Hazlo, Theo —digo.

Creo que es el temblor, y no la autoridad, de mi voz lo que le hace acceder. Entre vacilaciones, Theo se inclina sobre Jacob.

—¡Despierta!

—Theo —suspiro. Ambos sabemos que se está conteniendo.

—Vas a llegar tarde a clase —dice Theo. Observo muy de cerca, pero no hay muestras de reconocimiento en los ojos de Jacob—. Me meto yo primero en la ducha —añade— y después te voy a desordenar el armario. —Al permanecer Jacob en silencio, la ira que Theo suele mantener oculta le sobreviene como un tsunami—. ¡Tú, rarito! —le grita, tan alto que la fuerza de su aliento hace que a Jacob se le revuelva el pelo—. ¡Tú, tonto rarito de las narices! —Jacob ni se inmuta—. ¿Por qué no eres normal? —vocifera Theo, y le da un puñetazo en el pecho a su hermano. Vuelve a golpearle, esta vez más fuerte—. ¡Que seas normal, joder! —grita, y veo las lágrimas que le recorren el rostro. Por un instante, nos quedamos atrapados en este infierno, con un Jacob inerte entre ambos.

—Tráeme un teléfono —digo, y Theo se gira y sale volando por la puerta.

Me hundo junto a Jacob, y su masa corporal se me viene encima. Theo reaparece con el teléfono, y marco en la agenda el número de la psiquiatra de Jacob, la doctora Murano. Ella me devuelve la llamada treinta segundos más tarde, con el carraspeo del sueño aún en la voz.

—Emma —dice—, ¿qué pasa?

Le cuento el ataque de Jacob de anoche y su catatonia de esta mañana.

—¿Y no sabes qué lo ha provocado? —me pregunta.

—No. Tuvo cita con su tutora ayer. —Miro a Jacob. Una línea de baba le serpentea desde la comisura de los labios—. La he llamado, pero no me ha devuelto la llamada todavía.

—¿Tiene aspecto de sentir dolor físico?

«No —pienso—. Eso lo tengo yo.»

—No lo sé… Creo que no.

—¿Respira?

—Sí.

—¿Sabe quién eres?

—No —admito, y es eso lo que de verdad me aterra. Si no sabe quién soy yo, ¿cómo voy a ayudarle a recordar quién es él?

—Dime sus constantes vitales.

Dejo el teléfono y miro el reloj en mi muñeca, cuento.

—Noventa de pulso y veinte respiraciones.

—Mira, Emma —dice la doctora—. Me encuentro a una hora de distancia de donde estás tú. Creo que te lo tienes que llevar a urgencias.

Sé lo que pasará entonces. Si Jacob es incapaz de salir de este estado, será candidato a un 302, internamiento obligatorio en el ala de psiquiatría del hospital.

Cuelgo y me quedo de rodillas frente a Jacob.

—Cielo, dame una señal. Muéstrame solo que estás ahí.

Jacob ni siquiera pestañea.

Me voy hacia la habitación de Theo, secándome los ojos. Se ha atrincherado dentro. Tengo que dar unos golpes fortísimos en la puerta para que se me oiga por encima del estruendo de su música. Cuando abre por fin, tiene los ojos rojos y un gesto forzado en la mandíbula.

—Necesito que me ayudes a moverlo —digo inexpresiva y, por una vez, Theo no me lleva la contraria.

Juntos, intentamos sacar de la cama el corpulento físico de Jacob y bajarlo por las escaleras, al coche. Yo lo llevo por los brazos, Theo por las piernas. Tiramos, empujamos, arrastramos. Para cuando llegamos a la entrada, yo estoy calada de sudor, y Theo tiene las piernas magulladas por el par de veces que se ha tropezado bajo el peso de Jacob.

—Yo traigo el coche —dice Theo, y sale corriendo por el camino de entrada; sus calcetines hacen crujir ligeramente la nieve caída días atrás.

Conseguimos meter a Jacob en el coche entre los dos. Ni siquiera hace el menor ruido cuando sus pies tocan el camino helado. Lo metemos en el asiento de atrás, la cabeza en primer lugar, y forcejeo para sentarlo, erguido, casi a gatas sobre su regazo para atarle el cinturón de seguridad. Con la cabeza presionada contra el corazón de Jacob, espero oír el clic del metal contra el metal.

—*Y aquííí estááá Johnny.*

Las palabras no son suyas. Son de Jack Nicholson en *El resplandor.* Pero sí es su voz, su tartamudeo, como el papel de lija, su hermosa voz.

—¿Jacob? —Tomo su rostro entre mis manos.

No me mira, pero, claro, es que él nunca me mira.

—Mamá —dice Jacob—, tengo los pies realmente fríos.

Rompo a llorar y lo aprieto con fuerza entre mis brazos.

—Oh, cielo —respondo—. Eso lo vamos a arreglar.

JACOB

He aquí donde voy, cuando voy:

Una habitación sin ventanas ni puertas, y las paredes son lo bastante delgadas para que lo pueda ver y oír todo, pero demasiado gruesas como para atravesarlas.

Allí estoy, pero no estoy allí.

Doy golpes para que me dejen salir, pero no me puede oír nadie.

He aquí donde voy, cuando voy:

Un país donde el rostro de todo el mundo parece distinto del mío, y el idioma es el acto de no hablar, y hay ruido por todas partes, en el aire que respiramos. Hago lo que viere allá donde fuere; me intento comunicar, pero nadie se ha preocupado de decirme que esta gente no puede oír.

He aquí donde voy, cuando voy:

Algún lugar completamente, indescriptiblemente naranja.

He aquí donde voy, cuando voy:

El lugar donde mi cuerpo se convierte en un piano, pero solo con teclas negras: sostenidos y bemoles, cuando todo el mundo sabe que para tocar una canción que otra gente quiera oír, te hacen falta algunas teclas blancas.

He aquí por qué regreso:

Para encontrar esas teclas blancas.

No exagero cuando digo que mi madre se ha quedado mirándome durante quince minutos.

—¿No deberías estar haciendo cualquier otra cosa? —pregunto por fin.

—Cierto. Tienes razón —dice ella, atropellada, pero en realidad no se marcha.

—Mamá —me quejo—. Tiene que haber algo más fascinante que verme comer. —Está ver secarse la pintura, por ejemplo. O ver cómo da vueltas la colada.

Sé que hoy le he dado un susto, por lo que ha pasado esta mañana. Resulta evidente en (a) su incapacidad para apartarse de mi lado durante más de tres segundos y (b) su disposición a prepararme una patatas fritas Ore-Ida Crinkles para desayunar. Incluso ha obligado a Theo a coger el autobús hoy, en lugar de llevarlo a clase como de costumbre, ya que no quería dejarme solo en casa y ya tenía decidido que hoy estaba enfermo de cara al instituto.

Francamente, no entiendo por qué está tan disgustada, cuando he sido yo quien ha desaparecido.

Francamente, me pregunto quién sería Franca, y por qué dispone de un adverbio entero para ella sola.

—Voy a darme una ducha —aviso—. ¿Vienes tú también?

Eso, por fin, la hace espabilar y moverse.

—¿Seguro que estás bien?

—Sí.

—Vengo en unos minutos, entonces, a ver cómo sigues.

En cuanto se marcha, dejo el plato de patatas fritas en la mesilla de noche. Voy a darme una ducha; solo que tengo que hacer algo antes.

Tengo mi propia cámara de fumigación. Era el hogar de mi pez, Arlo, antes de que se muriese. La pecera vacía se encuentra ahora en lo alto de mi cómoda, y está invertida. La pecera cubre un calentador de tazas de café. Antes utilizaba una lata de Sterno, pero mi madre no estaba muy entusiasmada con el fuego (incluso de llama tan pequeña) en mi habitación, de ahí el calentador eléctrico. Sobre este, preparo un cuenco pequeño de papel de aluminio en cuyo interior dosifico una cantidad de pegamento Krazy Glue del tamaño de un centavo. Cojo la taza de cacao (no lácteo, por supuesto) que me ha traído mi madre y la meto también dentro: aportará humedad al aire, aunque no me lo voy a querer beber después del fumigado, con esa porquería blanca que se queda flotando en la superficie. Por último, introduzco el vaso de cristal que contiene una muestra conocida —mi huella de contraste— para asegurarme de que todo está funcionando.

Solo queda una cosa por hacer, pero me encoge el estómago.

Me tengo que obligar a rebuscar entre la ropa que me puse ayer para encontrar el objeto que quiero fumigar, el que me traje de su casa. Y eso, por supuesto, hace que piense en todo lo demás, lo cual supone que se oscurezcan las esquinas de mi mente.

Tengo que hacer un esfuerzo para no verme absorbido de nuevo en ese agujero.

Puedo sentir lo frío que está el metal incluso a través del guante de látex que me he puesto. Qué frío estaba todo, anoche.

En la ducha, me froto muy fuerte, hasta que la piel se me pone demasiado rosa y los ojos me escuecen de mirar fijamente al chorro de agua. Lo recuerdo todo.

Aun cuando no quiero hacerlo.

Una vez, cuando estaba en tercero, un chico se rio de mi forma de hablar. No entendía por qué aquella imitación que hacía de mí, con palabras planas como tablas, le podía resultar graciosa a nadie. No entendía por qué no dejaba de decir cosas como «llévame ante tu líder». Todo lo que sabía era que me iba siguiendo por el patio de recreo y, allá donde íbamos, la gente se reía de mí.

—¿Qué problema tienes? —le pregunté por fin al darme la vuelta y encontrármelo pegado a mis talones.

—¿Qué problema tienes? —repitió como un loro.

—Preferiría que te buscases otra cosa que hacer —dije.

—Preferiría que te buscases otra cosa que hacer.

Y, antes de que me diese cuenta de lo que estaba pensando hacer, los dedos se me cerraron en la mano para formar un puño y le propiné un puñetazo en plena cara.

Había sangre por todas partes. No me gustó tener su sangre en la mano. No me gustó tener su sangre en la camisa, que debería ser amarilla.

El chico, mientras tanto, había caído inconsciente; a mí me llevaron a rastras al despacho del director y me expulsaron una semana.

No me gusta hablar sobre aquel día, porque me hace sentir que estoy lleno de cristales rotos.

Jamás pensé que volvería a ver tanta sangre en mis manos, pero me equivocaba.

Solo son necesarios diez minutos para que el cianocrilato —el Krazy Glue— funcione de manera apropiada. Los monómeros de sus vapores se polimerizan en presencia de agua, aminas, amidas, grupos hidroxilos y ácido carboxílico, todos los cuales vienen casualmente a encontrarse en las grasas que dejan las huellas dactilares. Se adhieren a tales grasas y crean una imagen latente que se puede hacer más visible por medio de unos polvos. La imagen, entonces, se puede fotografiar, ampliar y comparar con la muestra conocida.

Llaman a mi puerta.

—¿Todo bien por ahí?

—No, estoy colgado de una barra del armario —digo.

Esto no es verdad.

—No tiene gracia, Jacob —responde mi madre.

—Bien, me estoy vistiendo.

Esto tampoco es verdad. Ahora mismo estoy en camiseta y calzoncillos.

—Vale —dice ella—. Dame una voz cuando hayas terminado.

Espero hasta que el sonido de sus pasos se desvanece hacia la entrada, en el piso de abajo, y entonces retiro el vaso de dentro de la pecera.

No cabe duda, hay varias huellas. Las espolvoreo con un polvo de doble uso, que tiene contraste tanto para superficies blancas como para superficies negras. A continuación, espolvoreo también las huellas del segundo objeto.

Las fotografío de cerca con la cámara digital que me regalaron por Navidad hace dos años y descargo las imágenes en mi ordenador. Es una buena idea fotografiar siempre las huellas latentes antes de levantarlas, solo por si acaso se estropean en el proceso. Más adelante, con Adobe Photoshop, puedo invertir los colores de las crestas y ampliar las huellas. Puedo empezar el análisis.

Cubro con papel celo la huella para conservarla, con la intención de esconder lo que me llevé de su casa en un lugar donde nadie lo encontrará jamás.

Para entonces, mi madre ya se ha cansado de esperar. Abre la puerta.

—¡Jacob, ponte unos pantalones!

Se cubre la vista con la mano, pero entra igualmente.

—Nadie te ha dicho que entres —digo.

Olisquea.

—Has estado utilizando otra vez el Krazy Glue, ¿verdad? Te dije que no quiero que fumigues nada mientras estás en la habitación, eso no puede ser bueno para ti. —Hace una pausa—. Pero, claro, si estás fumigando algo, eso es que te sientes mejor.

Yo no digo nada.

—¿Es la taza de cacao lo que tienes ahí dentro?

—Sí —digo.

Ella hace un gesto negativo con la cabeza.

—Vente para abajo —mi madre suspira—, que te voy a preparar otra.

He aquí algunos hechos acerca de la investigación criminal:

1. La criminalística, o ciencia forense, se define como el conjunto de técnicas y métodos científicos utilizados en relación con la detección del delito.

2. El término *forense* proviene del latín *forensis,* que significa «ante el foro». En tiempos de los romanos, las acusaciones de un delito se presentaban ante un grupo de público en el foro. El acusado y la víctima ofrecían su testimonio, y quien presentaba el mejor argumento ganaba.

3. La primera constancia escrita que se tiene del uso de la criminalística en la resolución de un crimen data de la dinastía Song en China, en el año 1248. Después de que una persona fuese asesinada con una hoz, un investigador pidió a todo el mundo que llevase su hoz a un lugar determinado, y cuando las moscas se vieron atraídas por el olor de la sangre, el asesino confesó.

4. El primer uso de las huellas dactilares para determinar una identidad tuvo lugar en el siglo XVII, cuando se incluían las de un deudor en su pagaré, como prueba de la deuda para el prestamista.

5. Es mucho más sencillo llevar a cabo las tareas de criminalística cuando no te hallas implicado de manera personal.

Ni las puntas de tus dedos, ni las palmas de tus manos, ni las plantas de tus pies son lisas. Están cubiertas de piel con crestas papilares, una serie de líneas con formas y contornos, como un mapa topográfico. A lo largo de esas líneas hay poros sudoríparos, y si estas líneas se contaminan de sudor, sangre o suciedad, dejarán una reproducción de su dibujo en el objeto que se ha tocado. O, en términos menos elaborados, una huella dactilar.

Si la huella se puede ver, se puede fotografiar. Si se puede fotografiar, se puede conservar y comparar con una muestra conocida. Se trata de un arte tanto como de una ciencia: dado que no poseo un terminal AFIS en mi casa para poder escanear la huella latente y obtener cincuenta candidatos con similitudes que encajen, tengo que confiar en mi simple vista. El objetivo es hallar de diez a doce similitudes entre la muestra conocida y la huella latente: eso es lo que la mayoría de los analistas consideraría una coincidencia positiva.

Muestro las imágenes de ambas huellas en la pantalla de mi ordenador. Sitúo el cursor en el núcleo, la porción más central de la huella. Marco un delta, una pequeña formación triangular a la izquierda del núcleo. Observo unas crestas y bifurcaciones que se terminan, y una espiral. Una bifurcación, dos crestas, y después otra bifurcación descendente.

Justo como presumía. He aquí una coincidencia positiva.

Me hace sentir que estoy a punto de vomitar, pero trago saliva y me obligo a hacer lo que hay que hacer.

«Como ayer.»

Sacudo la cabeza para aclararme las ideas, cojo un Tupperware pequeño que he birlado de la cocina y coloco la prueba en el interior. A continuación, rebusco dentro de mi armario hasta que doy con mi oca Carlota, un animal de peluche con el que solía dormir cuando era niño, y dado que es de color blanco, se encuentra en lo alto, en una estantería por encima del resto de mi ropa de color. La sitúo boca abajo sobre mi regazo y, con un cúter, le practico una incisión en el lugar donde habría tenido el corazón.

Hay que insertar el Tupperware dentro de la oca, y esto hace que la caja torácica de Carlota adopte un aspecto antiestético, pero funciona. La suturo con el mismo hilo que utilicé la semana pasada para coser un agujero en un calcetín. No se me da muy bien, casi me coso yo a cada puntada, pero consigo llevarlo a cabo.

Saco entonces un cuaderno y comienzo a escribir.

Cuando finalizo, me tumbo en la cama. Ojalá estuviese en el instituto. Resulta más difícil cuando no estoy trabajando en algo.

—*I shot the sheriff* —susurro—, *but I swear it was in self-defense.*

Muchas veces he pensado en cómo podría cometer alguien el crimen perfecto.

Todo el mundo habla siempre del consabido carámbano de hielo: el arma que se derrite después de apuñalar a alguien, pero es una posibilidad muy remota (a) que seas capaz de coger un carámbano lo suficientemente largo como para infligir una herida y (b) que no se rompa al entrar en contacto con la piel antes de perforarla. La mescalina espolvoreada en la ensalada sería más sutil, el polvo marrón resultaría prácticamente indistinguible al mezclarse con una vinagreta, y no percibirías el sabor amargo, en especial si la ensalada contiene endivias o rúcula. Pero ¿y si solo consiguieses darle un mal colocón a tu víctima en lugar de matarla? Y, además, ¿dónde conseguirías tu alijo? Podrías llevarte a tu víctima a navegar y empujarla por la borda, preferiblemente después de emborracharla, y decir que se cayó de manera accidental; pero, claro, tendrías que tener un barco. Una mezcla de vicodina y alcohol ralentizaría en exceso el corazón, pero la víctima habría de ser un fiestero de cuidado para que un detective no lo encontrase sospechoso. He oído de gente que intenta quemar la casa tras cometer un asesinato, pero en realidad eso nunca funciona. La brigada de incendios puede localizar dónde se inició el fuego; además, un cuerpo ha de estar calcinado más allá de su posible reconocimiento —y del estudio dental— como para no apuntar hacia ti. Yo tampoco recomendaría nada que deje sangre. Es un desastre; necesitas litros de lejía para limpiarla, y siempre te dejas una gota, seguro.

El enigma del crimen perfecto es complicado, porque salir impune de un asesinato tiene muy poco que ver con el mecanismo de la muerte y todo que ver con el antes y el después. La única manera de encubrir un crimen es no decir ni pío a nadie. Ni a tu mujer, ni a tu madre, ni a tu párroco. Y, por supuesto, tienes que haber matado a la clase apropiada de persona, alguien a quien no se va a buscar. Alguien a quien nadie quiera volver a ver.

THEO

Una vez, una chica se acercó a mí en la cafetería y me preguntó si quería ir a un campamento de Jesús. «Alcanzarás la salvación», me dijo, y tío, me tentó. Quiero decir que tengo muy claro desde hace tiempo que voy a ir al infierno a causa de todos esos pensamientos ocultos que se supone que no debo tener sobre Jacob.

Siempre lees esos libros sobre chicos que tienen hermanos autistas, que salen constantemente en defensa de ellos, los quieren a muerte y se les da mucho mejor que a los adultos calmar las pataletas de sus hermanos. Pues bien, yo no soy uno de ellos. Desde luego, cuando a Jacob le daba antes por desaparecer, se me revolvía la boca del estómago, pero no era porque me preocupase por él. Era porque tenía que ser un hermano horrible para pensar lo que estaba pensando: «Quizá nunca lo encuentren, y yo pueda seguir con mi vida».

Antes soñaba por las noches que mi hermano era normal. Ya sabes, que nos podíamos pelear por las cosas más cotidianas, como a quién le tocaba tener el mando de la tele, o quién iba delante en el coche. Pero a mí nunca se me ha permitido pelearme con Jacob. Ni cuando se me olvidaba cerrar mi habitación con llave, y él entraba y me cogía los CD para alguna prueba de criminalística; ni cuando éramos pequeños y él se ponía a dar vueltas alrededor de la mesa en mi cumpleaños y se comía la tarta de los platos de mis amigos. Mi madre decía que era una norma de la casa, y lo explicaba de esta forma: «Jacob es diferente del resto de nosotros». Vaya, ¿no me digas? Y, por cierto, ¿desde cuándo ser diferente permite ir por la vida con patente de corso?

El problema es que la diferencia de Jacob no se limita exclusivamente al propio Jacob. Es igual que aquella vez que la camisa roja de mi madre destiñó en la lavadora y me puso toda la ropa de color rosa: el asperger de mi hermano me ha convertido a mí también en diferente. Nunca he podido traer amigos a casa, porque, ¿y si Jacob sufría un ataque? Si a mí ya me parecía raro que mi hermano se mease en un radiador para ver cómo ascendían los vapores, ¿qué coño iba a pensar la gente del instituto? Pues que yo era un bicho raro, sin duda, por proximidad.

Confesión número uno: cuando bajo por el vestíbulo del instituto y veo a Jacob al otro extremo del pasillo, cambio mi recorrido adrede para evitarlo.

Confesión número dos: una vez, cuando un grupo de chavales de otro colegio empezó a reírse de Jacob al intentar ponerse a jugar al kick-ball —un lío como pocos hasta la fecha—, fingí que no le conocía y me uní a las risas.

Confesión número tres: creo sinceramente que lo mío es peor que lo de Jacob, porque la mayoría de las veces él no es consciente cuando la gente no quiere ni acercársele, pero yo sí, al cien por cien, de que me miran a mí y piensan: «Oh, si es el hermano del chico raro».

Confesión número cuatro: no es que me dedique normalmente a pensar en tener hijos, pero cuando lo hago, me acojona que te cagas. ¿Y si mi propio hijo me sale como Jacob? Ya me he pasado mi infancia entera enfrentándome al autismo; no sé si sería capaz de hacerlo durante el resto de mi vida.

Siempre que pienso en cualquiera de estas cosas, me siento como el culo. Soy absolutamente inútil. Estoy aquí como prueba comparativa, para que mi madre pueda mirar a Jacob y luego a mí y medir la distancia entre un asperger y otro chico supuestamente normal.

Cuando aquella chica me invitó a acudir al campamento de Jesús, le pregunté si Jesús iba a estar allí. Me miró extrañada y me dijo que no.

—Bueno —le dije—, ¿no es eso como ir a un campamento de hockey y no jugar al hockey?

Cuando me marchaba, la chica me dijo que Jesús me amaba.

—¿Cómo lo sabes? —pregunté.

Una vez, después de que Jacob hubiese dejado mi habitación patas arriba, como una tormenta tropical, y destrozado todo aquello que me importaba, mi madre vino a compadecerse.

—En el fondo de su ser, te quiere —me dijo.

—¿Cómo lo sabes? —pregunté.

—No lo sé —reconoció ella—, pero es lo que tengo que creer para seguir adelante.

He mirado en mi cazadora, en mis pantalones. He recorrido el camino de entrada buscándolo; pero no soy capaz de encontrar el iPod, y eso significa que lo he perdido en alguna parte entre mi casa y la suya.

¿Y si sabe que he intentado llevármelo?

¿Y si se lo dice a alguien?

Para cuando llego a casa del instituto, la vida ha vuelto a la normalidad. Mi madre teclea en su portátil en la mesa de la cocina, y Jacob está en su habitación con la puerta cerrada. Me preparo unos fideos ramen y me los como en mi cuarto con Coldplay a toda caña mientras hago los deberes de Francés.

Mi madre siempre me dice que no puedo escuchar música mientras hago los deberes. Una vez, entró en mi cuarto sin llamar y me acusó de no estar haciendo un trabajo de Lengua cuando era justo eso lo que había estado haciendo todo el rato. «Pero ¿cómo es posible que esté bien hecho —dijo ella—, si no te estás concentrando?»

Le dije que se sentase y leyese en mi ordenador el trabajo de las narices.

Lo hizo y cerró la boca bastante rápido. Según recuerdo, saqué un sobresaliente en ese trabajo.

Supongo que, de alguna manera, el acervo genético de nuestra familia es un verdadero lío, y, en consecuencia, Jacob solo se puede centrar en una cosa, una obsesión exagerada, mientras que yo soy capaz de hacer dieciséis mil cosas a la vez.

Sigo con hambre cuando termino los deberes, así que voy al piso de abajo. No veo a mi madre por ninguna parte —y no hay nada que llevarse a la puñetera boca en esta casa, para (no) variar—, pero sí veo a Jacob sentado en el salón. Miro el reloj, pero no me hace apenas falta: si son las 16.30 en casa, ha de tratarse de *CrimeBusters*.

Vacilo en la puerta, le veo devorar sus cuadernos. Una mitad de mi ser está a punto de escabullirse sin que Jacob me vea, pero la otra recuerda el aspecto que tenía esta mañana. A pesar de todo lo que he dicho acerca de desear que no hubiera nacido, al verle así —como si se le hubiera ido la luz por dentro, o algo así— me sentí como si me hubiesen dado un puñetazo tras otro en el estómago.

¿Y si hubiera nacido yo el primero y fuese el que tiene asperger? ¿Estaría él también aquí de pie deseando que yo no le viese?

Antes siquiera de que me pueda empezar a sentir culpable a base de bien, Jacob comienza a hablar. No me mira —nunca lo hace—, pero eso, probablemente, significa que todos sus demás sentidos están más afinados.

—Hoy es el episodio 22 —dice como si estuviésemos en plena conversación—, muy viejo, pero muy bueno.

—¿Cuántas veces has visto este? —pregunto.

Baja la vista al cuaderno.

—Treinta y ocho.

Yo no soy muy fan de *CrimeBusters*. Primero, me parece que los actores son malos. Segundo, este tiene que ser el laboratorio de investigación criminal con más pasta de la historia, con todo ese despliegue de medios. Algo me dice que la cámara de fumigación del laboratorio del estado de Vermont se parece mucho más a la vieja pecera con cinta aislante de Jacob que la versión de *CrimeBusters*, embellecida con luces azules de neón y mucho cromado. Además, los investigadores parecen dedicar mucho más tiempo a descubrir quién se va a meter en la cama con quién que a resolver crímenes.

De todos modos, me siento junto a mi hermano en el sofá. Hay más de treinta centímetros de distancia entre nosotros, porque a Jacob no le fascina eso del contacto físico. Ni se me ocurre decir una palabra mientras dura la serie, y limito mis comentarios editoriales a los instantes en que ponen anuncios de medicamentos para la disfunción eréctil y limpiador OxiClean.

El argumento va de una chica a la que han encontrado muerta tras un atropello con fuga. Hay un roce de pintura en su scooter, así que la CSI sexy se la lleva al laboratorio. Entretanto, el tío que hace las autopsias encuentra un moratón en el cadáver de la chica que tiene el aspecto de una huella. El viejo CSI cascarrabias le saca una fotografía, se la lleva al laboratorio y obtiene una coincidencia positiva: un funcionario del gobierno jubilado que se está tomando su zumito de ciruela y utilizando un interruptor Clapper cuando el Cascarrabias y la Sexy aparecen. Le preguntan si ha sufrido algún accidente de circulación en los últimos días, y él dice que le han robado el coche. Por desgracia para él, los CSI se lo encuentran aparcado en el garaje adyacente. Sorprendido con las manos en la masa, admite que iba conduciendo y que se le fue el pie al acelerador en lugar de al freno. Sin embargo, cuando la Sexy examina el coche, se encuentra con el asiento del conductor en una posición demasiado retrasada para la estatura del viejo y con hip-hop en la radio. La Sexy le pregunta al Abuelo si alguien más conduce su coche justo cuando aparece un adolescente. El Abuelete reconoce que, al chocar con el scooter de la chica, se dio un golpe en la cabeza y que su nieto le llevó a casa. Ni que decir tiene que nadie se cree una palabra, pero se trata de la suya contra la de los criminalistas hasta que el Cascarrabias halla un trozo de diente alojado en el volante, que coincide con los del nieto. El chico es detenido, y su abuelo puesto en libertad.

Mientras yo veo esto, Jacob se pasa todo el rato garabateando en sus cuadernos. Tiene estanterías repletas, y todos llenos de escenarios de crímenes que han salido en esta serie de televisión.

—¿Qué es lo que apuntas ahí? —pregunto.

Jacob se encoge de hombros.

—Las pruebas. A continuación intento deducir lo que sucederá.

—Pero si este ya lo has visto treinta y ocho veces —digo—. Ya sabes cómo va a terminar.

El bolígrafo de Jacob continúa garabateando por toda la página.

—Pero puede que esta vez acabe diferente —dice—. Quizá hoy no atrapen al chico.

RICH

Suena mi teléfono el jueves por la mañana.

—Matson —digo al cogerlo.

—Los CD están en orden alfabético.

Frunzo el ceño ante la voz desconocida. Suena como una especie de contraseña de un garito clandestino. «Los CD están en orden alfabético. Y el pájaro azul lleva medias de rejilla.» Y con esas, te dejan pasar al sanctasanctórum.

—¿Disculpe? —digo.

—Quien fuera que se llevase a Jess se quedó el tiempo suficiente para ordenar los CD alfabéticamente.

Ahora sí reconozco la voz: Mark Maguire.

—Deduzco que su novia no ha regresado aún —digo.

—¿Le estaría llamando si hubiera vuelto?

Me aclaro la garganta.

—Cuénteme qué es lo que ha advertido.

—Se me cayeron unas monedas en la alfombra esta mañana, y, al recogerlas, me he dado cuenta de que han movido la torre de los CD. Había una zona hundida en la alfombra, ya sabe.

—Muy bien —digo.

—Estos profesores… tienen cientos de CD, y los guardan en esta torre de cuatro lados que gira. Pues eso, que me he dado cuenta de que todos los de la *W* estaban organizados juntos. Richard Wagner, Dionne Warwick, Dinah Washington, los Who, John Williams, Mary Lou Williams; y a continuación, Lester Young, Johann Zumsteeg…

—¿Escuchan a los Who?

—He mirado bien los cuatro lados, todos y cada uno de los CD están en orden.

—¿No es posible que ya lo estuvieran y que no se hubiese dado cuenta antes? —pregunto.

—No, porque el pasado fin de semana, cuando Jess y yo estábamos buscando algo de música decente para escuchar, segurísimo que no estaban así.

—Señor Maguire —digo—, permítame que le llame yo en un momento.

—Espere… Hace ya dos días…

Cuelgo y me froto el puente nasal en un pellizco. A continuación marco el número del laboratorio estatal y hablo con Iris, una típica abuela que siente un poco de debilidad por mí, algo que yo alimento cuando necesito que se procesen rápido mis pruebas.

—Iris —digo—, ¿cómo está la chica más guapa del laboratorio?

—Soy la única chica del laboratorio. —Se ríe—. ¿Llamas por tu nota del buzón?

—Eso es.

—Limpia. Sin una sola huella.

Le doy las gracias y cuelgo el teléfono. Parece lógico que un autor que ponga los CD en orden alfabético sea lo suficientemente listo como para ponerse guantes al dejar una nota. Lo más probable es que no encontremos tampoco ninguna huella en el teclado.

Por otro lado, las especias podrían estar organizadas por regiones de origen.

Si Mark Maguire está implicado en la desaparición de su novia, y pretende ponernos en la pista de un perfil totalmente distinto, no sería descabellado que hubiera ordenado él los CD, lo último que me hubiera esperado de Mark Maguire.

Lo cual explicaría también por qué tardó veinticuatro horas más en hacerlo.

En cualquier caso, voy a echar un vistazo a esos CD por mí mismo. Y al contenido del bolso de Jess Ogilvy. Y a cualquier otra cosa que pudiese indicar dónde se encuentra, y por qué está allí.

Me levanto y cojo mi chaqueta para dirigirme al mostrador de recepción a decirles dónde voy a estar cuando uno de los sargentos administrativos me tira de una manga.

—Este de aquí es el detective Matson —dice.

—Bien —gruñe otro hombre—. Ahora ya sé a quién tengo que hacer que despida el jefe.

Detrás de él, una mujer retuerce entre lágrimas las asas de cuero de su bolso.

—Perdone —digo con una sonrisa educada—, no he oído su nombre.

—Claude Ogilvy —responde—. *Senador del estado* Claude Ogilvy.

—Senador, estamos haciendo todo lo que podemos para encontrar a su hija.

—Me resulta difícil creer tal cosa —dice él— cuando ni siquiera han tenido ustedes a nadie del departamento investigándolo.

—De hecho, senador, ahora mismo me marchaba al domicilio de su hija.

—Doy por sentado que, desde luego, se reunirá usted con el resto del cuerpo de policía que ya se encuentra allí, porque, sin duda ninguna, no querría enterarme de que han pasado dos días enteros sin que este departamento de policía se haya tomado en serio la desaparición de mi hija…

Lo cojo por el brazo y me lo llevo a mi despacho, de manera que le interrumpo a mitad de la frase.

—Con el debido respeto, senador, preferiría que no me dijese cómo tengo que hacer mi propio trabajo…

—¡Le diré lo que me dé la santa gana, cada vez que me venga en gana, hasta que me traigan de vuelta a mi hija sana y salva!

Le ignoro y le ofrezco una silla a su mujer.

—Señora Ogilvy —digo—, ¿ha intentado Jess siquiera ponerse en contacto con ustedes?

Hace un gesto negativo con la cabeza.

—Y no puedo llamarla. Su buzón de voz está lleno.

El senador sacude la cabeza.

—Eso es porque ese imbécil de Maguire no para de dejarle mensajes...

—¿Ha huido su hija alguna otra vez? —pregunto.

—No. Nunca lo ha hecho.

—¿Ha estado contrariada últimamente? ¿Preocupada por algo?

La señora Ogilvy hace un gesto negativo con la cabeza.

—Estaba emocionadísima con su traslado a esa casa. Decía que era mil veces mejor que su residencia universitaria...

—¿Y la relación con su novio?

Ante esto, el senador permanece maravillosa e impávidamente silencioso. Su mujer le dedica una mirada fugaz.

—Sobre amores no hay nada escrito —dice ella.

—Si le ha hecho daño —masculla el señor Ogilvy—, si le ha puesto un dedo encima...

—Entonces lo descubriremos y nos encargaremos nosotros —intervengo con delicadeza—. Lo prioritario, no obstante, es localizar a Jess.

La señora Ogilvy se inclina hacia delante. Tiene los ojos enrojecidos.

—¿Tiene usted alguna hija, detective? —pregunta ella.

Una vez, en una feria de atracciones, Sasha y yo íbamos paseando por el medio del camino cuando un enjambre de adolescentes se nos echó encima y nos separó las manos. Intenté no perderla de vista, pero era muy menuda, y, al marcharse el grupo, Sasha desapareció también. Allí me encontré, en medio de la feria, girando sobre mí mismo y voceando su nombre, mientras que a mi alrededor las atracciones daban vueltas y vueltas, las briznas de algodón de azúcar abandonaban su rueda de metal para formar ovillos, y el rugido de las sierras mecánicas que hacían crepitar la madera anunciaba el concurso de leñadores. Cuando la encontré por fin, acariciando el morro de un ternero Jersey en un establo de la organización juvenil 4-H, me sentí tan aliviado que me cedieron las piernas; caí de rodillas, literalmente.

No he respondido siquiera, pero la señora Ogilvy le pone la mano a su marido en el brazo.

—¿Lo ves, Claude? Te lo dije —murmura ella—. Lo entiende.

JACOB

La sala de relajación sensorial del instituto tiene un columpio colgando del techo. Está hecho con cuerda y un material elástico azul, y cuando te sientas dentro, te arropa como si estuvieses en el interior de un capullo. Puedes tirar de los lados hasta que se cierran para que tú no veas fuera ni nadie vea dentro, y puedes girar en círculos. Hay también esterillas con texturas diferentes, carillones de viento, un ventilador. Hay una lámpara de fibra óptica con cientos de puntos de luz que cambian de verde a violeta y a rosa. Hay esponjas, y pompones de goma, y cepillos, y plástico de burbujas para envolver, y mantas con peso. Hay una máquina de ruido que solo un educador tiene permiso para encender, y puedes elegir escuchar olas, o lluvia, o ruido blanco, o la selva. Hay un tubo de burbujas, como de un metro de alto, con peces de plástico que se mueven en círculos con desgana.

En el instituto, mi programa de educación individualizada incluye un PR, un pase de relajación. En cualquier momento, incluso durante un examen, mis profesores me permiten salir del aula si lo necesito. A veces, el mundo exterior se vuelve un poco opresivo para mí, y me hace falta un lugar donde relajarme. Puedo venir a la sala de relajación sensorial, aunque la verdad es que casi nunca lo hago. Los únicos chicos que utilizan la sala son los de educación especial, y, al atravesar esa puerta, podría estar colgándome un letrero gigantesco que dijese que no soy normal.

Cuando necesito un descanso, paso la mayor parte del tiempo vagando por los pasillos. A veces voy a la cafetería a por una botella de Vitaminwater. (¿El mejor sabor? El Focus: kiwi-fresa, con vitamina A y luteína para aclarar la mente. ¿El peor? El Essential: naranja-naranja, ¿hace falta añadir algo más?) A veces me doy una vuelta por la sala de profesores, juego al ajedrez con el señor Pakeeri o ayudo a llenar sobres a la señora Leatherwood, la secretaria del instituto. Pero estos dos últimos días, cuando salgo del aula, me voy directo a la sala de relajación sensorial.

La educadora que se encarga de la sala, la señora Agworth, es también la profesora a cargo del concurso de preguntas y respuestas. Se marcha todos los días a las 11.45 a hacer fotocopias de lo que sea que vaya a utilizar más tarde, en el concurso diario. Por esa razón he hecho un especial esfuerzo en usar mi PR a las 11.30 estos dos días. Me saca de Lengua, un mal que por bien me viene, ya que estamos leyendo *Flores para Algernon,* y justo la semana pasada una chica preguntó (sin malas intenciones, en serio, fue por curiosidad) si se estaba llevando a cabo algún experimento que pudiese curar a la gente como yo.

Hoy entro en la sala de relajación sensorial y me voy directo a los pompones de goma. Cojo uno en cada mano, me las arreglo para subirme al columpio y cierro las paredes a mi alrededor.

—Buenos días, Jacob —dice la señora Agworth—. ¿Necesitas algo?

—Ahora mismo no —susurro.

No sé por qué la gente con asperger es tan sensible a cosas como la textura, y el color, y el sonido, y la luz. Cuando no miro a alguien a los ojos, y cuando otra gente, de manera muy ostensible, aparta la mirada de mí para que no parezca que me clavan los suyos, entonces, a veces me pregunto si realmente existo siquiera. Los objetos de esta sala son el equivalente sensorial del juego de la guerra de barcos. En lugar de elegir coordenadas —B-4, D-7—, elijo otra sensación física. Cada vez que siento el peso de una manta sobre el brazo, o el chasquido del plástico de burbujas bajo mi cuerpo cuando me enrollo en él, eso es un «tocado» directo, y, al final de mi relajación sensorial, en lugar de hundir mi barco, lo que he hecho es hallar una forma de localizarme a mí mismo en la cuadrícula de este mundo.

Cierro los ojos y giro lentamente en el interior de esta esfera oscura, cerrada.

—*No le presten atención al hombre tras la cortina* —susurro.

—¿Qué dices, Jacob? —pregunta la señora Agworth.

—Nada —grito. Aguardo hasta que he dado tres vueltas lentas más, y entonces emerjo.

—¿Cómo te va hoy? —pregunta ella.

Parece una pregunta bastante gratuita, dado el hecho de que no me encontraría en esta sala de ser capaz de tolerar sentarme en el aula como los neurotípicos. Pero cuando yo no respondo, ella no se entromete. Se limita a seguir leyendo sus libros de banalidades y tomando notas en su cuaderno.

El pez más grande del mundo es el tiburón ballena, de quince metros.
Cada día se producen cuatro millones de gominolas Peeps.

(Eso hace que me pregunte quién diantres las compra cuando no es Pascua.)

El hombre adulto medio emplea treinta minutos en tomarse la cena.

—Tengo una para usted, señora Agworth —digo—. La palabra *asno* aparece ciento setenta veces en la Biblia.*

—Gracias, Jacob, pero no es del todo apropiado. —Ordena sus papeles y mira el reloj—. ¿Crees que estarás bien unos minutos, si me voy corriendo al despacho a hacer unas fotocopias?

Estrictamente, se supone que no ha de dejarme solo; y yo sé que hay otros chicos que utilizan la sala de relajación sensorial a quienes ella no

---

* En el original *ass,* que en inglés americano vulgar significa «culo». (N. del T.)

dejaría de vigilar como si de un halcón se tratase: Mathilda, por ejemplo, es probable que se hiciese una horca con la cuerda del columpio; Charlie se pondría a arrancar las estanterías de las paredes; pero ¿yo? Conmigo juega bastante sobre seguro.

—No hay problema, señora A. —digo.

Es más, cuento con ello; y en el preciso instante en que la puerta se cierra a su espalda, saco el móvil de mi bolsillo. Se ilumina en cuanto abro la tapa y presiono el botón de encendido: cuadraditos azules alrededor de cada número, y una foto de Jess y Mark como salvapantallas.

Tapo el rostro de Mark con mi dedo pulgar.

Es jueves, y hoy tengo permiso para llamarla. Ya he quebrantado las normas y la he llamado un par de veces desde este teléfono, marcando su propio número, aunque sé que me veré automáticamente redirigido al buzón de voz. «Qué pasa, soy Jess, y ya sabes qué hacer.»

Ya se me están empezando a olvidar los acordes de la música de su voz.

Hoy, no obstante, en lugar de oír su mensaje, oigo una vocecita que me dice que el buzón de voz de este abonado está lleno.

Estoy preparado para esto. He memorizado el número de teléfono que me dio hace una semana, el de la casa nueva. Lo marco, si bien tengo que hacerlo un par de veces porque no me lo sé y se confunden los números en mi cabeza.

Sale un contestador. «Qué pasa, soy Jess, en casa de los Robertson. Están fuera, ¡pero el mensaje me lo puedes dejar a mí!»

Cuelgo y lo vuelvo a marcar.

«Qué pasa, soy Jess, en casa de los Robertson.»

Espero hasta el pitido y entonces cuelgo. Presiono el botón y apago el teléfono. A continuación dejo mi mensaje, las mismas palabras que le digo todos los jueves: «Te veo dentro de tres días».

EMMA

Llegado el jueves, el aspecto de Jacob es el del viejo Jacob, pero no ha vuelto aún a la normalidad. Lo sé por el modo en que se distrae —le pongo delante un plato lleno en la cena y no come hasta que le recuerdo que es la hora de que coja el tenedor y lo ataque— y por esos momentos en que le sorprendo meciéndose o rebotando sobre los talones. No parece que las pastillas le estén ayudando. Y me cuentan los profesores que se pasa la mitad del día en la sala de relajación sensorial.

He llamado dos veces a Jess Ogilvy, pero tiene lleno el buzón de voz. Me da miedo mencionarle su nombre a Jacob, pero no sé qué otra cosa puedo hacer, así que, tras la cena del jueves, llamo a la puerta de su habitación y entro.

—Hola —digo.

Levanta la vista de un libro que está leyendo.

—Qué tal.

Me costó dos años darme cuenta de que Jacob no había aprendido a leer junto con el resto de sus compañeros de preescolar. Su profesora me dijo que era uno de los alumnos más dotados para el lenguaje, y desde luego que sí, todas las noches cogía un libro de un gran canasto que había en su habitación y lo leía en voz alta. Pero un día me percaté de que aquello que todo el mundo asumía como lectura no era en realidad más que la memoria fotográfica de Jacob. Si había oído el libro una vez, era capaz de repetirlo. «Lee esto», le decía, y le daba un libro del doctor Seuss, y él lo abría y comenzaba la historia. Le hacía parar y le señalaba una letra.

«¿Qué es esto?»

«Una *B*.»

«¿Y qué hace *B*?»

Vaciló.

«Una oveja», dijo.

Ahora, me hundo a su lado en la cama.

—¿Cómo te sientes?

—Interrumpido.

Le cojo el libro de las manos.

—¿Podemos hablar? —Asiente—. ¿Os peleasteis Jess y tú el martes?

—No.

—Cuando fuiste a su casa, ¿no dijo ella nada que te molestase?

Hace un gesto negativo con la cabeza.

—No, no dijo nada.

—Mira, Jacob, me siento un poco perdida con esto, porque volviste a casa muy alterado de tu sesión de tutoría… y creo que hay algo que te preocupa.

Esto es lo que hay con el síndrome de Asperger: Jacob no mentiría, así que, cuando dice que no mantuvo una discusión con Jess, yo le creo. Pero eso no significa que no hubiese otra cosa que le traumatizase y que tuviese que ver con ella. Quizá entrase y se la encontrara en la cama con su novio. Quizá fuese la casa nueva lo que le pusiese tan histérico.

O quizá no tuviese nada que ver con Jess, y se topase con una zona de obras señalizada en color naranja y tuviese que desviarse.

Suspiro.

—Ya sabes que estoy aquí, para cuando estés preparado para hablar de ello. Y también Jess, ella está allí si la necesitas.

—Voy a volver a verla el domingo.

—*En el mismo canal* —digo—, *a la misma hora*.

Le devuelvo su libro y reparo en que tiene metida a su vieja oca

Carlota de juguete bajo el brazo, la que solía llevar a todas partes cuando era niño. Jacob la agarraba con tal fuerza que tuve que coserle una capa de leopardo por la espalda, porque se estaba quedando sin pelo a base de frotarla. Era un objeto ritual, según la doctora Murano, algo a lo que Jacob se podía agarrar para calmarse. Lo describía como una forma de reiniciarse, de recordarse que se encuentra bien. Con el paso de los años, Carlota dejó paso a otros objetos más disimulados, que cabían en los bolsillos: una tira de fotomatón con nosotros dos, tan doblada y descolorida que apenas se nos veía la cara; una piedrecita verde que un profesor le trajo de Montana; un cristal marino que le regaló Theo unas Navidades. De hecho, no he visto este peluche en siglos, ha estado escondido en su armario.

Es duro ver a tu hijo de dieciocho años aferrado a un muñeco de peluche, pero eso es el autismo, una pendiente resbaladiza. Un instante te convences de que has llegado tan alto cuesta arriba que ya ni siquiera ves el fondo, y al siguiente, todo está cubierto de hielo y tú caes a toda velocidad.

Columna de la tía Em, jueves 14, edición juvenil:

El mejor consejo de paternidad que he recibido procedía de una partera que dijo lo siguiente:

1. Cuando tu hijo esté aquí, el perro no será más que un perro.
2. Los terribles dos duran hasta los tres años.
3. Nunca le hagas a tu hijo una pregunta con un final abierto, como «¿quieres irte ya a la cama?». No te va a gustar la respuesta, créeme. «¿Quieres que te lleve yo a la cama, o prefieres irte tú a acostarte?», de ese modo, consigues el resultado esperado y ellos se sienten con más poder de decisión.

Ahora que mis hijos son mayores, las cosas no han cambiado mucho.

Excepto que no tenemos perro.

Los terribles dos duran hasta los dieciocho años.

Y las preguntas siguen sin poder tener un final abierto, porque no vas a obtener respuesta a cuestiones como «¿Dónde estuviste anoche hasta las dos de la mañana?», o «¿Cómo es que has suspendido el examen de Matemáticas?».

De aquí se pueden extraer dos conclusiones. Que la *paternidad,* aunque sea un sustantivo, actúa como un verbo: se trata de un proceso continuo, y no de un logro. Y que no importa cuántos años dediques a la tarea, que la curva de aprendizaje es, digamos, bastante plana.

Salgo de la habitación de Jacob con la intención de ver las noticias de la noche, pero cuando llego al salón, Theo está viendo uno de esos programas espantosos de la MTV sobre unas chicas malcriadas a quienes sus padres han enviado a algún país del tercer mundo para que aprendan a ser humildes.

—¿No tienes deberes que hacer? —pregunto.

—Hechos.

—Quiero ver las noticias.

—Yo estaba aquí primero.

Veo con los ojos muy abiertos cómo una chica mete boñigas de elefante en una bolsa de plástico con una pala en Birmania.

«Ajjj», se queja la chica, y yo miro a Theo.

—Dime, por favor, que prefieres abrir tu mente a la actualidad informativa en vez de ver esto.

—Pero se supone que tengo que decir la verdad —dice Theo con una sonrisa—. Normas de la casa.

—Vale, mirémoslo de esta forma: si me quedo a ver este programa contigo, quizá me sienta convenientemente empujada a enviarte *a ti* a Birmania a ampliar tus horizontes recogiendo boñigas de elefante.

Me tira el mando a distancia.

—Menudo chantaje.

—Y, sin embargo, ha funcionado —digo conforme cambio de canal a una emisora local. Un hombre grita ante el micrófono.

—Todo lo que sé —vocifera— es que es un crimen que el departamento de la policía local se quede de brazos cruzados ante la desaparición de una joven, en lugar de promover activamente una investigación.

Un letrero blanco aparece bajo su rostro: SENADOR DEL ESTADO CLAUDE OGILVY.

—Eh —dice Theo—. ¿No es ese el apellido…?

—Sssh…

La cara de la reportera llena la pantalla.

—El jefe de la policía de Townsend, Fred Huckins, dice que la desaparición de Jess Ogilvy es una prioridad, y solicita a todo aquel que posea información al respecto que se ponga en contacto con el departamento en el número 802-555-4490.

A continuación aparece una fotografía con el rostro de la tutora de interacción social de Jacob, y el número de teléfono debajo.

THEO

—**E**n directo desde Townsend —finaliza la reportera—. Soy Lucy McNeil.

Miro a mi madre.

—Esa es Jess —digo lo evidente.

—Oh, Dios mío —murmura—. Esa pobre chica.

No lo entiendo. No lo entiendo en absoluto.

Mi madre me agarra por el brazo.

—Esta información no sale de este cuarto —dice.

—¿Crees que Jacob no se va a enterar? Lee el periódico. Se conecta a Internet.

Se hace una pinza con dos dedos sobre el puente nasal.

—Theo, es tan frágil ahora mismo… No le puedo soltar esto todavía. Dame un poco de tiempo para que piense cómo hacerlo.

Le quito el mando de las manos y apago la televisión. Después, mascullo alguna excusa sobre un trabajo, me subo corriendo a mi cuarto y cierro la puerta con pestillo.

Me paseo en círculos con los brazos cruzados detrás de la cabeza, como si me estuviese reponiendo de haber corrido un maratón. Repaso todo lo que he oído decir al senador, y a la periodista. Al jefe de policía, por Cristo bendito, que ha dicho que la desaparición era una *prioridad*.

Lo que sea que eso signifique, joder.

Me pregunto si al final resultará ser una farsa enorme, como esa estudiante universitaria que desapareció y que más adelante dijo haber sido secuestrada, pero resultó que se lo estaba inventando todo para llamar la atención. Me imagino que tengo la esperanza de que sea eso lo que sucede, porque la alternativa es algo en lo que no quiero ni pensar.

En realidad, esto es todo lo que me hace falta saber:

Jess Ogilvy ha desaparecido, y yo fui uno de los últimos que la vieron.

RICH

Hay seis mensajes en el contestador automático de la casa de los Robertson. Uno es de Mark Maguire, que le pide a Jess que le llame cuando regrese. Hay otro de un tinte, que le dice que tiene su falda lista. Hay otro cuyo identificador corresponde a E. Hunt, y el mensaje dice: «Hola, Jess, soy la madre de Jacob. ¿Puedes llamarme?». En los otros tres mensajes han colgado, y los tres proceden del número registrado como el móvil de Jess Ogilvy.

Eso me dice que, o bien tenemos a una mujer maltratada que se ha escondido e intenta reunir fuerzas para llamar a su novio, pero fracasa, o bien tenemos al novio que intenta salvar el culo después de matarla de manera accidental.

Me paso el viernes tachando nombres de la agenda de Jess Ogilvy. Mi primera llamada es a las dos chicas cuyos nombres aparecen con mayor frecuencia en la historia de los meses previos. Alicia y Cara son estudiantes de posgrado, como Jess. Alicia lleva el pelo en trenzas africanas que le llegan por la cintura, y Cara es una rubia diminuta que viste pantalones de lona de camuflaje y botas negras de trabajo. Ante un café en el centro de alumnos, reconocen no haber visto a Jess desde el martes.

—Se perdió un examen de la gorgona —dice Cara—. Nadie se pierde un examen de la Gorgona.

—¿La Gorgona?

—La profesora Gorgona —se explica—. Da un seminario de Educación Especial.

«Gorgona», escribo en mis notas.

—¿Se había ido Jess alguna vez durante unos días?

—Sí…, una vez —dice Alicia—. Se fue a Cape Cod a pasar un puente, y no nos lo dijo antes de irse.

—Se fue con Mark, claro —añade Cara, y arruga la nariz.

—Entiendo que no eres muy fan de Mark Maguire, ¿no?

—¿Es que alguien lo es? —dice Alicia—. No la trata bien.

—¿A qué te refieres con eso?

—Si él dice salta, ella ni siquiera pregunta «¿hasta dónde?», sino que va y se compra un zanco con muelles.

—No es que la hayamos visto mucho desde que empezaron a salir —dice Cara—. A Mark le gusta reservársela para él solito.

«Como la mayoría de las parejas violentas», pienso.

—Detective Matson, Jess estará bien, ¿verdad? —pregunta Alicia.

Es probable que, hace una semana, Jess Ogilvy estuviera sentada donde me encuentro yo ahora, tomándose un café con sus amigas y tirándose de los pelos por el inminente examen de la Gorgona.

—Espero que sí —digo.

La gente no desaparece sin más. Siempre hay una razón, o un enemigo con alguna guardada. Siempre hay un cabo suelto que se empieza a deshilachar.

El problema es que Jess Ogilvy es, al parecer, una santa.

—Me sorprendió que no se presentase al examen —dice la profesora Gorgona. Mujer delgada con un moño blanco y restos de acento extranjero, no parece ni la mitad de amenazadora de lo que Alicia y Cara la pintan—. Es la mejor de mi clase, en serio. Está haciendo su máster y escribiendo una tesis doctoral al mismo tiempo. Se graduó en Bates con notable y trabajó con Tech for America durante dos años antes de decidirse por hacer de ello su carrera.

—¿Hay alguien que pudiese sentir celos de lo bien que le va en las clases? —pregunto.

—No que yo haya percibido —dice la profesora.

—¿Le ha comentado algún problema de índole personal?

—No es que yo sea la típica profesora amable que da abrazos —dice la mujer, cortante—. Nuestra comunicación discurría en los términos estrictamente académicos entre orientador y orientado. Las únicas actividades extracurriculares en las que sé que ha participado se encuentran relacionadas con la educación: organiza las olimpiadas de discapacitados en el pueblo, y es tutora de un muchacho autista. —De repente, la profesora frunce el ceño—. ¿Se ha puesto alguien en contacto con él? Lo va a pasar muy mal si Jess no aparece antes de su cita programada. Los cambios en las rutinas son muy traumáticos para los chicos como Jacob.

—¿Jacob? —repito, y abro la agenda.

Este es el chico cuya madre dejó un mensaje en el contestador automático de la casa del profesor. El muchacho cuyo nombre aparece en el calendario de Jess el día que ella desapareció.

—Profesora —digo—, ¿no sabrá usted, por casualidad, dónde vive el chico?

Jacob Hunt y su familia residen en una parte de Townsend que se encuentra algo más abandonada que el resto, esa parte que cuesta más encontrar detrás del pueblecito campestre de las postales y de las antiguas casas señoriales de Nueva Inglaterra. Su casa está justo detrás de los apartamentos que se han llenado de separados y recién divorciados, más allá de las vías del tren de una ruta de Amtrak que feneció tiempo atrás.

La mujer que abre la puerta tiene una mancha azul en la camisa, lleva el pelo oscuro recogido en un nudo enmarañado y tiene los ojos más bonitos que he visto en mi vida. Son claros, como los de una leona, casi dorados, pero tienen también el aspecto de haber llorado lo suyo; y todo el mundo sabe que un cielo con nubes resulta mucho más interesante que otro sin una sola. La situaría en el entorno de los cuarenta y pocos. Sostiene una cuchara que gotea en el suelo.

—No compro nada —dice ella, que comienza a cerrar la puerta.

—No vendo nada —digo—. Está, mmm, goteando.

Mira al suelo y se mete la cuchara en la boca.

Es entonces cuando recuerdo por qué estoy aquí. Muestro mi placa.

—Soy el detective Rich Matson. ¿Es usted la madre de Jacob?

—Oh, cielos —dice ella—. Pensé que ya le había llamado él para disculparse.

—¿Disculparse?

—De verdad, no es culpa suya —interrumpe—. Desde luego, tenía que haber sabido que se escapaba, pero en su caso, este hobby es casi una patología. Y si hay alguna forma de convencerle para que mantenga usted esto entre nosotros… No es un soborno, por supuesto, más bien quizá un pacto entre caballeros… Verá, si se hace público, mi carrera sufriría un golpe muy duro, y soy una madre soltera que apenas se las arregla ya…

Balbucea, y no tengo ni la menor idea de qué narices está hablando. Aunque he oído la palabra *soltera*.

—Disculpe, señora Hunt…

—Emma.

—Emma, pues. No…, no tengo ni idea de qué me está hablando. He venido porque su hijo está bajo la tutoría de Jess Ogilvy…

—Oh —dice, y se pone seria—. Me he enterado de lo de Jess por las noticias. Sus pobres padres deben de estar histéricos. ¿Tienen ya alguna pista?

—Por eso estoy aquí para hablar con su hijo.

Esos ojos suyos se oscurecen.

—No es posible que piense que Jacob haya tenido nada que ver con su desaparición, ¿verdad?

—No. Pero él fue la última cita en su agenda antes de que desapareciese.

Se cruza de brazos.

—Detective Matson, mi hijo tiene síndrome de Asperger.

—Muy bien. —Y yo soy daltónico. Vale.

—Es un autismo de alto nivel funcional. Ni siquiera sabe aún que Jess ha desaparecido. Está pasando una temporada muy difícil últimamente, y la noticia podría tener unos resultados devastadores en él.

—Puedo tratar la cuestión con delicadeza.

Me examina durante un momento con la mirada. A continuación, se vuelve, se mete en la casa y espera que siga sus pasos.

—Jacob —llama según entramos en la cocina.

Permanezco en la puerta, a la espera de que aparezca un niño. Al fin y al cabo, Jess Ogilvy es maestra, y la profesora Gorgona hizo referencia al chico con el que ella trabajaba. Sin embargo, un adolescente enorme, más alto que yo y quizá más fuerte, entra en la habitación arrastrando los pies. ¿Es *este* el pupilo de Jess Ogilvy? Me quedo mirándolo por un instante e intento hallar el motivo por el cual me resulta tan familiar fuera de contexto, y de repente me acuerdo: el hombre con hipotermia. Este chaval identificó la causa de la muerte antes de que lo hiciese el forense.

—¿*Tú?* —digo—. ¿Jacob Hunt eres *tú?*

Ahora cobran sentido las apresuradas disculpas de su madre. Seguramente ha pensado que vengo a calzarle una multa al chico, o a detenerlo por interferir en la escena de un crimen.

—Jacob —dice con sequedad—. Creo que ya conoces al detective Matson.

—Hola, Jacob. —Extiendo la mano—. Encantado de conocerte de manera oficial.

No me da la mano. Ni siquiera me mira a los ojos.

—Vi el artículo en el periódico —dice con una voz átona y robótica—. Estaba escondido al final. Si quiere saber lo que pienso, alguien que se muere de hipotermia merece por lo menos la página dos. —Da un paso al frente—. ¿Han llegado los resultados completos de la autopsia? Sería interesante saber si el alcohol hizo descender el punto de congelación del cuerpo, o si no hubo cambios significativos.

—Bien, Jake —digo.

—Jacob. Me llamo Jacob, no Jake.

—Muy bien, Jacob. Tenía la intención de hacerte unas preguntas.

—Si son sobre investigación criminal —dice en tono cada vez más animado—, estoy más que dispuesto a ayudarle. ¿Se ha enterado del estudio que han publicado en *Purdue* sobre la desorción e ionización por electrospray? Han descubierto que el sudor de los poros de los dedos corroe ligerísimamente las superficies metálicas, cualquier cosa desde una bala a una pieza de una bomba. Si se rocía las huellas con agua cargada positivamente, las gotitas disuelven las sustancias químicas de las huellas y transfieren cantidades minúsculas que pueden ser analizadas con un espectrómetro de masas. ¿Se imagina qué práctico resultaría no solo contar con las imágenes de las huellas, sino además identificar las sustancias químicas que contienen? No solo se podría situar a un sospechoso en el escenario de un crimen, sino contar también con pruebas de que ha manejado explosivos.

Miro a Emma Hunt en un ruego de ayuda.

—Jacob, el detective Matson tiene que hablar contigo sobre otra cosa. ¿Quieres sentarte un minuto?

—Un minuto, porque son casi las cuatro y media.

«¿Y qué pasa a las cuatro y media?», me pregunto yo. Su madre no muestra la menor reacción ante tal comentario. Me siento como Alicia en el País de las Maravillas, en ese vídeo de Disney que a Sasha le gusta ver conmigo los fines de semana, cuando todo el mundo sabe de qué va eso del no-cumpleaños excepto yo. La última vez que lo vimos me di cuenta de que ser padre no es en absoluto distinto de eso. Siempre estamos fanfarroneando, fingiendo que lo sabemos todo, cuando la mayor parte del tiempo no estamos más que rezando por no cagarla demasiado.

—Pues bien —me dirijo a Jacob—, digo yo que será mejor que empecemos.

EMMA

La única razón de que permita entrar a Rich Matson en mi casa es que no estoy aún completamente segura de que no quiera sancionar a Jacob por aparecer en su escenario del crimen del pasado fin de semana, y haré lo que tenga que hacer para alejar toda esta pesadilla.

—Jacob —digo—, el detective Matson tiene que hablar contigo sobre otra cosa. ¿Quieres sentarte un minuto?

Vamos contrarreloj, nada que el detective Matson fuese a entender.

—Un minuto, porque son casi las 16.30 —me dice Jacob.

No sé cómo podría alguien mirar a Jacob y pensar que sería un testigo viable. No cabe duda de que su mente es una trampa acorazada, pero la mitad de las veces no hay manija para entrar en ella.

El detective se sienta a la mesa de la cocina. Bajo la llama del horno y me uno a él. Jacob intenta con todas sus fuerzas mirar en la dirección de Matson, pero sus párpados no dejan de agitarse, como si estuviera mirando al sol, y por fin se rinde y deja que su mirada se desvíe.

—Tienes una amiga que se llama Jess, ¿verdad? —pregunta el detective.

—Sí.

—¿Qué hacéis juntos Jess y tú?

—Practicamos la interacción social. Conversaciones. Despedidas. Cosas así —vacila—. Es mi mejor amiga.

Esto no me sorprende. La declaración de una amistad por parte de Jacob no está justificada. Para él, un amigo podría ser el chico que tiene la taquilla junto a la suya en el instituto, con quien, por tanto, se relaciona al menos una vez al día para decir «¿te puedes apartar?». Un amigo es alguien a quien no le han presentado jamás, pero no se mete con él de manera activa en el instituto. Puede que yo pague a Jess para que vea a Jacob, pero no resta valor al hecho de que se preocupe por él de forma sincera y que conecte con él.

El detective mira a Jacob, quien, por supuesto, no le devuelve la mirada. Una y otra vez veo cómo la gente relaja esa cortesía habitual de la comunicación: pasado un rato, se sienten demasiado agresivos, así que desvían la mirada de Jacob en imitación de su comportamiento. Así es, unos instantes después, el detective Matson clava la mirada en la mesa como si hubiera algo fascinante en la veta de la madera.

—Jacob, en estos momentos Jess ha desaparecido, y mi trabajo es encontrarla.

Cojo aire.

—¿A eso le llama usted delicadeza?

Pero Jacob no parece sorprendido, lo cual me hace preguntarme si habrá visto las noticias, o leído sobre su desaparición en los periódicos o en Internet.

—Jess se ha ido —repite él.

El detective se inclina hacia delante.

—Se suponía que debías encontrarte con ella el pasado martes, ¿no?

—Sí —dice Jacob—. A las 14.35.

—¿Y lo hiciste?

—No.

De repente, la crisis de Jacob cobra pleno sentido. Trasladarse al nuevo y desconocido domicilio de Jess —algo que ya de por sí habría encendido todas sus alarmas— para que después ella no apareciese por ninguna parte… supone la situación crítica perfecta para un joven con asperger.

—Oh, Jacob. ¿Por eso tuviste un ataque?

—¿Un ataque? —repite Matson.

Le dirijo una mirada fugaz.

—Jacob se agita mucho cuando se alteran sus rutinas. Aquí sufrió un doble revés, y cuando llegó a casa… —Me detengo, porque de repente me acuerdo de otra cosa—. ¿Volviste andando hasta aquí desde la casa de Jess? ¿Solo?

No es que no se supiese el camino, Jacob es un verdadero GPS humano: es capaz de echarle un vistazo a un mapa y haberlo memorizado. Pero saber geografía y saber cómo llegar a un sitio son dos cosas bien distintas. Ir del punto A al punto B y al punto C hace que se dispare, de manera inevitable.

—Sí —dice Jacob—. No fue tan difícil.

Eran prácticamente trece kilómetros. En un frío gélido. Supongo que nos tendré que considerar afortunados: además de todo lo anterior, Jacob podía haber acabado con neumonía.

—¿Cuánto tiempo la esperaste?

Jacob levanta la vista al reloj. Comienza a frotarse las yemas de los dedos contra los pulgares, una y otra vez.

—Me tengo que ir ya.

Percibo cómo mira el detective a Jacob mientras él se inquieta, y sé a la puñetera perfección lo que está pensando.

—Seguro que cuando se encuentra usted con alguien que no le mira a los ojos y es incapaz de quedarse quieto en la silla, de inmediato deduce que es culpable —digo—. Yo deduzco que se encuentra dentro del espectro.

—Son las 16.30. —El volumen de la voz de Jacob es mayor, más apremiante.

—Puedes ir a ver *CrimeBusters* —le digo, y sale disparado hacia el salón.

El detective se me queda mirando, atónito.

—Disculpe, me encontraba en pleno interrogatorio.

—No pensé que esto fuera un interrogatorio.

—Es la vida de una joven lo que está en juego, ¿y usted piensa que es más importante que su hijo vea un programa de la tele?

—Sí —suelto yo.

—¿No le resulta extraño que a su hijo no le haya disgustado la desaparición de su tutora?

—A mi hijo ni siquiera le disgustó la muerte de su abuelo —respondo—. Para él se trató de una aventura criminalística. Sus sentimientos acerca de la desaparición de Jess quedarán determinados única y exclusivamente por cómo le afecte a él, que es el modo en que él lo mide todo. Cuando se dé cuenta de que su sesión del domingo con Jess podría no celebrarse, *entonces* se disgustará.

El detective me observa durante un largo rato. Creo que me va a soltar una charla acerca de la obstrucción a la justicia, y sin embargo, ladea la cabeza, pensativo.

—Eso debe de ser realmente difícil para usted.

No recuerdo la última vez que alguien me dijo esas palabras. No cambiaría a Jacob por nada en el mundo —por su ternura, su increíble cerebro, su devoción a seguir las normas—, pero eso no significa que el viaje haya sido fácil. Una madre normal no se preocupa de si el hecho de que su hijo haya sido rechazado en un concierto del instituto le duele a él tanto como a ella. Una madre normal no llama a la compañía eléctrica Green Mountain cuando se va la luz para decir que uno de los residentes en la casa sufre una discapacidad que exige que intervengan y lo arreglen de inmediato (ya que perderse *CrimeBusters* entra dentro de tal supuesto, al menos en lo que a Jacob respecta). Una madre normal no se queda tumbada en la cama por la noche, despierta, preguntándose si Theo llegará alguna vez a aceptar a su hermano lo suficiente como para cuidar de él cuando yo no esté.

—Así es mi vida —digo, y me encojo de hombros.

—¿Trabaja usted fuera de casa?

—¿Me está interrogando a mí también?

—Es solo un poco de conversación hasta el descanso de los anuncios —dice con una sonrisa.

No le hago ni caso, me levanto y doy vueltas a los arándanos que estoy preparando para el relleno del pastel de la cena.

—Su hijo nos pilló por sorpresa la otra noche —prosigue Matson—. No estamos acostumbrados a que un menor se cuele en el escenario de un crimen.

—Hablando con propiedad, no es un menor, tiene dieciocho años.

—Pues tiene más conocimientos de investigación criminal que algunos otros que yo conozco con cuatro veces su edad.

—Cuénteme algo que yo no sepa.

—Tiene usted unos ojos bonitos —dice el detective.

Titubeo con torpeza y se me cae la cuchara en la cacerola.

—¿Qué es lo que acaba de decir?

—Ya me ha oído —responde Matson, que sale caminando hacia el salón a esperar a que finalicen los títulos del comienzo de *CrimeBusters*.

JACOB

Nunca he sido muy fan de *Te quiero, Lucy*. Dicho esto, siempre que veo el episodio en que Ethel y Lucy están trabajando en la fábrica de caramelos y no son capaces de mantener el ritmo con los envoltorios, me hace reír. Cómo se meten los caramelos en la boca y en el uniforme…, bueno, ya sabes que va a acabar con Lucy lloriqueando con su famoso quejido.

Tener al detective Matson haciéndome estas preguntas me hace sentir como Lucy en la fábrica de caramelos. Puedo mantener el ritmo al principio —sobre todo cuando me doy cuenta de que no está enfadado conmigo por haber aparecido por el escenario del crimen del hombre con hipotermia—. Pero luego se vuelve más complicado. Las preguntas se amontonan como caramelos, y aún estoy intentando envolver la última cuando me lanza la siguiente. Todo lo que deseo es coger sus preguntas y meterlas en algún lugar donde no tenga que volver a oírlas.

El detective Matson está de pie frente a mí en cuanto ponen el primer anuncio, que es de Pedi Paws, un cortaúñas increíble para mascotas. Eso me hace pensar en el caniche enano que vimos en la pizzería, y eso me hace pensar en Jess, y eso hace que me sienta como si tuviese un pájaro encerrado en la caja torácica.

¿Qué diría si supiera que ahora mismo, en este momento, tengo el móvil rosa de Jess en el bolsillo?

—Solo un par de preguntas más, Jacob —promete—. Y me aseguraré de haber terminado en noventa segundos.

Sonríe, pero no es porque esté alegre. Una vez tuve un profesor de Biología que era así. Cuando corregí sus errores al señor Hubbard en clase, él sonrió con la parte izquierda de la boca. Yo deduje que significaba que estaba agradecido, pero, al parecer, aquella media sonrisa extraña suya significaba que estaba molesto conmigo, por mucho que si alguien sonríe se suponga que significa que está contento. Así que me enviaron al despacho del director por mi mala actitud, cuando, en realidad, fue solo porque las expresiones de los rostros de la gente no son siempre el reflejo de como se sienten en su interior.

Mira mi cuaderno.

—¿Para qué es eso?

—Tomo notas sobre los episodios —le cuento—. Tengo más de cien.

—¿Episodios?

—Cuadernos.

Asiente.

—¿Estaba Mark en casa de Jess cuando llegaste allí?

—No. —Ahora, el anuncio en la tele es de pasta de dientes. Es un secreto, pero me aterra perder todos los dientes. A veces sueño que me despierto y me los encuentro dando vueltas sobre la lengua como canicas. Cierro los ojos y así no tengo que mirar—. ¿Sabe quién es Mark?

—Nos hemos conocido —dice el detective—. ¿Habéis hablado Jess y tú alguna vez sobre él?

Aún tengo los ojos cerrados, y tal vez sea por eso que esté viendo lo que veo: Mark desliza la mano hacia arriba por la camisa de Jess en la pizzería. Su asquerosa sudadera naranja. El pendiente de aro en su oreja izquierda. Los moratones que vi una vez en el costado de Jessica, cuando se estiró para coger un libro de una estantería alta, dos óvalos irregulares de color morado como los sellos de calidad en un corte de carne de ternera. Me dijo que se había caído de una escalera, pero desvió la mirada cuando me lo dijo, y, al contrario que yo, quien desvía la mirada por comodidad, lo hace en momentos de incomodidad.

Veo a Mark, que también sonríe solo con la mitad de la boca.

El anuncio de ahora es de *Ley y orden: Unidad de víctimas especiales*. Una promo, lo que significa que la próxima imagen que salga en la pantalla será de nuevo *CrimeBusters*. Cojo el bolígrafo y paso la página del cuaderno.

—¿Se pelearon Jess y Mark? —vuelve a preguntar el detective.

En la tele, Rhianna se encuentra en el bosque con Kurt, y están investigando un perro muerto con un dedo humano hallado sin digerir en su estómago.

—¿Jacob?

—*Sayonara, baby* —susurro, y decido que, me diga lo que me diga este detective, no voy a volver a hablar hasta que termine mi serie.

THEO

Así que bajo las escaleras para ir a comer algo cuando oigo una voz en la cocina que no reconozco. Esto sí que es extraordinario: yo no soy el único que carece de amigos a consecuencia del asperger de Jacob; me creo capaz de contar con los dedos de una mano a las personas en que mi madre haya confiado alguna vez lo suficiente como para invitarlas a casa. El hecho de que la voz sea masculina lo convierte en más raro aún. Y entonces oigo a mi madre dirigirse a él como «detective Matson».

Me cago en la puta.

Vuelvo a subir corriendo las escaleras y me encierro en mi habitación. Ha venido por Jess Ogilvy, y ahora ya sí que estoy acojonado de verdad.

Y, para que conste, sigo hambriento.

He aquí lo que sé a ciencia cierta: Jess estaba viva y en perfecto estado alrededor de la una del mediodía del martes. Lo sé porque la vi… de arriba abajo. Tiene unas tetas, permítaseme decirlo, como dos obras de arte.

Diría que los dos nos quedamos igual de sorprendidos cuando alargó el brazo para coger la toalla, se limpió los ojos y miró en el espejo. Está claro que ella no esperaba encontrarse a un tío en su casa, viéndola desnuda. Y yo estoy seguro que te cagas de que no me esperaba que el objeto de mi lujuria pasajera fuese la tutora de mi hermano.

«¡Eh!», gritó, y en un movimiento acompasado agarró la toalla y se envolvió en ella. Yo, mientras tanto, me quedé petrificado. Me quedé ahí como un idiota hasta que me percaté de que estaba mosqueada y venía a por mí.

La única razón de que me escapase es que el suelo estaba mojado. Cuando ella dio un traspié, yo salí volando de la habitación principal, donde me había quedado de pie, y bajé por las escaleras. Con las prisas, me fui dando golpes con algunos muebles y tiré un montón de papeles de la encimera de la cocina, pero no me preocupó. Lo único que quería era salir de la puñetera casa y meterme en un monasterio o coger el primer avión a la Micronesia, cualquier cosa que me situase bien lejos para cuando Jess Ogilvy le preguntase a mi hermano y a mi madre si eran conscientes de que Theo Hunt es un mirón, un pervertido total.

Pero en algún momento entre aquel instante y hoy, Jess Ogilvy se vistió, salió de la casa y se desvaneció. ¿Estará por ahí dando vueltas con amnesia? ¿O se habrá escondido y maquina algún tipo de venganza contra mí?

No lo sé.

Aunque no se lo puedo contar a la policía, no sin incriminarme.

Son las cinco y media pasadas cuando reúno los arrestos para salir de mi cuarto. Huelo el pastel de arándanos en la cocina (lo único bueno de los Viernes de Comida Azul, si quieres que te diga la verdad) y sé que estará listo a las seis: como con todo lo demás, llevamos un horario de comidas para tener tranquilo a Jacob.

La puerta de su habitación está abierta, y él está subido a la silla de su escritorio, colocando uno de sus cuadernos de *CrimeBusters* de vuelta en su lugar asignado en una estantería.

—Qué hay —le digo.

No responde. Se sienta en la cama con la espalda apoyada en la pared y coge un libro de su mesilla de noche.

—He visto que estaba aquí la policía.

—El policía —murmura Jacob—. Masculino singular.

—¿De qué quería hablar contigo?

—Jess.

—¿Qué le has dicho?

Jacob se lleva las rodillas al pecho.

—*Si lo construyes, él vendrá.*

Puede que mi hermano no se comunique tal y como lo hace el resto de nosotros, pero después de tanto tiempo, he aprendido a interpretarlo de manera transparente. Cuando no le apetece hablar, se esconde tras las palabras de otro.

Me siento junto a él, mirando a la pared mientras que él lee. Quiero contarle que vi a Jess viva el martes. Quiero preguntarle si él también la vio, y si eso forma parte del motivo de que él tampoco quiera hablar con la policía.

Me pregunto si también él tiene algo que esconder.

Por primera vez en mi vida, Jacob y yo podríamos tener algo en común.

EMMA

Todo comienza con un ratón.

Después de nuestra excursión a la compra semanal de los sábados (gracias a Dios, una adolescente huraña ha sustituido de manera temporal a la señora de las muestras gratis y estaba ofreciendo canapés de salchicha vegetariana en la puerta del supermercado), dejo a Jacob sentado a la mesa de la cocina con los restos de su almuerzo mientras hago una limpieza superficial de su cuarto. Se le olvida llevar de vuelta a la cocina los vasos y boles de cereales, y si no intervengo yo, acaba con una próspera colonia de moho adherida a mis platos como el cemento. Recojo un montón de tazas de su mesa y me fijo en el minúsculo rostro de un ratón de campo que intenta sobrevivir a este invierno estableciendo su residencia detrás del ordenador de Jacob.

Me avergüenza admitir que tengo una reacción muy típicamente femenina y me pongo histérica. Por desgracia, lo que tengo en la mano en ese momento es un vaso medio lleno de chocolate con leche de soja, y tiro la mayor parte del contenido sobre el edredón de Jacob.

Bueno, pues hay que lavarlo. Aunque es fin de semana, claro, y eso es problemático. A Jacob no le gusta ver su cama sin hacer. Tiene que estar hecha todo el rato, a menos que dé la casualidad de que él esté metido dentro. Suelo lavarle las sábanas mientras está en el instituto. Suspiro y saco sábanas limpias del armario de la ropa de cama y tiro del edredón de invierno para quitarlo. Para una noche, se las puede arreglar con la colcha de verano, con un estampado antiguo a cuadros con todos los colores del arco iris —RNAVAAV— en el orden correcto que mi madre le cosió antes de morir.

La colcha está guardada en una bolsa negra de basura en la balda más alta del armario de Jacob. Tiro de ella, la bajo y sacudo la colcha del interior.

Cae al suelo una mochila que se encuentra enrollada en el centro de la colcha.

Está claro que no pertenece a los chicos. Es de color carne con franjas rojas y negras, parece un intento de imitación de Burberry, pero las franjas son demasiado anchas y los colores demasiado brillantes. Hay todavía una etiqueta de Marshalls en una de las asas, con el precio arrancado.

En su interior hay un cepillo de dientes, una blusa de satén, unos pantalones cortos y una camiseta amarilla. La blusa y los pantalones son de talla grande. La camiseta es mucho más pequeña, por delante dice JUEGOS PARALÍMPICOS y pone STAFF por detrás.

En el mismísimo fondo de la mochila hay una tarjeta que aún se encuentra metida dentro del sobre abierto. Es un paisaje nevado, y en su interior pone, con letra delgada y temblorosa: «Feliz Navidad, Jess, te quiere, la tía Ruth».

—Dios mío —murmuro—. ¿Qué has hecho? —Cierro los ojos un instante, y a continuación vocifero el nombre de Jacob. Viene corriendo a su habitación y se detiene de manera abrupta cuando ve cómo tengo la mochila en mis manos.

—Oh —dice.

Suena como si le hubiese pillado en una mentirijilla:

«Jacob, ¿te has lavado las manos antes de cenar?».

«Sí, mamá.»

«¿Entonces, ¿cómo es que el jabón está seco?»

«Oh.»

Pero esto no es una mentirijilla. Se trata de una chica que ha desaparecido, una chica que podría estar muerta a estas alturas, una chica cuya ropa y mochila, de manera inexplicable, tiene mi hijo.

Jacob intenta salir pitando escaleras abajo, pero le agarro del brazo para impedírselo.

—¿De dónde ha salido esto?

—Una caja en casa de Jess —dice mecánicamente con los ojos cerrados con fuerza hasta que le suelto el brazo.

—Dime por qué tienes esto, porque hay un montón de gente buscando a Jess, y esto no pinta bien.

Le comienza a temblar la mano en el costado.

—Te dije que fui a su casa el martes, como se suponía que debía. Y las cosas no estaban bien.

—¿Qué quieres decir?

—Había taburetes tirados en la cocina, y papeles por todo el suelo. Y todos los CD estaban tirados en la alfombra. No estaba bien, no estaba bien…

—Jacob —digo—. Concéntrate. ¿Cómo cogiste esta mochila? ¿Sabe Jess que la tienes tú?

Hay lágrimas en sus ojos.

—No. Ya se había ido. —Comienza a caminar en un círculo pequeño, con la mano aún temblorosa—. Entré, y el desastre…, y estaba asustado. No sabía qué había pasado. La llamé a voces, y no respondía, y vi la mochila, y las otras cosas, y las cogí. —Su voz es una montaña rusa, se descarrila—. *Houston, tenemos un problema*.

—Está bien —digo, envuelvo mis brazos a su alrededor y le abrazo con la mayor presión, como haría un alfarero para centrar el barro en su rueda.

Pero no está bien. No lo estará hasta que Jacob ofrezca al detective Matson esta información nueva.

RICH

No estoy de buen humor.

Es sábado, y aunque se supone que debo tener a Sasha el fin de semana, me veo obligado a cancelarlo en cuanto se hace evidente que tenemos en marcha una investigación que exige todos mis recursos. Básicamente, voy a tener Jess Ogilvy para comer, para dormir y para respirar hasta que la encuentre, viva o muerta. Y no es que eso resulte convincente para mi ex, que ya se ha asegurado de soltarme una perorata de quince minutos sobre la responsabilidad paterna y sobre cómo narices se supone que va a poder seguir ella con su vida cuando mis emergencias no dejan de interrumpírsela. No merecía la pena señalarle que esta emergencia no es mía, en términos estrictos, o que la desaparición de una joven podría gozar de preferencia sobre la modificación en el calendario de una salida nocturna con su nuevo cónyuge, Mr. Café. Me digo a mí mismo que perderme un fin de semana con Sasha merece la pena si con ello me aseguro de que Claude Ogilvy tiene la oportunidad de pasar otro fin de semana con su hija.

Camino de la casa de Jess, donde tenemos atrincherado un equipo de investigación criminal, recibo una llamada del agente de campo local del FBI, que ha estado intentando localizar el móvil de la joven.

—Que no recibe usted ninguna señal —repito—. ¿Y qué significa eso?

—Varias cosas —explica el agente—. El localizador GPS funciona solamente cuando el teléfono se encuentra activo, así que podría encontrarse ahora mismo en el fondo de un lago. O la joven podría estar sana y salva, y haberse quedado sin batería.

—Bien, ¿y cómo voy a saber de cuál de las dos se trata?

—Supongo que, una vez que dé con un cadáver, lo tendrá bastante claro —dice, y paso con el coche por uno de los famosos puntos sin cobertura de Vermont y la llamada se corta.

Cuando vuelve a sonar, aún estoy maldiciendo el nombre del FBI (útiles para una única y exclusiva cosa: echar a perder una investigación perfectamente sólida de la policía local), así que ya te puedes imaginar lo sorprendido que me quedo al oír a Emma Hunt al otro lado del teléfono. Ayer le dejé mi tarjeta, por si acaso.

—Esperaba que pudiera usted venir de nuevo a mi casa —dice ella—. Hay algo que Jacob le tiene que contar.

Tengo a un equipo de investigadores esperándome *in situ*. Tengo a un novio malencarado que podría ser un asesino y a un senador del estado que le respira en la nuca a mi jefe y le exige mi puesto de trabajo si no encuentro a su hija desaparecida. Aun así, pongo la sirena y hago un cambio de sentido prohibido.

—Deme diez minutos —le digo.

Mi humor acaba de mejorar ligeramente.

Afortunadamente, dispongo de tres horas enteras antes de que pongan *CrimeBusters*. Estamos sentados en el salón, Emma y Jacob en un sofá, y yo en una silla a un lado.

—Jacob, cuéntale al detective todo lo que me has dicho —le pide Emma.

Sus ojos elevan la mirada, como si estuviese leyendo algo impreso en el techo.

—Fui a su casa el martes, como se suponía que debía. Y las cosas no estaban bien. Había taburetes tirados en la cocina, y papeles por todo el suelo. Y todos los CD estaban tirados en la alfombra. No estaba bien, no estaba bien. —Su tono de voz es tan mecánico que suena casi computerizado—. Ya se había ido. Entré, y el desastre…, y estaba asustado. No sabía qué había pasado. La llamé a voces, y no respondía, y vi la mochila, y las otras cosas, y las cogí. *Houston, tenemos un problema.* —Asiente, satisfecho—. Eso es todo.

—¿Por qué me mentiste sobre lo de ir a casa de Jess? —pregunto.

—Yo no mentí —dice—. Le dije que no tuve mi sesión con ella.

—Tampoco me hablaste de la mochila —señalo. Descansa entre nosotros, sobre una mesita auxiliar.

Jacob asiente.

—No me preguntó.

«Listopelotas», pienso, justo en el momento en que interviene Emma.

—Un asperger, como Jacob, será literal hasta la exasperación —dice.

—Entonces, si le hago una pregunta directa, ¿me responderá él de manera directa?

—*Él* —interpone Jacob, irritado— está aquí sentado escuchando.

Me arranca una sonrisa.

—Lo siento —digo, dirigiéndome a él—. ¿Cómo entraste en casa de Jess?

—Solía dejarme abierta la puerta de su cuarto en la residencia, y cuando llegué a la casa, la puerta también estaba abierta, así que entré a esperar.

—¿Qué viste cuando entraste?

—La cocina estaba hecha un desastre. Los taburetes estaban volcados, y el correo estaba por el suelo.

—¿Y Jess? ¿Estaba allí?

—No. Grité su nombre, pero no respondió.

—¿Qué hiciste?

Se encoge de hombros.

—Lo recogí.

Me hundo contra los cojines de la silla.

—Que tú… lo recogiste.

—Sí, es correcto.

Recorro mentalmente y a toda velocidad todas las pruebas manipuladas y sacrificadas en nombre de las tendencias obsesivo-compulsivas de Jacob Hunt.

—Tú lo sabes todo acerca de la conservación de pruebas en el escenario de un crimen —digo—. ¿Qué narices te hizo destruirlas?

Sin más, Emma se eriza.

—Mi hijo le está haciendo un favor al hablar con usted, detective. No teníamos por qué llamar y darle esta información.

Aplasto mi frustración.

—Entonces recogiste el desastre que viste en el piso de abajo, ¿no?

—Así es —dice Jacob—. Recogí los taburetes y volví a dejar el correo sobre la encimera de la cocina. Y puse en orden alfabético todos los CD que habían tirado.

—Orden alfabético —repito, me acuerdo de la llamada de Mark Maguire y de mi teoría de un secuestrador con retención anal—. Me estás tomando el pelo.

—Es así como tiene su habitación —dice Emma—. A Jacob le encanta que todo esté en su sitio correcto. Para él es el equivalente espacial a saber qué es lo que viene a continuación.

—¿Y cuándo te llevaste la mochila, entonces?

—Después de haber recogido.

La mochila aún conserva la etiqueta, justo como dijo Maguire.

—¿Te importa que me la quede yo, para el caso?

De repente, el rostro de Jacob se ilumina.

—*Tiene* que llevársela. La va a necesitar para hacer los test de ADN en las asas, y para hacer un test FA a la ropa interior que hay dentro. Quizá merezca la pena rociarla entera con Luminol, sinceramente. Y es posible que consiga con ninhidrina alguna huella de la tarjeta que contiene, pero las tendrá que contrastar con las de mi madre, ya que manipuló la tarjeta cuando se encontró con la mochila por primera vez. Esto me recuerda que le puede echar un vistazo ahora si lo desea; tengo guantes de látex arriba, en mi cuarto. Usted no es alérgico al látex, ¿verdad? —Ya se encuentra a medio salir de la habitación cuando se da la vuelta—. Tenemos por ahí alguna bolsa del supermercado, ¿no? De ese modo, el detective Matson se podrá llevar esto al laboratorio.

Sale corriendo escaleras arriba, y yo me vuelvo hacia Emma.

—¿Es siempre así?

—Y un poco más. —Alza la mirada hacia mí—. ¿Le resulta útil algo de lo que le ha dicho Jacob?

—Todo ello me da que pensar —digo.

—Todo cambia si hay indicios de lucha —señala.

Levanto una ceja.

—¿Otra criminalista de tapadillo?

—No, a pesar de todos los esfuerzos que hace Jacob por enseñarme. —Mira por la ventana un instante—. He estado pensando en la madre de Jess —prosigue—. La última vez que habló con su hija, ¿sería sobre cosas estúpidas? Ya sabe. ¿Discutirían porque ella nunca llamaba o porque se le había olvidado enviar una carta de agradecimiento a su tía? —Se vuelve hacia mí—. Antes decía «te quiero» cada vez que arropaba a mis hijos, por la noche; pero ahora, ellos se acuestan más tarde que yo.

—Mi padre me decía que vivir con remordimientos era como conducir un coche que solo iba marcha atrás. —Esbozo una ligera sonrisa—. Sufrió un infarto hace unos años. Antes de aquello, yo solía evitar sus llamadas porque no tenía tiempo para hablar de si los Sox llegarían a los *playoffs;* pero a partir de entonces comencé a llamarle yo a él. Todas las veces terminaba diciéndole que le quería. Los dos sabíamos el porqué, y no terminaba de encajar, después de tanto tiempo en que no se lo había dicho. Era como intentar achicar el mar con una cucharilla. Falleció hace ocho meses.

—Lo siento.

Me río, tenso.

—Y no sé por qué demonios le estoy contando esto.

En ese instante reaparece Jacob, que lleva aferrado un par de guantes de látex. Me los pongo y levanto con delicadeza la mochila justo cuando me suena el móvil.

—Matson —digo.

Es uno de los tenientes del departamento, que me pregunta cuánto tiempo más voy a tardar.

—Me tengo que ir corriendo. —Cojo la bolsa de supermercado en los brazos.

Jacob agacha la cabeza.

—Me interesaría conocer los resultados del análisis, naturalmente.

—Naturalmente —respondo, aunque no tengo la menor intención de compartirlos—. ¿Y qué ponen hoy en *CrimeBusters?*

—Episodio 67. Cuando encuentran a una mujer mutilada en un carrito de la compra en el exterior de un hipermercado.

—Ese lo recuerdo. No le quites ojo a...

—... al encargado de la tienda —termina Jacob la frase—. Yo también lo he visto ya.

Me acompaña hasta la puerta, su madre nos sigue de cerca.

—Gracias, Jacob. Y, Emma... —aguardo hasta que ella alza la mirada—, dígalo entonces cuando los despierte por la mañana.

Cuando llego a casa de Jess Ogilvy, los dos investigadores criminales que han estado examinando la casa se encuentran de pie en el exterior, en el frío gélido, observando la mosquitera de una ventana.

—¿Sin huellas? —digo, expeliendo una nube de vaho en el frío.

Pero ya conozco la respuesta. Y Jacob también la sabría, la verdad. Son muy reducidas las posibilidades de que se conserven las huellas en unas temperaturas tan bajas como estas.

—No —dice la primera investigadora. Marcy es un cañón con un cuerpazo, un cociente intelectual de 155 y una novia que bien podría arrancarme los dientes de un puñetazo—. Pero nos hemos encontrado con la ventana forzada para romper el cierre, también, y un destornillador entre los arbustos.

—Genial. La pregunta es, entonces, si se trata de un allanamiento que se torció, o si cortaron la mosquitera para hacernos pensar eso.

Basil, el segundo investigador, hace un gesto negativo con la cabeza.

—Nada en el interior apunta a un allanamiento.

—Ya, pero eso no tiene por qué ser necesariamente así. Acabo de interrogar a un testigo que afirma lo contrario, un testigo que, mmm, lo recogió todo.

Marcy dirige una mirada a Basil.

—Entonces es un sospechoso, no un testigo.

—No. Es un chico autista; una larga historia. —Observo el borde de la mosquitera—. ¿Qué tipo de cuchillo han utilizado?

—Es probable que se trate de uno de la cocina. Hemos cogido unos cuantos para llevarlos al laboratorio y ver si tienen restos de metal en la hoja.

—¿Habéis encontrado huellas dentro?

—Sí, en el cuarto de baño y en el ordenador, además de algunas parciales en la cocina.

Pero en este caso, las huellas de Mark Maguire no harán saltar las alarmas; ha declarado que se quedaba a vivir con Jess por temporadas.

—También tenemos una huella parcial de una bota —dice Basil—. La parte buena de tener un tiempo tan asqueroso para las huellas del alféizar es que es perfecto para las marcas que deja el calzado. —Bajo el saliente del canalón, veo el pegote rojo de espray de cera que ha utilizado para sacar un molde. Ha tenido suerte de encontrar una cornisa protegida: ha estado cayendo nieve en polvo desde el martes. Se trata del talón, y en el centro tiene una estrella, rodeada por lo que parecen las puntas de una brújula. Una vez la fotografíe Basil, la podremos meter en la base de datos para ver de qué tipo de bota se trata.

El sonido de un coche que baja por la calle se ve interrumpido por un portazo. A continuación, se acercan unas pisadas que hacen crujir la nieve.

—Si es la prensa —le digo a Marcy—, dispara primero.

Pero no es la prensa. Es Mark Maguire con aspecto de no haber dormido desde la última vez que le vi.

—Ya era hora de que se pusiesen a buscar a mi novia de una puta vez —grita, e incluso a más de un metro de distancia, me llegan los efluvios de alcohol en su aliento.

—Señor Maguire —digo, y me desplazo lentamente hacia él—. ¿No sabrá usted por casualidad si esa mosquitera ha estado siempre rajada?

Le observo detenidamente para ver su reacción, pero la verdad es que ya puedo acumular todas las pruebas que quiera contra Mark Maguire, que aún no tendré nada por lo que arrestarle a menos que recuperemos un cadáver.

Entrecierra la mirada hacia la ventana, pero tiene el sol en los ojos al igual que el reflejo deslumbrante de la nieve del suelo. Se acerca un poco más, y Basil se coloca a su espalda y echa espray de cera sobre la huella que acaba de dejar su bota.

Incluso desde esta distancia se distingue la estrella con las puntas de una brújula.

—Señor Maguire —digo—, vamos a tener que llevarnos sus botas.

JACOB

La primera vez que vi un muerto fue en el funeral de mi abuelo.

Fue después del funeral, donde el pastor leyó en voz alta un pasaje de la Biblia a pesar de que mi abuelo no asistiese con regularidad a la iglesia ni se considerase una persona religiosa. Unos extraños se pusieron en pie y hablaron sobre mi abuelo, le llamaron Joseph, y contaron historias acerca de partes de su vida que eran nuevas para mí: su servicio durante la guerra de Corea, su infancia en el Lower East Side, su cortejo de mi abuela en un tenderete de besos en un festival del instituto. Todas sus palabras cayeron sobre mí como avispones, y no fui capaz de espantarlos hasta que pude ver al abuelo que yo conocía y recordaba, en lugar de aquel impostor del que todos hablaban.

Mi madre no lloraba, sino que más bien se deshacía; solo de esta manera soy capaz de describir el hecho de que las lágrimas se hubiesen convertido en algo tan normal en ella que resultaba extraño ver su rostro terso y seco.

Habría de dejar constancia de que no siempre entiendo el lenguaje corporal. Es algo bastante común en una persona con asperger. Carece de sentido esperar que mire a una persona y que sepa cómo se siente tan solo porque su sonrisa es demasiado forzada, porque se encorva y se abraza ella misma, igual que carece de sentido esperar que un sordo oiga una voz. Lo cual significa que, cuando pedí que me abriesen el ataúd de mi abuelo, no se me debería haber culpado por no darme cuenta de que eso causaría aún más dolor a mi madre.

Solo quería ver si el cuerpo que había en el interior seguía siendo mi abuelo, o quizá el hombre al que todos aquellos oradores habían conocido, o algo completamente distinto. Soy escéptico en lo referente a las luces, los túneles y la otra vida, y esta parecía la manera más lógica de poner a prueba mis teorías.

He aquí lo que aprendí: muerto no es ni ángel ni fantasma. Es un estado de deconstrucción física, un cambio en todos esos átomos de carbono que conforman el contenedor temporal de un cuerpo de manera que estos puedan regresar a su estado más elemental.

La verdad es que no veo por qué eso pone tan nerviosa a la gente, dado que se trata del ciclo más natural del mundo.

El cuerpo en el ataúd se parecía a mi abuelo. No obstante, cuando le toqué la mejilla, con sus arrugas romboidales, el tacto de la piel no era el de una piel humana. Estaba fría y algo firme, como un pudin que han dejado demasiado tiempo en el frigorífico y prácticamente ha desarrollado una corteza, como una costra superficial.

Puedo no entender las emociones, pero sí me puedo sentir culpable por no entenderlas, así que, cuando por fin acorralé a mi madre horas después de que hubiera salido corriendo entre sollozos al verme tocar con el dedo en la mejilla de La-Cosa-Que-Antes-Era-Mi-Abuelo, intenté explicarle por qué no debería llorar.

—No es el abuelo —le dije—. Lo he comprobado.

Resulta notable que esto no lograse que se sintiera mejor en absoluto.

—Eso no significa que le extrañe menos —dijo mi madre.

La más pura lógica sugiere que si la entidad que se halla en el ataúd no es en esencia la persona a la que conocías, no la puedes echar de menos, porque eso no es una pérdida; eso es un cambio.

Mi madre hizo un gesto negativo con la cabeza.

—He aquí lo que yo echo de menos, Jacob: echo de menos el hecho de no volver a oír nunca su voz. Y ya no puedo hablar con él.

Esto no era realmente cierto. Teníamos la voz del abuelo inmortalizada en unos vídeos familiares antiguos que a veces me gustaba ver cuando no podía dormir por la noche. Y lo que le resultaba difícil de aceptar no era que ya no pudiese hablar con él; era que él ya no podía responder.

Mi madre suspiró.

—Ya lo comprenderás algún día. Espero.

Me gustaría poder decirle eso: sí, ahora lo entiendo. Cuando alguien se muere, la sensación es como la del hueco en la encía cuando se te cae un diente. Puedes masticar, puedes comer, tienes un montón de dientes más, pero la lengua se va una y otra vez a ese sitio vacío, donde todos los nervios están todavía un poco vivos.

Me dirijo a mi cita con Jess.

Llego tarde. Son las tres de la mañana, así que en realidad es lunes, no domingo. Pero, con la vigilancia de mi madre, no tengo otro momento para ir. Y aunque ella con probabilidad argumente que he quebrantado una norma de la casa, en sentido estricto, no lo he hecho. Esto no es escabullirse para ir al escenario de un crimen. El escenario del crimen se encuentra a doscientos setenta y cinco metros del lugar donde voy.

Mi mochila está llena de objetos de primera necesidad; mi bicicleta va susurrando sobre el pavimento conforme yo pedaleo rápido. Es más fácil esta vez, al no ir a pie, al no tener que soportar más que mi propio peso.

Justo detrás del patio de la casa a la que se ha trasladado Jess hay un bosque pequeño y escaso. Y justo detrás está la autopista 115, que pasa por un puente sobre un desagüe que canaliza el drenaje de los bosques en primavera, cuando el nivel del agua está alto. Reparé en ello el martes pasado, cuando tomé el autobús desde el instituto a la nueva casa de Jess.

Mi mente está llena de mapas; desde diagramas de flujo de sociabilidad (Interlocutor frunce el ceño → Interlocutor intenta interrumpir una y otra vez → Interlocutor da un paso atrás = Interlocutor desea abandonar la conversación a toda costa) a matrices de relatividad, como una versión interpersonal de Google Earth (un chico me dice: «¿Juegas al béisbol? ¿En qué posición? ¿Medio estorbo?», y obtiene una gran carcajada del resto de la clase. El chico es una persona entre los 6792 millones de seres humanos que hay en este planeta. Este planeta representa solo un octavo del Sistema Solar, cuyo Sol es una entre las mil millones de estrellas de la galaxia Vía Láctea. Visto de ese modo, el comentario pierde su importancia).

Pero mi mente también funciona de forma geográfica y topográfica, de manera que me puedo localizar en cualquier momento dado (esta ducha se encuentra en el piso superior del número 132 de Birdseye Lane, en Townsend, Vermont, Estados Unidos, América del Norte, hemisferio occidental, planeta Tierra). Así que, cuando llegué al nuevo hogar de Jess el pasado martes, entendí por completo dónde se hallaba en relación con todos los demás lugares que he visto en mi vida.

Jess está justo donde la dejé hace cinco días, apoyada contra el muro de piedra húmedo.

Dejo mi bicicleta en el extremo más alejado del desagüe, me siento sobre los talones y le ilumino el rostro con una linterna.

Jess está muerta.

Cuando le toco la mejilla con la parte posterior de los nudillos, su tacto es marmóreo. Eso me recuerda… Abro, pues, mi mochila y saco la manta. Es una estupidez, lo sé, pero también lo es dejar flores en una tumba, y esto parece tener un mayor sentido. La sujeto alrededor de los hombros de Jess y me aseguro de que le cubra los pies.

Entonces me siento a su lado. Me pongo un par de guantes de látex y tomo la mano de Jess por un momento antes de sacar mi cuaderno. En él, comienzo a tomar nota de las pruebas físicas.

Los moratones bajo sus ojos.

El diente que le falta.

Las contusiones en la parte alta de los brazos, que ahora mismo están, por supuesto, cubiertos con su sudadera.

Los arañazos amarillentos y ásperos en la parte baja de la espalda, que también están tapados ahora por la sudadera.

A decir verdad, estoy un poco decepcionado. Me habría esperado que la policía fuese capaz de descifrar las pistas que dejé, pero no han encontrado a Jess, así que tengo que dar yo el siguiente paso.

Su móvil sigue en mi bolsillo. Lo he llevado conmigo a todas partes, aunque solo lo he encendido cinco veces. A estas alturas, el detective Matson ya habrá solicitado al juez el registro de llamadas del móvil de Jess; verán las veces que he llamado a su casa para escuchar su voz en el contestador, pero deducirán que fue la propia Jess quien lo hizo.

Es probable que haya intentado localizarla también por el GPS que tienen ya casi todos los teléfonos, y al cual puede acceder el FBI utilizando un programa de ordenador que sitúa el móvil en un área de unos pocos metros. Esto se puso por primera vez en práctica en los programas de respuesta de emergencia, o lo que es lo mismo, las llamadas al 911. En cuanto la centralita descuelga al otro lado del teléfono, comienzan a rastrear la llamada por si acaso hace falta mandar a algún agente o una ambulancia.

Tomo la decisión de ponérselo fácil. Me vuelvo a sentar junto a Jess, de manera que nuestros hombros están en contacto.

—Eres la mejor amiga que jamás he tenido —le digo—. Ojalá esto no hubiera pasado nunca.

Jess, por supuesto, no responde. No puedo decir si ella ha dejado de ser o esto es solo su cuerpo, y lo que hace que Jess sea Jess se ha marchado a algún otro sitio. Me hace pensar en mi ataque: en la habitación sin ventanas, sin puertas, el país donde nadie se habla, el piano únicamente con teclas negras. Quizá es por esto que los cantos funerarios están siempre en modo menor; estar en el otro lado de *muerto* quizá no sea tan distinto de tener asperger.

Sería increíble quedarse y observar. No hay nada que me pudiese gustar más que ver cómo el enjambre de policías entra a rescatar a Jess. Pero eso sería demasiado arriesgado; y por eso sé que me voy a limitar a subirme en mi bici y a estar sano y salvo en la cama antes de que el sol o mi madre se levanten por la mañana.

Antes, sin embargo, enciendo el Motorola de color rosa. Es como si tuviese el deber de recitar algo, un homenaje o una oración.

—*E.T., teléfono, mi casa* —digo por fin, y a continuación marco el 911 y sitúo el pequeño terminal sobre la piedra que hay junto a ella.

Puedo oír la voz de la operadora a través de los altavoces.

—Dígame, ¿cuál es su emergencia? —dice—. ¿Oiga? ¿Hay alguien ahí?

Estoy a medio camino, a través del bosque, cuando veo en la distancia las sirenas que van por la autopista 115, y sonrío para mis adentros durante el resto del camino a casa.

CASO N.º 4: AQUÍ HUELE A MUERTO

Algo que Stella Nickell amaba: los peces tropicales. Soñaba con abrir su propia tienda.

Algo que Stella Nickell no amaba: su marido, a quien envenenó en 1986 con cápsulas del analgésico Exedrina aderezadas con cianuro con la intención de cobrar el importe de la póliza del seguro de vida.

Primero intentó envenenar a Bruce Nickell con cicuta y dedalera, pero ninguna de las dos funcionó con él, así que, en su lugar, manipuló las cápsulas de Exedrina. Para cubrir sus huellas, colocó también varios paquetes de Exedrina envenenada en tres farmacias diferentes, lo cual provocaría la muerte de Sue Snow, quien había tenido la mala suerte de ir a comprar a una de ellas. El fabricante del medicamento hizo público el número de lote de las pastillas para advertir a los consumidores, y fue entonces cuando Stella Nickell se dirigió a las autoridades para decirles que ella tenía dos botes de pastillas manipuladas que había comprado en dos farmacias diferentes. Esto parecía poco probable, ya que, entre los miles de botes que se habían comprobado en aquella región, solo se encontraron pastillas envenenadas en cinco de ellos. ¿Qué probabilidades había de que Stella tuviese dos?

Al examinar las cápsulas de Exedrina, el FBI halló una prueba vital: había cristales verdes mezclados con el cianuro. Estos resultaron ser Algae Destroyer, un alguicida de uso en los acuarios. Stella Nickell poseía un acuario y había comprado Algae Destroyer en una tienda de animales de su localidad. Según la policía, Stella había machacado unas tabletas de Algae Destroyer para sus amados peces en un bol y, más adelante, utilizó el mismo bol para mezclar el cianuro. Posteriormente, la hija de Stella, de quien se había distanciado, acudió a la policía y testificó que su madre había estado planeando matar a Bruce Nickell durante años.

Esta sí que es la madre de todos los dolores de cabeza.

4

RICH

Hay veces que llego demasiado tarde, joder, así de simple.

El año pasado, el día después de Navidad, una chica de trece años que se llamaba Gracie Cheever no bajaría ya las escaleras. Fue hallada colgando de un perchero en el armario. Cuando llegué junto a los criminalistas que estaban fotografiando la escena, lo primero en que reparé fue el desastre que era la habitación de Gracie —boles de cereal hasta el techo, y papeles y ropa sucia tirada por el suelo—, nadie le había pedido jamás a esta chica que recogiese. Eché un vistazo a sus diarios y supe que Gracie se hacía cortes; odiaba su vida y se odiaba a sí misma; Gracie odiaba su cara y pensaba que estaba gorda, y apuntaba todos y cada uno de los bocados que se tomaba y las veces que se saltaba la dieta. Y entonces, en una página: «Echo de menos a mi madre». Pregunté a uno de los agentes de patrulla si la madre había fallecido, y me lo negó con la cabeza. «Está en la cocina», dijo.

Gracie era la mayor de dos hijas. Tenía una hermana más pequeña con síndrome de Down, y tío, esa mujer vivía solo por aquella cría. Le daba clases en casa; le hacía las sesiones de fisioterapia a la niña sobre una estera en la sala de estar. Y mientras su madre estaba ocupada siendo una santa, Gracie sufría el abuso de su padre.

Me llevé el diario de Gracie a la comisaría y lo fotocopié dos veces. Estaba cubierto de sangre, porque se iba haciendo cortes mientras escribía. Le di una copia al médico forense. La otra se la llevé al jefe. «Alguien en esa familia tiene que saber lo que estaba pasando», le dije.

Tras el entierro de Gracie, llamé a su madre y le pedí que me recibiese. Nos sentamos en el salón, frente a un buen fuego. En aquel encuentro le entregué una copia del diario y le dije que había marcado las páginas que no podía dejar de leer. Me clavó una mirada con ojos vidriosos y me dijo que la familia estaba volviendo a empezar. Me dio las gracias y, a continuación, ante mis ojos, arrojó el diario a las llamas.

Pienso ahora en Gracie Cheever mientras me desplazo con cautela por el desagüe donde se ha localizado el cadáver de Jess Ogilvy. Está envuelta en una colcha, completamente vestida. Hay un ligerísimo brillo de escarcha sobre su piel y su ropa. Wayne Nussbaum se quita los guantes de látex que ha estado utilizando para examinar el cadáver y da instrucciones a sus ayudantes para que esperen hasta que los criminalistas terminen de sacar fotografías antes de trasladar a la víctima al hospital para la autopsia.

—¿Tu primera impresión? —pregunto.

—Lleva muerta un tiempo. Días, creo yo, aunque resulta difícil decirlo. El frío ha hecho bien las veces de depósito de cadáveres improvisado. —Se mete las manos desnudas bajo las axilas—. Dudo que la mataran aquí. Los arañazos de la espalda tienen el aspecto de haber sido causados al arrastrarla *post mortem*. —Y, como si se le hubiese ocurrido después, pregunta—: ¿Alguno de vuestros chicos ha encontrado un diente?

—¿Por qué?

—Porque le falta uno.

Tomo nota mental de que le tengo que decir a los investigadores que lo busquen.

—¿Arrancado de un puñetazo? ¿O se lo han llevado como trofeo tras la muerte?

Hace un gesto negativo con la cabeza.

—Rich, ya sabes que no juego contigo a las adivinanzas a las cuatro de la mañana. Te llamaré con mi informe.

Se pone en marcha, y el flash de un fotógrafo del laboratorio de investigación criminal ilumina la noche.

En ese instante, todos nosotros parecemos fantasmas.

Mark Maguire traga saliva cuando ve la mochila que ha llegado devuelta por el laboratorio.

—Esa es la que le regaló su tía —murmura.

Está traumatizado. No solo le han dicho que su novia está muerta, sino que, segundos después, lo han detenido por su asesinato. Eran las siete de la mañana cuando los agentes fueron a su apartamento a buscarlo. Ahora, durante el interrogatorio, aún lleva puesta la ropa que se puso anoche para irse a la cama: pantalones de chándal y una camiseta descolorida de la Universidad de Vermont. De vez en cuando sufre algún escalofrío allí metido, en una sala de reuniones con corrientes de aire, pero eso no hace más que recordarme la piel azulada de Jess Ogilvy.

Mi línea cronológica va tomando forma. Tal y como yo lo veo, Maguire se estaba peleando con Jess y le dio un puñetazo que le arrancó un diente y la mató sin pretenderlo. Le entró el pánico, recogió las pruebas y a continuación intentó tapar su rastro haciendo que pareciese un secuestro: la mosquitera rajada, la torre de CD y los taburetes de la cocina volcados, la nota del buzón y la mochila llena de ropa de Jess.

Saco la ropa de la mochila, tallas grandes en su mayoría, demasiado para un cuerpo tan pequeño como el de Jess.

—Un criminal más listo que estuviese dejando un señuelo habría escogido ropa que todavía le valiese a Jess —medito—. Pero, claro, Mark, es que tú no eres muy listo, ¿verdad?

—Ya se lo he dicho, yo no tengo nada que ver con...

—¿Le arrancaste el diente mientras te peleabas con ella? —pregunto—. ¿Es así como se pone cachondo un tío como tú? ¿Pegándole una paliza a su novia?

—Yo no le pegué una paliza...

—Mark, no tienes escapatoria. Tenemos su cuerpo, y los moratones de los brazos y el cuello están más claros que el agua. ¿Cuánto tiempo crees tú que nos va a costar relacionarlos contigo?

Hace un gesto de dolor.

—Ya se lo dije... Estábamos discutiendo y la cogí por los brazos. La sujeté contra la pared. Quería..., quería darle una lección.

—Y la lección se fue un poco de las manos, ¿no es eso?

—Yo no la he matado, lo juro por Dios.

—¿Por qué te llevaste el cuerpo hasta el bosque?

Levanta la vista hacia mí.

—Por favor. Tiene que creerme.

Me pongo de pie y me inclino sobre él.

—No tengo que creer nada de lo que digas, pedazo de capullo. Ya me has mentido una vez sobre tu pelea con ella el fin de semana, cuando resulta que también te peleaste con ella el martes. Tengo tus botas en el exterior de una ventana con una mosquitera rajada, las marcas de tus manos en su garganta, y una joven muerta que ha sido aseada y trasladada. Pregúntale a cualquier jurado de este país, y te dirá que esto tiene una pinta que te cagas de que el tío ha matado a su novia y ha querido ocultarlo.

—Yo no corté esa mosquitera. No sé quién lo hizo. Y no le di una paliza. Me enfadé y le di un empujón… y me marché.

—Así es. Y luego volviste y la mataste.

Los ojos de Maguire se llenan de lágrimas. Me pregunto si de verdad siente la muerte de Jess Ogilvy, o solo siente que le hayan cogido.

—No —dice con una voz espesa—. No, yo la quería.

—¿Y lloraste tanto cuando estabas limpiando su sangre en el cuarto de baño? ¿Y cuando tuviste que frotarle la sangre de la cara?

—Quiero verla —ruega Maguire—. Déjeme ver a Jess.

—Tenías que haber pensado en eso antes de matarla —digo.

Me alejo de él con la intención de dejarle que sufra con su propia culpa durante unos minutos antes de regresar para arrancarle la confesión, y en ese momento Maguire hunde el rostro entre las manos. Es entonces cuando me doy cuenta de que las tiene completamente intactas, ni moratones, ni cortes, lo que te esperarías si le hubieses dado un golpe lo bastante fuerte a alguien como para arrancarle un diente.

THEO

Para cuando cumplí cinco años, ya sabía que había diferencias entre Jacob y yo.

Yo estaba obligado a comerme todo lo que había en el plato, pero Jacob tenía permiso para dejarse cosas como los guisantes o el tomate porque no le gustaba el tacto que tenían en la boca.

Daba igual qué cinta infantil estuviese escuchando en el coche, que quedaba relegada a un segundo plano frente a Bob Marley.

Tenía que recoger todos mis juguetes al terminar de jugar, pero la fila de dos metros de cochecitos que Jacob se pasaba todo el día organizando en una línea totalmente recta contaba con permiso para tirarse un mes en el pasillo, hasta que se cansaba de ella.

Sin embargo, me daba cuenta sobre todo de que era el marginado; porque en el instante en que Jacob sufría cualquier tipo de crisis —y eso sucedía constantemente—, mi madre lo soltaba todo y salía corriendo a por él. Y, por lo general, lo que mi madre soltaba era a mí.

Una vez, tendría yo unos siete años, mi madre nos prometió que nos llevaría a ver *Spy Kids 3-D* un sábado por la tarde. Me pasé toda la semana como loco, porque no íbamos mucho al cine, y mucho menos en 3-D. No teníamos dinero para hacerlo, pero me tocó un par de gafas 3-D gratis con los cereales y se lo pedí y se lo volví a pedir a mi madre hasta que dijo que sí. Aun así —qué sorpresa—, aquello se quedó en nada. Jacob se había leído todos sus libros de dinosaurios y comenzó a temblar y a mecerse ante la idea de que no iba a tener nada nuevo que leer a la hora de irse a la cama, y mi madre tomó la decisión inapelable de llevarnos a la biblioteca en lugar de al cine.

Es posible que lo hubiese aceptado sin más, pero en la biblioteca había un expositor muy llamativo que aprovechaba el tirón de la película de cara a la lectura en general. ¿ERES UN SPY KID?, decía, y estaba lleno de libros como Harriet la Espía y otras historias de los Hardy Boys y Nancy Drew. Vi cómo mi madre se llevaba a Jacob a la sección divulgativa: 567 en el universo de la clasificación decimal de Dewey, que hasta *yo* sabía que significaba dinosaurios. Se sentaron en pleno pasillo, como si el hecho de arrastrarme hasta la biblioteca y arruinarme el día no tuviese la menor importancia. Se pusieron a leer un libro sobre ornitópodos.

De repente, me di cuenta de lo que tenía que hacer.

Si mi madre solo reparaba en Jacob, entonces sería eso en lo que me convertiría.

Es probable que se tratase de siete años de frustración que terminaron por reventar justo en ese momento, porque soy realmente incapaz de hallar otra explicación a por qué hice lo que hice. Vamos, que sabía lo que hacía.

Una biblioteca es un lugar donde se supone que has de guardar silencio.

Los libros de una biblioteca son sagrados, y no te pertenecen.

Un instante me encontraba sentado en la sala infantil, en la cómoda silla verde con el aspecto del puño de un gigante, y al siguiente estaba gritando que se me salía la garganta por la boca, tirando libros de las estanterías y arrancándoles las páginas; y, cuando la bibliotecaria preguntó: «¿De quién es este niño?», le di un puntapié en la espinilla.

Qué bien se me daba montar el número. Al fin y al cabo, me había pasado toda mi vida observando a un maestro.

Vino un montón de gente. Otros bibliotecarios llegaron corriendo para ver qué pasaba. Solo vacilé una vez durante mi pataleta, y fue al ver el rostro de mi madre moviéndose por el exterior del grupo de gente que me miraba. Se había quedado blanca, como una estatua.

Como es obvio, tuvo que sacarme de allí; y como es obvio, Jacob no pudo hojear los libros que se quería llevar a casa. Mi madre lo cogió por la muñeca cuando él empezó también a sufrir su ataque, y a mí me levantó con el brazo que le quedaba libre. Mi hermano y yo nos pasamos todo el camino hasta el aparcamiento dando gritos y pataleando.

Cuando llegamos al coche, mi madre me bajó al suelo, y yo hice lo que había visto hacer a Jacob un millón de veces: me dejé caer como si no tuviera huesos o como si fueran de espagueti.

De pronto oí algo que no había oído jamás. Sonaba más fuerte que los gritos de mi hermano y los míos juntos, y procedía de la boca de mi madre.

Berreó. Dio pisotones en el suelo. «Aaaaaaaaauuuuuuuu», chilló. Dejó los brazos muertos, se puso a dar patadas y a mover la cabeza de atrás hacia delante, y viceversa. La gente se quedó mirando desde el otro lado del aparcamiento.

Me paré en seco. Lo único que es peor que tener a todo el mundo mirándome montar el número era tener a todo el mundo mirando a mi madre montar el número. Cerré los ojos y deseé con todas mis fuerzas que la tierra me tragase.

Jacob, por su parte, siguió berreando y enganchado a su pataleta.

—¿Tú qué te crees, que a mí no me dan ganas de montarla de vez en cuando? —me gritó mi madre. A continuación, recobró la compostura, sentó a un Jacob escurridizo en su asiento del coche y le puso el cinturón de seguridad. Tiró de mí para levantarme del asfalto e hizo conmigo lo mismo que con él.

Pero nada de eso es la razón de que te esté contando esta historia. Es porque ese día fue el primero que mi madre lloró delante de mí en lugar de intentar guardárselo todo dentro con valentía.

EMMA

*D*e *la columna de la tía Em:*

¿Cuándo dejaron de regalar juguetes con las cajas de cereales?

Recuerdo ir de pequeña por el pasillo de los cereales (sin duda, un fenómeno tan norteamericano como los fuegos artificiales del 4 de julio) eligiendo mi desayuno en función de cuál era su recompensa: un Frisbee con la cara del conejo Trix estampada en el frontal; pegatinas holográficas del duende de los Lucky Charms; una rueda decodificadora de misterios; era capaz de soportar un mes de salvado con pasas si con eso al final conseguía un anillo mágico.

No puedo reconocer esto en voz alta. En primer lugar, ahora se supone que somos supermadres, en vez de admitir que tenemos defectos, resulta tentador creer que todas las madres se levantan todas las mañanas frescas como una rosa, que nunca levantan la voz, que solo preparan alimentos orgánicos, y que se encuentran como pez en el agua tanto con el consejero delegado como con la asociación de padres.

He aquí el secreto: esas madres no existen. La mayoría de nosotras —aunque no lo confesemos jamás— somos capaces de soportar el salvado con pasas ante la esperanza de un atisbo del anillo mágico.

Mi aspecto es maravilloso sobre el papel: tengo una familia y escribo una columna en el periódico. En la vida real tengo que quitar el Super-

Glue de la alfombra, rara vez me acuerdo de sacar la comida a descongelar, y tengo intención de hacer que graben en mi lápida PORQUE LO DIGO YO.

Las madres de carne y hueso se preguntan por qué los expertos que escriben en *Ser padres* y en *Consejos para el hogar* —y, me atrevería a decir, en el *Burlington Free Press*— parecen tener sus actos constantemente bajo control cuando ni ellos mismos son capaces de mantener la cabeza fuera de las procelosas aguas de la paternidad.

Las madres de carne y hueso no se limitan a escuchar humildemente avergonzadas a la señora mayor que les ofrece un consejo no solicitado en la cola de la caja cuando el niño se agarra un berrinche. Cogemos al crío, lo echamos en el carro de la señora y decimos: «Fantástico. Tal vez a usted se le dé mejor».

Las madres de carne y hueso saben que no pasa nada por comer pizza fría para desayunar.

Las madres de carne y hueso reconocen que resulta más sencillo fracasar en esta tarea que tener éxito.

Si la paternidad es la caja de salvado con pasas, entonces las madres de carne y hueso saben que la proporción de cereales y diversiones está francamente desequilibrada. Por cada momento en que tu hijo confía en ti o te dice que te quiere, o hace algo de forma voluntaria para proteger a su hermano y da la casualidad de que lo presencias, hay muchos más momentos de caos, error y dudas sobre una misma.

Las madres de carne y hueso no mentan la herejía, pero en secreto piensan a veces que ojalá hubieran elegido algo más que estos cereales inagotables para desayunar.

A las madres de carne y hueso les preocupa que sean otras las madres que encuentren el anillo mágico, mientras que ellas se pasan años y años buscándolo.

Respirad tranquilas, madres de carne y hueso. El simple hecho de que os preocupe ser una buena madre significa que ya lo sois.

Durante un leve brote de bloqueo del escritor, me preparo un sándwich de atún y veo las noticias del mediodía. La televisión local es tan horrible que me gusta ponerla por pura diversión. Si estuviera aún en la universidad, estaría jugando a la botella y dando un trago de cerveza cada vez que los presentadores pronuncian mal una palabra o se les caen los papeles. Mi último error favorito es cuando el presentador informa de la propuesta de revisión del programa de asistencia médica a los desfavorecidos por parte de un senador del estado de Vermont. En lugar de meter el corte de su discurso, pusieron un vídeo de un grupo de octogenarios locales tirándose al agua en pleno invierno.

La noticia de portada de hoy, sin embargo, no tiene ninguna gracia.

—A primera hora del lunes —lee el presentador— ha sido hallado el cadáver de Jess Ogilvy en el bosque que hay detrás de su domicilio. La joven de veintitrés años, estudiante de la Universidad de Vermont, llevaba desaparecida desde el martes.

El plato que tengo en mi regazo cae al suelo cuando me levanto con lágrimas en los ojos. Por mucho que supiese que esto era una posibilidad —una probabilidad, sin duda, a medida que avanzaban los días y no la encontraban—, eso no hace que su muerte resulte más sencilla.

A menudo me he preguntado por el aspecto que tendría el mundo si hubiera más gente como Jess por ahí, más jóvenes capaces de ver a alguien como Jacob y no reírse ante sus rarezas y defectos, y sí de disfrutar con el modo en que hacían de él alguien con interés, alguien valioso. Me imaginaba a los chicos que algún día irían a la clase de Jess y no tendrían que luchar con la autoestima y los abusos con que luchó Jacob en primaria. Y, ahora, nada de eso sucederá.

La realización pincha a una reportera a la que han grabado cerca del lugar donde han encontrado el cadáver de Jess.

—En este giro realmente triste de los acontecimientos —dice con sobriedad—, los investigadores respondieron a una llamada al 911 realizada desde el teléfono móvil de Ogilvy, que rastrearon hasta aquí, en un desagüe detrás del domicilio de la joven.

Esto lo grabaron más o menos al amanecer; el cielo tiene franjas de color rosa. En el fondo hay agentes del laboratorio de investigación criminal que colocan marcas, toman medidas y sacan fotografías.

—Poco tiempo después —prosigue la reportera—, las autoridades han retenido bajo su custodia al novio de Ogilvy, el joven de veinticuatro años Mark Maguire. No se ha comunicado aún el informe de la autopsia…

De haber pestañeado, es probable que nunca la hubiera visto. Si la reportera no hubiese cambiado de pierna de apoyo en su postura, nunca la hubiera visto. Así de breve fue la imagen, el fogonazo más efímero en un lado de la pantalla antes de desvanecerse.

Una colcha con un parche arco iris, RANVAAV una y otra vez.

Congelo el fotograma —una característica moderna del canal satélite que tenemos— y rebobino el vídeo antes de volver a reproducirlo. Esta vez quizá vea que solo ha sido mi vista, que me ha engañado; un vuelo de la bufanda de la reportera que yo he confundido con otra cosa.

Ahí sigue, así que rebobino el vídeo una segunda vez.

En una ocasión vi la locura definida como el hacer la misma cosa una y otra vez con la esperanza de obtener resultados diferentes. El corazón me late con tanta fuerza que lo siento en la garganta. Subo las escaleras volando, camino del armario de Jacob donde encontré la mochila de Jess hace unos días, envuelta en la colcha arco iris.

Que ahora no está.

Me hundo en su cama y acaricio la almohada con la mano. Ahora mismo, a las 12.45, Jacob está en clase de Física. Me contó esta mañana que iban a hacer un experimento de laboratorio sobre el principio de Arquímedes, con el objeto de determinar la densidad de dos materiales desconocidos. ¿Qué masa, al ser introducida en el medio, desplaza a este? ¿Qué flota? ¿Qué se hunde?

Iré al instituto a recoger a los chicos con una excusa inventada: una visita al dentista, un corte de pelo. Pero, en lugar de venir a casa, viajaremos y viajaremos hasta que crucemos la frontera con Canadá. Haré las maletas para ellos, y jamás volveremos por aquí.

Incluso mientras lo pienso, sé que eso no va a suceder nunca. Jacob no entendería el concepto de no regresar nunca a casa. Y en alguna parte, en una comisaría de policía, el novio de Jess está siendo acusado cuando podría ser inocente.

En el piso de abajo, con los dedos entumecidos, rebusco en el montón de facturas que no he archivado. Sé que está por aquí, en alguna parte… y la encuentro, debajo del segundo aviso de la compañía telefónica. La tarjeta de visita de Rich Matson, con el número de su móvil garabateado por detrás.

«Por si acaso, había dicho él.»

Por si acaso da la casualidad de que se te ocurre pensar que tu hijo podría estar implicado en un asesinato. Por si acaso te das de bruces con la prueba patente de que has fracasado como madre. Por si acaso te ves atrapada entre lo que deseas y lo que debes hacer.

El detective Matson ha sido honesto conmigo; y yo voy a ser honesta con él.

Su buzón de voz salta de inmediato en cuanto termino de marcar su número. La primera vez cuelgo, porque todas las palabras que tenía pensadas se han apelotonado como la masilla. La segunda vez, me aclaro la garganta.

—Soy Emma Hunt —digo—. Verá… Tengo que hablar con usted.

Aún sostengo el teléfono como un amuleto y deambulo de vuelta al salón. Han terminado las noticias, y ahora están poniendo un culebrón. Rebobino de nuevo hasta que se vuelve a reproducir el fragmento sobre Jess Ogilvy. Mantengo los ojos clavados a propósito en el otro extremo del televisor, pero aún sigue ahí: una bandera en el campo, un nanosegundo de verdad en todas las tonalidades del espectro cromático.

Da igual el empeño con que lo intente, no puedo deshacer el haber visto la maldita colcha.

JACOB

Jess está muerta.

Mi madre me lo dice después de clase. Me mira fijamente cuando me lo cuenta, como si estuviera intentando hallar pistas en mi expresión, del mismo modo en que yo escruto el ángulo de las cejas de alguien, y la posición de su boca, y el tamaño de sus pupilas, y lo intento relacionar con una emoción. Por un instante pienso: «¿Es que ella también tiene asperger?». Pero entonces, justo cuando parece que está analizando mis facciones, las suyas cambian, y no soy capaz de decir lo que está sintiendo. Sus ojos parecen tensos en los extremos, y tiene la boca apretada. ¿Está enfadada conmigo, o es solo que le ha contrariado que Jess esté muerta? ¿Quiere ella que reaccione ante una noticia que yo ya conozco? Podría hacer como que me ha impactado (boca abierta, ojos muy abiertos), pero eso supondría también que estoy mintiendo, y después, mi cara de mentir (ojos que miran al techo, dientes que mordisquean el labio inferior) desplazaría de forma hostil a mi cara de estar sorprendido. Además, mentir está en lo alto de la lista de normas de la casa. Recapitulemos:

1. Recoge lo que desordenas.
2. Di la verdad.

En lo referente a Jess, he cumplido las dos.

Imagínate cómo sería que, de pronto, te sacasen de los Estados Unidos y te soltasen en Inglaterra. De repente, *bloody* sería una palabrota y no la descripción del escenario de un crimen. *Pissed* no sería estar enfadado, sino borracho. *Dear* significaría caro, no querido. *Potty* no es un retrete, sino un estado de ánimo. *Public school* es un colegio privado, y *fancy* es un verbo.

Si te soltasen en el Reino Unido, pero da la casualidad de que eres coreano, o portugués, tu confusión sería de esperar: al fin y al cabo, no hablas el idioma. Pero si eres norteamericano, estrictamente lo hablas. Así que te quedas encallado en conversaciones que no tienen sentido para ti, en las que pides que te lo repitan una y otra vez con la esperanza de que, al final, las palabras desconocidas acaben por encajar.

Así te hace sentir el asperger. Tengo que hacer un esfuerzo enorme en cosas que para otros resultan naturales, porque aquí no soy más que un turista.

Y es un viaje que solo tiene billete de ida.

He aquí las cosas que recuerdo de Jess:

1. Por Navidad me regaló un fragmento de malaquita con el tamaño exacto y la forma exacta de un huevo de gallina.
2. Ella es la única persona que he conocido en mi vida que haya nacido en Ohio.
3. Su pelo tenía un aspecto diferente en espacios interiores y en espacios exteriores. Cuando brillaba el sol, era menos amarillo y más como el fuego.
4. Ella me dio a conocer *La princesa prometida,* que es, posiblemente, una de las mejores películas de la historia del cine.
5. Su buzón en la Universidad de Vermont era el número 5995.
6. Se desmayaba ante la visión de la sangre, pero aun así vino a mi presentación de física de este otoño acerca de los patrones de salpicadura, y me escuchó dando la espalda a la presentación de PowerPoint.

7. Aunque había veces en que probablemente estaba harta de oírme hablar, ella nunca, jamás, me dijo que me callase.

Soy yo el primero que te cuenta que en realidad no llego a entender el amor. ¿Cómo puedes estar enamorado del corte de pelo que te acabas de hacer, enamorado de tu trabajo y enamorado de tu novia todo al mismo tiempo? Está claro que la palabra no significa lo mismo en diferentes situaciones, lo cual es el motivo de que no haya sido nunca capaz de descifrarla con la lógica.

El aspecto físico del amor me aterroriza, para ser sincero. Cuando eres ya hipersensible al tacto de algo contra tu piel o a que la gente se te acerque demasiado para tocarte, no hay absolutamente nada en una relación sexual que la convierta en una experiencia que anhele probar.

Menciono todo esto a modo de descargo de responsabilidad en referencia a la última cosa que recuerdo sobre Jess:

8. Podría haberla amado. Quizá ya lo hice.

Si yo fuera a crear una serie de ciencia ficción para la tele, sería sobre un empático: una persona capaz de leer de manera natural las auras de las emociones de los demás y, con un simple toque, adoptar sus sentimientos también. Qué fácil sería si pudiera mirar a alguien que está feliz, tocarle en el brazo, y llenarme de repente de las mismas burbujas de gozo que está sintiendo el otro, en lugar de angustiarme por si habré malinterpretado sus actos y reacciones.

Cualquiera que llore en el cine lleva dentro un empático. Lo que sucede en la pantalla se transpira a través del celuloide, lo suficientemente real como para evocar una emoción. ¿Por qué otro motivo te encontrarías riéndote ante la francachela de dos actores que fuera de la pantalla no se soportan el uno al otro? ¿O llorando por la muerte de un actor que, cuando se apague la cámara, se sacudirá el polvo y se irá a por una hamburguesa para cenar?

Cuando yo veo las películas, sin embargo, es un poco distinto. Cada escena se convierte en una ficha de un catálogo de posibles escenarios sociales en mi mente. «Si te encuentras alguna vez discutiendo con una mujer, intenta besarla y sorprenderla con la guardia baja.» «Si estás en medio de una batalla y disparan a tu compañero, la amistad implica que debes volver bajo el fuego para rescatarlo.» «Si deseas ser el alma de la fiesta, di ¡*Toga!*»

Más adelante, si me veo en esa situación particular, puedo repasar mis fichas de interacciones cinematográficas e imitar el comportamiento, y saber, por una vez, que lo estaré entendiendo.

A propósito, nunca he llorado en el cine.

Una vez, le contaba a Jess todo lo que sabía sobre los perros.

1. Evolucionaron a partir de un pequeño mamífero arborícola llamado *miacis*, que vivió hace 40 millones de años.
2. Fueron domesticados por los cavernícolas del Paleolítico.
3. Con independencia de su raza, un perro tiene 321 huesos y 42 dientes permanentes.
4. Los dálmatas son blancos enteros al nacer.
5. La razón de que se den la vuelta y describan un círculo antes de tumbarse es que, cuando eran animales salvajes, esto los ayudaba a compactar las hierbas altas para formar un colchón.
6. Aproximadamente, un millón de perros han sido nombrados principal beneficiario en el testamento de sus dueños.
7. Sudan a través de las almohadillas de las patas.
8. Los científicos han descubierto que los perros pueden olfatear la presencia del autismo en niños.

—Te lo estás inventando.
—No. De verdad.
—¿Y cómo es que tú no tienes perro?

Había tantas respuestas a esa pregunta que no sabía por dónde empezar. Mi madre, por ejemplo, que dijo que cualquiera que sea incapaz de recordar que se tiene que lavar los dientes dos veces al día no poseía la entereza para cuidar de otra criatura viva. Mi hermano, que era alérgico a prácticamente todo lo que tuviese pelo. El hecho de que los perros, que habían sido mi pasión después de los dinosaurios, pero antes de la investigación criminal, perdieran su atractivo.

La verdad es que yo, probablemente, nunca querría un perro. Los perros son como los compañeros de clase que no soporto: los que se te acercan y se marchan cuando se percatan de que no obtienen lo que pretenden de la conversación. Van en manadas. Te chupan, y crees que es porque les gustas, pero en realidad es porque tus dedos aún huelen al sándwich de pavo.

Por otro lado, creo que los gatos tienen asperger.

Como yo, son muy listos.

Y como yo, a veces solo necesitan que los dejes en paz.

RICH

Una vez dejo a Mark Maguire a solas con su propia conciencia durante unos minutos, me hago con una taza de café en la sala de descanso y compruebo mi buzón de voz. Tengo tres mensajes nuevos. El primero es de mi ex, que me recuerda que mañana es la noche de puertas abiertas en el colegio de Sasha —un evento que, ante el cariz de los acontecimientos, me voy a tener que perder una vez más—. La segunda es de mi dentista para confirmar una cita. Y la tercera es de Emma Hunt.

—Emma —digo, devolviéndole la llamada—, ¿qué puedo hacer por usted?

—Pues… he visto que han encontrado a Jess. —Tiene la voz ronca, cargada de lágrimas.

—Sí, lo siento. Sé que la apreciaba mucho.

Oigo sollozos al otro lado del teléfono.

—¿Está usted bien? —pregunto—. ¿Quiere que le llame a alguien?

—Estaba envuelta en una colcha —suelta Emma de sopetón.

A veces, cuando te dedicas a lo que hago yo, resulta fácil olvidarse de que, después de cerrar un caso, hay gente que sufre las secuelas durante el resto de su vida, y recordará el menor de los detalles sobre la víctima: un zapato solitario en medio de la calzada, una mano que queda aferrada a una biblia o —en este caso— la yuxtaposición entre el hecho de que te arropen con primor con una colcha y que te asesinen. Pero no hay nada que yo pueda hacer ya por Jess Ogilvy excepto llevar ante la justicia a la persona que la ha matado.

—Esa colcha —solloza Emma— pertenece a mi hijo.

Me quedo petrificado en pleno acto de remover el café con leche.

—¿Jacob?

—No sé… No entiendo qué significa…

—Escuche, Emma. Podría no significar nada en absoluto, y si fuera así, Jacob tendrá una explicación.

—¿Qué hago? —Llora.

—Nada —le digo—. Déjeme a mí. ¿Puede traerlo aquí?

—Está en clase…

—Después de clase, entonces —digo—. Y, Emma, relájese. Llegaremos al fondo de esto.

En cuanto cuelgo, cojo mi taza llena de café y la vacío en el fregadero; así de distraído estoy. Jacob Hunt admitió haber estado en la casa, tenía en su poder una mochila llena de ropa de Jess Ogilvy y fue la última persona que sabemos que la vio con vida.

Jacob puede tener síndrome de Asperger, pero eso no lo descarta como asesino.

Pienso en las negaciones categóricas de Mark Maguire al respecto de haber herido a su novia, sus manos intactas, su llanto. A continuación pienso en Jacob Hunt, que limpió la casa de Jess cuando esta presentaba destrozos. ¿Había omitido el detalle esencial de que había sido quien los había causado?

Por una parte, tengo a un novio que es tonto del culo, pero está abatido de dolor. También tengo su huella en el exterior de una ventana con una mosquitera rajada.

Por otra, tengo a un chaval que está obsesionado con el análisis de los escenarios de los crímenes. Un chaval a quien no le gusta Mark Maguire. Un chaval que sabría cómo coger un crimen, hacer que pareciese que lo ha cometido Mark Maguire y, a continuación, cubrir su pista.

Tengo a un chaval conocido por dejarse caer por los escenarios de otros crímenes en el pasado.

Tengo un homicidio, y tengo una manta que relaciona a Jacob Hunt con él.

La línea que separa a un observador de un participante es apenas visible; puedes haberla cruzado antes de ser consciente siquiera de que te has pasado de la raya.

EMMA

De camino a casa desde el instituto, me aferro con tanta fuerza al volante que me tiemblan las manos. No dejo de mirar a Jacob por el retrovisor. Tiene el mismo aspecto que esta mañana, con una camiseta verde desgastada, el cinturón de seguridad bien ceñido al pecho, el pelo oscuro que le cae sobre los ojos. No tiene ningún tic, ni está retraído, ni muestra ningún otro de los comportamientos característicos que marcan que algo lo está alterando. ¿Significa eso que no ha tenido nada que ver con la muerte de Jess? ¿O sí lo tuvo y, simplemente, a él no le afecta como afectaría a otra persona?

Theo ha estado hablando de matemáticas, de un problema que ha hecho y que nadie más en la clase había entendido. No se me queda una sola palabra.

—Jacob y yo tenemos que pasarnos por la comisaría de policía —digo, preparando la voz para que suene lo más plana posible—, así que, Theo, te voy a dejar a ti en casa primero.

—¿Para qué? —pregunta Jacob—. ¿Ha recibido los resultados de la mochila?

—No me lo ha dicho.

Theo me mira.

—Mamá, ¿es que pasa algo?

Por un instante deseo echarme a reír: tengo un hijo absolutamente incapaz de interpretarme, y otro que me interpreta demasiado bien. No respondo, y detengo el coche junto a nuestro buzón.

—Theo, bájate, recoge el correo y puedes entrar en casa tú solo. Yo volveré en cuanto pueda.

Allí le dejo, de pie en medio de la calle, y arranco con Jacob.

Sin embargo, en lugar de dirigirme a la comisaría de policía, paro en un área comercial y aparco.

—¿Vamos a coger algo para picar? —pregunta Jacob—. Porque la verdad es que tengo bastante hambre.

—Tal vez luego. —Salgo del asiento del conductor y me siento junto a él, en la parte de atrás del coche—. Tengo que contarte algo. Son noticias muy malas.

—Como cuando murió el abuelo.

—Sí, muy parecido a eso. Ya sabes que Jess ha estado un tiempo desaparecida, y que por eso no pudiste tener tu sesión del domingo, ¿verdad? La policía ha encontrado su cuerpo. Está muerta. —Le observo con mucho detenimiento mientras hablo, preparada para detectar un titubeo en sus ojos o un tic en su mano que me sirvan de pista, pero Jacob, completamente impasible, se limita a mirar al reposacabezas que tiene delante.

—Muy bien —dice pasado un momento.

—¿Tienes alguna pregunta?

Jacob asiente.

—¿Podemos coger algo de picar ya?

Miro a mi hijo y veo un monstruo. No estoy del todo segura de si se trata de su verdadero rostro o es una careta a base de asperger.

Sinceramente, ni siquiera estoy segura de que importe.

Una vez llego a la comisaría de policía, tengo los nervios más tensos que las cuerdas de un violín. Me siento como una traidora al llevar a mi propio hijo ante el detective Matson, pero ¿es que tengo alternativa? Hay una chica muerta, y yo no podría vivir así, con este secreto, si no reconociese la implicación de Jacob.

Antes de que me dé tiempo de pedir en recepción que le avisen por megafonía, el detective aparece en el vestíbulo.

—Jacob —dice, y se vuelve hacia mí—. Emma, gracias por traerlo hasta aquí.

No me quedan palabras que decir, así que miro para otro lado.

Exactamente igual que Jacob.

El detective me pone una mano en el hombro.

—Sé que esto no es fácil…, pero ha hecho usted lo correcto.

—Entonces, ¿por qué no me lo parece? —susurro.

—Confíe en mí —dice Matson, y porque quiero hacerlo, porque necesito que otra persona lleve las riendas tan solo un instante mientras yo me dejo el alma intentando respirar, hago un gesto de asentimiento.

Se vuelve de nuevo hacia Jacob.

—La razón de que le haya pedido a tu madre que te traiga hasta aquí —dice Matson— es porque quiero hablar contigo. Me vendría realmente bien tu ayuda con algunos casos.

La mandíbula se me cae hasta el suelo. Eso es una mentira flagrante.

Como era predecible, Jacob se hincha de orgullo.

—Supongo que tengo tiempo para eso.

—Eso es genial —responde Matson—, porque andamos un poco perdidos. Tenemos algunos casos antiguos abiertos, y unos pocos actuales, con los que nos estamos devanando los sesos. Después de haberte visto extraer conclusiones con el hombre de la hipotermia, sé que estás increíblemente versado en la criminología forense.

—Intento mantenerme al día —dice Jacob—. Estoy suscrito a tres publicaciones.

—¿En serio? Impresionante. —Matson abre la puerta que conduce a las entrañas de la comisaría—. ¿Por qué no vamos a algún lugar más privado?

Utilizar su pasión por la criminalística para obtener una confesión sobre la muerte de Jess es como ofrecerle una jeringuilla de heroína a un adicto. Estoy furiosa con Matson por ser tan solapado; estoy furiosa conmigo por no darme cuenta de que él tendría sus prioridades, igual que yo tuve las mías.

Roja de ira, comienzo a seguirlos a través de la puerta, pero el detective me lo impide.

—La verdad, Emma —dice—, es que va a tener que esperar aquí.

—Tengo que ir con él. No va a entender lo que le está preguntando.

—Legalmente, es un adulto. —Matson sonríe, pero la sonrisa no se refleja en su mirada.

—En serio, mamá —añade Jacob con una voz rebosante de autosuficiencia—, está bien.

El detective me mira.

—¿Es usted su tutora legal?

—Soy su *madre*.

—No es lo mismo —dice Matson—. Discúlpeme.

«¿Por qué?», me pregunto. ¿Por engañar a Jacob haciéndole creer que está de su lado? ¿O por hacer lo mismo conmigo?

—Entonces nos marchamos —insisto.

Matson asiente.

—Jacob, la decisión es tuya. ¿Quieres quedarte conmigo, o prefieres marcharte a casa con tu madre?

—¿Está de broma? —Jacob refulge—. Quiero hablar con usted, cien por cien seguro.

Antes de que la puerta se cierre tras ellos, yo ya he salido disparada, corriendo a toda prisa, hacia el aparcamiento.

RICH

Todo vale en el amor, en la guerra y en los interrogatorios. Con esto quiero decir que si puedo convencer a un sospechoso de que soy la reencarnación de su abuelita fallecida largo tiempo atrás y de que la única forma de alcanzar la salvación es que me lo confiese todo, que así sea. Nada de lo cual explica que no me pueda quitar de la cabeza la expresión en la cara de Emma Hunt en el instante en que se ha dado cuenta de que la había traicionado y que no iba a permitir que asistiese a mi pequeña charla con su hijo.

No puedo llevarme a Jacob a la sala de interrogatorios porque aún tengo allí plantado a Mark Maguire. Lo he dejado con un sargento que está conmigo en un periodo de seis meses para decidir si quiere o no presentarse a las pruebas de detective. No puedo soltar a Mark hasta que esté absolutamente seguro de tener las miras puestas en el sospechoso correcto.

Así que me llevo a Jacob a mi oficina. No es mucho más grande que un vestidor, pero tengo cajas de casos archivados por todas partes y algunas fotos de escenarios de crímenes pinchadas en un corcho a mi espalda, algo que debería activarle la adrenalina.

—¿Quieres una Coca-Cola o algo? —pregunto con un gesto en dirección a la única silla disponible aparte de la mía que hay en el habitáculo.

—No tengo sed —dice Jacob—. Aunque no me importaría comer algo.

Rebusco por los cajones de mi escritorio tras la pista de unos caramelos: si algo he aprendido en este trabajo, es que cuando todo parece estar yéndose al garete, una bolsa de regaliz Twizzlers te puede ayudar a recobrar la perspectiva. Le paso unos pocos de mi alijo procedente de los restos de Halloween, y él frunce el ceño.

—Tienen gluten —dice Jacob.

—¿Y eso es malo?

—¿Tiene Skittles?

No me puedo creer que estemos negociando con chucherías, pero rebusco en el bol y encuentro una bolsita de grageas Skittles.

—¡Bien! —dice Jacob. Rasga una esquina y se lleva el borde directo a la boca.

Me echo para atrás en mi silla.

—¿Te importa que grabe esto? Así puedo hacer que me lo transcriban si es que llegamos a conclusiones tremendas.

—Oh, desde luego, si es de ayuda.

—Lo será —digo, y presiono el botón de la grabadora—. Bueno, ¿y cómo supiste que aquel tipo había muerto por hipotermia?

—Fácil. No tenía heridas defensivas en los brazos; había sangre, pero no traumatismos evidentes… y, por supuesto, lo delató el hecho de que estuviese en ropa interior.

Hago un gesto negativo con la cabeza.

—Me hiciste quedar como un genio delante del forense —digo.

—¿Cuál es el caso más extraño del que ha tenido noticia?

Pienso un instante.

—Un joven salta desde lo alto de un edificio, en un intento de suicidio, pero en su caída pasa por delante de una ventana abierta en el preciso momento en que alguien dispara a través del cristal.

Jacob sonríe.

—Eso es una leyenda urbana. Ya lo desenmascaró el *Washington Post* en 1996 como parte de un discurso de un antiguo presidente de la Academia Americana de Ciencias Forenses, para mostrar las complicaciones legales del análisis criminalístico. Pero es bueno, de todos modos.

—¿Y tú?

—El asesino de los globos oculares de Texas. Charles Albright, profesor de ciencias, asesinaba prostitutas y les extirpaba quirúrgicamente los globos oculares a modo de trofeos. —Hace una mueca de asco—. Obviamente, esa es la razón por la cual nunca me ha caído bien mi profesor de Biología.

—Hay mucha gente en este mundo de la que jamás sospecharías que son asesinos —digo, y observo a Jacob detenidamente—, ¿no te parece?

Durante la más breve fracción de segundo, por su rostro se asoma una sombra.

—Usted debería saberlo mejor que yo —dice él.

—Jacob, me encuentro en una especie de aprieto. Me gustaría que se te soltara la lengua sobre un caso actual.

—El de Jess —afirma él.

—Sí. Pero es complicado, porque tú la conocías, así que, si vamos a hablar abiertamente, tendrás que renunciar a tu derecho a *no* hablar sobre ello. ¿Entiendes lo que te digo?

Asiente y comienza a recitar la fórmula Miranda.

—Tengo derecho a guardar silencio. Cualquier cosa que diga podrá ser y será utilizada en mi contra en un tribunal de justicia. Tengo derecho a que un abogado esté presente durante el interrogatorio. Si no me puedo permitir uno, me será asignado…

—Exacto —murmuro—. La verdad es que tengo una copia de eso aquí. Si me pones tus iniciales aquí, y me firmas abajo, podré demostrarle a mi jefe que no te lo sabes de memoria sin más: que entiendes lo que significa.

Jacob toma el bolígrafo que le ofrezco y garabatea su nombre con rapidez en el papel que he preparado.

—¿Podemos hablar de ello ya? —pregunta—. ¿Qué tienen?

—Bueno, la mochila fue una decepción.

—¿Sin huellas?

—Solo unas que nos encajan con las de la propia Jess —digo—. En la casa ha aparecido otra cosa interesante: una mosquitera cortada y la ventana forzada.

—¿Cree que es así como entró el autor?

—No, porque la puerta no estaba cerrada con llave. Sin embargo, bajo la ventana encontramos huellas de unas botas que coinciden con el calzado que posee el novio de Jess.

—Había un episodio genial de *CrimeBusters* en el que las huellas de exterior no aparecieron hasta que nevó. —Se para en seco, como si se autoeditase—. Entonces, ¿Mark mata a Jess y a continuación intenta que parezca otra cosa, un allanamiento, cortando la mosquitera y tirando los taburetes, el correo y la torre de CD?

—Algo parecido. —Bajo la vista hacia sus manos, que, igual que las de Maguire, están intactas—. ¿Cómo lo ves tú? ¿Resultaría difícil reorganizar el escenario de un crimen para llevar a los investigadores por una pista falsa?

Antes de que pueda responder, suena mi teléfono móvil. Reconozco el número. Es Basil, que ha acompañado al médico forense de regreso al hospital.

—¿Puedes disculparme un minuto? —pregunto a Jacob, salgo al pasillo y cierro la puerta a mi espalda antes de responder a la llamada—. ¿Qué tenéis?

—Además de los arañazos de la espalda y las contusiones en la garganta y la parte superior de los brazos, hay algunos hematomas más en el área periorbital…

—En cristiano, Basil.

—Ojos de mapache —dice—. Tiene la nariz rota y una fractura en el cráneo. La causa de la muerte es un hematoma subdural.

Intento imaginarme a Jacob Hunt lanzando un gancho de derecha al rostro de Jess Ogilvy, lo suficientemente duro como para partirle el cráneo.

—Genial, gracias.

—Eso no es todo —responde Basil—. Tenía la ropa interior del revés, aunque no hay pruebas de agresión sexual. Tenía la cara limpia, lavada. Había restos de sangre en la zona del nacimiento del pelo, ¿y ese diente que le falta? Lo hemos encontrado.

—¿Dónde?

—Envuelto en papel higiénico y metido en el bolsillo delantero del pantalón de chándal de Jess Ogilvy —dice Basil—. Quienquiera que hiciese esto no la dejó ahí tirada. Ella le importaba.

Cuelgo el teléfono e inmediatamente pienso en Sasha; se le cayó un diente hace apenas un mes, cuando la tenía a mi cargo. Lo envolvimos en papel higiénico y lo metimos en un sobre con el nombre del Ratoncito Pérez para mayor seguridad. Como es natural, tuve que llamar a mi ex para preguntarle a cuánto estaba el diente: cinco dólares, si te lo puedes creer, lo que significa que mi boca entera vale ciento sesenta. Después de que Sasha se quedase dormida y yo cambiase el sobre por un reluciente billete con la cara de Lincoln, me lo guardé y me quedé pensando en qué demonios se suponía que debía hacer con el diente de una niña pequeña. Me imaginé al Ratoncito Pérez con sus cientos de tarros de cristal, de esos en los que se guardan conchas, solo que los suyos estarían llenos de miles de colmillos minúsculos. Dado que a mí no me va ese estilo decorativo, me imaginé que tiraría sin más el puñetero diente; pero en el último segundo, no pude hacerlo. Aquello era la infancia de mi hija, preservada en un sobre. ¿Cuántas oportunidades tendría de aferrarme a un fragmento de su vida?

¿Había sentido Jacob Hunt lo mismo cuando tuvo el diente de Jess en la mano?

Respiro hondo y regreso a mi oficina. Se acabaron las contemplaciones.

—¿Has estado alguna vez en una autopsia, Jacob?

—No.

Me vuelvo a recostar en mi silla.

—Lo primero que hace el forense es coger una aguja enorme y clavarla en el globo ocular para poder extraer el humor vítreo. Le haces un test de tóxicos, puedes ver lo que había en el cuerpo de la víctima en el momento de la muerte.

—¿Qué tipo de examen de toxicidad? —pregunta Jacob sin perturbarse lo más mínimo ante la imagen tan truculenta que le acabo de describir—. ¿Alcohol? ¿Medicamentos? ¿Drogas?

—A continuación, el forense le abre el torso con una incisión en forma de Y, y retira la piel. Luego corta las costillas con una sierra para hacer una especie de cúpula que pueda levantar como el que abre la tapa de un frasco. Después, empieza a extraer los órganos, uno por uno…, los pesa… y corta rebanadas que podrá observar a través del microscopio.

—*Uno del censo intentó hacerme una encuesta. Me comí su hígado acompañado de habas y un buen Chianti.*

—A continuación, el médico forense coge la sierra, corta entera la tapa de los sesos y la abre con un cincel. Mete las manos y saca el cerebro. ¿Sabes cómo suena un cerebro cuando lo sacas del cráneo, Jacob? —Imito el sonido, como cuando abres algo al vacío.

—Entonces se pesa, ¿verdad? —pregunta Jacob—. Un cerebro humano medio pesa 1 kilo 300 gramos, pero el más grande que se ha registrado fue de 2 kilos con 299 gramos.

—Todo esto que te acabo de describir —digo, y me inclino hacia delante—, todo, se lo acaban de hacer a tu amiga Jess. ¿Qué piensas de eso?

Jacob se hunde más en su silla.

—No quiero pensar en ello.

—Quiero contarte algunas de las cosas que hemos encontrado en la autopsia de Jess. Quizá tú me puedas decir cómo podrían haber pasado.

El rostro se le ilumina de manera considerable, listo para entrar en juego.

—Había magulladuras que indicaban que alguien la agarró por los brazos, y luego por el cuello.

—Pues —musita Jacob— ¿esas marcas eran de las yemas de los dedos o eran de las manos?

—Dímelo tú, Jacob. Fuiste tú quien agarró a Jess por los brazos, ¿no es así?

Su rostro, al darse cuenta de que está atrapado, se parece muchísimo al de su madre. Jacob retuerce las manos sobre los brazos de su silla, y hace un gesto negativo con la cabeza.

—No.

—¿Y estrangularla? No me irás a mentir sobre eso, ¿verdad?

Cierra los ojos y hace una mueca, como si estuviera sintiendo dolor.

—No…

—¿Qué te hizo estrangularla, entonces?

—¡Nada!

—¿Fue una pelea? ¿Te dijo algo que no te gustó? —presiono.

Jacob se desplaza hasta el borde de la silla y comienza a mecerse. No me mira a los ojos por muy alto que sea el volumen de mi voz. Ojalá se me hubiese ocurrido grabar la conversación en vídeo en lugar del audio. Si el comportamiento de este chaval no es un letrero luminoso que dice «culpable», francamente, no sé qué lo será.

—Nada me hizo estrangular a Jess —dice Jacob.

Ignoro esto por completo.

—¿La estrangulaste hasta que dejó de respirar?

—No…

—¿Le pegaste en la cara?

—¿Qué? ¡No!

—Entonces ¿cómo perdió el diente?

Me mira, y me coge por sorpresa. Su mirada es directa, abierta, con una emotividad tan a flor de piel que siento el impulso de apartar los ojos, como suele hacer él.

—Eso fue un accidente —confiesa Jacob con serenidad, y solo entonces me percato de que he estado conteniendo la respiración.

OLIVER

Esta mañana he conseguido enseñar a Thor a mantener un clip en equilibrio sobre el hocico.

—Muy bien —digo—. Vamos a probar otra cosa. —Tal y como me lo imagino, si puedo hacer que lo mantenga en equilibrio mientras hace otra cosa, tal vez dar vueltas o ladrar estilo *dixie,* podríamos salir en el programa de Letterman.

Acabo de ponerle el clip sobre la nariz cuando una mujer entra como loca.

—Necesito un abogado —afirma, sin aliento.

Rondará probablemente los treinta y muchos o cuarenta y pocos —tiene algunas arrugas alrededor de la boca, y su pelo oscuro muestra algún cabello grisáceo—, pero sus ojos la hacen parecer más joven. Son como el caramelo, o como el *butterscotch,* ¿y por qué demonios miro yo a una cliente potencial y la cabeza se me va a los siropes para el helado?

—¡Adelante, pase! —Me levanto y le ofrezco una silla—. Siéntese y cuénteme cuál es el problema.

—No tenemos tiempo para eso. Tiene que venir conmigo ahora mismo.

—Pero es que...

—Están interrogando a mi hijo en la comisaría de policía, y usted lo tiene que parar, le estoy contratando en su nombre.

—Maravilloso —digo, y a Thor se le cae el clip del hocico. Lo recojo para que no se lo trague en mi ausencia y engancho el abrigo.

Sé que es un detalle de mercenario total por mi parte, pero rezo por que me lleve hacia el BMW que está aparcado delante de la pizzería. En cambio, gira a la derecha, hacia el Volvo maltrecho que probablemente tenga encima ya 500 000 kilómetros. Se acabó lo de pedirle que me pague al contado. Me deslizo en el asiento del acompañante y le ofrezco la mano.

—Soy Oliver Bond.

No me da la suya. En cambio, mete la llave en el contacto y sale pitando del aparcamiento con una temeridad que me deja boquiabierto.

—Emma Hunt —dice ella.

Dobla una esquina, y las ruedas traseras derrapan.

—Quizá, mmm, debería contarme un poco más sobre lo que pasa…
—Doy un grito ahogado cuando se salta un semáforo en rojo.

—¿Ve usted las noticias, señor Bond?

—Oliver, por favor. —Me ajusto el cinturón de seguridad. La comisaría no está a más de dos o tres kilómetros, pero me gustaría estar vivo cuando lleguemos.

—¿Ha seguido la historia de la estudiante de la Universidad de Vermont que había desaparecido?

—¿La que acaban de encontrar muerta?

El coche se detiene en un chirrido delante de la comisaría.

—Creo que mi hijo podría ser el responsable.

Preguntaron una vez al famoso abogado judío Alan Dershowitz si hubiera defendido a Adolf Hitler. «Sí —dijo él—, y habría ganado.»

Cuando me quedé dormido en clase de Civil, el catedrático —que hablaba con voz monótona y hacía del derecho algo ligeramente más aburrido que ver cómo se seca la pintura— me vació una botella de agua por la cabeza.

—Señor Bond —entonó—, me da en la nariz que es usted ese tipo de estudiante en cuya admisión no se debería haber invertido.

Me incorporé, empapado y farfullando.

—Entonces, con el debido respeto, señor, le debería haber dado más fuerte —sugerí, y recibí una ovación cerrada de mis compañeros.

Ofrezco estas anécdotas a sus señorías como ejemplos del hecho de que no he vivido nunca mi vida a base de rehuir desafíos, y no tengo la menor intención de empezar a hacerlo ahora.

—Vamos. —Emma Hunt apaga el motor.

Le pongo la mano en el brazo.

—Quizá debería empezar por decirme el nombre de su hijo.

—Jacob.

—¿Qué edad tiene?

—Dieciocho —dice—. Tiene síndrome de Asperger.

He oído antes el término, pero no me voy a hacer pasar por un experto.

—¿Es autista, entonces?

—En sentido estricto, sí, pero no al estilo *Rain Man*. Tiene un nivel funcional muy elevado. —Mira con anhelo en dirección a la comisaría—. ¿Podemos discutir esto más adelante?

—No, si quiere que represente a Jacob. ¿Cómo llegó hasta aquí?

—Yo lo traje en coche. —Hace una respiración larga y temblorosa—. Tenía hoy puestas las noticias, estaban informando desde el lugar del crimen, y he visto una colcha que pertenece a Jacob.

—¿Es posible que otra gente la tenga también? No sé, ¿cualquiera que haya ido de compras a los grandes almacenes Kohl's en este último año?

—No. Está hecha a mano. La tenía en el piso de arriba, en su armario, o eso pensaba yo; y entonces oí que la reportera decía que habían detenido al novio de Jess por el asesinato.

—¿Era Jacob su novio?

—No, es alguien llamado Mark. No lo conozco, pero no podía soportar la idea de que fuese a la cárcel por algo que no ha hecho. Llamé al detective a cargo del caso, y me dijo que, si le traía a Jacob hasta aquí, hablaría con él y se encargaría de todo. —Hunde la cabeza entre las manos—. No caí en que eso significaba que tendería una emboscada a Jacob. O que me diría que no puedo estar presente en la conversación.

—Si tiene dieciocho años, es verdad —señalo—. ¿Accedió Jacob a hablar con él?

—Le faltó tiempo para meterse encantado en la comisaría en cuanto le dijeron que podría ayudar en el análisis del escenario de un crimen.

—¿Por qué?

—Sería como si a usted le ofreciesen un caso de asesinato de un famoso de primera línea después de haberse pasado años dedicándose al derecho inmobiliario.

Ah. Vaya, creo que eso *sí* que lo entiendo.

—¿Le dijo a usted la policía que Jacob estuviese detenido?

—No.

—Entonces, usted lo trajo aquí de forma voluntaria.

Se derrumba delante de mí.

—Pensé que iban a hablar con él. No sabía que lo considerarían sospechoso de manera inmediata. —Emma Hunt se ha puesto a llorar, y yo tengo menos idea de qué hacer con una mujer que está llorando que de qué hacer con un lechón embadurnado de grasa en el metro de Nueva York—. Solo estaba intentando hacer lo correcto —solloza.

Cuando era herrador, trabajé con una yegua que tenía una fractura en la tercera falange. Varias semanas de descanso no le habían servido de ayuda; los propietarios estaban hablando de sacrificarla. Los convencí para que me permitiesen ponerle en caliente una herradura con barra, pero la envolví, en lugar de clavarla. Al principio, la yegua se negaba a caminar, ¿y quién podía culparla? Me costó una semana de pacientes intentos que diese un paso, y, a continuación, tuve que trabajar con ella durante treinta minutos diarios hasta que, pasado un año, la llevé a un prado y la vi volar por aquel espacio abierto, rápida como el viento.

A veces, se necesita que sea otra persona la que te ayude a dar el primer paso. Le pongo la mano en el hombro. Se sobresalta ante el contacto y se me queda mirando con esos ojos incandescentes que tiene.

—Vamos a ver qué se puede hacer —digo, y deseo con todas mis fuerzas que no se dé cuenta de que me tiemblan las rodillas.

Ante el mostrador de recepción, me aclaro la garganta.

—Estoy buscando a un oficial…

—¿A cuál? —pregunta el sargento, aburrido.

Una ola de calor me asciende por la cara.

—El que está interrogando a Jacob Hunt —digo. ¿Por qué no se me habrá ocurrido preguntarle el nombre del tío?

—¿Se refiere al detective Matson?

—Sí. Me gustaría interrumpir el interrogatorio que está llevando a cabo.

El sargento se encoge de hombros.

—Yo no interrumpo nada. Puede esperar. Le haré saber que está usted aquí cuando él haya terminado.

Emma no está escuchando. Se ha apartado de mí, hacia una puerta que da al pasillo principal de la comisaría. Se encuentra cerrada por un mecanismo que controlan desde la recepción.

—Está por aquí —murmura.

—Mire, yo creo que ahora mismo lo mejor es que juguemos con sus normas hasta que…

De repente, suena un zumbido en la puerta, y esta se abre. Una secretaria deambula hacia la zona de espera con una caja que ha de recoger un mensajero de FedEx.

—Ahora —dice Emma. Me agarra por la muñeca y tira de mí a través de la oportunidad que se ha abierto por ese pasillo, y en tándem, echamos a correr.

JACOB

Aquí estoy yo como prueba viviente de que los sueños de verdad se cumplen.

1. Estoy sentado con el detective Matson, de palique del bueno.
2. Está compartiendo conmigo detalles pertenecientes a una investigación abierta.
3. No ha bostezado una sola vez, ni ha mirado el reloj ni ha indicado en modo alguno que no esté disfrutando al hablar conmigo largo y tendido sobre criminología.
4. Quiere hablarme del escenario del crimen relacionado con la desaparición de Jess, un escenario que yo he orquestado.

En serio, no puede ser mucho mejor que esto.

O eso pienso yo hasta que comienza a lanzarme preguntas que siento como si fueran balas; y su boca muestra una media sonrisa, y yo no me acuerdo de lo que significa, si está contento o no; y la conversación se traslada del aspecto práctico —el peso del cerebro humano, la naturaleza de los test de toxicidad *post mortem*— al terreno personal.

La fascinación de obtener una lámina de hígado para examinarla bajo el microscopio pierde algo de su valor como entretenimiento cuando el detective Matson me obliga a recordar que el hígado en cuestión pertenecía a alguien que yo conocía, alguien con quien yo me reía y a quien tenía muchas ganas de ver, algo bastante alejado de la forma en que me siento al respecto de la mayoría de las interacciones sociales. Por muy teórica que me gustaría que fuese la muerte, resulta que sí hay una diferencia sustancial entre cuando se trata de sirope de maíz y colorante alimenticio y cuando es sangre de verdad de la buena. Aunque puedo entender de manera lógica que Jess ya no está, lo cual por lo tanto significa que no tiene sentido desear que no fuera así, ya que ella no tiene posibilidad de revertir la situación, eso no evita el que me sienta como si tuviese un globo de helio atrapado en mi interior; y que no pare de crecer; y que de verdad pudiera llegar a romperme en pedazos.

Justo cuando creo que no pueden empeorar las cosas, el detective Matson me acusa de ser quien hizo daño a Jess.

—Fuiste tú quien agarró a Jess por los brazos, ¿no es así?

No fui yo. Y así se lo digo.

—¿Y estrangularla? No me irás a mentir sobre eso, ¿verdad?

Conozco la respuesta, por supuesto, pero se encuentra enredada en la sintaxis. Es como cuando alguien te pregunta en la cena: «No quieres el último filete que queda, ¿verdad?». Si dices que sí, ¿estás diciendo que quieres el último filete? ¿O que no lo quieres?

—¿Qué te hizo estrangularla, entonces? ¿Fue una pelea? ¿Te dijo algo que no te gustó?

Si Jess estuviese aquí, me diría que respirase hondo. «Dile a tu interlocutor que necesitas que hable más despacio —me indicaría—. Dile que no lo entiendes.»

Salvo que ella no está aquí.

—Nada me hizo estrangular a Jess —consigo decir por fin, lo que es absolutamente cierto. Pero tengo la cara roja, y mi aliento parece serrín que expeliese mi interior.

Una vez, cuando éramos pequeños y Theo me llamó *retrasado mental*, le lancé un cojín del sofá, y, sin embargo, el cojín tiró una lámpara que mamá había recibido de su abuela. «¿Cómo ha pasado?», preguntó mi madre cuando recobró las fuerzas para volver a hablar.

«Un cojín la ha tirado de la mesa.»

Era una verdad inequívoca, pero la mano de mi madre descendió y me abofeteó. No recuerdo que me doliese. Recuerdo estar tan avergonzado que creía que se me iba a derretir la piel; y aunque se disculpó más adelante, para mí se produjo una falta de conexión: se suponía que decir la verdad había de hacerte libre, ¿no? ¿Cómo era posible, entonces, que a mí me crease problemas cuando le dije a una madre que su recién nacido parecía un mono? ¿O cuando leí el trabajo de otro chico en una corrección por parejas y dije que era horrible? ¿O cuando le conté a mi madre que me sentía como un alienígena al que habían enviado a la tierra a estudiar a las familias, ya que yo nunca parecí formar parte de la nuestra?

¿O ahora?

—¿La estrangulaste hasta que dejó de respirar? ¿Le pegaste en la cara?

Pienso en Lucy y en Ethel en la fábrica de caramelos. En una vez que fui a la playa y no era capaz de salir de entre las olas que no dejaban de llegar antes de que la anterior me hiciese caer de rodillas. En *Crime-Busters,* al final, los criminalistas interrogan a los sospechosos y estos siempre se hunden ante las frías y sólidas pruebas.

Nada de esto está sucediendo del modo en que yo he planeado.

O quizá se trate de que mi plan está funcionando demasiado bien.

Yo jamás pretendí hacer daño a Jess, y por ese motivo, la siguiente pregunta me atraviesa como una lanza.

—Entonces, ¿cómo perdió el diente? —pregunta el detective Matson.

Veo la escena desarrollarse delante de mí, una repetición invisible. Arrastro a Jess escaleras abajo, se me cae contra la última contrahuella. «¡Lo siento!», grité, aunque no era necesario; Jess ya no podía oírme.

Sean las que sean las palabras que estoy utilizando, se me están quedando cortas, ya que el detective Matson no me entiende. Así que decido dar un paso drástico, mostrarle el interior de mi mente aquí y ahora. Respiro hondo y le miro directo a los ojos.

Es como si me arrancaran la piel a tiras por dentro. Como agujas en cada centro nervioso del cerebro.

Dios, cómo duele.

—Eso fue un accidente —susurro—. Pero lo guardé. Se lo metí en el bolsillo.

Otra verdad, pero esta le hace dar un respingo en la silla. Estoy seguro de que puede oír mi pulso con tanta claridad como yo. Eso es un síntoma de arritmia. Espero no morirme aquí mismo, en la oficina del detective Matson.

Los ojos se me van hacia su izquierda, su derecha y después hacia arriba, a cualquier sitio con tal de no tener que volver a mirarle a los ojos. Es entonces cuando reparo en el reloj y me doy cuenta de que son las 16.17.

Sin tráfico, se tarda dieciséis minutos en llegar desde la comisaría de policía a mi casa. Esto significa que no vamos a llegar hasta las 16.33, y *CrimeBusters* empieza a las 16.30. Me levanto y agito ambas manos delante del pecho como si fuesen dos colibríes, pero ya no me preocupa intentar controlarlas. Es como ese momento en la tele cuando el autor del crimen se derrumba finalmente y cae sobre la mesa de metal entre sollozos de culpa. Quiero estar viendo ese programa de la tele en lugar de estar viviéndolo.

—¿Hemos terminado ya? —pregunto—. Porque me tengo que ir, en serio.

El detective Matson se pone en pie, y yo pienso que quizá me vaya a abrir la puerta, pero en cambio me bloquea la salida y se inclina más hacia mí, hasta que se encuentra demasiado cerca como para que yo pueda respirar, porque ¿y si acabo inhalando parte del aire que acaba de exhalar él?

—¿Sabías que le fracturaste el cráneo? —dice—. ¿Pasó eso al mismo tiempo que le arrancaste el diente?

Cierro los ojos.

—No lo sé.

—¿Y la ropa interior? Se la pusiste del revés, ¿verdad?

Ante esto, mi cabeza se alza de golpe.

—¿La tenía puesta del revés? —¿Y cómo se suponía que lo iba a saber yo? No tiene etiquetas como mis calzoncillos bóxer. ¿El dibujo de la mariposa tenía que ir entonces hacia delante, en lugar de hacia atrás?

—¿También le quitaste la ropa interior?

—No. Usted acaba de decir que la tenía puesta...

—¿Intentaste mantener relaciones sexuales con ella, Jacob? —pregunta el detective.

Permanezco en absoluto silencio. Solo de pensar en eso, la lengua se me hincha y se me pone del tamaño del puño de un mono.

—¡Respóndeme, maldita sea! —grita.

Intento encontrar palabras como sea, las que sea, porque no deseo que me vuelva a gritar. Le diré que mantuve relaciones sexuales con Jess ochenta veces aquella noche si es lo que quiere oír, y eso hace que abra la puerta.

—La trasladaste después de que muriese, Jacob, ¿verdad?

—¡Sí! ¡Por supuesto que la trasladé! —¿Es que no es obvio?

—¿Por qué?

—Tenía que montar el escenario del crimen, y es allí donde tenía que estar. —De entre todo el mundo, él debería entenderlo.

El detective Matson ladea la cabeza.

—¿Es ese el porqué de que lo hicieras? ¿Querías cometer un crimen y ver si te podías salir con la tuya?

—No. Ese no es el porqué...

—Entonces, ¿cuál es? —me interrumpe.

Intento hallar una manera de poner en palabras todas las razones por las que hice lo que hice. Pero si hay un tema que no entiendo, no de manera interna, y mucho menos de manera externa, son los lazos que nos unen a los unos con los otros.

—*Amar significa no tener que decir nunca lo siento* —susurro.

—¿Te parece esto una broma? ¿Una especie de broma gigantesca? Porque yo no lo veo de esa manera. Ha muerto una chica, y eso no tiene nada de divertido. —Se acerca más, hasta que su brazo roza con el mío, y yo apenas soy capaz de concentrarme a causa del zumbido en mi cabeza—. Cuéntamelo, Jacob —prosigue—, cuéntame por qué mataste a Jess.

De repente, la puerta se abre de golpe y le golpea en el hombro.

—¡No respondas a eso! —grita un extraño. Detrás de él se encuentra mi madre, y detrás de ella dos agentes de uniforme que también acaban de bajar corriendo por el pasillo.

—¿Quién demonios es usted? —pregunta el detective Matson.

—Soy el abogado de Jacob.

—Ah, ¿en serio? —dice—. Jacob, ¿es este tu abogado?

Miro al hombre. Lleva pantalones caqui y camisa de vestir, pero sin corbata. Tiene el pelo de un color arenoso que me recuerda al de Theo, y parece demasiado joven para ser un abogado de verdad.

—No —respondo.

El detective esboza una sonrisa triunfal.

—Tiene dieciocho años, letrado. Dice que usted no es su abogado, y no ha pedido ninguno.

No soy tonto. He visto los suficientes episodios de *CrimeBusters* para saber hacia dónde conduce esto.

—Quiero un abogado —anuncio.

El detective Matson alza las dos manos.

—Nos marchamos. —Mi madre se abre paso hacia mí a codazos. Me estiro para coger mi abrigo, que permanece colgado del respaldo de la silla.

—Señor…, ¿cuál es su nombre? —pregunta el detective.

—Bond —dice mi nuevo abogado—, Oliver Bond. —Me sonríe.

—Señor Bond, su cliente va a ser acusado del asesinato de Jess Ogilvy —dice el detective Matson—. No se marcha a ninguna parte.

CASO N.º 5: UN MÉDICO NO DEMASIADO BUENO

Kay Sybers tenía cincuenta y dos años, y, según el criterio general, no llevaba una vida sana. Era fumadora desde hacía años y tenía sobrepeso. Sin embargo, no mostró síntomas de problemas médicos hasta una noche de 1991, cuando (tras una cena de un lomo alto y un Chardonnay) resultó que le costaba respirar y empezó a sentir que un dolor le descendía por el brazo izquierdo. Estos son los síntomas clásicos de un ataque al corazón, algo que Bill, su marido, debería haber reconocido. Al fin y al cabo, era un médico de Florida que hacía también las veces de médico forense del condado. Sin embargo, y en lugar de llamar a una ambulancia o de llevarla a urgencias de inmediato, intentó extraerle sangre del brazo. Quería hacer una serie de test aquel día en el trabajo, diría él; no obstante, unas horas más tarde, Kay estaba muerta. Tras concluir que se había tratado de una afección coronaria, Bill Sybers decidió descartar una autopsia.

Un día más tarde, sobre la base de un aviso anónimo acerca de alguna posible sospecha, se programó la autopsia de Kay Sybers. Los informes toxicológicos no resultaron concluyentes, y Kay fue enterrada. Sin embargo, las sospechas volvieron a surgir cuando corrieron los rumores de que Bill Sybers se estaba acostando con una técnico de laboratorio de su trabajo. Kay Sybers fue exhumada, y el toxicólogo forense Kevin Ballard la sometió a un test de succinilcolina, un fármaco que aumenta la liberación de potasio y paraliza los músculos, incluido el diafragma. Halló succinilmonocolina en los tejidos, un derivado de la succinilcolina y prueba de la presencia del veneno en el cuerpo de Kay.

Resulta irónico que, a pesar de que Bill Sybers parecía tener mucha prisa por enterrar a su mujer y ocultar las pruebas, el proceso de embalsamamiento ayudase a conservar la succinilmonocolina y facilitase su detección.

5

RICH

En el preciso instante en que detengo a Jacob Hunt, se desata una locura infernal. Su madre ya está llorando y se pone a gritar en el mismo momento en que le pongo a Jacob la mano sobre el hombro para conducirlo de vuelta a la sala donde tomamos las huellas y hacemos las fotografías, pero a decir de la reacción del chico, se diría que lo he atravesado con una espada. Me lanza un puñetazo que dispara a su abogado, quien —siendo abogado— ya se está preguntando sin duda cómo evitar que su cliente se vea acusado también de una agresión a un oficial de policía.

—¡Jacob! —vocifera su madre, y a continuación me agarra por el brazo—. No le toque. No le gusta que le toquen.

Me palpo la mandíbula con precaución allá donde me ha atizado.

—Ya, bueno, a mí tampoco me gusta que me zurren —mascullo, y le llevo a Jacob las manos a la espalda y lo esposo—. Tengo que hacer algún papeleo con su hijo. Después lo conduciremos al juzgado para su comparecencia ante el juez.

—Él no puede con todo esto —discute Emma—. Déjeme al menos estar con él, para que sepa que todo va a ir bien…

—No puede —digo sin más.

—¡Usted no interrogaría a alguien sordo sin un intérprete!

—Con el debido respeto, señora, su hijo no está sordo. —La miro a los ojos—. Si no se marcha, la voy a arrestar a usted también.

—Emma —murmura el abogado, tomándola del brazo.

—Suélteme —dice ella, que se lo sacude. Da un paso hacia su hijo, que no deja de agitarse, pero otro de los agentes la intercepta.

—Sáquenlos de aquí —ordeno mientras empiezo a arrastrar a Jacob hacia la sala de tramitación.

Es como forcejear con un toro para meterlo en el asiento de atrás de un coche.

—Mira —digo—, te tienes que calmar.

Pero sigue intentando zafarse de mi sujeción cuando por fin lo meto en el espacio reducido de un empujón. Allí dentro hay una máquina de huellas y una cámara fotográfica que utilizamos para fichar a los detenidos, un equipo caro que en mi imaginación veo hecho añicos por la pataleta de Jacob Hunt.

—Quédate aquí de pie —le digo al tiempo que señalo una línea blanca en el suelo—. Mira a la cámara.

Jacob alza el rostro y cierra los ojos.

—Ábrelos —digo.

Lo hace, y los eleva al techo. Un minuto después, tomo la puñetera foto de todas formas y, a continuación, las de su ficha policial.

Es cuando se gira a la derecha que repara en la máquina de huellas dactilares y se queda muy quieto.

—¿Es una LiveScan? —murmura Jacob, las primeras palabras coherentes que ha dicho desde que lo tengo bajo arresto.

—Ajá. —Estoy de pie frente al teclado y, de repente, me percato de que hay una forma mucho más sencilla de fichar a Jacob—. ¿Quieres ver cómo funciona?

Es como si hubiese pulsado un interruptor; el tornado incontrolable se ha convertido en un crío curioso. Da un paso para acercarse.

—Son ficheros digitales, ¿verdad?

—Sí. —Tecleo el nombre de Jacob—. ¿Cuál es tu inicial intermedia?

—T.

—¿Fecha de nacimiento?

—21 de diciembre de 1991 —dice.

—No te sabrás por casualidad tu número de la seguridad...

Recita de memoria una cadena de números y mira por encima de mi hombro para ver el siguiente campo.

—Peso: 84 kilos —dice Jacob, que se va animando—. Profesión: estudiante. Lugar de nacimiento: Burlington, Vermont.

Alcanzo una botella de loción Corn Huskers que utilizamos para asegurarnos de que las crestas se encuentran ligeramente húmedas y de que capturamos toda la piel de contacto, y me doy cuenta de que Jacob aún tiene las manos esposadas a la espalda.

—Me gustaría enseñarte cómo funciona esta máquina —digo despacio—, pero no lo puedo hacer si estás esposado.

—Claro. Lo entiendo —dice Jacob, pero tiene los ojos clavados en la pantalla de la máquina LiveScan, y me parece que si le hubiera dicho que teníamos que cortarle un brazo a cambio de ver funcionar la máquina, habría accedido encantado.

Abro las esposas y le froto las yemas de los dedos con la loción antes de tomar su mano derecha en la mía.

—Primero hacemos las planas de los pulgares —digo, y presiono los de Jacob, primero uno y luego el otro—. Después hacemos las planas del resto de los dedos. —Es una impresión simultánea, los cuatro dedos de cada mano sobre la superficie de cristal a un tiempo—. Una vez que el ordenador las tiene cargadas, las demás imágenes se compararán con estas. Ruedas el dedo de lado a lado, los pulgares hacia dentro, el resto hacia fuera —digo, lo demuestro con el primero de sus dedos y continúo con los otros.

Cuando la máquina rechaza la huella al rodar un dedo, las cejas de Jacob se disparan.

—Eso es notable —dice—. ¿No acepta una huella de mala calidad?

—No. Me dice cuándo he levantado el dedo demasiado pronto, o si la huella es demasiado oscura, y así la puedo volver a escanear. —Cuando termino con los dedos, presiono la palma de la mano plana sobre la superficie, es el tipo de huella que nos encontramos con más frecuencia en los cristales, si el criminal ha estado mirando dentro; y a continuación escaneo la «huella del escritor», el perfil curvado de la mano que va desde el dedo meñique hasta la muñeca. Llegado el momento de cambiar a la mano izquierda de Jacob, ya lo hace él prácticamente solo—. Es fácil —le digo al tiempo que las imágenes se van alineando en la pantalla.

—Así que hacen las búsquedas en el AFIS de manera directa desde aquí, ¿no? —pregunta Jacob.

—Esa es la idea. —Tener una LiveScan digital conectada al Sistema Automatizado de Identificación de Huellas Dactilares es una bendición; soy lo bastante mayor como para recordar la época en que era mucho más complicado que ahora. Las huellas se envían al archivo central del estado, que documenta la detención y la reenvía al FBI. Después de encerrar a Jacob, volveré para ver si hay algún otro delito en su pasado del que tengamos registro.

Ya me imagino que no habrá ninguna otra coincidencia, pero eso no significa que esta sea la primera vez que Jacob ha actuado. Solo significa que es la primera vez que lo han cazado.

Por la impresora sale una tarjeta que añadiré a la carpeta de su arresto, junto con las fotos para su ficha. En la parte superior se muestra toda la información biográfica de Jacob. Más abajo hay diez recuadros pequeños. En cada uno, una huella del dedo rodado. Debajo de estas se encuentran las diez huellas dactilares, alineadas como los soldados de un ejército.

En ese instante, por casualidad, me fijo en la cara de Jacob. Le brillan los ojos; la boca esboza una sonrisa. Lo acaban de arrestar por asesinato y, aun así, está en el séptimo cielo porque ha tenido la oportunidad de ver funcionar un sistema LiveScan de cerca y para él solo.

Presiono un botón y sale una segunda tarjeta por la impresora.

—Toma. —Se la entrego.

Comienza a balancearse sobre los talones.

—Quiere decir que... ¿me la puedo quedar?

—¿Por qué no, chaval? —digo. Mientras está en trance con la tarjeta impresa, lo agarro del codo para conducirlo a la celda. Esta vez no se pone hecho una furia cuando lo toco. Ni siquiera se da cuenta.

Una vez me llamaron al escenario de un suicidio. El tío se metió una sobredosis de pastillas cuando se suponía que estaba cuidando a los gemelos de su hermana. Los críos tenían diez años, menudos terremotos. Cuando vieron que no podían despertarlo, decidieron armar bulla a su alrededor. Le llenaron el rostro de nata y le pusieron una guinda en la nariz, que fue lo primero que vi al examinar el cuerpo tirado en el sofá del salón.

Aquellos críos jamás se dieron cuenta de que el tío estaba muerto.

Al final, por supuesto, alguien se lo contaría, y, aunque llegados a ese punto mi trabajo ya estaba hecho, pensé mucho en esos gemelos. Eres consciente de que, después de enterarse, ya no serían los mismos. Quizá fuera yo uno de los últimos que viesen a aquellos críos cuando aún no eran más que dos críos, cuando la muerte era lo más remotamente alejado de sus pensamientos.

Eso es lo que me quita el sueño por las noches. No son los cuerpos sin vida que encuentro, sino los vivos que voy dejando a mi paso.

Cuando encierro a Jacob en los calabozos de la comisaría, no reacciona, y eso me asusta más que su arrebato anterior.

—Ahora vuelvo a por ti —digo—. Tengo que terminar el papeleo, después nos iremos al juzgado, ¿vale?

No responde. Tiene la mano derecha aferrada a la tarjeta con sus huellas. La mano izquierda se da golpecitos en el muslo.

—¿Por qué no te sientas? —digo.

En lugar de sentarse en el camastro, Jacob se baja al suelo de cemento de forma inmediata.

Tenemos una cámara de vídeo apuntando a la celda, de manera que siempre hay alguien vigilando al detenido. Ya tendría que estar con el papeleo, que lleva una eternidad, pero en cambio me dirijo a la recepción para observar el monitor. Jacob Hunt no se mueve durante diez minutos enteros, a menos que cuentes el temblor de la mano. Entonces, muy lentamente, se desplaza hacia atrás hasta que se apoya en la pared, presionado contra la esquina de la celda. Mueve la boca.

—¿Qué narices está diciendo? —pregunto al recepcionista.

—Alucino.

Salgo de recepción y abro la puerta que conduce a los calabozos. La voz de Jacob es débil.

—*All around in my hometown, they're trying to track me down. They say they want to bring me in guilty, for the killing of a deputy.**

Abro la puerta y me dirijo hacia la celda. Jacob sigue cantando con una voz que sube y baja. El eco de mis pasos resuena en el cemento, pero no deja de cantar, ni siquiera cuando me encuentro justo delante de él, al otro lado de los barrotes, con los brazos cruzados.

Canta el estribillo un par de veces más antes de detenerse. No me mira, pero por la forma en que cuadra los hombros, sé que sabe que estoy aquí.

Con un suspiro, me doy cuenta de que no voy a volver a dejar solo a este chico. Y tampoco voy a conseguir hacer mi papeleo a menos que sea capaz de convencerle de que se trata de otra lección de procedimiento policial.

—Bueno —digo mientras abro la puerta de la celda—, ¿has rellenado alguna vez un formulario de entrada?

---

* «Por todo el pueblo donde yo nací, intentan dar conmigo. Dicen que quieren llevarme preso por el asesinato de un ayudante de policía.» (N. del T.)

OLIVER

En cuanto oigo al detective decir que va a detener a Emma Hunt si no se calla, salgo del estado de pánico en el que me encuentro, un pánico provocado por la frase que ha dicho el detective justo antes de eso: «Después lo conduciremos al juzgado para su comparecencia ante el juez».

¿Y qué puñetas sé yo sobre comparecencias?

He ganado un par de casos por lo civil, pero una comparecencia penal es otro cantar.

Vamos en el coche de Emma, camino del juzgado, pero menuda lucha llegar a esto. No quería salir de la comisaría de policía sin Jacob; la única forma de convencerla que he tenido ha sido orientarla en la dirección del lugar al que su hijo se iba a dirigir.

—Tengo que estar con él —dice, y se salta un semáforo en rojo—. Soy su madre, por Cristo bendito. —Como si esto hubiese disparado alguna otra cosa dentro de su cabeza, su rostro se tuerce en una mueca—. Theo. Dios mío, Theo… ni siquiera sabe que estamos aquí.

No sé quién es Theo y, para ser sincero, no tengo tiempo para preocuparme. Ya estoy ocupado preguntándome dónde se supone que me he de colocar en la sala.

¿Qué digo?

¿Hablo yo primero, o lo hace el fiscal?

—Esto es un malentendido absoluto —insiste Emma—. Jacob jamás le ha hecho daño a nadie. Esto no puede ser culpa suya.

La verdad es que ni siquiera sé a qué sala hay que ir.

—Pero ¿me está escuchando siquiera? —pregunta Emma, y en ese instante me doy cuenta de que debe de haberme hecho una pregunta.

—Sí —digo, ya que me imagino que tengo un cincuenta por ciento de probabilidades de acertar.

Entrecierra los ojos.

—¿Izquierda o derecha? —repite.

Estamos detenidos ante una señal de stop.

—Izquierda —murmuro.

—¿Qué pasa en una comparecencia? —pregunta—. Jacob no tendrá que hablar, ¿verdad?

—No, lo hace el abogado. Es decir, que *yo* lo hago. La comparecencia sirve para leer la acusación y establecer la fianza. —Esto sí lo recuerdo de la facultad.

Pero no es lo apropiado para que lo oiga Emma.

—¿Fianza? —repite—. ¿Es que van a encerrar a Jacob?

—No lo sé —digo con total honestidad—. Ya cruzaremos ese puente cuando lleguemos a él.

Emma estaciona en el aparcamiento del juzgado.

—¿Cuándo va a llegar Jacob aquí?

No conozco la respuesta a esa pregunta. Lo que sí sé es que la jornada laboral está prácticamente acabada, y si el detective Matson no mueve el culo, Jacob va a pasar la noche en la cárcel del condado; pero eso no se lo voy a decir a Emma de ninguna de las maneras.

Dentro del juzgado hay mucho silencio, la mayoría de los casos del día ya se han terminado. Sin embargo, el mío está empezando, y necesito un curso acelerado de derecho penal antes de que mi cliente caiga en la cuenta de que soy un completo engaño.

—¿Por qué no espera aquí? —sugiero, señalando una silla del vestíbulo.

—¿Adónde va usted?

—A hacer, mmm, un papeleo que hay que hacer antes de que llegue Jacob —digo en un intento por parecer tan seguro como puedo, y me voy directo a la oficina de administración.

Es igual que con las enfermeras en un hospital, que la mayoría de las veces saben más que los propios médicos; si buscas la respuesta a una pregunta en un juzgado, has de pasar más tiempo haciendo la pelota a los administrativos que a los jueces.

—Hola —digo a la mujer pequeña y de pelo oscuro que mira la pantalla de un ordenador—. Estoy aquí para una comparecencia penal.

Alza la vista un instante.

—Me alegro por usted —dice, cansina.

Mis ojos se posan en la placa con su nombre sobre la mesa.

—Me pregunto, Dorothy, si sería usted tan amable de decirme en qué sala podría tener lugar.

—La sala de lo penal me parece una posibilidad bastante factible…

—Claro. —Sonrío, como si eso ya lo supiese yo—. ¿Y el juez…?

—Si hoy es lunes, es el juez Cuttings —dice ella.

—Gracias, muchas gracias —respondo—. De verdad, encantado de conocerla.

—Mi mejor momento del día —entona Dorothy.

Estoy a punto de salir por la puerta cuando me vuelvo en el último momento.

—Una cosa más…

—¿Sí?

—Mmm, ¿se supone que yo he de decir algo?

Levanta la vista de su ordenador.

—El juez le preguntará si su cliente se declara culpable o inocente —responde Dorothy.

—Genial —digo—. Se lo agradezco de veras.

En el vestíbulo, me encuentro a Emma con el móvil en la mano.

—¿Y bien? —pregunta ella.

Me hundo en el asiento vacío a su lado.

—Pan comido —le digo, y espero ser capaz de convencerme a mí mismo.

Emma y yo asistimos a tres acusaciones de posesión de drogas, un allanamiento y una detención por escándalo público antes de que traigan a Jacob a la sala. Desde mi posición estratégica entre el público, veo el momento en que Emma se da cuenta de que ya está aquí: se sienta un poco más erguida, y la respiración se le atraganta.

Si has pasado más de un rato en la sala de un tribunal, tú ya sabrás que los jugadores de fútbol americano del instituto —esos mezquinos sin cuello— de mayores son alguaciles. Dos de estos mastodontes traen a Jacob a pulso, que está haciendo todo lo que está en su mano para zafarse de ellos. No deja de estirar el cuello y mirar entre la gente que hay en la sala del tribunal, y, en cuanto localiza a Emma, todo su cuerpo se relaja de alivio.

Me pongo en pie y bajo de la zona del público, porque me toca salir a escena, y me doy cuenta demasiado tarde de que Emma sigue mis pasos.

—Tiene que quedarse aquí —susurro por encima del hombro mientras ocupo mi lugar en la mesa de la defensa, junto a mi cliente—. Hola —le digo a Jacob en voz muy baja—. Me llamo Oliver. Tu madre me ha contratado para que sea tu abogado y lo tengo todo bajo control. No le digas nada al juez. Deja que sea yo quien hable.

Todo el rato, mientras hablo, Jacob mira a su regazo. En el instante en que termino, se gira en su asiento.

—Mamá —vocea—, ¿qué está pasando?

—Letrado —dice el alguacil más grande—, o hace usted que se calle su cliente, o lo llevaremos de vuelta a la celda.

—Te acabo de decir que no hables con nadie —le digo a Jacob.

—Me ha dicho que no le diga nada al juez.

—No puedes hablar con nadie —aclaro—. ¿Lo entiendes? —Jacob baja la vista a la mesa—. ¿Jacob? ¿Hola?

—Me ha dicho que no hable con nadie —masculla—. ¿Le importaría decidirse de una vez?

El juez Cuttings es muy duro, un tipo de Nueva Inglaterra de pura cepa que lleva una granja de llamas en sus ratos libres y, en mi modesta opinión, se parece un poco a una de ellas. Acaba de pronunciar el nombre de Jacob cuando Dorothy, la secretaria del juzgado, entra por una puerta lateral y le hace entrega de una nota. Baja la vista hacia la nota, por encima de su larga nariz, y suspira.

—Tengo dos comparecencias del señor Robichaud que han de celebrarse en otra sala. Dado que él se encuentra en esta sala con sus clientes, procederemos con estas en primer lugar, y, a continuación, retomaremos el caso del prisionero.

En el preciso instante en que pronuncia la palabra *prisionero,* Jacob se pone en pie de un salto.

—Necesito un descanso de relajación sensorial —anuncia.

—Cállate —murmuro.

—¡Necesito un descanso de relajación sensorial!

Por la cabeza se me pasan decenas de pensamientos: «¿Cómo consigo que el chaval deje de hablar? ¿Cómo consigo que el juez se olvide de todo lo que está sucediendo ante sus ojos? ¿Cómo manejaría un abogado veterano una situación como esta, cuando un cliente suyo se convierte en un elemento peligroso? ¿Cuánto falta para que sea un abogado lo bastante veterano como para dejar de criticarme yo solito?».

En cuanto Jacob da un paso, los dos alguaciles se lanzan sobre él, que comienza a chillar con un lamento agudo.

—¡Suéltenlo! —vocifera Emma a mi espalda—. ¡Él no lo entiende! En el instituto le permiten levantarse cuando las cosas le abruman…

—Esto no es el instituto —atrona el juez—. Es mi tribunal; y usted, señora, va a abandonarlo.

El segundo alguacil suelta a Jacob y se adentra en la zona del público para sacar a Emma al exterior.

—Puedo explicarlo —grita, pero su voz se va desvaneciendo conforme se la llevan a la fuerza por el pasillo.

Mis ojos se desplazan de ella a mi cliente, que se ha quedado como si no tuviese huesos y lo sacan a rastras por otra puerta distinta.

—*¡Quita tus sucias patas de encima, mono asqueroso!* —aúlla Jacob. El juez me mira entrecerrando los ojos.

—Es de *El planeta de los simios* —mascullo.

—*Estoy más que harto, y no pienso seguir soportándolo* —replica—. Esta es de *Network, un mundo implacable,* una película que le recomiendo que vea una vez consiga mantener a su cliente bajo control.

Bajo la cabeza y me apresuro a salir por el pasillo. Emma está al otro lado de la puerta de la sala, en pleno sofoco y enfado, apuñalando con la mirada al alguacil.

—Su chico puede esperar hasta que se haya vaciado la sala —me dice a mí el alguacil—. Será entonces cuando comparezca; y la madre no podrá entrar hasta ese momento.

Vuelve a meterse en la sala, la puerta se abre con un grito ahogado. Eso me deja allí, de pie en el pasillo, a solas con Emma, que me coge la mano y tira de mí hacia las escaleras.

—Pero…, pero ¿qué está haciendo?

—Está allí abajo, ¿verdad? Vamos.

—Aguarde. —Clavo los talones y cruzo los brazos—. ¿De qué iba todo eso?

—Odio decir que ya se lo dije, pero ya se lo dije. Eso es el asperger. A veces Jacob parece totalmente normal, brillante incluso, y a veces el menor detalle lo dispara a una crisis con todas las de la ley.

—Pues no puede comportarse así ante un tribunal. Creí que lo sabía todo sobre los escenarios de los crímenes, la policía y la ley. Tiene que guardar silencio y mantener el respeto, o esto será un desastre.

—Lo está intentando —insiste Emma—. Por eso ha pedido un descanso de relajación sensorial.

—¿Un qué?

—Un lugar donde poder ir a apartarse de todo el ruido y la confusión, para poder calmarse. Ese es uno de los espacios de que dispone en el instituto… Mire, ¿no podemos hablar de esto más tarde, y ahora ir a verle?

Jacob estaba disfrutando de su descanso de relajación sensorial… en un calabozo.

—Usted no puede bajar ahí.

Da un respingo, como si la hubiese sorprendido.

—Bueno —dice Emma—, ¿y usted?

Para ser sincero, no estoy seguro. Asomo la cabeza dentro de la sala. El alguacil está de pie con los brazos cruzados justo junto a la puerta.

—¿Puedo ir a hablar con mi cliente? —susurro.

—Claro —dice—. Adelante.

Aguardo a que me conduzca hasta Jacob, pero no se mueve.

—Gracias —digo, retiro la cabeza de la puerta y paso por delante de Emma camino de las escaleras.

Espero que sea allí donde se encuentran los calabozos.

Después de cinco minutos de dar vueltas por los cuartos de mantenimiento y de calderas, doy con lo que estoy buscando. Jacob está sentado en una esquina de su celda, con una mano que tirita como un pajarillo, la cabeza escondida entre los hombros, cantando a Bob Marley con apenas un hilo de voz.

—¿Cómo es que cantas esa canción? —le pregunto una vez que me encuentro de pie frente a los barrotes.

Hace una pausa en medio del estribillo.

—Me hace sentir mejor.

Lo tengo en consideración.

—¿Te sabes alguna de Bob Dylan? —Cuando veo que no responde, doy un paso al frente—. Mira, Jacob, sé que no sabes lo que está pasando. Y para serte sincero, yo tampoco. No he hecho esto antes, pero lo vamos a solucionar juntos, y todo lo que tienes que hacer es prometerme una cosa: deja que sea yo quien hable. —Aguardo a que Jacob asienta, que me haga un gesto, pero tal cosa no se produce—. ¿Confías en mí?

—No —dice él—. No confío. —Entonces se pone en pie—. ¿Le daría usted un mensaje a mi madre?

—Claro.

Retuerce las manos entre los barrotes. Tiene los dedos largos, elegantes.

—*La vida es como una caja de bombones* —susurra—. *Nunca sabes lo que te va a tocar.*

Me río, pensando que lo del chico no puede ser tan malo si es capaz de andarse con bromas. Pero entonces advierto que no bromea.

—Se lo diré —afirmo.

Cuando regreso, Emma se está dando paseos.

—¿Está bien? —pregunta en cuanto doblo la esquina—. ¿Responde?

—Sí y sí —la tranquilizo—. Quizá Jacob sea más fuerte de lo que usted cree.

—Y su conclusión se basa en los cinco minutos que ha pasado con él, ¿no? —Pone los ojos en blanco—. Tiene que cenar a las seis, si no lo hace…

—Yo le sacaré algo de una máquina expendedora.

—No puede tomar caseína ni gluten…

No tengo ni pajolera idea de lo que es eso.

—Emma, tiene que relajarse.

Se revuelve contra mí.

—Mi hijo mayor, que es autista, acaba de ser detenido por asesinato. Está encerrado en una celda en algún lugar del sótano, por Cristo bendito. No se atreva a decirme que me relaje.

—Mire, a Jacob no le hará ningún bien que usted vuelva a perder los nervios en la sala. —Veo que no me responde y me siento en el lado de enfrente del pasillo—. Quiere que le diga algo.

La esperanza que refleja su rostro es tan descarnada que tengo que apartar los ojos.

—*La vida es como una caja de bombones* —cito.

Con un suspiro, Emma se hunde a mi lado.

—*Forrest Gump*. Una de sus preferidas.

—¿Cinéfilo?

—Pero que muy apasionado. Es casi como si tuviera que estudiar para un examen al que tendrá que presentarse más adelante. —Me mira—. Cuando se siente superado por algo, no siempre encuentra palabras, así que cita las de otra persona. —Pienso en Jacob largando en plan Charlton Heston cuando le sujetó el alguacil y se me pone una sonrisa de oreja a oreja—. Me prepara escenarios de crímenes —prosigue Emma en voz baja—, para que observe las pruebas criminales y vaya hacia atrás. Pero tenía que haber ido hacia delante. Nunca hemos llegado a hablar sobre lo que pasa después. Lo que pasa *ahora*.

—Sé que está enfadada, pero tenemos mucho tiempo por delante para descubrirlo. La comparecencia de hoy no es más que una formalidad.

Me mira fijamente. Cuando estaba en la facultad, las chicas por las que siempre se me caía la baba eran las que se dejaban restos de pasta de dientes en la barbilla, las que se sujetaban la maraña de pelo con un lápiz para que no se les metiera en los ojos. Las que me mataban se encontraban tan alejadas de preocuparse de su aspecto que regresaban a una belleza natural, artesanal. Emma Hunt podrá ser una década mayor que yo, pero sigue estando cañón.

—¿Cuántos años tiene? —me pregunta pasados unos segundos.

—No me parece que la edad cronológica sea una medida decente de...

—Veinticuatro —calcula.

—Veintiocho.

Cierra los ojos y hace un gesto negativo con la cabeza.

—Hace mil años que yo cumplí los veintiocho.

—Pues se conserva usted muy bien para su edad —digo.

Pestañea y me clava una mirada feroz.

—Prométamelo —exige—. Prométame que va a sacar a mi hijo de aquí.

Le hago un gesto de asentimiento, y por un segundo deseo ser un caballero andante; deseo poder decirle que conozco la ley igual de bien que sé herrar a una yegua asustadiza, y no quiero que sea una mentira. En ese instante, el alguacil asoma la cabeza por la esquina.

—Estamos listos —dice.

Ojalá pudiera yo decir lo mismo.

La sala es distinta cuando está vacía. Las motas de polvo quedan suspendidas en el aire, y el eco de mis pasos resuena sobre el suelo de parqué como si se tratase de los disparos de una escopeta. Emma y yo caminamos hasta la parte delantera de la zona del público, donde la dejo sentada tras la barrera que yo cruzo para sentarme a la mesa de la defensa.

Es un *déjà vu*.

Los alguaciles traen a Jacob. Está esposado, y escucho cómo Emma se traga la respiración detrás de mí cuando repara en ello. Pero, claro, se puso violento cuando lo tuvieron que sacar de la sala, y no hay razón para pensar que no repetirá la jugada. Cuando se sienta a mi lado, las esposas tintinean sobre su regazo. Presiona un labio contra el otro para formar una línea recta, como si me estuviese intentando demostrar que recuerda mis instrucciones.

—En pie —dice el alguacil, y cuando yo me levanto, agarro a Jacob de la manga para que él lo haga también.

El juez Cuttings entra y se sienta en su silla de manera contundente. La toga se arremolina a su alrededor como en una tormenta.

—¿Letrado? Confío en que habrá hablado con su cliente acerca de su comportamiento en la sala.

—Sí, señoría —respondo—. Lamento la reacción anterior. Jacob es autista.

El juez frunce el ceño.

—¿Se refiere a una incapacidad?

—Sí —respondo.

—Muy bien, señor Bond, su cliente se encuentra aquí para comparecer ante este tribunal bajo la acusación de asesinato en primer grado de conformidad con el título 13 de las leyes del estado de Vermont, sección 2301. ¿Renuncia usted en su nombre a la lectura de sus derechos en esta ocasión?

—Sí, señoría.

Asiente.

—Voy a hacer constar una declaración de no culpabilidad en nombre del prisionero, debido a la cuestión de incapacidad.

Por un instante, vacilo. Si el juez hace constar la declaración de no culpabilidad, ¿significa eso que yo no tengo que hacerlo?

—¿Hay alguna otra cuestión relacionada con los cargos tal y como figuran en el día de hoy, letrado?

—Creo que no, señoría…

—Excelente. Esta causa queda sujeta a una vista de incapacidad que habrá de celebrarse en catorce días a partir de hoy, a las nueve de la mañana. Nos volveremos a ver entonces, señor Bond.

El alguacil más corpulento se aproxima a la mesa de la defensa y tira de Jacob para que se ponga en pie. Jacob deja escapar un quejido, y entonces, al recordar las reglas de la sala, lo sofoca.

—Aguarde un minuto —interrumpo—. Señor juez, ¿no acaba de decir que nos podemos marchar?

—He dicho que usted se podía marchar, letrado. Su cliente, sin embargo, está acusado de asesinato y será retenido hasta que se celebre la vista de incapacidad a petición suya.

Conforme abandona el estrado para regresar a su despacho, mientras sacan a Jacob de la sala —en silencio, esta vez— camino de una estancia de dos semanas en la cárcel, yo hago acopio de coraje para darme la vuelta y confesarle a Emma Hunt que acabo de hacer todo lo que le he dicho que no haría.

THEO

Mi madre no llora muy a menudo. La primera vez, como ya he contado, sucedió en la biblioteca, cuando fui yo, y no Jacob, quien se agarró una pataleta. La segunda vez fue cuando yo tenía diez años y Jacob trece, y él tenía deberes de su clase de tareas cotidianas, una actividad extraescolar que él odiaba porque era uno de los dos únicos autistas, y el otro crío no tenía asperger, sino que se encontraba en un segmento inferior del espectro y se pasaba casi toda la clase alineando las ceras de punta a punta. Los otros tres chicos de la clase tenía síndrome de Down u otras discapacidades del desarrollo. Debido a esto, gran parte del tiempo transcurría con cuestiones como la higiene —algo que Jacob ya sabía hacer— y alguna habilidad social que otra. Y un día, la profesora encargó a la clase que hicieran un amigo antes de la próxima vez que se volviesen a ver todos.

—Un amigo no se «hace» —dijo Jacob con un bufido—. No es como si vinieran dentro de una bolsa con instrucciones de preparación como los macarrones con queso.

—Lo único que tienes que hacer es recordar los pasos que os ha dado la señora LaFoye —dijo mi madre—. Mira a alguien a los ojos, dile tu nombre y pregúntale si quiere jugar.

Aun a los diez años, yo ya sabía que ese protocolo conduce sin duda a que te den una patada en el culo, pero eso no se lo iba a decir a Jacob.

Así que nos marchamos los tres dando un paseo al parque, y yo me senté junto a mi madre en un banco mientras Jacob se ponía a hacer amigos. El problema era que allí no había nadie de su edad. El niño más mayor que vi tendría la mía, y estaba colgado boca abajo del castillo de los monos. Jacob fue caminando hasta él y se retorció hacia un lado para poder mirar al niño a los ojos.

—Me llamo Jacob —dijo en su tono de voz, al que yo estoy acostumbrado, pero suena raro para los demás, plano como una plancha de aluminio incluso allá donde debería haber signos de exclamación—. ¿Quieres jugar?

El niño dio una voltereta elegante hasta el suelo.

—¿Eres como una especie de retrasado?

Jacob lo meditó.

—No.

—Noticia de última hora —dijo el chaval—. Lo eres.

El niño salió corriendo y dejó a Jacob solo bajo el castillo de los monos. Estaba a punto de levantarme para ir en su rescate cuando él comenzó a darse la vuelta en un círculo muy lento. No entendía lo que estaba haciendo, y entonces me di cuenta de que le gustaba el sonido que hacía su zapatilla al crujir una hoja seca bajo la suela.

Se puso a caminar de puntillas, haciendo crujir las hojas con gran precisión, hasta que llegó a la piscina de arena. Un par de niñas pequeñas —una rubia y otra con coletas pelirrojas— se entretenían haciendo pizzas de arena.

—Aquí tienes otra —dijo la primera niña, y plantó un pegote de arena en la barandilla de madera para que la otra pudiese decorarlo con piedrecitas de peperoni y césped de mozzarela.

—Hola, me llamo Jacob —dijo mi hermano.

—Yo me llamo Annika, y de mayor voy a ser un unicornio —dijo la rubia.

Coletas no levantó la vista de la cadena de preparación de las pizzas.

—Mi hermano pequeño ha devuelto en el baño y lo ha pisado y se ha resbalado y se ha caído de culo.

—¿Queréis jugar? —preguntó Jacob—. Podríamos excavar en busca de dinosaurios.

—No hay dinosaurios en la piscina de arena, solo pizzas —dijo Annika—. Maggie es quien pone el queso y otras cosas, pero tú puedes ser el camarero.

Allí, en la piscina de arena junto a aquellas dos niñas pequeñas, mi hermano parecía un gigante. Una mujer apuñalaba a Jacob con la mirada, y habría apostado cincuenta pavos a que se trataba de la madre de Maggie o de Annika, que se preguntaba si aquel chico de trece años que jugaba con su preciosa hijita no sería un pervertido. Jacob cogió un palo y empezó a dibujar un esqueleto en la arena.

—El alosaurio tenía un hueso de la suerte, al igual que otros dinosaurios carnívoros —dijo él—, exactamente igual que lo encontrarías en el pollo.

—Aquí tienes otra —dijo Annika, y volcó una pila de arena delante de Maggie. Prácticamente se podía dibujar una línea de separación entre las niñas y Jacob. No estaban jugando juntos, sino que jugaban unos al lado de los otros.

Jacob levantó la vista en ese momento y me sonrió. Señaló con la cabeza en dirección a las dos niñas pequeñas como si estuviera diciendo: «Eh, mira esto, he hecho dos amigas».

Miré a mi madre y fue entonces cuando la vi llorar. Las lágrimas le caían por las mejillas y no hacía nada para secárselas. Era casi como si no supiera que estaba llorando.

Ha habido en mi vida innumerables ocasiones en las que hubiera sido más lógico que mi madre llorase: cuando tenía que ir al colegio para hablar con el director sobre algo que hubiese hecho Jacob para meterse en líos, por ejemplo, o cuando él se agarraba una de sus pataletas en medio de un lugar abarrotado de gente, como el año pasado, enfrente del *stand* de Santa Claus en el centro comercial mientras una multitud de padres con niños observaba la consiguiente fusión nuclear. Pero entonces, mi madre no derramaba una sola lágrima, su rostro carecía de expresión. Es más, en esos momentos, mi madre tenía un aspecto muy parecido al de Jacob.

No sé por qué el ver a mi hermano con dos niñas pequeñas en una piscina de arena fue la gota que colmó el supuesto vaso de mi madre. Yo solo sé que, en ese instante, recuerdo sentir que aquello era el mundo al revés. Es el niño quien se supone que llora, y la madre quien lo consuela, y no al contrario, y es por eso que las madres remueven cielo y tierra con tal de guardar la compostura delante de sus hijos.

Aun entonces, yo sabía que si bien era Jacob quien la hacía llorar, era yo quien tenía que pararlo.

Por supuesto que sé dónde están. Mi madre me ha llamado desde el juzgado, pero eso no evita que sea incapaz de concentrarme en Educación Cívica o Geografía hasta que regresen.

Me pregunto si mis profesores aceptarán eso como excusa: «Lo siento, no he hecho los deberes porque mi hermano estaba compareciendo ante el juez». «Claro —diría el de Geografía—, esa no me la han contado ya mil veces.»

En cuanto oigo que se abre la puerta, salgo corriendo a la entrada para enterarme de lo que ha pasado. Entra mi madre, sola, y se sienta en el banco donde solemos dejar las mochilas del instituto.

—¿Dónde está Jacob? —pregunto, y ella alza la mirada hacia mí muy despacio.

—En la cárcel —susurra—. Cielo santo, está en la cárcel. —Se inclina hacia delante hasta que se dobla por completo.

—¿Mamá? —La toco en el hombro, pero no se mueve. Me está dando un susto de muerte, y me resulta horrorosamente familiar.

Tardo un segundo en localizarlo: esa manera de quedarse mirando al vacío, la ausencia de respuesta, ese era el aspecto que tenía Jacob la semana pasada, cuando no éramos capaces de conseguir que volviera con nosotros.

—Vamos, mamá. —Le paso un brazo por la cintura y la levanto. Es como si fuera un saco de huesos. La llevo al piso de arriba, y me pregunto por qué demonios está Jacob en la cárcel. ¿No se supone que tienes garantizado el derecho a un juicio rápido? ¿Acaso podía haber sido *tan* rápido? Tal vez entendería lo que ha pasado si hubiera hecho los deberes de Cívica, pero esto sí que lo sé: no se lo voy a preguntar a mi madre.

La siento en la cama y, a continuación, me arrodillo para quitarle los zapatos.

—Túmbate —sugiero, lo cual tiene pinta de ser algo que ella me diría si las cosas fueran al revés—. Voy a traerte una taza de té, ¿vale?

Pongo a hervir la tetera en la cocina y tengo un *déjà vu* como un tsunami: la última vez que lo hice —hervir agua en la tetera, sacar una bolsita de té y dejar la etiqueta de papel colgando del borde de la taza— estaba en casa de Jess Ogilvy. Es solo cuestión de suerte que sea Jacob quien está metido en la cárcel ahora mismo, y que yo esté aquí. Con qué facilidad podía haber sido al revés.

Una parte de mí se ve aliviada por ello, lo que me hace sentir como una verdadera mierda.

Me pregunto qué le diría el detective a Jacob. Por qué lo llevaría mi madre allí, para empezar. Quizá por eso se encuentra ahora tan abatida: no por dolor, sino por culpa. Hasta ahí, lo entiendo. Si yo hubiera ido a la poli y le hubiera contado que vi a Jess viva y desnuda ese día, un poco antes, ¿habría eso empeorado las cosas para Jacob, o las habría mejorado?

La verdad es que no tengo ni idea de cómo se toma el té mi madre, así que le pongo leche y azúcar y lo subo al piso de arriba. Ahora está sentada y apoyada en un montón de almohadones. Cuando me ve, se parte por la mitad.

—Mi niño —dice al tiempo que me siento a su lado. Me pone la mano en la mejilla—. Mi niño precioso.

Podría estar hablando de mí, y podría estar hablando de Jacob. Decido que en realidad no importa.

—Mamá —pregunto—, ¿qué está pasando?

—Jacob tiene que quedarse en la cárcel… durante dos semanas. Entonces lo volverán a llevar ante el juez para ver si es incapaz de cara al juicio.

Vale, tal vez yo no sea un premio Nobel, pero meter en la cárcel a alguien que quizá no sea capaz de cara a un juicio, puede que no sea la mejor forma de ver si lo es o no. Es decir, si no puedes con un juicio, ¿cómo vas a poder con la cárcel?

—Pero… si él no ha hecho nada malo —digo, y observo a mi madre con detenimiento, para ver si ella sabe más que yo.

Si es así, no lo demuestra.

—Eso no parece importar.

Hoy, en Cívica, hemos hablado de la piedra angular del sistema legal de nuestro país: que eres inocente hasta que se demuestra lo contrario. Al encerrar a alguien en la cárcel mientras intentas decidir qué vas a hacer a continuación, no parece que le estés otorgando el beneficio de la duda. Suena como si ya tuvieses claro que la ha jodido, así que que se vaya poniendo cómodo en la que va a ser su futura residencia.

Mi madre me cuenta cómo el detective ha embaucado a Jacob para que hable con él. Cómo ella salió corriendo a buscarle un abogado. Cómo han detenido a Jacob delante de ella. Cómo pegó a los alguaciles cuando intentaron agarrarle por los brazos.

No entiendo por qué este abogado no ha sido capaz de hacer que suelten a Jacob y vuelva a casa. Leo las suficientes novelas de Grisham para saber que eso pasa cada dos por tres, en especial con quienes carecen de antecedentes.

—¿Y ahora qué? —pregunto.

Y no me refiero solo a Jacob, me refiero a nosotros. Todos estos años pensando que ojalá Jacob no existiera, y ahora que no está en casa, es como la bicha que no se puede mentar. ¿Y cómo se supone que voy a ser capaz de calentarme la sopa para cenar, cuando mi hermano está encerrado en una celda, en alguna parte? ¿Cómo se supone que me voy a levantar por la mañana, ir a clase y fingir que la vida sigue su curso?

—Oliver, el abogado, dice que es habitual que retiren los cargos;

que la policía encuentra pruebas nuevas y deja libre al primer sospechoso.

Se aferra a eso como si de un amuleto se tratase, una pata de conejo. Van a retirar los cargos contra Jacob y vamos a volver a ser como éramos. Qué más da que tal y como éramos no fuese para tirar cohetes, o que «en libertad sin cargos» no significa que se haga un borrón y una cuenta tan sumamente nueva que se te olvide todo lo que ha pasado. Imagínate pasar veinte años en la cárcel por un delito que no has cometido, antes de que te absuelvan gracias a unas pruebas de ADN. Desde luego que ya eres libre, pero no retrocedes esos veinte años. Nunca dejarás de ser «el tío que estaba en la cárcel».

Dado que yo no sé cómo decirle esto a mi madre —y que estoy seguro de que tampoco le apetece oírlo—, cojo el mando a distancia de su mesilla de noche y enciendo la tele que hay sobre el tocador, al otro lado de la habitación. Están con las noticias, el hombre del tiempo predice una tormenta en algún momento de la semana que viene.

—Gracias, Norm —dice la presentadora—. Tenemos noticias de última hora en el caso de la muerte de Jess Ogilvy... La policía ha detenido a Jacob Hunt, un joven de dieciocho años que reside en Townsend, Vermont, en relación con el crimen.

A mi lado, mi madre se queda de piedra. La fotografía escolar de Jacob llena la pantalla. Viste una camisa de rayas azules y, como es habitual, no mira a la cámara.

—Jacob es un estudiante de último año del instituto público de Townsend, de quien la víctima era tutora.

Me cago en la puta.

—Les seguiremos informando a medida que evolucione la noticia —promete la presentadora.

Mi madre levanta el mando a distancia. Me imagino que va a apagarla, sin embargo, se lo tira a la tele. El mando se rompe en pedazos, y se hace una grieta en la pantalla. Ella se tumba de lado.

—Voy a por la escoba —digo.

En plena noche, oigo ruidos en la cocina. Bajo sigilosamente y me encuentro a mi madre, que revuelve en un cajón en busca del listín telefónico. Tiene el pelo suelto, está descalza y tiene una mancha de pasta de dientes en la camisa.

—¿Por qué no vendrá con los números del estado? —masculla.

—¿Qué haces?

—Tengo que llamar a la cárcel —dice—. No le gusta cuando está oscuro. Podría llevarle una lámpara. Quiero decirles que puedo llevarles una lámpara, si es de ayuda.

—Mamá —digo. Mi madre coge el teléfono—. Mamá…, tienes que irte a la cama.

—No —me corrige—. Tengo que llamar a la cárcel…

—Son las tres de la mañana. Están durmiendo. —La miro—. Jacob está durmiendo.

Vuelve su rostro hacia el mío.

—¿En serio crees tú eso?

—Claro —digo, pero la palabra se tiene que retorcer para abrirse camino a través del nudo que tengo en la garganta—. Claro que sí.

He aquí las cosas de las que tengo miedo:

Que el tema que más le gusta a Jacob haya dejado de ser un pasatiempo para convertirse en una obsesión.

Que sea este el motivo por el cual se encuentra en la cárcel.

Que la última vez que estuvo con Jess, algo le asustase o le acorralase, que es lo que le hace saltar.

Que se pueda querer y odiar a alguien al mismo tiempo.

Que la edad no tenga nada que ver con quién es el hermano mayor.

Si crees que tener un hermano con asperger me convierte en un paria, imagínate tener uno en la cárcel. Al día siguiente, estoy en el instituto

—sí, luego volveremos sobre ello—, y allá donde voy, oigo el cuchicheo.

«Me han dicho que le cortó el dedo con un cuchillo y se lo guardó.»

«He oído que le dio con un bate de béisbol.»

«Ese chico siempre me ha producido escalofríos.»

La razón por la cual mi cuerpo está ocupando un espacio en clase hoy —y créeme, eso es todo lo que hago, ya que tengo el cerebro demasiado ocupado bloqueando los cotilleos que me llegan— es que mi madre pensó que era la mejor idea.

—Yo tengo que irme a la cárcel —me dijo, algo que ya me figuraba que ocurriría—, y tú no te puedes quedar en casa dos semanas. En algún momento tienes que volver.

Sabía que mi madre tenía razón, pero ¿es que no se daba cuenta, también, de que la gente preguntaría por Jacob? ¿De que harían suposiciones? Y no solo mis compañeros, los profesores se dirigirían a mí cargados de una falsa compasión cuando lo que de verdad buscarían es algo de lodo que llevar de vuelta a la sala de profesores. Todo aquello me revolvía el estómago.

—¿Y qué se supone que tengo que decir cuando alguien me pregunte?

Mi madre vaciló.

—Di que el abogado de tu hermano te ha dicho que no puedes hablar de ello.

—¿Es cierto eso?

—No tengo ni idea.

Respiré hondo. Iba a confesar, a contarle que me había colado en casa de Jess.

—Mamá, tengo que contarte una cosa…

—¿No podemos dejarlo para otro momento? —preguntó—. Es que quiero estar allí cuando abran las puertas, a las nueve. Hay todo tipo de cereales para desayunar, y puedes coger el autobús.

Y aquí estoy sentado ahora, en clase de Biología junto a Elise Howath, que es una compañera de laboratorio excelente para ser una chica, cuando va y me pasa una notita.

Siento mucho lo de tu hermano.

Quiero darle las gracias por ser amable, por ser la primera persona que se preocupa un poco por mi hermano en lugar de crucificarlo como ya han decidido los medios, y ese tribunal de mierda, por lo que ha hecho.

¿Lo que ha hecho?

Agarro mi mochila y salgo corriendo de clase, aunque el señor Jennison siga refunfuñando, pero ni siquiera me hace un comentario (lo cual me indica, más que cualquier otra cosa, que esta no es mi vida, sino un universo paralelo). Sigo bajando por el pasillo sin tener un pase, pero nadie me detiene. Ni siquiera cuando paso a toda velocidad por delante del despacho del director y el departamento de orientación. Ni siquiera cuando salgo en tromba a través de la doble puerta cerca del gimnasio, a la cegadora luz de la tarde, y me marcho andando.

Al parecer, en los institutos públicos, si detienen a un familiar tuyo por asesinato, tanto el personal administrativo como el docente hacen como si fueras invisible.

Lo cual, a decir verdad, tampoco difiere tanto del modo en que me trataban antes.

Ojalá tuviese aquí mi tabla; entonces podría ir más rápido, tal vez sacarle distancia a los hechos a los que mi cabeza no deja de darles vueltas.

Yo vi a Jess Ogilvy viva y en buen estado. Poco después de eso, Jacob fue a su casa.

Ahora, está muerta.

He visto a mi hermano atravesar una pared con una silla y destrozar una ventana con la mano. Alguna que otra vez yo estaba de por medio cuando tuvo un ataque. Tengo cicatrices que así lo demuestran.

Saca tus propias conclusiones.

«Mi hermano es un asesino.» Pruebo a decir esas palabras en voz muy baja y de manera inmediata siento un dolor en el pecho. Eso no se puede decir del mismo modo en que dices: «Mi hermano mide uno ochenta» o «A mi hermano le gustan los huevos revueltos», aunque ambos hechos se ajusten a la realidad. Pero el Jacob que yo conocía la semana pasada no es distinto del que he visto esta mañana. ¿Significa eso, entonces, que he sido demasiado estúpido como para reparar en un defecto flagrante de mi hermano? ¿O que cualquiera, incluso Jacob, se puede convertir de repente en una persona que jamás te habrías imaginado?

Yo, sin la menor duda, entro en esa categoría.

Durante toda mi vida he pensado que no tengo nada en común con mi hermano, y ahora resulta que ambos somos unos delincuentes.

«Pero tú no has matado a nadie.»

El eco de esa voz resuena en mi interior; una excusa, pues, hasta donde yo sé, Jacob también tiene sus razones.

Eso me hace correr más aprisa, aunque bien podría ser una puñetera bala y aun así no conseguiría tomarle la delantera al lamentable hecho de que yo no soy mejor que esos imbéciles del instituto: yo ya he asumido que mi hermano es culpable.

Detrás del instituto, si te alejas lo suficiente, te topas con un estanque. En invierno se convierte en un punto de reunión de la comunidad: los findes alguien enciende una hoguera y trae nubes de gominola para poner en el fuego; y algunos padres con iniciativa barren el hielo con palas anchas de forma que la gente se pone a jugar al hockey por toda su superficie. Me adentro en el hielo, aunque no me he traído los patines.

Entre semana no hay mucha gente. Algunas madres con críos pequeños que aprenden a patinar agarrados a cajones de plástico. Un señor mayor con esas botas negras de patinaje artístico que siempre me recuerdan a Holanda y a los Juegos Olímpicos. Está haciendo ochos. Tiro la mochila el borde de la nieve y voy arrastrando los pies, poco a poco, hasta que me encuentro de pie justo en el centro.

Todos los años se celebra en Townsend una competición para ver cuándo se derrite el hielo por completo. Clavan en él un poste conectado a algún tipo de reloj digital, y cuando el hielo se derrite lo suficiente para que el poste se incline, este activa un interruptor y registra ese momento en el tiempo. La gente se apuesta el dinero al día y la hora en que se derretirá el hielo, y la persona cuya apuesta se haya quedado más cerca gana el bote. Creo que el año pasado fue de cuatro mil quinientos dólares.

¿Y si el momento en que se derrite el hielo fuese este mismo instante?

¿Y si me hundiese?

¿Oirían el chapoteo aquellos críos que están patinando? ¿Vendría a rescatarme el señor mayor?

Mi profesor de Lengua dice que una pregunta retórica es aquella que se hace a pesar de que no se espera una respuesta: «¿Es católico el Papa?», o «¿Cagan los osos en el bosque?».

Yo creo que se trata de una pregunta que tiene una respuesta que en realidad no quieres oír.

«¿Me hace parecer gorda este vestido?»

«¿De verdad eres tan tonto?»

«Si el hielo se derrite, y nadie me ve hundirme, ¿he existido realmente alguna vez?»

«Si fuera yo quien estuviese en la cárcel, ¿pensaría Jacob lo peor de mí?»

En esas, me siento en el centro del estanque, sobre el hielo. El frío me atraviesa los pantalones vaqueros. Me imagino a mí mismo congelándome de dentro afuera. Me encontrarían y sería una escultura, una estatua.

—Eh, chaval, ¿estás bien? —El señor mayor ha venido patinando hasta mí—. ¿Necesitas ayuda?

Como decía: una respuesta que en realidad no quieres oír.

Anoche no dormí mucho, pero cuando lo hice, soñé. Y soñé que rescataba a Jacob de la cárcel. Lo hice leyéndome todos sus cuadernos de *CrimeBusters* e imitando a un ladrón de guante blanco. En cuanto doblé la esquina de la prisión donde tenía retenido a Jacob, él ya estaba preparado. «Jacob —dije—, tienes que hacer exactamente lo que yo te diga», y él lo hizo, y así supe yo que se trataba de un sueño. Él guardaba silencio y me seguía, sin hacer preguntas. De puntillas, dejamos atrás la garita del guardia y saltamos juntos a un cubo de basura grande. Nos cubrimos de papel y de basura. El de mantenimiento vino por fin y nos sacó a través de las puertas automáticas y la verja cerrada, y, justo cuando estaba a punto de vaciar el cubo en el contenedor de la calle, grité: «¡Ahora!». Y Jacob y yo saltamos y empezamos a correr. Y corrimos durante horas, hasta que lo único que nos seguía eran estrellas fugaces, y entonces nos detuvimos en un prado de hierba alta y nos tumbamos mirando al cielo.

—Yo no lo hice —me dijo Jacob.

—Te creo —dije, y era realmente cierto.

Aquel día que Jacob tenía como deberes hacer un amigo, las dos niñas pequeñas que conoció en la piscina de arena tuvieron que marcharse. Salieron corriendo sin decir adiós y dejaron a mi hermano de trece años solo, cavando en la arena.

Tenía miedo de volver a mirar a mi madre, así que, en lugar de eso, caminé hasta la piscina de arena y me senté en el borde. Las rodillas me llegaban a la barbilla; era demasiado grande para el sitio que había: qué locura ver a mi hermano allí metido. Cogí una piedra y me puse a dar golpes en la arena con ella.

—¿Qué estamos buscando?

—Alosaurios —respondió Jacob.

—¿Cómo lo vamos a saber cuando lo encontremos?

A Jacob se le iluminó la cara.

—Bien, las vértebras y el cráneo no son tan pesados como los de otros dinosaurios. Eso es lo que significa el nombre, traducido, «reptil diferente».

Me imagino a cualquier chico de la edad de Jacob viéndole jugar a los paleontólogos en una piscina de arena, y me pregunto si alguna vez tendrá un amigo.

—Theo —de repente susurra—. ¿Sabes que *en realidad* no vamos a encontrar alosaurios aquí?

—Mmm, claro. —Me reí—. Pero si los encontrásemos, menuda historia, ¿a que sí?

—Vendrían las unidades móviles del telediario —dijo Jacob.

—A la porra el telediario, saldríamos en *Oprah* —le dije—. Dos chicos que encuentran el esqueleto de un dinosaurio en una piscina de arena. A lo mejor acabamos saliendo hasta en la caja de los Wheaties.

—Los fabulosos hermanos Hunt —sonrió Jacob—. Así nos llamarían.

—Los fabulosos hermanos Hunt —repetí yo, y observé cómo Jacob cavaba hasta el fondo con su pala. Me pregunté cuánto tiempo quedaba hasta que él fuese más pequeño que yo.

JACOB

No llego a entender del todo lo que está pasando.

Al principio pensé que esto quizá fuese un protocolo, como la forma en que sacaron a mi madre del hospital en silla de ruedas cuando dio a luz a Theo, aunque bien podía ella haber salido por su propio pie con él en brazos. Quizá se tratase de una cuestión de responsabilidad, que es el motivo de que los alguaciles me acompañasen fuera de la sala del tribunal (esta vez han vacilado un poco más a la hora de tocarme). Di por sentado que me conducirían a la entrada del edificio, o quizá a un muelle de carga donde se recoge a los acusados para llevarlos a casa.

En cambio, me han metido en la parte de atrás de un coche de policía y me han llevado de viaje durante dos horas y treinta y ocho minutos hasta la cárcel.

Yo *no* quiero estar en la cárcel.

Los agentes que me traen y me dejan no son los mismos que me introducen en la cárcel. El nuevo, el que lo hace, lleva un uniforme de un color distinto y me hace las mismas preguntas que me hizo el detective Matson en la comisaría. Hay luces fluorescentes en el techo, igual que en Walmart. No me gusta ir a los almacenes Walmart por esta misma razón: las luces chisporrotean y sisean a veces a causa de los transformadores que tienen, y me preocupa que el techo se me vaya a caer encima. Ni siquiera ahora me veo capaz de hablar sin mirar al techo cada poco tiempo.

—Me gustaría llamar a mi madre ahora —le digo al agente.

—Vale, y a mí me gustaría tener un décimo premiado de la lotería, pero algo me dice que ninguno de los dos va a conseguir lo que quiere.

—No me puedo quedar aquí —le digo.

Está escribiendo en su ordenador.

—No recuerdo haberte pedido tu opinión.

¿Es este hombre particularmente cabezota? ¿O es que está intentando irritarme?

—Soy estudiante —le explico, del mismo modo que le podría explicar la espectrometría de masas a alguien que no tiene la menor idea del análisis de pruebas indiciarias—. Tengo que estar en el instituto a las 7.47 de la mañana, o de otro modo no me dará tiempo de llegar a mi taquilla antes de clase.

—Considérate de vacaciones de invierno —dice el agente.

—Las vacaciones de invierno no son hasta el 15 de febrero.

Presiona un botón del teclado.

—Muy bien, ponte de pie —dice, y eso hago—. ¿Qué tienes en los bolsillos?

Bajo la vista a mi cazadora.

—Las manos.

—Así que eres un graciosillo —dice el agente—. Venga, sácalo todo.

Confundido, muestro las palmas de las manos delante de mí. No hay nada en ellas.

—De los bolsillos.

Saco un paquete de chicle, un canto verde, un fragmento de cristal marino, una tira de fotos en que estoy con mi madre y mi cartera. Me lo coge todo.

—Eh…

—El dinero se ingresará en tu cuenta corriente —dice. Le veo escribir notas en un trozo de papel, y, a continuación, me abre la cartera y saca mi dinero y mi foto del doctor Henry Lee. Comienza a contar el dinero, y, de manera accidental, se le cae el montón de billetes. Cuando lo recoge todo, está desordenado.

Rompo a sudar por la frente.

—El dinero —digo.

—No me he quedado nada, si eso es lo que te preocupa.

Veo que uno de veinte está tocando un billete de un dólar, y el de cinco está al revés, con el presidente Lincoln boca abajo.

En mi cartera, me aseguro de que todo está en orden desde el de menor al de mayor valor, y todos boca arriba. Jamás he sacado dinero de la cartera de mi madre sin su permiso, pero a veces, cuando no se da cuenta, me cuelo en su bolso y le organizo el dinero. Es solo que no me gusta la idea de todo ese caos; el apartado de las monedas ya es lo bastante aleatorio.

—¿Estás bien? —dice el agente, y me doy cuenta de que me está mirando fijamente.

—¿Podría usted…? —De lo tensa que se me ha puesto la garganta, apenas puedo hablar—. ¿Podría usted tan solo poner los billetes en orden?

—Pero ¿qué demonios?

Con la mano retorcida en el pecho y un solo dedo, señalo el montoncito de billetes.

—Por favor —susurro—. Los pequeños van encima.

Si al menos el dinero conserva la apariencia que se supone ha de tener, eso es algo que no ha cambiado.

—No me lo puedo creer —masculla el agente, pero lo hace, y una vez que el de veinte reposa a salvo en el fondo del montón, expulso el aliento que he estado conteniendo.

—Gracias —digo, aunque me he percatado de que al menos dos de los billetes continúan boca abajo.

«Jacob —me digo a mí mismo—, puedes con esto. No importa si esta noche estás en otra cama y no en la tuya. No importa si no te dejan lavarte los dientes. En la estructura de las cosas a gran escala, la Tierra no va a dejar de girar» (esta es una frase que a mi madre le gusta decir cuando me pongo nervioso por un cambio en la rutina).

Entretanto, el agente me conduce a otra sala, no mucho más grande que un armario vestidor.

—Fuera ropa —dice, y se cruza de brazos.

—¿Fuera qué ropa? —respondo.

—Toda la ropa. La interior también. —Cuando me doy cuenta de que quiere que me desnude, me sorprendo tanto que me quedo boquiabierto.

—No me voy a cambiar delante de usted —digo, incrédulo. Yo ni siquiera me cambio de ropa en el vestuario para la clase de gimnasia. Tengo una nota de la doctora Luna que dice que no tengo que hacerlo, que puedo asistir a clase con ropa de calle.

—Repito —dice el agente—. No te lo he *pedido*.

En la televisión he visto internos que llevan monos, aunque no he dedicado mucho tiempo a pensar en qué es lo que le sucede a su ropa. Pero lo que estoy recordando ahora es malo. Muy Malo, con mayúsculas. En la televisión, los monos son siempre de color naranja. A veces, lo suficiente como para hacerme cambiar de canal.

Puedo sentir cómo se me acelera el pulso ante la idea de todo ese naranja en contacto con mi piel. O de los demás internos, vistiendo del mismo color.

—Si no te quitas tú la ropa —dice el agente—, te la voy a quitar yo.

Le doy la espalda y me quito el abrigo. Me saco la camisa por la cabeza. Tengo la piel blanca, como el vientre de un pez, y no tengo los músculos de la barriga ondulados como los tíos de Abercrombie & Fitch; esto me hace sentir vergüenza. Me quito los pantalones y me bajo los calzoncillos, y entonces me acuerdo de los calcetines. A continuación me agacho como una bola y organizo cuidadosamente mi ropa de manera que los pantalones de color caqui estén en el fondo, después la camisa verde y por último los calzoncillos verdes y los calcetines.

El agente coge la ropa y empieza a sacudirla.

—Las manos en los costados —dice, y cierro los ojos y hago lo que dice, incluso cuando me pide que me dé la vuelta y me incline, y siento sus dedos que me desplazan. Siento un saco de tela suave contra mi pecho—. Vístete de nuevo.

En su interior hay ropa, pero no es la mía. En su lugar hay tres pares de calcetines, tres pares de calzoncillos, tres camisetas de manga corta, pantalones térmicos, una camiseta térmica, tres pares de pantalones de color azul oscuro y camisas a juego, chanclas de goma, una chaqueta, una gorra, guantes y una toalla.

Esto supone un alivio enorme. Al final no voy a vestir de color naranja.

Solo he dormido fuera una vez en mi vida. Fue en casa de un niño que se llamaba Marshall y que después se mudó a San Francisco. Marshall tenía un ojo vago y, como yo, era el centro de las burlas de los compañeros de clase en segundo de primaria. Fueron nuestras madres quienes lo organizaron, después de que la mía se enterase de que Marshall también sabía deletrear los nombres de la mayoría de los dinosaurios del periodo Cretácico.

Mi madre y yo nos pasamos dos semanas enteras hablando de lo que pasaría si yo me despertaba en mitad de la noche y quería volver a casa (llamaría). De lo que pasaría si la madre de Marshall ponía para desayunar algo que no me gustase (diría «no, gracias»). Hablamos de que Marshall podría no tener organizada su ropa en el armario del modo en que la tengo yo, y de que tenía un perro, y los perros dejan a veces pelos por el suelo sin querer.

La noche que me quedé fuera de casa mi madre me dejó después de la cena. Marshall me preguntó si quería ver *Jurassic Park,* y yo dije que sí. Pero cuando empecé a decirle, durante el vídeo, lo que eran anacronismos y lo que directamente era ficción, se enfadó y me dijo que me callase, y yo me fui a jugar con el perro.

El perro era un Yorkshire terrier con un lazo rosa en el pelo, aunque daba la casualidad de que era macho. Tenía una lengua muy pequeña de color rosa, y me lamió la mano, y yo pensé que me gustaría, pero me la quise lavar inmediatamente.

Esa noche, cuando nos fuimos a dormir, la madre de Marshall puso una manta enrollada entre nosotros dos para dividir la cama, que era grande. Le dio un beso en la frente a Marshall y después me dio un beso a mí, y eso fue raro porque no era mi madre. Marshall me dijo que si nos levantábamos temprano por la mañana, podríamos ver la tele antes de que su madre se levantase y nos pillara. Entonces se quedó dormido, pero yo no. Yo estaba despierto cuando el perro entró en la habitación y se puso a escarbar debajo de las sábanas y me arañó con las uñas negras tan pequeñas que tenía. Y también estaba todavía despierto cuando Marshall se orinó dormido en la cama.

Me levanté y llamé a mi madre. Eran las 4.24 de la mañana.

Cuando llegó, llamó a la puerta, y la madre de Marshall abrió en bata. Mi madre le dio las gracias en mi nombre.

—Me temo que Jacob se levanta temprano —dijo—. *Muy* temprano. —Intentó reírse un poco, pero sonó como cuando se cae un ladrillo.

Cuando nos metimos en el coche, dijo:

—Lo siento.

Aunque yo no la miré a los ojos, sentí que ella me estaba mirando a mí.

—No me vuelvas a hacer eso nunca —respondí yo.

Tengo que rellenar un formulario de visitas. No me puedo imaginar quién querría venir, así que escribo el nombre de mi madre y el nombre de mi hermano, y nuestra dirección, y sus fechas de nacimiento. Y añado el nombre de Jess, también, aunque sé que no me puede visitar, obviamente, pero seguro que hubiera querido.

A continuación me examina una enfermera, me toma la temperatura y el pulso, igual que en la consulta del médico. Cuando me pregunta si estoy tomando alguna medicación, le digo que sí, pero ella se enfada cuando yo no me sé los nombres de los suplementos, cuando solo soy capaz de decirle los colores, o el hecho de que vengan en una jeringuilla.

Finalmente, me llevan al lugar donde me voy a quedar. El agente me conduce a lo largo de un pasillo hasta que llegamos a un puesto de control. Dentro, otro agente presiona un botón, y la puerta metálica que tenemos ante nosotros se abre y se desliza. Me entregan otra bolsa de la lavandería, esta con dos sábanas, y dos mantas, y una almohada.

Las celdas se encuentran en el lado izquierdo de un pasillo que tiene una rejilla de metal en lugar de suelo. Dentro de cada celda hay dos camas, un lavabo, un retrete y una televisión. Dentro de cada celda hay también dos hombres. Se parecen a la misma gente que verías por la calle, excepto, por supuesto, que todos ellos han hecho algo malo.

Bueno, tal vez no. Al fin y al cabo, yo también *estoy* aquí.

—Te vas a quedar aquí una semana mientras se te evalúa —dice el agente—. En función de tu comportamiento, se te podría trasladar al módulo de mínima seguridad. —Hace un gesto en dirección a una celda que, al contrario que el resto, tiene una ventana más pequeña—. Esa es la ducha —dice el agente.

¿Cómo se supone que me voy a asegurar de ducharme yo el primero con la cantidad de gente que hay aquí?

¿Cómo me voy a lavar los dientes si no tengo aquí mi cepillo?

¿Cómo me voy a pinchar por las mañanas, y a tomarme mis suplementos?

Conforme pienso en estos detalles, empiezo a sentir que pierdo el control.

No es como un tsunami, aunque estoy seguro de que eso es lo que parece a los ojos de alguien que lo ve desde fuera. Es más parecido a un montón de cartas que van atadas con varias vueltas de una goma elástica. Cuando se rompe, la goma elástica se queda en el sitio —por costumbre, o por memoria muscular, no lo sé— y entonces, un mínimo movimiento del montón y todo comienza a desbaratarse. Antes de que te des cuenta, no hay nada que sujete el montón de cartas.

Se me empieza a mover un poco la mano, los dedos tocan un ritmo sobre el muslo.

Jess está muerta y yo estoy en la cárcel y hoy me he perdido *Crime-Busters* y ahora tengo un tic en el ojo derecho que no puedo parar.

Dejamos de caminar cuando alcanzamos la celda que se encuentra al final del pasillo.

—Hogar, dulce hogar —dice el agente. Abre el cerrojo de la puerta de la celda y aguarda a que me meta dentro.

En el instante en que vuelve a cerrar la puerta, me agarro a los barrotes. Oigo el zumbido de las luces sobre mi cabeza.

Butch Cassidy y Sundance Kid no fueron a la cárcel; en lugar de eso, saltaron por un precipicio.

—*Kid, si en otra ocasión te digo: «¿Por qué no vamos a Bolivia?»* —mascullo—, *debemos ir a Bolivia.*

Me duele la cabeza y lo veo todo rojo con el rabillo de los ojos. Los cierro, pero los sonidos siguen ahí, y siento las manos demasiado grandes para mi cuerpo y la piel se me está poniendo tensa. La veo tan estirada que se me abre.

—No te preocupes —dice una voz—. Ya te acostumbrarás.

Me doy la vuelta y sostengo las manos apretadas delante del pecho, tal y como solía caminar a veces cuando no me concentraba en tener el mismo aspecto que todos los demás. Había asumido que el agente me había metido en una celda especial para la gente que se tiene que quedar en la cárcel, pero en realidad no debería estar. No me había dado cuenta de que yo, como todos los demás, tendría un compañero.

Viste toda su ropa azul además de la chaqueta y la gorra, calada hasta las cejas.

—¿Cómo te llamas?

Me quedo mirándole a la cara sin mirarle a los ojos. Tiene un lunar en la mejilla izquierda, y nunca me ha gustado la gente con lunares.

—*Yo soy Espartaco.*

—No me jodas, ¿sí? Entonces espero que estés aquí dentro por haber matado a tus padres. —Se levanta del camastro y se coloca a mi espalda—. ¿Y si en lugar de eso te llamo Cabrón? —Mis manos se agarran con más fuerza a los barrotes—. Vamos a dejar algunas cosas claras, para que tú y yo nos llevemos bien. El catre de abajo es mío. Yo salgo al patio antes que tú. Yo escojo el canal de la tele. Tú no me jodes a mí, y yo no te jodo a ti.

Se da un comportamiento común en los perros a los que ponen juntos en un espacio reducido. Se azuzan el uno al otro hasta que el perro beta acepta que ha de obedecer al perro alfa.

Yo no soy un perro. Este hombre tampoco lo es. Él es más bajo que yo. El lunar de su mejilla sobresale y tiene la forma de un panal.

Si la doctora Luna estuviese aquí, me preguntaría: «¿Qué número?»:

Dieciséis. En una escala de uno a diez, siendo diez el más alto, mi nivel de ansiedad es dieciséis, que es el peor número, porque (a) es par, (b) su raíz cuadrada es par y (c) la raíz cuadrada de su raíz cuadrada par es par.

Si mi madre estuviera aquí, se habría puesto a cantar *I shot the sheriff*. Me pongo los dedos en los oídos para no poder escucharle y cierro los ojos para no poder verle y empiezo a repetir el estribillo sin pausas entre las palabras como una franja de sonido que me puedo imaginar que me rodea como un campo de fuerza.

De repente, me agarra por el hombro.

—Eh —dice, y me pongo a gritar.

Se le ha caído la gorra, de manera que ahora veo que es pelirrojo, y todo el mundo sabe que los pelirrojos, en realidad, no tienen el pelo de color rojo, sino de color naranja. Y peor, tiene el pelo largo, le cae por la cara y los hombros, y si se acerca un poco más, se podría posar sobre mí.

Los sonidos que produzco son agudos y penetrantes, más elevados que las voces de todos aquellos que me están diciendo «cierra la puta boca», más elevados que el agente que me dice que me va a amonestar por escrito si no paro. Pero no puedo, porque a estas alturas, el sonido supura ya por todos mis poros y, aunque presiono los labios con fuerza, mi cuerpo está gritando. Me agarro a los barrotes de la puerta de la celda —«Las contusiones son consecuencia de los vasos sanguíneos rotos a causa de un golpe»— y me golpeo la cabeza contra ellos —«La contusión cerebral asociada a un hematoma subdural en el lóbulo frontal está relacionada con la mortalidad»— y otra vez —«Un tercio de cada glóbulo rojo es hemoglobina»— y entonces, justo como había predicho, mi piel no puede contener lo que está sucediendo en mi interior y se abre, y la sangre me desciende por la cara y se me mete en los ojos y en la boca.

Oigo:

—Saquen a este puto chiflado de mi casa.

Y

—Si tiene sida, voy a demandar al estado por toda la pasta que tenga.

Mi sangre sabe a penique, sabe a cobre, sabe a hierro; la sangre constituye el siete por ciento del total del peso corporal.

—A la de tres —oigo. Dos personas me agarran de los brazos y me estoy moviendo, pero no me parece que mis pies sean míos y todo es demasiado amarillo bajo las luces y hay metal en mi boca y hay metal en mis muñecas y entonces no veo ni oigo ni percibo ningún sabor en absoluto.

Creo que podría estar muerto.

Hago tal deducción a partir de los siguientes hechos:

1. La habitación en la que me encuentro es monocromática: suelo, paredes, techo, todos son del color de la carne pálida.
2. La habitación es blanda. Cuando piso, siento como si caminase por una lengua. Cuando me apoyo en las paredes, ellas también se apoyan en mí. No llego al techo, pero es lógico que sea igual. Hay una puerta, sin ventanas ni picaporte.
3. No hay más ruido que mi respiración.
4. No hay mobiliario, solo una esterilla que es también del color de la carne pálida, y suave.
5. Hay una rejilla en el centro del suelo, pero cuando miro en su

interior, no veo nada. Quizá sea el túnel que conduce de regreso a la Tierra.

Pero, claro, hay también otros factores que me llevan a creer que, al fin y al cabo, podría no estar realmente muerto.

1. Si estuviera muerto, ¿por qué iba a estar respirando?
2. ¿No tendría que haber otra gente muerta por aquí?
3. Los muertos no tienen dolores de cabeza espantosos, ¿verdad?
4. Es probable que el cielo no tenga puerta, aun sin picaporte.

Me palpo el cuero cabelludo y me encuentro con un apósito que tiene forma de mariposa. En la camisa tengo sangre de color marrón que se ha secado y endurecido. Tengo los ojos hinchados, y cortes minúsculos en las manos.

Rodeo la rejilla, la evito. Entonces me tumbo sobre la esterilla con los brazos cruzados sobre el pecho.

Este es el aspecto que tenía mi abuelo, en su ataúd.

Este no es el aspecto que tenía Jess.

Quizá sea ella quien esté dentro de la rejilla. Quizá ella se encuentre al otro lado de la puerta. ¿Se alegraría de verme? ¿O se enfadaría? ¿Sería yo capaz de notar la diferencia con solo mirarla?

Ojalá pudiese llorar, como hacen otros seres humanos.

EMMA

La medicación y los suplementos de Jacob llenan dos bolsas grandes con autocierre. Algunas van con receta médica —como los ansiolíticos de la doctora Murano, por ejemplo— y otros, como el glutatión, se los compro por Internet. Estoy esperando en el exterior de la entrada de visitas de la cárcel con ellas en la mano cuando la puerta se abre.

Mi madre me contó que se le reventó el apéndice cuando era pequeña. Aquello sucedió en la época anterior a que se permitiese a los padres quedarse con sus hijos cuando estaban hospitalizados, así que mi abuela llegaba cuatro horas antes de que comenzasen las visitas y permanecía de pie al frente de una cola acordonada que mi madre podía ver desde su cama del hospital. Mi abuela se limitaba a quedarse allí, enviándole sonrisas y saludos con la mano hasta que la dejaban entrar.

Si Jacob sabe que estoy esperando para verle, si sabe que le voy a ver todos los días a las nueve en punto, pues bien, eso ya es una rutina a la que se puede aferrar.

Me imaginaba que habría más gente allí conmigo esperando a que abriesen las puertas, pero quizá para el resto de las madres que tienen que venir a la cárcel a visitar a sus hijos esto no sea ya ninguna novedad. Tal vez ya estén acostumbradas a la rutina. Solo hay otra persona esperando conmigo, un hombre trajeado que lleva un maletín. Debe de ser un abogado. Da pisotones en el suelo.

—Frío aquí fuera —dice con una sonrisa tensa.

Le devuelvo la sonrisa.

—Ya lo creo. —Ha de ser un abogado defensor que viene a ver a su cliente—. Mmm, ¿sabe usted cómo funciona esto?

—Ah, ¿primera vez? —dice—. Pan comido. Usted entra, entrega su carné y pasa por los detectores de metales. Algo así como el control de seguridad de un aeropuerto.

—Excepto por que no te vas a ninguna parte —reflexiono.

Me mira y se ríe.

—Eso está más claro que el agua.

Un agente penitenciario aparece al otro lado de la puerta de cristal y abre el cerrojo.

—¿Qué tal, Joe? —dice el abogado, y el agente gruñe un saludo—. ¿Viste a los Bruins anoche?

—Ya te digo. A ver, respóndeme a esto: ¿cómo es posible que los Patriots y los Sox ganen campeonatos y que los Bs sigan sin jugar una mierda?

Los sigo hasta un puesto de control, donde se mete el agente, y el abogado entrega su carné de conducir. El abogado garabatea algo sobre una tablilla y le da sus llaves al agente. A continuación, pasa por un detector de metales y se marcha por un pasillo donde lo pierdo de vista.

—¿Puedo ayudarla, señora? —pregunta el agente.

—Sí, he venido a visitar a mi hijo, Jacob Hunt.

—Hunt —repasa una lista—. Ah, Hunt. Correcto. Ingresó anoche.

—Sí.

—Bien, usted no tiene autorización aún.

—¿Para qué?

—Para las visitas. Es probable que la tenga para el sábado, que, de todas formas, es cuando son las visitas.

—¿El sábado? —repito—. ¿Espera usted que aguante hasta el sábado?

—Lo siento, señora. Mientras no tenga autorización, yo no puedo ayudarla.

—Mi hijo es autista. Tiene que verme. Cuando se modifica su rutina, se puede irritar de un modo increíble. Hasta ponerse violento.

—Supongo que será bueno entonces que se encuentre entre rejas —dice el agente.

—Pero es que necesita su medicación… —Levanto las dos bolsas y las coloco sobre el borde del mostrador.

—Nuestro personal médico puede administrar la medicación con receta —dice el agente—. Si lo desea, le doy un formulario que puede rellenar para eso.

—Hay también suplementos dietéticos. Y no puede tomar gluten, ni caseína…

—Dígale a su médico que se ponga en contacto con la oficina del alcaide.

La dieta de Jacob y sus suplementos, sin embargo, no han sido indicados por ningún médico: son solo recomendaciones, como tantas otras, de las cuales las madres de autistas han ido teniendo noticia a lo largo de los años y se las han ido pasando a otras madres en su misma situación, como «algo que podría funcionar».

—Cuando Jacob se salta su dieta, su comportamiento empeora mucho…

—Quizá podamos poner a todos los internos esa dieta —dice el agente—. Mire, lo siento, pero si no tenemos una nota del médico, no le pasamos nada al interno.

¿Tengo yo la culpa de que la comunidad médica no sea capaz de respaldar tratamientos por los que los padres de autistas pondrían la mano en el fuego? ¿Acaso los fondos para la investigación del autismo son tan ridículos que, a pesar de que muchos médicos coincidirían en que estos suplementos ayudan a Jacob a concentrarse o a sofocar su hipersensibilidad, no son capaces de decirte la razón científica? Si hubiera esperado a que los médicos y los científicos me dijesen de un modo concluyente cómo ayudar a mi hijo, él aún seguiría encerrado en ese pequeño mundo suyo como cuando tenía tres años, aislado y sin responder a los estímulos.

Algo no muy distinto, caigo, de la celda de una cárcel.

Los ojos se me llenan de lágrimas.

—No sé qué hacer.

Debo dar la impresión de estar a punto de desmoronarme, porque la voz del agente se suaviza.

—¿Tiene su hijo un abogado? —pregunta.

Asiento.

—Ese podría ser un buen punto de partida —me sugiere.

De la columna de la tía Em:

Lo que sé ahora y ojalá hubiera sabido antes de tener hijos:

1. Si se mete un trozo de pan en un aparato reproductor de vídeo, este no sale intacto.
2. Las bolsas de basura no sirven de paracaídas.
3. *A prueba de niños* es un término relativo.
4. Una pataleta es como un imán: cuando sobrevienen, las miradas no pueden evitar clavarse en ti y en tu hijo.
5. El tracto digestivo no absorbe las piezas de Lego.
6. La nieve constituye un grupo alimenticio.
7. Los niños saben cuándo no los estás escuchando.
8. Las coles de Bruselas cubiertas de queso siguen siendo coles de Bruselas.
9. El mejor sitio para llorar es en brazos de una madre.
10. Nunca serás tan buena madre como quieres ser.

Telefoneo a Oliver Bond desde mi coche.

—No me dejan entrar a ver a Jacob —digo.

Oigo ladrar a un perro de fondo.

—Muy bien.

—¿Muy bien? ¿Yo no puedo ver a mi hijo, y a usted le parece muy bien?

—Quiero decir «muy bien» en el sentido de «cuénteme más», no «muy bien» en el sentido… Cuénteme qué le han dicho.

—Que no estoy en nosequé lista de visitas autorizadas —le grito—. ¿Cree usted que Jacob tiene la menor idea de que tiene que decirle a la gente de la cárcel quién puede y quién no puede ir a visitarlo?

—Emma —dice el abogado—. Respire hondo.

—No puedo respirar hondo. La cárcel no es lugar para Jacob.

—Lo sé, y lo siento…

—Pues no lo sienta —le suelto—, sea eficiente. Haga que pueda entrar a ver a mi hijo.

Permanece en silencio un momento.

—De acuerdo —dice Oliver por fin—. Déjeme ver qué puedo hacer.

No puedo decir que sea una sorpresa encontrarme a Theo en casa, pero me siento tan agotada mentalmente que no me quedan fuerzas para preguntarle por qué está aquí en lugar de estar en clase.

—No me dejan entrar a ver a Jacob —digo.

—¿Cómo es posible?

En lugar de responder, me limito a hacer un gesto negativo con la cabeza. En la claridad del mediodía, puedo ver hasta la menor sombra de vello en la mejilla y la mandíbula de Theo. Me recuerda la primera vez que reparé en que a Jacob le estaba saliendo el vello en las axilas, y me hizo sentir incómoda. Que un niño te necesitase de un modo tan brutal era una cosa, y otra muy distinta era tener que cuidar de un hombre hecho y derecho.

—Mamá —vacila Theo al hablar—, ¿tú crees que lo hizo?

Sin pensarlo, le cruzo la cara con un bofetón.

Retrocede a trompicones con la mano presionándose la mejilla y luego sale corriendo por la puerta principal.

—¡Theo! —Salgo detrás de él, le llamo—. ¡Theo! —Pero se encuentra ya a media manzana de distancia.

Debería perseguirlo, debería pedirle disculpas. Debería confesarle que la razón por la que le he pegado no es lo que ha dicho, sino que le ha puesto voz a todos los pensamientos inefables que se me han pasado por la cabeza.

¿Creo *yo* que Jacob es capaz de asesinar?

No.

La respuesta fácil, el acto reflejo. Es mi hijo de quien estamos hablando, el que aún me pide que lo arrope por las noches.

Pero también me acuerdo de cuando Jacob tiró la trona de Theo después de que yo le dijese que no se podía tomar otro vaso de leche de soja con chocolate. Recuerdo cuando apretó a un hámster hasta matarlo.

Se supone que las madres han de ser las mayores *cheerleaders* de sus hijos. Se supone que las madres han de creer en sus hijos, pase lo que pase. Y para hacerlo, las madres se engañarán a sí mismas, si fuera necesario.

Salgo al exterior y desciendo por el camino de la entrada, en la dirección en que Theo salió corriendo.

—¡Theo! —le llamo. Mi voz no me suena mía.

El cuentakilómetros de mi coche dice que hoy he recorrido 310 kilómetros, he conducido hasta Springfield y de regreso a casa, y otra vez hasta allí. A las cinco y media me vuelvo a encontrar en el vestíbulo de la entrada de visitas de la cárcel, con Oliver Bond a mi lado. Me ha dejado un mensaje en el móvil indicándome que nos encontraríamos aquí, y me contaba que me había organizado una visita especial mientras solucionaba el plan de visitas a largo plazo.

Estaba tan contenta de oír aquello que ni siquiera me detuve en la expresión *a largo plazo*.

Al principio, casi no reconozco a Oliver. No viste traje, como ayer; en su lugar, viste vaqueros y una camisa de franela. Esto le hace parecer aún más joven. Bajo la vista a mi propio atuendo, que tiene la pinta de algo que me pondría para una reunión en el periódico. ¿Qué me hizo pensar que me tenía que vestir para venir a la cárcel?

Oliver me conduce a la garita.

—¿Nombre? —pregunta el agente.

—Emma Hunt —digo.

Levanta la vista.

—No, el nombre de la persona a quien ha venido a visitar.

—Jacob Hunt —interviene Oliver—. Hemos solicitado una visita especial a través de la oficina del superintendente.

El agente asiente y me entrega la tablilla para que firme. Me pide un documento de identidad.

—Entréguele sus llaves —dice Oliver—. Él las guardará mientras usted esté dentro.

Se las paso al agente y avanzo hacia el detector de metales.

—¿Usted no viene?

Oliver hace un gesto negativo con la cabeza.

—Estaré esperando aquí fuera.

Llega un segundo agente para conducirme por el pasillo. Sin embargo, en lugar de meternos en una habitación donde hay mesas y sillas preparadas, me lleva a la vuelta de la esquina hasta un pequeño cubículo. Al principio me da la sensación de que se trata de un armario, pero es una cabina de visitas. Hay un taburete bajo una ventana que da a una imagen especular de esta sala. En la pared, cuelga el auricular de un teléfono.

—Creo que ha habido un error —digo.

—No hay ningún error —me dice el agente—. Para los internos en custodia de protección solo hay visitas sin contacto.

Me deja en aquella habitacioncita. ¿Sabía Oliver que no tendría la posibilidad de ver a Jacob cara a cara? ¿No me lo había dicho porque sabía que me disgustaría, o es que no le habían dado a él esa información? ¿Y qué es la custodia de protección?

Se abre la puerta al otro lado del cristal y, de pronto, ahí está Jacob. El agente que lo ha traído señala al teléfono en la pared, pero Jacob ya me ha visto a través del cristal y presiona contra este las palmas de las manos abiertas.

Tiene sangre en la camisa y en el pelo. Una línea de magulladuras de color morado le cubre la frente. Lleva los nudillos en carne viva y tiene estereotipias como un loco: la mano le vibra en el costado como si de un animal pequeño se tratase, y todo el cuerpo se bambolea de puntillas.

—Oh, mi vida —murmuro. Señalo el teléfono que tengo en la mano y, a continuación, al lugar donde él debería tener otro igual.

Pero él no lo coge. Golpea con las palmas de las manos contra el plexiglás que nos separa.

—¡Coge el teléfono! —le grito, aunque no puede oírme—. ¡Cógelo, Jacob!

En cambio, cierra los ojos, se echa hacia delante, apoya la mejilla contra la ventana y abre los brazos tanto como puede.

Me doy cuenta de que está intentando abrazarme.

Cuelgo el teléfono y me acerco a la ventana, imito su postura de forma que ahora somos cada uno el reflejo del otro, con un muro de cristal entre ambos.

Tal vez sea siempre así para Jacob, que intente conectar con la gente y nunca lo consiga realmente. Tal vez la membrana que separa a alguien con asperger del resto del mundo no sea una franja invisible de electrones cambiantes, sino, más bien, una división transparente que solo permita la ilusión de sentir, y no la verdadera sensación.

Jacob se aparta de la ventana y se sienta en el taburete. Cojo el teléfono con la esperanza de que él me imite, pero no me está mirando a los ojos. Finalmente, alarga el brazo en dirección al teléfono y, por un instante, veo algo de aquella alegría que se le solía extender por el rostro cuando descubría algo sorprendente y venía a compartirlo conmigo. Gira el teléfono en sus manos y se lo lleva a la oreja.

—Estos los he visto en *CrimeBusters,* en un episodio en el que el sospechoso resultó ser un caníbal.

—Oye, mi vida. —Me obligo a forzar una sonrisa. Se está meciendo sentado. La mano que le queda libre, la que no sostiene el teléfono, tiembla como si estuviese tocando un piano invisible—. ¿Quién te ha hecho daño?

Se palpa la frente con los dedos de manera cautelosa.

—Mami, ¿podemos irnos ya a casa?

Sé con exactitud cuándo fue la última vez que Jacob me llamó así. Fue tras su graduación escolar, antes del instituto, cuando tenía catorce años. Le habían entregado un diploma. «Mami», me dijo, corriendo hacia mí para enseñármelo. Los demás chicos le oyeron y se echaron a reír. «Jacob —se burlaron—, ha venido tu mami para llevarte a casa.» Demasiado tarde, aprendió que a los catorce años la apariencia delante de tus amigos gana por goleada al entusiasmo genuino.

—Pronto —digo, pero las palabras me salen pronunciadas como una pregunta.

Jacob no llora. No chilla. Tan solo deja que el teléfono se le caiga de la mano, y después baja la cabeza.

De manera automática, alargo la mano hacia él y me llevo un golpe contra el plexiglás.

La cabeza de Jacob se levanta unos centímetros, y cae. Su frente se golpea contra la chapa metálica del mostrador. Entonces lo hace de nuevo.

—¡Jacob! ¡No! —Pero, por supuesto, no puede oírme. Su teléfono cuelga de su cordón umbilical metálico allí donde cayó cuando él lo soltó.

Sigue dándose golpes con la cabeza, una y otra vez. Abro corriendo la puerta de la cabina de visitas. El agente que me trajo hasta aquí aguarda fuera, apoyado contra la pared.

—¡Ayúdeme! —grito, él echa un vistazo por encima de mi hombro para ver qué está haciendo Jacob y sale corriendo por el pasillo para intervenir.

A través de la ventana de la cabina de visitas veo cómo él y un segundo agente cogen a Jacob por los brazos y lo apartan de la ventana. Jacob tiene la boca retorcida, pero no puedo distinguir si está chillando o sollozando. Le sujetan las manos en la espalda para poder esposarlo, y, después, uno de los agentes le da un empujón en la parte baja de la espalda para que se mueva hacia delante.

Es mi hijo, y están tratándolo como a un delincuente.

El agente regresa un momento más tarde, para llevarme de vuelta al vestíbulo de la cárcel.

—Estará bien —me dice—. La enfermera le ha dado un sedante.

Cuando Jacob era más pequeño y más propenso a las pataletas, un médico le puso un tratamiento de olanzapina, un antipsicótico. Acabó con las pataletas. También acabó con su personalidad, y punto. Me lo encontraba sentado en el suelo de su cuarto con un zapato puesto y el otro aún a su lado, mirando a la pared sin responder a estímulo alguno. Cuando empezó a sufrir crisis, le retiramos el medicamento y jamás probamos con ningún otro.

Me imagino a Jacob tumbado boca arriba en el suelo de una celda, con las pupilas dilatadas y la vista nublada, recuperando y perdiendo la consciencia.

En cuanto regreso al vestíbulo, Oliver se acerca con una gran sonrisa.

—¿Cómo ha ido? —pregunta.

Abro la boca y rompo a llorar.

Me peleo por el plan educativo de Jacob, forcejeo con él hasta tirarlo al suelo cuando se dispara en un sitio público. Me he forjado una vida a base de hacer lo que hay que hacer, porque ya puedes clamar a los cielos, que al final, cuando has acabado, sigues metida en la misma situación hasta las rodillas. Soy yo la fuerte, para que Jacob no tenga que serlo.

—Emma —dice Oliver, y me imagino que él está tan avergonzado como yo por encontrarme ahí, sollozando frente a él. Pero, para mi sorpresa, me rodea con los brazos y me mesa los cabellos. Aún más sorprendente…, por un momento, se lo permito.

Esto es lo que no le puedes explicar a una madre que no tiene un hijo autista: por supuesto que quiero a mi hijo; por supuesto que jamás desearía una vida sin él. Pero eso no significa que no esté agotada todos y cada uno de los minutos del día. Que no me preocupe por su futuro, y por mi carencia de futuro. Que a veces, antes de que me sorprenda a mí misma, me imagine cómo hubiera sido mi vida si Jacob no tuviese asperger. Que —igual que Atlas— piense lo bien que estaría que solo por una vez fuese otro quien cargase con el peso del universo de mi familia sobre sus hombros, y no yo.

Durante cinco segundos, Oliver se convierte en ese alguien.

—Lo siento —digo al tiempo que me aparto de él—. Le he empapado la camisa.

—Claro, mira que es delicada la franela de Woolrich. Añadiré a la factura el tique de la tintorería. —Se acerca al puesto de control, recoge mi carné y mis llaves, y me lleva al exterior—. Muy bien, ¿qué ha pasado ahí dentro?

—Jacob se ha herido. Tiene que haber estado golpeándose la cabeza contra algo: tiene la frente llena de magulladuras, tiene esparadrapos y sangre por toda la cabeza. Se ha puesto a hacerlo otra vez justo ahí, en la cabina de visitas, y le han dado un tranquilizante. No le dan sus suplementos, y no sé qué está comiendo, o si está comiendo siquiera, y… —Me paro en seco y le miro a los ojos—. No tiene hijos, ¿verdad?

Se ruboriza.

—¿Yo? ¿Niños? Mmm…, no.

—Ya he visto a mi hijo perderse una vez, Oliver, y he luchado con demasiadas fuerzas para traerlo de vuelta como para dejar que se vuelva a ir. Si Jacob está capacitado para comparecer ante un tribunal, desde luego que no lo estará después de dos semanas de esto. Por favor —ruego—, ¿no puede usted hacer algo para sacarle?

Oliver me mira. En el frío, su aliento cobra forma entre nosotros.

—No —dice—. Pero creo que *usted* sí.

JACOB

1
1
2
3
5
8
13

Etcétera.

Esta es la secuencia de Fibonacci. Puede ser definida de manera explícita:

$$a(n) = \left(\frac{5+\sqrt{5}}{10}\right)\left(\frac{1+\sqrt{5}}{2}\right)^{n} + \left(\frac{5-\sqrt{5}}{10}\right)\left(\frac{1-\sqrt{5}}{2}\right)^{n}$$

También se puede definir de forma recursiva:

$$a_0 = 1$$
$$a_1 = 1$$
$$a_n = a_{n-2} + a_{n-1}$$

Esto significa que es una ecuación basada en sus valores previos.

Me estoy obligando a pensar en números, porque nadie parece entenderme cuando hablo en palabras. Es como en un episodio de *La zona crepuscular* en el que las palabras han cambiado de significado de manera repentina: digo *para* y todo sigue; pido que me dejen ir y me encierran más aún. Esto me lleva a dos conclusiones:

1. Me están haciendo una cámara oculta. Sin embargo, no creo que mi madre permitiese que la broma llegara tan lejos, lo cual me deja con que:
2. Diga lo que diga, con la claridad que lo diga, nadie me entiende, lo que significa que debo encontrar un método mejor de comunicación.

Los números son universales, un lenguaje que trasciende países y épocas. He aquí un test: si alguien —solo una persona— es capaz de entenderme, entonces hay esperanza de que entienda también lo que sucedió en casa de Jess.

Puedes ver los números de Fibonacci en las flores de una alcachofa, o en las escalas de la piña de un pino. Se puede utilizar su secuencia para explicar cómo se reproducen los conejos. Conforme n se aproxima a infinito, la proporción entre $a(n)$ y $a(n\text{-}1)$ se aproxima a *phi,* el número áureo —1,618033989—, que se utilizó para construir el Partenón y aparece en composiciones de Bartók y Debussy.

Voy caminando, y a cada paso que doy, permito que otro número de la secuencia de Fibonacci se adentre en mi cabeza. Describo círculos más y más pequeños hacia el centro de la habitación, y cuando llego allí, vuelvo a empezar.

1

1

2

3

5
8
13
21
34
55
89
144

Entra un agente con una bandeja. Detrás de él viene una enfermera.

—Hola, chaval —dice, y saluda con la mano delante de mí—. Di algo.

—Uno —respondo.

—¿Eh?

—Uno.

—¿Uno qué?

—Dos —digo.

—Es la hora de la cena —me dice el agente.

—Tres.

—¿Te vas a comer esto, o lo vas a tirar otra vez?

—Cinco.

—Me parece que hay pudin esta noche —dice el agente, que retira la tapa de la bandeja.

—Ocho.

Respira hondo.

—Mmm, qué rico.

—Trece.

Por fin se rinde.

—Ya se lo he dicho, es como si estuviese en otro planeta.

—Veintiuno —digo.

La enfermera se encoge de hombros y levanta una jeringuilla.

—Blackjack —dice, y me hunde la jeringuilla en el culo mientras el agente me sujeta.

Cuando ya se han marchado, me tumbo en el suelo y escribo la ecuación de la secuencia de Fibonacci en el aire, con el dedo. Lo hago hasta que se vuelve borrosa, hasta que el dedo me pesa como un ladrillo.

Lo último que recuerdo haber pensado antes de desaparecer es que los números tienen sentido. No se puede decir lo mismo de la gente.

OLIVER

La oficina del turno de oficio de Vermont no se llama *oficina del turno de oficio*, sino algo que suena como si lo hubiesen sacado de las páginas de una obra de Dickens: Oficina del Defensor General. No obstante, al igual que en todas las oficinas del turno de oficio, el personal está sobrepasado de trabajo e infrarremunerado. Y esta es la razón de que, tras haber mandado a casa a Emma con sus propios deberes, yo me dirija a mi oficina-apartamento a hacer los míos.

Thor me saluda con un salto y me clava las uñas justo en la entrepierna.

—Gracias, colega —digo sin aliento, y me lo quito de encima.

Pero es que tiene hambre, así que le pongo unas sobras de pasta mezcladas con comida para perros mientras yo miro en Internet la información que necesito y hago una llamada de teléfono.

Aunque son las siete —bien pasado el horario de oficina—, lo coge una mujer.

—Hola —digo—. Me llamo Oliver Bond, y hace poco que soy abogado en Townsend.

—Ya hemos cerrado…

—Sí, lo sé…, pero es que soy amigo de Janice Roth y estoy intentando localizarla.

—Ya no trabaja aquí.

Eso ya lo sé. Es más, también sé que Janice Roth se ha casado hace poco con un tío que se llama Howard Wurtz y que se han trasladado a Texas, donde a él le esperaba un trabajo en la NASA. Las búsquedas de información disponible con carácter público son el mejor amigo del abogado defensor.

—Oh, jolines…, ¿en serio? Menuda lata. Soy amigo suyo de la Facultad de Derecho.

—Se ha casado —dice la mujer.

—Ah, sí, con Howard, ¿verdad?

—¿Conoce a Howard?

—No, pero sé que estaba loca por él —digo—. ¿No será usted también abogada de oficio, por casualidad?

—Lamentablemente, sí. —Suspira—. ¿Se dedica a la práctica privada? Créame, no se pierde nada.

—Qué va, usted subirá al cielo mucho antes que yo. —Me río—. Mire, tengo una pregunta muy rápida. Soy nuevo en la práctica del derecho penal de Vermont, así que aún estoy cogiéndole el tranquillo.

Soy nuevo en la práctica del derecho penal y punto, pero eso no se lo cuento.

—Claro, ¿de qué se trata?

—Mi cliente es un chaval de dieciocho años, y es autista. Se le fue un poco la pinza durante la comparecencia, y ahora está encerrado hasta que se celebre su vista de incapacidad. Pero es que no se va a poder adaptar a la cárcel. No deja de intentar hacerse daño. ¿Hay alguna manera de acelerar los mecanismos de la justicia por aquí?

—Vermont funciona fatal en lo referente a la atención psiquiátrica de los internos. Solían utilizar el hospital público del estado para la custodia previa a los exámenes de incapacidad, pero se quedó sin fondos, así que ahora, la mayoría de los casos van a Springfield, ya que cuenta con la mejor asistencia médica —dice—. Una vez tuve un cliente que estaba a la espera de la evaluación al que le gustaba embadurnarse de los pies a la cabeza. La primera noche lo hizo con un bloque de medio kilo de mantequilla de la cena, y con desodorante justo antes de una visita mía.

—¿Un vis a vis?

—Sí, a los agentes les dio exactamente igual. Supongo que pensaron que lo peor que podría hacer era frotarme con algo. De todas formas, con ese tío presenté una moción de establecimiento de fianza —dice la abogada—. Eso te lleva de vuelta ante el juez. Haga que su loquero o su tutor suban al estrado para respaldar su versión; pero evite que aparezca su cliente, porque no desea que una repetición del numerito cabree al juez. Su principal objetivo es convencer al juez de que el muchacho no es peligroso si no está encerrado, y si se le pone a correr como un loco por la sala, digamos que eso le tumbaría el caso.

Moción de establecimiento de fianza, escribo en un cuaderno que tengo delante.

—Gracias —digo—. Ha sido genial.

—No es nada. Oiga, ¿quiere el e-mail de Janice?

—Por supuesto —miento. Me lo lee, y hago como que lo escribo.

Cuando cuelgo, me voy hasta el frigorífico y saco una botella de agua mineral Poland Spring. Vacío la mitad en el bol de Thor y a continuación levanto la botella en un brindis.

—Por Janice y Howard —digo.

—Señor Bond —dice el juez Cuttings al día siguiente—, ¿no nos encontramos a la espera de nuestra evaluación de incapacidad en esta causa?

—Su señoría —respondo—, no creo que podamos.

La sala está vacía con la excepción de Emma, la doctora Murano y la fiscal, una mujer llamada Helen Sharp, pelirroja, con el pelo muy corto y unos colmillos puntiagudos que me recuerdan a un vampiro o a un pitbull. El juez mira en su dirección.

—Señora Sharp, ¿cuál es su opinión?

—No sé nada acerca de esta causa, señor juez —dice ella—. Me he enterado de esta vista esta misma mañana, literalmente. El defendido se encuentra acusado de asesinato, usted ha decretado una vista de incapacidad. La postura del estado es que permanezca en prisión hasta entonces.

—Con el debido respeto, su señoría —replico—, creo que este tribunal debería escuchar a la madre y a la psiquiatra de mi cliente.

El juez realiza un movimiento con la mano, y yo, con un gesto, le indico a Emma que suba al estrado para testificar. Bajo los ojos exhibe unas sombras oscuras, y le tiemblan las manos. Veo cómo las quita de la barrera y se las lleva a su regazo para que el juez no pueda verlas.

—Por favor, indique su nombre y su dirección de residencia —digo.

—Emma Hunt… Número 132 de Birdseye Lane en Townsend.

—¿Es el acusado, Jacob Hunt, su hijo?

—Sí, lo es.

—¿Puede decirnos qué edad tiene Jacob?

Emma se aclara la garganta.

—Cumplió los dieciocho en diciembre.

—¿Dónde vive Jacob?

—Conmigo, en Townsend.

—¿Va Jacob al instituto? —pregunto.

—Va al Instituto Regional de Townsend; está en el último año.

La miro de forma directa.

—Señora Hunt, ¿se encuentra Jacob en alguna situación médica particular que le haga a usted temer por su integridad mientras se halla en prisión?

—Sí. A Jacob le ha sido diagnosticado el síndrome de Asperger, un autismo de alto nivel funcional.

—¿Cómo afecta el asperger al comportamiento de Jacob?

Hace una pausa por un instante, baja la vista.

—Cuando decide hacer algo, tiene que hacerlo de manera inmediata —dice Emma—. Si no puede, se agita mucho. Casi nunca da señales de emoción alguna, ya sea alegría o tristeza, y no es capaz de empatizar con las conversaciones de los chicos de su misma edad. Se toma las palabras de una manera muy muy literal: si se le pidiese, por ejemplo, que comiera con la boca cerrada, él respondería que eso es imposible.

Sufre de hipersensibilidad: le alteran las luces intensas, los ruidos muy altos y los roces leves. No le gusta ser el centro de atención. Necesita saber con exactitud cuándo va a pasar algo, y si se trastocan sus rutinas, se pone extremadamente ansioso y actúa de un modo que le hace destacar aún más: se da golpes con la mano en el costado, o habla consigo mismo, o repite frases de películas una y otra vez. Cuando las cosas le superan de forma abrumadora, se marcha a esconderse a alguna parte, a su armario o debajo de la cama, y deja de hablar.

—Muy bien —interrumpe el juez Cuttings—, así que su hijo es irritable, literal y quiere hacer las cosas a su manera y según su propio horario. Eso me recuerda mucho a la figura del adolescente.

Emma hace un gesto negativo con la cabeza.

—No lo estoy explicando bien. Se trata de algo más que ser literal o desear una rutina. Un adolescente normal decide no relacionarse... Para Jacob, no se trata de una elección.

—¿Qué tipo de cambios ha visto desde el ingreso de su hijo en prisión? —pregunto.

A Emma se le llenan los ojos de lágrimas.

—No es Jacob —dice—. Se está haciendo daño, a propósito. Se está retrayendo en el habla. Ha comenzado a sufrir otra vez estereotipias motrices: se da golpes con las manos, rebota de puntillas, camina en círculos. He pasado quince años intentando hacer que Jacob forme parte de este mundo en lugar de permitirle que se aísle... y un solo día en la cárcel lo ha deshecho todo. —Mira al juez—. Solo quiero que mi hijo vuelva, antes de que sea demasiado tarde como para llegar hasta él.

—Gracias —digo—. No hay más preguntas.

Helen Sharp se levanta. Llega con facilidad al metro ochenta y cinco. ¿Cómo es que no me fijé en eso cuando entró?

—Su hijo... ¿ha sido encarcelado alguna vez con anterioridad?

—¡No! —responde Emma.

—¿Ha sido arrestado alguna vez con anterioridad?

—No.

—¿Ha habido alguna otra ocasión en la que usted haya presenciado un retroceso en el comportamiento de su hijo?

—Sí —dice Emma—. Cuando los planes cambian en el último momento. O cuando está disgustado y no es capaz de verbalizarlo.

—¿Cabe entonces la posibilidad de que este comportamiento suyo actual no tenga nada que ver con su ingreso en prisión, y todo que ver con sentirse culpable por haber cometido un crimen horrible?

Una ola de calor inunda el rostro de Emma.

—Él jamás haría nada de eso de lo que usted le acaba de acusar.

—Tal vez, señora, pero su hijo está acusado de asesinato en primer grado. Eso sí lo entiende usted, ¿verdad?

—Sí —dice Emma entre dientes.

—Y su hijo se encuentra bajo custodia de protección, de manera que su integridad no está en cuestión…

—Si su integridad no estaba en cuestión en primera instancia, tendría entonces que estar en una celda acolchada —replica Emma, y me dan ganas de salir corriendo hasta allí para chocarle los cinco.

—No hay más preguntas —dice la fiscal.

Me vuelvo a poner en pie.

—La defensa llama a la doctora Luna Murano.

El nombre de la psiquiatra de Jacob suena como el de alguien que ha crecido en una comuna, pero eso fueron sus padres. Ella debe de haberse rebelado y afiliado a las juventudes del partido republicano, porque ha aparecido en la sala con traje de ejecutivo agresivo, un pedazo de tacón y un moño tan tirante que se diría que le está haciendo un *lifting* facial. Le solicito que haga constar sus credenciales y, a continuación, le pregunto hasta dónde conoce a Jacob.

—Llevo quince años trabajando con él —dice—, en conjunción con su diagnóstico de asperger.

—Háblenos un poco del asperger —digo.

—Bien, el síndrome lo descubrió el doctor Hans Asperger en 1944, pero en el mundo anglosajón no fue conocido hasta finales de los años ochenta, y no fue clasificado como una afección de carácter psiquiátrico hasta 1994. En sentido estricto, se trata de un síndrome neurobiológico que afecta a diversas áreas del desarrollo. Al contrario que otros niños dentro del espectro del autismo, los que sufren asperger son brillantes, con gran capacidad verbal y un deseo pronunciado de aceptación social…, solo que no saben cómo conseguirla. Sus conversaciones pueden ser monólogos, podrían concentrarse en temas de interés muy concretos; pueden utilizar un lenguaje repetitivo y un tono de voz muy monótono. No son capaces de interpretar las insinuaciones de carácter social, o el lenguaje no verbal, y, por tanto, no son capaces de identificar los sentimientos de la gente que los rodea. Debido a esto, alguien con asperger suele ser considerado raro o excéntrico, lo cual conduce al aislamiento social.

—Muy bien, doctora, en el mundo hay mucha gente rara o excéntrica a la que no le ha sido diagnosticado asperger, ¿no es así?

—Por supuesto.

—Entonces, ¿cómo se diagnostica?

—Es una cuestión de cognición, del niño que escoge la privacidad frente al que no puede relacionarse aunque lo desea, de manera desesperada, y no es capaz de meterse en la piel de otro niño para facilitarlo. —Mira al juez—. El asperger es una discapacidad del desarrollo, pero es una discapacidad oculta. Al contrario, por ejemplo, que un individuo con limitaciones mentales, un niño con asperger podría tener un aspecto normal e incluso sonar bastante normal y dar una imagen de una capacidad increíble, y sin embargo tener unas dificultades atroces para la comunicación y la interacción social.

—Doctora, ¿con qué frecuencia ve usted a Jacob?

—Cuando era más pequeño, solía verle una vez a la semana, pero ahora lo hemos reducido a una vez al mes.

—¿Y Jacob está en su último año en el instituto público?

—Es correcto.

—¿No sufre entonces ningún retraso educativo a causa de su asperger?

—No —dice la doctora Murano—. Es más, es probable que el cociente de inteligencia de Jacob sea superior al suyo, señor Bond.

—Eso no lo dudo —murmura Helen Sharp.

—¿Disfruta Jacob de alguna atención especial en el instituto?

—Cuenta con un Plan Educativo Individualizado, un PEI, que es obligatorio por ley para los niños con discapacidades. La señora Hunt y yo nos reunimos con el director y con los profesores de Jacob cuatro veces al año para revisar las estrategias que le ayudarán a rendir bien en clase. Las cosas que resultan normales para ciertos estudiantes de instituto podrían hacer que Jacob cayese en barrena.

—¿Cosas tales como…?

—El desorden en el aula resulta abrumador para Jacob. Destellos luminosos. Que le toquen. Los papeles arrugados. Cualquier cosa que resulte inesperada en términos sensitivos, como la oscuridad que precede a la proyección de un vídeo o una película, resulta complicada para Jacob si él no sabe con antelación que va a suceder —dice Murano.

—De manera que esas atenciones van dirigidas a evitar que se vea sobreestimulado, ¿no es así?

—Exacto.

—¿Cómo le está yendo a Jacob este año en clase?

—Todas las notas que ha obtenido en el primer semestre han sido sobresalientes excepto un notable —dice la doctora Murano.

—Antes de que ingresara en prisión —pregunto—, ¿cuándo fue la última vez que vio a Jacob?

—Hace tres semanas, en una visita rutinaria.

—¿Cómo estaba Jacob?

—Muy muy bien —dice la psiquiatra—. Es más, le comenté a la señora Hunt que Jacob había iniciado una conversación conmigo, y no al revés.

—¿Y esta mañana?

—Esta mañana, cuando he visto a Jacob, me he quedado consternada. No le había visto en ese estado desde que tenía tres años. Tiene usted que entenderlo, se trata de una cuestión química en su cerebro, una especie de envenenamiento por mercurio provocada por las vacunas… —Mierda, no—. Es solo gracias al diligente régimen de tratamiento biomédico y a la dedicación de Emma Hunt a la interacción social de su hijo que Jacob había llegado a alcanzar el punto en el que se encontraba antes de su ingreso en prisión. ¿Sabe usted quién debería estar entre rejas? Las compañías farmacéuticas que se están enriqueciendo gracias a unas vacunas que desataron una ola de autismos en los años noventa...

—¡Protesto! —grito.

—Señor Bond —dice el juez—, no puede usted protestar ante su propio testigo.

Sonrío, pero se trata de una mueca.

—Doctora Murano, le agradecemos sus opiniones políticas, pero no creo que vengan al caso ahora mismo.

—Pero es que es así, es que estoy viendo el mismo patrón: un niño dulce, sociable, interactivo que de repente se aísla, se aparta del estímulo y no se relaciona con la gente. No sabemos lo suficiente sobre el cerebro del autista para entender qué es lo que los trae de vuelta a nosotros, y por qué solo unos pocos de ellos logran regresar. Pero sí entendemos que un incidente traumático severo, como un encarcelamiento, puede conducir a una regresión permanente.

—¿Tiene usted alguna razón para creer que si Jacob fuera excarcelado y puesto al cuidado de su madre, constituiría un peligro para sí mismo o para otros?

—Rotundamente no —dice la doctora Murano—. Jacob sigue las normas al pie de la letra. De hecho, ese es uno de los rasgos del asperger.

—Gracias, doctora —finalizo.

Helen Sharp da golpecitos con el bolígrafo sobre la mesa, delante de sí.

—Doctora Murano, acaba usted de referirse a Jacob como un «chico», ¿no es así?

—Sí, supongo que sí.

—Bien, resulta que en realidad tiene ya dieciocho años.

—Cierto.

—Legalmente es un adulto —dice Helen—. Es responsable de sus actos, ¿no?

—Todos sabemos que media un abismo entre la responsabilidad legal y la capacidad emocional.

—¿Tiene Jacob un tutor? —pregunta Helen.

—No, tiene una madre.

—¿Ha solicitado su madre ser declarada su tutora legal?

—No —dice la doctora Murano.

—¿Ha solicitado *usted* ser declarada su tutora legal?

—Jacob ha cumplido los dieciocho años hace apenas un mes.

La fiscal se pone en pie.

—Ha dicho usted que es importante que Jacob siga una rutina estable, ¿no es así?

—Es decisivo —dice la psiquiatra—. Es probable que sea el hecho de no saber lo que le va a pasar ahora mismo lo que le haya llevado a su estado de crisis.

—De manera que Jacob necesita poder predecir su horario para sentirse seguro, ¿verdad?

—Es correcto.

—Muy bien. ¿Y si yo le dijera, doctora, que en las Instalaciones Penitenciarias del Sur del Estado Jacob se levantaría todos los días a la misma hora, tendría las comidas todos los días a las mismas horas, que se ducharía todos los días a la misma hora, que iría a la biblioteca todos los días a la misma hora, etcétera? ¿Por qué no se encuentra esto perfectamente en línea con aquello a lo que Jacob está acostumbrado?

—Porque eso no es a lo que él está acostumbrado. Se trata de una desviación tal de su rutina habitual diaria, una ruptura no planeada tal, que me temo que le haya afectado de manera irreversible.

Helen esboza una sonrisita.

—Pero, doctora Murano, ¿entiende usted que Jacob ha sido acusado del asesinato de su tutora de interacción social?

—Lo entiendo —dice ella—, y lo encuentro muy difícil de creer.

—¿Sabe usted qué pruebas hay en este momento en contra de Jacob? —pregunta Helen.

—No.

—Entonces basa usted su deducción acerca de su culpabilidad o su inocencia en lo que usted sabe de Jacob, y no en las pruebas.

La doctora Murano levanta una ceja.

—Y usted está basando su deducción en las pruebas, sin haber visto a Jacob en su vida.

«¡Toma!», pienso con una sonrisa.

—No hay más preguntas —murmura Helen.

El juez Cuttings observa cómo la doctora Murano baja del estrado.

—¿Tiene algún testigo la fiscalía?

—Su señoría, nos gustaría solicitar un aplazamiento, dado el poco tiempo desde que...

—Si desea usted presentar una solicitud de revisión, señora Sharp, me parece muy bien, si es que llegamos a ese punto —dice el juez—. Escucharé ahora los alegatos de los letrados.

Me pongo en pie.

—Señor juez, deseamos que se celebre esa vista de incapacidad, y puede usted revisar la fianza después de que se haya llevado a cabo, pero en este preciso momento, yo tengo a un joven que se está deteriorando psicológicamente a cada minuto que pasa. Le solicito que le imponga restricciones a él, a su madre, a su psiquiatra e incluso a mí. ¿Desea que venga él hasta aquí todos los días y se presente ante usted? Fantástico, yo mismo lo traeré. Jacob Hunt tiene el derecho constitucional a una fianza, pero también tiene derechos humanos, su señoría. Si se le mantiene mucho más tiempo en una celda, creo que eso va a acabar con él. Estoy solicitando, no, le estoy suplicando, que establezca una cantidad razonable como fianza y ponga en libertad a mi cliente hasta después de la vista de incapacidad.

Helen me mira y pone los ojos en blanco.

—Señor juez, Jacob Hunt ha sido acusado del asesinato en primer grado de una joven a la que conocía y quien supuestamente le caía bien. Era su tutora, se divertían juntos, y los hechos que rodean este caso, sin entrar en detalles, incluyen declaraciones incriminatorias que el propio acusado ha hecho a la policía y una serie de pruebas forenses de mucho peso que relacionan al acusado con el escenario del crimen. Creemos que esta causa tiene mucho mucho peso para el estado. Y si el acusado lo está pasando tan mal incluso antes de que se celebre la vista para establecer su fianza, señor juez, ya se puede imaginar el enorme incentivo que tendrá para huir de la jurisdicción si lo suelta ahora. Los padres de la víctima ya están consternados por la pérdida de su hija, y se sienten aterrorizados ante la posibilidad de que sea puesto en libertad un joven como este, que ha estado haciendo gala de una conducta violenta en una celda de la prisión. Solicitamos que no se considere fianza alguna hasta después de la vista de incapacidad.

El juez dirige la mirada hacia la zona del público, a Emma.

—Señora Hunt —dice él—, ¿tiene usted algún otro hijo?

—Sí, su señoría. Tengo un hijo de quince años.

—Y doy por sentado que requiere atención, por no mencionar el alimento y los traslados en coche.

—Sí.

—¿Es usted consciente de que, si el acusado fuese puesto en libertad bajo su custodia, tendría usted que hacerse responsable de él las veinticuatro horas del día y esto afectaría de manera significativa a su propia libertad de movimientos al igual que sus responsabilidades para con su hijo más joven?

—Haré todo lo que tenga que hacer para llevarme a Jacob a casa —dice Emma.

El juez Cuttings se quita sus gafas de leer.

—Señor Bond, voy a poner en libertad a su cliente bajo determinadas condiciones. Primero, su madre deberá ofrecer la residencia familiar como garantía de fianza. Segundo, voy a requerir que el acusado se halle bajo monitorización electrónica en su hogar, que no asista al instituto, que permanezca en la casa sin excepción y que, o bien su madre, o bien otra persona adulta de una edad superior a los veinticinco años, se encuentre con él en todo momento. No se le permite abandonar el estado. Tendrá que firmar una renuncia de extradición, y se le requiere que vea a la doctora Murano y siga todas sus indicaciones, incluida la toma de medicación. Finalmente, cumplirá con la evaluación de incapacidad en el momento en que esté programada, y usted se pondrá en contacto con la fiscalía para determinar cuándo y dónde tendrá lugar. No es necesario que la fiscalía solicite una moción; voy a establecer la revisión de esta causa el mismo día en que sea recibida la evaluación de incapacidad.

Helen recoge sus cosas.

—Disfruta de la suspensión temporal —me dice a mí—. Con esta te hago un mate en plena cara.

—Solo porque eres una gigantona —mascullo.

—¿Disculpe, letrado?

—Que digo que no conoce usted a mi cliente.

Entrecierra los ojos y sale indignada de la sala.

A mi espalda, Emma se funde en un abrazo con la doctora Luna Murano. Levanta la vista hacia mí.

—Muchísimas gracias —dice con una voz que rompe como las olas por encima de las sílabas.

Me encojo de hombros, como si yo hiciese esto todos los días. En realidad, he sudado tanto que tengo la camisa empapada.

—De nada —respondo.

Conduzco a Emma hasta la oficina del secretario del juzgado para rellenar el papeleo y recoger las hojas que tiene que firmar Jacob.

—Nos encontraremos en el vestíbulo —digo.

Aunque Jacob no se hallaba presente en la sala, él tenía que estar aquí mientras se deliberaba en su nombre. Ahora debe firmar las condiciones de su puesta en libertad y su renuncia de extradición.

No lo he visto aún. Para ser absolutamente sincero, me asusta un poco; el testimonio de su madre y el de Luna Murano han hecho de él un vegetal.

Cuando me acerco al calabozo, está tumbado en el suelo con las rodillas encogidas contra el pecho. Luce un vendaje en la cabeza y tiene la piel que rodea los ojos de color negro y azulado; y el pelo apelmazado.

Cielo santo, de haberlo tenido conmigo en la sala, habría salido de la cárcel en menos de diez segundos.

—Jacob —digo en voz baja—. Jacob, soy yo, Oliver. Tu abogado.

No se mueve. Tiene los ojos abiertos de par en par, pero ni se inmutan cuando me voy acercando. Le hago un gesto al alguacil para que abra la puerta de la celda y me pongo en cuclillas a su lado.

—Necesito que me firmes unos papeles —le digo.

Susurra algo, y me inclino hacia él.

—¿Uno? —repito—. Pues en realidad son varios, pero oye, que no tienes que volver a la cárcel, colega. Esas son las buenas noticias.

«Al menos por ahora.»

Jacob habla sin apenas aliento. Suena como «uno, dos, tres, cinco».

—Estás contando. ¿Estás fuera de combate? —Le miro fijamente. Esto es como jugar a adivinar las películas con alguien que no tiene brazos ni piernas.

—Hecho —dice Jacob, alto y claro.

Está de acuerdo. ¿O es que ha hecho algo?

—Jacob —mi voz es más firme—, venga, vamos. —Comienzo a estirar el brazo hacia él, pero veo cómo su cuerpo se tensa por completo justo un centímetro antes de que mi mano entre en contacto con él.

Así que retrocedo. Me siento a su lado, en el suelo.

—Uno —digo.

Sus ojos parpadean una vez.

—Dos.

Parpadea tres veces.

Es entonces cuando me doy cuenta de que estamos manteniendo una conversación. Solo que no estamos utilizando palabras.

Uno, uno, dos, tres. ¿Por qué cinco y no cuatro?

Saco de mi bolsillo el bolígrafo y me escribo los números en la mano hasta que veo el patrón. No es *hecho*, sino *ocho*.

—Once —digo, mirando fijamente a Jacob—. Diecinueve. —Se da la vuelta—. Fírmame esto —le digo—, y yo te llevaré con tu madre.

Empujo los papeles hacia él, por el suelo. Echo a rodar el bolígrafo en su dirección.

Al principio, Jacob no se mueve.

Y entonces, muy lentamente, lo hace.

JACOB

Una vez, Theo me preguntó si, de haber un antídoto para el asperger, me lo tomaría.

Yo le dije que no.

No estoy seguro de cuánto de mí está contenido dentro de la parte que corresponde al asperger. ¿Y si pierdo parte de mi inteligencia, por ejemplo, o de mi sarcasmo? ¿Y si me diesen miedo los fantasmas en Halloween en lugar del color de las calabazas? El problema es que no recuerdo quién era yo sin asperger, así que ¿quién sabe lo que quedaría? Yo lo comparo con un sándwich de manteca de cacahuete y mermelada, que lo abres y en realidad te resulta imposible quitar la manteca de cacahuete sin llevarte un poco de mermelada, ¿verdad que sí?

Puedo ver a mi madre. Es como el sol cuando estás debajo del agua y eres lo bastante valiente como para abrir los ojos. Está desenfocada y ligeramente llorosa y demasiado brillante para ver con claridad. Así de alejado de la superficie me encuentro.

Me escuece la garganta de gritar tan fuerte; tengo heridas que me llegan al hueso. Las pocas veces que me quedo dormido, me despierto llorando. Todo lo que yo quería era alguien que entendiese lo que había hecho, y por qué. Alguien a quien le importase más que un bledo, tanto como a mí.

Cuando me pusieron aquella inyección en la cárcel, soñé que me habían extirpado el corazón del pecho. Los médicos y los agentes de prisiones se lo pasaban los unos a los otros como en el juego de la pata-ta caliente, y después intentaron cosérmelo otra vez, pero solo consi-guieron hacerme parecer el monstruo de Frankenstein. «¿Lo ves? —ex-clamaban todos—, si ni siquiera se nota», y dado que se trataba de una mentira, ya no pude confiar en nada más que ellos dijesen.

Yo no me tomaría la mermelada sin la manteca de cacahuete, pero a veces me pregunto por qué no podía haber almorzado carne, que es lo que prefiere todo el mundo.

Había antaño una teoría según la cual los cerebros autistas no fun-cionaban bien a causa de los espacios de separación entre las neuronas, la carencia de conectividad. Ahora hay una teoría nueva según la cual los cerebros autistas funcionan demasiado bien: pasan tantas cosas en mi cabeza que yo tengo que hacer un esfuerzo extra para filtrarlas, y a veces el mundo normal y corriente se convierte en la fruta fresca que va a la basura con la que está pocha.

Oliver —quien dice ser mi abogado— se ha dirigido a mí en el len-guaje de la naturaleza. Eso es todo lo que siempre he querido: ser tan orgánico como la voluta de semillas de un girasol, o la espiral de una concha. Cuando tienes que hacer un esfuerzo tan grande para ser nor-mal, eso significa que no lo eres.

Mi madre avanza. Está llorando, pero tiene una sonrisa en la cara. ¡Por Dios bendito, así cómo voy a llegar a entender jamás lo que sentís!

Por lo general, cuando voy donde voy, se trata de una habitación sin puertas ni ventanas, pero en la cárcel, eso era el mundo, y por tanto he tenido que marcharme a otro sitio. Era una cápsula de metal, hundida en el fondo del mar. Si alguien intentase venir a por mí con un cuchi-llo, un cincel o con un rayo de esperanza, el océano percibiría el cam-bio y el metal implosionaría.

El problema era que yo estaba sujeto a las mismas reglas si intentaba salir.

Mi madre se encuentra a cinco pasos de distancia. Cuatro. Tres.

Cuando era muy pequeño, un domingo por la mañana vi un programa para niños en la televisión cristiana. Trataba de un niño de los que van a educación especial que estaba jugando al escondite con otros niños en un vertedero. Los demás se olvidaron de él y, un día después, la policía lo encontró asfixiado dentro de un frigorífico viejo. Yo no obtuve ningún mensaje de carácter religioso de aquello, como la Regla de Oro o la salvación eterna. El que obtuve fue: «No te escondas en frigoríficos viejos».

Esta vez, cuando he ido adonde he ido, he pensado que había ido demasiado lejos. No había ya dolor, y nada importaba, seguro: pero nadie me encontraría, y al final dejarían de buscar.

Ahora, sin embargo, me está empezando a doler la cabeza otra vez, y me duelen los hombros. Huelo a mi madre: vainilla y fresia y el champú que utiliza que viene en un bote verde. Siento su calor, como el asfalto en verano, justo antes de que me envuelva en sus brazos.

—Jacob —dice ella.

Mi nombre emerge en la montaña rusa de un sollozo. Mis rodillas ceden de alivio, conscientes de que no me he consumido después de todo.

CASO N.º 6: MÁS VALE UN DIENTE...

Es probable que sepas quién fue Ted Bundy: un famoso asesino en serie a quien se relacionó con el asesinato de treinta y seis víctimas, aunque muchos expertos creen que el número se acerca más al centenar. Se aproximaba a una mujer en un lugar público simulando alguna lesión o haciéndose pasar por alguien de la autoridad, y la secuestraba. Una vez que tenía a la víctima en el coche, le daba un golpe en la cabeza con una palanca. Estranguló a todas sus víctimas excepto a una. Trasladó muchos de los cuerpos a kilómetros de donde habían desaparecido. Mientras se encontraba en el corredor de la muerte, Bundy reconoció haber decapitado a una docena de ellas y haberse guardado las cabezas por un tiempo. Iba a ver los cadáveres y los maquillaba o mantenía relaciones sexuales con ellos. Se guardaba recuerdos: fotos, ropa de las mujeres... Todavía hoy, muchas de sus víctimas siguen siendo desconocidas.

Existe la idea generalizada de que el testimonio experto del doctor Richard Souviron, criminólogo dentista, fue lo que garantizó la condena de Bundy y su posterior ejecución. Se hallaron marcas de mordiscos en las nalgas de la víctima Lisa Levy. La primera fue la marca completa de un mordisco. La segunda estaba girada, de manera que había dos impresiones de los dientes del maxilar inferior. Esto ofreció a las autoridades más lugares donde comparar el registro dental con las marcas, lo cual incrementó las posibilidades de una coincidencia.

El análisis de las marcas del mordisco fue posible solo porque un investigador del laboratorio de criminalística con una especial pericia que se encontraba sacando fotografías en el escenario del crimen incluyó una regla en la foto de la mordedura para mostrar su escala. Sin esta fotografía, Bundy podría haber sido absuelto. Llegado el momento de presentar el caso ante *el tribunal, la marca del mordisco se había deteriorado más allá de cualquier posible identificación, de manera que la única prueba útil de su tamaño y forma originales fue aquella fotografía.*

6

RICH

—¿Haces tú los honores? —me pregunta Basil.

Estamos metidos en el cuarto de baño de Jessica Ogilvy, los dos investigadores del laboratorio que han estado peinando la casa en busca de pruebas, y yo. Marcy ha tapado las ventanas con papel negro y está lista con la cámara. Basil ha mezclado el Luminol para rociarlo por toda la bañera, el suelo y las paredes. Apago el interruptor, y quedamos sumidos en la oscuridad.

Basil esparce la solución y, de repente, el cuarto de baño se ilumina como un árbol de Navidad: la lechada entre los azulejos adquiere un brillo azul fluorescente.

—La leche —murmura Marcy—. Cómo me gusta cuando damos en el clavo.

El Luminol brilla en contacto con el catalizador apropiado, en este caso, el hierro de la hemoglobina. Jacob Hunt puede haber sido lo bastante listo como para ordenar el desastre que había dejado después de asesinar a Jess Ogilvy, pero aún quedaban restos de sangre que bastarían para convencer a un jurado de su culpabilidad.

—Buen trabajo —digo, mientras Marcy toma una endiablada ráfaga de fotografías. Suponiendo que la sangre coincida con la de la víctima, esta última pieza del puzle me ayuda a trazar el mapa del delito—. Jacob Hunt viene a su cita con la víctima —cavilo, pensando en voz

alta—. Discuten y quizá tiren la torre de CD, el correo y algún taburete, y la acorrala, justo aquí, parece… Le da una paliza y le asesta un
golpe que termina por matarla. —Cuando el Luminol pierde el brillo,
enciendo las luces—. Entonces limpia el cuarto de baño y asea a la
víctima, la viste y la arrastra hasta el desagüe. —Bajo la mirada al suelo.
A plena luz no se ve el producto químico, ni mucho menos se ve la
sangre—. Pero Jacob es un fanático de la investigación criminal
—digo.

Basil sonríe.

—He leído un artículo en *Esquire* donde dice que las mujeres nos
encuentran más atractivos aún que a los bomberos…

—No todas las mujeres —matiza Marcy.

—Y así —prosigo, sin hacerles caso—, regresa al escenario del crimen y toma la decisión de cubrir sus huellas. La cosa es que es listo,
quiere cargarle esto a Mark Maguire, así que piensa: «Si lo hizo Mark,
¿cómo intentaría él cubrir sus pasos?» Como un secuestro. De manera
que se calza las botas de Mark Maguire, hace unas pisadas por el exterior y corta la mosquitera de una ventana. Recoge los CD, el correo y
los taburetes; pero también sabe que Mark es lo bastante listo como
para querer despistar un poco a los investigadores, de modo que redac-
ta una nota para el cartero y llena una mochila de ropa de la víctima y
se la lleva, ambas pistas que apuntaban a que Jess se marchó voluntariamente.

—Me pierdo —dice Marcy.

—Jacob Hunt amañó su escenario del crimen para que pareciese
que lo había cometido otra persona, que a su vez habría amañado el
escenario del crimen para ocultar su participación. Es brillante, joder
—suspiro.

—¿Y en qué estás pensando, entonces? —pregunta Basil—. ¿En una
riña entre amantes?

Lo niego con la cabeza.

—No lo sé. —Aún.

Marcy se encoge de hombros.

—Qué lástima que los asesinos no se sientan demasiado inclinados a hablar.

—Qué bueno que las víctimas sí lo hagan —digo.

Wayne Nussbaum tiene los brazos metidos hasta el codo en la cavidad pectoral de un fallecido de Swanton cuando yo me pongo la mascarilla y los patucos y entro en la sala.

—No puedo quedarme más tiempo —digo. Me he pasado los últimos cuarenta y cinco minutos esperando a Wayne en su despacho.

—Él tampoco —replica Wayne, y reparo en las marcas de ligaduras en el cuello del muerto—. Mira, no es que haya tenido precisamente la oportunidad de prever que un asesinato/suicidio me iba a descabalar el programa. —Levanta un órgano de color rojo brillante en la mano, y le bailan los ojos—. Vamos, señor detective, tenga usted corazón…

No me hace ninguna gracia.

—¿Es eso lo que se aprende en la escuela de payasos?

—Claro, va justo después de Principios Básicos del Tartazo Limpio.

Se vuelve hacia la joven que le asiste durante las autopsias. Se llama Lila, y una vez me intentó tirar los tejos invitándome a una *rave* en el sur de Burlington. En lugar de halagarme, aquello me hizo sentir realmente viejo.

—Lila —dice él—, dame diez minutos.

Se quita los guantes, la bata y los patucos en cuanto salimos del ambiente estéril y recorre a mi lado el pasillo camino de su despacho. Revisa unas carpetas en su mesa hasta que veo una con el nombre de Jess Ogilvy en la etiqueta.

—No sé qué más te puedo contar que no haya desmenuzado ya mi informe con claridad meridiana —dice Wayne mientras se sienta—. La causa de la muerte fue un hematoma subdural causado por una fractura en la base del cráneo. La empujó con tal fuerza que le metió el cráneo en el cerebro y la mató.

Eso ya lo sabía, pero no era el verdadero motivo de la muerte de Jess Ogilvy. Este fue que le dijo algo a Jacob Hunt que hizo que se disparase; o tal vez que se negara a decirle algo. Algo como «yo siento lo mismo por ti».

Resultaría bastante sencillo suponer que un chico que se había enamorado de su tutora —y había sido rechazado— se hubiera liado a golpes con ella.

Wayne le echa un vistazo a su propio informe.

—Las laceraciones que tiene en la espalda, marcas de arrastre, se hicieron *post mortem*. Yo supondría que se produjeron cuando se trasladó el cuerpo. Había magulladuras, sin embargo, que fueron provocadas antes de la muerte. Las faciales, por supuesto, y algunas de la parte alta de los brazos y la garganta.

—¿No hay semen?

Wayne hace un gesto negativo con la cabeza.

—*Nada*.*

—¿Podría haber usado un condón?

—Es altamente improbable —dice el forense—. No encontramos vello púbico ni ningún otro indicio físico que coincida con una violación.

—Pero llevaba las bragas puestas del revés.

—Sí, pero eso solo demuestra que el autor no es un experto en la compra de lencería, y no que se trate de un violador.

—Esas magulladuras —digo—, ¿puedes decirme de cuándo son?

—En un margen de un día, o algo así —responde Wayne—. La verdad es que no hay una técnica fiable para determinar la antigüedad de una magulladura más allá de su color y de los métodos inmunohistoquímicos. En resumidas cuentas, cada uno sana a un ritmo distinto, así que, aunque pueda tener delante dos magulladuras y decirte si una

---

* En español en el original. (N. del T.)

de ellas ocurrió una semana antes que la otra, no te puedo decir si una ocurrió a las nueve de la mañana y la otra a mediodía.

—¿Cabe entonces la posibilidad de que las marcas de ahogamiento de la garganta y las de las yemas de los dedos en la parte alta de los brazos se hubieran producido minutos antes de que muriese?

—Incluso horas. —Wayne deja caer la carpeta sobre un montón en un lateral de su mesa—. Pudo haberla amenazado y después regresar para matarla a golpes.

—O puede que se tratase de dos personas distintas en momentos diferentes. —Mis ojos se encuentran con los suyos.

—Entonces sí que se puede decir que Jess Ogilvy tuvo la peor mierda de día conocida hasta la fecha —dice el forense—. Supongo que puedes acusar al novio de agresión, aunque me parece que es complicarse la vida de manera innecesaria, si es que tu detenido ya ha confesado haber movido el cuerpo.

—Sí, ya lo sé. —Es solo que no entendía por qué aquello me molestaba tanto—. ¿Puedo preguntarte algo?

—Claro.

—¿Por qué dejaste lo de ser payaso?

—Ya no era divertido. Niños que te gritan en la cara, que te potan encima la tarta de cumpleaños… —Wayne se encoge de hombros—. Aquí mis clientes son mucho más predecibles.

—Supongo que sí.

El forense se me queda mirando durante un largo rato.

—¿Sabes cuál es el caso más duro que he tenido nunca? Un accidente de coche. Una mujer vuelca su todoterreno en la autopista, su bebé sale despedido del asiento, sufre lesiones graves en la columna y fallece. Me trajeron el asiento entero del coche al depósito. Tuve que colocar al bebé muerto en su silla para demostrar que la madre no le había puesto el cinturón de la manera apropiada, y que ese fue el motivo de que el bebé saliese despedido. —Wayne se pone en pie—. Hay veces que no puedes dejar de recordarte a ti mismo que si estás metido en esto es por la víctima.

Hago un gesto de asentimiento y me pregunto por qué esa etiqueta no me hace pensar en Jess Ogilvy, sino en Jacob Hunt.

El chico que me abre la puerta de la casa de los Hunt no se parece en nada a su hermano, pero en el instante en que le muestro la placa, el color desaparece de su rostro.

—Soy el detective Matson —digo—. ¿Está tu madre en casa?

—Yo, mmm… Me atengo a la quinta enmienda —dice el chaval.

—Eso está muy bien —le digo—, pero tampoco es que se tratase de una pregunta particularmente indagatoria.

—¿Quién es, Theo? —Oigo decir, y entonces Emma Hunt entra en mi campo de visión. En cuanto me reconoce, entrecierra los ojos—. ¿Ha venido usted para controlarme? Pues bien, aquí estoy, con mis hijos tal y como ordenó el juez. Theo, cierra la puerta. Y usted —dice ella—, hable con nuestro abogado.

Me las arreglo para poner el pie en la puerta justo antes de que esta se cierre.

—Tengo una orden de registro. —Muestro la hoja de papel que me va a permitir peinar la habitación de Jacob y llevarme todo aquello que pudiese constituir una prueba.

Me coge el papel de la mano, le echa un vistazo y deja que la puerta se abra de nuevo. Sin decir una palabra, se gira sobre los talones. La sigo al interior de la casa y me detengo cuando descuelga el teléfono de la cocina y llama a su abogado con cara de crío.

—Sí, está aquí ahora mismo —dice ella, que acuna la mano sobre el receptor—. Me ha entregado el papel.

Cuelga un instante después.

—Según parece, no tengo elección.

—Eso ya se lo podía haber dicho yo —digo alegremente, pero ella se da media vuelta y sube por las escaleras.

Me mantengo detrás de ella, a unos pocos pasos, hasta que abre una puerta.

—Jacob, mi vida…

Me quedo en el pasillo y dejo que hable en voz baja con su hijo. Oigo algunas palabras como *obligatorio* y *legal*, y a continuación reaparece con Jacob a su lado.

Me coge por sorpresa. El chaval tiene toda la cara azul y negra, y un esparadrapo con forma de mariposa se adentra por la zona del nacimiento del pelo.

—Jacob —digo—, ¿cómo te va?

—¿Cómo le parece a usted que le va? —me suelta Emma.

Me ha contado Helen Sharp que Jacob ha sido puesto en libertad bajo la custodia de su madre a la espera de la vista de incapacidad. Me ha dicho que, al parecer, Jacob no era capaz de encajar bien lo de la cárcel. Nos hemos reído de eso. ¿Quién encaja bien la cárcel?

Mi trabajo como detective consiste en buscar entre bambalinas y ver qué cuerdas están manejando las marionetas. A veces eso significa recoger pruebas, o ratificar mediante juramento las órdenes de detención, o conseguir información complementaria, o dirigir interrogatorios. Pero a menudo también significa que me pierdo lo que está pasando en el escenario. Detener a Jacob y enviarlo a su comparecencia era una cosa, y otra completamente distinta, volver a encontrarme frente a aquel muchacho en aquella situación.

No parece el mismo chico al que interrogué hace una semana. No me extraña que su madre quiera mi cabeza.

Coge a Jacob de la mano para llevarlo por el pasillo, pero todos nos quedamos petrificados ante el sonido débil y atiplado de la voz del chico.

—Espera —susurra Jacob.

Emma se vuelve con un rostro que parece iluminarse.

—¿Jacob? ¿Has dicho algo?

Me da la sensación de que, si ha estado diciendo algo hasta ahora, no ha sido mucho. Asiente, y su boca lo intenta unos segundos antes de forzar otra sílaba.

—Quiero…

—Dime qué quieres, mi vida. Yo te lo traeré.

—Quiero mirar.

Emma se vuelve hacia mí con las cejas levantadas a modo de interrogación.

—No es posible —le digo de plano—. Puede permanecer en la casa, pero no puede encontrarse en ningún lugar cercano a la habitación.

—¿Puedo hablar con usted un momento? —pregunta sin alterarse, y entra en el dormitorio de Jacob para dejarlo a él en el pasillo—. ¿Se hace usted alguna idea del tipo de infierno que es ver cómo su hijo se queda ausente por completo?

—No, pero…

—Bien, pues esta es la segunda vez que me pasa a mí. Ni siquiera he sido capaz de sacarlo de la cama —dice ella—, y, según recuerdo, lo último que usted me dijo fue que debería confiar en usted. Lo hice, y usted me apuñaló por la espalda y detuvo a mi hijo después de que yo se lo ofreciese en bandeja de plata. Tal y como yo veo las cosas desde aquí, mi hijo no se hallaría pendiente de un hilo de no haber sido por usted; así que, si verle a usted llenar sus malditas cajas con sus pertenencias es lo que me lo trae de vuelta al mundo de los vivos, entonces espero que, aunque solo sea por hacer gala de la más mínima decencia, usted se limite a permitírselo.

Cuando ha finalizado, le brillan los ojos y tiene las mejillas sofocadas. Abro la boca a punto de hablarle de los casos de búsqueda e incautación y el Tribunal Supremo, pero cambio de opinión.

—¿Jacob? —Asomo la cabeza por la puerta—. Pasa para adentro —Se sienta en la cama, y Emma se apoya contra el marco de la puerta con los brazos cruzados—. Voy, mmm…, solo voy a echar un vistazo.

Jacob Hunt es un maldito maniático del orden. Un fin de semana con Sasha y me paso la vida sacando calcetines minúsculos metidos por el colchón, o recogiendo cereales de debajo de los muebles de la cocina, o los libros desparramados por el suelo del salón. Sin embargo, algo me dice que no es este el caso de Jacob. Su cama está hecha con precisión militar. Tiene el armario tan organizado que parece el de un anuncio.

Habría dicho que se trata de un caso de trastorno obsesivo-compulsivo de no haber sido por el hecho de que hay excepciones a la regla: su cuaderno de matemáticas, que está abierto, es un desastre de páginas sueltas metidas de manera aleatoria, papeles que se caen, una letra tan desordenada que parece arte moderno. Lo mismo pasa con un tablón de corcho que tiene en la pared, atestado de papeles, dibujos y fotografías superpuestas las unas sobre las otras. Las tazas y los platos sucios se acumulan sobre su mesa.

Justo enfrente del escritorio hay una mesita con una pecera boca abajo que ha sido equipada como una cámara de fumigación. Jacob ve cómo la miro.

—¿A qué le sacas las huellas? —pregunto.

—No respondas a eso, Jacob —interfiere Emma.

—Cepillos de dientes —responde—. Tazas. Una vez logré sacar una parcial fantástica de una carpetilla de cartón con polvo magnético.

Su madre y yo nos quedamos mirándolo fijamente, Emma porque es probable que haya dicho más en el último segundo que los tres días anteriores; y yo porque hay criminalistas que ni siquiera conocen esa técnica para extraer huellas de una superficie porosa.

Cojo la papelera que hay junto al escritorio y comienzo a examinarla. Hay varios borradores de un trabajo de Lengua. Hay un envoltorio de chicle. Pero lo extraordinario del contenido no es lo que hay, sino cómo está: en lugar de estar arrugado o hecho una bola, todo ha sido doblado en octavos perfectos, hasta el minúsculo envoltorio del chicle. La basura está apilada, como si fuese la ropa de la lavandería.

Lo primero que me llevo es el escáner de frecuencias de la policía de Jacob. Ahora sé cómo se las arregló para llegar al escenario donde estaba el tío de la hipotermia. La mano de Jacob comienza a dar golpes un poco más fuertes.

—E-eso..., eso es mío.

Emma le pone la mano en el hombro.

—¿Recuerdas lo que te he dicho?

Enseguida me hago con los objetos que se encuentran en el interior de la cámara de fumigación: una taza, un espejo y la propia pecera. Miro debajo de la cama de Jacob, pero solo hay un par de zapatillas y dos cubos de plástico: uno con números atrasados de la *Revista de Investigación Criminal* y el otro lleno de piezas de Lego. De su estantería me llevo la serie completa de DVD de *CrimeBusters* y, a continuación, veo sus cuadernos. Me dijo que tenía más de cien, y no mentía. Saco el primero.

—¡Eso no se lo puede llevar! —chilla Jacob.

—Lo siento, Jacob.

«Episodio 74 —leo—. El testigo silencioso, 12/4/08. Dos adolescentes salen a dar una vuelta en coche y atropellan a un hombre sordo que, según resultó, ya estaba muerto.»

A esto le sigue una lista de pruebas.

«Resuelto —dice—, 0.36.»

Emma tiene la cabeza baja ahora, cerca de la de Jacob. Está susurrando, pero no puedo oír lo que dice. Les doy la espalda y recorro la lista de entradas. Algunas son repeticiones de episodios; Jacob parece haber escrito acerca de cada uno de ellos cuando los han emitido, aunque ya los hubiese visto antes. Algunos de ellos tienen la advertencia de que Jacob no ha sido capaz de resolverlos antes que los detectives de la tele.

Hay secuestros, apuñalamientos, sacrificios rituales. Un episodio me llama la atención: «Joffrey se pone las botas de su novio y deja huellas en el barro de detrás de la casa para despistar a los investigadores».

Entre las páginas hay una tarjeta de color rosa, y al echarle un vistazo me percato de que se trata de una nota que Jacob se ha escrito a sí mismo:

Estoy abatido. Ya no lo aguanto más.

No le importa a la gente a quien se supone que importa.

Albergo esperanzas y todo el mundo acaba por decepcionarme. Por fin sé qué tengo yo de malo: todos vosotros. Todos los que pensáis que, como no soy más que un chaval autista, ¿qué más da? Pues os odio. Os odio a todos. Odio llorar por la noche por vuestra culpa. Pero no sois más que gente. SOLO GENTE.

Así que ¿por qué me hacéis sentir tan pequeño?

¿Escribiría esto hace una semana, un mes, un año? ¿Sería en respuesta al acoso en el instituto? ¿A las críticas de un profesor? ¿A algo que dijo Jess Ogilvy?

Podría apuntar a un móvil. Me apresuro a cerrar el cuaderno y lo meto en la caja. Ya no se ve la tarjeta, pero sé que está ahí, y me parece demasiado personal, demasiado descarnada como para considerarla una simple prueba. De repente se apodera de mí la imagen de un Jacob Hunt hecho un ovillo en su habitación después de todo un día de intentar integrarse de manera infructuosa entre los cientos de chicos del instituto. ¿Quién, de entre todos nosotros, no se ha sentido marginado en alguna ocasión? ¿Quién no se ha sentido como si se encontrara en un lugar que no es el suyo?

¿Quién no lo ha intentado… y ha fracasado?

Yo he sido el niño gordo, ese al que dejaban en la portería de fútbol en clase de gimnasia y al que le daban el papel de piedra en la función del colegio. Me han llamado *zampabollos*, *culogordo*, *vaca marina* y todo lo que se te ocurra. En octavo, después de la ceremonia de graduación, un chico vino a hablar conmigo. «No sabía que tu verdadero nombre era Rich», me dijo.

Cuando despidieron a mi padre y nos tuvimos que mudar a Vermont por su nuevo trabajo, me pasé el verano reinventándome. Corrí: un kilómetro el primer día, a continuación dos, y más de manera gradual. Solo comía verde. Hacía quinientos abdominales todas las mañanas, antes de lavarme los dientes, incluso. Llegado el momento de presentarme en el instituto nuevo, era un tío totalmente distinto, y nunca eché la vista atrás.

Jacob Hunt no puede hacer una tabla de ejercicios en pos de una nueva forma de ser. No se puede trasladar a un distrito escolar y comenzar de cero. Él será siempre el chaval del asperger.

—He terminado aquí —digo mientras apilo las cajas—. Solo me falta que me firme el recibo de las pertenencias para que al final se las puedan devolver.

—¿Y cuándo podría ser eso?

—Cuando la fiscal del distrito haya finalizado con ellas. —Me vuelvo para despedirme de Jacob, pero él tiene los ojos clavados en el espacio vacío que hasta ahora ocupaba su cámara de fumigación.

Emma me conduce hasta el piso de abajo.

—Está perdiendo el tiempo —dice ella—. Mi hijo no es un asesino —continúa, y le paso el recibo con el inventario, en silencio—. Si yo fuese la madre de Jess, querría saber que la policía está intentando localizar a la persona que mató a mi hija, en lugar de basar todo su caso en la ridícula idea de que la mató un chico autista sin antecedentes de ningún tipo, un chico que quería a Jess. —Firma el recibo que le doy y me abre la puerta principal—. ¿Me está escuchando siquiera? —dice con un tono de voz más elevado—. Ha cogido a la persona equivocada.

Ha habido veces —si bien muy raras— en que he deseado que ese fuera el caso. Cuando le puse las esposas a una mujer maltratada que se había ido a por su marido con un cuchillo, por ejemplo. O cuando detuve a un tío que se había colado en una farmacia para robar un medicamento para su bebé porque no se lo podía permitir. Sin embargo, justo igual que entonces, no soy capaz de contradecir las pruebas que tengo ante mí ahora. Puede ser que me sienta mal por alguien que ha cometido un delito, pero eso no significa que esa persona no lo haya cometido.

Recojo las cajas y, en el último momento, me vuelvo.

—Lo siento —digo—. Si le sirve de algo… Lo siento de veras.

Se le inyectan los ojos.

—¿Que lo siente? ¿*Qué* siente? Dígame. ¿Haberme mentido? ¿Haber mentido a Jacob? ¿Haberlo metido entre rejas sin tener ninguna consideración con sus necesidades especiales…?

—Hablando con propiedad, eso lo hizo el juez…

—Pero ¿cómo se atreve? —grita Emma—. ¿Cómo se atreve usted a venir aquí como si estuviese de nuestra parte, y en cuanto se da la vuelta, va y le hace esto a mi hijo?

—¡Aquí no hay partes! —le devuelvo los gritos—. Aquí solo hay una chica que ha muerto sola y asustada, a la que encontraron congelada una semana más tarde. Pues mire, yo también tengo una hija. ¿Y si hubiese sido ella? —En estos momentos tengo ya la cara enrojecida. Estoy a centímetros de Emma—. Yo no le he hecho esto *a* su hijo —digo en un volumen más bajo—, lo he hecho *por* mi hija.

Lo último que veo es cómo Emma Hunt se queda boquiabierta. No me dice una palabra mientras recoloco y sujeto las cajas con más firmeza, y bajo por su camino de entrada. Pero, claro, nunca son las diferencias entre la gente las que nos sorprenden; son las cosas que, contra todo pronóstico, tenemos en común.

JACOB

Mi madre y yo vamos en el coche camino de la consulta del psiquiatra del estado, que da la casualidad de que trabaja en un hospital. Esto me pone nervioso, porque no me gustan los hospitales. He estado dos veces en ellos: una, cuando me caí de un árbol y me rompí el brazo; y otra, cuando Theo se hizo daño al tirar yo su trona. Lo que recuerdo de los hospitales es que huelen a rancio y a blanco, las luces son demasiado brillantes, y todas las veces que he estado en alguno he sentido dolor o vergüenza, o quizá las dos cosas.

Esto hace que los dedos me empiecen a temblar sobre la pierna, y me quedo mirándolos como si estuviesen desconectados de mi cuerpo. Me he encontrado mejor durante los últimos tres días. Estoy tomando de nuevo mis suplementos y me estoy poniendo mis inyecciones, y no me he sentido tanto como si estuviese nadando constantemente dentro de una burbuja de agua que hace que me resulte más difícil entender lo que dice la gente o concentrarme en ellos.

Créeme, sé que no es normal darse golpes con la mano en la pierna, o caminar en círculos, o repetir ciertas palabras sin parar, pero a veces esa es la manera más sencilla de conseguir que me sienta mejor. En serio, es como en una máquina de vapor: hacer que me tiemblen las manos delante de la cara o contra la pierna es mi válvula de escape, y a lo mejor parece raro, pero, claro, no hay más que compararlo con los tíos que se dan a la bebida o al porno para aliviar sus tensiones.

No he salido de casa desde que dejé la cárcel. Incluso el instituto es zona prohibida ahora, así que mi madre se ha hecho con unos libros de texto y nos está dando clases en casa a Theo y a mí. No está nada mal, la verdad, eso de no tener que preocuparse por la siguiente vez que me molestará otro alumno y tendré que interactuar; o que un profesor dirá algo que no entiendo; o que tenga que hacer uso de mi pase PR y parecer un fracasado total delante de mis compañeros. Me pregunto cómo es que no se nos había ocurrido esto antes: aprendizaje sin socialización. El sueño de todo Aspie.

Mi madre me mira por el espejo retrovisor cada dos por tres.

—Te acuerdas de lo que va a pasar, ¿verdad? —pregunta ella—. El doctor Cohn te va a hacer unas preguntas. Todo cuanto tienes que hacer tú es decirle la verdad.

He aquí el otro motivo por el que estoy nervioso: la última vez que fui sin mi madre a responder preguntas acabé en la cárcel.

—Jacob —dice mi madre—, tienes tics.

Con la mano que tengo libre, me doy una palmada sobre la que está temblando.

Cuando entramos en el hospital, camino con la cabeza baja de manera que no tenga que ver a los enfermos. No he vomitado desde que tenía seis años; la sola idea de ello hace que rompa a sudar. Una vez que Theo cogió la gripe, tuve que agarrar mi saco de dormir y mi colcha y quedarme en el garaje porque temía que yo fuese a cogerla. ¿Y si venir aquí para una estupidez de interrogatorio de incapacidad acaba siendo mucho peor de lo que nadie se esperaba?

—No entiendo por qué no podía venir él a casa —mascullo.

—Porque no está de nuestro lado —dice mi madre.

He aquí el modo en que funciona la cuestión de incapacidad:

1. El estado de Vermont contrata a un psiquiatra que me va a interrogar y le va a decir al juez todo lo que la fiscal del distrito desea oír.

2. Mi abogado contrarrestará esto con la doctora Luna, mi propia psiquiatra, que le dirá al juez todo lo que Oliver Bond desea oír.

Francamente, no le encuentro el sentido, ya que todos sabemos que eso es lo que va a terminar pasando de todas formas.

La consulta del doctor Martin Cohn no es tan agradable como la de mi doctora. La consulta de la doctora Luna está decorada en tonos azules, que, según se ha demostrado, potencian la relajación. La del doctor Martin Cohn está decorada en gris industrial. La mesa de su secretaria se parece a la que utiliza mi profesor de Matemáticas.

—¿Puedo ayudarles? —pregunta ella.

Mi madre da un paso al frente.

—Jacob Hunt está aquí para ver al doctor Cohn.

—Puede entrar directamente. —Señala a otra entrada.

La doctora Luna también tiene eso. Entras en su consulta por una puerta y sales por la otra, de forma que no te verán los que están en la sala de espera. Sé que se supone que se hace por cuestiones relacionadas con la privacidad, pero, si quieres saber mi opinión, es como si los propios psiquiatras se creyesen esa estúpida idea de que la terapia es algo que se debe ocultar.

Pongo la mano en el pomo de la puerta y respiro hondo. «Esta vez vas a volver», me prometo a mí mismo.

Un chiste:

Un hombre va volando en un globo y se pierde. Desciende un poco sobre un maizal y vocea a una mujer:

—¿Puede decirme dónde estoy y hacia dónde me dirijo?

—Claro —dice la mujer—. Su situación es 41 grados, 2 minutos y 14 segundos latitud Norte; 144 grados, 4 minutos y 19 segundos longitud Este; se halla a una altitud de 762 metros sobre el nivel del mar; y ahora mismo se encuentra usted suspendido en el aire, si bien seguía usted un vector de 234 grados y 12 metros por segundo.

—¡Increíble! ¡Gracias! Por cierto, ¿tiene usted síndrome de Asperger?

—¡Pues sí! —responde la mujer—. ¿Cómo lo ha sabido?

—Porque todo lo que me ha dicho es verdad, con mucho más detalle de lo que necesito, y me lo ha dicho usted de un modo en que no me sirve para nada.

La mujer frunce el ceño.

—Vaya. ¿Es usted psiquiatra?

—Así es —dice el hombre—. ¿Cómo demonios se ha dado cuenta?

—No sabe dónde está. No sabe hacia dónde se dirige. Etiqueta usted a la gente después de hacerle unas pocas preguntas y se encuentra en el mismo lugar exacto en el que estaba hace cinco minutos, aunque ahora, no se sabe cómo, ¡es culpa mía!

El doctor Martin Cohn es más bajo que yo y tiene barba. Lleva gafas sin montura, y, en cuanto entro en la habitación, viene hacia mí.

—Hola —dice—, soy el doctor Cohn. Toma asiento.

Las sillas son estructuras metálicas con cojines de cuero sintético. Una es de color naranja, y desde luego que por ahí no paso. La otra es gris y tiene un círculo hundido en el centro, como si el cojín hubiera cedido.

Cuando era más pequeño y me pidieron que tomase un asiento, lo cogí y lo levanté. Ahora sé que se supone que significa que he de sentarme. Hay muchas frases que no significan lo que dicen: «No te vayas por las ramas», «Enróllate», «Espera un segundo», «No me dejas respirar».

El psiquiatra saca un bolígrafo de su bolsillo. También se sienta, y se pone un cuaderno amarillo sobre las piernas.

—¿Cómo te llamas?

—Jacob Thomas Hunt —digo.

—¿Qué edad tienes, Jacob?

—Dieciocho.

—¿Sabes por qué estás aquí?

—¿Es que no lo sabe usted?

Escribe algo en sus papeles.

—¿Sabes que has sido acusado de haber cometido un delito?

—Sí. Título 13 de las leyes del estado de Vermont, sección 2301. «El asesinato cometido por medio del uso de veneno, ocultación y acecho, o por homicidio voluntario, deliberado y premeditado, o el cometido en la perpetración o en la perpetración en grado de tentativa de incendio provocado, agresión sexual, agresión sexual con agravante, atraco o hurto será considerado asesinato en primer grado. Todos los demás tipos de asesinato serán considerados asesinato en segundo grado.»

Pensé que recitar todo el encabezado impresionaría al doctor Cohn, pero no expresa ninguna emoción.

Quizá él también tenga asperger.

—¿Entiendes si eso constituye una acusación de grado mayor o menor?

—Se trata de un delito grave que conlleva una sentencia mínima de treinta y cinco años de cárcel a cadena perpetua.

El doctor Cohn levanta la vista por encima de sus gafas.

—Y la libertad condicional —pregunta—, ¿sabes lo que es?

—Es cuando tienes que presentarte ante un oficial de justicia durante un cierto tiempo —digo—. Tienes que seguir normas e informar, debes tener un trabajo, tienes que vivir en un sitio cuya dirección sea conocida, no te puedes meter en líos, no puedes beber alcohol…

—Muy bien —dice el doctor Cohn—. Dime, Jacob, ¿en qué se debería centrar tu abogado para defenderte?

Me encojo de hombros.

—En mi inocencia.

—¿Entiendes lo que significa declararse culpable o no culpable?

—Sí. *Culpable* significa que admites que has cometido el delito y que has de ser castigado por ello. *No culpable* significa que no admites haber cometido el delito y no crees que tengas que ser castigado… Pero no es lo mismo que ser inocente, porque, en nuestro sistema jurídico, se te declara culpable o no culpable. No se te encuentra inocente, aunque lo seas, como yo.

El doctor Cohn me mira fijamente.

—¿Sabes lo que es un acuerdo de culpabilidad?

—Cuando el fiscal habla con el abogado defensor y se ponen de acuerdo en una sentencia, y a continuación comparecen ante el juez para ver si este lo acepta también. Significa que no te tienen que juzgar, porque has admitido la comisión del delito al declararte culpable.

Todas estas preguntas son fáciles, porque hay un juicio al final de cada episodio de *CrimeBusters,* donde las pruebas se exponen ante el juez y el jurado. De haber sabido que las preguntas iban a ser tan simples, no me habría puesto tan nervioso. En cambio, me esperaba que el doctor Cohn me preguntase por Jess. Por lo que pasó aquella tarde.

Y por supuesto que no se lo podía contar, lo que hubiera implicado tener que mentir, y eso habría sido quebrantar las reglas.

—¿Qué es una alegación de demencia? —pregunta el doctor Cohn.

—Cuando afirmas que no eres culpable porque te encontrabas en un estado de disociación con la realidad en el momento en el que cometiste el delito, y que no puedes ser considerado legalmente responsable de tus actos. Como Edward Norton en *Las dos caras de la verdad.*

—Qué buena peli —dice el psiquiatra—. Jacob, si tu abogado cree que no debes testificar, ¿estarías de acuerdo con eso?

—¿Por qué no iba a querer testificar? Voy a decir la verdad.

—¿Cuándo se te permite hablar en la sala?

—No puedo hablar. Mi abogado me ha dicho que no hable con nadie.

—¿Qué probabilidades crees tú que tienes de que te encuentren no culpable?

—El cien por cien —digo—, ya que yo no lo hice.

—¿Sabes si son muy sólidos los argumentos de la acusación en tu contra?

—Resulta obvio que no, ya que no he visto la presentación preliminar...

—¿Sabes qué es la presentación preliminar? —pregunta el doctor Cohn, sorprendido.

Elevo la mirada al techo.

—«Conforme al título número 16 sobre las Normas de Presentación Preliminar del estado de Vermont, dentro de las Normas Procedimentales del Tribunal Superior de Justicia, la fiscalía está obligada a comunicar todas y cada una de las pruebas que posea para la causa, incluidas fotografías, exámenes físicos y cualquier otro material que tenga intención de utilizar durante el juicio, y si no las comunica, se me permite marchar en libertad.»

—¿Entiendes la diferencia entre la defensa, la fiscalía, el juez, el jurado, los testigos...?

Asiento.

—La defensa es mi equipo: mi abogado, los testigos y yo, porque todos me defienden a mí contra el delito del que me ha acusado la fiscalía. El juez es el hombre o la mujer que ostenta la autoridad sobre todos los presentes en la sala y dirige el juicio y escucha los testimonios y toma decisiones acerca de las leyes y el juez que conocí hace unos días no era demasiado agradable y me mandó a la cárcel. —Respiro—. El jurado es un grupo de doce personas que escuchan los hechos y los testimonios y los alegatos de los letrados y entonces se retiran a una sala donde nadie puede oírlos ni tampoco verlos y deciden el resultado del caso. —A modo de pensamiento *a posteriori*, añado—: Se supone que el jurado debe estar compuesto por doce iguales, pero estrictamente hablando eso significaría que todos y cada uno de los miembros tendrían que tener síndrome de Asperger, porque entonces sí que me entenderían de verdad.

El doctor Cohn toma otra nota.

—¿Confías en tu abogado, Jacob?

—No —digo—. La primera vez que lo vi, acabé metido en la cárcel durante tres días.

—¿Estás de acuerdo con la forma en que está llevando la causa?

—Resulta obvio que no. Tiene que decirles la verdad para que los cargos sean desestimados.

—No es así como funciona —dice el doctor Cohn.

—Así funcionó en *Mi primo Vinny* —le cuento—. Cuando Joe Pesci le explica al tribunal que el coche no es el mismo que identificó el testigo porque tenía los neumáticos diferentes. Y así funcionó en *CrimeBusters,* episodio 88. ¿Quiere que se lo cuente?

—No, está bien —dice el doctor Cohn—. Jacob, ¿qué harías si un testigo dijese una mentira en el estrado?

Siento que los dedos me empiezan a temblar, así que los sujeto con la otra mano.

—¿Cómo lo iba a saber? —digo—. Solo el mentiroso sabe que está mintiendo.

OLIVER

Sobre el papel, Jacob Hunt no solo parece capaz de comparecer ante un tribunal, sino que tiene toda la puñetera pinta de ser un estudiante de Derecho tal vez más cualificado para defenderse él que para que lo haga yo.

«Solo el mentiroso sabe que está mintiendo.»

Es la tercera vez que he leído las respuestas de Jacob al doctor Cohn, el loquero del estado, y es la tercera vez que me ha llamado la atención su frase. ¿Tan brillante es Jacob Hunt?, ¿tiene una memoria fotográfica que ya la hubiera querido yo en la Facultad de Derecho? ¿O es solo que se está camelando a su madre… y a todo el mundo?

Sea de un modo o del otro, en mi última lectura del informe me doy cuenta de que no tengo ni la más remota posibilidad de poner en tela de juicio su capacidad, en especial en un lugar como Vermont. No, de haber alguien que se siente incapaz aquí, ese soy yo, porque tengo que contarle a Emma que en esta causa no le voy a plantear batalla al estado.

Conduzco camino de la casa de los Hunt, dado que Jacob y Emma se encuentran básicamente bajo arresto domiciliario y no es que tenga muchas posibilidades de pedirles que vengan a mi oficina. Llevo a Thor en el regazo, medio escondido bajo el volante.

Me detengo en el camino de entrada y paro el motor, pero no me muevo para salir del coche.

—Si se le va la olla —le digo al perro—, cuento contigo para que me defiendas.

Debido al frío que hace hoy —justo por encima de los cero grados—, me meto a Thor en el abrigo y me dirijo a la puerta principal. Emma abre antes incluso de que me haya dado tiempo a llamar.

—Hola —dice ella—, me alegro de verle. —Sonríe un poco incluso, y eso hace que se le suavicen las facciones—. Francamente, cuando te pasas el día metida en casa, hasta la visita del que viene a hacer la lectura del contador de la luz se convierte en lo mejor de la jornada.

—Y yo que había pensado que empezaba a caerle bien… —Thor asoma la cabeza entre los botones de mi abrigo—. ¿Le importaría que entrase el perro? Hace mucho frío en el coche.

Dirige al perro una mirada de cautela.

—¿Se va a mear en la alfombra?

—Solo si sigue mirándolo de ese modo.

Dejo a Thor en el suelo de la entrada y veo cómo se aleja trotando.

—No me gustan los pelos de los perros —murmura Emma.

—Pues menuda suerte no haber nacido spaniel, ¿verdad? —Me quito el abrigo y lo doblo en el brazo—. He recibido el resultado de la prueba de incapacidad.

—¿Y? —En un suspiro, Emma está concentrada, con máxima intensidad.

—Jacob está capacitado para comparecer ante un tribunal.

Sacude la cabeza, como si no me hubiese oído bien.

—¡Pero si ya vio usted lo que pasó en su primera comparecencia!

—Así es, pero eso no coincide con la definición legal de capacidad, y según el psiquiatra del estado…

—Me da igual el psiquiatra del estado. Por supuesto que encontrarían a alguien que dice lo que la fiscal del distrito quiere que diga. ¿Lo va a impugnar, al menos?

—Usted no lo entiende —le digo—. Aquí, en Vermont, podrías ser el mismísimo Charles Manson, y aun así te declararían capacitado para comparecer. —Me siento en uno de los bancos de la entrada—. ¿Ha oído hablar alguna vez de un tío llamado John Bean?

—No.

—En 1993, ató a su madre y construyó una pira funeraria para ella con los muebles que había despedazado. Le echó lejía en los ojos, pero aun así la madre consiguió escapar. En su primera aparición frente a un tribunal, Bean dijo al juez que era la reencarnación de Jesucristo. El juez determinó que sus declaraciones se salían de lo normal y que eso apuntaba a una incapacidad para entender lo que estaba sucediendo. Cuando fue acusado de secuestro por el mismo hecho, rechazó la asistencia de un abogado. Deseaba declararse culpable, pero el tribunal no lo aceptó, de manera que se le asignó una abogada de oficio. Bean le dijo a un examinador que él era el padre de los hijos de su abogada, y que ella era la autora de una tira cómica además de un cruce entre Janet Reno y Janet Jackson. Durante los siguientes ocho años de representación, jamás comentó el caso con su abogada, que planteó la cuestión de incapacidad ante el tribunal...

—No veo qué tiene esto...

—No he terminado —digo—. El loquero de la defensa dijo que Bean le había informado de que llevaba dentro una serie de chips informáticos que le permitían ser programado. El psiquiatra le diagnosticó un trastorno psicótico. Durante el juicio, Bean arrancó un radiador de la pared, tiró el televisor de la sala del tribunal y se hizo con el arma de uno de los agentes. Le dijo a su abogada que estaba viendo cómo salían serpientes de las cabezas de los presentes, y que unos ángeles estaban controlando al testigo. Fue condenado, y, antes de que se dictase sentencia, le dijo al tribunal que en Riverside Park habían colocado una piedra conmemorativa en nombre de la Fundación Freddie Mercury después de que Mercury hubiese matado a un sacerdote católico. Después de eso, dijo que Tony Curtis había afirmado ser el padre de Bean, y que se había aprovechado del grandioso poder del cerdito Simon (el mismo poder que había creado al gobierno nazi) para llevarlo hasta su casa y alimentarlo con carne humana. Ah, y un gato le hablaba de manera subliminal.

Emma se me queda mirando.

—Nada de esto tiene que ver con Jacob.

—Lo tiene —digo—, porque en el estado de Vermont, a pesar de todo lo que le he contado, a John Bean lo declararon capacitado para comparecer ante un juez. *Eso* es un precedente legal.

Emma se hunde en el banco, a mi lado.

—Oh —dice en un tono de voz muy bajo—. ¿Y qué vamos a hacer ahora?

—Mmm, yo creo que tenemos que alegar demencia.

Levanta la cabeza de golpe.

—¿Qué? ¿De qué me está hablando? Jacob no es un demente...

—Me acaba de decir que no está capacitado para comparecer ante un tribunal, y ahora me dice que está demasiado capacitado como para alegar demencia en su defensa. ¡No se puede tener todo! —le discuto—. Ya le echaremos un vistazo a la presentación preliminar de las pruebas cuando llegue... Pero según lo que usted me ha contado, la causa contra Jacob es bastante sólida, confesión incluida. Creo realmente que es la mejor manera de mantenerlo fuera de la cárcel.

Emma camina por la entrada. Un rayo de luz del sol le cae sobre el pelo y la mejilla, y de repente me acuerdo de un curso de historia del arte que hice en la facultad: la Virgen María no salía sonriendo ni en la *Piedad* de Miguel Ángel, ni en la *Virgen con el Niño* de Rafael, ni en la *Virgen de las rocas* de Leonardo. ¿Sería quizá porque era consciente de lo que se avecinaba?

—Si funciona la alegación de demencia —pregunta Emma—, ¿volverá a casa?

—Depende. El juez tiene el derecho de ingresarlo en un centro terapéutico de seguridad hasta que tenga la certeza de que Jacob no va a volver a hacerle daño a nadie.

—¿Qué quiere decir «centro terapéutico de seguridad»? ¿Se refiere a un hospital psiquiátrico?

—Bastante parecido —admito.

—De manera que mi hijo puede ir a la cárcel o a un psiquiátrico, ¿qué hay de la tercera opción?

—¿Qué tercera opción?

—Que lo pongan en libertad —dice Emma—. Que sea absuelto.

Abro la boca para decirle que eso tiene un riesgo altísimo, que tiene más posibilidades de enseñarle a Thor a hacer ganchillo; sin embargo, respiro hondo.

—¿Por qué no le preguntamos a Jacob?

—De eso nada —replica Emma.

—Desgraciadamente, la elección no es suya. —Me pongo en pie y entro en la cocina. Jacob picotea de un bol de arándanos y le da los más pequeños a Thor.

—¿Sabía que le gusta la fruta? —pregunta Jacob.

—Se come cualquier cosa que no esté clavada al suelo —digo—. Tenemos que hablar sobre tu caso, colega.

—¿Colega? —Emma ha entrado en la habitación y se encuentra de pie a mi espalda, con los brazos cruzados.

No le hago caso y me aproximo a Jacob.

—Has pasado el test de capacidad.

—¿Sí? —dice resplandeciente—. ¿Lo hice bien?

Emma da un paso al frente.

—Lo hiciste *genial,* mi vida.

—Tenemos que empezar a pensar en tu defensa —digo.

Jacob deja el bol de arándanos.

—Tengo algunas buenas ideas, como esa vez en *CrimeBusters* que…

—Esto no es una serie de televisión, Jacob —digo—. Esto es importante de verdad. Es tu vida.

Se sienta en la mesa de la cocina y se sube a Thor al regazo.

—¿Sabía usted que al tío que inventó el velcro se le ocurrió la idea al sacar a su perro a dar un paseo por los Alpes? Al ver que los abrojos se le enganchaban en el pelaje, se puso a pensar en algo con ganchos que se agarrase a algo con lazos.

Me siento enfrente de él.

—¿Sabes lo que es una defensa de fondo?

Asiente y me recita la definición legal.

—Es un motivo para hallar al acusado no culpable, como por ejemplo la defensa propia o la defensa de otra persona; o no culpable por motivo de demencia. El acusado ha de alegarlo con un cierto tiempo de antelación al juicio, normalmente por escrito.

—Lo que he estado pensando, Jacob, es que tus mayores posibilidades en este juicio pasan por una defensa de fondo.

Se le ilumina el rostro.

—¡Claro! ¡Por supuesto que sí! La defensa de otra persona...

—¿A quién estabas defendiendo? —le interrumpo.

Jacob baja la vista a Thor y juguetea con las chapas del collar.

—*Eso no me lo dirá en serio* —dice él—. *Muy en serio... Si quiere se lo repito.*

—¿De verdad crees que ahora mismo te encuentras en situación de ponerte a hacer bromas?

—¡Es de *Aterriza como puedas*! —dice Jacob.

—Pues no tiene gracia. El estado tiene una causa realmente sólida en tu contra, Jacob, que es la razón por la cual creo que debemos alegar demencia.

Jacob levanta la cabeza de golpe.

—¡Yo no estoy loco!

—No es eso lo que significa.

—Sé lo que significa —dice—. Significa que una persona carece de responsabilidad penal si, a consecuencia de un trastorno o defecto mental, no posee la capacidad de diferenciar entre lo que está bien y lo que está mal en el momento de la comisión del acto. —Se pone en pie y Thor se le cae al suelo—. Yo no tengo un trastorno o un defecto mental. Tengo una peculiaridad, ¿verdad, mamá?

Miro a Emma.

—Tiene que estar tomándome el pelo.

Ella eleva un punto la barbilla.

—Siempre hemos dicho que el asperger no es una discapacidad..., sino una capacidad *diferente*.

—Genial —digo—. Muy bien, Jacob, o yo alego demencia, o tú puedes ir con esa peculiaridad tuya derechito a la cárcel.

—En realidad, no. En el estado de Vermont, usted no puede alegar demencia si yo le digo que no lo haga —responde Jacob—. Todo ello se encuentra recogido en el caso del estado contra Bean en el Tribunal Supremo del estado de Vermont, uno-setenta y uno Registro de Vermont dos-noventa, siete-sesenta y dos Registro Judicial del Atlántico, segundo, doce cincuenta y nueve, dos mil.

—Cielo santo, ¿es que conoces ese caso?

—¿Usted no? —Levanta las cejas—. ¿Por qué no les dice la verdad?

—Muy bien, Jacob, ¿y cuál es la verdad?

No he terminado aún de preguntárselo cuando ya me he dado cuenta de mi error. Todo letrado sabe tener cuidado con lo que pregunta cuando representa a un acusado de cargos penales, ya que cualquier cosa que diga lo puede incriminar. Si sube al estrado y niega lo que te dijo con anterioridad, te quedas en medio de un dilema y, o bien tienes que renunciar a su representación (algo que sería perjudicial para él), o bien decirle al tribunal que no está diciendo la verdad (algo que le perjudicaría aún más). En lugar de preguntarle *qué pasó,* te dedicas a revolotear sobre la verdad y los hechos. Le preguntas a tu cliente cómo hubiera respondido a ciertas preguntas.

O, en otras palabras, que la he cagado soberanamente. Ahora que le he preguntado por la verdad, no le puedo permitir que suba al estrado y se incrimine.

Así que le impido que responda.

—Espera, no quiero oírlo —digo.

—¡¿Qué quiere decir eso de que no quiere oírlo?! ¡Se supone que usted es mi abogado!

—La razón de que no le podamos decir la verdad al tribunal es que el sonido de los hechos en una sala es mucho más rotundo.

—*¡Tú no puedes encajar la verdad!* —grita Jacob—. Yo no soy culpable, ¡y desde luego que no estoy loco!

Recojo a Thor y salgo indignado camino de la entrada, con Emma pisándome los talones.

—Tiene razón —dice ella—. ¿Por qué tiene que alegar demencia? Si

Jacob no es culpable, ¿no debería disponer el juez de la oportunidad de oírlo?

Me doy la vuelta tan rápido que Emma se trastabilla hacia atrás.

—Quiero que piense una cosa. Digamos que fuera usted uno de los miembros del jurado en esta causa y que acaba de oír toda una retahíla de hechos que relacionan a Jacob con el asesinato de Jess Ogilvy. A continuación disfruta de la oportunidad de ver a Jacob en el estrado contando su versión de la verdad. ¿Qué historia se creería usted?

Traga saliva y guarda silencio, porque este argumento —al menos este— no lo puede discutir. Emma sabe muy bien qué aspecto tiene y cómo suena Jacob a los ojos y oídos de los demás, aun cuando ni el propio Jacob lo sabe.

—Mire —le digo—, Jacob tiene que aceptar que alegar demencia es la mejor oportunidad que tenemos.

—¿Cómo va a convencerle?

—Yo no —digo—. Lo hará usted.

RICH

Todos los profesores del Instituto Regional de Townsend conocen bien a Jacob Hunt, aunque no lo hayan tenido en clase. Esto en parte se debe a su actual mala fama, pero me da la sensación de que, aun antes de que fuese detenido por asesinato, era el tipo de chico al que todo el mundo veía a la legua por los pasillos, porque desentonaba como él solo. Tras varias horas de interrogatorio al personal y de oír cómo Jacob Hunt se sentaba solo a comer y cómo iba de clase a clase con unos cascos muy voluminosos puestos con el objeto de amortiguar el ruido (y los comentarios soeces de sus compañeros), hay una parte de mí que se pregunta cómo se las ha arreglado Jacob para esperar dieciocho años antes de cometer un asesinato.

Me he enterado de que Jacob hacía girar sus trabajos escolares alrededor de su pasión por la criminalística. En clase de Lengua, cuando tuvo que leer una biografía y hacer un resumen oral, escogió a Edmond Locard. En Matemáticas, su trabajo individual de investigación trató sobre Herb Macdonald y su impacto angulado del punto de origen de las salpicaduras de sangre.

Su orientadora, Frances Grenville, es una mujer pálida y delgada cuyas facciones recuerdan a una prenda de vestir que ha sido lavada ya tantas veces que ha perdido el color.

—Jacob haría cualquier cosa para integrarse —dice mientras me siento en su despacho a revisar la ficha de Hunt—. Muy a menudo, eso hace de él el centro de todas las burlas. En cierto modo, está perdido si se intenta integrar, y está perdido también si no lo hace. —Se mueve en la silla, incómoda—. Antes me preocupaba que se pudiese traer una pistola a clase, ya sabe, para ajustar cuentas, como ese otro chico de Sterling, en New Hampshire, hace unos años.

—¿Ha hecho eso Jacob alguna vez? Ajustar cuentas, quiero decir.

—Oh, no. Sinceramente, es el crío más dulce. A veces viene por aquí durante los ratos libres y hace los deberes en el despacho de fuera. Me arregló el ordenador una vez que se me estropeó, e incluso recuperó el archivo con el que estaba trabajando. La mayoría de los profesores lo adora.

—¿Y los demás?

—Pues a algunos se les dan mejor los chicos de educación especial que a otros, aunque negaré haber sido yo quien le ha dicho tal cosa. Un alumno como Jacob puede resultar muy difícil, por decirlo de una manera suave. Hay cierto lastre en este instituto, si entiende usted a lo que me refiero, y cuando tienes a un chico como Jacob, que pone en tela de juicio un plan de estudios que tú has sido demasiado perezoso para adaptar durante los últimos veinte años, y resulta que tiene razón, pues bien, eso no siempre sienta demasiado bien. —Se encoge de hombros—. Pero le puede preguntar a todo el que trabaja aquí. En general, Jacob se relaciona con ellos con una mayor fluidez que con sus compañeros. A él no te lo vas a encontrar metido en una de esas típicas historias de adolescentes, sino que le gusta hablar de política, de los descubrimientos científicos o de si *Eugenio Oneguin* es realmente un *tour de force* de la obra de Pushkin. En muchos sentidos, tener a Jacob cerca es como charlar con otro profesor —vacila—. No, es en realidad como hablar con ese estudioso ilustrado en el que los profesores hubieran deseado convertirse con el tiempo, antes de que las facturas, las letras del coche y las citas con el dentista se metiesen de por medio.

—Si Jacob tiene tantos deseos de integrarse con los demás alumnos, ¿qué hace metido en la sala de profesores?

Gesticula con la cabeza en sentido negativo.

—Supongo que no son muchas las veces que uno se ve capaz de aceptar el rechazo antes de necesitar un refuerzo —dice la señora Grenville.

—¿Qué sabe usted de su relación con Jessica Ogilvy?

—Disfrutaba del tiempo que pasaba con ella. Se refería a Jess como su amiga.

Levanto la vista.

—¿Y como su novia?

—No que yo sepa.

—¿Ha tenido Jacob alguna novia en el instituto?

—Creo que no. Llevó a una chica al baile el año pasado, pero habló más de Jess, que fue quien le animó a hacerlo, que de la chica con la que fue.

—¿Con quién más suele ir Jacob? —pregunto.

La señora Grenville frunce el ceño.

—Ahí está la cosa —dice ella—. Si le pidieras a Jacob que te hiciese una lista de sus amigos, es muy probable que fuese capaz de dártela; pero si les pidieses a esos mismos chicos las suyas, Jacob no estaría en ellas. Su asperger le lleva a confundir la proximidad con la conexión emocional. Así, por ejemplo, Jacob diría que mantiene una relación de amistad con la chica con quien le ha tocado realizar las prácticas de laboratorio de Física, si bien eso podría no ser recíproco.

—¿No se le considera problemático en el aspecto disciplinario?

La señora Grenville contrae los labios.

—No.

Dejo la carpeta con la ficha escolar abierta sobre su escritorio y señalo una nota en su interior.

—Entonces, ¿por qué fue expulsado Jacob Hunt por agresión el año pasado?

Mimi Scheck es ese tipo de chica por la que a mí se me caía la baba en el instituto, a pesar incluso del hecho de que ella se tirase cuatro años sin ser consciente siquiera de que nos pasábamos el día en el mismo edificio. Tiene una larga melena negra y un cuerpo diseñado para el culto, ingeniosamente vestida con atuendos que apenas dejan ver un centímetro de piel justo sobre la cintura de los vaqueros cuando se estira o se agacha para coger algo. Tiene también el aspecto de estar tan nerviosa que, de no haber sido porque la señora Grenville acaba de cerrar la puerta de su despacho, saldría corriendo.

—Hola, Mimi —digo con una sonrisa—. ¿Cómo te va hoy?

Sus ojos dejan de mirarme y se desplazan hacia la orientadora. Tiene los labios presionados con fuerza. Entonces se derrumba en el sofá, angustiada.

—Lo juro. Yo no tenía ni idea del vodka hasta que llegamos a casa de Esme.

—Bien, muy interesante…, aunque ese no sea el motivo por el que quería hablar contigo.

—¿No? —susurra Mimi—. Oh, mierda.

—Quería preguntarte por Jacob Hunt.

Se le pone la cara roja como un tomate.

—Pues no le conozco bien, la verdad.

—Pero sí te viste implicada el año pasado en un incidente que acabó con su expulsión, ¿no es así?

—Todo eso no fue más que una broma —dice, y pone los ojos en blanco—. Es decir, ¿cómo iba a saber yo que a ese chico no se le puede gastar una broma?

—¿Qué pasó?

Se hunde un poco más en el sofá de la señora Grenville.

—Pues que siempre estaba por ahí, a nuestro alrededor, ¿no?, así como muy rarito, ¿sabes? O sea, vamos, que a lo mejor yo estaba ahí charlando con mis amigas y él se quedaba detrás poniendo la antena. Y entonces resulta que me pusieron un cuatro en un examen de Matemáticas porque el señor LaBlanc es que no puede ser más tonto, y yo fui y me cogí tal cabreo que pedí que me dejaran salir al baño. Pero en realidad no me fui al baño, solo me quedé ahí detrás de la esquina y me puse a llorar porque si volvía a suspender Matemáticas, mis padres me iban a quitar el móvil, ¿sabes?, *y además* me iban a borrar la cuenta del Facebook. Entonces vino Jacob, que imagino que estaba en uno de esos recreos de pirado o algo así, y que volvía a clase; y se quedó ahí sin decir nada, sin dejar de mirarme, y le dije que se perdiese. Así que él me dijo que se iba a quedar conmigo porque eso es lo que hacen los amigos, y yo le dije que si de verdad quería ser mi amigo, que fuera y le dijese al señor LaBlanc que se fuera a tomar por culo. —Mimi vacila—. Y fue y se lo dijo.

Miro a la orientadora.

—¿Y lo expulsaron por eso?

—No. Por eso recibió un castigo.

—¿Entonces? —pregunto.

La mirada de Mimi se vuelve escurridiza.

—Al día siguiente, estábamos un grupo de gente ahí en los pasillos cuando apareció Jacob. Supongo que le ignoré, o sea, vamos, que no es que me estuviera pasando con él ni nada, y va él y se viene a por mí como un loco.

—¿Te pegó?

Lo niega con la cabeza.

—Me agarró y me empujó contra una taquilla. Me podía haber matado si no se lo llega a impedir un profesor, ¿sabes?

—¿Puedes mostrarme cómo te agarró?

Mimi mira a la señora Grenville, quien asiente y la anima a hacerlo. Nos ponemos los dos en pie, y Mimi da un paso al frente, hasta que me tiene con la espalda contra la pared. Tiene que estirarse porque soy más alto que ella, y entonces, con mucha precaución, me agarra la garganta con la mano derecha.

—Así —dice ella—. Tuve moratones una semana entera.

Los mismos moratones, me percato, que aparecieron en la autopsia de Jess Ogilvy.

EMMA

Como si necesitase algún recordatorio más de que, tras la visita de Oliver Bond, mi vida ya no es ni será jamás la que era, mi editora me llama por teléfono.

—Esperaba que pudieses venir esta tarde —dice Tanya—. Hay algo que tenemos que hablar.

—No puedo.

—¿Mañana por la mañana?

—Tanya —digo—, Jacob está bajo arresto domiciliario. No me permiten salir.

—Ese es más o menos el motivo por el cual quería que nos viésemos... Creemos que ahora mismo sería mejor para todos que te tomases un descanso de tu columna.

—¿Mejor para todos? —repito—. ¿Y cómo va a ser lo mejor para mí quedarme sin mi trabajo?

—Es temporal, Emma. Solo hasta que esto... se pase. Estoy segura de que lo entiendes —se explica Tanya—. Es que no podemos ofrecer los consejos de...

—¿De una columnista cuyo hijo ha sido acusado de asesinato? —termino la frase por ella—. Escribo de forma *anónima*. Nadie sabe nada sobre mí, y mucho menos sobre Jacob.

—¿Durante cuánto tiempo? Estamos en el negocio de la información. Alguien va a sacar esto a la luz, y en ese momentos será a nosotros a quienes se les va a quedar cara de idiotas.

—Por supuesto —digo, efervescente—, lo que no queremos es que se os quede cara de idiotas.

—No te estamos despidiendo. Bob ha accedido a mantenerte media paga y seguro si a cambio te dedicas a editarnos como *freelance* la sección dominical.

—¿Y es ahora cuando se supone que yo caigo al suelo de rodillas de pura gratitud? —pregunto.

Permanece en silencio por un momento.

—Si te sirve de algo, Emma —dice Tanya—, eres la última persona en el mundo que se merecería esto. Tú ya cargas con tu cruz.

—Jacob —digo— no es una cruz con la que cargo. Es mi hijo. —Me tiembla la mano aferrada al teléfono—. Anda y edítate tú la puta sección dominical de las narices —le digo, y cuelgo.

Se me escapa un gritito cuando me percato de la magnitud de lo que acabo de hacer. Soy una madre sola que ya de por sí apenas gana lo suficiente; ahora mismo no puedo trabajar fuera de casa: ¿cómo me voy a mantener sin un trabajo? Podría llamar a mi antiguo jefe de la editorial de libros de texto y suplicarle encargos como *freelance,* pero ya hace veinte años que dejé de trabajar allí. Podría apañármelas con los ahorros que tengamos, hasta que se acaben.

«¿Y cuándo sería eso?»

Admito que di por sentado nuestro sistema de justicia. Supuse que el inocente sale victorioso y que el culpable se lleva su merecido; pero resulta que no es tan sencillo como decir que no eres culpable si es que no eres culpable: tal y como ha señalado Oliver Bond, hay que convencer al jurado. Y conectar con extraños es el punto más débil de Jacob.

Sigo esperando a ver si me despierto, a que venga alguien a sorprenderme con la cámara oculta y me diga que todo esto no es más que una gigantesca broma: que por supuesto que Jacob queda libre, que por supuesto que se ha producido un error. Sin embargo, nadie me sorprende, y todas las mañanas me despierto y no ha cambiado nada.

Lo peor que podría pasar sería que Jacob volviese a la cárcel, porque allí no le entienden. Por otra parte, de ser ingresado en un psiquiátrico, estará rodeado de médicos. Oliver dijo que sería ingresado en un centro terapéutico de seguridad hasta que el juez tuviese la certeza de que no volvería a hacerle daño a nadie, lo cual significa que tendría una oportunidad, por minúscula que fuese, de salir algún día.

Tiro de mí con pesadez escaleras arriba, como si llevase unos zapatos de plomo. Llamo a la puerta de Jacob. Está sentado en la cama con *Flores para Algernon* apretado contra el pecho.

—Lo he terminado —dice.

Como parte integrante de nuestro nuevo protocolo de enseñanza en casa, me aseguro de que no se retrase con respecto del programa de estudios, y esta novela era su primer encargo para la clase de Lengua.

—¿Y?

—Es una estupidez.

—Siempre he pensado que lo es.

—Es una estupidez —reitera Jacob— porque nunca debió participar en el experimento.

Me siento junto a él. En el libro, Charlie Gordon, un hombre que sufre un retraso mental, se somete a una intervención quirúrgica que le triplica el cociente intelectual, para que el experimento finalmente fracase y le vuelva a dejar con una inteligencia por debajo de la media.

—¿Por qué no? Tuvo la oportunidad de ver lo que se estaba perdiendo.

—Pero si no se hubiera sometido a esa intervención, jamás hubiera sabido que se lo estaba perdiendo.

Cuando Jacob dice cosas como esta —verdades tan crudas que la mayoría de nosotros ni siquiera las admitiría en silencio y mucho menos hablaría de ellas en voz alta—, parece más lúcido que cualquier otra persona que yo conozca. No creo que mi hijo sufra una demencia, ni tampoco creo que su asperger sea una discapacidad. Si Jacob no tuviese asperger, no sería el mismo chico al que quiero con todo mi ser: el que ve *Casablanca* conmigo y es capaz de recitar todos los diálogos de Bogart; el que recuerda de memoria la lista de la compra cuando a mí se me olvida sobre la encimera en la cocina; el que siempre me hace caso cuando le pido que me saque la cartera del bolso o que sube las escaleras corriendo para bajarme un paquete de papel para la impresora. ¿Que si no hubiera preferido tener un hijo que no tuviese que hacer unos esfuerzos tan enormes, que pudiese abrirse paso en la vida sin tanta resistencia? No, porque ese niño no habría sido Jacob. Puede que la imagen de las crisis se me quede grabada en lo que a él se refiere, pero son los momentos intermedios los que no me hubiera perdido por nada del mundo.

Aun así, sé por qué Charlie Gordon se sometió a la intervención. Y sé por qué estoy a punto de mantener una conversación con Jacob que me hace sentir como si se me hiciese añicos el corazón. Es porque, siempre que existe la posibilidad, el ser humano peca de exceso de esperanza.

—Tengo que hablar contigo sobre lo que dijo Oliver —comienzo a decir.

Jacob se incorpora.

—No estoy loco. No le voy a permitir que diga eso de mí.

—Escúchame primero…

—No es verdad —dice Jacob—. Y siempre hay que decir la verdad. Normas de la casa.

—Tienes razón. A veces, sin embargo, está bien decir una pequeña mentira si es que eso, a largo plazo, te lleva a la verdad.

Parpadea.

—Decir que estoy loco no es una pequeña mentira.

Le miro.

—Sé que tú no mataste a Jess. Yo te creo, pero tienes que conseguir que te crean otros doce extraños que forman parte de un jurado. ¿Cómo lo vas a hacer?

—Voy a decirles la verdad.

—Muy bien. Vamos a hacer, entonces, como si estuvieses ante el tribunal y me lo cuentas a mí.

Su mirada titubea por mi rostro y se fija en la ventana que hay a mi espalda.

—*La primera regla del club es: no hablar del Club de la Lucha.*

—Eso es exactamente a lo que me refiero. No puedes utilizar frases de películas en la sala de un tribunal para contar lo que ha sucedido…, pero sí que puedes utilizar a tu abogado. —Le agarro de los brazos—. Quiero que me prometas que vas a dejar que Oliver diga todo lo que tenga que decir para que tú ganes el juicio.

Baja la barbilla de golpe.

—*Un Martini con vodka* —masculla—. *Mezclado, no agitado.*

—Me voy a tomar eso como un sí —digo.

THEO

Si un día de clase dura siete horas, seis de ellas están formadas por bloques temporales que no tienen más que mierda: profesores que gritan a los chavales que se portan mal, cuchicheos conforme te diriges a tu taquilla, repaso de conceptos matemáticos que ya entendiste la primera vez que te los explicaron. Lo que me ha enseñado estudiar en casa, más que cualquier otra cosa, es la pérdida tan enorme de tiempo que es la vida en un instituto.

Cuando estamos Jacob y yo a solas, sentados a la mesa de la cocina, me quito de encima mis tareas en aproximadamente una hora, si es que me dejo las lecturas para el momento antes de dormir. También ayuda el hecho de que mi madre sea tan crítica con el programa escolar («Esta parte nos la saltamos. Si de verdad hubiera que aprenderse los números imaginarios, ya se habrían convertido en reales ellos solos», o «Por Cristo bendito, ¿cuántas veces os habéis estudiado ya los Puritanos? Pasamos a la Reforma»). Sea como sea, me gusta lo de estudiar en casa. Ya eres un paria por definición, así que no te tienes que preocupar por quedar como un estúpido si das la respuesta equivocada, o si la tía buena de la clase de Lengua te mira cuando sales a la pizarra a escribir la ecuación de los deberes de Matemáticas. Vamos, que aquí ni siquiera hay pizarra.

Dado que Jacob estudia materias diferentes de las mías, él está sumergido en su trabajo en un extremo de la mesa y yo lo estoy en el otro. Termino antes que él; pero, claro, eso ya lo hacía antes, cuando estábamos con nuestros deberes habituales. Puede ser brillante que alucinas, pero a veces, lo que sea que se esté cocinando en su cabeza no llega a trasladarse por completo al papel. Imagino que es algo así como ser el tren-bala más rápido del mundo, pero con unas ruedas que no quepan en los raíles.

En cuanto termino los deberes de Francés *(Que fait ton frère? Il va à la prison!),* cierro el libro de texto. Mi madre levanta la vista de su taza de café. Ella suele estar escribiendo en su ordenador, pero hoy no ha tenido tiempo siquiera de concentrarse en eso.

—Terminé —anuncio.

Sus labios se estiran, y ya sé que se supone que es una sonrisa.

—Genial.

—¿Necesitas que te haga algo? —pregunto.

—No estaría mal si me llevases atrás en el tiempo.

—Lo que tenía en mente iba más en la línea del supermercado —sugiero—. No hay nada para comer en esta casa.

Es cierto, y ella lo sabe.

—Tú no conduces —dice.

—Tengo mi tabla.

Arquea una ceja.

—Theo, no puedes traer la compra en patinete.

—¿Por qué no? Utilizaré esas bolsas verdes que te puedes colgar a la espalda y no compraré nada que sea pesado.

No le lleva demasiado tiempo convencerse, pero entonces nos damos cuenta de otra cagada: solo tiene diez pavos en la cartera, y no creo que se me vaya a dar muy bien lo de hacerme pasar por Emma Hunt cuando entregue la tarjeta de crédito.

—Eh, Jacob —digo—. Necesitamos cogerte prestado un poco de dinero.

No levanta la vista de su libro de historia.

—¿Tengo pinta de banco?

—¿Estás de coña? —Juro que mi hermano tiene guardado hasta el último dólar que jamás haya recibido por su cumpleaños, Navidad y por cualquier otra cosa. Solo le he visto gastar dinero una vez, en un paquete de chicles de cincuenta y cinco centavos.

—Eso no —dice mi madre en voz baja—. No hagamos que se altere. —Lo que hace, sin embargo, es ponerse a rebuscar en la cartera y sacar su tarjeta del cajero automático—. Párate en el banco que hay en el centro comercial y saca algo suelto. Mi PIN es 4550.

—¿En serio? —digo resplandeciente—. ¿Me acabas de dar tu código PIN?

—Sí, así que no hagas que me arrepienta.

Cojo la tarjeta y me dirijo hacia la puerta de la cocina.

—¿Y es también la contraseña de tu ordenador?

—Leche de soja —dice—, pan sin gluten y jamón sin sal. Y cualquier otra cosa que quieras tú.

Tomo la decisión de no llevarme la tabla e ir caminando hasta el banco, de todas formas, son solo tres kilómetros. Llevo la cabeza baja y me digo que es a causa del viento, aunque en realidad se debe a que no quiero tropezarme con nadie a quien conozca. Me cruzo con unos esquiadores de fondo que van por el campo de golf y con un par de corredores. Cuando llego al banco, me doy cuenta de que ya no es horario de oficina y que no sé cómo entrar en el cuartito donde está el cajero. Lo que hago, entonces, es ir hacia la parte de atrás del edificio, donde hay un cajero automático para coches, me quedo detrás de un Honda y aguardo mi turno.

INTRODUZCA IMPORTE, dice la pantalla. Tecleo doscientos dólares, pero entonces me entran las dudas y cancelo la operación. En vez de retirar dinero, consulto el saldo.

¿Es de verdad posible que solo tengamos 3356 dólares en nuestra cartilla de ahorro? Intento recordar si mi madre recibe extractos de otros bancos aparte de este; si tenemos una caja fuerte en casa en la que guarda los ahorros.

Sé que en el Townsend Inn contratan a chicos de quince años como ayudantes de camarero para el restaurante, y estoy bastante seguro de que, si consigo que alguien me lleve en coche a Burlington, podría trabajar en el McDonald's. Es obvio que si alguien tiene que buscar trabajo, ese soy yo, dado que mi madre no puede salir de casa ahora mismo y Jacob ha demostrado ser patológicamente incapaz de conservar un empleo.

Ha tenido tres. En el primero trabajaba en una tienda de mascotas, en la época en que estaba obsesionado con los perros. Lo despidieron por decirle a su jefa que era una estúpida por guardar los sacos de alimento en la trastienda, ya que pesaban mucho. El segundo trabajo que tuvo fue metiendo en bolsas la compra de los clientes de una cooperativa de alimentación, clientes que no dejaban de pedirle que no mezclase churras con merinas conforme llegaban los artículos por la cinta transportadora, y a continuación se enfadaban porque no les hacía caso, cuando en realidad era que Jacob quizá no lo entendiese. El tercero fue de vendedor en el quiosco del bar de la piscina municipal en verano. Creo que todo fue sobre ruedas más o menos durante la primera hora, pero entonces llegó la hora del almuerzo y había seis niños que le pedían a gritos tarrinas de helado, perritos calientes y nachos, todos a la vez. Se quitó el delantal y se marchó sin más.

Llega un coche a mi espalda, y la situación me hace sentir como un imbécil. Muevo los pies con nervios, pulso el botón de retirada de efectivo y tecleo los doscientos dólares. Cuando el dinero sale por la ranura de la máquina, me lo meto en el bolsillo y oigo que alguien me llama por mi nombre.

—¿Theo? Theo Hunt, ¿eres tú?

Me siento culpable, como si me hubieran cazado con las manos en la masa, haciendo algo que no debería. Pero tampoco es que haya, no sé, nada ilegal en utilizar a pie un cajero automático pensado para coches, digo yo, ¿no?

Se abre la puerta del coche que hay a mi espalda, y sale mi profesor de Biología, el señor Jennison.

—¿Cómo te va? —pregunta.

Recuerdo una vez que mi madre no dejaba en paz a Jacob porque se negaba a mantener conversaciones intrascendentes en la boda de un primo lejano. Jacob le dijo que, de haberle importado realmente, le habría preguntado a la tía Marie cómo le iba…, pero como no era así, fingir que le importaba sería una gran mentira.

Hay ocasiones en que me parece que el mundo de Jacob tiene muchísimo más sentido que el mundo en el que vivimos el resto de nosotros. ¿Por qué le preguntamos a la gente cómo le va cuando la respuesta no nos importa una puñetera mierda? ¿Me lo está preguntando el señor Jennison porque está preocupado por mí, o lo hace solo porque son palabras que sirven para llenar el espacio que nos separa?

—Me va bien —digo, porque las viejas costumbres no se pierden fácilmente. Si yo fuera Jacob, le habría respondido directamente: «No puedo dormir por las noches. Y a veces, cuando corro demasiado rápido, no puedo respirar». Pero lo cierto es que alguien que te pregunta cómo te va no quiere oír la verdad. Lo que desea es la respuesta fácil, la respuesta esperada, para así poder largarse tan campante.

—¿Quieres que te lleve? Hace un frío de órdago aquí fuera.

Hay algunos profesores que me caen realmente bien y hay otros a los que no aguanto, pero el señor Jennison no entra en ninguna de estas dos categorías. Es anodino, desde su incipiente calvicie a sus clases; el tipo de profesor cuyo nombre habré olvidado ya con toda probabilidad cuando vaya a la universidad. Estoy bastante seguro de que, al menos hasta hace bien poco, él habría podido decir exactamente lo mismo de mí. En su clase yo era un estudiante del montón, que ni sobresalía ni se retrasaba lo suficiente como para llamar la atención. Por supuesto, hasta que ha ocurrido todo esto.

Ahora soy el chaval que constituye el centro de los seis grados de separación. «Ah, sí, mi tía le dio clase a Theo en secundaria.» O «Una vez me senté detrás de él en el salón de actos». Soy el chaval cuyo nombre saldrá en las conversaciones de todas las fiestas durante años. «¿Aquel asesino autista? Yo iba a clase con su hermano en el Townsend.»

—Mi madre está aparcada en doble fila al otro lado de la calle —farfullo, y me doy cuenta demasiado tarde de que, si tuviéramos el coche en el pueblo, lo más probable es que estuviese ahora mismo delante de este cajero automático para vehículos—. Gracias de todos modos —digo, y me marcho de forma tan apresurada que casi se me olvida coger el recibo de la operación del cajero.

Hago corriendo todo el camino hasta el supermercado, como si me esperase que el señor Jennison me siguiera con el coche para llamarme mentiroso a la cara. Solo por un instante pienso en agarrar esos doscientos dólares, meterme en un autobús y largarme para siempre. Me imagino sentado en el último asiento junto a una chica guapa que comparte su bolsa de cacahuetes conmigo, o con una señora mayor que va tejiendo un gorrito de lana para su nieto recién nacido y que me pregunta hacia dónde me dirijo.

Me imagino diciéndole que voy a visitar a mi hermano mayor a la universidad, que estamos muy unidos y que le echo mucho de menos cuando está en la facultad.

Me imagino cómo molaría que las charlas intrascendentes no fuesen mentira.

Esa noche, cuando me estoy preparando para irme a la cama, me encuentro con que me ha desaparecido el cepillo de dientes. Furioso —créeme, esta no es la primera vez que pasa— e indignado, recorro el pasillo hasta la habitación de mi hermano. Jacob tiene puesta una cinta de audio con la escena de Abbott y Costello de «Quién está en la primera base» en un radiocasete antiguo.

—¿Se puede saber qué cojones has hecho esta vez con mi cepillo de dientes?

—Yo no he tocado tu puñetero cepillo de dientes.

Pero no le creo. Miro en dirección a la vieja pecera que utiliza a modo de cámara de fumigación, aunque ya no está, la han confiscado como prueba.

Las voces de Abbott y Costello son tan débiles que prácticamente no soy capaz de distinguir las palabras.

—Pero ¿llegas siquiera a oír lo que dicen?

—Está lo bastante alto.

Recuerdo una vez, unas Navidades, que mi madre le regaló a Jacob un reloj de pulsera. Tuvo que devolverlo porque el sonido del tictac le volvía loco.

—Yo no estoy loco —dice Jacob, y por un segundo me pregunto si lo habré dicho en voz alta.

—¡Jamás he dicho que lo estés!

—Sí que lo has hecho —dice Jacob.

Es probable que tenga razón. Su memoria es como una jaula de acero.

—Teniendo en cuenta toda la mierda que me has mangado de la habitación para tu cámara de fumigado y tus escenarios, me parece que estamos en paz.

¿Cuál es el nombre del tío que está en la primera base?

No. Cuál está en la segunda.

No te estoy preguntando quién está en la segunda.

Quién está en la primera.

No lo sé.

Ese está en la tercera, y no estamos hablando de él.

Vale, ya sé que hay mucha gente a quien le parece muy divertida esa escena cómica, pero yo nunca he sido uno de ellos. Es probable que la razón por la que a Jacob le gusta tanto sea que para él tiene todo el sentido del mundo, ya que toman los nombres de manera literal.

—Tal vez lo hayan tirado —dice Jacob, y al principio lo confundo con la respuesta de Costello, hasta que me doy cuenta de que se refiere a mi cepillo de dientes.

—¿Fuiste tú? —pregunto.

Jacob me mira fijamente. Siempre que lo hace me llevo un buen susto, porque pasa demasiado tiempo sin mirarme a los ojos.

—¿Y tú? —replica.

De repente no estoy muy seguro de qué estamos hablando, pero me da la sensación de que ya no es sobre higiene bucal. Antes de tener ocasión de responder, mi madre asoma la cabeza por la puerta.

—¿De quién de vosotros es esto? —pregunta al tiempo que muestra mi cepillo de dientes—. Estaba en mi cuarto de baño.

Se lo quito de la mano. En el casete, sobre un fondo de risas enlatadas, Abbott y Costello siguen discutiendo.

Muy bien, eso es lo primero que dices que tiene sentido.
¡Si ni siquiera sé de lo que estoy hablando!

—Ya te lo he dicho —dice Jacob.

JACOB

Cuando era pequeño, convencí a mi hermano de que yo tenía superpoderes. ¿Cómo si no iba a ser capaz de oír desde el piso de abajo lo que estaba haciendo nuestra madre en el piso de arriba? ¿Por qué no decir que la razón de que los tubos fluorescentes me mareen es que soy demasiado sensible a la luz? Cuando se me pasaba una pregunta que me había hecho Theo, le decía que era porque podía oír tantas conversaciones y ruidos de fondo a un tiempo que a veces me resultaba difícil concentrarme en un único sonido.

Funcionó durante un tiempo. Luego se dio cuenta de que yo no estaba dotado de una percepción extrasensorial, sino que simplemente era extraño.

Tener asperger es como tener a tope constantemente el volumen de la vida. Es como una resaca permanente (aunque admito que solo he estado borracho una vez, cuando probé el vodka Grey Goose a palo seco para ver el efecto que me producía y me dio un soponcio al enterarme de que, en lugar de que me entrase la risa tonta como a todo aquel que está borracho en la televisión, solo me sentí más desubicado y desorientado, y el mundo solo se volvió más caótico y borroso). ¿Sabes todos esos críos autistas a los que ves darse golpes con la cabeza contra la pared? No lo hacen porque sean enfermos mentales. Lo hacen porque el resto del mundo suena tan alto que llega a hacer daño, e intentan conseguir que desaparezca.

No son solo la vista y el oído los que se ven aumentados, no, señor. Tengo la piel tan sensible que te puedo decir si una camisa es de algodón o de poliéster tan solo por su temperatura sobre mi espalda. Debo cortarle las etiquetas a todas mis prendas de vestir para que no me irriten, porque tienen el tacto de la lija más basta. Si alguien me toca cuando no me lo espero, grito, pero no por miedo, sino porque a veces lo siento como si tuviese las terminaciones nerviosas por fuera en lugar de por dentro.

Y no es solo el cuerpo lo que tengo hipersensible: mi cerebro suele ir a toda velocidad. Siempre me ha resultado extraño que cierta gente me describa como plano o robótico, porque, si algo me pasa, es que siempre sufro pánico ante *algo*. No me gusta relacionarme con la gente si no puedo predecir cómo van a responder. Nunca me pregunto por el aspecto que tengo desde el punto de vista de otra persona; jamás en la vida me habría molestado en valorarlo siquiera de no haber llamado mi madre mi atención al respecto.

Si hago un cumplido, no lo hago porque sea lo correcto en ese instante, sino porque es verdad. No me sale de manera natural ni siquiera el lenguaje más rutinario. Si tú me dices «gracias», yo tengo que rebuscar en la base de datos de mi cabeza para encontrar un «de nada». No soy capaz de charlar sobre el tiempo por mor de rellenar los silencios. Estoy pensando todo el rato: «Qué falso es esto». Si no tienes razón acerca de algo, yo te corregiré, pero no porque desee hacerte sentir mal (de hecho, no pienso en ti en absoluto), sino porque los hechos son muy importantes para mí, más importantes que la gente.

Nadie le pregunta nunca a Superman si su visión de rayos X es un fastidio; si le aburre mirar a un edificio de ladrillo y ver a tíos pegando a sus esposas, o ver cómo se marchitan otras mujeres solitarias, o a fracasados buscando porno en Internet. Nadie le pregunta jamás a Spiderman si le da vértigo. Si sus superpoderes se parecen en algo a los míos, no me extraña que siempre se estén poniendo en peligro. Es probable que anhelen una muerte rápida.

RICH

Mamá Spatakopoulous no va a hablar conmigo hasta que acceda a probar algo de comer, que es la razón de que acabe delante de un plato lleno de espaguetis con carne mientras le hago preguntas acerca de Jess Ogilvy.

—¿Recuerda usted a esta chica? —le pregunto al tiempo que le muestro una fotografía de Jess.

—Sí, pobrecita. Ya he visto en las noticias lo que ha pasado.

—Tengo entendido que vino por aquí unos días antes de que la matasen, ¿no es así?

La mujer asiente.

—Con su novio, y con el otro.

—¿Se refiere a Jacob Hunt? —Le enseño también una foto de Jacob.

—Ese es. —Se encoge de hombros.

—¿Tiene alguna cámara de seguridad aquí?

—No. ¿Por qué? ¿Es que este barrio es peligroso?

—Pensaba que quizá tendría la posibilidad de ver lo que pasó esa tarde —digo.

—Ah, eso se lo puedo contar yo —dice Mamá Spatakopoulous—. Fue una discusión tremenda.

—¿Qué pasó?

—La chica. Se llevó un disgusto enorme. Se puso a llorar y acabó marchándose a toda prisa. Dejó plantado a ese chico, Hunt, con la cuenta y la pizza entera.

—¿Sabe usted por qué se disgustó? —pregunto—. ¿Por qué discutieron?

—Pues —dice la mujer— no pude oír todo lo que decían, pero parecía que estaba celoso.

—Señora Spatakopoulous —me inclino hacia delante—, esto es muy importante: ¿oyó usted algo que dijese Jacob en particular que resultara amenazante para Jess? ¿O vio que la agrediese físicamente de alguna forma?

Los ojos se le abren aún más.

—Ah, no era Jacob quien estaba celoso —dice ella—. Era el otro, el novio.

Cuando salgo al paso de Mark Maguire, él está saliendo del centro de estudios con dos de sus compañeros.

—¿Qué tal el almuerzo, Mark? —pregunto, y me separo de la farola contra la que he estado apoyado—. ¿Has pedido pizza? ¿Estaba tan buena como la de Mamá Spatakopoulous?

—Tiene que estar de coña —dice él—. No hablo con usted.

—Pues yo me imaginaba que, siendo el novio que está de luto, eso es justo lo que querrías hacer.

—¿Sabe lo que quiero hacer? ¡Ponerle una denuncia que se cague en los pantalones por lo que me ha hecho!

—Te solté —digo, y me encojo de hombros—. Dejamos en libertad a gente todos los días. —Me pongo a su paso, junto a él—. Acabo de tener una charla muy interesante con la dueña de la pizzería. Al parecer, se acuerda de la discusión que mantuvisteis Jess y tú cuando estuvisteis allí.

Mark arranca a caminar, y vuelvo a ponerme a su paso, junto a él.

—¿Y qué? Discutimos, sí. Eso ya se lo había contado.

—¿Y sobre qué discutíais?

—Jacob Hunt. Jess pensaba que era una especie de tarado indefenso, y él se dedicaba todo el tiempo a utilizar eso para lograr que ella se interesase por él.

—Interesarse, ¿cómo?

—Él iba *a por ella* —dice Mark—. Interpretaba su papel para dar pena y tenerla así en la palma de la mano. En el restaurante, tuvo las santas narices de pedirle salir, delante de mí, como si yo no estuviese allí. Todo lo que hice fue poner a Hunt en su sitio y recordarle que su mamaíta estaba pagando por la compañía de Jess.

—¿Cómo reaccionó ella?

—Se cabreó. —Se detiene en el sitio y se vuelve hacia mí—. Mire, tal vez yo no sea el tío más sensible del mundo…

—¿No me digas? No me había dado cuenta.

Mark clava sus ojos en mí.

—Estoy intentando dejar algo claro. Dije e hice cosas de las que no me enorgullezco. Soy celoso; quería ser el primero de la lista de Jess y quizá me pasase de la raya de vez en cuando al intentar asegurarme de que así fuera, pero yo nunca le habría hecho daño, nunca. El motivo que me hizo empezar nuestra discusión en la pizzería era protegerla. Ella confiaba en todo el mundo, solo veía lo bueno de la gente. Pero yo veía claramente lo que había detrás de toda esa mierda que Jacob Hunt se traía entre manos.

—¿Qué quieres decir?

Se cruza de brazos.

—El primer año de universidad, tenía un compañero de habitación que aún jugaba con las cartas de los Pokemon, no se duchaba jamás, y prácticamente vivía en el laboratorio de informática. Puede que le dirigiese menos de diez frases en todo el año. Era un tío brillante de cojones: se graduó antes de tiempo y se largó a diseñar misiles para el Pentágono o algo así. Es probable que también tuviese asperger, pero nadie le llamó jamás nada que no fuese «empollón». Lo único que quiero decir es que hay una diferencia entre ser un retrasado mental y ser un retrasado social. Lo primero es una minusvalía. Lo segundo es una carta blanca para librarse de la cárcel.

—Creo que tal vez te hayas quedado un poco atrás respecto de la psiquiatría actual, Mark. Hay una diferencia entre ser socialmente torpe y tener un diagnóstico clínico de asperger.

—Claro. —Me mira a los ojos—. Eso es lo que solía decir Jess, y ahora está muerta.

OLIVER

Cuando entro en la cocina de los Hunt por segundo día consecutivo, Emma está cocinando algo en el horno mientras que Jacob está sentado a la mesa. Mis ojos se desplazan desde su rostro —inclinado hacia la mesa sobre una macabra colección de fotografías de escenarios de crímenes— al de su madre.

—Adelante —dice Emma.

—La Ley de Discapacidades de los Estados Unidos de América prohíbe expresamente la discriminación por parte del estado o de las administraciones locales, incluidos los tribunales —recita Jacob en la monotonía de su voz—. Para hallarse bajo la protección de la Ley de Discapacidades de los Estados Unidos de América se ha de tener una discapacidad o estar relacionado con alguien que la tenga. Una persona discapacitada se define como un individuo que sufre un impedimento físico o mental que limite de manera sustancial una o más actividades vitales importantes… como la comunicación… o como un individuo que es percibido por otros como una persona con tales impedimentos.

Vuelve la página; las fotos ahora son de cadáveres en un depósito. Pero ¿quién demonios publica libros así?

—La doctora Luna y mi madre dicen que tengo peculiaridades, pero mis profesores, los demás chicos del instituto y ese juez podrían suponer que tengo una discapacidad —añade Jacob.

Hago un gesto negativo con la cabeza.

—No lo entiendo, la verdad.

—Hay una razón legal lógica y válida para que usted hable en mi nombre —dice Jacob—. Puede hacer uso de la alegación de demencia si es que usted cree que será lo que mejor funcione durante el juicio. —Se levanta y se mete el libro debajo del brazo—. Pero para que conste, en lo que a mí respecta, suscribo la creencia de que *normal* no es más que una posición del secador del pelo.

Hago un gesto de asentimiento y valoro esto último.

—¿De qué película es eso?

Jacob pone los ojos en blanco.

—No todo es de una película —dice, y se marcha.

—Vaya. —Camino hacia Emma—. No sé cómo lo ha hecho, pero gracias.

—No me subestime —responde, y con una espátula le da la vuelta al pescado que está salteando en una sartén.

—¿Era esa la única razón por la que me pidió que viniera?

—Creí que era eso lo que quería —dice Emma.

—Lo era. Hasta que olí lo que está cocinando. —Sonrío—. Le descuento diez pavos de la minuta si me da de comer.

—¿No tenía usted una cafetería justo debajo de la oficina?

—Uno se cansa de la salsa picante a todas horas —digo—. Venga, seguro que le vendría bien un poco de conversación con otro adulto después de estar encerrada en casa.

Emma hace como si se pusiera a mirar por toda la cocina.

—Claro…, ¿y dónde está el otro adulto?

—Soy diez años mayor que Jacob —le recuerdo—. Así pues, ¿qué tenemos de comida?

—Lubina con ajo.

Me siento en uno de los taburetes y la veo llevar al fregadero una cacerola con algo hirviendo y verterlo en un escurridor. El vapor le riza el pelo alrededor de la cara.

—Una de mis favoritas —digo—. Me alegro de que me haya invitado.

—Muy bien —suspira—, quédese entonces.

—Perfecto, pero solo si es capaz de contener el entusiasmo que le produce mi compañía.

Sacude la cabeza.

—Haga algo útil y ponga la mesa.

Hay un componente de intimidad en el hecho de estar en la cocina de otra persona que me hace sentir nostalgia del hogar; no de mi oficina-apartamento sobre la pizzería, sino del hogar de mi infancia. Crecí siendo el pequeño de una familia numerosa de Buffalo. A veces, incluso ahora, echo de menos el sonido del caos.

—Mi madre solía poner pescado los viernes —digo mientras abro y cierro cajones en busca de la cubertería.

—¿Es usted católico?

—No… noruego. El pescado es el afrodisíaco escandinavo.

Emma se sonroja.

—¿Funcionaba?

—Mis padres tuvieron cinco hijos —digo, y señalo la lubina—. Preliminares en una fuente de servir.

—Siguiendo con su metáfora, supongo —murmura Emma—, lo que cocinaba mi ex podría ser catalogado como anticonceptivo.

—¿Se ofendería si le pregunto cuánto hace que cuida usted sola de los chicos?

—Sí —dice Emma—, pero la respuesta corta es «desde que diagnosticaron a Jacob». —Saca leche del frigorífico, la vierte en una sartén y comienza a batir a mano los ingredientes—. No se implica con Jacob ni Theo, excepto por el cheque mensual de su manutención.

—Pues debería estar orgullosa de hacerlo todo usted sola.

—Claro que estoy orgullosa. Tengo un hijo acusado de asesinato. ¿Qué madre no se consideraría a sí misma un éxito enorme después de algo así?

Levanto la vista hacia ella.

—Acusado —repito—, no condenado.

Se me queda mirando un largo rato, como si le diese miedo creer que podría haber alguien más que pensara que Jacob pudiese no ser culpable. Luego se pone a servir platos individuales.

—¡Jacob, Theo! —grita, y los chicos enfilan hacia la cocina.

Jacob toma su plato y regresa de inmediato al salón y la televisión. Theo baja las escaleras en medio de un estruendo. Me echa una mirada a mí, sentado a la mesa, y frunce el ceño.

—¿No debería él traernos la comida a nosotros? —pregunta.

—Yo también me alegro de verte —respondo.

Me mira.

—Pues vale.

Mientras él regresa con su comida al piso de arriba arrastrando los pies, Emma pone platos para nosotros dos.

—Solemos sentarnos a comer todos juntos, pero a veces también está bien descansar un poco los unos de los otros.

—Me imagino que eso es difícil cuando estáis todos bajo arresto domiciliario.

—Resulta bastante triste que el momento álgido de mi jornada sea cuando llego hasta el final del camino de entrada para recoger el correo del buzón. —Se inclina y me pone mi plato delante.

Hay un trozo de pescado blanco, patatas machacadas con una salsa blanca cremosa y una montañita de arroz blanco.

—¿Y hay merengue de postre? —intento adivinar.

—Pastel de ángel.

Pruebo a pinchar la comida con el tenedor.

Emma frunce el ceño.

—¿Está poco hecho el pescado?

—No, no… Está perfecto. Es que, mmm, no había visto nunca a nadie coordinar el color del menú.

—Ah, es que hoy es 1 de febrero —dice como si eso lo explicase todo—. El primero de cada mes es el Día de la Comida Blanca. Llevo haciéndolo tanto tiempo que se me olvida que no es normal.

Pruebo las patatas; están para chuparse los dedos.

—¿Y qué hace el treinta y uno? ¿Quemarlo todo hasta dejarlo negro como el carbón?

—No le dé ideas a Jacob —dice Emma—. ¿Quiere un poco de leche?

Me sirve un vaso, y yo estiro el brazo para cogerlo.

—No lo entiendo. ¿Por qué para él es importante el color de la comida?

—¿Por qué el tacto del terciopelo hace que le entre el pánico? ¿Por qué no puede soportar el zumbido de una cafetera exprés? Hay un millón de preguntas para las cuales no tengo respuesta —replica Emma—, de manera que lo más sencillo es adaptarse a las circunstancias adversas y evitarle los ataques.

—Como le pasó en la sala del tribunal —digo— y en la cárcel.

—Exacto. Así que los lunes la comida es verde, los martes roja, los miércoles amarilla… Ya se hace una idea.

Me quedo pensativo un instante.

—No malinterprete esto, pero parece como si Jacob fuese a veces más adulto que usted o que yo, y otras veces se le ve sobrepasado por completo.

—Así es como es. Creo sinceramente que es más listo que nadie a quien haya conocido, pero también más inflexible. Y cualquier mínimo detalle que le suceda se lo toma muy a pecho, porque él es el centro de su universo.

—Y del suyo —señalo—. Él es también el centro de *su* universo.

Baja la cabeza.

—Supongo.

Quizá mis escandinavos padres sabían lo que se hacían, porque tal vez sea el pescado o tal vez sea el aspecto que ella tiene en este instante —sorprendida y un poco aturullada—, pero para mi asombro me percato de que me gustaría besarla. No puedo, sin embargo, ya que es la madre de mi cliente, y también porque es probable que me arrease una buena patada en el culo.

—Supongo que tiene usted un plan de ataque —dice.

Los ojos se me ponen como platos: ¿es que ella está pensando lo mismo de mí? Aparto de mi cabeza una imagen en que estoy sujetándola contra la mesa.

—Cuanto más rápido, mejor —dice Emma, y se me triplica el pulso. Echa un vistazo al salón por encima del hombro, donde Jacob se lleva lentamente el arroz a la boca—. Solo deseo que termine pronto toda esta pesadilla.

Y, con esas palabras, me pego un batacazo de vuelta a mi triste realidad. Carraspeo y me pongo totalmente profesional.

—Lo más dañino de la presentación preliminar de las pruebas es la confesión que hizo Jacob. Tenemos que intentar librarnos de ella.

—Creí que tendría la posibilidad de sentarme con Jacob en la sala de interrogatorios. De haber estado yo allí, esto jamás habría llegado tan lejos, eso lo sé. Tuvieron que hacerle preguntas que él no comprendía, o se las hicieron demasiado rápido.

—Disponemos de una transcripción. Las preguntas fueron bastante claras, creo yo. ¿Le dijo usted a Matson que Jacob tenía asperger antes de que comenzasen a hablar?

—Sí, cuando vino a interrogar a Jacob la primera vez.

—¿La primera vez?

Emma asiente.

—Iba contrastando la agenda de Jess, y la cita para la clase de interacción social de Jacob estaba en ella, así que el detective le hizo algunas preguntas.

—¿Estaba usted allí para ayudar a traducírselas?

—Fue aquí mismo, en la mesa de la cocina —dice Emma—. Matson actuó como si entendiese perfectamente la situación de Jacob. Por eso, cuando me pidió que le llevase a Jacob a la comisaría, supuse que se trataría del mismo tipo de entrevista y que yo podría participar.

—La verdad es que eso es bueno —le cuento—. Es probable que podamos presentar una solicitud de desestimación.

—¿Qué es eso?

Antes de que pueda responder, Jacob entra en la cocina con su plato vacío, lo deja en el fregadero y se sirve un vaso de Coca-Cola.

—Bajo la quinta enmienda de la Constitución de los Estados Unidos de América, uno tiene derecho a guardar silencio, a menos que renuncie a tal derecho, y en determinadas circunstancias, si la policía no te lee tus derechos o te pregunta de manera apropiada si renuncias a ellos, cualquier cosa que digas puede ser utilizada en tu contra. Un abogado defensor puede presentar una solicitud de desestimación de dichas pruebas con el fin de evitar que estas puedan ser expuestas ante un jurado —dice, y se marcha de vuelta al salón.

—Eso es absolutamente incorrecto —mascullo.

—¿En serio?

—Claro —digo—. ¿Cómo es posible que pueda beber Coca-Cola el Día de la Comida Blanca?

Solo un instante, y entonces, por primera vez, escucho el sonido musical de la risa de Emma Hunt.

EMMA

No esperaba invitar a comer al abogado de Jacob.

Tampoco esperaba disfrutar tanto de su compañía. Pero cuando hace una broma sobre el Día de la Comida Blanca —que es, afrontémoslo, tan ridículo como el hecho de que todo el mundo en el cuento finja que el emperador va muy elegantemente vestido en lugar de estar en pelota viva—, no puedo aguantarme. Empiezo con una risa tonta y, antes siquiera de llegar a darme cuenta, me estoy riendo con tantas ganas que casi no puedo respirar.

Porque si lo piensas fríamente, tiene su gracia que, cuando le pregunto a mi hijo cómo ha dormido, me responda: «Boca abajo».

Tiene su gracia que, cuando le digo a Jacob que estoy ahí en un minuto, él inicie una cuenta atrás de sesenta segundos.

Tiene su gracia que Jacob soliera quedarse un rato mirándome cuando yo volvía a casa, en su interpretación de un «te veo luego».

Tiene su gracia que, cuando me suplica que le compre un libro de texto de investigación criminal en Amazon.com y yo le pregunto si me va a costar un ojo de la cara, él me responda: «Solo aceptan moneda de curso legal».

Y tiene su gracia que, después de que yo remueva cielo y tierra para darle a Jacob comida de color blanco los primeros de cada mes, vaya él tan tranquilo y se sirva un vaso de Coca-Cola.

Es verdad eso que dicen de que el asperger afecta a la familia entera. Llevo tanto tiempo haciendo esto que se me ha olvidado tener en cuenta lo que pensaría de nuestro pescado con arroz hervido alguien que lo viese desde fuera, sobre esas rutinas nuestras tan arraigadas ya; igual que Jacob carece de la capacidad para ponerse en el lugar del primero con quien se cruce. Y, tal y como Jacob ha aprendido a base de un rechazo tras otro, lo que produce lástima desde un extremo genera carcajadas en el otro.

—La vida no es justa —le digo a Oliver.

—Por ese motivo hay abogados defensores —responde—, y Jacob tiene razón sobre la jerga legal, por cierto. Voy a presentar una solicitud de desestimación porque la policía era consciente de que no trataba con alguien mentalmente capacitado para entender sus derechos...

—¡Conozco mis derechos! —grita Jacob desde la otra habitación—. ¡Tienes derecho a guardar silencio! ¡Cualquier cosa que digas podrá ser y será utilizada en tu contra ante un tribunal de justicia...!

—Ya lo he pillado, Jacob, está bien —le vocea Oliver en respuesta. Se levanta y deja su plato en la encimera—. Gracias por la comida. Ya le contaré lo que sucede con la vista.

Le acompaño hasta la puerta y veo cómo abre el coche. En lugar de meterse dentro, alarga la mano hasta el asiento de atrás y viene de vuelta hacia mí con una cara muy seria.

—Solo hay una cosa más —dice Oliver. Me toma la mano y presiona una chocolatina pequeña Milky Way contra ella—. Por si acaso le apetece colarla antes del Jueves Marrón —susurra y, por segunda vez en el día, me deja sonriendo.

CASO N.º 7: «… Y LA SANGRE CORRÍA / MÁS FUERTE QUE EL AGUA»

*L*a hermana de Ernest Brendel no creyó al amigo de su hermano que vino a contarle, en un día de otoño de 1991, que habían secuestrado a Ernest —junto con su mujer, Alice, y su hija, la pequeña Emily— como parte de un plan de la mafia. Sin embargo, Christopher Hightower insistía en que necesitaban dinero para el rescate, y como prueba de ello, la hizo salir a ver el Toyota de Ernest, en el cual había llegado él hasta allí. Le mostró el asiento de atrás, que estaba empapado en sangre. Y había más sangre en el maletero. La policía acabaría por identificar aquella sangre como la de Ernest Brendel, y también demostraría que fue Hightower —y no la mafia— el culpable de su muerte.

Para la mayoría de la gente, Chris Hightower era un comercial de materias primas muy arraigado en su comunidad de Rhode Island. Enseñaba en la escuela dominical y trabajaba con niños en situación de riesgo. Sin embargo, aquel día de otoño de 1991 salió entregado a una vorágine asesina y mató a su amigo Ernest Brendel y a su familia. Metido en problemas económicos y separado de su mujer, Hightower compró una ballesta y se marchó en coche hasta la casa de Brendel. Se ocultó en el garaje y le disparó una flecha en el pecho cuando este llegó a su casa. Mientras intentaba escapar, Brendel recibió dos flechazos más. Consiguió arrastrarse hasta el segundo coche que había en el garaje, un Toyota, donde Hightower le machacó el cráneo con una palanca.

A continuación, Hightower recogió a Emily de un programa extraescolar en el YMCA, valiéndose del carné de conducir de Brendel como muestra de que era un amigo de la familia en quien la niña podía confiar para que la llevase a casa. Cuando Alice Brendel llegó a su hogar aquella noche, Hightower drogó a la madre y a la hija con pastillas para dormir. Esa fue la última vez que alguien vio con vida a algún miembro de la familia Brendel.

Al día siguiente, Hightower compró un cepillo, una manguera, un poco de ácido clorhídrico y un saco de 25 kilos de cal. Frotó el garaje para limpiar la sangre. Limpió el coche con bicarbonato sódico y eliminó más sangre.

Seis semanas después, una mujer que paseaba al perro se tropezó con dos tumbas hundidas. Una contenía los restos de Ernest Brendel. En la otra se encontraban Alice Brendel —a quien hallaron con una bufanda anudada alrededor del cuello— y Emily —de quien se pensó que había sido enterrada viva—. En la tumba había un saco de cal vacío. En el Toyota que condujo Hightower, la policía encontró la esquina cortada de aquel saco de cal y también el recibo de Home Depot de la compra de la cal y el ácido clorhídrico.

Hightower fue condenado y se encuentra cumpliendo tres condenas a cadena perpetua. Con amigos como este, ¿quién necesita enemigos?

7

THEO

Lo tengo bastante claro: al final voy a ser yo quien tenga que cuidar de mi hermano.

No me malinterpretes, no soy tan mamón como para pasar olímpicamente de mi hermano cuando seamos mayores y (esto no me lo puedo ni imaginar) no esté mi madre. Sin embargo, lo que me mosquea, digamos, es la suposición silenciosa de quién se va a tener que encargar cuando mamá no pueda ya enmendar los desastres de Jacob: te doy tres intentos a ver si lo adivinas.

Leí una vez un artículo en un periódico de Internet que hablaba de una mujer en Inglaterra que tenía un hijo retrasado mental, pero retrasado de narices, no con una discapacidad como la de Jacob, sino incapaz de lavarse los dientes, o algo así, o de acordarse de ir al baño cuando la necesidad aprieta (déjame decir aquí que, si Jacob se levanta un día y resulta que necesita pañales para adultos, me da igual si soy la última persona que queda sobre la faz de la Tierra, que yo no se lo cambio). Lo que te decía, que resulta que esta señora tenía un enfisema y se estaba muriendo, y había llegado a un punto en el que apenas podía pasarse el día sentada en una silla de ruedas, así que mucho menos ayudar a su hijo. Había una foto de la mujer con su hijo, y, aunque yo me esperaba ver a un chico de mi edad, resulta que Ronnie podía tener fácilmente los cincuenta. Lucía una perilla espesa y una panza que sobresalía de su camiseta de los Power Rangers, y dedicaba a su madre una amplia sonrisa sin mostrar los dientes al tiempo que la abrazaba, sentada ella en la silla de ruedas con tubos hasta la nariz.

No podía apartar los ojos de Ronnie. Era como si hubiera caído de sopetón en la cuenta de que, algún día, cuando yo estuviese casado, con la casa llena de críos y me dedicara a mis rollos corporativos, Jacob podría seguir viendo sus dichosos capítulos de *CrimeBusters* y comiendo cosas amarillas los miércoles. Mi madre y la doctora Luna, la loquera de Jacob, siempre hablan de esto en sentido abstracto, como de una prueba de por qué piensan que las vacunas tienen algo que ver con el autismo, y de por qué el autismo es un fenómeno relativamente nuevo («Si lo hemos tenido de siempre entre nosotros, ¿dónde están todos los críos autistas que han crecido y se han convertido en adultos? Porque, créeme, aunque les hubiese sido diagnosticado algo distinto, sabríamos dónde están»). Pero hasta ese preciso instante yo no había atado cabos y deducido que, algún día, Jacob sería uno de esos adultos con autismo. Por supuesto que Jacob podría tener la suerte de lograr un trabajo como todos esos Aspies de Silicon Valley, pero cuando sufriese un ataque y se pusiera a destrozar su cubículo en el mencionado trabajo, todos sabemos quién sería el primero al que llamarían.

Estaba claro que Ronnie no había llegado a crecer jamás y que nunca lo haría, y ese era el motivo por cual su madre salía en el periódico *The Guardian:* había puesto un anuncio buscando una familia que acogiese a Ronnie y lo tratase como si fuera suyo cuando ella muriese. Era un chico encantador, decía ella, aunque aún se mease en la cama.

«Pues buena suerte, tía», pensé yo. ¿Quién se hace cargo de la mierda de otro de manera voluntaria? Me pregunté qué tipo de gente respondería a la madre de Ronnie. Tal vez mujeres tipo madre Teresa de Calcuta, o esas familias que siempre salen en la última página de la revista *People* y que acogen a veinte chicos de educación especial y se las arreglan para que se comporten como una familia. O peor, tal vez algún pervertido solitario que crea que un tío como Ronnie no se daría cuenta de que se pasa todo el día toqueteándolo. La madre de Ronnie decía que un hogar colectivo no era una opción porque él no había estado nunca en uno y que, a estas alturas, no iba a ser capaz ya de adaptarse. Todo lo que pedía era alguien que pudiese quererlo como ella.

Fuera como fuese, el artículo me hizo pensar en Jacob. Él sí podría con un hogar colectivo, quizá, mientras le dejasen a él ducharse el primero por la mañana. No obstante, si yo lo metiese en uno (y ni me preguntes siquiera cómo se pone uno a buscar un sitio de esos), ¿qué estaría aquello diciendo de mí? Que soy demasiado egoísta como para ser el guardián de mi hermano, que no le quiero.

Muy bien, aun así, dice una vocecita en mi cabeza, tú no pediste esto.

Y entonces me di cuenta. Tampoco lo pidió mi madre, pero eso no había hecho que ella quisiera a Jacob ni un ápice menos.

De manera que así es como está la cosa: sé que, con el tiempo, Jacob será mi responsabilidad. Cuando encuentre a una chica con la que me quiera casar, mi proposición habrá de incluir la siguiente contingencia: que Jacob y yo vamos juntos en un *pack*. Y cuando menos me lo espere, tendré que inventarme excusas en su nombre, o hacer callar a Jacob en sus idas de olla como hace ahora mi madre.

(Esto no lo digo en voz alta, pero una parte de mí ha estado pensando que, si condenan a Jacob por asesinato, si lo meten en la cárcel de por vida, bueno, pues la mía se volvería un poco más sencilla.)

Me odio por pensar eso siquiera, pero no te voy a mentir.

Y supongo que da lo mismo que sea el sentimiento de culpa lo que haga que cuide de Jacob en el futuro, o el amor, porque lo haré.

Es solo que hubiera estado bien que me preguntaran primero, ¿sabes?

OLIVER

Mamá Spatakopoulous está de pie ante la puerta de mi oficina-apartamento con el plato del día.

—Nos han sobrado unos pocos rigatoni —dice—, y estás trabajando tanto que cada día pareces más delgado.

Me río y le cojo el recipiente de las manos. Huele increíble, y Thor comienza a saltarme alrededor de los tobillos para asegurarse de que no se me olvida darle su parte del botín.

—Gracias, señora S. —digo y, cuando se da media vuelta para marcharse, la vuelvo a llamar—. Oiga…, ¿sabe usted de alguna comida que sea amarilla? —He estado pensando en la forma que tiene Emma de dar de comer a Jacob, según su esquema de colores. Diantre, he estado pensando en Emma, y punto.

—¿Te refieres a unos huevos revueltos?

Chasqueo los dedos.

—Eso —digo—. Tortilla con queso suizo.

Frunce el ceño.

—¿Prefieres que te haga una tortilla?

—Cielos, no; me quedo con los rigatoni. —El teléfono se pone a sonar antes de que le pueda dar más explicaciones. Me excuso y me apresuro a volver adentro y a cogerlo—. Despacho de Oliver Bond —digo.

—Recordatorio personal —replica Helen Sharp—. El efecto de esa frase es mucho mayor cuando contratas a otra persona para que la diga en tu nombre.

—Mmm, mi secretaria acaba de ausentarse para ir al servicio.

Suelta un bufido.

—Sí, claro, y yo soy Miss América.

—Enhorabuena —digo con un tono de voz que rebosa sarcasmo—. ¿Y qué habilidades demostraste? ¿Juegos malabares con cabezas de abogados defensores?

No me hace ni caso.

—Te llamo por la vista de desestimación de pruebas. ¿Has citado a Rich Matson?

—¿El detective? Pues… sí. —¿A qué otra persona se supone que iba a citar, al fin y al cabo, en una solicitud que pretende desestimar la confesión de Jacob en comisaría?

—No puedes citarlo tú. Soy yo quien tiene que tener a Matson allí, y voy antes.

—¿A qué te refieres con que vas antes? La solicitud es mía.

—Lo sé, pero este es uno de esos casos raros en que, a pesar de que la moción sea tuya, es el estado quien tiene la carga de la prueba, y debemos presentar todo lo que tengamos para demostrar que la confesión es buena.

En el caso de prácticamente cualquier otro tipo de petición, funciona al revés: si quiero un pronunciamiento del juez, me tengo que dejar el culo para demostrar por qué me lo merezco. ¿Cómo diantre se supone que iba yo a saber de la excepción a la regla?

Me alegro de que Helen no se encuentre en esta habitación conmigo, porque tengo la cara roja como un tomate.

—Yaaa —digo fingiendo despreocupación—. Ya lo sé. Solo quería ver si andabas despierta.

—Ya que te tengo al teléfono, Oliver, he de decirte una cosa. No creo que puedas salirte con la tuya en este caso.

—¿A qué te refieres?

—No puedes afirmar que tu cliente no está en sus cabales *y* que no entiende sus derechos. Por todos los santos, los ha recitado de memoria.

—¿Y dónde está el problema? —pregunto—. ¿Quién demonios se aprende de memoria la fórmula Miranda de los derechos del detenido al pie de la letra? —Thor empieza a morderme los tobillos, y le echo un poco de rigatoni en su platillo—. Mira, Helen, Jacob Hunt no ha podido aguantar tres días en la cárcel. A buen seguro que no aguantará treinta y cinco años. Voy a negociar este caso por cualquier vía que me permita asegurarme de que no lo vuelven a encerrar —vacilo—. Supongo que no tendrás a bien considerar la posibilidad de dejar que Jacob viva con su madre, ¿no? Ya sabes a qué me refiero, ponerlo en libertad condicional a largo plazo, ¿eh?

—Claro, déjame que te dé una respuesta luego, después de la comida que tengo con el Conejo de Pascua, el Ratoncito Pérez y Papá Noel —dice Helen—. Se trata de un *asesinato,* ¿o es que se te ha olvidado? Tú podrás tener a un cliente autista, pero yo tengo un cadáver y a unos padres de luto, y eso lo supera todo. No dudo de que puedas exhibir la etiqueta de la discapacidad para conseguir becas de estudios o condiciones especiales en el instituto, pero no para excluir la culpabilidad. Nos vemos ante el tribunal, Oliver.

Cuelgo de golpe y bajo la vista para encontrarme con Thor tirado feliz en el suelo en pleno coma de pasta. Cuando vuelve a sonar el teléfono, lo cojo decidido.

—¿Qué? —exijo—. ¿Es que hay algún otro procedimiento legal con que me las haya arreglado para cagarla? ¿Es que me quieres contar que te vas a chivar al juez?

—No —dice Emma entre vacilaciones—, pero ¿con qué procedimiento legal la ha cagado?

—Oh, disculpe. Creí que era... otra persona.

—Eso parece. —Se produce un largo silencio—. ¿Va todo bien con el caso de Jacob?

—No podría ir mejor —le cuento—. La fiscalía me está haciendo los deberes, incluso. —Quiero cambiar de tema tan rápido como me sea posible—. ¿Cómo van hoy las cosas por el hogar de los Hunt?

—Bueno, digamos que más o menos ese es el motivo por el que le llamo. ¿Podría usted hacerme un favor?

Se me pasa por la cabeza una docena de favores, la mayoría de los cuales nos beneficiarían de manera considerable a mí y a mi actual carencia de vida amorosa.

—¿De qué se trata?

—Necesito a alguien que se quede con Jacob mientras yo voy a hacer un recado.

—¿Qué recado?

—Digamos que es algo personal. —Toma aire—. Por favor.

Tiene que haber algún vecino o pariente en mejor situación que yo para llevar a cabo la tarea. Pero también es verdad que quizá Emma no tenga a nadie más a quien pedírselo. Por lo que he visto en los últimos días, la vida en esa casa es más solitaria que un demonio. Aun así, no me puedo resistir a preguntárselo.

—¿Por qué yo?

—El juez dijo que tenía que ser alguien mayor de veinticinco años. Sonrío.

—Así que de pronto ya soy lo bastante mayor para usted.

—Olvídese de que se lo he preguntado siquiera —me suelta Emma.

—Estaré allí en quince minutos —digo.

EMMA

Pedir ayuda no es algo que me resulte fácil, así que será mejor que me creas cuando te digo que, si la llego a pedir de verdad, es que he agotado todas las demás opciones posibles. Y por eso no me siento especialmente bien al colocarme en la situación de estar más en deuda con Oliver Bond al pedirle que se quede con Jacob mientras yo salgo de casa corriendo camino de esta cita. Pedir la cita ha sido aún peor, ya que la siento como la manifestación física del reconocimiento de la derrota.

El banco está muy tranquilo un miércoles. Hay algún que otro jubilado que rellena meticuloso un impreso de reintegro, y uno de los cajeros charla con otro acerca de por qué Cabo San Lucas constituye un mejor destino vacacional que Cancún. Me quedo plantada en el centro del banco y observo el letrero que anuncia depósitos a doce meses y una mesita repleta de parafernalia corporativa —una manta de viaje, una taza y un paraguas— que pueden ser míos si abro una nueva cuenta corriente.

—¿En qué puedo ayudarla? —pregunta una mujer.

—Tengo una cita —digo—. Con Abigail LeGris.

—Puede sentarse —dice, y señala a una hilera de sillas fuera de un cubículo—. Le diré que está usted aquí.

Nunca he sido rica, ni he necesitado serlo. De alguna manera, los chicos y yo nos las hemos arreglado con los ingresos de lo que escribía y editaba, y con los cheques que envía Henry religiosamente cada mes. No necesitamos mucho. Vivimos en una casa modesta; no salimos demasiado al pueblo, ni tampoco nos vamos de vacaciones. Compro en los grandes almacenes Marshalls y en una tienda local de ropa de segunda mano que se ha puesto de moda entre los adolescentes. El grueso de mis gastos tiene que ver con Jacob: sus suplementos y terapias que no cubre el seguro. Tengo la sensación de haberme acostumbrado tanto a esos ajustes en la contabilidad que ya he dejado de verlos como ajustes y en cambio los veo como la norma. Ahora bien, dicho esto, hay veces que me quedo despierta por las noches y me pregunto qué pasaría si, Dios no lo quiera, tuviésemos un accidente de coche y se nos disparasen las facturas de los hospitales; si surgiera algún tipo de terapia para Jacob que tuviese resultados notables y que requiriese un desembolso que no nos podemos permitir.

Jamás se me ocurrió incluir en mi lista de contingencias las minutas de los abogados que se pagan cuando a tu hijo lo acusan de asesinato.

Sale del cubículo una mujer con el pelo teñido de color negro azabache y un traje que la lleva a ella en lugar de ser al revés. Luce un *piercing* minúsculo en la nariz y no parece tener mucho más de veinte años. Tal vez sea esto lo que les pasa a las chicas que se dedican al *snowboard* y les sale artritis en las rodillas, o a las góticas a las que el rímel les agudiza el síndrome de los ojos secos: se ven obligadas a crecer como el resto de nosotros.

—Soy Abby LeGris —dice.

El cuello de la camisa deja un poco de margen cuando me da la mano y veo el borde del tatuaje celta que lleva en el cuello.

Me conduce a su cubículo y me hace un gesto para que me siente.

—Y bien —dice—, ¿qué puedo hacer hoy por usted?

—Pues quería hablar sobre una segunda hipoteca. Es que, bueno, necesito un dinero extra. —Conforme estoy pronunciando esas palabras, me pregunto si me puede preguntar para qué lo utilizaría, si es ilegal mentir al banco en ese tipo de cosas.

—Entonces, básicamente, lo que usted busca es una línea de crédito —dice Abigail—. Eso significa que solo nos paga por la fracción que usted utilice.

Bueno, eso parece razonable.

—¿Cuánto tiempo lleva usted viviendo en su casa? —me pregunta.

—Diecinueve años.

—¿Sabe usted cuánto le queda por pagar?

—No con exactitud —digo—, pero el crédito nos lo dieron aquí.

—Vamos a buscarlo —dice Abigail, y me pide que le deletree mi nombre para poder encontrarme en su sistema informático—. El valor de su casa es de trescientos mil dólares, y su primera hipoteca fue de doscientos veinte mil. ¿Le cuadran las cifras?

No me puedo acordar de eso. Todo lo que veo es aquella noche que Henry y yo bailamos por toda aquella casa que era nuestra, cómo resonaban nuestros pies descalzos en el suelo de madera.

—Tal y como funciona, el banco presta una fracción de la tasación de la casa, alrededor del ochenta por ciento, que son doscientos cuarenta mil dólares. Luego le restamos la cantidad de su primera hipoteca y... —Levanta la vista de su calculadora—: Estaríamos hablando de una línea de crédito de veinte mil dólares.

Me quedo mirándola fijamente.

—¿Nada más?

—En el mercado actual es importante que el cliente conserve su derecho sobre una parte de la casa. Eso disminuye sus probabilidades de dejar de pagar el crédito. —Me sonríe—. ¿Por qué no vamos rellenando otras lagunas que tenemos por aquí? —dice Abigail—. ¿Empezamos por su trabajo?

He leído estadísticas que afirman que más del cincuenta por ciento de las veces no se comprueban las referencias, pero a buen seguro que los bancos están en la mitad que sí lo hace; y, una vez que llamen a Tanya y se enteren de que lo he dejado, se empezarán a preguntar cómo voy a pagar una hipoteca, y mucho menos dos. Contarles que me voy a dedicar de lleno al autoempleo tampoco me será de ayuda. He sido editora *freelance* el suficiente tiempo como para saber que, de cara a instituciones como los bancos y futuras ofertas laborales, la traducción de *autónomo* es «va tirando, aunque es casi un parado».

—En este momento estoy sin empleo —digo en voz más baja.

Abigail se reclina en su silla.

—Veamos —contesta—, ¿tiene usted otras fuentes de ingresos? ¿Rentas de alquileres? ¿Valores?

—Una ayuda de manutención de menores —consigo decir.

—Mire, voy a ser totalmente sincera con usted —replica ella—. No es probable que consiga un crédito sin otra fuente de ingresos.

Ni siquiera soy capaz de mirarla.

—De verdad, de verdad necesito el dinero.

—Hay otras formas de obtener crédito —dice Abigail—. Créditos con el vehículo como garantía de pago, prestamistas, tarjetas de crédito; pero los intereses acabarían por ahogarla a largo plazo. Sería mejor que comenzase por acudir a alguien cercano. ¿Hay algún miembro de la familia que pudiese ofrecerle ayuda?

Pero mis padres fallecieron los dos, y es a un miembro de la familia a quien yo estoy intentando ayudar. Yo soy la única —siempre soy la única— que se ocupa de Jacob cuando todo se viene abajo.

—Ojalá pudiera hacer algo —dice Abigail—. Quizá cuando consiga otro empleo…

Farfullo un agradecimiento y salgo de su cubículo mientras aún me está hablando. Me siento en el coche un instante, en el aparcamiento. Mi aliento se queda suspendido en el aire frío, como si fueran bocadillos cargados con mis pensamientos, con todas esas cosas que desearía poderle explicar a Abigail LeGris.

—Ojalá pudiera yo también hacer algo —digo en voz alta.

Sé que no es justo para Jacob ni para Oliver, pero no me marcho directa a casa. Cojo el coche y paso por la escuela de primaria. Cuánto tiempo hace que no tengo motivos para ir hasta allí —al fin y al cabo, mis hijos ya son mayores—, pero en invierno, convierten uno de los jardines de la entrada en una pista de hielo, y los niños van allí a patinar. En los recreos, las niñas describen círculos y los niños recorren la pista de un extremo a otro detrás de una pastilla de hockey.

Paro el coche al otro lado de la calle, desde donde puedo mirar. Los niños que hay fuera jugando son muy pequeños —yo diría que de primero o segundo—, y me parece imposible que Jacob fuera alguna vez de ese tamaño. Cuando estudiaba aquí, su maestra lo sacaba a la pista con un par de patines prestados y lo ponía a dar vueltas empujando dos cajas negras de plástico apiladas una encima de la otra. Era así como aprendía a patinar la mayoría de los niños pequeños, que se graduaban con rapidez y pasaban al método del trípode: un palo de hockey hacía las veces de tercera pierna y les proporcionaba equilibrio antes de verse con la suficiente confianza como para deslizarse por el hielo sin ayudas. Jacob, sin embargo, nunca pasó de la etapa de las cajas de leche; era torpe patinando, igual que con la mayoría de las actividades físicas. Recuerdo venir a echarle un ojo y ver cómo se le abrían las piernas y acababa en el hielo hecho un ocho. «Si no fuese resbaladizo, dejaría de caerme», me dijo, con las mejillas sonrosadas y sin aliento después de un recreo. Como si tener algo a lo que echarle la culpa marcase una gran diferencia.

Un repiqueteo agudo en el cristal de la ventanilla me provoca un sobresalto, y la bajo para encontrarme con un agente de policía allí de pie.

—Señora —dice—, ¿puedo ayudarla?

—Es que estaba…, se me ha metido algo en el ojo —miento.

—Bueno, si se encuentra usted bien ya, tengo que pedirle que mueva de aquí el vehículo. Está en un carril bus y no puede quedarse aquí estacionada.

Vuelvo a echar un vistazo a los niños en el hielo. Parecen partículas que chocan entre sí.

—No —digo en voz baja—, no puedo.

Cuando regreso a casa y abro la puerta, oigo que le están dando una paliza tremenda a alguien. *Uf, ag, mm;* y, a continuación y para mi horror, la risa de Jacob.

—¿Jacob? —le llamo, pero no recibo respuesta. Sin quitarme el abrigo, entro corriendo en la casa y voy en la dirección de los ruidos de la pelea.

Jacob está de pie —absolutamente indemne— en el salón, delante de la tele. En la mano tiene lo que parece un mando a distancia de color blanco. Oliver está a su lado y tiene en la mano otro mando como el de Jacob. Theo está repanchingado en el sofá, detrás de ellos.

—Este no se os puede dar peor —dice—. Qué malos sois los dos.

—¿Hola? —Doy un paso dentro de la habitación, pero tienen los ojos clavados en la tele. Hay unos personajes de dibujos en 3-D boxeando en la pantalla. Veo que Jacob mueve su mando, y el muñeco de la pantalla lanza un gancho al otro y lo tumba.

—¡Ja! —exclama Jacob—. Te he noqueado.

—Todavía no —dice Oliver, que mueve el brazo de lado a lado sin mirar primero y me da un golpe.

—Ay —protesto, y me froto el hombro.

—Oh, vaya, perdona —me tutea Oliver, que deja el mando—. No te he visto ahí detrás.

—Obviamente.

—Mamá —dice Jacob con una cara más animada de lo que he visto en él en semanas—, esto es una pasada. Puedes jugar al golf, al tenis, a los bolos…

—Y agredir a la gente —digo.

—Es boxeo, estrictamente hablando —interviene Oliver.

—¿Y de dónde ha salido?

—Ah, lo he traído yo; quiero decir que a todo el mundo le gusta jugar a la Wii, ¿no?

Le miro fijamente.

—¿Y no se le ocurrió a usted pensar que podía haber algo malo en meter una consola de videojuegos violentos en mi casa sin pedirme antes permiso?

Oliver se encoge de hombros.

—¿Hubieras dicho que sí?

—¡No!

—A las pruebas me remito. —Sonríe—. Además, no es que estemos jugando al *Call of Duty*, Emma. Estamos boxeando. Es un deporte.

—Un deporte *olímpico* —añade Jacob.

Oliver le tira su mando a Theo.

—Juega tú por mí —le ordena, y a mí me lleva hacia la cocina—. Bueno, ¿y cómo ha ido ese recado?

—Pues ha… —comienzo a responder, pero me distraigo con las condiciones en que se encuentra la cocina. Lo había pasado por alto cuando entré corriendo en busca del origen de los quejidos y los gruñidos, pero ahora veo una montaña de sartenes y cacerolas en el fregadero; y prácticamente todos los boles de cocina que tenemos están apilados en la encimera. Aún hay una sartén en los fogones.

—Pero ¿qué ha pasado aquí?

—Voy a recogerlo —promete Oliver—. Es que me he distraído jugando con Theo y con Jake.

—Jacob —corrijo de manera automática—, no le gustan los apodos.

—Pues no ha parecido importarle cuando yo le he llamado así —dice Oliver. Cruza por delante de mí hacia el horno y pulsa varios botones para apagarlo antes de coger un agarrador arco iris que me hizo Theo unas Navidades cuando era pequeño—. Siéntate. Te he guardado algo de comer.

Me hundo en la silla, pero no porque él me lo haya dicho, sino, la verdad, porque no recuerdo la última vez que alguien cocinó para mí, en lugar de al revés. Una vez caliente, pasa la comida a un plato que saca del frigorífico. Cuando Oliver se inclina hacia delante para ponerlo ante mí, percibo el olor de su champú: a hierba recién cortada y a pino.

Hay una tortilla con queso suizo. Piña. Pan de maíz. Y en un plato aparte, tarta de color amarillo.

Levanto la vista hacia él.

—¿Qué es esto?

—Es de uno de tus bizcochos —dice—. Sin gluten. Pero el glaseado lo hemos hecho Jake y yo partiendo de cero.

—No me refería a la tarta.

Oliver se sienta a la mesa de la cocina y alarga el brazo para picar un trozo de piña.

—Es Miércoles Amarillo, ¿no? —dice con toda naturalidad—. Ahora, cómetelo antes de que se enfríe la tortilla.

Pruebo un tenedor, y después otro, y me como el trozo entero de pan de maíz antes de darme cuenta del hambre que tengo. Oliver me observa, sonriente, y de pronto se pone de pie de un salto igual que hizo su avatar en la televisión después de que Jacob lo tumbase. Abre el frigorífico.

—¿Limonada? —pregunta.

Dejo el tenedor.

—Escucha, Oliver.

—No tienes que darme las gracias —responde—. En serio, esto ha sido mucho más divertido que leerme la presentación preliminar de las pruebas.

—Tengo que decirte algo. —Espero a que se vuelva a sentar—. No sé cómo voy a pagarte.

—No te preocupes, mis tarifas de canguro son bastante asequibles.

—No estoy hablando de eso.

Aparta la mirada.

—Ya se nos ocurrirá algo.

—¿Cómo? —le exijo que me diga.

—No lo sé. Vamos a centrarnos en superar el juicio y después lo solucionaremos…

—*No* —cae mi voz como un hacha—. No quiero que hagas obras de caridad conmigo.

—Bien, porque no me puedo permitir hacerlas —dice Oliver—. Tal vez me puedas echar una mano con el papeleo, o editarme algo, o cualquier otra cosa.

—No sé nada de leyes.

—Pues ya somos dos —responde, y entonces sonríe—. Es broma.

—Yo hablo en serio. No voy a permitir que te metas en este caso si no somos capaces de establecer algún tipo de programa de pagos.

—Hay *una* cosa que podrías hacer por mí —reconoce Oliver. Tiene el aspecto de un gato que se acaba de zampar toda una caja de leche. Como un tío que aguarda entre las sábanas y observa a una mujer que se desnuda.

Pero ¿de dónde demonios he sacado yo *esa* idea?

De repente, tengo las mejillas ardiendo.

—Espero que no estés a punto de sugerir que...

—¿Juguemos un partido de tenis virtual? —me interrumpe Oliver, y sostiene en alto la cajita de un videojuego que se ha sacado del bolsillo. Lleno de inocencia, se le ponen los ojos como platos—. ¿Qué creías que iba a decir?

—Para que lo sepas —digo, y le quito la caja de la mano—. Tengo un servicio diabólico.

OLIVER

Jacob admitió en la comisaría de policía que la pérdida del diente de Jess fue un accidente; que trasladó el cuerpo, y que montó el escenario de un crimen a su alrededor.

Cualquier jurado que oiga eso pasará de un salto muy lógico y simple a asumir que ha confesado el asesinato. Al fin y al cabo, no es que haya cadáveres tirados por todas partes listos para alimentar las pasiones de los chavales autistas obsesionados con la criminología.

Y por eso la mayor esperanza que albergo de mantener a Jacob lejos de la cadena perpetua en la cárcel pasa por torpedear todo el interrogatorio policial antes de que este llegue a admitirse como prueba. Para lograrlo, hay que celebrar una vista de desestimación, lo cual significa que —una vez más— Emma, Jacob y yo tenemos que presentarnos ante el juez.

El único problema es que la última vez que tuve a Jacob conmigo en la sala, las cosas no fueron precisamente a las mil maravillas.

Por eso me encuentro tan tenso como un resorte y sentado junto a mi cliente mientras observamos cómo Helen Sharp conduce al detective a través de un interrogatorio directo.

—¿Cuándo intervino por primera vez en este caso? —pregunta ella.

—En la mañana del miércoles 13 de enero, recibí por parte del novio de Jess Ogilvy, Mark Maguire, la información de que ella había desaparecido. La investigué y, el 18 de enero, tras una exhaustiva búsqueda, el cadáver de Jess Ogilvy fue hallado en un colector de aguas. Había fallecido a consecuencia de un traumatismo en la cabeza, tenía numerosas contusiones y abrasiones, y estaba envuelta en la colcha del acusado.

Jacob, furioso, se pone a escribir algo en el cuaderno que le he puesto delante y lo inclina un poco hacia mí.

Se equivoca.

Le cojo el cuaderno y siento un golpe de esperanza. Un descuido como esa confusión de las pruebas constituiría justo el tipo de detalle que a Jacob se le habría pasado mencionar a nadie.

¿No era tuya la colcha?

En sentido estricto, no es una hemorragia interna, garabatea, *es un encharcamiento de sangre entre la duramadre que cubre el cerebro y la aracnoides, que es la capa intermedia de las meninges.*

Pongo los ojos en blanco.

Gracias, doctor Hunt, escribo.

Jacob frunce el ceño.

No soy médico, garabatea.

—Volvamos atrás un instante —dice Helen—. ¿Habló usted con el acusado antes de encontrar el cadáver de la señorita Ogilvy?

—Sí. Fuimos recorriendo la agenda de la víctima, y entrevisté a todo aquel que tuvo contacto con ella el último día que fue vista, y a quienes se suponía que iban a verla. Jacob Hunt tenía una sesión de tutoría con la señorita Ogilvy a las 14.35 de la tarde de su desaparición. Quise verle para dilucidar si la sesión había tenido lugar o no.

—¿Dónde se vieron?

—En la casa del acusado.

—¿Quién se encontraba presente cuando llegó usted a la casa aquel día? —pregunta Helen.

—Jacob Hunt y su madre. Creo que su hermano pequeño estaba en el piso de arriba.

—¿Había visto usted a Jacob antes de aquel día?

—Una vez —dice el detective—. Varios días antes, apareció en el escenario de un crimen en el que estaba trabajando.

—¿Pensó usted que podría tratarse de un sospechoso?

—No. Otros agentes lo habían visto ya *in situ* también. Le gustaba aparecer y ofrecer consejos que nadie le había solicitado acerca del análisis de los escenarios de los crímenes. —Se encoge de hombros—. Me imaginé que solo sería un chico que quería jugar a ser policía.

—La primera vez que habló con Jacob, ¿le contó alguien a usted que tenía síndrome de Asperger?

—Sí —dice Matson—. Su madre. Me dijo que a Jacob le costaba mucho comunicarse y que muchos detalles de su comportamiento que a ojos de un observador externo podrían ser interpretados como muestras de culpa eran en realidad síntomas del autismo.

—¿Le dijo en alguna ocasión que no podía usted hablar con su hijo?

—No —dice Matson.

—¿Le dijo a usted el acusado que no deseara hablar con usted?

—No.

—¿Le dio en aquel primer día alguna muestra o indicación de que no comprendiese lo que usted le decía, o quién era usted?

—Sabía exactamente quién era yo —replica Matson—. Quería hablar de investigación criminal.

—¿De qué hablaron durante aquel primer encuentro?

—Le pregunté si había visto a Jess para aquella tutoría, y él me dijo que no. También me dijo que conocía al novio de Jess, Mark. Y eso fue prácticamente todo. Le dejé mi tarjeta a su madre y le dije que me llamase si surgía cualquier novedad, o si Jacob recordaba algo.

—¿Cuánto duró esta conversación?

—No lo sé. Cinco minutos en total, quizá —dice Matson.

La fiscal hace un gesto de asentimiento.

—¿Cuándo fue la siguiente vez que supo que Jacob Hunt sabía más acerca de este caso?

—Llamó su madre y dijo que Jacob tenía más información sobre

Jess Ogilvy. Al parecer, se le había olvidado contarnos que, cuando estuvo en su casa esperándola, recogió varias cosas y colocó los CD por orden alfabético. El novio de la víctima ya había mencionado que habían reorganizado los CD, y eso hizo que quisiera hablar un poco más con Jacob.

—¿Le dijo a usted la madre de Jacob que él no entendería las preguntas que le hiciese?

—Dijo que podría tener problemas para entender las preguntas formuladas de cierta manera.

—Durante esa segunda conversación, ¿le dijo Jacob que no quería hablar con usted, o que no entendía sus preguntas?

—No.

—¿Tuvo la madre del acusado que traducírselas, o que pedirle a usted que las reformulase?

—No.

—¿Y cuánto duró esta segunda conversación?

—Diez minutos, como mucho.

—¿Tuvo usted otra conversación con Jacob Hunt? —pregunta Helen.

—Sí. La tarde posterior al hallazgo del cadáver de Jess Ogilvy en el desagüe.

—¿Dónde tuvo lugar esa conversación con el acusado?

—En la comisaría de policía.

—¿Por qué fue Jacob a hablar con usted de nuevo?

—Me llamó su madre —dice Matson—. Estaba muy disgustada porque creía que su hijo tenía algo que ver con el asesinato de Jess Ogilvy.

De repente, Jacob se pone en pie y se vuelve hacia el público para poder ver a Emma.

—¿Eso pensabas? —pregunta con los puños cerrados a ambos lados del cuerpo.

Emma tiene el aspecto de que le hubieran dado un puñetazo en el estómago. Me mira a mí en busca de ayuda, pero antes de que yo pueda hacer o decir nada, el juez da un golpe con el martillo.

—Señor Bond, controle a su cliente.

A Jacob le empieza a temblar la mano izquierda.

—¡Necesito un descanso sensorial!

Hago un gesto inmediato de asentimiento.

—Señoría, necesitamos un receso.

—Muy bien, tómese cinco minutos —dice el juez, y abandona el estrado.

En cuanto sale el juez, Emma pasa al otro lado de la barra.

—Jacob, escúchame.

Pero Jacob no está escuchando; está emitiendo un zumbido agudo que tiene a Helen Sharp tapándose los oídos.

—Jacob —repite Emma, le pone las manos a ambos lados de la cara y le obliga a mirarla. Él cierra los ojos—. *I shot the sheriff* —canta Emma—, *but I didn't shoot the deputy. I shot the sheriff, but I didn't shoot the deputy. Reflexes got the better of me... and what is to be must be.*

El alguacil que permanece en la sala le lanza a Emma una mirada asesina, pero la tensión desaparece de los hombros de Jacob.

—*Every day the bucket a-go a well* —canta Jacob en su voz monótona—. *One day the bottom a-go drop out.**

—Eso es, mi vida —murmura Emma.

Helen observa ligeramente boquiabierta todo lo que sucede.

—Madre mía —dice la fiscal—, el mío solo se sabe la letra de *Candy Man.*

—Menuda canción para ponerse a cantar en un tribunal y acusado de asesinato.

—No le escuches —dice Emma—. Escúchame a mí. Yo te creo. Creo que tú no lo hiciste.

Resulta interesante que no esté mirando a Jacob a los ojos cuando dice esto. Ahora bien, él no se percata en ningún momento, ya que

---

* «Disparé al *sheriff,* pero no disparé a su ayudante. Mis reflejos fueron más rápidos que yo... y lo que tenía que pasar pasó.» / «Todos los días, el cántaro a la fuente va. Y al final, un día se romperá.» (N. del T.)

tampoco la está mirando a ella. Sin embargo, conforme al propio razonamiento de Emma con el detective, si asumes que quien no te mira a los ojos, o bien te está mintiendo, o bien se encuentra dentro del espectro autista —y Emma no está en el espectro autista—, ¿qué es lo que implica este hecho?

El juez regresa antes de que yo pueda profundizar más en estas interpretaciones, y Helen y Rich Matson vuelven a ocupar sus lugares en la sala.

—Lo único que tienes que hacer aquí es mantener la frialdad —susurro a Jacob al tiempo que lo llevo de regreso a la mesa de la defensa. Y entonces veo que coge una hoja de papel, la pliega como un acordeón y comienza a abanicarse.

—¿Cómo llegó Jacob a la comisaría de policía? —pregunta Helen.

—Lo trajo su madre.

Jacob se abanica un poco más rápido.

—¿Lo pusieron bajo arresto?

—No —dice el detective.

—¿Llegó en un coche patrulla?

—No.

—¿Acompañó algún oficial de policía a su madre hasta la comisaría?

—No. Trajo a su hijo de manera voluntaria.

—¿Qué dijo usted cuando lo vio allí?

—Le pregunté si me podía ayudar con algunos casos.

—¿Cuál fue su respuesta?

—Estaba emocionado y muy dispuesto a venir conmigo —dice Matson.

—¿Hizo alguna indicación al respecto de que deseara tener a su madre consigo en la sala, o de que se encontrase incómodo sin ella?

—Al contrario. Dijo que quería ayudarme.

—¿Dónde tuvo lugar el interrogatorio?

—En mi despacho. Comencé por preguntarle acerca del escenario del crimen en el que se había colado una semana antes, un caso de un hombre que falleció de hipotermia. Luego le dije que me gustaría que se le soltara la lengua sobre el caso de Jess Ogilvy, pero que no era tan fácil, ya que se trataba de una investigación abierta. Le dije que tenía que renunciar a su derecho a no hablar sobre ello, y Jacob citó sus derechos según la fórmula Miranda. Yo la iba leyendo mientras él la decía al pie de la letra, así que después le pedí que le echara un vistazo, pusiera sus iniciales y la firmase al final para que yo supiese que lo había entendido y que no se había limitado a aprenderse de memoria unas palabras sueltas.

—¿Fue capaz de responder a sus preguntas de un modo inteligible? —pregunta Helen.

—Sí.

Helen ofrece el formulario con los derechos como prueba.

—Señoría, no hay más preguntas —dice.

Me pongo en pie y me abrocho la chaqueta del traje.

—Detective, la primera vez que se entrevistó usted con Jacob, su madre se encontraba presente, ¿cierto?

—Sí.

—¿Permaneció allí todo el tiempo?

—Así es, lo hizo.

—Fantástico —digo—. ¿Qué hay de la segunda vez que se entrevistó con Jacob? ¿Estaba su madre presente?

—Sí.

—De hecho, fue ella quien lo llevó a la comisaría atendiendo a una petición de usted, ¿es correcto?

—Así es.

—Pero cuando ella le preguntó si podía quedarse con él, usted se lo negó, ¿no?

—Bueno, sí —dice Matson—, ya que su hijo tiene dieciocho años.

—Sí, pero usted también era consciente de que Jacob se encuentra dentro del espectro autista, ¿no es verdad?

—Lo es, pero nada de lo que él había dicho con anterioridad me había hecho creer que no pudiera ser interrogado.

—Aun así, su madre le contó que tenía serias dificultades con las preguntas, que se sentía confuso bajo presión y que no era realmente capaz de entender las sutilezas del lenguaje —digo.

—Me explicó algo sobre el síndrome de Asperger, pero no le presté demasiada atención. A mí me parecía perfectamente capacitado. Se conocía todo término legal imaginable, por todos los santos, estaba más que contento con hablar.

—Detective, cuando usted le contó a Jacob lo que sucede durante una autopsia, ¿no le citó a usted *El silencio de los corderos?*

Matson se mueve inquieto en la silla.

—Sí.

—¿Indica eso que realmente entendía lo que estaba haciendo?

—Imaginé que intentaba hacerse el gracioso.

—Esa no era la primera vez que Jacob hacía uso del diálogo de una película para responder a una de sus preguntas, ¿lo era?

—No lo recuerdo.

—Permítame que le ayude, entonces —digo, agradecido a Jacob por la fidelidad de su recuerdo de la conversación—. Cuando usted le preguntó si Jess y su novio, Mark, habían discutido, él dijo «Sayonara, baby», ¿no es así?

—Es bastante posible que fuera así.

—Y le citó un tercer diálogo de una película en otro momento de su interrogatorio, ¿verdad, detective?

—Sí.

—¿Cuándo fue eso?

—Cuando le pregunté por qué lo había hecho.

—Y él le dijo…

—*Amar significa no tener que decir nunca lo siento.*

—El único delito que Jacob Hunt cometió —argumento— fue citar el diálogo de una película tan ñoña como *Love Story.*

—Protesto —dice Helen—. ¿Es que estamos ya con los alegatos finales? Porque a mí nadie me ha pasado el memorándum.

—Se admite —responde el juez—. Señor Bond, guárdese sus opiniones personales para usted.

Me vuelvo hacia Matson.

—¿Cómo acabó esa tercera entrevista, la de la comisaría?

—De forma abrupta —replica el detective.

—Digamos que la señora Hunt llegó conmigo y dijo que su hijo quería un abogado, ¿verdad?

—Eso es.

—Y, una vez que ella anunciase tal cosa, ¿qué dijo Jacob?

—Que quería un abogado —responde Matson—, que fue cuando dejé de interrogarle.

—No hay más preguntas —digo, y me vuelvo a sentar junto a Jacob.

Freddie Soto es un expolicía cuyo hijo mayor tiene un autismo muy profundo. Después de trabajar en la policía estatal de Carolina del Norte durante años, se puso a estudiar de nuevo y se sacó su título en Psicología. Ahora está especializado en la formación de los agentes de la ley en referencia al autismo. Ha escrito artículos para el boletín *El FBI y el cumplimiento de la ley* y para la revista *Sheriff*. Participó como asesor de los servicios informativos de la ABC en un especial del programa *20/20* sobre el autismo, la ley y las confesiones falsas. En 2001 colaboró en el desarrollo del programa del estado de Carolina del Norte acerca de la necesidad de las fuerzas del orden de reconocer el autismo, un programa ahora en uso en departamentos de policía por todo el mundo.

La tarifa por su testimonio como experto es de quince mil dólares más el billete de avión en primera clase, un dinero que yo no tengo. No obstante, comenzamos a hablar por teléfono y, cuando se enteró de que había sido herrador, me contó que era copropietario de un caballo de carreras que acabó con un pie plano. Aquel caballo lo era todo para su hijo, de manera que había peleado lo indecible con tal de salvar al animal de la eutanasia. Cuando le sugerí unas almohadillas para evitar las heridas en las suelas, y en los cascos unas cuñas con soporte integral para las ranillas y un envoltorio blando debajo para alinear las cuartillas de los cascos por medio de una reducción del peso sobre los talones, sin que estos se deformen y sin machacar los cuernos, me dijo que testificaría gratis si accedía a volar a Carolina del Norte y echarle un vistazo a su caballo cuando finalizase el juicio.

—¿Puede contarnos, señor Soto, si alguien con síndrome de Asperger podría tener los mismos problemas con el personal de las fuerzas del orden que alguien que sea autista? —pregunto.

—Naturalmente, dado que el asperger se encuentra dentro del espectro autista. Por ejemplo, una persona con asperger podría no ser verbal. Podría tener dificultades para interpretar el lenguaje corporal, como una pose autoritaria o una defensiva. Puede sufrir un ataque si se expone a luces brillantes o a sirenas. El hecho de que no mire a los ojos puede llevar a un agente a pensar que no le está escuchando. Puede parecer testarudo o enfadado. En lugar de responder una pregunta que le haya hecho un agente, se puede limitar a repetir lo que ha dicho el policía. Le va a costar ver las cosas desde el punto de vista de otra persona. Y dirá la verdad... de manera implacable.

—¿Ha conocido usted a Jacob, señor Soto?

—No lo he hecho.

—¿Ha tenido oportunidad de revisar el historial médico de Jacob procedente del archivo de la doctora Murano?

—Sí, quince años de trabajo —dice.

—¿Qué hay en ese historial médico que encaje con los posibles identificadores del asperger?

—Desde mi punto de vista —responde Soto—, Jacob es un joven extremadamente inteligente al que le cuesta mirar a los ojos a los demás, no es capaz de comunicarse demasiado bien, de vez en cuando se expresa a través de citas de películas, muestra estereotipias como los temblores de las manos, y canta determinadas canciones de manera repetitiva como medio de ayuda para calmarse. Le sucede también que no es capaz de analizar preguntas complejas y tiene dificultades para valorar el espacio personal e interpretar el lenguaje corporal; y es excepcionalmente honesto.

—Señor Soto —pregunto—, ¿ha tenido también la oportunidad de leer los informes policiales y la transcripción de la declaración de Jacob grabada ante el detective Matson?

—Sí.

—En su opinión, ¿entendía Jacob sus derechos en el momento en que se expusieron?

—Protesto —dice Helen—. La fórmula Miranda tiene la intención de impedir la violación premeditada por parte de la policía de los derechos de un individuo con acuerdo a la quinta enmienda. No obstante, no hay nada que requiera al policía conocer todos los detalles sintomáticos de las discapacidades que afectan al desarrollo particular de un acusado. Lo que se trata de evaluar en una vista de desestimación es si el oficial de policía cumplió con su deber, y a eso no se le debería dar la vuelta para que nos preguntemos si Jacob Hunt tiene algún trastorno desconocido que el oficial debió haber identificado.

Noto un tirón en la parte baja de mi chaqueta, y Jacob me pasa una nota.

—Su señoría —digo, y leo con exactitud lo que Jacob ha escrito—: Lo que se trata de evaluar con la fórmula Miranda es si un acusado ha renunciado de manera consciente y voluntaria a su derecho a guardar silencio.

—Rechazada —dice el juez, y yo miro a Jacob, que sonríe.

—Es muy dudoso que Jacob comprendiese realmente sus derechos, dada la forma en que se comportó el detective Matson. Hay cosas que un agente de la ley puede hacer para asegurarse de que un autista entiende sus derechos en una situación de ese tipo, y tales medidas no se aplicaron —responde Soto.

—Tales como…

—Cuando voy a los departamentos de policía y trabajo con los oficiales, recomiendo que hablen con frases muy cortas y directas, y que ofrezcan tiempo de más para las respuestas a sus preguntas. Les indico que eviten las expresiones con lenguaje figurado, tales como «¿Me estás tomando el pelo?» o «No saques los pies del tiesto». Sugiero que eviten el lenguaje y el comportamiento amenazantes, que aguarden a recibir una respuesta o una mirada, y que no asuman la ausencia de estas, por tanto, como una prueba de culpabilidad o de falta de respeto. Les digo que eviten tocar al individuo y que sean conscientes de una posible sensibilidad a las luces, los ruidos o incluso a las unidades caninas.

—Solo para que quede claro, señor Soto, ¿se siguió, en su opinión, alguno de esos protocolos?

—No.

—Gracias —digo, y me siento junto a Jacob al tiempo que Helen se pone en pie para repreguntar a mi testigo. Estoy emocionado… No, estoy más que emocionado. La acabo de clavar por toda la escuadra. Quiero decir que, seamos sinceros, ¿qué probabilidades hay de encontrar a un experto como este, en un campo del que nadie ha oído hablar siquiera, capaz de ganarte una desestimación él solito?

—¿Qué estímulos dentro del despacho del detective Matson podrían haber alterado a Jacob? —pregunta Helen.

—No lo sé, yo no estaba allí.

—No sabe entonces si había mucho ruido o luces deslumbrantes, ¿no?

—No, pero no he encontrado aún un solo departamento de policía que sea un espacio cálido y acogedor —dice Soto.

—En su opinión, entonces, para poder interrogar de manera efectiva a alguien con síndrome de Asperger, ¿hay que llevárselo a un Starbucks e invitarle a un batido de vainilla?

—Resulta obvio que no. Lo único que estoy diciendo es que hay medidas que se podían haber tomado para conseguir que Jacob se sintiese más cómodo, y al sentirse más cómodo, podría haber sido más consciente de lo que estaba sucediendo en aquel momento en lugar de ser lo suficientemente sugestionable como para hacer o decir lo que fuese que le llevara a salir de allí tan rápido como le fuera posible. Un chico con asperger es particularmente propenso a hacer una confesión falsa si cree que eso es lo que la autoridad presente desea oír.

Oh, qué ganas tengo de darle un abrazo a Freddie Soto. Qué ganas tengo de hacer que su caballo de carreras vuelva a correr.

—Por ejemplo —añade—, cuando Jacob dijo: «¿Hemos terminado

ya? Porque me tengo que ir, en serio», esa es una respuesta clásica a la agitación. Alguien que tuviese noticia del asperger lo podía haber reconocido y haber retrocedido. En cambio, según la transcripción, el detective Matson machacó a Jacob con una serie de preguntas que ahondaron su confusión todavía más.

—¿Lo que usted espera, entonces, es que los oficiales de policía tengan que conocer cuáles son los desencadenantes de cada acusado individual con el objeto de interrogarlos de un modo más eficiente?

—Pues mal no vendría, desde luego.

—¿Entiende usted, señor Soto, que cuando el detective Matson preguntó a Jacob si conocía sus derechos, lo que hizo el muchacho fue recitarlos al pie de la letra en lugar de esperar a que el detective se los leyera en voz alta?

—Absolutamente —replica Soto—. Sin embargo, también es probable que Jacob sea capaz de recitarle el guion entero de la segunda parte de *El padrino,* y eso no significa que posea un verdadero entendimiento o una proximidad emocional a esa película en particular.

A mi lado, veo a Jacob abrir la boca para protestar, y, de inmediato, le agarro el antebrazo justo donde lo tiene apoyado en la mesa. Sorprendido, se vuelve hacia mí, y yo le hago un gesto negativo vehemente con la cabeza.

—¿Y cómo sabe usted que no entiende sus derechos? —pregunta Helen—. Usted mismo ha dicho que es muy inteligente. Y le dijo al detective que los entendía, ¿no es así?

—Así es —admite Soto.

—Y según su propio testimonio, ¿no ha dicho usted también que es excepcionalmente honesto?

Mi rutilante testigo, mi hallazgo estelar, abre la boca y la vuelve a cerrar sin responder.

—No hay más preguntas —dice Helen.

Estoy a punto de decirle al juez que la defensa ha terminado cuando, en lugar de esto, de mis labios sale algo completamente distinto.

—Señor Soto —pregunto—, ¿estaría usted de acuerdo con la afirmación de que existe una diferencia entre la verdadera comprensión de la ley y una memoria fotográfica de la ley?

—Sí. Esa es exactamente la diferencia entre alguien con asperger y alguien que de verdad entiende sus derechos.

—Muchas gracias, señor Soto. Puede usted abandonar el estrado —digo, y me vuelvo hacia el juez—. Quisiera llamar a testificar a Jacob Hunt.

Nadie está contento conmigo.

Durante el receso que he solicitado antes de que testifique Jacob, le he dicho que todo lo que tiene que hacer es responder a unas pocas preguntas, que podía hablar en voz alta cuando yo le preguntase, o cuando lo hiciesen el juez o Helen Sharp, pero que no debía decir nada que no fuesen las respuestas a esas preguntas.

Mientras tanto, Emma ha estado describiendo círculos a nuestro alrededor, como si estuviese intentando encontrar el mejor punto en el que hundirme un puñal.

—No puedes hacer subir a Jacob al estrado —me ha discutido—. Lo va a traumatizar. ¿Y si se viene abajo? ¿Qué es lo que va a parecer eso?

—Eso —le he dicho— sería lo mejor que nos podría pasar.

Y esto le ha cerrado la boca de golpe.

Jacob está ahora bastante nervioso. Se mece en la silla del estrado de los testigos y tiene la cabeza inclinada en un ángulo extraño.

—¿Puedes decirnos tu nombre? —pregunto.

Jacob asiente.

—Jacob, tienes que hablar alto. La tipógrafa está escribiendo lo que dices, y tiene que poder oírte. ¿Puedes decirme tu nombre?

—Sí —dice—. Puedo.

Suspiro.

—¿Cómo te llamas?

—Jacob Hunt.

—¿Cuántos años tienes?

—Dieciocho.

—Jacob, ¿sabes lo que dice la fórmula Miranda de los derechos del detenido?

—Sí.

—¿Me lo dices?

—Tiene derecho a guardar silencio. Cualquier cosa que diga podrá ser y será utilizada en su contra en un tribunal de justicia. Tiene derecho a hablar con un abogado, y a que un abogado esté presente durante el interrogatorio. Si no puede permitirse uno, le será asignado uno de oficio a costa de la administración pública.

—Ahora, Jacob —pregunto—, ¿sabes lo que significa eso?

—Protesto —se queja Helen al tiempo que Jacob comienza a dar golpes con el puño contra el lateral del estrado de los testigos.

—Retiro la pregunta —digo—. ¿Qué dice la segunda enmienda de la Constitución de los Estados Unidos de América?

—Siendo una milicia bien regulada necesaria para la seguridad de un estado libre, no habrá de ser violado el derecho del pueblo a poseer y conservar armas —recita Jacob.

«Qué bien, chaval», pienso.

—¿Qué significa eso, Jacob?

Duda un instante.

—¡*Te sacarás un ojo, niño!*

El juez frunce el ceño.

—¿No es eso de *Historias de Navidad?*

—Sí —responde Jacob.

—Jacob, tú en realidad no sabes lo que significa la segunda enmienda, ¿verdad?

—Sí, por supuesto que lo sé: «Siendo una milicia bien regulada necesaria para la seguridad de un estado libre, no habrá de ser violado el derecho del pueblo a poseer y conservar armas».

Miro al juez.

—Su señoría, no hay más preguntas.

Helen ya se encuentra al acecho. Observo cómo Jacob se hunde en su asiento.

—¿Sabías que el detective Matson quería hablar contigo sobre lo que le pasó a Jess?

—Sí.

—¿Estabas dispuesto a hablar con él sobre ello?

—Sí.

—¿Puedes decirme qué significa renunciar a tus derechos?

Contengo la respiración mientras Jacob vacila. Y entonces, lenta y maravillosamente, el puño derecho con el que ha estado golpeando la barandilla de madera se abre y se eleva sobre su cabeza, en un movimiento pendular hacia delante y hacia atrás, como el de un metrónomo.

EMMA

Me he puesto furiosa cuando Oliver se la ha jugado de esa manera. ¿No era él quien decía que hacer a Jacob subir al estrado solo podría ser negativo de cara al juicio? Aunque aquí solo haya un juez, y no un jurado de doce miembros, Jacob estaba destinado a sufrir. Empujarlo a una situación que con certeza le provocaría un ataque simplemente por ser capaz de decirle al juez «¿Lo ve? Se lo dije» me parece cruel y carente de sentido, el equivalente a saltar de un edificio con tal de llamar la atención, una atención de la cual estarás demasiado muerto para disfrutar después. Pero Jacob ha dado la talla —cierto, con tics y estereotipias—, no se ha desbocado, ni siquiera cuando esa arpía de la fiscal se le ha echado encima. Nunca había estado tan orgullosa de él.

—He escuchado todos los testimonios —dice el juez Cuttings—, observado al acusado, y no creo que él renunciase de manera voluntaria a sus derechos. Creo también que el detective Matson estaba al tanto de que este acusado sufre un trastorno del desarrollo y aun así no hizo nada para afrontar tal discapacidad. Voy a conceder la moción de la defensa y a desestimar la declaración del acusado en la comisaría de policía.

En cuanto se marcha el juez, Oliver se da la vuelta y me choca los cinco mientras Helen Sharp comienza a recoger su maletín.

—Estoy segura de que te mantendrás en contacto —le dice Helen a Oliver.

—¿Y qué significa eso? —pregunto.

—Que va a tener que preparar su argumentación sin la confesión de Jacob, y eso significa que a la fiscal se le acaban de poner mucho más difíciles las cosas.

—Entonces es bueno.

—Es *muy* bueno —dice Oliver—. Jacob, has estado perfecto ahí arriba.

—¿Podemos irnos? —pregunta Jacob—. Estoy hambriento.

—Desde luego. —Jacob se pone en pie y comienza a recorrer el pasillo—. Gracias —le digo a Oliver, y me pongo a la altura de mi hijo. Voy por la mitad del pasillo cuando me doy la vuelta. Oliver va silbando para sí mientras se pone el abrigo—. Si quieres unirte a nosotros para comer mañana…, los viernes son azules —le cuento.

Levanta la vista hacia mí.

—¿Azules? Ese sí que es difícil. Aparte de los arándanos y el yogur con gelatina azul de frutas, ¿qué te queda?

—Doritos azules. Patatas azules. Polos azules. Pescado azul.

—Ese no es azul, en sentido estricto.

—Cierto —replico—, pero aun así está permitido.

—El Gatorade azul ha sido siempre mi favorito —me dice.

Camino a casa, Jacob lee el periódico en voz alta desde su sitio en el asiento de atrás.

—Están construyendo el edificio para un banco nuevo en el centro, pero con eso se suprimirán cuarenta plazas de aparcamiento —me cuenta—. Un hombre fue trasladado al hospital Fletcher Allen después de que chocase su motocicleta contra una barrera para la nieve. —Vuelve la página—. ¿Qué día es hoy?

—Jueves.

Su voz baila de emoción.

—Mañana, a las tres en punto, el doctor Henry Lee va a dar una charla en la Universidad de New Hampshire, ¡y es abierta al público!

—¿Por qué me suena tanto ese nombre?

—Mamá —dice Jacob—, se trata solo del científico criminalista más famoso de la historia. Ha trabajado en miles de casos, como el suicidio de Vince Foster y el asesinato de JonBenét Ramsey y el juicio de O. J. Simpson. Viene un número de teléfono de información. —Se pone a buscar mi móvil en el bolso.

—¿Qué estás haciendo?

—Comprar entradas por teléfono.

Le miro a través del espejo retrovisor.

—Jacob, no podemos ir a ver al doctor Lee. No tienes permiso para salir de casa, y mucho menos del estado.

—Hoy he salido de casa.

—Eso es diferente; has ido al juzgado.

—No lo entiendes. Es *Henry Lee*. Es una oportunidad única en la vida. No estoy pidiendo que me dejen ir al cine. Tiene que haber algo que pueda hacer Oliver para conseguir un permiso o algo similar para ese día.

—No lo creo, mi vida.

—¿Y ni siquiera lo vas a intentar? ¿Vas a asumir que la respuesta es un «no»?

—Así es —le digo—, ya que la alternativa a tenerte bajo arresto domiciliario es volver a meterte en la cárcel. Y estoy segura al cien por cien de que el alcaide tampoco te habría dado un pase de permiso para ir a ver a Henry Lee.

—Seguro que lo haría, si tú le dijeses quién es Henry Lee.

—Este tema no es debatible, Jacob —digo.

—Tú saliste de casa ayer…

—Eso es completamente distinto.

—¿Por qué? El juez dijo que tú tenías que vigilarme en todo momento.

—Yo, o cualquier otro adulto…

—¿Lo ves? Contigo ya hizo excepciones…

—Porque no he sido yo quien… —Me percato de lo que estoy a punto de decir y cierro la boca de golpe.

—¿Quien qué? —Hay tensión en la voz de Jacob—. ¿Quien ha matado a alguien?

Giro y me meto en nuestro camino de entrada.

—Yo no he dicho eso, Jacob.

Tiene la mirada fija en la ventanilla.

—No ha hecho falta que lo dijeras.

Se baja del coche antes de que se lo pueda impedir, cuando aún no he terminado de aparcar. Pasa corriendo junto a Theo, que se encuentra de pie en la puerta principal cruzado de brazos. En la entrada hay un coche desconocido, con un hombre al volante.

—He intentado que se marche —dice Theo—, pero me ha dicho que se iba a quedar a esperarte.

Una vez comunicada esa información, se vuelve a meter en la casa y me deja cara a cara con un hombre de baja estatura, calvo y con una perilla arreglada en forma de W.

—¿La señora Hunt? —pregunta—. Soy Farley McDuff, fundador de Ciudadanos por la Neurodiversidad. Tal vez haya oído hablar de nosotros.

—Me temo que no…

—Es un blog para la gente que piensa que el desarrollo neurológico atípico es cuestión de simple diferencia entre seres humanos y que, como tal, debería ser un motivo de alegría en lugar de objeto de tratamientos curativos.

—Mire, este no es el mejor momento, la verdad…

—No hay momento como el presente, señora Hunt, para que la comunidad autista luche por el respeto que merece. En lugar de que los neurotípicos intenten destruir la diversidad, nosotros creemos en un mundo nuevo donde la pluralidad neurológica sea aceptada.

—Neurotípicos —repito.

—Otro término para referirse a lo que coloquialmente se llama *normal* —dice—. Como usted. —Me sonríe, pero no me puede sostener la mirada más que un suspiro. De sopetón, me coloca un panfleto en la mano.

MAYORITARISMO: un trastorno no reconocido.

El mayoritarismo es un trastorno del desarrollo con carácter incapaci-
tante que afecta al 99 % de la población en ciertas áreas de la función
mental, incluida la conciencia de uno mismo, la atención, la capacidad
emocional y el desarrollo sensorial. Sus efectos se inician al nacer y no
tienen cura. Afortunadamente, el número de los afectados por el mayoritarismo desciende a la vez que aumenta el entendimiento del autismo.

—Tiene que estar usted tomándome el pelo —le digo, y lo rodeo
con intención de entrar en mi casa.

—¿Por qué está tan extendida la creencia de que una persona que
siente el dolor o la tristeza de otro no se halla impedida por ese exceso
emocional? ¿O que imitar lo que hacen los demás con tal de integrarse
en la multitud goza de mayor aceptación que hacer lo que uno realmente desea hacer en un momento dado? ¿Por qué no se considera de
mala educación mirar a los ojos de un extraño cuando te lo presentan,
o invadir su espacio personal con un apretón de manos? ¿No se podría
considerar un defecto desviarse de una conversación a partir de un comentario que hace otro en lugar de ceñirte al tema inicial? ¿O hacer
caso omiso de los cambios en tu propio entorno, como una prenda de
ropa que alguien te cambia de un cajón a una percha?

Eso me recuerda a Jacob.

—De verdad, me tengo que ir…

—Señora Hunt, creo que podemos ayudar a su hijo.

Dudo un instante.

—¿En serio?

—¿Sabe quién es Darius McCollum?

—No.

—Es un señor de Queens, Nueva York, que siente verdadera pasión
por todo lo relacionado con los transportes. No era mucho mayor que
Jacob la primera vez que se hizo con los mandos de un tren de la línea
E que iba desde el World Trade Center a Herald Square. Se ha llevado
autobuses municipales para darse una vuelta. Manipuló el freno de

emergencia de un tren de la línea N y apareció vestido con el uniforme de un empleado del metro para arreglarlo él mismo. Se ha hecho pasar por un asesor de seguridad ferroviaria. Ha sido condenado más de diecinueve veces. También tiene asperger.

Un escalofrío me recorre la espalda, y no tiene nada que ver con el fresco que hace.

—¿Por qué me cuenta esto?

—¿Ha oído hablar de John Odgren? A los dieciséis años mató a cuchilladas a un alumno de un instituto de una zona residencial de Sudbury, en Massachusetts. Ya antes le habían confiscado en clase varios cuchillos y una pistola falsa, pero no tenía antecedentes de conducta violenta. Tiene asperger, y un interés muy especial por las armas. Sin embargo, a consecuencia del apuñalamiento, se empezó a relacionar el asperger con la violencia cuando, en realidad, los expertos en medicina dicen que no hay relación conocida entre el asperger y la violencia y, además, los niños diagnosticados con este trastorno tienen muchas más probabilidades de ser víctimas de burlas que de ser los autores de las mismas. —Da un paso al frente—. Nosotros podemos ayudarla. Podemos hacer que el mensaje corra de boca en boca por toda la comunidad autista. Imagínese cuántas madres tendrá usted detrás en cuanto sepan que sus propios hijos podrían volver a ser el objetivo de los neurotípicos: esta vez no solo intentarían «arreglarlos», sino también quizá acusarlos de asesinato por algo que de otra manera hubiera podido ser un malentendido.

Quiero decirle que Jacob es inocente, pero —que Dios me asista— no soy capaz de conseguir que esas palabras salgan de mi boca. No quiero que mi hijo sea el rostro de nada. Solo deseo que mi vida vuelva a ser como era.

—Señor McDuff, por favor, aléjese de mi casa o llamaré a la policía.

—Qué oportuno, entonces, que ya se conozcan el camino más rápido para llegar aquí —dice, aunque retrocede hacia su coche. Vacila ante la puerta, con una sonrisa de tristeza que le baila en la comisura de los labios—. Este es un mundo de neurotípicos, señora Hunt. Nosotros, aquí, solo hacemos bulto.

Me encuentro a Jacob ante su ordenador.

—Las entradas cuestan treinta y cinco dólares cada una —dice sin volver la cara hacia mí.

—¿Has oído hablar alguna vez de un grupo llamado Ciudadanos por la Neurodiversidad?

—No, ¿por qué?

Hago un gesto negativo con la cabeza y me siento en su cama.

—No importa.

—Según MapQuest, se tarda tres horas y dieciocho minutos en llegar allí.

—¿En llegar adónde? —pregunto.

—¿A la UNH? ¿Te acuerdas? ¿El doctor Henry Lee? —Gira la silla.

—Jacob, no puedes ir. Punto. Lo siento en el alma, pero estoy segura de que el doctor Lee volverá a dar otra charla en el futuro.

«¿Estarás en la cárcel para entonces?»

La idea irrumpe en el interior de mi cabeza como un saltamontes sobre la manta de un picnic, y resulta igual de desagradable. Me acerco hasta su mesa y le miro fijamente.

—Necesito preguntarte algo —digo en voz baja—. Tengo que preguntártelo porque no lo he hecho aún y necesito oír la respuesta de tus labios. Jacob, Jess está muerta, ¿la mataste tú?

Su rostro se descompone en torno a su ceño fruncido.

—*No* la maté yo.

El aliento que no me había percatado de que estaba conteniendo sale de mí a toda velocidad. Echo los brazos alrededor de Jacob, que se tensa ante el abrazo repentino.

—Gracias —susurro—. Gracias por decírmelo.

Jacob no me miente. No puede. Lo intenta, pero es tan descaradamente obvio que lo único que tengo que hacer es guardar un instante de silencio antes de que él ceda y reconozca la verdad.

—¿Eres consciente de que mantenerme encerrado en esta casa durante semanas o meses podría ser considerada una conducta delictiva, de que los buenos padres no tratan a sus hijos como animales enjaulados?

—¿Y eres tú consciente de que, aunque hiciésemos que Oliver se presentara ante el juez para pedirle que hiciese una excepción, la charla del doctor Lee pasaría antes siquiera de que el juez pusiera fecha a la vista? —señalo—. Estoy segura de que la grabarán. Podremos oír el *podcast*.

—¡No es lo mismo! —grita Jacob.

Las venas del cuello se le marcan en relieve; se encuentra peligrosamente cerca de volver a perder el control. Modero mi voz para que se extienda como un bálsamo.

—Respira hondo. Tu asperger está saliendo a relucir.

—Te odio —dice Jacob—. Esto no tiene nada que ver con mi asperger. Es por que me conviertan en un esclavo en mi propia casa. —Me aparta de un empujón, camino del pasillo.

Utilizo cada gramo de fuerza que tengo para retenerle. Sé más que de sobra que no es la forma, pero a veces, cuando Jacob se pone especialmente altanero, no puedo evitar replicarle.

—Tú sal por esa puerta y estarás en la cárcel antes de que amanezca. Y esta vez te juro que no voy a intentar sacarte —le digo—. Puede que me saques quince centímetros y veinticinco kilos, pero yo sigo siendo tu madre, y *no* significa *no*.

Intenta zafarse de la presión de mis brazos durante unos segundos, y a continuación deja de mostrar signo alguno de pelea. Casi con demasiada facilidad, se tira en la cama y mete la cabeza debajo de la almohada.

Salgo de la habitación de Jacob sin decir una palabra más y cierro la puerta a mi espalda. Me apoyo un momento contra la pared y me hundo bajo el peso del alivio que me ha dado su respuesta. Me he estado diciendo a mí misma que el motivo por el cual no le había preguntado antes a Jacob de manera directa si había matado él a Jess era que me daba miedo que él se sintiese decepcionado por el hecho de que yo creyese siquiera que se trataba de una posibilidad. Sin embargo, la verdadera razón de que haya esperado tanto tiempo es que temía escuchar su respuesta. ¿Cuántas veces, al fin y al cabo, no le habré hecho a Jacob preguntas con la esperanza de recibir una mentira piadosa como respuesta?

«¿Tengo muchas arrugas?»

«Acabo de sacarlas del horno, es una receta nueva. ¿Qué te parecen?»

«Sé que estás enfadado, pero tú en realidad no desearías que tu hermano no hubiese nacido, ¿verdad?»

Aun hoy, el experto que ha encontrado Oliver ha dicho bajo juramento que los Aspies no mienten.

Pero claro...

Jacob me dijo que Jess no habló con él aquel martes que se suponía que habían de verse, pero no me dijo que estaba muerta.

Jacob me dijo que había estado en casa de Jess, pero se le olvidó mencionar que se la había encontrado hecha un desastre.

Y jamás mencionó haberse llevado su colcha arco iris a ninguna parte.

En sentido estricto, me dijo la verdad; y al mismo tiempo me mintió por omisión.

—¿Mamá? —grita Theo—. Creo que le he prendido fuego a la tostadora...

Salgo corriendo escaleras abajo. Llegado el momento en que me encuentro extrayendo el *bagel* calcinado con la ayuda de dos cuchillos, ya me he convencido a mí misma de que todo cuanto Jacob no me ha contado ha sido un descuido, un efecto secundario típico de un Aspie porque, al tener tanta información, parte de ella se pierde o se olvida.

Ya me he convencido a mí misma de que no ha podido ser deliberado.

JACOB

El término inglés *stir-crazy* tiene su origen a comienzos del siglo xx. *Stir* era el vocablo para referirse a la cárcel en la jerga de la calle, y a su vez procedía del romaní *stariben*. En realidad, *stir-crazy* era un giro que se había dado a otra expresión más antigua, *stir-bugs,* y ambas hacían referencia a un prisionero que se había vuelto mentalmente inestable a consecuencia de un confinamiento prolongado.

Puedes atribuir mis siguientes actos al hecho de que me he vuelto mentalmente inestable a consecuencia de mi confinamiento prolongado, o al estímulo correcto: el hecho de que el doctor Henry Lee, mi ídolo, se va a encontrar a 303 kilómetros y 538 metros de mí, y a que yo no voy a poder ir a verle. A pesar de todas las aseveraciones de mi madre acerca de que, si iba a la universidad, tendría que ser a alguna de esta zona para así poder vivir en casa y disfrutar de su ayuda y su organización, yo ya había dado por supuesto mucho tiempo atrás que, algún día, solicitaría el ingreso en la Universidad de New Havena (da igual que, como estudiante de último año de instituto, hace ya un mes que se me haya pasado el plazo). Entraría en el programa de criminología que fundó el doctor Henry Lee, y sería el propio doctor quien me extrajese de entre la oscuridad del alumnado universitario, quien repararía en mi atención al detalle y mi incapacidad para que me distrajeran las chicas, las fiestas en las fraternidades o la música ruidosa que surge de las ventanas de las residencias universitarias, y me invitaría a ayudarle a solucionar un caso real abierto y me consideraría su protegido.

Ahora, por supuesto, tengo una razón mucho más apremiante para ir a conocerlo.

«Imagine lo siguiente, doctor Lee —comenzaría diciéndole—. Usted ha montado el escenario de un crimen para que apunte a la implicación de otra persona y acaba usted mismo como sospechoso.» Y entonces analizaríamos juntos lo que se podía haber concebido de manera distinta, para evitar que pasase la próxima vez.

Mi madre y yo discutimos sin parar sobre las mismas cuestiones, como por qué se niega a tratarme con normalidad. Este que nos ocupa sería un ejemplo clásico, donde ella retuerce mi deseo de ir a ver al doctor Lee y lo convierte en un *pretzel* de manera que parezca una exigencia de Aspie poco razonable en lugar de una basada en la realidad. Hay muchos casos en los que deseo hacer cosas que hacen otros chicos de mi edad:

1. Sacarme el carné y conducir un coche.
2. Irme a la universidad y vivir solo.
3. Salir con mis amigos sin que ella tenga que llamar a sus padres para explicarles antes mis peculiaridades.
   a. Nótese, por supuesto, que sería de aplicación a partir del momento en que, de hecho, tuviese amigos.
4. Conseguir un trabajo, de manera que disponga de dinero para lo anterior.
   a. Nótese que ella sí me permitió tener un trabajo y, por desgracia, hasta la fecha, la única gente que ha optado por contratarme han sido unos asnos completamente irracionales e incapaces de ver las cosas en un contexto superior, como que el hecho de llegar cinco minutos tarde vaya a causar o no una catástrofe global.

En cambio, veo cómo Theo sale por la puerta mientras ella le dice adiós con la mano. Al contrario que yo, a él sí le permitirán sacarse el carné de conducir más tarde o más temprano. Imagínate qué humillación más grande sería para mí que mi hermano pequeño me llevase en coche de aquí para allá, ese mismo niño que una vez hizo uso de su propia caca para pintar un mural en la puerta del garaje.

Mi madre argumenta que no lo puedo tener todo, que no puedo pedir que me traten como a un muchacho normal de dieciocho años y pedir también que me quiten las etiquetas de la ropa y negarme a beber zumo de naranja solo por su nombre. Quizá a mí me pareciese que sí que podía —ser discapacitado a veces y normal otras—, pero es que ¿por qué no iba a poder? Digamos que a Theo se le diesen fatal las plantas, pero jugase fenomenal a los bolos. Mi madre podría tratarle como a un estudiante de clases de recuperación cuando estuviese enseñándole a plantar nabos suecos, pero cuando se fuese con él a darle a la bola, ella dejaría a un lado su voz de desánimo. No se mide a todos los seres humanos conforme a la misma medida, ¿por qué se me debería hacer eso a mí?

De todos modos, ya sea porque he estado encerrado demasiado tiempo o porque estoy sufriendo una agitación mental de carácter agudo ante mi oportunidad previsiblemente perdida de ver al doctor Lee, hago lo único que me parece justificable en este momento.

Llamo al 911 y les digo que mi madre me está sometiendo a malos tratos.

RICH

Esta es como uno de esos pares de fotos de la prensa rosa que leo en la consulta del dentista: «¿Qué ha cambiado?». La primera muestra a una Jess Ogilvy con un rostro muy sonriente y el brazo de Mark Maguire por encima de su hombro. Es una foto que nos llevamos de su mesilla de noche.

La segunda imagen la tomó mi equipo de investigación criminal y muestra a Jess con los ojos cerrados y rodeados de moratones, la piel congelada de un pálido y sólido color azul. Está envuelta en una colcha de cuadros con el aspecto de la paleta de un pintor.

Curiosamente, en ambas fotos lleva puesta la misma sudadera.

Hay diferencias obvias, y la mayor son los traumas físicos, pero hay algo más en ella que no termino de ver con claridad. ¿Perdió peso? Qué va. ¿Sería el maquillaje? No llevaba en ninguna de las dos.

Es el pelo.

Pero no el corte, que resultaría demasiado obvio. Jess lo lleva liso en la foto con su novio. En la del escenario del crimen, sin embargo, lo tiene rizado y con bucles, como una nube alrededor de su maltrecho rostro.

Tomo la imagen y la estudio más de cerca. Se diría que esos rizos son su pelo normal, y que se hubiese tomado la molestia de alisárselo para salir con el novio. Lo que significa que se le mojó el pelo al quedar allí, expuesta a los elementos..., algo fácil de suponer, excepto por el hecho de que se encontraba protegida de la nieve y la lluvia por el hormigón del colector donde la tiraron.

De manera que ya tenía el pelo mojado cuando la mataron.

Y había sangre en el cuarto de baño.

¿Es que Jacob es también un mirón?

—Capitán.

Levanto la vista para ver a uno de nuestros agentes patrulla de pie delante de mí.

—Acaban de recibir en centralita una llamada de un chico que dice que sufre malos tratos por parte de su madre.

—Para eso no hace falta un detective, ¿no?

—No, capitán. Es solo que... el chico es el que usted detuvo por asesinato.

La foto se me cae de la mano, al suelo.

—Me está tomando el pelo —mascullo, me levanto y agarro mi abrigo—. Yo me encargo.

JACOB

Me doy cuenta al instante de que he cometido un error garrafal.

Me pongo a esconder cosas: mi portátil y mi archivador. Hago trizas unos papeles que tengo sobre la mesa y meto en la bañera un montón de cuadernos con ideas de investigación criminal. Me imagino que todas estas cosas podrán ser utilizadas en mi contra, y ya se han llevado muchas de mis pertenencias.

No creo que puedan detenerme otra vez, pero no estoy completamente seguro. La imposibilidad de ser juzgado dos veces solo se aplica a un mismo delito, y solo tras una absolución.

Esto va por los de azul: son muy rápidos. Están llamando a la puerta menos de diez minutos después de mi llamada al 911. A mi madre y Theo, que aún están abajo intentando rearmar la alarma de incendios que Theo ha hecho saltar con algún intento frustrado de prepararse algo en la cocina, los pilla totalmente desprevenidos.

Es una estupidez, lo sé, pero me escondo debajo de la cama.

RICH

—¿Qué hace usted aquí? —pregunta Emma Hunt.

—Hemos recibido una llamada a través del 911.

—Yo no he llamado al 911... ¡Jacob! —grita, se da media vuelta y sube volando las escaleras.

Entro en la casa para encontrarme a Theo, que me clava la mirada.

—No queremos hacer ninguna donación para la liga interna de la policía —dice con sarcasmo.

—Gracias. —Señalo la escalera—. Mmm, voy a..., voy..., ¿vale? —Y sin esperar a su respuesta, me dirijo a la habitación de Jacob.

—¿Malos tratos? ¿A ti? —está chillando Emma cuando alcanzo la puerta—. ¡Tú no has sufrido malos tratos ni un solo día de tu vida!

—Existe el maltrato físico y existe el maltrato psicológico —discute Jacob.

Emma gira enérgica la cabeza hacia mí.

—Yo no le he puesto nunca la mano encima a este chico, aunque ahora mismo, me siento increíblemente tentada.

—Te recuerdo tres palabras —dice Jacob—: ¡Doctor! ¡Henry! ¡Lee!

—¿El científico criminalista? —Ahora sí que me he perdido por completo.

—Va a dar una charla en la UNH mañana, y ella dice que no puedo ir.

Emma me mira.

—¿Ve usted ahora a lo que me enfrento?

Frunzo los labios, pensativo.

—Déjeme hablar con él a solas durante un minuto.

—¿En serio? —Tiene los ojos como platos—. ¿Es que no estaba usted en la misma sala del tribunal que yo hace tres horas, cuando el juez le dijo que debería haber tomado medidas especiales cuando interrogó a Jacob?

—No voy a interrogarle ahora —le cuento—. No profesionalmente hablando, al menos.

Levanta los brazos al cielo.

—Me da igual. Haga lo que quiera. Hacedlo los dos.

Cuando se desvanece el sonido de su último paso al bajar la escalera, me siento junto a Jacob.

—Sabes que no debes llamar al 911 a menos que te encuentres en un problema grave.

Suelta un bufido.

—Pues deténgame. Oh, aguarde, que ya lo ha hecho.

—¿Has oído hablar alguna vez del chaval que gritó «que viene el lobo»?

—Yo no he dicho nada de ningún lobo —responde Jacob—, he dicho que me estaba maltratando, y así es. Esta es la única posibilidad que tengo de conocer al doctor Henry Lee, y ella ni siquiera se lo va a pensar. Si soy lo bastante mayor como para ser juzgado como un adulto, ¿cómo es posible que no sea lo bastante mayor como para salir andando hasta la parada del autobús e irme solo para allá?

—Ya eres lo bastante mayor. Es solo que acabarás dando con el culo otra vez en la cárcel. ¿Es eso lo que quieres? —Miro con el rabillo del ojo y veo un ordenador portátil que asoma por debajo de la funda de una almohada—. ¿Por qué tienes el ordenador debajo de las sábanas?

Lo saca de allí y lo acuna entre sus brazos.

—Pensé que me lo robaría, igual que hizo con mis otras cosas.

—No te las robé, tenía una orden para llevármelas, y las recibirás de vuelta algún día. —Le miro—. Ya sabes, Jacob, que lo único que está haciendo tu madre es protegerte.

—¿Encerrándome aquí?

—No, eso lo hizo el juez. No dejándote violar los requisitos de tu fianza.

Nos quedamos los dos en silencio un instante, y entonces Jacob me mira con el rabillo del ojo.

—No entiendo su tono de voz.

—¿Qué quieres decir?

—Debería ser de enfado, porque le he hecho venir hasta aquí. Pero no es de enfado. Y tampoco lo era cuando hablé con usted en la comisaría. Usted me trató como si fuera amigo suyo, pero al final me detuvo, y la gente no detiene a sus amigos. —Junta las manos entre las rodillas—. La verdad es que no le encuentro el sentido a la gente.

Hago un gesto de asentimiento.

—La verdad es que yo tampoco le encuentro el sentido a la gente —digo.

THEO

¿Por qué no deja de venir la poli a esta puñetera casa?

Vamos, que si ya han detenido a Jacob, ¿no deberían dejar que la justicia siguiese su curso?

Vale, entiendo que esta vez ha sido Jacob quien los ha llamado, pero una llamada de teléfono habría sido igual de efectiva para hacer que desistiese en su petición de ayuda. Aun así, la policía —y este tío en particular— no deja de aparecer. Le dora la píldora a mi madre, y ahora se dedica a charlar con Jacob sobre unos gusanos que salen en los cadáveres a los diez minutos de la muerte.

¿Podría explicarme alguien qué tiene esto que ver exactamente con una llamada al 911, eh?

Pues esto es lo que creo yo: el detective Matson no ha venido hasta aquí para hablar con Jacob.

Desde luego que no ha venido a hablar con mi madre.

Está aquí porque sabe que, para llegar hasta la habitación de Jacob, tiene que pasar por la mía, y eso significa tener dos posibilidades de echar un vistazo dentro.

Tal vez alguien haya denunciado la desaparición del juego de la Wii que me llevé.

Tal vez solo está esperando a que yo me venga abajo, que caiga a sus pies y confiese que estuve en casa de Jess Ogilvy poco antes que mi hermano para poder así contárselo a la zorra esa de la fiscal y que ella me haga subir al estrado para testificar contra Jacob.

Por estas razones y una docena más que aún no se me han ocurrido, cierro la puerta y echo el pestillo, de manera que el detective Matson vuelva a pasar de largo, y yo no tenga que mirarle a los ojos.

JACOB

No lo hubiera creído posible, pero Rich Matson no es un asno integral y absoluto.

Por ejemplo, me ha contado que se puede conocer el sexo de un individuo mirando su calavera, porque una del sexo masculino tiene el mentón recto, y una femenina lo tiene redondeado. Me ha dicho que ha estado en la Granja de Cadáveres de Knoxville, Tennessee, donde hay más de 4000 metros cuadrados cubiertos de cadáveres en diferentes estados de descomposición, de manera que los antropólogos forenses pueden calibrar los efectos del clima y los insectos en la putrefacción del cuerpo humano. Tiene fotografías, y ha prometido enviarme algunas por correo electrónico.

Esto no es tan valioso como lo del doctor Henry Lee, pero constituye un premio de consolación aceptable.

Me entero de que tiene una hija que, igual que Jess, se desmaya ante la visión de la sangre. Cuando le cuento que a Jess también le pasaba, se le tuerce la expresión de la cara, como si hubiese olido algo horrible.

Pasado un rato, le prometo que no voy a volver a llamar a la policía para acusar a mi madre, a menos que ella me cause daños físicos horribles; y me convence de que una disculpa ante ella podría servir de mucho ahora mismo.

Cuando acompaño al detective al piso de abajo, mi madre está dando paseos por la cocina.

—Jacob tiene algo que decirle —anuncia él.

—El detective Matson va a enviarme fotografías de cadáveres en descomposición —digo.

—Eso no, lo otro.

Aprieto los labios hacia fuera, y hacia dentro, y lo hago dos veces, como si estuviese deshaciendo las palabras en la boca.

—No he debido llamar a la policía. Impulsividad del asperger.

La expresión en el rostro de mi madre se queda petrificada, y también la del detective. Solo después de haberlo dicho me doy cuenta de que con toda probabilidad están suponiendo que la muerte de Jess se debió también a la impulsividad del asperger.

Dicho de otra manera, que hacer mención de la impulsividad del asperger ha sido demasiado impulsivo.

—Creo que hemos terminado aquí —dice el detective—. Les deseo a los dos que pasen una buena tarde.

Mi madre le toca la manga.

—Gracias.

Él la mira como si estuviese a punto de decirle algo importante, pero en cambio le dice:

—No tiene nada que agradecerme.

Cuando se marcha, una ráfaga de frío procedente del exterior se me agarra a los tobillos.

—¿Quieres que te prepare algo de comer? —dice mi madre—. No has almorzado.

—No, gracias. Me voy a echar un rato —le cuento, aunque en realidad solo quiero estar solo. He aprendido que, cuando alguien te invita a hacer algo y tú en realidad no quieres hacerlo, esa persona no siente especiales deseos de conocer la verdad.

Su mirada vuela hacia mi cara.

—¿Es que estás enfermo?

—Estoy bien —le digo—. De verdad.

Puedo sentir cómo me mira fijamente mientras subo por las escaleras.

No tenía intención de tumbarme, pero lo hago; y supongo que me quedo dormido, porque de repente el doctor Henry Lee ha venido. Ambos estamos encorvados sobre el cadáver de Jess. El doctor Lee examina el diente en el bolsillo, las abrasiones en la parte baja de la espalda, observa sus orificios nasales.

«Ajá —dice—. Claro como el agua. Entiendo.»

«Ya veo por qué tuviste que hacer lo que hiciste.»

CASO N.º 8: UNO ENTRE SEIS MIL MILLONES

E*n los años ochenta y noventa, más de cincuenta mujeres fueron asesinadas en el área de Seattle-Tacoma, en el estado de Washington. La mayoría de las víctimas eran prostitutas o adolescentes que se habían escapado de casa, y la mayoría de los cadáveres fueron arrojados al caudal del Green River o en sus proximidades. Apodado «el asesino de Green River», el autor consiguió permanecer en el anonimato hasta que la ciencia se puso al día en relación con la delincuencia.*

A comienzos de los años ochenta, al llevarse a cabo las autopsias, los patólogos y los técnicos forenses se las arreglaron para recuperar pequeñas cantidades de ADN del semen que había dejado el asesino, que se conservaron como prueba, si bien las técnicas científicas de la época se mostraron inservibles a causa del tamaño de las muestras que necesitaban para los test.

Gary Ridgway, detenido en 1982 acusado de inducción a la prostitución, era sospechoso de haber cometido los asesinatos de Green River, aunque no se contaba con prueba alguna que lo relacionase de manera formal con los crímenes. En 1984 salió airoso de un test de polígrafo. En 1987, en un registro de su domicilio, el departamento del sheriff *del condado de King County tomó una muestra de saliva de Ridgway.*

Llegados a marzo de 2001, los avances en los métodos técnicos de análisis del ADN habían conseguido identificar el origen del semen presente en los cuerpos de las víctimas. El laboratorio recibió los resultados en septiembre de 2001: habían sido capaces de obtener un resultado positivo en la comparación del ADN de aquel semen y el ADN de la saliva de Ridgway, y se tramitó la orden de detención.

Los resultados del ADN relacionaban a Ridgway con tres de las cuatro mujeres enumeradas como víctimas en los cargos de su acusación. Las mues-

tras de esperma extraídas de una de las víctimas, Carol Ann Christensen, resultaron tan concluyentes que solo una persona en el mundo, excepto en el caso de gemelos idénticos, podría presentar dicho perfil de ADN en particular. Ridgway fue acusado de tres asesinatos más después de que se identificasen unas muestras microscópicas de pintura halladas en los cadáveres con la de su lugar de trabajo. A cambio de su confesión de más asesinatos de la lista de Green River, a Ridgway se le conmutó la pena de muerte y en la actualidad se encuentra cumpliendo cuarenta y ocho condenas a cadena perpetua sin posibilidad de libertad condicional.

8

OLIVER

Un mes después me encuentro repanchingado en el sofá del salón de la casa de los Hunt, atrapado en un extraño *déjà vu:* le estoy echando un vistazo a la presentación preliminar de las pruebas, que incluye los cuadernos de Jacob de *CrimeBusters,* mientras él está sentado en el suelo delante de mí, viendo en la tele el mismo episodio sobre el que yo estoy leyendo.

—¿Quieres que te cuente el final? —pregunto.

—Ya sé lo que pasa. —Y tampoco es que eso le impida volver a escribir otra entrada en un cuaderno; en esta ocasión, se trata de un cuaderno nuevo, grande y con tapas duras.

Episodio 49: Sexo, mentiras e iMovie.

Situación: después de que se haya intercalado una nota de suicidio en los créditos de una película de un festival de cine, hallan muerto a un director de serie B en el asiento de atrás de un coche, aunque el equipo sospecha que se trata de un asesinato.

Pruebas:

Tráiler del festival.

Escenas cortadas procedentes del estudio de montaje – ¿quién es la rubia, y está realmente muerta o solo actúa?

Disco duro del ordenador del director.

Colección de mariposas raras del director – pista falsa, la entomología no juega ningún papel.

Ácido en las tuberías.

Resuelto: ¡YO! 0.24.

—¿Lo descubriste en veinte minutos?

—Claro.

—El asesino es el mayordomo —digo.

—No, en realidad es el fontanero —me corrige Jacob.

Mi gracia por la ventana.

Hemos adoptado una rutina: en lugar de quedarme en mi despacho durante el día, preparo el juicio aquí, en casa de los Hunt; de esa manera, puedo vigilar a Jacob cuando Emma tiene que salir pitando a alguna parte, y yo dispongo de mi cliente para hacerle cualquier pregunta que tenga. A Thor le gusta, porque se pasa la mayor parte del día hecho un ovillo en el regazo de Jacob. A él también le gusta, porque me traigo la Wii. A Theo le gusta porque, si a su hermano le traigo guacamole un Lunes Verde, cuelo para él en la nevera una pizza individual de salchicha, que de verde no tiene nada.

La verdad es que no sé si a Emma le gusta.

Theo atraviesa el salón por delante de nosotros hasta un archivador que hay al fondo.

—¿Todavía estás haciendo los deberes? —pregunta Jacob.

Su tono de voz carece de malicia —es plano, como todo lo que dice Jacob—, pero Theo le saca el dedo corazón. Es Theo, por lo general, quien termina el primero de hacer los deberes, pero hoy, según parece, está remoloneando.

Me espero que Jacob le diga que se vaya a tomar por el culo, y sin embargo, lo que hace es volver a clavar su mirada vidriosa en la televisión.

—Oye —digo al acercarme a Theo.

Se sorprende, coge el papel que estaba mirando y se lo guarda en el bolsillo de los vaqueros.

—Deja ya de espiarme.

—¿Y qué estás haciendo tú aquí, por cierto? ¿No es de tu madre este archivador?

—¿Acaso es problema tuyo? —dice Theo.

—No, pero Jacob sí que lo es, y deberías disculparte.

—También debería tomarme cinco piezas de fruta al día, pero eso rara vez sucede —responde, y se dirige de regreso a la cocina, a terminar sus deberes.

A estas alturas ya conozco a Jacob lo suficientemente bien como para saber reconocer las pistas que indican las emociones que siente. El hecho de que se esté balanceando de un modo muy ligero hacia delante y hacia atrás significa que, sea lo que sea lo que haya dicho Theo, le ha puesto más nervioso de lo que él pone de manifiesto.

—Si le cuentas a tu madre que tu hermano te hace esa mierda —digo—, te aseguro que dejará de pasar.

—No te chives de tu hermano, cuida de él; es el único que tienes —recita Jacob—. Es una norma.

Si tan solo pudiese lograr que el jurado viera cómo la vida de Jacob discurre de normativa en normativa, si pudiese establecer que un chico que no se atrevería a quebrantar ni una sola de las normas de su madre mucho menos lo haría con la ley que rige nuestro país; si fuera capaz de demostrar de algún modo que su asperger hace que le resulte prácticamente imposible cruzar la línea que separa el bien y el mal…, pues bueno, podría ganar el caso.

—Oye, después de comer quiero hablar contigo sobre lo que va a pasar más adelante, esta misma semana…

—Shhh —dice Jacob—. Han terminado los anuncios.

Vuelvo la página y veo una entrada que no tiene número de capítulo.

Comienzo a leerla y se me queda abierta la boca del asombro.

—Oh, mierda —digo en voz alta.

Hace un mes, tras la vista de desestimación de pruebas, llamé a Helen Sharp.

—Creo que deberías abandonar —le dije—. No puedes demostrar tu argumento. Estamos dispuestos a aceptar cinco años de libertad bajo fianza.

—Puedo ganarte el caso sin la confesión de la comisaría —dijo ella—. Tengo todo lo que se dijo en la casa antes de que Jacob se hallase bajo custodia; tengo las pruebas forenses del escenario y testimonios que apuntan al móvil. Tengo su historial violento, y tengo los cuadernos del acusado.

En aquel preciso instante, hice caso omiso de aquello. Los cuadernos de Jacob son formulares, y me encontraba en situación de minimizar cualquier otra prueba en mi turno de preguntas.

—Seguimos adelante —dijo Helen, y yo pensé: «Pues buena suerte, bonita».

He aquí lo que dice el cuaderno:

En su casa, 12/01/2010.
Situación: chica desaparecida…
Pruebas:
Ropa apilada en la cama.
Cepillo de dientes desaparecido. Barra de labios desaparecida.
Bolso y abrigo de la víctima presentes.
… teléfono móvil desaparecido… mosquitera cortada… huellas de botas en el exterior coincidentes con el calzado del novio…

—¡Dios mío, Jacob! —exploto, tan alto que Emma entra corriendo procedente del cuarto de la plancha—. ¿Es que escribiste sobre Jess en tus cuadernos de *CrimeBusters?*

No responde, así que me levanto y apago la televisión.

—¿Qué quieres decir? —pregunta Emma.

Le paso la fotocopia del cuaderno.

—Pero ¿en *qué* estabas pensando? —le exijo saber.

Jacob se encoge de hombros.

—Era el escenario de un crimen —se limita a decir.

—¿Se te ha ocurrido pensar qué va a hacer Helen Sharp con esto?

—No, y no me importa —responde Emma—. Quiero saber qué vas a hacer *tú* al respecto. —Se cruza de brazos y da un paso para acercarse a Jacob.

—Para serte sincero, no lo sé; porque, después de todo el trabajo que hemos hecho para excluir la declaración de la comisaría, esto lo trae todo de vuelta.

Jacob repite lo que acabo de decir, y lo vuelve a repetir de nuevo: «Lo trae todo de vuelta. Lo trae todo de vuelta». La primera vez que le oí hacerlo, creí que me estaba imitando. Ahora sé que es ecolalia. Emma me lo explicó como la simple repetición de sonidos. Jacob lo hace a veces al recitar diálogos de películas, y otras no es más que la repetición mecánica e inmediata de algo que ha oído.

Solo espero que nadie le oiga hacerlo en la sala del tribunal, o darán por sentado que es un graciosillo.

—Lo trae todo de vuelta —dice Jacob de nuevo—. ¿Trae todo *lo qué* de vuelta?

—Algo que va a hacer que el jurado suponga que eres culpable.

—Pero es el escenario de un crimen —dice otra vez Jacob—. Me limité a tomar nota de las pruebas, como siempre.

—No se trata de un escenario de un crimen ficticio —señalo.

—¿Por qué no? —pregunta él—. Soy yo quien lo creó.

—Cielo santo. —Emma se ahoga—. Van a pensar que es un monstruo.

Quiero ponerle la mano en el brazo y decirle que seré capaz de evitar que eso ocurra, pero no puedo hacer una promesa de tal calibre. Aun después de haber pasado el último mes con Jacob, como he hecho yo, todavía hay cosas que hace que me resultan absolutamente escalofriantes, como en este momento, en que su madre está histérica y él se aparta de ella sin dar la menor muestra de remordimiento y sube el volumen de su programa de la tele. Los jurados, a quienes se supone del todo racionales, son siempre todo corazón. Una mujer del jurado que observe la expresión vacía de Jacob durante los testimonios acerca de la muerte de Jess Ogilvy decidirá su destino con esa imagen grabada en la retina, y no le va a ser de ayuda, sino que influirá en su decisión.

Yo no puedo cambiar a Jacob, y eso significa que he de cambiar el sistema. Por eso he presentado una moción, y por eso vamos al juzgado mañana, aunque aún no le he dado a Emma la noticia.

—Tengo que contaros algo a los dos —digo justo cuando el reloj de Emma se pone a sonar.

—Espera —dice—, le estoy controlando el tiempo a Theo en un test de matemáticas. —Se vuelve hacia la cocina—. ¿Theo? Deja el lápiz sobre la mesa. Jacob, baja el volumen. ¿Theo? ¿Me has oído?

Al no recibir respuesta, Emma entra en la cocina. Lo llamo de nuevo, y, a continuación, oigo sus pasos sobre mi cabeza, en la habitación de Theo. Vuelve a aparecer por el salón un instante después, con voz de desesperación.

—No ha hecho el test de matemáticas, y no están ni su abrigo ni sus zapatillas ni su mochila —dice—. Theo se ha ido.

THEO

Déjame que te diga que me parece una verdadera locura que un chaval de quince años, como yo, pueda coger un vuelo a la otra punta del país sin sus padres. La parte más difícil iba a ser conseguir el billete, pero al final resultó no ser tan complicado. No es ningún secreto que mi madre guarda una tarjeta de crédito para casos de emergencia escondida en su archivador, y seamos sinceros, ¿no es este caso una emergencia? Todo lo que he tenido que hacer ha sido desempolvarla, apuntar el número de la parte frontal y el código de seguridad de la trasera, y reservar mi vuelo en Orbitz.com.

Tengo pasaporte, también (una vez fuimos a Canadá en unas vacaciones que duraron aproximadamente seis horas, después de que Jacob se negase a dormir en la habitación de un motel porque tenía la moqueta de color naranja), que estaba guardado a una carpeta de distancia de la tarjeta de crédito de emergencia. Y llegar al aeropuerto ha sido coser y cantar: dos viajes en autoestop, y allí me he plantado.

Ojalá pudiese contarte que lo tenía todo planeado, pero no es así. Todo lo que yo sabía era que, de forma directa o indirecta, esto es culpa mía. Yo no maté a Jess Ogilvy, pero sí la vi el día que murió y no se lo conté a la policía, ni a mi madre, ni a ninguna otra persona. Y ahora iban a juzgar a Jacob por asesinato. En mi cabeza, es como si hubiera sido una reacción en cadena. Si no me hubiese estado colando en casas ajenas por entonces, si no me hubiera metido en la de Jess, si no nos hubiéramos quedado mirando el uno al otro, tal vez ese eslabón que faltase hubiese logrado romper la cadena de acontecimientos que se produjeron a continuación. Tampoco era un secreto de estado que mi madre se estaba rompiendo la cabeza acerca de dónde conseguiría el dinero para afrontar el juicio de Jacob, y yo me imaginé que si alguna vez había de verme liberado de mi deuda kármica, bien podía empezar por hallar la solución a ese problema.

Y de ahí esta visita a mi padre.

En el avión, me encuentro sentado entre un hombre de negocios que está intentando dormir y una mujer con aspecto de abuela: con el pelo canoso y corto, y una sudadera fina de color violeta con el dibujo de un gato. El hombre de negocios no para de moverse en el asiento porque tiene detrás a un crío que no deja de darle patadas.

—Por los clavos de Cristo —dice.

Siempre me he preguntado por qué dirá eso la gente. ¿Por qué los clavos? ¿Por qué no la corona de espinas?

—Me he quedado atascada en la última —dice la abuela.

Me quito el auricular del iPod.

—¿Perdón?

—No, eso no cabe. —Está encorvada sobre un crucigrama que viene en la última página de la revista *US Airways*. Lo habían dejado a medio hacer. Cómo odio eso; ¿es que al imbécil que iba en ese asiento en el vuelo anterior no se le ha ocurrido pensar que alguien más podría querer hacerlo sin ayuda?—. La pista que da es «Arrepentimiento, dolor», y es de cuatro letras.

«Theo», pienso yo.

De repente, el hombre de negocios se levanta del asiento y se da la vuelta.

—Señora —le dice a la madre del crío—, ¿existe alguna posibilidad de que haga usted algo para que este crío maleducado deje de hacerme daño?

—Eso es —dice la abuela—. *¡Daño!*

Veo cómo se pone a escribirlo con lápiz.

—Mmm, creo que el significado no es exacto —le sugiero—. *Pena.*

—Cierto —dice ella, que lo borra y lo corrige—. Reconozco que se me dan fatal los crucigramas. —Me sonríe—. Bueno, ¿y qué te lleva de viaje a la soleada California?

—Voy a visitar a alguien.

—Yo también. A alguien a quien no conozco aún: mi primer nieto.

—Vaya —digo—. Tiene que estar usted flipando.

—Si eso es bueno, entonces digo yo que sí. Me llamo Edith.

—Yo Paul.

Vale, no tengo ni idea de a qué viene esa mentira, pero tampoco es para que me sorprenda tanto; al fin y al cabo, llevo ya más de un mes ocultando mi implicación en toda esta pesadilla, y ya se me va dando bastante bien eso de fingir que no soy la misma persona que era por aquel entonces. Sin embargo, una vez que me he inventado el nombre, el resto viene solo. Estoy de vacaciones escolares, soy hijo único y mis padres están divorciados (¡ja, eso no es mentira!), y voy a ver a mi padre. Tenemos pensado ir a ver la Universidad de Stanford.

En casa no hablamos de mi padre. En clase de Ciencias Sociales nos hablaron de ciertas culturas indígenas que dejan de pronunciar los nombres de los muertos... Pues nosotros dejamos de pronunciar el nombre de quien se larga cuando la cosa se pone fea. La verdad es que no conozco los detalles de la separación de mis padres, excepto que yo no era más que un bebé cuando sucedió, y de ahí que haya, por supuesto, una parte de mí que piensa que yo debí de ser la gota que colmó el vaso. Lo que sí sé es que él intenta saldar su culpabilidad con el cheque de manutención que le envía a mi madre todos los meses. Y también sé que nos ha reemplazado a Jacob y a mí con dos crías que parecen muñequitas de porcelana y que, probablemente, ni habrán irrumpido en casas ajenas ni exhibido estereotipias un solo día en sus cortas vidas. Esto lo sé porque nos envía una tarjeta de Navidad todos los años, tarjeta que tiro a la basura si consigo llegar al buzón antes que mi madre.

—¿Tienes hermanos o hermanas? —pregunta Edith.

Doy un sorbo al 7-Up que me he comprado por tres pavos.

—No —digo—, hijo único.

—Basta ya —dice el hombre de negocios, y por un horrible instante creo que le va a contar a esta señora quién soy en realidad. Entonces se gira en su asiento—. Por el amor de Dios —le dice a la madre del crío.

—Y bien, Paul —dice Edith—, ¿qué es lo que piensas estudiar en Stanford?

Tengo quince años, no tengo la menor idea de lo que quiero hacer con mi vida. Excepto arreglar el desastre en que la he convertido.

En lugar de responder, señalo en dirección a su crucigrama.

—*Quito* —digo—, esa es la respuesta al cuarenta y dos horizontal.

Se emociona y lee el siguiente en voz alta. Pienso en lo feliz que se va a quedar si conseguimos terminarlo. Se bajará del avión y le hablará a su yerno, o a quien sea que venga a recogerla, del joven tan encantador que ha conocido, de lo amable que soy, de lo orgullosos que mis padres deben de estar de mí.

JACOB

$\mathbf{M}$i hermano no es tan listo como yo.

Esto no lo digo con intención de hacer daño; me limito a hacer constar un hecho. Por ejemplo, él tiene que estudiarse hasta la última palabra del vocabulario si quiere hacer bien un examen; yo puedo echarle una mirada a la página y se me queda en la cabeza como un recurso de fácil acceso posterior a ese primer vistazo. Él se marcha de la habitación si dos adultos comienzan a hablar de cuestiones de adultos como son los temas de actualidad; yo me cojo una silla y me uno a la conversación. Él no se preocupa por almacenar información como haría una ardilla con las nueces para el invierno; para Theo solo es interesante aquello que tiene aplicaciones inmediatas en la vida real.

Sin embargo, yo no soy ni mucho menos tan intuitivo como mi hermano. Por eso, cuando comienzo a liberar parte de esa información que tengo almacenada —como, por ejemplo, que Steve Jobs y Steve Wozniak presentaron el Apple I el día 1 de abril de 1976, el Día de los Inocentes— y la persona con la que estoy hablando empieza a tener la mirada perdida y a poner excusas, yo sigo hablando, mientras que Theo interpretaría los síntomas con facilidad y se callaría.

Ser detective se basa en la intuición. Ser un buen investigador criminalista, en cambio, exige una gran meticulosidad e inteligencia, y ese es el motivo de que, mientras que mi madre se ha quedado paralizada presa del pánico ante la desaparición de Theo, y Oliver hace estupideces como darle palmaditas en el hombro a mi madre, yo me dirija a la habitación de Theo y me meta en su ordenador.

Se me dan muy bien los ordenadores. Una vez desmonté entero el portátil de mi orientadora y lo volví a montar, placa base y todo. Es probable que sea capaz de configurar tu red inalámbrica con los ojos cerrados. He aquí la otra razón por la cual me gustan los ordenadores: cuando estás hablando con alguien por Internet, no tienes que interpretar las expresiones de sus rostros ni sus tonos de voz. Lo que hay es lo que ves, y eso significa que no me tengo que esforzar tanto cuando me relaciono. Hay chats y tablones de anuncios para Aspies como yo, aunque no los frecuento. Una de las normas de la casa es que esta familia no se mete en páginas web que no ha investigado mi madre. Cuando le pregunté por qué, me hizo sentarme con ella y ver un programa de televisión sobre depredadores sexuales. Intenté explicarle que la web en la que quería chatear no era ni mucho menos lo mismo, que solo era un grupo de gente como yo que intentaba entrar en contacto sin las majaderías de los encuentros cara a cara, pero no aceptó mi «no» por respuesta. «No sabes cómo es esa gente, Jacob», me dijo. En realidad, sí lo sabía. Era a la gente del mundo real a quien no entendía.

Solo son necesarios unos *clics* para meterse de lleno en la caché de su navegador —aunque él cree que la ha vaciado, en realidad nada desaparece por completo de un ordenador— y ver qué ha estado buscando en Internet. Orbitz.com, vuelos a San José.

Cuando bajo las escaleras con el resguardo impreso de la web que contiene la información de su billete, Oliver está intentando convencer a mi madre de que llame a la policía.

—No puedo —dice ella—. No van a querer ayudarme.

—No suelen gozar del privilegio de escoger sus casos...

—Mamá —interrumpo.

—Jacob, ahora no —dice Oliver.

—Pero... —Mi madre me mira y se pone a llorar. Veo cómo una

lágrima describe una curva con forma de 5 al descender por su mejilla—. Quiero hablar contigo —digo.

—Voy a por el teléfono —dice Oliver—. Voy a marcar el 911.

—Yo sé dónde está Theo —les digo.

Mi madre pestañea.

—¿Que tú qué?

—Estaba en su ordenador. —Le entrego la página impresa.

—Oh, Dios mío —dice, y se lleva la mano a la boca—. Se ha ido a casa de Henry.

—¿Quién es Henry? —pregunta Oliver.

—Mi padre —respondo—. Nos abandonó.

Oliver retrocede un paso y se frota la barbilla.

—Hace escala en Chicago —añado—. Su avión sale en quince minutos.

—Ya no lo coges antes de que despegue —dice Oliver—. ¿Está enterado Henry, de Jacob?

—Por supuesto que sabe de mí. Envía cheques todos los años por mi cumpleaños y por Navidad.

—Me refiero a que si Henry está enterado de la acusación de asesinato.

Mi madre baja la vista a la línea de separación entre los cojines del sofá.

—No lo sé. Puede haber leído algo al respecto en los periódicos, pero yo no he hablado con él del tema —reconoce ella—. No sabía cómo contárselo.

Oliver le ofrece el teléfono.

—Pues ahora es el momento de decidirlo —dice.

No me gusta pensar en Theo subido a un avión; no me gustan los aviones. Entiendo el principio de Bernoulli, pero por el amor de Dios, con independencia de todas las fuerzas físicas que se ejerzan sobre las alas para que se eleve, esa maquinaria pesa quinientas toneladas. A todos los efectos, eso debería caerse.

Mi madre coge el teléfono y comienza a marcar un número de larga distancia. Suena como las notas de la sintonía de un concurso, pero no me acuerdo de cuál es.

—Señor, señor —dice Oliver. Me mira a mí.

Yo no sé cómo se supone que he de responder.

—*Siempre tendremos París* —digo.

Cuando Theo tenía ocho años, se obsesionó con que había un monstruo viviendo debajo de nuestra casa. Él lo sabía porque oía su respiración todas las noches, cuando los radiadores de su habitación siseaban y se encendían. Yo tenía once años, y en esa época estaba muy volcado en los dinosaurios, y por muy emocionante que me resultara suponer que pudiera haber un saurópodo hurgando bajo los cimientos de nuestra casa, yo sabía que no era probable:

1. Nuestra casa se construyó en 1973.
2. Para construirla, habría de hacerse una excavación.
3. La probabilidad de que el último dinosaurio del mundo, ya extinguidos largo tiempo atrás, sobreviviese a dicha excavación y morase bajo el suelo de mi sótano resultaba bastante exigua.
4. Aunque hubiese sobrevivido, ¿de qué demonios se alimentaría?

—Hierba cortada —dijo Theo cuando le conté todo esto—. Bah.

Una de las razones de que me guste tener asperger es que no poseo una imaginación activa. Para mucha gente —incluidos los profesores, orientadores y loqueros— esto supone un gran *handicap*. Para mí es una bendición. El pensamiento lógico impide que pierdas tiempo preocupándote o albergando esperanzas. Evita la decepción. La imaginación, por otro lado, solo hace que te emociones con cosas que de un modo realista nunca sucederán.

Como tropezarte con un hadrosaurio camino del cuarto de baño a las tres de la mañana.

Theo se pasó dos semanas poniéndose de los nervios en mitad de la noche, cuando escuchaba el siseo de los radiadores de su cuarto. Mi madre lo intentó todo para dejar a Theo fuera de combate, desde la leche templada antes de irse a la cama hasta un esquema ilustrado del sistema de calefacción de la casa o una dosis nocturna innecesaria de Benadryl para niños, pero, como un reloj, se ponía a gritar en plena noche y salía corriendo de su habitación para venir a despertarnos a nosotros dos.

Estaba empezando a resultar aburrido, francamente, que es por lo que hice lo que hice.

Después de que mi madre me arropase, me quedé despierto con una linterna oculta debajo de la almohada y me puse a leer hasta que estuve seguro de que ella también se había ido a la cama. Entonces cogí la almohada, mantas y el saco de dormir y acampé delante de la puerta de la habitación de Theo. Esa noche, cuando se despertó gritando e intentó salir corriendo al cuarto de mi madre para despertarla, se tropezó conmigo.

Se quedó pestañeando unos instantes en un intento por descubrir si estaba soñando.

—Vuelve a la cama —dije—. No hay ningún dinosaurio de las narices. —Advertí que no me creía, así que añadí—: Y si lo hay, me matará a mí antes de llegar hasta ti.

Eso sí funcionó. Theo regresó a rastras a la cama, y ambos volvimos a quedarnos dormidos. Mi madre fue quien me encontró allí tirado en el suelo a la mañana siguiente.

Le entró el pánico. Supuso que había sufrido algún tipo de ataque y se puso a sacudirme.

—Mamá, para —dije por fin—. Estoy bien.

—¿Y qué estás haciendo aquí fuera?

—*Estaba* durmiendo.

—¿En el pasillo?

—En el pasillo no —corregí—. Frente a la puerta de la habitación de Theo.

—Oh, Jacob, estabas intentando que se sintiese seguro, ¿verdad?

—Me lanzó los brazos al cuello y me apretó con tanta fuerza que creí que al final sí que iba a sufrir el ataque—. Lo sabía —balbuceaba—. ¡Lo sabía! Todos esos libros, todos esos médicos estúpidos que decían que los niños con asperger no tenían cognición y no son capaces de empatizar… Tú sí que quieres a tu hermano; querías protegerle.

Permito que me abrace porque parecía que eso era lo que deseaba hacer. Al otro lado de la puerta de Theo, oigo que comienza a desperezarse.

Lo que había dicho mi madre no era inexacto en sentido estricto. Lo que todos esos médicos y libros dicen de cómo los Aspies como yo no somos capaces de sentir nada en lugar de los demás, eso es una majadería. Entendemos cuando otra persona siente dolor, es solo que nos afecta de un modo distinto al resto de los seres humanos. Yo lo veo como el siguiente paso de la evolución: si no puedo hacer desaparecer tu tristeza, ¿por qué debo reparar en ella?

A esto hay que añadir que no dormí delante de la puerta de la habitación de Theo porque deseara protegerle. Lo hice porque estaba agotado después de una semana de llantos a medianoche, y solo deseaba disfrutar de una noche de sueño apacible. Iba en busca de lo mejor para mis intereses.

En realidad, podría decirse que también fue ese el ímpetu que había detrás de lo que sucedió con Jess.

OLIVER

Emma quiere que llamemos a US Airways y les hagamos evitar el despegue del avión, pero todo el sistema está automatizado. Cuando llegamos por fin a hablar con una voz humana, el empleado se encuentra en Charlotte, Carolina del Norte, y no tiene forma de contactar con las puertas de embarque de Burlington.

—Esto es de lo que se trata —le cuento—. Puedes llegar antes que él si coges un vuelo directo a San Francisco. Hay casi la misma distancia hasta Palo Alto que desde el aeropuerto de San José. —Mientras hablo, Emma mira por encima de mi hombro a la pantalla del ordenador que muestra el vuelo que he localizado—. Con la escala que va a hacer Theo en Chicago, tú llegarás una hora antes que él.

Se inclina hacia delante, y percibo el olor de su champú. Sus ojos recorren veloces y esperanzados la información del vuelo, para aterrizar en el fondo, en el precio.

—¿Mil ochenta dólares? ¡Se han vuelto locos!

—Las tarifas para el mismo día no son baratas.

—Pues mi presupuesto no llega hasta ahí.

Hago *clic* en el botón para comprar el billete.

—El mío sí —miento.

—¡Pero qué haces! Tú no me puedes pagar el...

—Demasiado tarde. —Me encojo de hombros.

La verdad es que ahora mi cuenta del banco está tiritando. Tengo un cliente que no se puede permitir pagarme, y peor aún, me parece bien. Está claro que me perdí las clases de Sangrar a tu Cliente, ya que todos los indicios apuntan hacia mí como el rostro visible de Abogados Defensores en la Ruina más Absoluta. Pero al mismo tiempo pienso en que puedo vender mi silla de montar, una silla inglesa maravillosa que tengo guardada en el sótano de la pizzería. ¿De qué me sirve tenerla, si de todas formas tampoco tengo un caballo?

—Lo añadiré a la factura —digo, pero ambos sabemos que es bastante probable que no lo haga.

Emma cierra los ojos un instante.

—No sé qué decir.

—Entonces no digas nada.

—No tendrías que verte afectado por todo este desastre.

—Tienes suerte de que lo único que tuviera que hacer hoy aparte de esto fuese organizar el cajón de los calcetines —bromeo, pero no se ríe.

—Lo siento —responde Emma—. Es que... no tengo a nadie.

Muy lentamente, de manera muy obvia, para que no se sorprenda o se retraiga, entrelazo los dedos con los suyos y le aprieto la mano.

—Me tienes a mí —digo.

Si yo fuese mejor persona, no me habría quedado escuchando la conversación de Emma con su exmarido.

«Henry —dice ella—. Soy Emma.»

«No, la verdad es que no puedo llamar más tarde. Se trata de Theo.»

«Está bien. Es decir, creo que está bien. Se ha escapado de casa.»

«Pues claro que lo sé. Va camino de la tuya.»

«Sí, a California, a menos que te hayas vuelto a mudar últimamente.»

«No, perdona. No era un insulto...»

«No sé por qué. Se ha largado sin más.»

«Ha utilizado mi tarjeta de crédito. Mira, ¿no podemos discutir eso cuando yo llegue allí?»

«Ah, ¿es que no te lo he dicho?»

«Si todo va bien, aterrizaré antes que Theo.»

«Estaría genial que vinieras al aeropuerto a recogernos. Los dos volamos con US Airways.»

Se produce entonces un momento de duda.

«¿Jacob? —responde—. No, él no viene conmigo.»

Está decidido que acamparé aquí a pasar la noche para ser el adulto mayor de veinticinco años que va a vigilar a Jacob mientras Emma trae a rastras a Theo de vuelta desde la otra punta del país. Al principio, después de marcharse ella, todo parece pan comido: podemos jugar a la Wii, podemos ver la tele, y gracias a Dios es Jueves Marrón, que resulta relativamente sencillo, ya que le puedo preparar a Jacob una hamburguesa para cenar. No es hasta pasada una hora de su marcha cuando me acuerdo de la vista que tengo mañana, esa de la que no he hablado a Emma todavía, esa a la que me voy a tener que llevar a Jacob yo solo.

—Jacob —digo mientras él está absorto con un programa de la tele sobre cómo se hacen las chocolatinas Milky Way—, tengo que hablar contigo un segundo.

No responde. Sus ojos están clavados en la televisión, así que me pongo delante y la apago.

—Solo quiero que charlemos un poco. —Aunque Jacob no conteste, yo sigo hablando—. Ya sabes que tu juicio comienza dentro de un mes.

—Un mes y seis días.

—Cierto. Veamos, he estado pensando en cómo…, en lo difícil que te podría resultar a ti pasarte el día entero en la sala del tribunal, y he pensado que tenemos que hacer algo al respecto.

—Oh —dice Jacob, que hace un gesto negativo con la cabeza—. No puedo estar todo el día en la sala del tribunal. Tengo que hacer los deberes. Y tengo que estar en casa a las 16.30 para poder ver *CrimeBusters*.

—Creo que no lo entiendes. La decisión no es tuya. Tú vas al juzgado cuando el juez dice que vayas al juzgado, y vuelves a casa cuando él te deja volver.

Jacob digiere esta información.

—Eso a mí no me viene bien.

—Y ese es el motivo por el cual tú y yo vamos a volver mañana ante el tribunal.

—Pero mi madre no está.

—Lo sé, Jacob, y no pensaba que ella no fuese a estar; pero el hecho es que si vamos es por algo que tú me dijiste.

—¿Yo?

—Sí. ¿Recuerdas lo que me contaste cuando decidiste que podía alegar demencia?

Jacob asiente.

—Que la Ley de Discapacidades de los Estados Unidos de América prohíbe expresamente la discriminación por parte del estado o de las administraciones locales, incluidos los tribunales —dice—, y que algunas personas consideran que el autismo es una discapacidad, aunque yo no me encuentre precisamente entre ellas.

—Así es. Pero, si tú *sí* considerases que el asperger es una discapacidad del desarrollo, entonces, y conforme a la Ley de Discapacidades, tendrías derecho a una serie de adaptaciones en la sala que te facilitasen un poco el proceso. —Voy dejando lentamente que una sonrisa se me asome a los labios, como si me guardase un as en la manga—. Mañana vamos a asegurarnos de que te las concedan.

EMMA

De los archivos de la columna de la tía Em:

Querida tía Em:

Últimamente he estado soñando con mi ex. ¿Debería interpretar esto como una señal de un poder superior y llamar para saludarle?

Desvelada, de Strafford

Querida Desvelada:

Sí, pero yo no le contaría que le llamas porque se pasea por tus sueños, a menos que él por casualidad te diga: «Pero bueno, qué curioso que me llames hoy, porque esta noche he soñado contigo».

La tía Em

Yo le pedí salir a Henry en nuestra primera cita, porque él no parecía captar las señales de que estaba lista para ser suya si él quería. Vimos *Ghost* y después nos fuimos a cenar, donde Henry me dijo que, científicamente hablando, los fantasmas no podían existir, así de simple.

—Es cuestión de física elemental y matemáticas —dijo—. Patrick Swayze no puede darse paseos por las calles e ir detrás de Demi Moore. Si un fantasma puede seguir a alguien, eso significa que sus pies ejercen fuerza sobre el suelo. Sin embargo, si atraviesan paredes, es que no tienen sustancia ninguna. Podrían ser materiales o inmateriales, pero no pueden ser ambas cosas a la vez. Eso viola la ley de Newton.

Llevaba puesta una camiseta que rezaba «SESUDO FRONTAL», y el pelo rubio panizo se le metía en los ojos constantemente.

—Pero ¿no te gustaría que fuese cierto? —le pregunté—. ¿No te gustaría que el amor fuese tan fuerte que pudiera regresar a rondarte?

Le conté la historia de mi madre, que se despertó una noche a las 3.14 de la madrugada con una bocanada de aire que le supo a pétalos de violeta y un aroma de rosas tan denso que no podía respirar. Una hora más tarde volvió a despertarla una llamada de teléfono: su propia madre, florista de oficio, había fallecido de un ataque al corazón a las 3.14 de la madrugada.

—La ciencia no tiene respuestas para todo —le dije a Henry—. No explica el amor.

—En realidad, sí lo hace —me contó él—. Se ha hecho todo tipo de estudios al respecto. La gente se siente más atraída por personas con rasgos simétricos, por ejemplo. Y los hombres simétricos huelen mejor para las mujeres. También sucede que las personas con rasgos genéticos similares se sienten atraídas. Es probable que tenga algo que ver con la evolución.

Me eché a reír.

—Eso es horrible —dije—. Es la cosa menos romántica que he oído en mi vida.

—Yo no lo creo...

—¿Ah, sí? Pues dime algo que haga que me desmaye —le exigí.

Henry me miró fijamente durante un largo rato, hasta que comencé a sentirme más confusa y mareada.

—Creo que podrías ser perfectamente simétrica —me dijo.

En nuestra segunda cita, Henry me llevó a Boston. Cenamos en el Parker House y a continuación alquilamos un carruaje tirado por un caballo para dar una vuelta alrededor del Boston Common. Era finales de noviembre, con el hielo encorvado sobre las ramas desnudas de los árboles; cuando nos sentamos en la parte de atrás del carruaje, el cochero nos dio una manta de lana muy pesada para que nos cubriésemos. El caballo llevaba buen paso entre el golpeteo de los cascos y los bufidos.

Henry me iba contando chistes.

—¿Qué le dice un vector a otro?

—Me rindo.

—«¿Tienes un momento?» —respondió—. ¿Y cuál es la mitad de uno?

—A ver…

—El ombligo.

—Oye, ese chiste no es ni de matemáticas ni de nada que se le parezca —le dije.

—Es que soy un hombre del Renacimiento. —Henry se rio—. ¿Qué haces si se te acaba el pan integral?

Hice un gesto negativo con la cabeza.

—Pues derivar una tostada.

Aquellos juegos de palabras no es que fueran en sí graciosos, pero en labios de Henry lo eran. Unos labios que se curvaban en las comisuras y que siempre parecían un poco avergonzados de sonreír, unos labios que en nuestra primera cita me habían dado un beso de buenas noches con una sorprendente fuerza e intensidad.

Yo miraba fijamente a sus labios cuando el caballo cayó al suelo muerto.

En realidad, no estaba muerto, se había resbalado sobre una placa de hielo y se le habían trabado las patas delanteras. Oí un crujido.

Descendimos del carruaje a cámara lenta, y Henry se giró retorcido para amortiguar mi caída.

—¿Estás bien? —me preguntó, y me ayudó a ponerme en pie. Me sujetó la basta manta por encima mientras aguardábamos a que llegase la policía, y después el servicio de recogida de animales—. No mires —me dijo, y me apartó el rostro cuando el agente sacó la pistola.

Intenté concentrarme en lo que ponía en la camiseta de Henry, que asomaba por la abertura del abrigo: «ME GUSTAN LOS POLINOMIOS, AUNQUE SOLO HASTA CIERTO GRADO», pero aquel sonido fue como si el mundo se partiese por la mitad, y lo último que recuerdo es preguntarme quién va en camiseta en invierno, y si eso significaba que su piel siempre conservaba la calidez, y si alguna vez conseguiría tumbarme sobre ella.

Me desperté en una cama que no reconocía. Las paredes eran de color crema, y había una cómoda de madera oscura con una televisión encima. Estaba todo muy limpio... y muy corporativo. «Te desmayaste», me dije a mí misma.

—El caballo —dije en voz alta.

—Mmm —oí contestar en voz baja—. ¿Estará en un tiovivo gigantesco en el cielo?

Me volví y me encontré a Henry en la otra punta, apoyado contra la pared y con el abrigo aún puesto.

—Pero si tú no crees en el cielo —murmuré.

—No, pero me he imaginado que tú sí. ¿Estás..., estás bien?

Hice un gesto de asentimiento con precaución, probándome.

—¿Qué pasa? ¿Es que no van cayendo las mujeres rendidas a tus pies constantemente?

Sonrió.

—Ha sido un poco victoriano por tu parte.

—¿Dónde estamos?

—Cogí una habitación en el Parker House. Pensé que querrías echarte un rato. —Sus mejillas se sonrojaron—. Yo, mmm, no quiero que te hagas una idea equivocada.

Me incorporé sobre un hombro.

—¿No quieres?

—Bueno, no..., a menos que tú quieras que yo quiera —tartamudeó.

—Pues eso resulta un poco gótico —dije—. Oye, Henry, ¿puedo preguntarte algo?

—Claro.

—¿Qué estás haciendo ahí, tan lejos?

Levanté una mano y sentí cómo cedía el colchón bajo su peso cuando Henry se subió a la cama. Sentí su boca descender sobre la mía, y me di cuenta de que aquella relación no sería como me lo había imaginado: yo, jugando a ser la profesora del joven y tímido genio de la informática. Lo tenía que haber supuesto al verle trabajar en la oficina: los programadores se movían con lentitud y premeditación, y después aguardaban a ver las reacciones. Y si no lograban el éxito a la primera, lo intentaban una y otra vez hasta que conseguían atravesar aquella quinta dimensión y todo salía bien.

Más tarde, cuando era yo quien llevaba puesta la camiseta de Henry y sus brazos me rodeaban, cuando teníamos la televisión encendida y estábamos viendo sin volumen un programa sobre los primates del Congo, cuando me dio de comer porciones de pollo rebozadas del menú infantil del servicio de habitaciones, entonces pensé en lo lista que había sido al ver más allá de lo que otra gente veía en Henry. Las camisetas estúpidas, el bote de *La guerra de las galaxias* en el que guardaba el café, la forma que tenía de no mirar apenas a los ojos a una mujer… Bajo aquella capa exterior había un hombre que me conmovió como si yo fuese de cristal, que se concentraba en mí con una intensidad tal que tenía que recordarle que respirase cuando nos acostábamos juntos. En aquella época nunca me imaginé que Henry no sería capaz de querer nada que no fuera yo, ni siquiera a un hijo suyo. Jamás me imaginé que toda aquella pasión entre nosotros dos se fundiría bajo la maraña de hilos del genotipo de Jacob, a la espera de que la catástrofe impredecible echase sus raíces, que aflorase y que floreciese en un autismo.

Henry me está esperando cuando me bajo del avión. Camino hacia él y me detengo a un torpe paso de distancia. Avanzo para darle un abrazo justo cuando él se aparta para dirigirse hacia el monitor de llegadas, y eso me deja con los brazos en un intento por abarcar nada excepto el aire.

—Debería estar aterrizando en veinte minutos —dice.

—Bien —respondo—. Eso está muy bien. —Le miro—. Siento mucho todo esto, de verdad.

Henry fija la mirada en el pasillo vacío más allá del control de seguridad.

—Emma, ¿vas a contarme lo que está pasando?

Le hablo durante cinco minutos acerca de Jess Ogilvy, sobre la acusación de asesinato. Le cuento que estoy segura de que la escapada de Theo tiene algo que ver con todo ello. Cuando termino, oigo la llamada para un pasajero que está a punto de perder el avión y reúno el valor para mantenerle la mirada a Henry.

—¿Que Jacob va a ser juzgado por *asesinato?* —dice con la voz temblorosa—. ¿Y tú no me lo dijiste?

—¿Y qué habrías hecho tú? —le desafío—. ¿Volar de regreso a Vermont para ser nuestro caballero andante? Permíteme que lo dude, Henry.

—¿Y cuando esto llegue a los periódicos? ¿Cómo se supone que le voy a explicar a mis hijas de siete y cuatro años que su medio hermano es un asesino?

Retrocedo como si me hubiese abofeteado.

—Voy a hacer como si no hubieras dicho eso —murmuro—. Y si conocieses lo más mínimo a tu hijo, si alguna vez hubieses pasado un solo instante con él en lugar de enviar un cheque todos los meses para limpiar tu conciencia, entonces sabrías que es inocente.

Un músculo de la mandíbula de Henry muestra un tic.

—¿Recuerdas lo que pasó en nuestro quinto aniversario?

Aquella época de mi vida, cuando estábamos intentando toda intervención y terapia posibles para conseguir que Jacob volviese a conectar con el mundo, es un borrón muy oscuro.

—Habíamos salido a ver una película, la primera vez que nos quedábamos solos en meses. De repente, un extraño baja por el pasillo, se agacha y se pone a hablar contigo, y, un minuto después, tú sales fuera con él. Yo me quedo allí sentado, pensando: «¿Quién narices es ese tío, y adónde se va mi mujer con él?». Así que os seguí hasta el vestíbulo. Resultó ser el padre de nuestra canguro, además de técnico sanitario de urgencias. Livvie lo había llamado presa del pánico porque Theo estaba sangrando como un loco. Había ido a casa, le había tapado la herida a Theo y había venido a buscarnos.

Me quedo mirando a Henry.

—No recuerdo nada de eso.

—Al final le dieron a Theo diez puntos de sutura en la ceja —dice Henry—, porque Jacob se había enfadado y había tirado la trona en un momento en que Livvie estaba de espaldas.

Es ahora cuando comienza a volverme: la situación de pánico que nos encontramos al regresar a casa, con un Jacob en pleno ataque y un Theo que lloraba histérico con un bulto del tamaño de su diminuto puño que le sobresalía encima del ojo izquierdo. Henry salió corriendo al hospital mientras yo me quedaba para calmar a Jacob. Me pregunto cómo es posible guardar algo tan escondido en la mente de uno como para reescribir la historia.

—No me puedo creer que lo haya olvidado —digo en voz baja.

Henry aparta la vista de mí.

—Siempre se te dio bien eso de ver lo que te daba la gana —responde.

Y entonces, de repente, ambos reparamos en nuestro hijo.

—Pero ¿qué narices…? —dice Theo.

Me cruzo de brazos.

—Me has leído el pensamiento —respondo.

Resulta extraño eso de hallarse en un aeropuerto y no estar celebrando un reencuentro o una despedida. Resulta aún más extraño sentarse en el asiento trasero del coche de Henry y oírle charlar con Theo, como si Theo no fuese lo bastante listo como para saber que, antes o después, la que le va a caer es de órdago.

Cuando Theo se ha metido en los servicios del aeropuerto, a Henry se le ha ocurrido un plan.

—Déjame hablar con él —ha dicho.

—A ti no te va a escuchar.

—Pues ha salido huyendo de tu lado —ha señalado él.

Aquí, las autopistas son blancas y están limpias. No hay baches en el asfalto a causa de las heladas como en Vermont. Todo nuevo y reluciente, alegría y felicidad. No me extraña que a Henry le guste.

—Theo —digo—, ¿en qué estabas pensando?

Se gira en su asiento.

—Quería hablar con papá.

La mirada de Henry se cruza con la mía en el espejo retrovisor: *te lo he dicho*.

—¿Y no has oído hablar de una cosa que se llama *teléfono*?

Pero antes de que pueda responder, Henry gira y se mete en una entrada. Su casa tiene el tejado de teja española y un castillo de plástico de una princesa en miniatura en el jardín delantero. Eso hace que se me tense el pecho.

Meg, la actual mujer de Henry, sale de golpe por la puerta principal.

—Oh, gracias a Dios —dice al tiempo que junta las manos cuando ve a Theo en el asiento del copiloto. Es una rubia muy menuda, con los dientes ultrablancos y una coletita reluciente. Henry se va hacia ella y me deja que me pelee sola con mi equipaje para sacarlo del maletero del coche. El uno al lado del otro, con sus ojos azules y su pelo rubio, parecen la representación por excelencia de la familia aria.

—Theo —dice Henry en plan paternal, un pelín tarde—, vamos dentro, a la biblioteca, a charlar un rato.

Quiero odiar a Meg, pero no puedo. Me sorprende de inmediato al cogerme del brazo y llevarme al interior de la casa.

—Tienes que haberlo pasado fatal —dice ella—. Sé que yo lo habría hecho.

Me ofrece café y un trozo de tarta de limón con semillas de amapola mientras que Theo y Henry desaparecen más al interior de la casa. Me pregunto si ya tendría la tarta por aquí, si es ese tipo de madre que se asegura de que siempre haya en la encimera de la cocina algo casero preparado, o si es que lo ha metido en el horno en cuanto Henry le ha dicho que venía. No estoy segura de qué imagen me molesta más.

Sus hijas (bueno, y de Henry también) atraviesan corriendo el salón para venir a echarme un ojo. Son duendecillos, pequeñas hadas rubias. Una de ellas lleva puesto un tutú rosa con lentejuelas.

—Niñas —dice Meg—. Venid aquí a saludar a la señora Hunt.

—Emma —digo de manera automática. Me pregunto qué pensarán estas niñas pequeñas de una extraña que tiene el mismo apellido que ellas. Me pregunto si Henry les habrá hablado de mí alguna vez.

—Esta es Isabella —dice Meg, que toca ligeramente a la niña más alta en la coronilla—, y esta es Grace.

—Hola —entonan las dos, y Grace se mete el pulgar en la boca.

—¿Qué tal? —respondo, y a partir de ahí ya no sé qué decir.

¿Sentiría Henry la presencia de algún tipo de equilibrio en esta su segunda vida, al tener dos niñas en lugar de dos niños? Grace le tira de la camisa a su madre y le susurra algo al oído.

—Quiere enseñarte lo que hace en ballet —dice Meg a modo de disculpa.

—Ah, me encanta el ballet.

Grace levanta los brazos y junta las puntas de los dedos, comienza a girar en un círculo, solo se desvía un poquito, y le doy un aplauso.

Jacob daba vueltas. Una de sus estereotipias cuando era pequeño. Lo hacía más y más rápido hasta que se chocaba contra algo, por lo general un florero u otra cosa que se pudiese romper.

Yo ya sé con solo mirarla que esto no es así, pero si la pequeña Grace resultara ser autista, ¿volvería Henry a salir corriendo?

Como si lo hubiese invocado yo, Henry asoma la cabeza en la estancia.

—Tenías razón —me dice—. No quiere hablar si tú no estás delante.

Cualquier pequeña satisfacción que esto me pueda producir se desvanece en cuanto Grace ve a su padre. Deja de dar vueltas y se lanza contra él con la fuerza de un tornado. Él la levanta en brazos y le atusa el pelo a Isabella. Hay en Henry una naturalidad que no había visto antes, una callada confianza en que ese es su sitio. Se lo veo grabado en la cara, en esas minúsculas líneas que ahora surgen de sus ojos, líneas que no estaban ahí cuando yo le amé.

Meg coge a Grace en brazos apoyada en su cadera y toma a Isabella de la mano.

—Vamos a dejar que papi hable con sus amigos —dice.

Amigos. Yo le amé; traje a sus hijos al mundo, y a esto hemos quedado reducidos.

Sigo a Henry por un pasillo hasta la habitación donde Theo está esperando.

—Tu familia —digo—. Son perfectas. —Pero lo que en realidad estoy diciendo es: «¿Por qué no merecía yo tener esto contigo?».

OLIVER

—Bien, señor Bond —dice el juez—. Aquí está usted de nuevo.

—Hasta en la sopa, señoría —respondo con una sonrisa.

Jacob y yo nos encontramos de nuevo en la sala, esta vez sin Emma. Llamó anoche, ya tarde, y dejó un mensaje en el que decía que Theo y ella volarían hoy de regreso a casa. Espero tener buenas noticias para ella cuando llegue; bien sabe Dios que buena falta le harán entonces.

El juez mira por encima de las medias lunas de sus gafas.

—Tenemos una solicitud de adaptación durante el juicio de Jacob Hunt. ¿Qué es lo que anda usted buscando, letrado?

Compasión para con un cliente que no muestra ninguna por su parte…, pero no puedo admitir tal cosa. Tras la última crisis que sufrió Jacob en la sala del tribunal, pensé en solicitar al juez que le permitiese asistir al proceso desde una sala aislada, pero le necesito a plena vista del jurado si quiero que funcione mi defensa. Si voy a jugar la carta de la discapacidad, tienen que poder ver cómo se manifiesta el asperger en todo su esplendor.

—En primer lugar, señoría —digo—, Jacob necesita descansos de relajación sensorial. Ya ha visto cómo se puede alterar con los procedimientos habituales de la sala de un tribunal. Tiene que disponer de la posibilidad de levantarse y salir de la sala cuando él siente que lo necesita. En segundo lugar, a Jacob le gustaría contar con la presencia de su madre, sentada a la mesa de la defensa, junto a él. En tercer lugar, y debido a la sensibilidad del acusado a los estímulos, solicitamos a su señoría que no haga uso de su martillo durante el proceso, y que se disminuya la intensidad de la iluminación de la sala. En cuarto lugar, es necesario que la fiscalía haga sus preguntas de un modo muy directo y literal...

—Por Dios bendito —suspira Helen Sharp.

Le echo una mirada, pero continúo hablando.

—En quinto lugar, solicitamos que la duración de las jornadas del tribunal sea reducida.

El juez hace un gesto negativo con la cabeza.

—Señora Sharp, estoy bastante seguro de que tiene usted algo que objetar a tales solicitudes, ¿no es así?

—Sí, su señoría. No tengo ningún problema con la primera, la tercera y la quinta, pero las demás son absolutamente perjudiciales.

—Señor Bond, ¿por qué está usted solicitando que la madre de su cliente se sitúe en la mesa de la defensa?

—Bueno, señoría, usted ha visto las crisis de Jacob. Emma Hunt hace las veces de mecanismo calmante para él. Creo que, dado el estrés de un proceso judicial, tener a su madre junto a él resultaría beneficioso para todos los implicados.

—Y aun así, la señora Hunt no se encuentra hoy en esta sala —señala el juez—, y al acusado parece irle de maravilla.

—La señora Hunt deseaba encontrarse aquí hoy, señor juez, pero se ha producido un... una emergencia familiar —digo—. Y en términos de estrés, hay una gran diferencia entre venir al juzgado para una moción y venir para un juicio por asesinato con todas las de la ley.

—Señora Sharp —pregunta el juez—, ¿cuál es la base de sus objeciones a la presencia de la madre del acusado en la mesa de la defensa?

—Es doble, señoría. Existe la preocupación acerca de cómo se va a explicar al jurado su presencia ahí. Ella va a dar su testimonio como testigo, de manera que el jurado la identificará claramente como la madre del acusado, y como bien sabe este tribunal, la corrección en el protocolo no permite que nadie más allá de los letrados y sus clientes se sienten a la mesa. Darle dicha posición de ventaja a la madre le otorga una importancia mayor a los ojos del jurado, y se convierte en un incidente sin explicación que ejerce un impacto negativo sobre el estado. Además, ya hemos oído con demasiada frecuencia que la madre del acusado hace las veces de intérprete para él. Interviene en el instituto con sus profesores, con los extraños, con los agentes de policía, etcétera. Fue ella quien irrumpió en la comisaría y le dijo al detective Matson que tenía que estar presente durante el interrogatorio. Señor juez, ¿por qué no evitar que ella le escriba todo un guion a Jacob y se lo pase o se lo susurre al oído durante el curso del proceso con el objeto de dirigirlo para que diga o haga algo inapropiado o perjudicial?

Fijo la mirada en ella por un momento. Es realmente buena.

—¿Señor Bond? ¿Qué responde a eso? —pregunta el juez.

—Señor juez, la presencia de la madre de Jacob en la mesa junto al acusado equivale a la del perro lazarillo cuando el acusado es invidente. El jurado entenderá, si se le dice, que no se trata de un animal sin más en la sala, se trata de una necesidad, una adaptación que se hace para el acusado a consecuencia de su discapacidad. La madre de Jacob y su proximidad a él durante el juicio se podrán explicar del mismo modo —digo—. Lo que usted dictaminará hoy, señoría, son las adaptaciones que es necesario hacer para asegurarse de que el acusado tiene un juicio justo. Ese derecho y esas adaptaciones le son garantizadas conforme a la Ley de Discapacidades de los Estados Unidos de América y, aún más importante, conforme a la quinta, la sexta y la séptima enmiendas de la Constitución de los Estados Unidos. ¿Significa eso ofrecerle a Jacob ciertas concesiones menores de las cuales no disfrutan otros acusados? Así es, porque esos otros acusados no tienen que enfrentarse a esa incapacidad de comunicarse de manera efectiva y relacionarse con otra gente tal y como lo hace Jacob. Para ellos, el juicio no es una montaña gigantesca que se eleva entre ellos y la libertad, y sin contar siquiera con las herramientas más básicas con las cuales poder empezar a escalarla.

Miro de manera subrepticia al juez, y tomo la decisión inmediata de hacer uso de un poco más de moderación.

—¿Y cómo le explicamos al jurado la posición de la madre de Jacob? Fácil. Pues decimos que el juez le ha concedido el derecho de sentarse a la mesa del letrado. Decimos que esta práctica no es habitual, pero que, en este caso, ella tiene derecho a sentarse allí. En lo referente a su papel en el juicio, señoría, haré que acceda a no hablar con Jacob, sino que se comunicará por escrito, por medio de notas que le podrán ser entregadas al tribunal al cierre de la sesión del día o durante cada receso, para que la señora Sharp tenga oportunidad de ver con exactitud qué diálogo se está produciendo entre ellos.

El juez se quita las gafas y se frota el puente nasal.

—Este es un caso inusual, con circunstancias inusuales. No cabe la menor duda de que un buen número de acusados que han comparecido ante mí se han visto obligados a realizar grandes esfuerzos para comunicarse…, pero en este caso, tenemos a un joven que se enfrenta a una acusación muy grave y a la posibilidad de pasarse el resto de su vida encarcelado. Y este tribunal es consciente de que le ha sido diagnosticada una incapacidad para comunicarse de la manera en que los demás lo hacemos…, por lo tanto, sería una torpeza esperar que se comportase en una sala del mismo modo que el resto de nosotros. —Mira a Jacob, que (me imagino yo) sigue sin mirarle a él—. La apariencia de un juicio justo para este acusado bien podría ser distinta de la que tiene para otros, pero ese es el espíritu de los Estados Unidos, donde hacemos sitio para todo el mundo, y es eso mismo lo que este tribunal va a hacer por el señor Hunt. —Baja la vista a la solicitud que tiene delante—. Muy bien, voy a permitir los descansos de relajación sensorial. El tribunal le pedirá al alguacil que prepare una estancia especial en el fondo de la sala, y en cualquier momento que el acusado sienta la necesidad de marcharse, habrá de pasarle una nota a usted, señor Bond. ¿Le parece satisfactorio?

—Sí —digo.

—Entonces, letrado, usted podrá acercarse y solicitarme que ordene un receso. Le explicará usted a su cliente que no puede levantarse hasta que se haya determinado dicho receso y él haya sido excusado por este tribunal.

—Lo comprendo, señoría —respondo.

—En cuanto a su tercera petición, no utilizaré el martillo durante el tiempo que dure el presente juicio. Sin embargo, no voy a rebajar la intensidad de las luces, pues supone un riesgo de seguridad para los alguaciles. Con un poco de fortuna, contar con esos descansos de relajación sensorial ayudará a compensarlo, y no tengo ninguna objeción a que el acusado apague las luces de la zona de relajación, al final de la sala.

Jacob me tira del abrigo.

—¿Puedo llevar gafas de sol?

—No —le digo cortante.

—Tercero. Acortaré las sesiones del tribunal, que se verán divididas en tres partes de cuarenta y cinco minutos por la mañana y dos por la tarde, con descansos de quince minutos entre sí. La sesión se levantará a las cuatro de la tarde todos los días. Supongo que le resultará satisfactorio, ¿no, señor Bond?

—Así es, su señoría.

—Accedo a permitir que la madre del acusado se siente junto a él. Sin embargo, uno y otra solo podrán comunicarse entre sí por escrito, y las notas deberán ser entregadas al tribunal en cada descanso. Por último, y en referencia a su solicitud de que los interrogatorios de la acusación sean simples y directos —dice el juez—, eso voy a rechazarlo. Puede usted hacer sus preguntas todo lo breves y literales que desee, señor Bond, pero al acusado no le asiste ningún derecho constitucional para dirigir cómo decide el estado presentar sus argumentaciones. —Vuelve a guardar mi solicitud en una carpetilla—. Confío en que todo esto le resultará satisfactorio, ¿es así, señor Bond?

—Por supuesto —digo, pero en mi interior estoy dando volteretas de alegría, porque todas estas peculiaridades y concesiones son un todo mucho mayor que la suma de sus partes: el jurado no podrá evitar ver que Jacob es diferente del típico acusado, del resto de nosotros.

Y habrá de ser juzgado en consecuencia.

THEO

Me despierto entre estornudos.

Abro los ojos y me encuentro en una habitación rosa, y unas plumas me hacen cosquillas en la nariz. Me incorporo en una cama pequeña y estrecha, y recuerdo dónde estoy: en el cuarto de una de las niñas. Hay móviles de estrellas brillantes colgando del techo, montañas de animales de peluche y una alfombra con un estampado de camuflaje de color rosa.

Vuelvo a estornudar y es entonces cuando me doy cuenta de que llevo puesta una boa de plumas rosas.

—Pero ¿qué cojones? —digo al tiempo que me la desenrollo del cuello; y entonces oigo una risita. Me inclino por un lado de la cama y me encuentro con la pequeña de las niñas de mi padre (creo que se llama Grace) escondida allí debajo.

—Has dicho una palabrota —me cuenta.

—¿Qué estás haciendo aquí?

—¿Qué estás haciendo *tú* aquí? —pregunta—. Este es *mi* cuarto.

Me dejo caer de nuevo en el colchón. Entre la hora a la que llegamos ayer y La Charla, es probable que haya dormido solo cuatro horas. No me extraña que me sienta como una mierda.

Sale de debajo de la cama y se sienta a mi lado. Es realmente pequeña, aunque se me dan fatal las edades de los críos. Lleva las uñas de los pies pintadas de color morado, y una diadema de plástico en el pelo.

—¿Cómo es que no estás en el cole?

—Porque es viernes, tonto —dice Grace, aunque esto a mí no me diga nada—. Tienes los pies muy grandes. Son más grandes que Leon.

Me pregunto quién será Leon, y entonces me trae un cerdito de peluche y lo compara con la planta de mi pie descalzo.

Mi reloj está en la mesilla de noche, junto a un libro sobre una ratita tan tímida que no era capaz de decirle a nadie su nombre. Lo leí anoche, antes de dormirme. Solo son las 6.42 de la mañana, pero es que nos vamos temprano. Tenemos que coger un avión.

—¿Eres tú mi hermano? —pregunta Grace.

La miro. Hago un esfuerzo enorme, pero no soy capaz de encontrar un solo rasgo que tengamos en común, y eso me resulta muy extraño, porque mi madre siempre me ha dicho que le recuerdo a mi padre (para que conste en acta, ahora que lo he visto con mis propios ojos, no es cierto. Es solo que soy rubio, nada más, mientras que en casa los demás son morenos).

—Supongo que se podría decir así —le cuento.

—¿Y cómo es que no vives aquí, entonces?

Miro a mi alrededor, a la princesa del póster en la pared, el juego de té en la mesa de la esquina.

—No lo sé —le digo, cuando la verdadera respuesta es: «Porque también tienes otro hermano».

Esto fue lo que pasó anoche:

Me bajé del avión y me encontré a mis padres —a los dos—, que me estaban esperando al otro lado del control de seguridad del aeropuerto.

—Pero ¿qué narices...? —solté yo.

—Me has leído el pensamiento —me dijo mi madre, cortante. Luego, antes de que ella pudiese cantarme las cuarenta, mi padre soltó que nos íbamos a su casa a hablarlo.

Me dio una conversación estúpida durante el trayecto de veinte minutos, mientras yo sentía cómo los ojos de mi madre me taladraban el cráneo. Cuando llegamos a su casa, antes de que me llevase a la biblioteca, vi de refilón a una mujer realmente mona que debía de ser su mujer actual.

La casa es muy moderna, cien por cien distinta de la nuestra. Tiene ventanas que ocupan una pared entera. El sofá es de cuero negro y tiene ángulos rectos por todas partes. Parece ese tipo de habitación que ves en las revistas de la sala de espera del médico, y no un lugar donde te gustaría vivir. Nuestro sofá es de una especie de tela roja a prueba de manchas, y aun así ya tiene una en un brazo, donde una vez se me cayó el zumo de uva. Dos de los cojines tienen la cremallera rota, pero cuando lo que quieres es tirarte a ver la tele, ese sofá es perfecto.

—Bueno —dijo mi padre conforme señalaba a una silla—. Esto resulta un poco violento.

—Sí.

—La verdad es que no tengo ningún derecho a decirte que salir corriendo es una estupidez. Y que a tu madre le has dado un susto de muerte. Y tampoco te voy a decir que esta te la guarda…

—Eso no hace falta que me lo jures.

Juntó las manos entre las rodillas.

—En cualquier caso, lo he pensado y prefiero no ponerme a decirte esas cosas. —Me miró—. He imaginado que has venido hasta aquí para que yo te escuche.

Tuve un momento de duda. Qué familiar me resultaba, pero eso era una locura si tenemos en cuenta que hablo con él, a lo sumo, dos veces por temporada: en Navidad y en mi cumpleaños. Aun así, tal vez sea eso lo que te produce el estar emparentado con alguien. Tal vez te permita retomar las cosas donde las dejaste, aunque eso fuese hace quince años.

Quería contarle por qué estoy aquí —la historia de la detención de Jacob, la verdad que se esconde detrás de mis allanamientos, el mensaje de la llamada de teléfono del banco que jamás le di a mi madre acerca de que le denegaban la segunda hipoteca sobre la casa—, pero todas esas palabras se me atascaron en la garganta. Las frases me ahogaron y me quedé sin respiración, hasta que las lágrimas brotaron de mis ojos, y lo que pronunciaron mis labios no fue nada de aquello.

—¿Por qué yo no importaba? —dije.

Eso no era lo que quería. Yo quería que él me viese como el joven responsable en que me he convertido, el que intenta salvar a su familia; y quería que él hiciese un gesto negativo con la cabeza y pensase: «Está claro que la jodí. Me tenía que haber quedado con él. Qué bien ha crecido». En cambio, era un llorica desastroso que moqueaba y a quien el pelo se le metía en los ojos, y se sentía muy cansado. De repente estaba molido.

Cuando esperas algo, sin duda te decepcionas. Eso lo aprendí hace ya un tiempo, y si hubiera sido mi madre quien hubiese estado sentada allí a mi lado, me habría rodeado con sus brazos al instante, me habría frotado la espalda y me habría dicho que estuviera tranquilo, y yo me habría derrumbado y me habría apoyado en ella hasta haberme sentido mejor.

Mi padre carraspeó y no me tocó un pelo.

—Mmm, la verdad es que no se me da nada bien este tipo de cosas —dijo, se movió incómodo, y yo me sequé los ojos pensando que intentaría acercarse a mí, pero en cambio sacó la cartera del bolsillo de atrás—. Toma —me dijo al ofrecerme unos billetes de veinte—. ¿Por qué no coges esto?

Me quedé mirándole y, antes de darme cuenta, una risotada se había abierto paso a través de mí. A mi hermano están a punto de juzgarlo por asesinato, mi madre quiere mi cabeza en una bandeja de plata, veo mi futuro tan negro que bien podría estar ahora mismo enterrado en una mina de carbón, y mi padre no es capaz siquiera de darme unas palmaditas en la espalda y decirme que todo va a salir bien. En cambio, piensa que sesenta pavos van a cambiar las cosas.

—Lo siento —dije riéndome con ganas—. De verdad, lo siento.

Pensé que no era yo quien debería estar diciendo aquello.

Y no sé en qué estaba pensando al venir hasta aquí. No hay remedios mágicos en la vida, solo una larga y desastrosa escalada para salir del foso que tú mismo te has cavado.

—Creo que tal vez deberías traer a mamá —dije.

Seguro que mi padre pensó que estoy loco al partirme así el culo cuando apenas un minuto antes estaba llorando. Y al levantarse —aliviado de apartarse de mí, sin duda— me percato de por qué mi padre me resulta tan familiar. No es porque tengamos nada en común, y mucho menos porque compartamos genes. Es porque con esa incomodidad obvia que siente, su forma de no mirarme y el hecho de que no quiera ningún contacto físico, me recuerda muchísimo a mi hermano.

No hablo con mi madre en todo el tiempo en que mi padre nos lleva al aeropuerto. No digo una palabra cuando mi padre le da un cheque a mi madre, ella mira el número que lleva escrito y se queda sin habla.

—Cógelo —dice él—. Ojalá…, ojalá pudiese estar allí con él.

No lo dice en serio. Lo que desearía realmente es ser *capaz* de estar allí con Jacob, pero mi madre parece entenderlo, y el dinero que él le ha dado también ayuda, sea cuanto sea. Ella le da un abrazo rápido de despedida; yo le ofrezco la mano, no cometo el mismo error dos veces seguidas.

No hablamos en la sala de embarque, ni cuando embarcamos, ni en el despegue. No es hasta que el piloto habla por los altavoces para contarnos la altitud del vuelo que me vuelvo hacia mi madre y le digo que lo siento.

Ella está hojeando una revista de la compañía aérea.

—Lo sé —dice.

—Lo siento muchísimo.

—Estoy segura.

—Eso, lo de robarte la tarjeta de crédito y todo lo demás.

—Que es el motivo de que me vayas a devolver el importe de los billetes, los de vuelta también, aunque estés pagándomelos hasta que cumplas los cincuenta y seis años —dice ella.

Viene la azafata, que pregunta si alguien desea comprar alguna bebida. Mi madre levanta la mano.

—¿Qué quieres tú? —me pregunta a mí, y le digo que un zumo de tomate—. Y yo tomaré un gin tonic —le dice a la azafata.

—¿En serio? —estoy impresionado. No sabía que mi madre bebiese ginebra.

Suspira.

—Medidas desesperadas en situaciones desesperadas, Theo. —Entonces levanta la vista hacia mí, con el ceño fruncido en un gesto pensativo—. ¿Cuándo fue la última vez que tú y yo estuvimos solos así?

—Mmm —digo—. ¿Nunca?

—Vaya —dice mi madre, que se lo piensa.

La azafata regresa con nuestras bebidas.

—Aquí tienen —dice con voz alegre—. ¿Se quedan ustedes dos en Los Ángeles o continúan hasta Hawái?

—Ya me gustaría —dice mi madre, y, cuando abre el tapón de la botellita de ginebra, esta suena como un suspiro.

—A todos, ¿verdad? —se ríe la azafata, y continúa por el pasillo.

Da la casualidad de que la página por la que está abierta la revista de mi madre tiene una foto turística de Hawái, o de cualquier otro sitio igualmente tropical.

—Tal vez podamos quedarnos en el avión y seguir hasta allí.

Se ríe.

—Derecho de ocupación ilegal. Disculpe, señor, pero no vamos a dejar libres los asientos 15A y 15B.

—Podríamos estar tirados en la playa a la hora de comer.

—Tomando el sol —musita mi madre.

—Tomando piña colada.

Mi madre levanta una ceja.

—Para ti un San Francisco.

Se produce un silencio, mientras ambos nos imaginamos una vida que jamás será la nuestra.

—A lo mejor —digo pasado otro instante— podemos traernos a Jacob. Le encanta el coco.

Eso no va a pasar nunca. Mi hermano jamás pisará un avión: sufriría el ataque de los ataques antes de que sucediese tal cosa. Y tampoco es que se pueda llegar remando hasta Hawái. Por no mencionar el hecho de que estamos en la ruina más lamentable. Aun así.

Mi madre apoya la cabeza en mi hombro. Qué raro me parece, como si fuese yo quien cuida de ella y no al revés. No obstante, yo ya soy más alto que mi madre, y sigo creciendo.

—Hagámoslo —acepta mi madre, como si tuviéramos opción.

JACOB

Tengo un chiste:

Dos magdalenas están en el horno.
    Va una magdalena y dice: «Vaya, qué calor que hace aquí».
    La otra magdalena se asusta y dice: «¡Ah, una magdalena que habla!».

Esto es gracioso porque:

1. Las magdalenas no hablan.
2. Yo estoy lo bastante cuerdo como para saber eso. A pesar de lo que parece que piensa mi madre, y Oliver, y prácticamente todos los psiquiatras del estado de Vermont, yo jamás he iniciado una conversación con una magdalena en toda mi vida.
3. Eso sería bastante pasteloso.
4. Ese otro chiste también lo has cogido, ¿verdad?

Mi madre ha dicho que hablaría con la doctora Newcomb durante media hora, aunque han pasado ya cuarenta y dos minutos y no ha vuelto a la sala de espera.

Estamos aquí porque Oliver ha dicho que tenemos que estar. Aunque se las ha arreglado para conseguirme todas esas concesiones en la sala, y aunque todo eso le ayude a demostrar al jurado su argumento de la defensa por demencia (y, no me preguntes por qué, *demencia* no equivale a discapacidad, ni siquiera a peculiaridad), al parecer también tenemos que ver a una loquera que ha descubierto y cuyo trabajo será decirle a los miembros del jurado que me tienen que dejar en libertad porque tengo asperger.

Finalmente, cuando han pasado ya dieciséis minutos del tiempo que mi madre ha dicho que tardaría —cuando ya he empezado a sudar un poco y se me ha secado la boca porque pienso que tal vez mi madre se haya olvidado de mí y yo me voy a quedar encerrado para siempre en esta sala de espera minúscula—, la doctora Newcomb abre la puerta.

—¿Jacob? —dice sonriente—. ¿Por qué no pasas?

Es una mujer muy alta, con una torre de pelo más alta todavía y una piel tersa y lustrosa como el chocolate sin leche. Sus dientes brillan como linternas, y yo me encuentro con que no dejo de mirarlos. Mi madre no está en la habitación. Siento cómo un zumbido me sube por la garganta.

—¿Dónde está mi madre? —pregunto—. Dijo que volvería en media hora, y ahora hace cuarenta y siete minutos.

—Nos ha llevado un poco más de tiempo de lo que esperaba. Tu madre ha salido por la puerta de atrás y te está esperando fuera —dice la doctora Newcomb, como si me pudiese leer el pensamiento—. Veamos, Jacob, he tenido una charla fantástica con tu madre; y también he hablado con la doctora Murano. —Se sienta y me ofrece el asiento que hay enfrente de ella. Tiene un tapizado de rayas de cebra que, la verdad, no me gusta mucho. Por lo general, los estampados me inquietan. Cada vez que miro a una cebra, no soy capaz de distinguir si es negra con rayas blancas o blanca con rayas negras, y eso me frustra—. Mi trabajo es examinarte —prosigue— y tengo que entregar un informe para el juicio, así que lo que digas aquí no será confidencial. ¿Entiendes lo que significa eso?

—«Con la intención de ser mantenido en secreto» —recito la definición y frunzo el ceño—. Pero ¿no es usted una doctora?

—Sí, una psiquiatra, como la doctora Murano.

—En ese caso, lo que yo le cuente es reservado —digo—. Existe la confidencialidad médico-paciente.

—No, estamos bajo unas circunstancias especiales donde yo le voy a contar a la gente lo que tú digas, por la causa del tribunal.

Todo este procedimiento está empezando a sonar cada vez peor: no solo me veo obligado a hablar con una psiquiatra a la que no conozco, sino que además pretende ir hablando por ahí de la sesión.

—Entonces preferiría hablar con la doctora Luna. Ella no le cuenta a nadie mis secretos.

—Me temo que no contamos con esa opción —dice la doctora Newcomb, y me mira—. ¿Tienes secretos?

—Todo el mundo tiene secretos.

—¿Y alguna vez te ha hecho sentir mal tener secretos?

Me siento muy derecho en la silla para que mi espalda no tenga que tocar esa locura de tela en zigzag.

—Alguna vez, supongo.

Cruza las piernas. Son verdaderamente largas, como las de una jirafa. Jirafas y cebras. Y yo soy el elefante, el que no es capaz de olvidar.

—¿Entiendes que lo que hiciste, Jacob, estaba mal ante los ojos de la ley?

—La ley no tiene ojos —le digo—. Tiene tribunales y jueces y testigos y jurados, pero ningún ojo. —Me pregunto de dónde habrá sacado Oliver a esta. Pero *de verdad*.

—¿Entiendes que lo que hiciste estaba mal?

Hago un gesto negativo con la cabeza.

—Hice lo correcto.

—¿Por qué era lo correcto?

—Estaba siguiendo las normas.

—¿Qué normas?

Podría contarle más, pero ella se lo va a contar a otra gente, y eso significa que no sería yo el único que se metería en un lío. Aunque sé que quiere que me explique; y lo sé por la forma en que se inclina hacia delante. Me hundo en mi silla. Eso supone tocar el estampado de cebra, pero ese es el mal menor.

—*En ocasiones veo muertos.* —La doctora Newcomb se me queda mirando—. Es de *El sexto sentido* —le cuento.

—Sí, lo sé —dice, y ladea la cabeza—. ¿Crees en Dios, Jacob?

—No vamos a la iglesia. Mi madre dice que la religión es el origen de todos los males.

—No te he preguntado qué piensa tu madre sobre la religión. Te he preguntado qué piensas *tú* sobre ella.

—Yo *no* pienso sobre ella.

—Sobre esas normas que has mencionado —dice la doctora Newcomb. ¿No habíamos dejado atrás este tema?—. ¿Sabes que hay una norma en contra de matar a la gente?

—Sí.

—Bien —dice la doctora Newcomb—, ¿crees tú que estaría mal matar a alguien?

Por supuesto que lo creo, pero no puedo decirlo. No lo puedo decir porque admitir esa regla supondría quebrantar otra. Me levanto y empiezo a caminar, subiendo y bajando sobre las puntas de los pies porque a veces eso me ayuda a sincronizar el resto de mi cerebro y mi cuerpo.

Pero no respondo.

Aun así, la doctora Newcomb no se rinde.

—Cuando estabas en casa de Jess, el día en que murió, ¿entendías que estaba mal matar a alguien?

—*No soy mala* —digo—, *es que me han dibujado así.*

—De verdad, Jacob, necesito que respondas a la pregunta. Aquel día que estabas en casa de Jess, ¿tuviste la sensación de estar haciendo algo malo?

—No —digo de inmediato—. Estaba siguiendo las normas.

—¿Por qué trasladaste el cuerpo de Jess?

—Estaba preparando el escenario de un crimen.

—¿Por qué limpiaste todas las pruebas que había en la casa?

—Porque se supone que hay que recoger lo que desordenas.

La doctora Newcomb escribe algo.

—Tuviste una discusión con Jess durante vuestra tutoría unos días antes de que ella muriese, ¿verdad?

—Sí.

—¿Qué fue lo que ella te dijo aquel día?

—«Piérdete por ahí.»

—Pero fuiste de todas formas a su casa el martes por la tarde, ¿no?

Hago un gesto de asentimiento.

—Sí, teníamos una cita.

—Jess estaba enfadada contigo de manera obvia. ¿Por qué volviste?

—La gente siempre dice cosas que no son ciertas. —Me encojo de hombros—. Como cuando Theo me dice «coge las riendas». No significa «dirige un caballo», sino que me domine. Supuse que Jess estaba haciendo lo mismo.

—¿Cuáles fueron tus reacciones ante las respuestas de la víctima?

Hago un gesto negativo con la cabeza.

—No sé de qué me está hablando.

—Cuando llegaste a casa de Jess, ¿le gritaste?

En cierto momento, me incliné sobre su cara y le chillé para que se despertase.

—Sí —digo—. Pero ella no me respondió.

—¿Entiendes que Jess no va a volver nunca?

Por supuesto que entiendo eso. Es probable que le pueda contar a la doctora una o dos cosas acerca de la descomposición de un cadáver.

—Claro.

—¿Crees que Jess estaba asustada ese día?

—No lo sé.

—¿Cómo piensas que te habrías sentido, de haber sido tú la víctima?

Lo medito durante un instante.

—Muerto —digo.

OLIVER

La selección del jurado comienza tres semanas antes de ir a juicio. Podría pensarse que, al ritmo que llevan hoy en día los índices de diagnóstico del autismo, encontrar un jurado de «iguales» a Jacob —o al menos de padres con hijos dentro del espectro— no es tan difícil como en realidad es. Pero es con los dos únicos jurados con hijos autistas que hay en nuestro grupo inicial con quien Helen utiliza sus posibilidades de rechazar candidatos sin necesidad de explicar los motivos.

Entre mis turnos ante el tribunal, recibo los informes de la doctora Newcomb y el doctor Cohn, los dos psiquiatras que han visto a Jacob. Como era de esperar, el doctor Cohn ha encontrado a Jacob bastante cuerdo —pero es que el loquero del estado calificaría de cuerda a una cafetera—, y la doctora Newcomb dice que Jacob se encontraba, legalmente hablando, en un estado de demencia en el momento en que se cometió el crimen.

Aun así, el informe de Newcomb no va a ser de mucha ayuda. En él, la imagen que se da de Jacob es la de un autómata. La verdad es que los miembros del jurado podrán intentar ser todo lo justos que quieran, pero los instintos que les transmitan sus tripas acerca del acusado tendrán mucho que ver con el veredicto al que lleguen; y eso significa que más me vale hacer mis apaños con antelación para lograr que Jacob parezca tan compasible como pueda, dado que no tengo intención de permitir que llegue a declarar. Con su afecto plano, sus ojos inquietos y sus tics nerviosos…, en fin, eso sería un desastre.

Una semana antes de que se inicie el juicio, centro mi atención en preparar a Jacob para comparecer. Cuando llego a la casa de los Hunt, Thor salta del coche y corre hacia el porche moviendo el rabo. Le ha cogido mucho cariño a Theo, hasta el punto de que a veces me pregunto si no debería dejar que pasase allí la noche, hecho un ovillo en la cama del chaval, ya que parece haberse instalado allí de todas formas. Y bien sabe Dios que Theo necesita compañía: como consecuencia de su viaje a través del país, ha sido sentenciado a una pena de castigo hasta que cumpla los treinta, aunque no dejo de decirle que es posible que yo pudiera encontrar motivos para una apelación.

Llamo a la puerta, pero no sale nadie a abrir; como ya me he acostumbrado a entrar por las buenas, entro y veo a Thor trotar escaleras arriba.

—Hola —voceo, y Emma me sale al paso con una sonrisa.

—Llegas justo a tiempo —dice.

—¿Para qué?

—Jacob ha sacado un diez en un examen de Matemáticas, y como premio le he permitido que monte el escenario de un crimen.

—Qué macabro es eso.

—Mi pan nuestro de cada día —dice ella.

—¡Listo! —grita Jacob desde el piso de arriba.

Sigo a Emma, pero en lugar de dirigirnos a la habitación de Jacob, seguimos hasta el cuarto de baño. Cuando ella abre la puerta, yo me llevo la mano a la boca.

—¿Qué…, qué es esto? —consigo decir.

Hay sangre por todas partes. Es como si me hubiese metido en la guarida de un asesino en serie. Una larga línea de sangre recorre un arco horizontal por los azulejos blancos de la pared de la ducha. Enfrente de esto, en el espejo hay una serie de gotas con diversas formas alargadas.

Pero aún más extraño resulta que Emma no parezca estar contrariada, ni lo más mínimo, con que las paredes de la ducha, el espejo y el lavabo estén chorreando sangre. Echa un vistazo a mi cara y se empieza a reír.

—Oliver, tranquilo —dice ella—. Solo es sirope de maíz.

Lleva un dedo hasta el espejo, toca una mancha y me acerca el dedo a los labios.

No puedo resistir el impulso de probar cómo sabe. Y sí, es sirope de maíz, con colorante rojo, me imagino.

—Vaya forma de contaminar el escenario de un crimen, mamá —dice Jacob entre dientes—. ¿Te acuerdas de que la cola de las manchas suele apuntar a la dirección de procedencia de la sangre…?

De repente puedo ver a Jess Ogilvy de pie en la ducha, y a Jacob enfrente de ella, donde ahora mismo está Emma.

—Te doy una pista —dice Jacob a Emma—. La víctima se encontraba justo aquí. —Señala la alfombrilla del baño, entre el borde de la ducha y el espejo sobre el lavabo.

No me cuesta imaginarme a Jacob con una botella de lejía, limpiando el espejo y la bañera en casa de Jess Ogilvy.

—¿Por qué el cuarto de baño? —pregunto—. ¿Qué ha sido lo que te ha hecho elegirlo para montar tu escenario del crimen, Jacob?

Esas palabras son todo lo que Emma necesita para comprender por qué me encuentro tan estupefacto.

—Oh, Dios mío —dice ella, que se da la vuelta—. No he pensado que… No me he dado cuenta…

—Las manchas de sangre lo ponen todo perdido —dice Jacob, desconcertado—. Creí menos factible que mi madre me gritara si lo hacía en el cuarto de baño.

Me viene a la cabeza una línea del informe de la doctora Newcomb: «Estaba siguiendo las normas».

—Límpialo —le digo, y salgo fuera.

—Nuevas normas —digo cuando estamos los tres sentados a la mesa de la cocina—. Primero y principal: no más representaciones del escenario de un crimen.

—¿Por qué no? —quiere saber Jacob.

—Dímelo tú, Jake, que vas a ser juzgado por asesinato. ¿Te parece inteligente crear un falso asesinato una semana antes de tu juicio? Nunca se sabe lo que van a ver tus vecinos a través de las cortinas…

—(a) Nuestros vecinos están demasiado lejos para ver a través de las ventanas y (b) ese escenario del crimen de arriba no tiene nada que ver con el de la casa de Jess. Este muestra las manchas de sangre arterial en la ducha y también el patrón de salpicado de la sangre que salió despedida del cuchillo que mató a la víctima, detrás de esta, en el espejo. En casa de Jess…

—No quiero oírlo —le interrumpo, y me tapo los oídos.

Cada vez que pienso que dispongo de una oportunidad para salvarle el culo a Jacob, él va y hace algo como esto. Por desgracia, yo me debato entre pensar que un comportamiento como el que acabo de presenciar demuestra mi argumento (¿cómo no se le iba a considerar un demente?) y pensar que es escalofriantemente desagradable para un jurado. Al fin y al cabo, no es que Jacob se dedique a hablar con elefantes imaginarios de color rosa. Está fingiendo que mata a alguien. Eso, a mí, me parece hecho bastante a propósito. Tiene el aspecto de unas prácticas, de forma que en la realidad lo pudiese hacer perfecto.

—Regla número dos: en la sala, tienes que hacer exactamente lo que yo te diga.

—Ya he estado como diez veces en la sala —dice Jacob—. Creo que puedo imaginármelo por mi cuenta.

Emma hace un gesto negativo con la cabeza.

—Escúchale —dice en voz baja—. Ahora mismo, Oliver está al mando.

—Voy a darte un taco de Post-it cada vez que entremos en la sala del tribunal —le cuento—. Si necesitas un descanso, pásame una nota.

—¿Qué tipo de nota? —pregunta Jacob.

—Cualquier nota, pero hazlo solo si necesitas un descanso. También te voy a dar una libreta y un bolígrafo, y quiero que escribas cosas, igual que harías si estuvieses viendo *CrimeBusters*.

—Pero en los juzgados no pasa nada interesante…

—Jacob —le digo con rotundidad—, es tu vida sobre lo que se va a decidir. Regla número tres: no puedes hablar con nadie. Ni siquiera con tu madre. Y tú —digo volviéndome hacia Emma— no puedes decirle cómo se supone que se ha de sentir, o reaccionar, o qué es lo que debe parecer o cómo debe actuar. Todo lo que os paséis entre vosotros dos van a leerlo la acusación y el juez. No quiero que habléis del tiempo siquiera, porque ellos lo van a interpretar, y si haces algo sospechoso, te echarán de la mesa de la defensa. Que quieres escribir «respira», muy bien; o «está bien, no te preocupes»; pero eso es lo más específico que quiero que escribas.

Emma toca a Jacob en el brazo.

—¿Lo entiendes?

—Sí —dice él—. ¿Puedo irme ya? ¿Os hacéis una idea de lo difícil que es limpiar de una pared el sirope de maíz una vez que se seca?

No le hago el más mínimo caso.

—Regla número cuatro: llevarás una camisa de vestir y una corbata, y no quiero oír que no tenéis dinero para comprarla, porque esto no es negociable, Emma…

—Sin botones —anuncia Jacob en un tono que no admite discusión.

—¿Por qué?

—Porque me producen una sensación rara en el pecho.

—Muy bien, ¿y un jersey de cuello vuelto?

—¿No puedo llevar mi sudadera verde de la buena suerte? —pregunta Jacob—. Me la puse cuando me presenté a los exámenes de acceso a la universidad y saqué un ocho en Matemáticas.

—¿Por qué no subimos a tu armario y buscamos algo? —sugiere Emma, y volvemos a subir todos en procesión, esta vez sí, a la habitación de Jacob. Con toda meticulosidad, evito mirar dentro del cuarto de baño al pasar.

Aunque la policía conserva todavía su cámara de fumigación como prueba, Jacob ya se ha montado una nueva: un tiesto boca abajo. No es transparente como la pecera, pero le tiene que estar funcionando, porque puedo oler el pegamento. Emma abre de par en par la puerta del armario.

De no haberlo visto con mis propios ojos, jamás me lo hubiera creído. Ordenadas en escala cromática, las prendas de Jacob cuelgan unas junto a otras, pero sin tocarse. Hay vaqueros y chinos en la sección azul, y un arco iris de camisetas de manga corta y larga. Y sí, en su secuencia correcta, la sudadera verde de la buena suerte. Esto parece un altar del Orgullo Gay.

Hay una delgada línea de separación entre parecer un demente y parecer irrespetuoso ante un tribunal. Respiro hondo y me pregunto cómo le voy a explicar esto a un cliente incapaz de pensar más allá de la sensación de una botonera sobre su piel.

—Jacob —digo—, tienes que llevar una camisa con cuello. Y tienes que llevar corbata. Lo siento, pero no te va a servir nada de lo que hay aquí.

—¿Qué tiene que ver mi aspecto con decirle la verdad al jurado?

—Pues que siguen teniéndote delante para verte —le respondo—. Así que tienes que dar una buena primera impresión.

Me da la espalda.

—No les voy a caer bien, de todas formas. Nunca le caigo bien a nadie.

Esto no lo dice de un modo que sugiera que siente lástima de sí mismo, sino que más bien me está contando un hecho, relatándome cómo funciona el mundo.

Una vez que Jacob se ha marchado a limpiar lo que ha desordenado, me acuerdo de que Emma está conmigo en la habitación.

—El cuarto de baño. Yo… no sé qué decir. —Se hunde en la cama de Jacob—. Hace esto constantemente, me prepara escenarios para que los resuelva. Es lo que le hace feliz.

—Bueno, hay una gran diferencia entre utilizar un bote de sirope de maíz para divertirse y utilizar a un ser humano. No necesito tener al jurado preguntándose si el salto de una cosa a la otra es muy grande o no.

—¿Estás nervioso? —pregunta, y vuelve la cara hacia mí.

Asiento. Es probable que no debiese admitirlo delante de ella, pero no lo puedo evitar.

—¿Puedo preguntarte algo?

—Claro —digo—. Cualquier cosa.

—¿Crees que él mató a Jess?

—Ya te he dicho que eso no importa para un jurado; estamos utilizando la defensa con mayor índice de probabilidades de…

—No te estoy preguntando como abogado de Jacob —interrumpe Emma—. Te estoy preguntando como mi amigo.

Tomo aire.

—No lo sé. Si lo hizo, no creo que fuese intencionado.

Se cruza de brazos.

—No dejo de pensar que si pudiésemos hacer que la policía reabriese el caso, que estudiase con más detalle al novio de Jess…

—La policía —digo— cree que ha encontrado a su asesino, sobre la base de las pruebas. De no ser así, no estaríamos yendo a juicio el miércoles. La fiscal cree que tiene pruebas suficientes para convencer a un jurado de que vea las cosas desde su punto de vista. Pero, Emma, yo voy a hacer todo lo que pueda para evitar que eso suceda.

—Tengo que confesarte algo —dice Emma—. Cuando vi a la doctora Newcomb, se suponía que iba a estar con ella durante media hora. Le dije a Jacob que volvería en treinta minutos y, después, me quedé charlando con ella otros quince, y lo hice con toda la intención. Quería que Jacob se inquietase porque yo llegaba tarde. Lo quería con sus tics en el momento en que se viese con la doctora para que ella escribiese sobre toda esa conducta en el informe para el tribunal. —Los ojos de Emma se muestran oscuros y profundos—. ¿Qué clase de madre hace tal cosa?

Me quedo mirándola.

—Una que está intentando salvar a su hijo de ir a la cárcel.

A Emma le da un escalofrío. Camina hasta la ventana y se frota los brazos aunque hace mucho calor en la habitación.

—Yo le busco una camisa con cuello —promete—. Pero se la tendrás que poner tú.

CASO N.º 9: UN PIJAMA PARA DOS

A altas horas de la madrugada del 17 de febrero de 1970, los oficiales de servicio en Fort Bragg, en el estado de Carolina del Norte, respondieron a una llamada del médico militar Jeffrey MacDonald. Llegaron para encontrar muertas a su mujer, Colette —que estaba embarazada—, y a sus dos hijas pequeñas a causa de numerosas heridas por arma blanca. Colette había sido apuñalada treinta y siete veces con un cuchillo y con un punzón para picar el hielo, y estaba cubierta con la parte superior desgarrada del pijama de MacDonald. En el cabecero de la cama, escrita con sangre, se leía la palabra cerdo. Al propio MacDonald lo encontraron con pequeñas heridas junto a su mujer. Dijo que había sido herido por tres hombres y por una mujer que llevaba un sombrero blanco y que canturreaba «El ácido mola, mata a los cerdos». También dijo que, cuando le atacaron los hombres, él se colocó la parte de arriba del pijama sobre la cabeza para detener las acometidas del punzón. Al final, diría él, le dejaron inconsciente.

El ejército no se creyó la versión de MacDonald. El salón, por ejemplo, no mostraba señales de lucha excepto por una mesita y una maceta volcadas. No se hallaron fibras de la camisa del pijama en la habitación donde fue supuestamente desgarrada, sino en los cuartos de sus hijas. La teoría que mantuvieron fue que MacDonald había matado a su mujer y a sus hijas, y a continuación intentó cubrir sus huellas utilizando información de un artículo sobre «La Familia» de Charles Manson extraído de una revista que había en el salón. El ejército abandonó el caso debido a la escasa calidad de los métodos de investigación, MacDonald salió en libertad y su honor quedó restituido.

En 1979, MacDonald fue juzgado por un tribunal civil. Un investigador criminal testificó que la camisa del pijama del doctor —que él dijo haber utilizado para protegerse de sus atacantes— tenía cuarenta y ocho *orificios circulares muy definidos, demasiado ordenados como para corresponderse con un ataque violento: para realizar un orificio así, era preciso que el pijama se mantuviese inmóvil, algo altamente improbable si es que MacDonald se estaba defendiendo de alguien que trataba de apuñalarle. El científico mostró también cómo, doblando el pijama de cierta manera, esos cuarenta y ocho agujeros se podían haber producido con veintiún golpes de punzón, el número exacto de veces que habían apuñalado a Colette MacDonald con dicha arma. Los orificios coincidían con la distribución de sus heridas, lo que indicaba que la camisa del pijama había sido colocada sobre ella antes de ser apuñalada, y Jeffrey MacDonald no la había utilizado en defensa propia. Fue condenado a cadena perpetua por tres asesinatos y aún sostiene que es inocente.*

9

THEO

No es la primera vez que meto a mi hermano a la fuerza en una chaqueta y una corbata.

—Por Dios, Jacob, para ya, que me vas a poner un ojo morado —mascullo mientras le sujeto los brazos por encima de la cabeza y estoy sentado a horcajadas sobre su torso, que se retuerce como un pez que de repente se ve en un muelle, fuera del agua.

Mi madre lo está dando todo con tal de hacerle el nudo de la corbata, pero Jacob se mueve tanto que es prácticamente un lazo.

—¿De verdad hay que abrocharle esos botones? —grito, aunque dudo que mi madre me haya oído. Jacob nos tiene sometidos a un infierno de decibelios. Seguro que los vecinos lo oyen, y me pregunto qué pensarán. Probablemente, que le estamos clavando alfileres en los ojos.

Mi madre consigue abrocharle uno de los botones del cuello de la camisa de tejido oxford antes de que Jacob le muerda la mano. Se le escapa un grito agudo, le aparta de un tirón los dedos del cuello y se deja un botón sin abrochar.

—Ya está bien así —dice ella, justo cuando llega Oliver para llevarnos a todos el primer día del juicio.

—He llamado —dice él, pero es obvio que no le hemos oído allí abajo.

—Llegas pronto —responde mi madre, que aún está en albornoz.

—Bien, veamos el producto terminado —dice Oliver, y mi madre y yo nos apartamos de Jacob.

Oliver se queda mirándolo durante un momento dilatado.

—¿Qué demonios es esto? —pregunta.

Vale, reconozco que Jacob no va a ganar un premio de moda, pero va con chaqueta y corbata, que era de lo que se trataba. Viste un traje de poliéster de color yema de huevo que mi madre ha encontrado en una tienda de segunda mano, una camisa de color amarillo claro y una corbata dorada y estrecha de punto.

—Parece un *chulo* —dice Oliver.

Mi madre presiona los labios con fuerza.

—Hoy es Miércoles Amarillo.

—Como si es Domingo de Lunares, me da igual —dice Oliver—. Y también le da igual a cualquiera de los miembros del jurado. Ese es el tipo de traje que se pone Elton John para un concierto, Emma, no lo que se pone un acusado para comparecer ante un tribunal.

—Era una solución de compromiso —insiste mi madre.

Oliver se pasa la mano por la cara.

—¿No habíamos hablado de una chaqueta azul?

—Los días azules son los viernes —dice Jacob—. Entonces me pondré una.

—Pues qué casualidad que hoy también te la vas a poner —replica Oliver. Me mira a mí—. Quiero que tú me ayudes mientras tu madre va a vestirse.

—Pero...

—Emma, no tengo tiempo para ponerme ahora a discutir contigo —le dice Oliver.

Mi madre tiene pensado ponerse una falda muy simple de color gris oscuro con un suéter azul. Yo estaba delante cuando Oliver repasó todo su armario haciendo de canal para su Heidi Klum interior y escogió algo que él dijo que era «oscuro y conservador».

Enfurruñada, mi madre sale de la habitación de Jacob. Yo me cruzo de brazos.

—Acabo de meterlo a presión en esa ropa. No se la quito ni de coña.

Oliver se encoge de hombros.

—Jacob, quítate eso.

—Será un placer —explota Jacob, y se arranca esa ropa en cuestión de segundos.

Oliver le hace un placaje.

—Coge la camisa de rayas finas, la chaqueta y la corbata roja —ordena mientras mira hacia el armario de Jacob con los ojos entrecerrados.

En el instante en que lo hago, Jacob le echa un ojo a la ropa —una estética que odia, además del color equivocado— y deja escapar un chillido espeluznante.

—Me cago en la puta —murmura Oliver.

Me estiro para cogerle las manos a Jacob y se las vuelvo a sujetar por encima de la cabeza.

—Pues todavía no has visto nada —digo.

La última vez que tuve que vestir a mi hermano con chaqueta y corbata nos dirigíamos al funeral de mi abuelo. Mi madre no era ella misma aquel día, lo que quizá fue el motivo de que Jacob no opusiera tanta resistencia con la ropa como está haciendo hoy. Ninguno de los dos tenía chaqueta y corbata, así que mi madre se las pidió prestadas al marido de una vecina. Entonces éramos más pequeños, y la chaqueta de un adulto no nos valía a ninguno de los dos. Nos sentamos a ambos lados del cristal de la sala de velatorios donde estaba el ataúd, nadando dentro de aquellas chaquetas, como si hubiéramos sido más corpulentos antes de que el dolor nos golpease.

En realidad, no conocí a mi abuelo demasiado bien. Se quedó en una residencia desde que murió mi abuela, y mi madre nos arrastraba a visitarlo dos veces al año. Olía a orina, y me solía poner los pelos de punta toda aquella gente mayor en sus sillas de ruedas, con la piel que parecía estirada, tan brillante y tensa sobre los huesos de los nudillos y las rodillas. El único recuerdo bueno que tengo de mi abuelo era de estar yo sentado sobre su regazo cuando era muy pequeño y que él me sacase una moneda de cuarto de dólar de la oreja. El aliento le olía a whisky, y su pelo blanco, cuando lo tocaba, estaba tieso como el estropajo.

Aun así, estaba muerto, y yo pensé que debería sentir algo… porque si no lo hacía, eso significaba que yo no era mejor que Jacob.

La mayor parte del tiempo, mi madre nos dejó a nuestro aire mientras aceptaba las condolencias de una gente cuyo nombre ni siquiera sabía. Me senté junto a Jacob, que tenía la mirada fija en el ataúd. Era negro y estaba subido en unos bonitos caballetes cubiertos con un paño de terciopelo rojo.

—Jacob —susurré—. ¿Qué piensas que pasa después?

—¿Después de qué?

—Después, ya sabes. De morirte. ¿Crees que sigues pudiendo ir al cielo aunque no hayas ido nunca a la iglesia? —Pensé en aquello un instante—. ¿Crees que reconoces a la gente en el cielo, o es como ir a un cole nuevo y empezar de cero?

Jacob se me quedó mirando.

—Después de morirte, te descompones. Las califóridas se posan en un cadáver pasados unos minutos de la muerte. Los moscardones ponen huevos en las heridas abiertas u orificios naturales incluso antes de la muerte, y sus larvas eclosionan en veinticuatro horas. De manera que, aunque los gusanos no puedan vivir bajo tierra, las pupas sí pueden ser enterradas vivas junto con el cadáver y así hacer su trabajo desde dentro del ataúd.

Me quedé boquiabierto.

—¿Qué? —me picó Jacob—. ¿De verdad creías que el embalsamado duraba para siempre?

Después de eso, no volví a preguntarle nada más.

Una vez obligado Jacob a meterse en su nuevo atuendo formal, dejo que Oliver se apañe con los efectos secundarios y me marcho al dormitorio de mi madre. No responde cuando llamo a la puerta, así que la empujo un poco y me asomo al interior.

—Aquí dentro —dice a voces desde su vestidor.

—Mamá —digo, y me siento en su cama.

—¿Jacob está vestido? —Asoma la cabeza junto al marco de la puerta.

—Más o menos. —Jugueteo con un hilo de su colcha.

A lo largo de todos los años que hemos vivido aquí, mi madre ha dormido en el lado izquierdo de la cama. Podría pensarse que, a estas alturas, ya se habría expandido y apoderado de toda la puñetera cama, pero no. Es como si aún esperase que alguien se subiese al otro lado.

—Mamá —repito—, tengo que hablar contigo.

—Claro, cielo, dispara —dice ella. Y enseguida—: ¿Dónde narices están mis zapatos negros de tacón?

—Creo que es importante. Es sobre Jacob.

Sale del vestidor y se sienta en la cama, a mi lado.

—Oh, Theo —suspira—. Yo también estoy asustada.

—No es eso…

—Vamos a hacer esto igual que hemos hecho todo lo relacionado con Jacob —promete—. Juntos.

Me da un abrazo fuerte que solo consigue deprimirme más, porque sé que no le voy a decir lo que le quiero decir, lo que *necesito* decir.

—¿Qué tal estoy? —pregunta, apartándose de mí.

Por primera vez me fijo en qué lleva puesto. No es el atuendo conservador de falda y suéter con las perlas que Oliver le ha elegido, sino que lleva un vestido de tirantes, absolutamente fuera de temporada, de color amarillo reluciente. Me sonríe.

—Hoy es Miércoles Amarillo —dice.

JACOB

El primer trabajo del que me despidieron era una tienda de animales. No daré el nombre de la franquicia porque no estoy seguro de que eso se pueda publicar, y ahora mismo ya tengo suficientes problemas legales como para que me duren toda la vida. Diré, sin embargo —y lo diré objetivamente—, que yo era el mejor empleado que tenían y que, a pesar de eso, aun así prescindieron de mí.

Por mucho que cuando alguien compraba una cría de corgi, yo le ofrecía curiosidades junto con la comida para cachorros. (¡Pertenece a la misma familia que el dachshund! ¡Su nombre es galés y significa «perro enano»!)

Por mucho que yo no robase de la caja registradora, como uno de mis compañeros de trabajo.

Por mucho que no me chivase de aquel compañero de trabajo.

Por mucho que no fuese maleducado con los clientes y nunca me quejase cuando me tocaba limpiar los aseos públicos.

Lo que mi jefe —Alan, que tenía diecinueve años y era un candidato extremadamente viable para el tratamiento Proactiv para el acné— me dijo era que los clientes se habían quejado de mi aspecto.

No, no me colgaban los mocos de la nariz. No se me caía la baba. No llevaba los pantalones casi por las rodillas como el compañero de trabajo antes mencionado. Todo lo que hice, señoras y señores del jurado, fue negarme a vestir el uniforme de la tienda. Era una camisa azul de vestir. Me la ponía los viernes, y la verdad, ya era lo bastante malo tener que soportar los botones, ¿es que también iba a tener que aguantar ponerme colores cuando no tocaba?

Nadie se había quejado, por cierto. Y resultaba muy sencillo localizarme como empleado porque, aunque no llevase el uniforme, seguía llevando una chapa tan grande como la cabeza de un niño que decía: HOLA, ME LLAMO JACOB, ¿EN QUÉ PUEDO AYUDARLE?

La verdadera razón por la que me despidieron fue que, transcurridas varias semanas de ponerle excusas a Alan acerca del motivo por el cual el uniforme no aparecía sobre mi piel a menos que diese la casualidad de que me tocase trabajar un viernes, por fin le conté que era autista y que tenía un problema con los colores de la ropa, por no hablar de los botones. Así que, a pesar del hecho de que los cachorros sinceramente me adoraban, y que vendía una mayor cantidad de ellos que cualquier otra persona que trabajase allí; a pesar del hecho de que incluso en el momento en que me despidieron había una empleada cruzando mensajes de texto con su novio en lugar de telefonear a un cliente y otra estaba flirteando con Steve en la zona de los anfibios; a pesar de todos estos hechos, me convirtieron en chivo expiatorio a causa de mi discapacidad.

Pues claro que voy a jugar la baza del asperger.

Lo único que sé es que, antes de contarle a Alan que tenía síndrome de Asperger, él estaba encantado de inventarse excusas conmigo, y después, solo me quería fuera de allí.

Esa es la historia de mi vida.

Vamos a los juzgados en el coche de Oliver. Mi madre va delante, y Theo y yo en el asiento de atrás. Me paso la mayor parte del viaje observando las cosas que daba por sentado, cosas que no había visto mientras me encontraba bajo arresto domiciliario: el restaurante Colony con su luminoso estropeado que anuncia: HOY COMEMOS EN EL

COLON. El escaparate de la tienda de mascotas donde yo trabajaba, con un nudo gordiano de cachorros a la vista. El cine donde perdí mi primer diente, y el cruce a un lado de la calle donde una vez murió un adolescente camino de clase durante una tormenta de hielo. El cartel de la iglesia bíblica de Restwood, que reza: ¡CAFÉ GRATIS! ¡VIDA ETERNA! ¡SER MIEMBRO TIENE SUS PRIVILEGIOS!

—Muy bien —dice Oliver tras aparcar en un estacionamiento y apagar el motor—. Allá vamos.

Abro mi puerta y salgo del coche cuando, de repente, hay mil sonidos que se me clavan como flechas y tanta luz que todo se vuelve blanco. No me puedo tapar los ojos y los oídos al mismo tiempo, y en algún lugar entre los gritos oigo mi nombre y la voz de mi madre y la de Oliver. Se multiplican ante mis ojos, micrófonos como tumores cancerígenos, y se están acercando.

Oliver: Mierda… Tenía que haber pensado en esto…

Mamá: Jacob, mi vida, cierra los ojos. ¿Puedes oírme? ¿Theo? ¿Lo tienes agarrado?

Y entonces me cogen del brazo, pero quién sabe si es mi hermano o es uno de esos extraños, los que quieren abrirme las venas en canal y sangrarme hasta dejarme seco, los de ojos luminosos y boca de caverna que quieren un trozo de mí para metérselo en el bolsillo y llevárselo a casa, hasta que no queda nada.

Hago lo mismo que haría cualquier persona normal ante una horda de animales salvajes que rechinan los dientes y blanden micrófonos: salgo corriendo.

Me sienta genial.

Recuerda que he estado encerrado en una jaula de dos plantas de doce metros de largo por seis de ancho. Tal vez no sea tan rápido como me gustaría, porque calzo zapatos de vestir y también porque soy de torpeza natural, pero consigo llegar lo suficientemente lejos como para dejar de oír sus voces. En realidad, no oigo nada, excepto el silbido del viento en mis oídos y mi respiración.

Y, de repente, me tiran al suelo.

—Joder. —Oliver respira con dificultad—. Me estoy haciendo mayor para esto.

Apenas puedo hablar porque lo tengo tumbado encima de mí.

—Tienes… veintiocho… —gruño.

Se quita de encima de mí rodando sobre mi espalda, y por un momento, los dos estamos tirados en el pavimento bajo el letrero de una estación de servicio. SIN PLOMO $2,69.

—Lo siento —dice Oliver pasado un instante—. Tenía que haberlo visto venir. —Me levanto sobre los codos y le miro—. Hay un montón de gente que quiere ver qué pasa con tu caso —prosigue— y yo debería haberte preparado.

—No quiero volver ahí —digo.

—Jake, el juez te va a mandar de vuelta a la cárcel si no lo haces.

Repaso la lista de reglas en mi cabeza, las que Oliver me ha dado sobre el comportamiento en la sala. Me pregunto por qué no les daría esas mismas reglas a los reporteros, porque queda claro que presionarme los orificios nasales con un micrófono no entra dentro de la categoría de buena etiqueta.

—Quiero un descanso de relajación sensorial —anuncio, una de las respuestas apropiadas cuando estamos ante el tribunal.

Se incorpora y se lleva las rodillas al pecho. Un coche para junto al surtidor a unos metros de distancia, y el hombre que se baja nos mira con cara rara antes de pasar la tarjeta de crédito.

—En ese caso, le pediremos uno al juez en cuanto que entremos. —Ladea la cabeza—. ¿Qué me dices, Jake? ¿Estás listo para que peleemos juntos?

Encojo los dedos de los pies dentro de los zapatos de vestir. Lo hago tres veces, porque eso da suerte.

—*Me gusta el olor del napalm por la mañana* —respondo.

Oliver aparta la vista de mí.

—Estoy nervioso —reconoce.

No es que sea una gran noticia viniendo de tu propio abogado antes de ir a juicio, pero me agrada el hecho de que no me esté mintiendo.

—Tú dices la verdad… —digo.

Es un cumplido, pero Oliver lo interpreta como una directriz. Tiene un instante de duda.

—Yo les diré por qué no eres culpable. —Se pone de pie y se sacude el polvo de los pantalones—. ¿Y tú qué dices, entonces?

Esta frase me ha parecido siempre una pregunta trampa. La mayoría de las veces te la hace alguien cuando no has dicho una maldita palabra todavía, pero, claro, en el instante en que señalas que no has dicho nada, ya lo has hecho.

—¿Tengo que volver a pasar por en medio de toda esa gente? —pregunto.

—Sí —dice Oliver—, pero tengo una idea.

Me lleva hasta una punta del aparcamiento, donde mi madre y Theo esperan angustiados. Quiero decirle algo a Oliver, pero se desvanece a la luz de este problema más inmediato.

—Cierra los ojos —me indica, así que lo hago. Entonces siento cómo me toma del brazo derecho, y mi madre me lleva del izquierdo. Tengo los ojos aún cerrados, pero empiezo a oír el zumbido de las voces, y sin darme cuenta siquiera, yo hago el mismo sonido en el fondo de mi garganta.

—Ahora… ¡canta!

—*I shot the sheriff… but I didn't shoot no deputy…* —Dejo de cantar—. Todavía puedo oírlos.

Así que Theo se pone a cantar. Y Oliver, y mi madre. Todos nosotros, un cuarteto *barbershop* pero sin la armonía, escaleras arriba en el juzgado.

Funciona. Probablemente porque están tan sorprendidos ante el número musical que el Mar Rojo de reporteros se abre y subimos por en medio.

Me parece tan increíble que me lleva un rato recordar qué era lo que se me había quedado en la garganta como una espina de pescado antes de que subiéramos por la escalinata de los juzgados.

1. Le he dicho a Oliver la ecuación verbal que llamaremos *p:* tú dices la verdad.
2. Él ha respondido con *q:* yo les diré por qué no eres culpable.
3. En la ecuación lógica de esta conversación, yo había dado por supuesto que *p* y *q* eran equivalentes.
4. Ahora me doy cuenta de que eso no es necesariamente cierto.

Antes de que Jess y yo comenzásemos a trabajar juntos, tuve que ir a clase de interacción social en el colegio. A esta clase asistían en su mayoría individuos que, al contrario que yo, no tenían un especial interés en formar parte de la escena social. Robbie era autista profundo y se pasaba la mayor parte de las sesiones poniendo las pinturas en fila, de una punta a la otra del aula. Jordan y Nia sufrían una discapacidad del desarrollo y empleaban todo su tiempo en educación especial en lugar de que los integrasen. Serafima era quizá la que más se parecía a mí, aunque ella tenía síndrome de Down. Tenía tantas ganas de participar en todo que se subía al regazo de un extraño para cogerle la cara con las dos manos, lo cual resultaba muy mono cuando tenía seis años, pero no tanto cuando cumplió los dieciséis.

Lois, la profesora, tenía todo tipo de juegos interactivos en los que debíamos participar. Interpretábamos papeles y nos teníamos que saludar como si no llevásemos media hora sentados juntos en la misma habitación. Hacíamos concursos para ver cuánto tiempo éramos capaces de mantener la mirada. Una vez utilizó un cronómetro de cocina con forma de huevo para mostrarnos cuándo debíamos dejar de hablar de un tema de manera que alguien más pudiese participar en la conversación; pero aquello se acabó rápido, cuando Robbie se puso como loco la primera vez que saltó la alarma.

Todos los días teníamos que terminar formando un círculo en el que cada uno de nosotros debía hacer un cumplido a la persona que tenía a continuación. Robbie siempre decía lo mismo, con independencia de quién se encontrase a su lado: «Me gustan los galápagos» (sí, a él también. Sabía mucho más de ellos que cualquiera a quien haya conocido desde entonces y probablemente que vaya a conocer; y de no haber sido por él, aún los estaría confundiendo con las Terrapene).

Jordan y Nia siempre hacían cumplidos basados en la apariencia. «Me gusta que te cepilles el pelo.» «Me gusta que tu falda sea roja.»

Un día, Serafima me dijo que le gustaba oírme hablar sobre el ADN mitocondrial. Yo me volví hacia ella y le dije que a mí no me gustaba que fuese una mentirosa, ya que ese mismo día había hecho uso de la señal de la mano que acordamos en clase —el símbolo de la paz en alto— para decirle a Lois que estaba cansada del tema, cuando yo ni siquiera había llegado a la parte acerca de que todos estamos emparentados en este mundo.

Fue entonces cuando Lois llamó a mi madre, y mi madre encontró a Jess.

También practiqué los cumplidos con Jess, pero eso era diferente. Por un lado, yo de verdad *quería* hacérselos a ella. Me gustaba esa manera que tenía su pelo de parecerse a las hebras sedosas que le quitas a las mazorcas de maíz antes de ponerlas a hervir; y cómo se dibujaba caras sonrientes en los bordes de goma blanca de sus zapatillas deportivas. Y cuando yo me ponía a hablar y a hablar sobre investigación criminal, ella nunca hacía el símbolo de la paz en alto; al contrario, me hacía más preguntas.

Era casi como si esa fuese su forma de llegar a conocerme, a través del funcionamiento de mi mente. Era como un laberinto; tenías que ir siguiendo todas las vueltas y doblando todas las esquinas para llegar a descubrir desde dónde había partido yo, y me parecía increíble que Jess estuviese dispuesta a dedicarle tiempo. Supongo que nunca pensé en el hecho de que mi madre le debía de estar pagando para que hiciera eso, al menos hasta que ese idiota de Mark Maguire lo dijo en la pizzería. Y aun así, no era como si ella estuviese allí sentada contando los minutos que le quedaban de sufrimiento conmigo. Te habrías dado cuenta de eso, si la hubieras visto.

Mi sesión favorita con Jess fue esa en que practicamos cómo llevar a una chica al baile. Nos habíamos sentado en un Wendy's porque estaba lloviendo, nos pilló un chaparrón repentino. Jess decidió comer algo mientras se pasaba, aunque no hubiese mucha comida rápida sin gluten y sin caseína. Yo había pedido dos patatas al horno y una ensalada sin aliño, mientras que Jess había pedido una hamburguesa con queso.

—¿Ni siquiera puedes tomar patatas fritas?

—No —dije—. Es por el recubrimiento que llevan y el aceite en que las fríen. Las únicas patatas de comida rápida que no tienen gluten son las de Hooters.*

Jess se rio.

—Sí, pero yo ahí no te llevo.

Le echó un vistazo a mis patatas y mi ensalada sin aderezo.

—¿Ni siquiera les puedes poner un poco de mantequilla?

—No, a menos que sea de soja. —Me encogí de hombros—. Te acostumbras.

—Entonces esto —dijo al tiempo que le daba la vuelta a su hamburguesa en la mano— ¿para ti es como el beso de la muerte?

Sentí que la cara se me ponía muy roja. No sabía de qué me estaba hablando, pero el oírla decir la palabra *beso* me hizo sentir como si me hubiese comido una mariposa en lugar de un pepinillo.

—No es como una alergia.

—¿Qué pasaría si te comieses una?

—No lo sé. Me alteraría con mayor facilidad, supongo. Por alguna razón, la dieta funciona.

Se quedó mirando a la parte de arriba del pan y picó una semilla.

—Tal vez yo también deba dejarlas, entonces.

—A ti nada te altera —le dije a Jess.

—Qué poco me conoces tú —dijo Jess, hizo un gesto negativo con la cabeza y volvió al tema del día—. Vamos, pídemelo.

---

* «Melones.» Cadena de restaurantes orientada al público masculino, con camareras en ropa provocativa. (N. del T.)

—Mmm —dije, con la mirada puesta en la patata—. Entonces, ¿quieres ir al baile conmigo?

—No —dijo Jess cortante—. Jacob, me lo tienes que vender.

—Voy, mmm, voy a ir al baile y pensé que, como tú tal vez estarías allí…

—Bla, bla, bla —interrumpió.

Me obligué a mirar a Jess a los ojos.

—Creo que tú eres la única persona que me entiende. —Tragué mucha saliva—. Cuando estoy contigo, el mundo ya no me parece un problema que soy incapaz de resolver. Por favor, ven al baile —dije—, porque tú eres mi música.

Jess se quedó boquiabierta.

—¡Oh, Jacob, sí! —gritó, y de repente había abandonado su asiento y no me dejaba hablar y me estaba abrazando y yo olía la lluvia en su coleta y no me importaba en absoluto que invadiese mi espacio y que estuviese tan cerca. Me gustó. Me gustó tanto que pasó *ya sabes qué* y tuve que apartarla antes de que lo viese o (peor) la notase dura contra ella.

Una pareja mayor que se sentaba enfrente de nosotros estaba sonriendo. No tengo la menor idea de qué pensaban que estaba pasando entre nosotros, pero las posibilidades de Chico Autista con Tutora de Interacción Social no eran muy elevadas. La señora le guiñó un ojo a Jess.

—Parece que esa hamburguesa no la olvidarás.

Hay muchas cosas sobre Jess que no olvidaré. Como la pintura de uñas morada y brillante que llevaba aquel día. Y cómo odiaba la salsa barbacoa. Cómo, cuando se reía, no era una cosa delicada y contenida, sino un sonido que le salía del estómago.

Cuánto tiempo se pasa con la gente de manera superficial. Recuerdas que te lo pasaste bien, pero nada muy específico.

Yo nunca olvidaré nada sobre ella.

OLIVER

Cuando Emma, Jacob y yo llegamos hasta la mesa de la defensa, la sala del tribunal ya se encuentra llena, y Helen Sharp está revisando sus notas.

—El cuarto de juegos está genial —dice, y me deja caer una miradita—. Me voy a hacer yo con uno.

Por *cuarto de juegos* se refiere a la zona de relajación sensorial que han montado al fondo de la sala. Hay unas cortinas muy gruesas que la aíslan del ruido y del público. Dentro hay pelotas de goma con bultos, un almohadón que vibra, una lámpara de lava y algo que me recuerda a esas tiras largas de tela del túnel de lavado de coches. Emma jura que todo eso sirve como calmante, pero si me preguntan a mí, igual podía venir todo del set de rodaje de una peli porno fetichista.

—Si le vas a pedir algo al mago, Helen —le sugiero—, mejor empieza por un corazón.

El alguacil reclama nuestra atención, y nos ponemos en pie para la entrada del juez Cuttings. Le echa un vistazo a las cuatro cámaras que hay al fondo de la sala.

—Me gustaría recordar a los medios que se encuentran aquí solo por decisión mía, decisión que puede cambiar en cualquier instante si se convierten en el menor tipo de molestia. Y eso también va por el público: este tribunal no tolerará ninguna interrupción. Letrados, por favor, acérquense.

Camino hacia el estrado con Helen.

—Dadas las experiencias previas que hemos tenido durante las sesiones a puerta cerrada —dice el juez—, pensé que sería prudente comentarlo con ustedes antes de comenzar. Señor Bond, ¿cómo se encuentra hoy su cliente?

«Bueno, pues lo van a juzgar por asesinato —pienso—. Pero aparte de eso, no le va mal.»

En un breve fogonazo, me veo sentado sobre el pecho de Jacob para poder abrocharle los botones de la camisa, luego a él corriendo carretera abajo.

—Nunca ha estado mejor, señoría —digo.

—¿Hay algún otro problema del que deba tener conocimiento este tribunal? —pregunta el juez.

Lo niego con un gesto de la cabeza, alentado por el hecho de que parezca que el juez se preocupe sinceramente por el bienestar de Jacob.

—Bien, porque hay mucha gente presenciando este proceso, y no tengo la menor intención de que me hagan quedar como un tonto —suelta.

Se acabó la caridad cristiana.

—¿Y usted, señora Sharp? ¿Está preparada?

—Al cien por cien, su señoría —dice Helen.

El juez asiente.

—Comencemos entonces con la argumentación inicial de la fiscalía.

Emma me dedica una sonrisa llena de valentía cuando me siento al otro lado de Jacob. Se gira para localizar a Theo, que está hacinado al fondo de la zona del público, y a continuación vuelve a mirar al frente cuando Helen comienza a hablar.

—Hace cuatro meses, Jess Ogilvy era una joven brillante, hermosa, llena de sueños y esperanzas. Una estudiante de posgrado de la Universidad de Vermont que iba camino de doctorarse en Psicología Infantil. Completaba sus estudios con trabajos a tiempo parcial, como el encargo reciente que le hicieron para que cuidase la casa de un catedrático, en el número 67 de Serendipity Way, en Townsend…, y como las clases particulares y las tutorías que ofrecía para niños sometidos a educación especial. Uno de sus alumnos era un joven con síndrome de Asperger, el mismo joven, Jacob Hunt, que se encuentra hoy sentado ante ustedes acusado de asesinato. Jess ayudaba a Jacob con la interacción social de manera específica: le enseñaba cómo iniciar una conversación con otras personas, cómo hacer amigos y cómo comportarse en público, tareas todas ellas que a él le resultaban complicadas. Jess y Jacob se veían dos veces a la semana, los domingos y los martes, pero el martes 12 de enero, Jess Ogilvy no pudo darle su tutoría a Jacob Hunt. En vez de eso, este joven, el mismo al que ella había tratado con amabilidad y compasión, la asesinó en medio de un ataque brutal y depravado dentro de su propia casa.

Tras la mesa de la fiscalía, una mujer rompe a llorar sin hacer ruido. La madre; no me hace falta volverme para verlo. Pero Jacob sí lo hace, y su rostro se retuerce al reconocer en ella algo familiar, quizá la misma forma de la mandíbula que tenía su hija, o el color del pelo.

—Dos días antes de su muerte, Jess se llevó a Jacob a comer una pizza en la avenida principal de Townsend. Escucharán el testimonio de Calista Spatakopoulous, propietaria del restaurante, acerca de que Jacob y Jess mantuvieron una acalorada discusión que finalizó con Jess diciéndole a Jacob que se «perdiese». Escucharán a Mark Maguire, el novio de Jess, contarles que, cuando él la vio más tarde aquella noche y después, el lunes, ella se encontraba bien, pero que desapareció el martes a primera hora de la tarde. Escucharán al detective Rich Matson, del departamento de policía de Townsend, que les contará cómo los agentes se pasaron cinco días buscando cualquier rastro de Jess para ver si había sido secuestrada, hasta, finalmente, localizar la señal GPS de su teléfono móvil y hallar el cuerpo magullado y maltrecho de Jess Ogilvy, sin vida, descansando en el interior de un colector de aguas a varios cientos de metros de la casa. Oirán al médico forense testificar que Jess Ogilvy tenía abrasiones en la espalda, marcas de estrangulamiento en el cuello, la nariz rota y magulladuras en la cara, un diente roto... y que tenía la ropa interior puesta del revés.

Estudio los rostros de los miembros del jurado, todos y cada uno de ellos están pensando: «¿Qué tipo de animal le haría todo eso a una chica?», para a continuación lanzarle miradas furtivas a Jacob.

—Y, señoras y señores, tendrán ustedes la oportunidad de ver la colcha en la cual se halló envuelto el cadáver de Jess Ogilvy. Una colcha que pertenecía a Jacob Hunt.

A mi lado, Jacob ha comenzado a temblar. Emma le pone la mano en el brazo, pero él se la quita. Con un dedo, empujo el paquete de Post-it que le he dejado delante para acercárselo un poco. Le quito la capucha al bolígrafo que le he dado para empujarle a descargar su frustración por escrito en lugar de sufrir un ataque.

—Las pruebas que presentaremos mostrarán con total claridad que Jacob Hunt asesinó a Jess Ogilvy de manera premeditada. Y al final de este proceso, cuando el juez les dé instrucciones para que decidan quién es el responsable, confiamos en que ustedes encontrarán que fue Jacob Hunt quien asesinó a Jess Ogilvy, una joven llena de vida que se consideraba su tutora, mentora y amiga, y a quien después... —Se dirige hacia la mesa de la fiscalía y arranca una hoja de papel de su cuaderno.

De repente, me doy cuenta de lo que está a punto de hacer.

Helen Sharp arruga el papel en un puño y lo deja caer al suelo.

—... tiró como quien tira la basura —dice ella, pero llegados a ese punto, Jacob ya ha empezado a chillar.

EMMA

En el instante en que la fiscal alarga el brazo en busca de su cuaderno, yo ya sé cómo termina la frase. Comienzo a levantarme de la silla, pero es demasiado tarde. Jacob está fuera de control, y el juez —que no tiene martillo— da golpes con el puño.

—Señoría, ¿podríamos hacer un breve receso? —grita Oliver en un intento de hacerse oír por encima de los chillidos.

—*¡Que no quería… colgadores… metálicos… nunca!* —vocifera Jacob.

—Nos tomaremos diez minutos —dice el juez, y de inmediato un alguacil se dirige al jurado para acompañarlos fuera de la sala, y otro viene hacia nosotros para llevarnos a la zona de relajación sensorial.

—Señor abogado de la defensa, quiero verle en el estrado.

El alguacil es más alto que Jacob, y su cuerpo tiene forma de campana, ancho de caderas. Su mano carnosa agarra a Jacob del brazo.

—Vámonos, chaval —dice, y Jacob intenta apartarse de él primero a tirones y luego soltando golpes. Le pega una bofetada al alguacil lo bastante fuerte como para hacerle gruñir, y entonces, de repente, Jacob se queda inerte, y sus 85 kilos caen al suelo a plomo.

El alguacil estira los brazos hacia abajo para agarrarlo, pero yo me tiro encima de Jacob.

—No lo toque —digo, consciente de que los miembros del jurado están intentando ver lo que pasa mientras se los llevan de allí y con la certeza de que todos y cada uno de los cámaras tienen sus lentes enfocadas en mí.

Jacob está llorando en mi hombro, y deja escapar pequeños sollozos mientras intenta recuperar el aliento.

—Está bien, mi vida —murmuro en su oído—. Tú y yo vamos a arreglar esto juntos.

Tiro de él hasta que empieza a sentarse, lo envuelvo en mis brazos y forcejeo con él para cargar con el peso de su cuerpo y ponernos en pie. El alguacil nos abre la portezuela de la barrera y nos conduce por el pasillo de la zona del público hasta el cuartito de relajación sensorial. La sala guarda un silencio sepulcral mientras pasamos, hasta que nos encontramos instalados en el interior de las cortinas negras, y todo lo que puedo oír del exterior es el vaivén de un murmullo como el oleaje de una marea de sonido: «¿Qué ha sido eso?…» «Nunca he visto nada parecido…» «El juez no va a aguantar numeritos…» «Una jugada para atraer la compasión, seguro…»

Jacob se entierra bajo una manta con peso.

—Mamá —dice desde debajo—. Ha arrugado un papel.

—Lo sé.

—Tenemos que arreglar el papel.

—Ese papel no es nuestro. Es de la fiscal. Tienes que olvidarte de él.

—Ha arrugado el papel —repite Jacob—. Tenemos que arreglarlo.

Pienso en la mujer del jurado que se me ha quedado mirando con una expresión lamentable de pena en el rostro en el momento antes de que la sacasen a toda prisa de la sala. «Eso es bueno», hubiera dicho Oliver, pero es que él no es yo. Nunca he querido despertar pena en los demás por tener un hijo como Jacob. Yo sí que he sentido pena por otras madres que se las arreglaban con querer a sus hijos, no sé, digamos el ochenta por ciento del tiempo, o menos, en lugar de dedicarles todos y cada uno de los minutos de todos y cada uno de los días.

Pero es que yo tengo un hijo al que están juzgando por asesinato. Un hijo que en la tarde de la muerte de Jess Ogilvy se comportó de la misma manera que ha hecho hace unos minutos, cuando alguien ha arrancado un papel.

Si Jacob es un asesino, yo seguiré queriéndole, pero odiaré a la mujer en que él me habrá convertido: una de la que hablan los demás cuando les da la espalda, una por quien se siente pena, porque, si bien yo nunca he sentido eso por la madre de otro niño con asperger, sí que lo sentiría por la madre cuyo hijo le hubiese quitado la vida al hijo de otra.

La voz de Jacob es un martillo en el fondo de mi cabeza.

—Tenemos que arreglarlo —dice él.

—Sí —susurro—. Tenemos que hacerlo.

OLIVER

—Eso tiene que haber sido un récord, señor Bond —dice el juez Cuttings arrastrando las palabras—. Hemos conseguido disfrutar de tres minutos y veinte segundos sin un ataque.

—Señor juez —digo, pensando sobre la marcha—, yo no puedo predecir todo lo que va a hacer saltar a este chico. En parte es por eso por lo que usted permite la presencia de su madre aquí; ahora bien, y con el debido respeto, usted sabe que Jacob no tiene derecho a equis horas de justicia, sino a tanta justicia como le sea necesaria. Ese es el verdadero propósito del sistema constitucional.

—Venga, Oliver, no pretendo interrumpir —dice Helen—, pero ¿no se te olvida sacar la banda de música y que desplieguen las banderas del techo justo ahora?

No le hago el menor caso.

—Mire, señoría, lo siento. Siento mucho por adelantado si Jacob le hace quedar en ridículo, o si me hace quedar en ridículo a mí, o... —Miro a Helen—. Bien, como iba diciendo, está claro que no deseo que mi cliente sufra crisis delante del jurado: eso tampoco le hace ningún bien a mi defensa.

El juez mira por encima de las gafas.

—Tiene usted diez minutos para que su cliente recobre la compostura —me advierte—. Lo retomaremos entonces, y la acusación dispondrá de otra oportunidad para finalizar su exposición.

—Bueno, lo que no puede hacer es arrugar otro papel —digo.

—Creo que esa moción ya la perdiste —replica Helen.

—La fiscalía tiene razón, letrado. Si la señora Sharp siente la necesidad de arrugar un camión entero de papel, y su cliente se dispara cada vez que ella lo hace, será en su propio detrimento.

—Está bien, señor juez —dice Helen—. No volveré a hacerlo. A partir de ahora, los papeles solo se doblan. —Se agacha, recoge la bolita que ha desquiciado a Jacob y la tira en la papelera que hay junto a la mesa de la taquígrafa.

Miro mi reloj. Según mis cálculos, tengo cuatro minutos y quince segundos para sentar el trasero de un Jacob absolutamente zen en la silla que hay junto a la mía en la mesa de la defensa. Recorro airado el pasillo y me cuelo entre las cortinas de la zona de relajación. Jacob está escondido debajo de una manta, y Emma está sentada e inclinada sobre una almohada vibratoria.

—¿Qué más hay que no me hayas contado? —le exijo que me diga—. ¿Qué más hay que le haga saltar? ¿Los clips? ¿Cuando el reloj da las doce menos cuarto? Por el amor de Dios, Emma, solo cuento con un juicio para convencer al jurado de que a Jacob no le dio un ataque y mató a Jess Ogilvy. ¿Cómo se supone que voy a conseguirlo cuando no es capaz de estar siquiera diez minutos sin perder el control?

Estoy gritando tan alto que es probable que estas malditas cortinas no estén amortiguando mi voz, y me pregunto si las cámaras de televisión no lo estarán captando todo con sus micrófonos. Pero entonces Emma levanta la cara, y veo lo rojos que tiene los ojos.

—Intentaré mantenerlo más calmado.

—Mierda —digo, y expulso de mí toda agresividad—. ¿Estás llorando?

Lo niega con la cabeza.

—No. Estoy bien.

—Ya, y yo soy el honorable Clarence Thomas. —Rebusco en mi

bolsillo, saco una servilleta de papel del Dunkin' Donuts y se la pongo en la mano—. A mí no tienes que mentirme. Estamos del mismo lado.

Me da la espalda y se suena la nariz. A continuación, dobla —dobla, no arruga— la servilleta y se la mete en el bolsillito de su vestido amarillo.

Le quito a Jacob la manta de la cabeza.

—Hora de irnos —digo.

Por un instante me parece que va a venir, pero entonces se gira y me da la espalda.

—Mamá —dice—. Arréglalo.

Me vuelvo hacia Emma, que se aclara la garganta.

—Quiere que Helen Sharp alise el papel primero —dice ella.

—Ya está en el cubo de la basura.

—Lo has prometido —le dice Jacob a Emma en un tono de voz ascendente.

—Jesús —masculло para el cuello de mi camisa—. Muy bien.

Recorro el pasillo de la sala con paso decidido y rebusco en la basura a los pies de la taquígrafa. Ella se me queda mirando como si yo hubiera perdido la cabeza, lo cual no es del todo imposible.

—¿Qué está haciendo?

—No pregunte.

El papel está debajo de un envoltorio de caramelo y un ejemplar del *Boston Globe*. Me lo guardo en el bolsillo de la chaqueta y regreso a la zona de relajación sensorial, donde lo saco y lo aliso lo mejor que puedo delante de Jacob.

—Esto es todo lo que puedo hacer —le digo—. Así que... ¿qué es lo que puedes hacer *tú?*

Jacob mira fijamente el papel.

—*Ya me tenías con el hola* —dice.

JACOB

Ya odiaba a Mark Maguire incluso antes de haberle echado la vista encima. Jess había cambiado: en lugar de concentrarse solo en mí cuando teníamos las sesiones, respondía al teléfono o contestaba a los mensajes de texto, y siempre que lo hacía, sonreía. Yo había supuesto que era yo el motivo de su distracción, pues al fin y al cabo, todo el mundo parecía cansarse de mí bastante rápido cuando estábamos en plena conversación, y con Jess tenía que pasar, si bien ese era mi mayor temor. Entonces, un día me dijo que me quería contar un secreto.

—Creo que estoy enamorada —dijo, y te juro que el corazón me dejó de latir por un segundo.

—Yo también —se me escapó de golpe.

ESTUDIO MONOGRÁFICO I: permíteme que me detenga aquí un minuto y hable de los campañoles de pradera. Forman parte de la minúscula fracción del reino animal que practica la monogamia. Se aparean durante veinticuatro horas y, a partir de ahí, por las buenas, permanecen juntos de por vida. Sin embargo, el campañol de montaña —un pariente cercano que comparte el noventa y nueve por ciento del acervo genético del campañol de pradera— no muestra ningún interés en lo que no sea un asunto de una noche de pim-pam-pum-aquí-te-pilloaquí-te-mato. ¿Cómo es posible? Cuando los campañoles de pradera mantienen relaciones sexuales, las hormonas oxitocina y vasopresina inundan el cerebro. Si se les bloquea estas hormonas, los campañoles de pradera se comportan como esos golfos de los campañoles de montaña. Aún más interesante: si se inyecta dichas hormonas a los campañoles de pradera pero no se les deja aparearse, aun así se entregan con devoción a sus futuras parejas. En otras palabras, que puedes hacer que un campañol de pradera se enamore.

Lo contrario, sin embargo, no funciona. No se puede inyectar hormonas a un campañol de montaña y hacerle morir de amor. Es solo que carece de los receptores apropiados en el cerebro. No obstante, lo que su cerebro sí recibe cuando se aparea es una dosis de dopamina, el equivalente hormonal a «Tío, esto sí que mola». Lo que no tiene son las otras dos hormonas, las que ayudan a relacionar de una forma precisa ese éxtasis con un individuo determinado. Desde luego que, si modificas genéticamente los ratones para eliminar los genes a los que afectan la oxitocina o la vasopresina, no son capaces de reconocer a otros ratones con los que ya han estado.

Yo soy un campañol de pradera encerrado en un cuerpo de campañol de montaña. Si pienso que me he enamorado, es porque lo he considerado de manera analítica. (¿Palpitaciones cardíacas? Correcto. ¿Ausencia de estrés en su compañía? Correcto.) Y me parece la explicación más probable para lo que siento, aunque no pueda realmente contarte la diferencia entre los sentimientos por un interés romántico y los sentimientos por una amistad cercana. O, en mi caso, mi *única* amiga.

Y por eso, cuando ella me dijo que estaba enamorada, yo correspondí.

Se le abrieron mucho los ojos, y se le agrandó la sonrisa.

—¡Qué bien, Jacob! —dijo ella—. ¡Haremos una cita doble!

Ahí fue cuando me di cuenta de que no estábamos hablando de lo mismo.

—Sé que te gusta que estemos solos durante las sesiones, pero es bueno para ti ver a más gente, y Mark tiene de verdad muchas ganas de conocerte, en serio. Es profesor de esquí a tiempo parcial en Stowe, y se le ha ocurrido que quizá pueda darte alguna clase gratis.

—No creo que se me dé muy bien esquiar. —Una de las características del asperger es que apenas somos capaces de caminar y masticar chicle a la vez. No dejo de tropezarme con mis propios pies o con los bordillos; no me cuesta demasiado imaginarme cayéndome del telesilla o rodando montaña abajo en una bola de nieve.

—Yo también estaré allí, para ayudar —prometió Jess.

De manera que, el domingo siguiente, Jess me llevó en coche a Stowe y me tomó medidas para pedir esquís, botas y casco de alquiler. Salimos con mucha torpeza al exterior y nos quedamos esperando cerca del letrero de la escuela de esquí hasta que una mancha de color negro descendió zumbando por la colina y nos duchó en un tsunami de nieve en polvo.

—Hola, nena —dijo Mark mientras se quitaba el casco para poder agarrar a Jess y besarla.

De un vistazo supe que Mark Maguire era todo lo que yo no era:

1. Coordinado.
2. Atractivo (quiero decir, si eres una mujer).
3. Popular.
4. Musculoso.
5. Seguro de sí mismo.

Supe también que yo era una cosa que Mark Maguire no era:

1. Listo.

—Mark, este es mi amigo Jacob.

Se inclinó hacia mi cara y me gritó.

—¡Qué pasa, tío, qué guay conocerte!

Le devolví el grito.

—¡No estoy sordo!

Sonrió a Jess. Tenía los dientes blancos y perfectos.

—Tienes razón, es divertido.

¿Le había dicho Jess que yo era divertido? ¿Se referiría ella a que yo la hacía reír porque contaba chistes buenos, o porque *yo* era un chiste?

En ese instante odié a Mark de forma visceral, porque él me había hecho dudar de Jess, y yo sabía sin lugar a error que justo hasta entonces ella y yo habíamos sido amigos.

—Bueno, ¿qué te parece que probemos con la pista de principiantes? —dijo Mark, y me ofreció un palo con el que él me arrastraría hasta el remonte—. Así —dijo, y me enseñó cómo agarrarme a la cuerda en movimiento, y pensé que lo había entendido, pero mi mano izquierda se enredó con la derecha y acabé dando vueltas hacia atrás y me caí encima del niño pequeño que venía a mi espalda. El tipo que manejaba el remonte tuvo que pararlo mientras Mark me ayudaba a ponerme otra vez de pie.

—¿Estás bien, Jacob? —preguntó Jess, pero Mark la apartó.

—Lo está haciendo genial —dijo Mark—. Tranquilo, Jake, le doy clase a niños retrasados todos los días.

—Jacob es *autista* —le corrigió Jess, y yo me di la vuelta tan rápido que me olvidé de los esquís y me volví a caer hecho un ovillo.

—¡Yo no soy retrasado! —grité, pero resulta que tal afirmación causa un efecto menor cuando uno es incapaz siquiera de desenredarse sus propias piernas.

Esto lo diré a favor de Mark Maguire: me enseñó cómo hacer cuñas con una eficacia suficiente como para descender dos veces por la pista de principiantes, y en solitario. Luego le preguntó a Jess si quería darse una vuelta por la pista grande mientras yo practicaba. Me dejaron en compañía de críos de siete años con monos de esquí de color rosa.

ESTUDIO MONOGRÁFICO 2: por medio de unos estudios de laboratorio, los científicos han descubierto que, en lo que al amor se refiere, en realidad solo participa una minúscula porción del cerebro. Por ejemplo, la amistad enciende receptores por toda la corteza cerebral, pero esto no sucede con el amor, que activa partes del cerebro que de un modo más común se asocian con respuestas emocionales como el miedo y la ira. El cerebro de un individuo enamorado mostrará actividad en la amígdala cerebral, asociada con sentimientos viscerales, y en el núcleo accumbens, área asociada a los estímulos de recompensa que tiende a encontrarse activa en los drogodependientes. O, resumiendo: el cerebro de una persona enamorada no tiene el aspecto de alguien embargado por una emoción profunda; parece el cerebro de una persona que ha estado esnifando coca.

Aquel día en Stowe hice dos descensos con la ayuda de un niño que estaba aprendiendo a hacer snowboard, después me acerqué poco a poco hacia el remonte principal y me apoyé en un soporte donde la gente deja los esquís mientras entran en el refugio a comprar un chocolate caliente y porciones de pollo, y esperé a que Jess volviese a por mí.

Mark Maguire lleva puesto un traje. Tiene círculos oscuros debajo de los ojos, y casi me siento mal por él, porque debe de estar echando de menos a Jess, también, hasta que me acuerdo de cómo le hizo daño.

—¿Podría decirnos su nombre para que conste en acta? —pregunta la fiscal.

—Mark Maguire.

—¿Dónde vive usted, señor Maguire?

—En el número 44 de Green Street, en Burlington.

—¿Qué edad tiene?

—Veinticinco años —dice.

—¿Y cómo se gana usted la vida?

—Soy estudiante de posgrado en la UVM e instructor de esquí en Stowe a tiempo parcial.

—¿De qué conocía usted a Jess Ogilvy, señor Maguire?

—Era mi novia desde hacía cinco meses.

—¿Dónde se encontraba usted el domingo 10 de enero de 2010? —pregunta Helen Sharp.

—En la pizzería Mamá S's de Townsend. Jess tenía una sesión de tutoría con Jacob Hunt, y a mí me gustaba ir con ellos de vez en cuando.

Eso no es verdad. A él no le gustaba que ella pasase tiempo conmigo y que no dejase de verme por él.

—¿De modo que conoce usted a Jacob?

—Sí.

—¿Le ve hoy en la sala?

Bajo la mirada a la mesa para así no poder sentir los bordes dentados de los ojos de Mark.

—Está sentado allí.

—Que conste en acta que el testigo ha reconocido al acusado —dice la fiscal—. ¿Cuántas veces, antes del día 10 de enero, había visto usted a Jacob?

—No lo sé. ¿Cinco o seis, tal vez?

La fiscal se encamina hacia el estrado.

—¿Se llevaba bien con él?

Mark me está mirando otra vez, lo sé.

—No le prestaba demasiada atención —dice.

Estamos en la habitación de Jess en la residencia, viendo en la tele una película sobre el caso de asesinato de JonBenét Ramsey, que fue, por supuesto, uno de los casos en los que participó el doctor Henry Lee. Le cuento a Jess qué es verdad y qué han cambiado en Hollywood. Ella no para de comprobar sus mensajes de voz, pero no tiene ninguno. Estoy tan emocionado con la película que durante un rato no advierto que está llorando.

—Estás llorando —digo, es obvio, y no lo comprendo porque ella no conocía a JonBenét y por lo general la gente que llora con la muerte de otra persona es porque la conocía muy bien.

—Supongo que hoy no estoy muy contenta —dice Jess, y se levanta.

Cuando lo hace, deja escapar un sonido como el de un perro cuando le dan una patada. Tiene que subirse en una silla para alcanzar una estantería alta donde guarda el papel higiénico de repuesto, bolsas con autocierre y clínex. Cuando coge la caja de pañuelos de papel, el jersey se le sube un poco por el costado y puedo verlas: rojas, moradas y amarillas como un tatuaje, pero he visto suficiente *CrimeBusters* como para reconocer las magulladuras cuando las veo.

—¿Qué te ha pasado? —le pregunto, y ella me dice que se ha caído.

He visto suficiente *CrimeBusters* como para saber que eso es lo que las chicas dicen siempre cuando no quieren que sepas que alguien les ha pegado.

—Pedimos pizza —dice Mark—, de la clase que Jacob puede tomar, sin trigo en la masa. Mientras la estábamos esperando, Jacob le pidió salir a Jess, como una cita. Fue divertidísimo, pero cuando me reí de él, ella se enfadó conmigo. Dado que no tenía por qué quedarme allí sentado aguantando aquello, me marché.

Resulta que la mirada de mi madre es aún peor que la de Mark.

—¿Habló usted con Jess en algún momento después de eso? —pregunta Helen.

—Sí, el lunes. Me llamó y me suplicó que fuese a verla esa noche, y lo hice.

—¿Cuál era su estado de ánimo?

—Pensaba que estaba enfadado con ella…

—Protesto —dice Oliver—. Está especulando.

El juez asiente.

—Se admite.

Mark parece confundido.

—¿Cuál era su estado emocional? —pregunta Helen.

—Estaba molesta.

—¿Continuaron ustedes discutiendo?

—No —dice Mark—. Nos besamos y nos liamos, usted ya me entiende.

—¿Se quedó a pasar la noche, entonces?

—Sí.

—¿Qué pasó el martes por la mañana?

—Estábamos desayunando y empezamos a discutir de nuevo.

—¿Sobre qué? —pregunta Helen Sharp.

—Ni siquiera lo recuerdo, pero me enfadé muchísimo y… y la empujé o algo parecido.

—¿Quiere usted decir que su discusión se convirtió en una pelea física?

Mark baja la vista a sus manos.

—No pretendía hacerlo, pero nos estábamos gritando, y la agarré y la empujé contra la pared. Me detuve inmediatamente y le dije que lo sentía. Ella me pidió que me marchase, y lo hice. Solo le puse las manos encima un minuto.

Mi cabeza se levanta de golpe. Agarro el bolígrafo que tengo delante y escribo tan fuerte en el cuaderno que el bolígrafo atraviesa el papel. *Está mintiendo,* escribo, y le paso el cuaderno a Oliver.

Él lo mira y escribe: *?*

Las marcas en el cuello.

Oliver arranca la hoja de papel y se la guarda en el bolsillo. Mientras tanto, Mark se está tapando los ojos, y se le quiebra la voz.

—Me pasé todo el día llamándola para volver a disculparme, pero ella no me cogía el teléfono. Me imaginé que me estaba ignorando, y me lo merecía, pero el miércoles por la mañana empecé a preocuparme. Imaginé que la podría pillar antes de que se fuese a clase y me fui hasta su casa, pero ella no estaba.

—¿Notó usted algo fuera de lo normal?

—La puerta estaba abierta. Entré y vi su abrigo colgado; tenía el bolso sobre la mesa, pero no me respondió cuando la llamé a gritos. La busqué por todas partes, pero se había ido. Había ropa tirada por todo el dormitorio, y la cama estaba hecha un desastre.

—¿Qué pensó usted?

—Al principio me imaginé que se podía haber marchado de viaje, pero eso me lo habría contado, y tenía un examen aquel día. La llamé por teléfono, y no contestó nadie. Llamé a sus padres y a sus amigos, y nadie la había visto; y tampoco le había contado a nadie que se marchaba. Entonces fue cuando me dirigí a la policía.

—¿Y qué sucedió?

—El detective Matson me informó de que no podía denunciar una desaparición hasta cumplidas treinta y seis horas, pero se vino conmigo a casa de Jess. A decir verdad, no me dio la sensación de que me estuviese tomando en serio. —Mark mira al jurado—. Me salté las clases y me quedé en la casa por si regresaba. Pero no lo hizo. Estaba sentado en el salón cuando me di cuenta de que alguien había ordenado los CD; y también se lo conté a la policía.

—Cuando la policía inició una investigación oficial —pregunta Helen Sharp—, ¿cooperó usted a la hora de ofrecerles pruebas?

—Les di mis botas —dice Mark.

La fiscal se vuelve y mira al jurado.

—Señor Maguire, ¿cómo supo usted lo que le había sucedido a Jess?

Encaja la mandíbula.

—Un par de policías vinieron a mi apartamento y me detuvieron. Cuando el detective Matson me estaba interrogando, me dijo que Jess estaba…, que estaba muerta.

—¿Le pusieron en libertad al poco tiempo?

—Sí, cuando detuvieron a Jacob Hunt.

—Señor Maguire, ¿tuvo usted algo que ver con la muerte de Jess Ogilvy?

—Desde luego que no.

—¿Sabe cómo se produjo una fractura en la nariz?

—No —dice Mark en tensión.

—¿Sabe cómo perdió un diente?

—No.

—¿Sabe cómo se produjo las abrasiones en la espalda?

—No.

—¿Le golpeó usted alguna vez en la cara?

—No. —La voz de Mark suena como si estuviese envuelta en lana. Ha estado mirando al suelo, pero cuando levanta ahora el rostro, todo el mundo puede ver que tiene húmedos los ojos, que le cuesta tragar—. Cuando la dejé —dice—, parecía un ángel.

Según finaliza Helen Sharp, Oliver se pone en pie y se abrocha el botón de la chaqueta. ¿Por qué siempre hacen eso los abogados? En *CrimeBusters,* los actores que interpretan a los letrados también lo hacen. Quizá sea para dar un aire de profesionalidad. O que necesiten hacer algo con las manos.

—Señor Maguire, acaba usted de testificar que fue detenido por el asesinato de Jess Ogilvy.

—Sí, pero se equivocaron de hombre.

—Aun así…, durante un breve tiempo, la policía creyó que usted estaba implicado, ¿no es así?

—Supongo que sí.

—Ha testificado también que agarró a Jess Ogilvy durante su pelea, ¿cierto?

—Sí.

—¿Por dónde?

—Por los brazos. —Se toca los bíceps—. Por aquí.

—Y también la estranguló, ¿no es así?

Se pone rojo como un tomate.

—No.

—¿Sabe usted, señor Maguire, que la autopsia ha revelado magulladuras alrededor del cuello de Jess Ogilvy, al igual que en la zona alta de los brazos?

—Protesto —dice la fiscal—. Testimonio indirecto.

—Se admite.

—¿Es usted consciente de que hoy, aquí, se encuentra testificando bajo juramento?

—Sí…

—Pues entonces permítame que le vuelva a preguntar si estranguló usted a Jess Ogilvy.

—¡No la estrangulé! —aduce Maguire—. Solo… la cogí por el cuello. ¡Fue un segundo!

—¿Mientras se peleaban?

—Sí —dice Mark.

Oliver arquea las cejas.

—No hay más preguntas —dice, y se vuelve a sentar a mi lado.

Yo bajo la cabeza; y sonrío.

THEO

Tenía nueve años cuando mi madre me obligó a ir a una terapia de grupo para hermanos de niños autistas. Tan solo éramos cuatro: dos niñas con una expresión en la cara más inestable que la tierra que cubre un socavón, que tenían una hermana pequeña que al parecer jamás dejaba de chillar; un niño cuyo hermano gemelo padecía un autismo severo; y yo. Nos teníamos que mover todos en un círculo y decir una cosa que nos gustase de nuestros hermanos, y una cosa que odiásemos.

Primero fue el turno de las niñas. Dijeron que odiaban que el bebé no les dejara dormir en toda la noche, pero les gustaba el hecho de que su primera palabra no hubiese sido *mamá* o *papá*, sino *sissy.** Después fui yo. Dije que odiaba que Jacob me quitase cosas sin preguntar, y que no pasara nada si él me interrumpía a mí para contarme cualquier dato sobre dinosaurios carente del menor interés para nadie, pero si le interrumpía yo a él, se enfadaba muchísimo y le daba un ataque. Me gustaba la forma tan graciosa en que decía las cosas a veces —aunque no pretendiese que lo fueran—, como cuando el monitor de un campamento le dijo que nadar era pan comido, y él se puso histérico porque pensó que tendría que comer debajo del agua y estaba claro que se aho-

---

garía. Después le tocó al otro niño, pero antes de que pudiese hablar siquiera, la puerta se abrió de golpe e irrumpió su hermano gemelo, que fue corriendo a sentarse en sus rodillas. Aquel niño olía fatal —quiero decir *fatal*—, y de repente, su madre asomó la cabeza por la puerta.

—Lo siento mucho —dijo—. Es que a Harry no le gusta que nadie que no sea Stephen le cambie el pañal.

«Qué asco ser Stephen», pensé. Sin embargo, en lugar de avergonzarse de la manera más absoluta, como habría hecho yo, o de cabrearse, como también habría hecho yo, Stephen tan solo se rio y abrazó a su hermano.

—Vamos —dijo, cogió de la mano a su gemelo y se lo llevó de la habitación.

Hicimos más cosas aquel día con la terapeuta, pero no me pude concentrar. No me podía quitar de la cabeza la imagen de Harry con sus nueve años y unos pañales enormes, o de Stephen limpiando el desastre. Había otra cosa más que me gustaba de mi hermano autista: sabía hacer sus cosas en el cuarto de baño.

En el descanso para el almuerzo, me sorprendí gravitando hacia Stephen. Estaba sentado solo, comiendo gajos de manzana de una bolsa de plástico.

—Hola —dije al subirme al asiento que había a su lado.

—Hola.

Abrí la pajita de mi paquete de zumo y la introduje en el cartón. Me quedé mirando por la ventana en un intento por descubrir qué estaba él observando.

—¿Y cómo es que lo haces? —le pregunté pasado un minuto.

Él no fingió no entender mi pregunta. Cogió una porción de manzana de la bolsa, la masticó, se la tragó.

—Podía haber sido yo —dijo.

Mamá Spatakopoulous no cabe en la silla de los testigos. Presiona y empuja, y finalmente el juez le pide al alguacil que consiga un asiento que le pueda resultar más cómodo. De haber sido yo, habría querido esconderme debajo de la maldita silla de pura vergüenza, pero ella parece feliz. Quizá lo considere un testimonio de lo buena que es su comida.

—Señora Spatakopoulous, ¿dónde trabaja usted? —pregunta la Arpía, también conocida como Helen Sharp.

—Llámeme Mamá.

La fiscal mira al juez, que se encoge de hombros.

—Mamá, entonces. ¿Y dónde trabaja?

—Soy la dueña de la pizzería Mamá S's, en la avenida principal de Townsend.

—¿Cuánto tiempo hace que lleva usted el restaurante?

—Quince años hará este mes de junio. La mejor pizza de Vermont. Venga por allí y se la daré a probar gratis.

—Es usted muy generosa… Mamá, ¿estaba usted trabajando la tarde del 10 de enero de 2010?

—Trabajo todas las tardes —dice orgullosa.

—¿Conocía a Jess Ogilvy?

—Sí, era una cliente habitual. Buena chica, con la cabeza muy bien puesta sobre los hombros. Una vez me ayudó a echar sal en la acera después de una tormenta de hielo, porque no quería que me partiese la espalda.

—¿Habló usted con ella el 10 de enero?

—La saludé con la mano cuando entró, pero es que aquello era una locura.

—¿Estaba sola?

—No, vino con su novio, y con el chico de quien era tutora.

—¿Ve usted hoy en la sala a ese chico?

Mamá S. le tira un beso a mi hermano.

—¿Había visto usted a Jacob antes del 10 de enero?

—Una vez o dos, vino con su mamá a por pizza. Tiene problemas celíacos, como mi padre, que Dios acoja en su seno.

—¿Habló usted con Jacob Hunt esa tarde? —pregunta la fiscal.

—Sí. Cuando les llevé las pizzas que habían pedido, él estaba sentado solo a la mesa.

—¿Sabe por qué Jacob Hunt estaba solo? —pregunta Helen Sharp.

—Bueno, estaban discutiendo todos. El novio estaba enfadado con Jacob, Jess estaba enfadada con el novio porque estaba enfadado con Jacob, y después, el novio se marchó.

—¿Oyó usted acerca de qué estaban discutiendo?

—Tenía que poner en marcha dieciocho pedidos para llevar; no estaba escuchándolos. Lo único que oí fue lo que dijo Jess antes de marcharse.

—¿Y qué fue lo que dijo, Mamá S.?

La mujer frunce los labios.

—Le dijo que se perdiese.

La fiscal se vuelve a sentar, y ahora le toca a Oliver. Yo no veo series de policías. La verdad es que no veo nada, a menos que sea *CrimeBusters*, porque Jacob copa la tele; pero estar en un juicio es como ver un partido de baloncesto. Ataca un equipo y la mete, y entonces la coge el otro equipo y anota, y esto sigue y sigue. Y justo igual que en el baloncesto, estoy seguro de que todo se decide en los últimos cinco minutos.

—Entonces usted no sabe en qué consistía la discusión —dice Oliver.

—No. —La señora se inclina hacia delante—. Oliver, estás muy guapo con ese traje tan elegante.

Él sonríe, pero parece pasar un poco de vergüenza ajena.

—Gracias, Mamá. Digamos, entonces, que usted estaba atendiendo a sus clientes.

—Pues tengo que ganarme la vida, digo yo —dice, y hace un gesto negativo con la cabeza—. Estás perdiendo peso, me parece a mí. Estás saliendo mucho a comer fuera, y Constantine y yo estamos preocupados por ti...

—Mamá, es que tengo que acabar con esto —susurra él.

—Ah, muy bien. —La señora se vuelve hacia el jurado—. Yo no oí la discusión.

—¿Se encontraba detrás del mostrador?

—Sí.

—¿Cerca de los hornos?

—Sí.

—¿Y había otras personas trabajando a su alrededor?

—Ese día, tres.

—¿Y había ruido?

—El teléfono, el pinball, la máquina de discos… Todo estaba puesto.

—De manera que usted no está segura de cuál fue el origen del descontento de Jess, ¿no?

—No.

—¿Hizo algo el chico que resultara amenazador?

Mamá S. lo niega con la cabeza.

—No, es un buen chico. Me limité a dejarlo solo —dice ella—. Parecía que era eso lo que él quería.

Toda mi vida, Jacob ha querido ser parte del grupo. Esta es una de las razones por las que yo nunca llevaba amigos a casa, porque mi madre habría insistido en que incluyésemos a Jacob, y, francamente, eso habría garantizado sin duda el fin de aquella amistad para mí. (La otra razón era que a mí me daba vergüenza. No quería que nadie viese cómo eran las cosas en mi casa. No quería tener que explicar las bobadas de Jacob, porque, aunque mi madre insistiese en que no eran más que peculiaridades suyas, al resto del mundo le parecían ridículas de narices.)

De vez en cuando, sin embargo, Jacob se las apañaba para infiltrarse en mi vida fuera de casa, lo cual resultaba aún peor. Era el equivalente social de aquella vez que hice un castillo con una baraja de naipes, con los cincuenta y dos, y Jacob pensó que sería divertido pincharlo con el tenedor.

Por su culpa yo era un proscrito social absoluto en la escuela primaria, pero llegados a la siguiente etapa, había gente que venía de otros pueblos y no sabían nada de mi hermano con asperger. Gracias seguramente a algún milagro, conseguí hacerme amigo de dos tíos que se llamaban Tyler y Wally, que vivían en el sur de Burlington y jugaban al Ultimate Frisbee. Me invitaron a jugar después de clase, y cuando les dije que sí sin necesidad de llamar a casa para pedir permiso a mi madre, eso hizo que les pareciera aún más guay. Lo que no dije fue que si no tenía que llamar era porque me pasaba fuera de casa tanto tiempo como podía, y porque mi madre estaba acostumbrada a que no volviese a casa hasta que anochecía y, la mitad de las veces, probablemente ni se daba cuenta de que no estaba.

Fue, y no lo digo por decir, el mejor día de mi vida. Nos estábamos lanzando el Frisbee por el campo de *softball* cuando unas cuantas chicas que acababan de terminar de entrenar al hockey sobre hierba, con sus minifaldas y el brillo del sol en el pelo, se acercaron a vernos jugar. Salté superalto, exhibiéndome, y cuando rompí a sudar, una de las chicas me dejó darle un trago a su botella de agua. Conseguí poner la boca en el mismo sitio donde había estado la suya un minuto antes, y eso, si nos ponemos técnicos, fue prácticamente como si la hubiera besado.

Y entonces apareció Jacob.

No sé qué era lo que estaba haciendo allí. Según parece, tenía algo que ver con un examen que organizaban en mi colegio en vez de en el suyo, y estaba esperando con su orientadora a que llegase mi madre a recogerlo. Pero en el instante en que me vio y se puso a gritar mi nombre, supe que estaba jodido. Al principio hice como que no le oía, pero él se metió corriendo por medio del campo.

—¿Amigo tuyo, Hunt? —preguntó Tyler, y yo me limité a reírme.

Entonces lancé el Frisbee hacia él, superfuerte.

Para mi sorpresa, Jacob —incapaz de coger hasta un resfriado ni aun aposta— cazó el Frisbee y se puso a correr con él.

Yo me quedé de piedra, pero Tyler salió corriendo detrás.

—¡Eh, subnormal! —se puso a gritar a Jacob—. ¡Te voy a dar una patada en el culo!

Fue más rápido que Jacob, qué raro, y lo tiró al suelo con un placaje. Levantó la mano para arrearle un puñetazo, pero para entonces ya llegaba yo sobre su espalda, lo quité de encima de él y me senté a horcajadas sobre su torso mientras el Frisbee salía rodando camino de la calle.

—No le toques un puto pelo —le grité a Tyler a la cara—. Si alguien le da una paliza a mi hermano, ese voy a ser yo.

Allí le dejé, en la arena y tosiendo, cogí a Jacob de la mano y me lo llevé hacia la entrada principal del colegio, donde no pudiese oír a las chicas cuchichear sobre mí y sobre el pedazo de ganso de mi hermano. Donde teníamos los suficientes profesores alrededor como para evitar que Tyler y Wally saltasen sobre mí en busca de venganza.

—Quería jugar —dijo Jacob.

—Pues ellos no querían que jugases —le dije yo.

Le dio una patada al suelo.

—Ojalá pudiera ser el hermano mayor.

En teoría lo era, pero él no estaba hablando de la edad. Tan solo era que no sabía cómo decir lo que quería decir.

—Podrías empezar por no mangarle el puñetero Frisbee a nadie —dije.

Entonces llegó mi madre en el coche y bajó la ventanilla. Llevaba una sonrisa enorme en la cara.

—Pensé que solo venía a recoger a Jacob, pero mira qué bien —dijo—. Os habéis encontrado el uno al otro.

OLIVER

Estoy seguro de que el jurado no se está quedando con nada de lo que está diciendo Marcy Allston, la investigadora criminal. Está tan sumamente impresionante que casi me imagino cómo los cadáveres con los que ella se tropieza se incorporan y suspiran.

—La primera vez que fuimos a la casa, utilizamos polvo para buscar huellas, y encontramos algunas en el ordenador y en el cuarto de baño.

—¿Puede explicar el proceso? —pregunta Helen.

—La piel de los dedos no es lisa, y tampoco lo es la de las palmas de las manos y la de las plantas de los pies, todas esas zonas de piel tienen crestas de fricción con una serie de líneas que comienzan, acaban y tienen ciertos contornos o formas. A lo largo de las líneas hay poros con glándulas sudoríparas, y cuando estas líneas quedan impregnadas de sudor o se manchan de sangre, polvo, suciedad, etcétera, dejan una reproducción de su contorno en el objeto que tocan. Mi trabajo es hacer visibles dichas reproducciones. Para hacerlo, en algunas ocasiones es necesaria una lupa y en otras una fuente de luz. Una vez que tengo la huella visible, se puede fotografiar, y toda vez que se pueden fotografiar, se pueden conservar y comparar con una muestra conocida.

—¿De dónde proceden esas muestras conocidas?

—De la víctima, de los sospechosos. Y del AFIS, una base de datos de huellas que contiene las de todos los criminales que han sido procesados en los Estados Unidos.

—¿Cómo llevan a cabo ustedes dicha comparación?

—Nos centramos en áreas específicas y hallamos formas (deltas, espirales, arcos, bucles) y en el núcleo, la parte central de la huella. Hacemos una comparación visual entre la huella conocida y la desconocida, y buscamos coincidencias en formas generales. A continuación, nos fijamos en detalles más específicos: el final de una cresta o una bifurcación, donde una línea se divide en dos. Si se producen aproximadamente de diez a doce coincidencias, una persona bien formada en la identificación de huellas podrá determinar si ambas huellas proceden del mismo individuo.

La fiscal presenta como prueba un gráfico que contiene dos huellas, una junto a la otra. De inmediato, Jacob se yergue un poco en su asiento.

—Esta huella de la derecha se localizó en la encimera de la cocina. La huella de la izquierda es una muestra conocida tomada a Jacob Hunt durante su arresto.

Mientras va recorriendo las diez banderitas rojas que marcan las similitudes entre las dos huellas, observo a Jacob. Está sonriendo como un loco.

—¿Llegaron ustedes a alguna conclusión sobre la base de este estudio comparativo?

—En efecto, que esta huella de la cocina pertenece a Jacob Hunt.

—¿Hubo alguna otra cosa que les llamase la atención durante su examen de la casa?

Marcy asiente.

—Nos encontramos con que la mosquitera de una ventana de la cocina había sido cortada desde el exterior, y el marco de la ventana estaba forzado y roto. Hallamos un destornillador en los arbustos bajo la ventana.

—¿Había alguna huella en el marco, o en el destornillador?

—No, pero la temperatura aquel día era extremadamente baja, y eso suele comprometer las pruebas dactilares.

—¿Encontraron algo más?

—La huella de una bota bajo el alféizar de la ventana. Sacamos un molde de cera de la huella, y la pudimos identificar con una bota que se encontraba en la casa.

—¿Sabe usted a quién pertenecía la bota?

—A Mark Maguire, el novio de la víctima —dice Marcy—. También averiguamos que se trata de un par de botas que guardaba en la casa, dado que a menudo se quedaba a pasar la noche.

—¿Encontraron algo más en la casa?

—Sí. Por medio del uso de un producto químico denominado Luminol, hallamos importantes restos de sangre en el cuarto de baño.

Jacob escribe una nota en el cuaderno y me la pasa:

Lejía + Luminol = Falso positivo de sangre.

—¿Recibieron alguna llamada al 911 en algún momento procedente del teléfono de la víctima?

—A primera hora del día 18 de enero respondimos a una llamada hecha desde un colector de aguas a unos trescientos metros de la casa que había estado cuidando Jess Ogilvy, y allí localizamos el cadáver de la víctima.

—¿En qué posición se encontraba el cadáver?

—Sentada, con la espalda contra la pared de cemento y los brazos cruzados sobre su regazo. Estaba totalmente vestida.

—¿Había algún otro detalle digno de mención acerca de cómo se halló el cuerpo?

—Sí —responde Marcy—. La víctima estaba envuelta en una colcha llamativa, hecha a mano.

—¿Es esta la colcha en la que encontraron envuelta a la víctima aquel día? —pregunta la fiscal, y le ofrece a Marcy un bulto enrollado de tela con todos los colores del arco iris. El diseño queda estropeado por unas zonas de color marrón oscuro, de sangre seca.

—Esa es —dice Marcy, y conforme queda presentada como prueba, oigo cómo Emma toma aire.

Helen da las gracias a su testigo, y yo me pongo en pie para mi turno de preguntas.

—¿Cuánto tiempo hace que es usted investigadora criminal?

—Cuatro años —dice Marcy.

—No hace tanto, entonces.

Arquea una ceja.

—¿Cuánto tiempo hace que es usted abogado?

—¿Ha visto usted muchos cadáveres en escenarios de crímenes?

—Afortunadamente, no tantos como si trabajase en Nashua o en Boston —dice Marcy—, pero he visto los suficientes como para saber lo que hago.

—Ha dicho usted que hallaron una huella en la casa de Jess Ogilvy, en la cocina, que pertenece a Jacob Hunt.

—Así es.

—¿Puede decirse que la presencia de dicha huella le identifica como asesino?

—No, solamente lo sitúa en el escenario del crimen.

—¿Es posible que Jacob Hunt hubiese dejado esa huella en cualquier otro momento?

—Sí.

—También encontraron la huella de una bota de Mark Maguire bajo el marco de una ventana que había sido forzado y estaba roto —digo—. ¿Es correcto?

—Así es. La encontramos.

—¿Encontraron las huellas de las botas de Jacob en el exterior de la casa?

—No —dice Marcy.

Respiro hondo. «Espero que sepas lo que estás haciendo», pienso en silencio mientras miro una vez a Jacob, a mi espalda.

—Y la sangre del cuarto de baño, ¿fueron ustedes capaces de determinar si pertenecía a la víctima?

—No. Intentamos realizar un test de ADN, pero los resultados no fueron concluyentes. Había restos de lejía en los frotis, y la lejía suele comprometer los resultados de los test de ADN.

—¿No es cierto, señora Allston, que, cuando se rocía sobre lejía, el Luminol también da una lectura positiva?

—Sí, a veces.

—De manera que los restos de sangre que encontraron ustedes bien podrían ser restos de lejía, y no de sangre.

—Es posible —admite ella.

—Y la supuesta sangre del cuarto de baño podría deberse, simplemente, a que Jess Ogilvy limpiase el suelo con lejía, ¿no es así?

—O —dice Marcy— a que su cliente limpiase la sangre del suelo con lejía después de matar a la joven.

Doy un respingo y reculo de inmediato.

—Señora Allston, se puede decir mucho de un cadáver a partir de la posición de la víctima al morir, ¿verdad que sí?

—Sí.

—¿Hubo algo que le sorprendiese en el cadáver de Jess Ogilvy cuando fue hallada?

Marcy vacila.

—No la dejaron tirada. Alguien se había tomado la molestia de sentarla erguida y envolverla en una colcha, en lugar de deshacerse de ella.

—¿Alguien a quien le importase?

—Protesto —interrumpe Helen, y, tal y como imagino, el juez la admite.

—¿Conoce usted a mi cliente, señora Allston?

—Pues sí, lo conozco.

—¿Cómo es eso?

—Es un adicto a los escenarios de los crímenes. Ha estado en algunos a los que me han llamado a mí, y se pone a darnos consejos que ni queremos ni necesitamos en particular.

—¿Le ha permitido usted alguna vez ayudarles en el escenario de un crimen?

—Desde luego que no, pero está bastante claro que todo eso le fascina. —Hace un gesto negativo con la cabeza—. Solo hay dos tipos de personas que aparecen por el escenario de un crimen: los asesinos en serie que están admirando su obra, y los locos aficionados que piensan que el trabajo de la policía es como en las series de la tele y quieren ayudar a resolver el crimen.

Genial. Acaba de poner al jurado a preguntarse en cuál de estas dos categorías encaja Jacob. Decido cortar por lo sano antes de que me trague la tierra.

—No hay más preguntas —digo, y Helen se levanta para repreguntar.

—Señora Allston, ¿apareció Jacob Hunt por el colector de aguas cuando estaban ustedes examinando el cuerpo?

—No —dice ella—. No le vimos en absoluto.

Helen se encoge de hombros.

—Supongo que esta vez no tenía nada que resolver.

JACOB

Si no me convierto en un investigador criminal famoso en mi campo, como el doctor Henry Lee, voy a convertirme en médico forense. Es el mismo trabajo, la verdad, excepto que tu lienzo es más pequeño. En lugar de examinar una casa entera o una extensión de bosque para determinar la historia del crimen, le sonsacas esa historia a la persona muerta que tienes sobre la mesa de autopsias.

Hay muchas cosas que hacen que un cuerpo muerto sea preferible a uno vivo:

1. No tienen expresión facial, así que no hay problema por confundir una sonrisa con una mueca, ni ninguna bobada de esas.
2. No se aburren si acaparas tú la conversación.
3. Les da igual que estés demasiado cerca o demasiado lejos.
4. No hablan de ti cuando sales por la puerta, ni le cuentan a sus amigos lo pesado que eres.

Puedes saber, a partir de un cadáver, cuál es la secuencia de los sucesos acaecidos: si la herida abdominal por arma de fuego causó la peritonitis y la septicemia; si estas complicaciones fueron la causa de la muerte, o si el golpe definitivo fue el síndrome de distrés respiratorio agudo al que estas condujeron. Puedes saber si esa persona murió en el campo, o si la metieron en el maletero de un coche. Puedes saber si a una persona le han disparado en la cabeza antes de quemarla o al revés. (Al abrir el cráneo, si puedes ver la sangre que ha empezado a filtrarse a consecuencia de que el cerebro se vea sometido a calor: lesión térmica. Si no lo ves, suele significar que la causa de la muerte fue la ejecución, y no el fuego. Reconócelo: querías saberlo.)

Por todas estas razones, presto muchísima atención cuando el doctor Wayne Nussbaum sube al estrado a testificar. Le conozco; le he visto antes en los escenarios. Una vez le escribí una carta y conseguí su autógrafo.

Enumera sus credenciales: Facultad de Medicina de la Universidad de Yale seguida de rotaciones en patología y medicina de urgencias antes de convertirse en ayudante del forense del estado de Nueva York y, finalmente, veinte años como jefe de medicina forense en Vermont.

—¿Realizó usted la autopsia a Jess Ogilvy? —pregunta Helen Sharp.

—Así es. En la tarde del día 18 de enero —dice—. El cuerpo llegó por la mañana, pero tenía que descongelarse.

—¿Qué temperatura había en el exterior cuando fue hallada?

—Once grados centígrados bajo cero, que proporcionaron una conservación excelente.

—¿Cómo estaba vestida?

—Llevaba unos pantalones de chándal, una camiseta y una chaquetilla ligera. Llevaba sujetador, pero tenía las bragas puestas del revés, la parte de atrás delante. En un bolsillo frontal pequeño de los pantalones había un diente envuelto en papel higiénico; y su teléfono móvil estaba metido en un bolsillo de la chaquetilla, con la cremallera cerrada.

Por lo general, en *CrimeBusters,* cuando un médico forense sube al estrado, el testimonio dura cinco minutos máximo. Helen Sharp, sin embargo, hace que el doctor Nussbaum repase tres veces sus hallazgos: una de manera verbal, otra con el diagrama de un cuerpo mientras el doctor Nussbaum dibuja los detalles con un rotulador rojo, y finalmente con fotografías que sacó él durante la autopsia. En cuanto a mí, estoy disfrutando cada segundo. Aquella señora del jurado, no sé, parece que está a punto de vomitar.

—Ha dicho usted, doctor, que tomó muestras de la orina, la sangre del corazón y del humor vítreo de los ojos de Jess Ogilvy con fines toxicológicos, ¿es cierto?

—Es correcto.

—¿Cuál es el propósito de dichos exámenes?

—Nos permiten conocer las sustancias extrañas presentes en el torrente sanguíneo de la víctima. En el caso de la sangre del corazón y el humor vítreo, las presentes en el momento de la muerte.

—¿Cuáles fueron los resultados?

—Jess Ogilvy no tenía ninguna droga o alcohol en el organismo en el momento de la muerte.

—¿Sacó usted fotografías del cadáver durante la autopsia?

—Sí —dice él—. Es el procedimiento rutinario.

—¿Reparó usted en la presencia de marcas inusuales o magulladuras en el cuerpo?

—Sí. La víctima presentaba marcas en la garganta que concuerdan con un estrangulamiento, y marcas en los brazos que concuerdan con una sujeción. Estas marcas eran de color violeta rojizo y tenían bordes nítidos, lo cual sugiere que se produjeron dentro de un plazo de veinticuatro horas anteriores a la muerte. Además, la piel de la parte baja de la espalda presentaba abrasiones *post mortem*, causadas con toda probabilidad por haber sido arrastrada. Puede ver usted la diferencia en la fotografía, aquí, entre estos dos tipos de marcas. La marca *post mortem* es amarillenta y áspera. —Señala a otra fotografía, esta vez de la cara de Jess—. A la víctima la golpearon con dureza. Sufrió una fractura de la base del cráneo, marcas alrededor de los ojos y la nariz rota. Le faltaba un diente, un incisivo.

—¿Pudo determinar usted si tales lesiones fueron anteriores o posteriores al fallecimiento?

—El hecho de que se produzcan magulladuras indica que son anteriores a la muerte. En cuanto al incisivo, no lo puedo decir con seguridad, pero parecía ser el que tenía metido en el bolsillo.

—¿Se puede dar un puñetazo en la cara a alguien con tanta fuerza como para hacerle perder un diente?

—Sí, es posible —dice el doctor Nussbaum.

—¿Presentaría alguien que hubiese sido golpeado con fuerza en la cara las mismas lesiones que halló usted en el cuerpo de la víctima?

—Sí.

—Doctor —pregunta Helen Sharp—, después de haber realizado la autopsia y estudiado los resultados de los laboratorios de toxicología, ¿se formó usted alguna opinión, dentro de los límites razonables de la certeza de la medicina, acerca de la forma de la muerte?

—Sí, lo consideré un homicidio.

—¿Cuál fue la causa de la muerte de Jess Ogilvy?

—Un traumatismo craneal producido por un objeto contundente, que provocó un hematoma subdural, una hemorragia dentro del cráneo, que concuerda con un golpe o una caída.

—¿Cuánto se tarda en morir de un hematoma subdural?

—Puede ser inmediato, o puede llevar horas. En el caso de la víctima, fue relativamente pronto tras la lesión.

—¿Contribuyeron a la causa de la muerte las magulladuras que encontró usted en el cuello y en los brazos de Jess Ogilvy?

—No.

—¿Y el diente que perdió?

—No.

—¿Y no había drogas ni alcohol en su organismo?

—No, no había.

—Entonces, doctor Nussbaum —dice Helen Sharp—, ¿la única causa de una lesión fatal que halló usted durante la autopsia de Jess Ogilvy fue una fractura de la base del cráneo que le provocó una hemorragia interna en la cabeza?

—Es correcto.

—Su testigo —dice la fiscal, y Oliver se pone en pie.

—Todas esas lesiones que encontró usted en el cuerpo de Jess Ogilvy —dice él—, ¿tiene alguna idea de quién se las provocó?

—No.

—Y usted ha dicho que un hematoma subdural podría haber sido causado por un golpe o por una caída.

—Correcto.

—¿No es posible, doctor —pregunta Oliver—, que Jess Ogilvy se tropezase y se cayese, y sufriera un hematoma subdural?

El forense levanta la vista y esboza una leve sonrisa.

Es una de esas sonrisas que odio, una de esas que pueden significar «Muy listo, sí, señor» y también «Serás capullo».

—Es posible que Jess Ogilvy se tropezase, cayese y sufriera un hematoma subdural —afirma el doctor Nussbaum—. Pero tengo serias dudas de que intentase estrangularse ella sola, o de que ella se arrancase el diente, se pusiera las bragas del revés, se arrastrase trescientos metros y se envolviese en una colcha en un colector de aguas.

Me río a carcajada limpia. Es una intervención tan genial que podría formar parte de un guion de *CrimeBusters*. Mi madre y Oliver se me quedan mirando, y esa expresión sí que resulta fácil de entender. Están cabreados al cien por cien.

—Tal vez sea un buen momento para un descanso de moderación sensorial —dice el juez.

—¡Relajación! —suelta Oliver—. ¡Es *relajación* sensorial!

El juez Cuttings carraspea.

—Lo tomaré como un «sí».

En la zona de relajación sensorial, me tumbo debajo de la manta con lastre. Mi madre está en el cuarto de baño; Theo tiene la cabeza sobre la almohada vibratoria, habla entre dientes y suena como un robot.

—Qué risa, Elmo —dice.

—Jacob —dice Oliver tras un minuto y treinta y tres segundos de silencio—. Tu comportamiento en esta sala está haciendo que me enfade mucho.

—Bueno, tu comportamiento en esta sala está haciendo que *yo* me enfade mucho —contesto—. Aún no les has dicho la verdad.

—Sabes que no nos toca todavía. Ya has visto juicios en la televisión. Primero le toca a la fiscalía, y después tenemos la oportunidad de deshacer todo el daño que nos ha hecho Helen Sharp. Pero, Jacob, por Dios. Cada vez que tienes un ataque, o te ríes de algo que ha dicho un testigo, eso ahonda el daño. —Me mira—. Imagínate que eres un miembro del jurado y que tienes una hija de la edad de Jess, y que va el acusado y se ríe a carcajada limpia cuando el forense está hablando de la manera tan truculenta en que murió Jess. ¿Qué se te ocurre que se puede estar diciendo ese miembro del jurado para sus adentros?

—Yo no soy un miembro del jurado —digo—, así que la verdad es que no lo sé.

—Lo que ha dicho el forense al final ha sido bastante gracioso —añade Theo.

Oliver le frunce el ceño.

—¿Acaso te he pedido tu opinión?

—¿Te ha pedido Jacob *la tuya?* —dice Theo, y me tira a mí la almohada—. No le hagas caso —me dice, y sale de la zona de relajación sensorial.

Me encuentro con que Oliver me está mirando fijamente.

—¿Echas de menos a Jess?

—Sí. Era mi amiga.

—¿Y por qué no lo demuestras, entonces?

—¿Por qué debería? —pregunto, y me incorporo—. Si yo sé que es así, eso es lo que cuenta. ¿Es que cuando ves a alguien histérico en público te preguntas si se debe a que se siente realmente mal o a que quiere que los demás sepan que se siente mal? Es como si la emoción se diluyese al mostrarla para que todo el mundo la vea. Hace que sea menos pura.

—Pues no es eso lo que piensa la mayoría de la gente. Casi todo el mundo se altera al hallarse frente a las pruebas fotográficas de la autopsia de uno de sus seres queridos. Incluso llora.

—¿Llorar? ¿Estás de broma? —E imito una frase que he oído decir a los chavales del instituto—. Habría *matado* por estar en esa autopsia.

Oliver me da la espalda. Estoy bastante seguro de haberle oído mal.

«¿Lo hiciste?»

RICH

La broma recurrente entre los que estamos aislados para el juicio hace referencia al cuarto de relajación sensorial. Si el acusado recibe un trato especial, ¿por qué no los testigos? Yo quiero un cuarto de comida china para llevar, y se lo cuento a Helen Sharp cuando viene a comunicarme que me toca testificar el siguiente.

—Está demostrado científicamente —digo— que los buñuelos mejoran la capacidad de concentración de los testigos. Y el cerdo agridulce obstruye las arterias justo lo suficiente para incrementar el flujo sanguíneo en el cerebro…

—Y yo todo este tiempo pensando que tu minusvalía era lo pequeña que tienes la…

—¡Oye!

—… capacidad retentiva —dice Helen. Me sonríe—. Tienes cinco minutos.

Solo lo digo medio en broma. Es decir, que si el tribunal está dispuesto a hacer lo imposible por el síndrome de Asperger de Jacob Hunt, ¿cuánto tiempo pasará antes de que esto lo utilice como precedente algún habitual de la delincuencia que insista en que ir a la cárcel le produce claustrofobia? Estoy totalmente a favor de la igualdad, pero no cuando debilita el sistema.

Decido ir a mear antes de que el tribunal retome la sesión, y acabo justo de doblar la esquina hacia el pasillo de los servicios cuando me doy de bruces con una mujer que viene en sentido contrario.

—Vaya —digo mientras la sujeto—. Lo siento.

Emma Hunt levanta la vista hacia mí, con esos ojos suyos tan increíbles.

—Estoy segura —dice ella.

En otra vida —si yo tuviera un trabajo distinto y ella tuviese un hijo diferente— quizá podríamos haber charlado delante de una botella de vino, y tal vez ella me sonriese en lugar de dar la impresión de que se acaba de topar con su peor pesadilla.

—Dígame, ¿cómo lo está llevando?

—Usted no tiene derecho a preguntarme eso.

Intenta apartarme, pero le bloqueo el paso con el brazo extendido.

—Yo solo estaba haciendo mi trabajo, Emma.

—Tengo que volver con Jacob…

—Mire, siento que esto le haya sucedido a usted, porque ya ha pasado por mucho, pero el día que murió Jess, una madre perdió a su hija.

—Y ahora —dice ella—, usted va a hacer que yo pierda al mío.

Me empuja el brazo. Esta vez, la dejo marchar.

Helen tarda diez minutos en repasar mis credenciales: mi rango de capitán, mi formación como detective en Townsend, que llevo haciendo esto desde el año en que atacaron los indios, etcétera, etcétera, y todo lo que el jurado quiere oír para saber que se encuentra en buenas manos.

—¿Cómo tomó parte en la investigación de la muerte de Jess Ogilvy? —comienza Helen.

—Su novio, Mark Maguire, vino a la comisaría de policía y denunció su desaparición el 13 de enero. No la había visto desde la mañana del día 12, y no había sido capaz de contactar con ella. Jess Ogilvy no tenía planeado hacer ningún viaje, y sus familiares y amigos también desconocían su paradero. Su bolso y su abrigo estaban en la casa, aunque faltaban otros objetos personales.

—¿Como cuáles?

—Su cepillo de dientes, su teléfono móvil —miro a Jacob, que arquea las cejas expectante— y algunas prendas de vestir dentro de una mochila —termino de decir, y él sonríe y baja la cabeza con gestos de asentimiento.

—¿Qué hizo usted?

—Me dirigí a la casa con el señor Maguire e hice una lista de los objetos que faltaban. También saqué del buzón una nota mecanografiada que me encontré y que solicitaba que se retuviera el correo. La envié al laboratorio para que buscasen huellas. A continuación le dije al señor Maguire que tendríamos que esperar a ver si la señorita Ogilvy regresaba.

—¿Por qué mandó usted la nota al laboratorio? —pregunta Helen.

—Porque me pareció extraño que alguien mecanografíe una nota a su cartero.

—¿Recibió algún resultado del laboratorio?

—Sí. No era concluyente. No se hallaron huellas en el papel. Eso me hizo pensar que podía ser una nota mecanografiada por alguien lo suficientemente listo como para llevar guantes al manipularla; una prueba falsa para hacernos pensar que Jess Ogilvy había huido por su cuenta y riesgo.

—¿Qué pasó a continuación?

—Al día siguiente recibí una llamada del señor Maguire, para contarme que alguien había tirado al suelo un expositor de CD y después lo había ordenado alfabéticamente. No me pareció un indicio claro de un delito; al fin y al cabo, se trataba de algo que podía haber hecho la misma Jess, y, según mi experiencia, los criminales no suelen ser unos fanáticos del orden. No obstante, abrimos de manera oficial la investigación de la desaparición de la señorita Jess Ogilvy. Un equipo de investigadores criminales se desplazó a su lugar de residencia para recoger pruebas. Saqué su agenda de citas del bolso, que habíamos encontrado en la cocina, y comencé a hacer un seguimiento tanto de los encuentros previos a su desaparición como de los que tenía programados para más adelante.

—¿Intentó contactar con Jess Ogilvy durante esta investigación?

—En numerosas ocasiones. Llamamos a su teléfono móvil, pero nos desviaba directamente al buzón de voz, hasta que este se llenó, incluso. Intentamos triangular el terminal con la ayuda del FBI.

—¿Qué significa eso?

—Gracias al localizador GPS integrado en el teléfono, el FBI puede utilizar un software capaz de encontrar las coordenadas de situación física en cualquier parte del mundo con un margen de error de un metro, pero en este caso no obtuvimos resultados concluyentes. El teléfono ha de estar encendido para que dicho software funcione, y, al parecer, el móvil de Jess Ogilvy no lo estaba —digo—. También revisamos los mensajes que entraron en el contestador de la casa. Uno era del señor Maguire, otro de un comercial, otro era de la madre del acusado, y otras tres correspondían a llamadas perdidas realizadas desde el propio móvil de Jess Ogilvy. Basándonos en las marcas de tiempo del contestador automático, esto nos sugirió que la señorita Ogilvy seguía viva en alguna parte en el momento en que se realizaron tales llamadas, o bien que alguien nos lo pretendía hacer creer, quienquiera que fuese que tuviera su móvil.

—Detective, ¿cuándo fue a ver por primera vez al acusado?

—El día 15 de enero.

—¿Le había visto antes?

—Sí, en el escenario de un crimen una semana antes. Se coló en una investigación.

—¿Dónde se vio usted con el señor Hunt el 15 de enero?

—En su casa.

—¿Quién más estaba presente?

—Su madre.

—¿Se llevó usted bajo custodia al acusado en ese momento?

—No, porque no era un sospechoso. Le hice unas preguntas acerca de su sesión con Jess. Él me dijo que había ido a la casa para su tutoría de las 14.35, pero que no se reunieron. Indicó que regresó a casa andando. También me informó de que Mark Maguire no se encontraba en la casa cuando él llegó a ver a la señorita Ogilvy. Cuando le pregunté si había visto alguna vez discutir a Jess con su novio, él me contestó: «Sayonara, baby».

—¿Reconoció usted esa frase?

—Creo que se atribuye al antiguo gobernador de California —digo—, antes de meterse en política.

—¿Le preguntó algo más al acusado durante ese encuentro?

—No, me... despacharon. Eran las 16.30, y a las 16.30 él ve una serie de televisión.

—¿Volvió a ver al acusado?

—Sí. Recibí una llamada de Emma Hunt, su madre, para decirme que Jacob tenía algo más que contarme.

—¿Qué dijo Jacob durante ese segundo encuentro?

—Me hizo entrega de la mochila desaparecida de Jess Ogilvy, con algunas prendas de ropa también suyas. Reconoció que había ido a su casa y se había encontrado con indicios de una pelea, indicios que él recogió.

—¿Recogió?

—Sí. Puso en pie unos taburetes y recogió el correo, que estaba tirado por el suelo. También recolocó los CD y los puso por orden alfabético. Se llevó la mochila porque pensó que ella la podría necesitar. Entonces procedió a mostrarme la mochila y los objetos que contenía.

—¿Se llevó a Jacob bajo custodia en esa ocasión?

—No lo hice.

—¿Se llevó usted consigo la mochila y las prendas de ropa?

—Sí. Las analizamos, y los resultados fueron negativos. No había huellas, ni sangre, ni ADN.

—¿Qué sucedió a continuación? —pregunta Helen.

—Me reuní con el equipo de investigación criminal en el lugar de residencia de Jess Ogilvy. Habían hallado pruebas indiciarias de sangre en el cuarto de baño, una mosquitera rajada y también el marco de una ventana roto. Además descubrieron la huella de una bota en el exterior de la casa, huella que parecía coincidir con las botas que llevaba Mark Maguire.

—¿Qué sucedió después de eso?

Me vuelvo hacia el jurado.

—Poco después de las tres de la madrugada del lunes 18 de enero, la centralita de Townsend recibió una llamada al 911. Todas las llamadas al 911 se rastrean con tecnología GPS de manera que los operadores puedan localizar a quien sea que la haga. Esta en concreto procedía de un colector de aguas a unos trescientos metros, aproximadamente, de la casa en que estaba residiendo Jess Ogilvy. Yo acudí en respuesta. Allí se hallaron el teléfono móvil y el cuerpo de la víctima, que se encontraba envuelta en una manta. Hay una grabación de vídeo de las noticias del mediodía que emitieron en la WCAX... —vacilo, a la espera de que Helen coja la cinta y la presente como prueba, para acercar el monitor de televisión un poco más al jurado y que así lo puedan ver.

Se produce un silencio absoluto cuando el rostro de la reportera llena la pantalla, en el frío, con los ojos vidriosos, mientras los investigadores criminales se mueven a su espalda. La reportera cambia de pierna el peso del cuerpo, y Helen congela la imagen.

—¿Reconoce usted esa manta, detective? —pregunta ella.

Es una colcha multicolor, sin duda cosida a mano.

—Sí, se encontraba envolviendo el cadáver de Jess Ogilvy.

—¿Es esta la misma manta?

Muestra en alto la colcha, con las manchas de sangre que estropean el dibujo aquí y allá.

—Esa es —digo.

—¿Qué sucedió a continuación?

—Una vez descubierto el cuerpo, hice que varios agentes detuvieran a Mark Maguire por el asesinato de Jess Ogilvy. Estaba interrogándole cuando recibí otra llamada de teléfono.

—¿Se identificó el hombre, o la mujer, que le llamaba?

—Sí, era Emma, la madre de Jacob Hunt.

—¿Cuál era su estado? —pregunta Helen.

—Estaba histérica. Muy alterada.

—¿Qué fue lo que le dijo ella?

El otro abogado, el que tiene pinta de estar aún en el instituto, protesta.

—Es un testimonio indirecto, su señoría —dice.

—Letrada, acérquese —dice el juez.

Helen habla en voz baja.

—Señor juez, pretendo ofrecer una prueba de que la madre llamó porque acababa de ver el vídeo de las noticias con esa colcha en pantalla y la relacionó con su hijo. Por tanto, señoría, constituye declaración espontánea.

—Se rechaza la protesta —dice el juez, y Helen se vuelve a aproximar a mí.

—¿Qué le dijo a usted la madre del acusado? —reitera Helen.

No quiero ni mirar a Emma. Ya siento cómo me quema su mirada, las acusaciones.

—Me dijo que la colcha pertenecía a su hijo.

—Sobre la base de los resultados de su conversación, ¿qué fue lo que hizo usted?

—Le pedí a la señora Hunt que trajese a Jacob a la comisaría, para que pudiésemos seguir hablando.

—¿Situó usted bajo arresto a Jacob Hunt por el asesinato de Jess Ogilvy?

—Sí.

—¿Qué sucedió entonces?

—Retiré todos los cargos contra Mark Maguire. También ejecuté una orden de registro en la casa del acusado.

—¿Qué fue lo que encontró allí?

—Hallamos el escáner de frecuencias de la policía que tenía Jacob Hunt, una cámara de fumigado casera para procesar huellas dactilares y un montón de cuadernos de escritura en blanco y negro.

—¿Qué había en esos cuadernos?

—Jacob los utilizaba para almacenar información relativa a los episodios de *CrimeBusters* que veía. Tomaba nota de la fecha del episodio emitido, los indicios, y si él había resuelto o no el crimen antes que los detectives de la televisión. Le vi escribir en uno de ellos la primera vez que fui a su casa a hablar con él.

—¿Cuántos cuadernos encontró usted?

—Ciento dieciséis.

La fiscal presenta uno como prueba.

—¿Reconoce este, detective Matson?

—Es uno de esos cuadernos, el que tiene las entradas más recientes.

—¿Puede ir a la página catorce del cuaderno y contarnos lo que se encuentra ahí?

Leo en voz alta el encabezamiento de la entrada:

En su casa, 12/01/2010.

Situación: chica desaparecida según denuncia de su novio.

Pruebas:

Ropa apilada en la cama.

Cepillo de dientes desaparecido. Barra de labios desaparecida.

Bolso y abrigo de la víctima presentes.

Teléfono móvil desaparecido.

Luminol en el cuarto de baño – sangre detectada.

Nota en el buzón y mochila con ropa sustraída – prueba falsa de secuestro.

Mosquitera cortada – huellas de botas en el exterior coincidentes con el calzado del novio.

Teléfono móvil rastreado por llamada al 911 hasta la localización del cuerpo en colector de aguas.

—¿Hay algo que le resulte intrigante acerca de esta entrada en particular?

—Yo no sé si se trata de un episodio de *CrimeBusters,* pero ese es exactamente el escenario del crimen que nos encontramos en el lugar de residencia de Jess Ogilvy. Esa es exactamente la forma en que nos encontramos el cuerpo de Jess Ogilvy. Y todo esto es una información que nadie debería conocer —digo—, salvo la policía... y el asesino.

OLIVER

Ya sabía que Jacob lo iba a pasar mal cuando esos cuadernos fuesen presentados como prueba. Yo tampoco querría que se leyese a un jurado el equivalente de mi diario. No es que yo lleve un diario, ni tampoco es que me vaya a dedicar a recoger en uno los indicios presentes en el escenario de un crimen, pero ya me lo espero cuando Jacob comienza a mecerse de forma leve en el momento en que Helen presenta el cuaderno como prueba. Puedo percibir cómo se le agarrota la espalda, cómo respira con fuerza, el hecho de que apenas pestañee.

Cuando Jacob se inclina sobre la mesa, me encuentro con la mirada de Emma por encima de él. «Ahora», gesticula ella con los labios, y no falla, Jacob me pone un trozo de papel en las manos.

Fa#, pone en el papel.

Me lleva un momento darme cuenta de que me ha pasado una nota, tal y como yo le dije que hiciese si necesitaba un descanso de relajación sensorial.

—Señoría —digo al tiempo que me pongo en pie—. ¿Podríamos tomarnos un breve receso?

—Acabamos de tener un receso, señor Bond —dice el juez Cuttings, y entonces mira a Jacob, que tiene la cara arrebatada—. Cinco minutos —anuncia.

Conmigo a un lado y Emma agarrada al otro, arrastramos a Jacob por el pasillo hacia la zona de relajación sensorial.

—Aguanta solo otros treinta segundos —le calma Emma—. Diez pasos más. Nueve… ocho…

Jacob se agacha en el interior y se da la vuelta para mirarnos.

—¡Oh, Dios mío! —chilla con una sonrisa de oreja a oreja—. Ha sido increíble, ¿verdad?

Me quedo mirándole fijamente.

—Quiero decir que esa era toda la cuestión. Por fin lo han entendido. Preparé el escenario de un crimen, y los polis lo descubrieron todo, hasta las pruebas falsas. —Me señala con el dedo en el pecho—. Tú —dice Jacob— estás haciendo un trabajo *genial*.

A mi espalda, Emma rompe a llorar.

No la miro. No puedo.

—Yo lo arreglo —digo.

Cuando me levanto para proceder con mi turno de preguntas al detective Matson, hay un momento en el que pienso que bien podíamos haber hecho un concurso a ver quién mea más lejos. Le echa un vistazo a Emma —que aún tiene los ojos rojos y la cara hinchada— y después me dedica a mí una mirada entrecerrada, como si su estado fuese culpa mía en vez de suya. Y eso solo consigue que tenga más ganas de hundirlo en la miseria.

—La primera vez que se entrevistó con Jacob Hunt en su casa, detective —comienzo—, él le citó la película *Terminator,* ¿cierto?

—Sí.

—Y la segunda vez que se reunió con Jacob…, él le recomendó a usted toda una gama de pruebas que le podía hacer a la mochila, ¿no?

—Sí.

—¿Cuántas?

—Varias.

Cojo el bloc de notas que Jacob tiene delante.

—¿Le recomendó hacer un test de ADN en las asas?

—Sí.

—¿Y hacer un test FA a la ropa interior que había dentro?

—Supongo.

—¿Luminol?

—Me suena que sí.

—¿Y qué hay de la ninhidrina para la tarjeta que contenía?

—Mire, no las recuerdo todas, pero es probable que eso sea cierto.

—Es más, detective —digo—, Jacob parece conocer su trabajo mejor que usted mismo.

Entrecierra los ojos.

—Sin duda conocía el escenario del crimen mejor que yo.

—Esos cuadernos que encontró usted, ¿los ha leído todos?

—Sí.

—¿Qué contienen los otros ciento quince?

—Sinopsis —dice— de episodios de *CrimeBusters.*

—¿Sabe usted qué es *CrimeBusters,* detective?

—Me parece que tendría que vivir bajo tierra para no saberlo —dice—. Es una serie de televisión sobre procedimiento policial que a estas alturas deben de estar emitiendo hasta en Marte por lo menos.

—¿La ha visto usted alguna vez?

Se ríe.

—Intento no verla. No es muy realista, que digamos.

—¿De manera que los casos no son crímenes reales?

—No.

—Sería entonces correcto decir que los ciento dieciséis cuadernos de los que usted se incautó en la habitación de Jacob están llenos de descripciones de escenarios de crímenes ficticios.

—Bueno, sí —dice Matson—, pero no creo que el que describió en el cuaderno número ciento dieciséis fuese en absoluto ficticio.

—¿Cómo lo sabe? —Doy unos pasos hacia él—. El hecho, detective, es que los medios ya estaban cubriendo la noticia de la desaparición de Jess Ogilvy antes de que usted se apoderase de ese cuaderno, ¿no es así?

—Sí.

—Su nombre salía en las noticias, sus padres pedían ayuda para resolver el crimen, ¿no?

—Sí.

—Usted ha testificado que Jacob Hunt aparecía por los escenarios de los crímenes con la intención de ayudar, ¿es correcto?

—Sí, pero...

—¿Le ofreció él alguna vez información que a usted le resultase sorprendente?

Matson vacila.

—Sí.

—¿No es posible, entonces, y en especial teniendo en cuenta que él conocía a esta víctima en particular, que no estuviese utilizando el cuaderno para jactarse de un asesinato..., sino más bien, como hacía con cada episodio de *CrimeBusters,* que lo utilizase para ayudar a resolver el crimen?

Me vuelvo hacia el jurado antes siquiera de que él pueda responder.

—No hay más preguntas —digo.

Helen se pone en pie ante la mesa de la fiscalía.

—Detective Matson —dice ella—, ¿puede usted leer la anotación que hay al final de la primera página del cuaderno?

—Dice: «Resuelto: Yo, veinticuatro minutos».

—¿Y la anotación que hay al final de la entrada de la página seis?

—«Resuelto: Ellos, cincuenta y cinco minutos... ¡Qué bueno este!»

Helen se dirige hacia Matson.

—¿Tiene alguna idea de lo que significa esa anotación?

—La primera vez que le vi escribir en sus cuadernos, Jacob me contó que eso indica si él resolvió el crimen antes que los detectives de la televisión, y cuánto tardó en hacerlo.

—Detective —dice Helen—, ¿puede leer la anotación al final de la página catorce, la entrada titulada «En su casa» que nos ha leído usted antes?

Baja la vista a la página.

—Dice: «Resuelto: YO».

—¿Hay algo más destacable en esa línea?

Matson mira al jurado.

—Está subrayado. Diez veces.

THEO

Soy yo quien ve cómo mi hermano roba el cuchillo en la cena.

No digo nada al principio, pero para mí está perfectamente claro: la forma en que se detiene en medio del plato de arroz amarillo con huevos revueltos para despegar los granos de la mazorca de maíz, y a continuación empuja el cuchillo con los pulgares hasta el borde de la mesa para que le caiga en las piernas.

Mi madre no para de refunfuñar sobre el juicio: sobre la máquina de café de los juzgados, que solo dispensa café frío; sobre lo que se va a poner Jacob mañana; sobre la defensa, que va a presentar su argumentación al día siguiente. No creo que ninguno de nosotros dos la esté escuchando, porque Jacob está intentando no mover los hombros mientras envuelve el cuchillo en una servilleta de papel, y yo estoy intentando no perder detalle de todos y cada uno de sus movimientos.

Cuando Jacob comienza a levantarse de la mesa, y mi madre le para los pies con un carraspeo forzado y contundente, estoy convencido de que le va a echar la charla por el cuchillo que se lleva. Pero en cambio dice:

—¿No se te olvida algo?

—¿Me puedo levantar de la mesa? —dice Jacob entre dientes, y un minuto más tarde ya ha fregado su plato y se dirige escaleras arriba.

—Qué será lo que le pasa —dice mi madre—. Apenas ha comido.

Me meto en la boca la comida que me queda en el plato y mascullo una petición para levantarme. Subo deprisa, pero Jacob no está en su habitación. La puerta del cuarto de baño está también abierta de par en par. Es como si se hubiera esfumado.

Entro en mi cuarto y, de repente, me agarran, me empujan contra la pared y tengo un cuchillo en la garganta.

Vale, lo único que voy a decir es que es muy deprimente que esta no sea la primera vez que me encuentro en una situación así con mi hermano. Hago lo que sé que funciona: le doy un mordisco en la muñeca.

Se podría pensar que él lo vería venir, pero no; el cuchillo tintinea contra el suelo, y le propino un codazo en la tripa. Jacob se dobla con un gruñido.

—¡Pero qué cojones estás haciendo! —grito.

—Entrenarme.

Alcanzo el cuchillo y lo guardo en el cajón de mi cómoda, el que mantengo cerrado con llave, donde he aprendido a guardar las cosas que no quiero que coja Jacob.

—¿Entrenarte para matar? —digo—. Mira que estás loco, pedazo de cabrón, por eso te van a condenar.

—No iba a llegar a hacerte daño. —Jacob se deja caer sentado sobre mi cama—. Hoy había alguien que me miraba raro.

—Yo diría que mucha gente en esa sala te estaba mirando raro.

—Pero ese tío me ha seguido hasta el aseo. Tengo que ser capaz de protegerme yo solo.

—Claro. ¿Y qué crees tú que va a pasar mañana por la mañana cuando entres en los juzgados y el detector de metales se ponga a pitar? ¿Y cuando esos imbéciles de los periodistas vean todos cómo te sacas del calcetín un cuchillo para la carne?

Frunce el ceño. Este es uno de esos planes descabellados suyos propios de un Aspie, uno de esos que jamás medita, como cuando llamó a la policía para denunciar a mi madre hace dos meses. Estoy seguro de que para Jacob parecía algo totalmente lógico. Para el resto del mundo, no tanto.

—¿Y si a mí no me pasa nada raro? —dice Jacob—. ¿Y si la razón de que actúe como lo hago es que siempre se me excluye? Si tuviera amigos, ya sabes, tal vez no haría cosas que le parecen extrañas a todo el mundo. Es como la bacteria que solo crece en el vacío. Quizá no exista eso del asperger. Quizá todo esto sea lo que te pasa cuando no encajas.

—Pues no vayas a contárselo a tu abogado. Ahora mismo necesita que el asperger exista a base de bien. —Observo las manos de Jacob. Tiene las cutículas mordisqueadas hasta la piel; se hace sangre a menudo. Mi madre solía vendarle los dedos con tiritas antes de mandarlo a clase. Una vez, en los pasillos, oí cómo dos chicas le llamaban «la momia».

—Oye, Jacob —digo en voz baja—, voy a contarte algo que no sabe nadie más.

La mano le tiembla sobre el muslo.

—¿Un secreto?

—Sí, pero no se lo puedes contar a mamá.

Se lo quiero contar. Ya hace mucho tiempo que quiero contárselo a alguien; pero tal vez Jacob tenga razón: en la carencia de un sitio en el mundo, lo excluido se vuelve más grande y más irreconocible. Se me hincha en la garganta; me roba todo el aire de la habitación. Y, de repente, estoy lloriqueando como un niño pequeño, me estoy restregando los ojos con las mangas e intento hacer como si no estuvieran juzgando a mi hermano, como si mi hermano no fuese a ir a la cárcel, como si todo esto no fuese una venganza kármica por todas las maldades que he hecho y los malos pensamientos que he tenido.

—Yo estuve allí —consigo soltar—. Estuve allí el día en que murió Jess.

Jacob no me mira, y tal vez sea más fácil así. La mano le tiembla un poco más rápido, y se la lleva a la garganta.

—Lo sé —dice él.

Los ojos se me abren de par en par.

—¿Lo sabes?

—Por supuesto que lo sé. Vi tus huellas. —Tiene la mirada clavada justo por encima de mi hombro—. Por eso tuve que hacerlo.

Dios mío. Ella le dijo a Jacob que la estuve espiando desnuda y que se lo iba a contar a la policía, y él le cerró la boca. Ahora estoy sollozando; apenas me llega el aire.

—Lo siento.

Él no me toca, ni me abraza, ni me consuela tal y como haría mi madre. Tal y como haría cualquier otro ser humano. Jacob no deja de mover los dedos como un abanico, y entonces dice «lo siento», «lo siento», igual que yo, un eco despojado de su música, como la lluvia sobre el latón.

Es prosodia. Es parte del asperger. Cuando Jacob era pequeño, repetía las preguntas que yo le hacía y me las devolvía como una pelota de béisbol en lugar de responderlas. Mi madre me contó que era igual que con los diálogos de las películas, una estereotipia verbal. Era la forma que tenía Jacob de sentir las palabras en la boca cuando no tenía nada que decir en respuesta.

Pero me da igual y me permito fingir que se trata de su forma robótica, monótona, de pedirme perdón; él a mí también.

JACOB

Hoy, cuando volvemos a casa del juzgado, en lugar de ver *Crime-Busters* escojo un vídeo diferente. Es una película casera sobre mí cuando era un bebé de solo un año. Debe de ser mi cumpleaños porque hay una tarta, y estoy sonriendo y aplaudiendo y diciendo cosas como *mamá* y *papá* y *leche*. Siempre que alguien dice mi nombre, levanto la vista y miro directo a la cámara.

Parezco normal.

Mis padres son felices. Sale mi padre, y eso que no sale en ninguno de los vídeos que tenemos de Theo. Mi madre no tiene esa línea que tiene ahora entre los ojos. Al fin y al cabo, la mayoría de la gente hace películas caseras para capturar algo que desean recordar, y no un momento que preferirían olvidar.

No es este el caso más adelante en el vídeo. De repente, en lugar de meter los dedos en la tarta y poner una sonrisa enorme sin enseñar los dientes, me estoy meciendo frente a la lavadora, viendo cómo la ropa da vueltas. Estoy tumbado delante de la televisión, pero en vez de ver el programa que ponen, estoy alineando piezas de Lego de punta a punta. Mi padre ya no sale en el vídeo; en cambio, sale gente que no conozco: una señora con el pelo amarillo muy rizado y una sudadera con un dibujo de un gato, que se sienta en el suelo conmigo y me mueve la cabeza para que me fije en un puzle que ha hecho. Una señora con los ojos muy azules y brillantes está manteniendo una conversación conmigo, si es que se le puede llamar así:

Señora: Jacob, ¿te apetece ir al circo?
Yo: Sí.
Señora: ¿Qué quieres ver en el circo?
Yo: *(no hay respuesta)*.
Señora: A ver, di: en el circo, quiero ver…
Yo: Quiero ver payasos.
Señora *(me da un M&M's)*: Me encantan los payasos. ¿Tienes muchas ganas de ir?
Yo: Sí, quiero ver payasos.
Señora *(me da tres M&M's)*: ¡Jacob, eso es genial!
Yo: *(me meto los M&M's en la boca)*.

Estas son las películas que mi madre guardó como prueba, como demostración de que ahora soy un niño diferente del que ella tenía al principio. No sé en qué estaba pensando cuando las grabó. Sin duda que no deseaba sentarse a verlas una y otra vez, el equivalente visual a una bofetada en la cara. Tal vez las estuviese guardando con la esperanza de que algún día pudiera venir a cenar de manera inesperada algún ejecutivo de una farmacéutica, que viese las cintas, y le extendiera un cheque por daños y perjuicios.

Lo estoy viendo, y se produce un salto repentino con una interferencia que me obliga a taparme los oídos, y comienza otro fragmento de vídeo que ha sido grabado de manera accidental sobre mi actuación como bebé autista, merecedora del Oscar. En esta parte soy mucho más mayor, es de hace solo un año, y me estoy preparando para el baile de fin de curso de penúltimo año.

El vídeo lo grabó Jess, que vino esa tarde mientras yo terminaba de arreglarme, para poder ver el resultado final de nuestros preparativos. Puedo oír su voz. «Jacob —dice—, venga, hombre, acércate a ella, que no muerde.» El vídeo baila como un viaje en las atracciones del parque, y vuelvo a oír la voz de Jess. «Vaya, qué mal se me da esto.»

Mi madre tiene una cámara, y me está sacando a mí una foto con mi cita. El nombre de la chica es Amanda, y va a mi instituto. Lleva un vestido naranja, que es probablemente la razón de que no me acerque más a ella, aunque yo suelo hacer lo que dice Jess.

Es como si estuviese viendo un programa de mentira en la televisión, y Jacob no soy yo, es un personaje. No soy yo realmente quien cierra los ojos cuando mi madre intenta sacarme una fotografía en el jardín de delante de la casa. No soy realmente yo quien se dirige al coche de Amanda y se mete en el asiento de atrás, como siempre. «Oh no», dice la voz de mi madre, y Jess empieza a reírse. «Eso se nos había olvidado por completo», dice ella.

De repente, la cámara se gira muy rápido, y aparece el rostro de Jess como en un ojo de pez. «¡Hola a todos!», dice ella, y hace como si se comiese la cámara. Está sonriendo.

A continuación, una línea roja baja por la pantalla de la televisión como si fuera una cortina, y de pronto vuelvo a tener tres años y estoy montando un bloque verde sobre un bloque azul sobre un bloque amarillo, justo como me ha enseñado la terapeuta. «¡Jacob! ¡Bien hecho!», me dice ella, y empuja un camión de juguete hacia mí como recompensa. Le doy la vuelta y giro las ruedas.

Quiero que Jess vuelva a salir en la pantalla.

—Ojalá supiera cómo dejarte —susurro.

De repente siento como si el pecho se me encogiese, como me pasa a veces cuando estoy con un grupo de chicos en el instituto y me doy cuenta de que soy el único que no ha cogido la gracia de un chiste. O que *yo* soy la gracia del chiste.

Comienzo a pensar que tal vez he hecho algo mal. Realmente mal.

Dado que no sé cómo arreglarlo, cojo el mando a distancia y rebobino la cinta casi hasta el principio, al momento en que yo no era más distinto que nadie.

EMMA

*D*e los archivos de la tía Em:

Querida tía Em:

¿Cómo llamo la atención de un chico? Soy negada para el tonteo, y por ahí hay demasiadas chicas más guapas y listas que yo. Pero es que estoy harta de pasar desapercibida. Quizá me pueda reinventar a mí misma. ¿Qué puedo hacer?

Confundida, de Bennington

Querida Confundida:

No tienes que ser nadie que tú no seas ya. Solo tienes que conseguir que un chico te mire por segunda vez. Para esto, hay dos enfoques:

1. Deja de esperar: toma la iniciativa y ve a hablar con él. Pregúntale si sabe la solución del séptimo ejercicio de los deberes de Matemáticas. Dile que estuvo genial en el festival de talentos del instituto.
2. Empieza a pasearte desnuda por ahí.

Pero eres tú quien decide.
Con cariño,

La tía Em

Cuando no puedo dormir, me pongo una rebeca de punto encima del pijama y salgo a los escalones del porche a imaginarme la vida que podía haber tenido.

Henry y yo estaríamos esperando, con Jacob, las cartas de admisión de las universidades. Descorcharíamos una botella de champán y le dejaríamos tomar una copa para celebrarlo una vez se hubiera decidido. Theo no se encerraría en su habitación para hacer todo lo que humanamente puede con tal de demostrar que no pertenece a esta familia. En vez de eso, se sentaría en la mesa de la cocina a hacer los crucigramas del periódico.

—Tres letras —diría él, y nos leería el enunciado—: *Esperanza* solía encontrarse aquí.

Y todos intentaríamos adivinarlo.

—¿En la ley?

—¿En el ser?

—¿En Arkansas?*

Pero sería Jacob quien lo acertase:

—U.S.O.**

Nuestros hijos aparecerían en los cuadros de honor de calificaciones de cada trimestre, y la gente se me quedaría mirando cuando fuese a hacer la compra al supermercado, pero no por ser la madre del chico autista, o peor, del asesino, sino porque desearían ser tan afortunados como yo.

Yo no creo en la autocompasión. Me parece que es para la gente que

---

* Hope («Esperanza») es una pequeña localidad del estado de Arkansas, famosa por ser el lugar de nacimiento del expresidente norteamericano Bill Clinton. (N. del T.)

** United Service Organizations, organización privada sin ánimo de lucro que ofrece apoyo moral a las tropas estadounidenses por todo el mundo. El actor Bob Hope fue uno de los rostros más conocidos de las actividades de esta organización entre 1941 y 1990. (N. del T.)

dispone de demasiado tiempo. En lugar de soñar con milagros, aprendes a hacerte tú los tuyos. Pero el universo tiene su propia manera de castigarte por tus secretos más oscuros y profundos; y por mucho que yo quiera a mi hijo —por mucho que Jacob haya sido el astro alrededor del cual ha gravitado mi vida—, he tenido mi ración de momentos en que calladamente me he imaginado esa persona que se suponía que sería, esa que de alguna forma se perdió en el ajetreo diario de educar a un hijo autista.

Ten cuidado con lo que deseas.

Ponte tú a imaginar tu vida sin Jacob, y puede que al final se haga realidad.

He escuchado los testimonios de hoy, y sí, como ha dicho Oliver, todavía no ha llegado nuestro turno, pero he prestado atención a las caras del jurado cuando se han quedado mirando a Jacob, y he visto la misma expresión de tantas otras veces. Ese distanciamiento mental, ese reconocimiento sutil de que *a ese chico le pasa algo*.

Porque no se relaciona igual que ellos.

Porque no siente el duelo igual que ellos.

Porque no se mueve ni habla igual que ellos.

He luchado muchísimo para integrar a Jacob en el instituto, y no solo para que él vea cómo se comportan sus compañeros, sino porque los demás chicos tienen que verle y aprender que *diferente* no es sinónimo de *malo*. Lo que no puedo decir, sinceramente, es que sus compañeros de clase hayan llegado alguna vez a aprender esa lección. Han propiciado que Jacob cave su propia tumba en situaciones de carácter social, para acto seguido cargarle a él la culpa sobre los hombros.

Y ahora, después de todo ese trabajo para conseguir meter a Jacob con calzador en un escenario normalizado dentro del instituto, se encuentra en la sala de un tribunal adaptado a sus necesidades especiales. La única posibilidad que tiene de una absolución se apoya en su diagnosis dentro del espectro. Insistir en que es exactamente igual que cualquiera, ahora mismo significaría una sentencia de cárcel segura.

Tras años de negarme a inventar excusas para el asperger de Jacob, esta es la única oportunidad que tiene.

Y de repente, estoy corriendo, como si mi vida dependiera de ello.

Son más de las dos de la madrugada, y la pizzería está a oscuras. En la puerta se ve el letrero que dice «cerrado», aunque en la minúscula ventana de arriba hay una luz encendida. Abro la puerta que da a las escaleras que conducen al despacho de abogados, escalo los peldaños y llamo.

Me abre Oliver. Lleva un pantalón de chándal y una camiseta con el dibujo viejo y descolorido de un hombre con toga y peluca. CONTRÁTA-ME, EL JUICIO FINAL ESTÁ CERCA, dice debajo. Tiene los ojos rojos y manchas de tinta en las manos.

—Emma —dice—, ¿va todo bien?

—No —digo, y le aparto para entrar. Hay recipientes de comida para llevar en el suelo, y una botella vacía de dos litros de agua mineral Mountain Dew. Thor, el perro, se ha quedado dormido con la barbilla encajada en la botella verde de plástico—. No va todo bien. —Me vuelvo hacia él, con voz temblorosa—. Son las dos de la mañana. Estoy en pijama. He venido corriendo…

—¿Que has venido corriendo?

—… y mi hijo va a ir a la cárcel; así que no, Oliver, no va todo bien.

—Jacob va a ser absuelto…

—Oliver —interrumpo—, dime la verdad.

Quita un montón de papeles del sofá y se deja caer, sentado.

—¿Sabes por qué estoy despierto a las dos de la mañana? Estoy intentando escribir mi argumentación inicial. ¿Quieres oír lo que llevo hasta ahora? —Levanta el papel que tiene en la mano—. «Señoras y señores, Jacob Hunt es…» —Se detiene.

—¿Es qué?

—No lo sé —dice Oliver. Hace una bola con el papel, y sé que está pensando en el ataque de Jacob, justo igual que yo—. No tengo ni puta idea. «Jacob Hunt es quien está cargando con un abogado que debería haber seguido herrando caballos», eso es lo que es. No tenía que haberte dicho que sí. No tenía que haber ido a la comisaría de policía contigo. Debería haberte dado el nombre de alguien que llevase el derecho penal con los ojos cerrados, en lugar de fingir que un novato como yo tiene la más mínima oportunidad de sacar esto adelante.

—Si esta es tu forma de intentar hacerme sentir mejor, estás haciendo un trabajo realmente lamentable.

—Ya te he dicho que esto se me da fatal.

—Bueno, al menos ahora estás siendo honesto. —Me siento a su lado en el sofá.

—¿Quieres honestidad? —dice Oliver—. No tengo la menor idea de si el jurado se va a tragar mi defensa. Me asusta. Perder, que el juez se ría de mí por ser una farsa total.

—Yo siempre tengo miedo —reconozco—. Todo el mundo piensa que soy la madre que jamás se rinde; que iría mil y una veces hasta las puertas del infierno para traerme a Jacob de vuelta a rastras si fuera necesario. Pero, algunas mañanas, lo único que quiero es meter la cabeza debajo de las sábanas y quedarme en la cama.

—Yo quiero hacer eso la mayoría de las mañanas —dice Oliver, y yo reprimo una sonrisa.

Estamos apoyados en el respaldo del sofá. La luz azulada de las farolas de la calle nos convierte en fantasmas, y ya no estamos en este mundo. Tan solo rondamos sus límites.

—¿Quieres oír algo realmente triste? —susurro—. Tú eres mi mejor amigo.

—Cuánta razón tienes. Eso es realmente triste. —Oliver sonríe.

—No es eso lo que quiero decir.

—¿Seguimos jugando a las confesiones? —pregunta.

—¿Eso estamos haciendo?

Alarga la mano hacia mí y frota entre los dedos un mechón de mi pelo.

—Creo que eres hermosa —dice Oliver—. Por dentro y por fuera.

Se inclina un poco hacia delante, de manera casi imperceptible, y toma aire con los ojos cerrados antes de dejar que el pelo vuelva a caer sobre mi mejilla. Lo siento en mi interior, como si hubiera sufrido un shock.

No me aparto.

No me quiero apartar.

—Yo… no sé qué decir —tartamudeo.

A Oliver se le iluminan los ojos.

—*De todos los cafés y locales del mundo, aparece en el mío* —cita. Se mueve muy lentamente, para que yo sepa lo que va a pasar, y me besa.

Yo debería estar con Jacob, por orden judicial. Ya estoy quebrantando las normas. ¿Qué más da una más?

Sus dientes me cogen el labio. Sabe a azúcar.

—Gominolas —me susurra al oído—. Son mi mayor vicio. Después de esto.

Enredo las manos en su pelo, espeso y dorado, revuelto.

—Oliver —jadeo cuando desliza las manos por debajo de la camisa del pijama. Sus dedos me dilatan las costillas—. Creo tener la seguridad de que se supone que no has de acostarte con tus clientes.

—Tú no eres mi cliente —dice—, y no me siento ni la mitad de atraído por Jacob.

Abre la rebeca que llevo puesta; me arde la piel. No soy capaz de recordar la última vez que alguien me trató como si fuese la venerada pieza de un museo a la que le han dado permiso para tocar.

No sé cómo, pero poco a poco hemos acabado tumbados en el sofá. La cabeza se me cae hacia un lado, junto con mis mejores intenciones, cuando sus labios se cierran en torno a mi pecho. Me encuentro mirando directamente a los ojos de Thor.

—El perro…

Oliver alza la cabeza.

—Jesús —dice. Se levanta y coge a Thor con un brazo como si fuera un balón de rugby—. Qué inoportuno que eres. —Abre un armario y tira unas galletitas con forma de hueso sobre un cojín que hay dentro, después deja allí al perro y cierra la puerta.

Cuando se da la vuelta, inspiro hondo. De algún modo se le ha perdido la camiseta entre los cojines del sofá. Tiene los hombros anchos y fuertes, la cintura estrecha y los pantalones algo bajos. Posee esa belleza fácil de alguien lo suficientemente joven como para no reparar en lo afortunado que es por tener ese aspecto sin pretenderlo siquiera.

Yo, por mi parte, estoy tirada en un sofá raído en una habitación llena de cosas, con un perro metido en un armario cercano, con mis lunares, mis arrugas y siete kilos más de lo que debería…

—No lo hagas —dice Oliver con suavidad cuando vuelvo a juntar ambas partes de la rebeca. Se sienta a mi lado, en el borde del sofá—, o tendré que sacrificar a Thor.

—Oliver, podrías tener a cualquier chica que quisieras. A cualquier chica de tu edad.

—¿Sabes qué es el vino joven? Zumo de uva. Hay ciertas cosas que merecen la espera.

—Ese argumento hubiera resultado mucho más convincente si no viniera de alguien que acaba de liquidarse un bidón entero de agua mineral…

Me vuelve a besar.

—Cierra esa puñetera boca, Emma —me dice, afable, y coloca sus manos sobre las mías, que descansan sobre los bordes de la rebeca.

—Hace siglos. —Mis palabras son calladas, escondidas contra su hombro.

—Eso es porque me has estado esperando —dice Oliver, que me vuelve a abrir la rebeca y me besa en la clavícula—. Emma, ¿va todo bien? —me pregunta por segunda vez esta noche.

Excepto que en esta ocasión digo que sí.

Tenía que haberme deshecho de una cama tan grande. Hay algo demasiado deprimente en tener que hacer solo la mitad de la cama cada mañana porque la otra parte siempre permanece intacta. Nunca cruzo la línea divisoria de mi matrimonio para dormir de vez en cuando en el lado de Henry. Lo he dejado para él, o para quien sea que ocupe su lugar.

Ese resultó ser Theo, durante las tormentas, cuando tenía miedo; o Jacob cuando estaba enfermo y yo quería tenerlo controlado. Me dije que de todas formas me gustaba el espacio extra, que me merecía poder estirarme si lo deseaba, aunque haya dormido siempre en mi lado y enrollada como un helecho.

Y es por eso, digo yo, que parece perfecto cuando los rosados dedos del amanecer acarician la sábana que Oliver ha utilizado en algún momento para taparnos y me doy cuenta de que él también está encogido y me rodea: es una coma que tiene las rodillas juntas detrás de las mías y el brazo me rodea firme la cadera.

Cambio de postura, pero en lugar de soltarme, Oliver se aferra a mi con más fuerza.

—¿Qué hora es? —murmura.

—Las cinco y media.

Me doy la vuelta en su abrazo, y ahora estamos frente a frente. La sombra de la barba se asoma a sus mejillas y su mentón.

—Oliver, escucha.

Abre los ojos apenas una rendija.

—No.

—¿No, que no me vas a escuchar, o no, que tú no eres Oliver?

—No voy a escuchar —responde—. No ha sido un error y no ha sido un nosequé de una noche y se acabó. Y como sigas discutiendo conmigo sobre esto, te haré leer la letra pequeña del contrato de prestación de asistencia legal que firmaste, que especifica claramente que los servicios sexuales del abogado están incluidos en la minuta.

—Iba a decirte que vinieras a casa a desayunar —digo con sequedad.

Oliver me guiña un ojo.

—Ah.

—Es jueves. Día de color marrón. ¿Unos *bagels* sin gluten?

—Prefiero un completo —responde, y a continuación se sonroja—. Aunque imagino que eso ya lo dejé bastante claro anoche.

Solía despertarme por la mañana y quedarme tumbada en la cama durante treinta segundos, cuando lo que fuese que hubiera soñado aún fuera posible, antes de que recordase que tenía que levantarme y hacer el desayuno conforme al código de color y me preguntase si llegaríamos al final del día sin un cambio en el programa previsto, o sin un ruido, o sin que algún enigma social disparase una crisis. Contaba con treinta segundos cuando el futuro era algo que esperaba, no temía.

Llevo los brazos alrededor del cuello de Oliver y le beso. Aun sabiendo que el juicio volverá a ponerse en marcha en cuatro horas y media. Aun sabiendo que voy a tener que salir corriendo para casa antes de que Jacob se dé cuenta de que no estoy; aun sabiendo que es muy probable que haya complicado las cosas al hacer lo que he hecho… He descubierto una forma de estirar esos treinta segundos de gozo y convertirlos en un momento largo y maravilloso.

Un lugar donde se ha encontrado la esperanza:

Alegría.

Él.

Sí.

Si esto ha sucedido…, bueno, tal vez pueda suceder cualquier cosa.

Me pone las manos en los hombros y me aparta con suavidad.

—No te haces una idea de lo mucho que me fastidia decir que no —cuenta Oliver—, pero tengo una argumentación inicial que escribir, y la madre de mi cliente es, digamos, muy exigente.

—No lo dudes —digo.

Se incorpora, se quita mi camisa del pijama de debajo de la cabeza y me ayuda a ponérmela por encima de la mía.

—Esto no es ni muchísimo menos tan divertido como hacerlo al revés —señala.

Nos vestimos los dos, Oliver libera a Thor de su destierro y le engancha una correa al collar para ofrecerse a acompañarme hasta la mitad del camino. Somos los únicos que van por las calles a estas horas.

—Me siento como una idiota —digo al mirarme las zapatillas de andar por casa y el pantalón del pijama.

—Pareces una universitaria.

Elevo la mirada al cielo.

—Pero qué mentiroso que eres.

—Quieres decir abogado.

—¿Hay alguna diferencia?

Me detengo y levanto la vista para mirarle.

—Esto —digo—. No delante de Jacob.

Oliver no finge que no me entiende. Sigue andando y tira de la correa de Thor.

—Muy bien —dice él.

Nos separamos frente a las pistas de patinaje, y acelero el paso con la cabeza baja contra el viento y contra las miradas de los conductores de los coches que pasan. De vez en cuando, una sonrisa borbotea en mi interior y surge hacia la superficie. Cuanto más cerca de casa estoy, menos apropiado me parece; como si estuviese haciendo trampas de algún modo, como si estuviera teniendo la audacia de alguien distinto de esa madre que se espera que sea.

A las 6.15 ya estoy doblando la esquina de mi calle, aliviada. Jacob se despierta a las 6.30 en punto. No se va a enterar de nada.

Sin embargo, cuando me acerco, veo que las luces están encendidas dentro de la casa, y me da un vuelco el corazón. Comienzo a correr, presa del pánico. ¿Y si le ha pasado algo a Jacob en plena noche? Pero qué estúpida he sido, ¿cómo lo he dejado solo? Ni he dejado una nota, ni me he llevado el móvil, y cuando abro de golpe la puerta principal, casi me siento aplastada por el peso de lo que pueda haber pasado.

Jacob está de pie frente a la encimera de la cocina, preparándose ya su propio desayuno de color marrón. Ha preparado dos platos.

—Mamá —suelta emocionado—, no te imaginas quién está aquí.

Antes de poder intentarlo siquiera, oigo la cadena del aseo del piso de abajo, el agua del grifo correr y los pasos del invitado, que entra en la cocina con una sonrisa incómoda.

—¿Henry? —digo.

CASO N.º 10: ¿NO TE GUSTARÍA SALIR AIROSO DE UN ASESINATO?

El 19 de noviembre de 1986 desapareció Helle Crafts, azafata de la Pan Am de Connecticut. Se consideró sospechoso a su marido poco después de que ella se esfumase: Richard Crafts dijo a las autoridades que no había salido de su casa el día 19 de noviembre, pero el registro de su tarjeta de crédito mostraba que había comprado ropa de cama nueva. Poco antes de la desaparición de su mujer, Crafts había comprado asimismo un congelador de gran capacidad y había alquilado una trituradora de madera.

Cuando un testigo recordó que había visto una trituradora a poca distancia del río Housatonic, la policía registró la casa de Crafts y encontró en el colchón restos de sangre que encajaba con la de Helle. Cerca del Housatonic se halló una carta que iba dirigida a Helle, y los buzos recuperaron una motosierra y un cortasetos que aún tenía pelo y tejidos humanos en las cuchillas. Sobre esta base, se puso en marcha una búsqueda de pruebas más exhaustiva.

He aquí lo que descubrieron:

2660 pelos.

Una uña de un dedo de una mano.

Una uña de un dedo de un pie.

Una funda dental.

Cinco gotas de sangre.

(También se encontraron coincidencias químicas del esmalte de uñas del cuarto de baño de Helle con una uña de un dedo de una mano localizada en una furgoneta que alquiló Crafts, pero el tribunal desestimó la prueba por carecer de una orden de registro.)

A partir de estas pruebas, en 1989, Crafts fue hallado culpable del asesinato de su mujer y sentenciado a 99 años en prisión.

Este caso hizo famoso al doctor Henry Lee. Las condenas por asesinato hay que dejárselas a él, una estrella de la investigación criminal... aun sin cadáver.

IO

EMMA

Solo por un instante, tengo la certeza de que estoy alucinando. Mi exmarido no está en mi cocina, no viene hacia mí a darme un incómodo beso en la mejilla.

—¿Qué estás haciendo aquí? —le exijo que me diga.

Él mira a Jacob, que se está sirviendo un vaso de leche de soja con cacao.

—Por una vez en mi vida, he querido hacer las cosas bien —dice Henry.

Me cruzo de brazos.

—No me vengas con esas, Henry. Esto tiene menos que ver con Jacob que con tu propio sentimiento de culpa.

—Vaya —dice él—. Ciertas cosas no cambian nunca.

—¿Qué se supone que significa eso?

—A nadie se le consiente ser mejor madre que tú. Tú marcas la medida de la excelencia, y si no es así, entonces ya te encargas de rebajar a los demás con tal de asegurarte de que sigue siendo así.

—Pues eso resulta bastante gracioso, viniendo de un hombre que no ha visto a su hijo en años.

—Tres años, seis meses y cuatro días —dice Jacob. Se me había olvidado que él seguía en la habitación—. Fuimos a cenar a Boston porque volaste hasta allí por trabajo. Pediste un solomillo de ternera, y lo devolviste a la cocina porque al principio sabía raro.

Henry y yo intercambiamos una mirada.

—Jacob —digo—, ¿por qué no te vas arriba y te duchas el primero?

—Pero el desayuno…

—Te lo puedes tomar cuando bajes.

Jacob se apresura a subir y me deja a solas con Henry.

—Tienes que estar de broma —le digo, furiosa—. ¿Crees que puedes aparecer aquí por las buenas a salvarnos como un caballero andante?

—Teniendo en cuenta que soy yo quien extiende los cheques para el abogado —dice Henry—, tengo el derecho de asegurarme de que está haciendo su trabajo.

Eso, por supuesto, me hace pensar en Oliver, y en todas las cosas que no están relacionadas con su trabajo.

—Mira, Emma —dice Henry, y se le cae la bravuconería del rostro como la nieve cae de la rama de un árbol—, no he venido hasta aquí para ponerte las cosas más difíciles. He venido a ayudar.

—Pero es que no te vas a convertir ahora en su padre únicamente porque tu conciencia haya asomado su feo rostro. O se es padre las veinticuatro horas del día, siete días a la semana, o no se es.

—¿Por qué no le preguntamos a los chicos si prefieren que me quede o que me marche?

—Sí, claro, eso es como ponerles un videojuego resplandeciente delante de las narices. Henry, para ellos eres una novedad.

Esboza una sonrisa.

—No recuerdo la última vez que alguien me acusó de ser *eso*.

Se oye un alboroto, y Theo baja por las escaleras.

—Vaya, si estás aquí —dice—. Qué raro es esto.

—Es por ti —responde Henry—. Después de que cruzaras el país para venir a verme, me di cuenta de que no me podía quedar allí sentado y hacer como si esto no estuviese sucediendo.

—¿Por qué no? Es lo que hago yo siempre.

—Yo no me quedo a escuchar esto —digo mientras me muevo por la cocina—. Tenemos que estar en el juzgado a las nueve y media.

—Iré con vosotros —dice Henry—. Para dar apoyo moral.

—*Muchísimas* gracias —digo cortante—. No sé cómo me las iba a arreglar para sobrevivir a este día si tú no estuvieras aquí. Espera un momento; si ya he conseguido sobrevivir a cinco mil días sin ti por aquí.

Theo nos esquiva y pasa entre nosotros para abrir el frigorífico. Saca un cartón de zumo de uva y bebe directamente de él.

—Cielos, qué familia más *unidita* que tenemos. —Eleva la mirada al techo cuando deja de sonar el agua por las tuberías—. Me pido la ducha —dice, y regresa escaleras arriba.

Yo me hundo en una silla.

—¿Y cómo funciona esto, a ver? ¿Te sientas ahí en la sala y pones cara de preocupado mientras tu verdadera familia te espera al otro lado de la escotilla de escape?

—Eso no es justo, Emma.

—*Nada* es justo.

—Me voy a quedar aquí tanto como sea necesario. Meg comprende que tengo una responsabilidad con Jacob.

—Cierto. Una responsabilidad. Pero nadie sabe cómo, a ella se le ha olvidado invitarle a la soleada California a conocer a sus medio hermanas…

—Jacob no se va a subir a un avión, y tú lo sabes.

—Así que tu plan es venir a colarte en su vida y volver a largarte en cuanto haya terminado el juicio, ¿no es así?

—No tengo ningún plan…

—¿Y después?

—Por eso he venido. —Se acerca un paso—. Si…, si pasa lo peor, y Jacob no vuelve a casa…, bueno, ya sé que tú vas a estar ahí para que él se apoye en ti —dice Henry—. Pero pensé que tal vez tú también necesitases a alguien en quien apoyarte.

Hay cien réplicas que se me pasan por la cabeza, la mayoría de las cuales preguntan por qué habría de confiar en él ahora con los antecedentes de abandono que tiene en que figuro como víctima. Sin embargo, hago un gesto negativo con la cabeza.

—Jacob va a volver a casa —digo.

—Emma, tienes que…

Levanto la palma de la mano, como si pudiera detener sus palabras en el aire.

—Prepárate tú mismo el desayuno, yo tengo que vestirme.

Le dejo sentado en la cocina y subo las escaleras hasta mi habitación. Oigo a Theo cantando en la ducha a través de la pared. Me siento en la cama y junto las manos entre las rodillas.

Cuando los chicos eran pequeños, teníamos normas en la casa. Las escribía en el espejo del cuarto de baño cuando los metía en la bañera de forma que apareciesen por arte de magia la siguiente vez que la habitación se llenase de vaho: mandamientos para un bebé menor de dos años y su hermano autista dolorosamente literal, leyes que no habían de quebrantarse:

1. Recoge lo que desordenas.
2. Di la verdad.
3. Lávate los dientes dos veces al día.
4. No llegues tarde a clase.
5. Cuida de tu hermano, es el único que tienes.

Una noche, Jacob me preguntó si yo también tenía que seguir las normas de la casa, y le dije que sí. «Pero —señaló él— tú no tienes un hermano.»

«Entonces cuidaré de ti», le dije.

Sin embargo, no lo hice.

Oliver comparecerá hoy ante el jurado, y tal vez mañana y al otro, e intentará lograr lo que yo he intentado en vano durante los últimos dieciocho años: hacer que un extraño entienda cómo es ser mi hijo, hacerle sentir empatía hacia un niño incapaz de sentirla él mismo.

Cuando Theo ha terminado en el cuarto de baño, entro yo. El ambiente está aún pesado por el calor y el vapor; el espejo está empañado. No puedo ver cómo descienden las lágrimas por mi cara, pero será para bien. Porque puede que yo conozca a mi hijo y puede que yo crea de manera visceral que no es un asesino, pero las probabilidades de que un jurado vea esto con la misma claridad que yo son mínimas. Porque da igual lo que le diga a Henry —a mí misma, para el caso—, yo sé que Jacob no va a volver a casa.

JACOB

Theo aún se está vistiendo cuando llamo a su puerta.

—¿Qué coño quieres, tío? —dice mientras se sujeta una toalla sobre el cuerpo. Cierro los ojos hasta que él me dice que vale, que ya puedo mirar, y entonces entro en su cuarto.

—Necesito ayuda con la corbata —digo.

Estoy muy orgulloso del hecho de haberme vestido hoy sin incidentes. Estaba un poco desquiciado con los botones de la camisa, que notaba como carbones incandescentes sobre el pecho, pero me he puesto una camiseta debajo y ahora ya no es tan doloroso.

Theo está de pie frente a mí, con unos vaqueros y una sudadera. Ojalá yo me pudiese vestir así para ir al juzgado. Me levanta el cuello de la camisa y comienza a darles vueltas y vueltas a los extremos para que sea una corbata, y no el nudo que me ha salido a mí dos veces. Esta es como una bufanda estrecha y larga, y me gusta mucho más que esa cosa de rayas que Oliver me hizo ponerme ayer.

—Listo —dice Theo. Entonces encoge los hombros—. ¿Y qué piensas de papá?

—Yo no pienso nada de papá —digo.

—Me refiero a que esté aquí.

—Ah —digo—, supongo que es bueno.

(En realidad, no creo que sea bueno ni que sea malo. No es que vaya a haber mucha diferencia, al fin y al cabo, pero es como si la gente normal tuviese una reacción más positiva al ver a un pariente tan cercano, y él ha viajado 4800 kilómetros en avión, así que eso se lo tengo que reconocer.)

—Pensé que mamá iba a montar el pollo de su vida.

No sé a qué se refiere con eso, pero asiento y le sonrío. Te sorprendería lo mucho que ayuda esa respuesta en una conversación en la que te sientes totalmente confundido.

—¿Te acuerdas de él? —pregunta Theo.

—Llamó el día de mi cumpleaños, y eso fue solo hace tres meses y medio…

—No —interrumpe Theo—. Quiero decir que si te acuerdas de él en aquella época, cuando vivía con nosotros.

La verdad es que sí. Recuerdo encontrarme en la cama entre él y mi madre, llevar la mano hasta su barbilla cuando estaba dormido. Raspaba con la barba incipiente, y la textura me intrigaba. Además, me gustaba el sonido que hacía cuando se la frotaba. Recuerdo su maletín. Dentro guardaba disquetes de colores que a mí me gustaba ordenar según el espectro de la luz, y una cajita con clips que yo alineaba en el suelo de su oficina mientras trabajaba. A veces, sin embargo, cuando estaba programando y se atascaba o se ponía nervioso daba un grito, y eso me solía hacer gritar a mí, y llamaba a mi madre para que me llevase con ella de forma que él pudiese trabajar algo.

—Una vez me llevó a recoger manzanas —digo—. Me subió encima de sus hombros y me enseñó cómo los recolectores sacan las manzanas de sus cestas sin golpearlas.

Durante un tiempo guardé una lista de datos que había aprendido sobre las manzanas, porque lo que yo recordaba de mi padre era que al menos tenía un interés pasajero en la pomología, lo suficiente como para llevarme a pasar la jornada a un huerto. Sé, por ejemplo, que:

1. Los mayores productores de manzanas del mundo son China, los Estados Unidos, Turquía, Polonia e Italia.

2. Hacen falta nueve manzanas y media para obtener un litro de sidra.

3. La Red Delicious es la variedad más extendida en los Estados Unidos.

4. Se requiere la energía de cincuenta hojas para producir una manzana.

5. La manzana más grande jamás recolectada pesaba 1,36 kilogramos.

6. Las manzanas flotan porque un cuarto de su volumen es aire.

7. Los manzanos pertenecen a la misma familia que los rosales.

8. Los arqueólogos han hallado indicios del consumo de manzanas en el año 6500 a. C.

—Eso está genial —dice Theo—. Yo no recuerdo absolutamente nada de él.

Yo sé por qué: es porque Theo solo tenía unos meses cuando mi padre se marchó. No me acuerdo del día, pero sí mucho de lo que condujo hasta él. Mi padre y mi madre solían pelearse delante de mí. Yo estaba allí, pero no estaba allí; era aquella época en que me quedaba absorto con las interferencias de la tele o con la palanca del tostador. Mis padres suponían que yo no estaba prestando atención, pero no es así como funciona. En aquella época lo podía ver, oír, oler y sentir todo a la vez, por eso tenía que hacer un esfuerzo tan grande para concentrarme solo en un estímulo. Yo siempre me lo he imaginado como una película: imagínate una cámara capaz de grabar todo el mundo a la vez, todas las vistas, todos los sonidos. Eso es algo impresionante, si bien no resulta especialmente útil si lo que deseas es escuchar una conversación específica entre dos personas, o ver una pelota que viene hacia ti mientras aguardas en el puesto del bateador. Y como yo no podía cambiar el cerebro con el que había nacido, lo que hice fue aprender a estrechar el mundo con unas persianas improvisadas, hasta que todo lo que percibía era lo que deseaba percibir. Eso es el autismo, para quienes no lo han tenido nunca.

De todas formas, ese es el motivo de que, aunque mis padres pensaran que tenía mi atención ocupada, pueda recordar sus peleas al pie de la letra:

«¿Te acuerdas de mí, Emma? Vivo aquí, yo también…».

«Por Dios bendito, Henry. ¿De verdad sientes celos por el tiempo que paso con nuestro propio hijo?»

Y:

«Me da igual cómo vayamos a pagarlo. No voy a desaprovechar un tratamiento para Jacob solo porque…».

«¿Porque qué? Dilo… Crees que no gano lo suficiente.»

«Lo has dicho tú, no yo.»

Y:

«Quiero volver de mi puto trabajo a mi puta casa y no encontrarme a diez putos desconocidos tirados en el suelo de mi salón. ¿Es mucho pedir?».

«Esos desconocidos son los que van a traernos a Jacob de vuelta…»

«Despierta, Emma. Es lo que es. No hay ninguna especie de milagro encerrado dentro de él esperando para salir.»

Y:

«Esta semana has salido muy tarde de trabajar».

«¿Y qué motivo tengo para venir a casa?»

Y:

«¿Qué quieres decir, que estás embarazada? Dijimos que ya no más. Ya tenemos suficientes problemas…».

«No es que me haya quedado embarazada yo solita, ¿sabes?»

«Tú sabrás, eres tú quien se toma la píldora.»

«¿Crees que lo he hecho aposta? Dios mío, Henry, cómo me alegra saber que me tienes en tan alta estima. Lárgate. Lárgate de aquí.»

Y un día lo hizo.

De repente, mi padre llama a la puerta de la habitación de Theo y asoma la cabeza.

—Chicos —dice—, ¿cómo… va la cosa? —Ninguno de nosotros dice una palabra—. Jacob —pregunta—, ¿podemos hablar?

Nos sentamos en mi habitación, yo en mi cama, y mi padre en la silla de mi escritorio.

—¿Tienes… algún problema con que yo esté aquí?

Miro alrededor. No está toqueteando nada de lo que hay en mi mesa, así que hago un gesto negativo con la cabeza.

Esto hace que se sienta mejor, creo yo, porque sus hombros se relajan.

—Te debo una disculpa —dice—. No sé cómo decir esto con palabras.

—Eso me pasa a mí —le cuento.

Sonríe un poco y niega con la cabeza. Theo se parece muchísimo a él. Esto se lo he oído decir a mi madre toda la vida, pero ahora puedo ver que hay también mucho de mi padre que me recuerda a mí. Como la forma de bajar la cabeza antes de empezar una frase. Y cómo tamborilea los dedos sobre los muslos.

—Quería pedirte disculpas, Jacob —dice—. Hay alguna gente, como tu madre, que nunca se rinde. Yo no soy una de esas personas. No lo estoy diciendo como una excusa, solo como un hecho. Yo me conocía lo suficiente, aun entonces, como para entender que aquello no era algo que yo fuese capaz de manejar.

—Por *aquello* —digo— te refieres *a mí*.

Vacila y, a continuación, asiente.

—Yo no sé tanto del asperger como tu madre —dice—, pero creo que quizá todos llevemos algo dentro de nosotros que nos impida conectar con los demás incluso cuando queremos hacerlo.

Me gusta la idea: que el asperger es como un condimento añadido a las personas, y aunque mi concentración sea más alta que la de los demás, si nos examinasen, todos presentaríamos rastros de esta sustancia.

Me obligo a mirar a mi padre a los ojos.

—¿Sabías que las manzanas se pueden oxidar?

—No —dice en un tono de voz más suave—. No lo sabía.

Además de la lista de datos sobre las manzanas, he guardado otra lista para mi padre con preguntas que le podría hacer si surgiese la ocasión:

1. De no haber sido por mí, ¿te habrías quedado?
2. ¿Has lamentado alguna vez haberte marchado?
3. ¿Crees que algún día podríamos ser amigos?
4. Si prometo esforzarme mucho, ¿valorarías la posibilidad de volver?

Conviene tener en consideración que, mientras estamos sentados en mi cuarto, hablamos de manzanas, del testimonio del forense de ayer y del artículo de la revista *Wired* acerca de si el auge del asperger en Silicon Valley se debía a la preponderancia de los genes matemático-científicos en dicha zona geográfica. Aun así no le he hecho ni una sola de esas preguntas, que permanecen en una lista en el fondo del último cajón de la izquierda de mi escritorio.

Vamos todos juntos al juzgado en el coche de alquiler de mi padre. Es plateado y huele a pino. Voy en mi asiento habitual de la parte de atrás, con mi padre delante, que va conduciendo. Mi madre va sentada a su lado, y Theo va junto a mí. Mientras nos trasladamos, observo los espacios de separación entre los cables de los postes de teléfono, que se estrechan en los extremos y se amplían en el centro, como canoas gigantes.

Estamos a cinco minutos del juzgado cuando suena el teléfono móvil de mi madre. Casi lo tira antes de ser capaz de responder a la llamada.

—Estoy bien —dice, pero la cara se le ha puesto roja—. Nos vemos en el aparcamiento.

Supongo que debería estar nervioso, pero estoy emocionado. Hoy es el día en que Oliver le va a poder decir a todo el mundo la verdad sobre lo que hice.

—Escucha, Jacob —dice mi madre—, ¿recuerdas las normas?

—Dejar que sea Oliver quien hable —mascullo—, pasarle una nota si necesito un descanso. Que no soy tonto, mamá.

—Eso es cuestión de opiniones —dice Theo.

Mi madre se vuelve en su asiento. Tiene las pupilas grandes y oscuras, y le late un pulso en el hueco de la garganta.

—Hoy va a ser más duro para ti —dice con mucha calma—. Vas a oír cómo se dicen cosas sobre ti que podrían no tener sentido. Cosas que quizá pienses incluso que no son ciertas, pero solo recuerda: Oliver sabe lo que hace.

—¿Va a testificar Jacob? —pregunta mi padre.

Mi madre se vuelve hacia él.

—¿A ti *qué* te parece?

—Solo era una pregunta, por Dios.

—Es que no puedes aparecer en el tercer acto y esperar que te cuente todo lo que te has perdido —le suelta, y el silencio llena el coche como si fuese gas sarin.

Empiezo a susurrar la secuencia de Fibonacci, para sentirme mejor, y Theo debe de sentirse igual, porque dice:

—Entonces…, ¿cuándo llegamos? —Y se empieza a reír como un histérico, como si hubiese contado un chiste realmente gracioso.

Entramos en el aparcamiento, y Oliver está apoyado en su camioneta. Es una vieja *pickup* que, dice él, es más propia de un herrador que de un abogado, pero que aún le lleva del punto A al punto B. Hemos entrado en la parte de atrás del edificio de los juzgados, lejos de las cámaras y de las unidades móviles de las noticias. Oliver levanta la vista cuando pasamos por delante, pero como este no es el coche de mi madre, no se da cuenta de que somos nosotros. Hasta que paramos y nos bajamos del coche de alquiler, Oliver no ve a mi madre y viene hacia nosotros con una sonrisa enorme en la cara.

Y entonces ve a mi padre.

—Oliver —dice mi madre—, este es mi exmarido, Henry.

—¿En serio? —Oliver mira a mi madre.

Mi padre extiende la mano para ofrecérsela.

—Encantado de conocerte.

—Mmm, igualmente, es un placer. —Luego se vuelve hacia mí—. Pero, Emma…, por el amor de Dios. No puedo dejarle entrar en la sala de esa manera.

Bajo la vista. Llevo unos pantalones marrones de pana y una camisa marrón, con una chaqueta marrón de *tweed* y la corbata estrecha que Theo me ha anudado.

—Es jueves, y lleva chaqueta y corbata —dice mi madre con sequedad—. Te puedes imaginar que esta mañana ya he tenido los suficientes problemas.

—¿Qué crees tú que parece?

—¿Un repartidor de UPS? —dice mi padre.

—Yo estaba pensando en un nazi. —Oliver niega con la cabeza—. No tenemos tiempo para que vuelvas a casa a cambiarte, y eres demasiado grande para que te valga mi… —Se corta en seco y echa una mirada de escrutinio a mi padre—. Id los dos al cuarto de baño e intercambiaos las camisas.

—Pero es *blanca*.

—Exacto. El look que nos va no es el de un asesino en serie moderno, Jake.

Mi padre mira a mi madre.

—¿Lo ves? —dice—. ¿No te alegras de que haya venido?

Dio la casualidad de que el primer día que vi a Jess para aprender interacción social yo temía por mi mismísima vida. Ese año iba a clase de Lengua con la señorita Wicklow. No se trataba de una clase especialmente interesante, y la señorita Wicklow tenía la mala fortuna de lucir un rostro que se parecía un poco a un boniato: alargado y estrecho, con unos pocos pelos que le salían de la barbilla y un bronceado naranja de aerosol. Pero siempre me dejaba leer en voz alta cuando representábamos obras, aunque a veces me costase recordar por dónde iba, y aquella vez que se me olvidó el cuaderno un día que teníamos un examen con apuntes, ella me dejó hacerlo al siguiente. Un día ella no vino porque tenía la gripe, y un chico de la clase que se llamaba Sawyer Trigg (que ya había sido expulsado en una ocasión por traer antigripales al instituto con intención de venderlos en la cafetería) no hizo ni caso al profesor sustituto y cortó trocitos de las hojas de una cinta y se los pegó con chicle en la barbilla. Se metió un montón de papeles debajo de la camisa y se puso a pavonearse por los pasillos entre los pupitres.

—Soy la señorita *Witchlow* —dijo, y todo el mundo se echó a reír.*

Yo también me reí, pero solo para no desentonar, porque se supone que tienes que respetar a los profesores aunque no estén allí. Por eso, cuando la señorita Wicklow regresó, yo le conté lo que había estado haciendo Sawyer, y ella lo envió a ver al director. Más adelante, aquel día, él me empotró contra mi taquilla y dijo:

—Si quiero, te mato, puto Hunt.

Pues bien, me pasé el resto del día dominado por el pánico, porque si quería, me mataría, y a mí no me cabía la menor duda. Y cuando Jess vino a verme al instituto por primera vez, yo tenía en el bolsillo un cuchillo de postre que había cogido de la cafetería —todo lo que pude conseguir en tan poco tiempo— por si acaso Sawyer Trigg acechaba entre las sombras de los pasillos.

Jess me dijo que todo lo que hablase con ella quedaría en privado y que no le contaría a mi madre nada de lo que yo quisiera mantener como un secreto entre nosotros. Eso me gustó —sonaba como tener un «mejor amigo», al menos tal y como lo presentan en la televisión—, pero estaba demasiado distraído para hacer ningún comentario.

—¿Jacob? —dijo Jess cuando me sorprendió mirando por encima del hombro por octava vez—. ¿Va todo bien?

Fue entonces cuando le conté todo lo referente a la señorita Wicklow y Sawyer Trigg.

---

* *Witch*, «bruja». (N. del T.)

Ella hizo un gesto negativo con la cabeza.

—No te va a matar.

—Pero ha dicho…

—Es su manera de hacerte saber que está enfadado contigo por haberte chivado de él.

—No has de burlarte de tus profesores…

—No has de chivarte de tus compañeros tampoco —dijo Jess—, en especial si quieres caerles bien. Es decir, la señorita Wicklow *tiene* que ser amable contigo, es parte de su trabajo; pero la confianza de tus compañeros te la tienes que ganar tú, y la acabas de perder. —Se inclinó hacia delante—. Hay normas de todo tipo, Jacob. Algunas de ellas son explícitas, como la de no burlarse de los profesores; pero hay otras que son como secretos. Son esas que se supone que conoces, aunque no las hayas oído nunca.

Eso era exactamente lo que yo nunca parecía entender: las normas no escritas que otra gente captaba como si dispusiera de un radar social del que carecía mi cerebro.

—¿Te reíste cuando Sawyer se burló de la señorita Wicklow?

—Sí.

—Y él pensó que estabas de su parte, que te lo estabas pasando bien con su actuación. Así que imagínate cómo se sintió cuando te chivaste de él.

Miré a Jess fijamente. Yo no era Sawyer, y me había atenido a las normas, mientras que él había quebrantado una de manera intencionada.

—No puedo —dije.

Mi madre llegó unos pocos minutos más tarde para recogerme.

—Hola —dijo a Jess con una sonrisa—, ¿qué tal ha ido?

Jess me miró y se aseguró de que yo la mirase a los ojos. Entonces se volvió hacia mi madre.

—Hoy, Jacob ha metido a otro chico en un lío. Ah, y también ha robado un cuchillo de la cafetería del instituto.

Sentí cómo el corazón de repente me pesaba como una piedra dentro del pecho, y la boca se me puso tan seca como el algodón. Pensé que aquella chica iba a ser mi amiga, que iba a guardar mis secretos, y lo primero que hizo fue darse la vuelta y contarle a mi madre todo lo que había pasado aquel día.

Estaba furioso; no quería volver a verla jamás. Y también sentía el estómago blando y esponjoso, como si me acabase de bajar de una atracción del parque, porque sabía que mi madre iba a querer continuar con esta conversación de camino a casa.

Jess me tocó en el brazo para llamar mi atención.

—*Así* —dijo— es como se ha sentido Sawyer. Y yo no te lo volveré a hacer nunca a ti. ¿Y tú?

Al día siguiente fui al instituto y esperé cerca de la taquilla de Sawyer.

—¿Qué haces aquí, capullo? —preguntó.

—Lo siento —le dije, y en serio, de verdad que lo sentía.

Quizá fuera mi cara, o mi tono de voz, o el simple hecho de que fuese a buscarlo, pero se quedó allí un instante con la puerta de su taquilla abierta, y entonces se encogió de hombros.

—Da igual —dijo Sawyer.

Decidí que esa era su forma de dar las gracias.

—¿Aún estás pensando en matarme?

Lo negó con la cabeza y se rio.

—No lo creo.

De verdad te lo digo, Jess Ogilvy era la mejor profesora que jamás haya tenido. Y ella habría entendido, mejor que nadie, por qué tuve que hacer lo que hice.

OLIVER

Lo que pasó anoche fue la experiencia más sobresaliente de mi expediente sexual, a menos que contemos esa vez que me publicaron una carta en el *Penthouse* cuando estaba en mi segundo año en la facultad, si bien la diferencia estriba, por supuesto, en que aquello fue ficticio mientras que lo de anoche pasó de verdad.

He estado pensando en ello (vale, no he estado pensando en nada que no fuera eso). Una vez que Emma y yo nos hemos reconocido el uno al otro nuestros mayores miedos, nos hemos encontrado en igualdad de condiciones. La vulnerabilidad vence a la edad. Cuando te encuentras emocionalmente desnudo, el salto a estarlo físicamente tampoco es tan grande.

Esta mañana me he despertado con su pelo suelto por encima de mi brazo, y el calor de su cuerpo contra el mío, y he decidido que me da igual si se ha acostado conmigo por desesperación, por frustración o incluso por distracción: no la iba a dejar marchar. Anoche cartografié cada uno de sus centímetros, y quiero regresar a ese territorio hasta que me lo conozca mejor que nadie lo haya hecho hasta ahora o lo pueda hacer en el futuro.

Eso significa que tengo que lograr la absolución para su hijo, porque si no, ella no va a querer volver a verme.

A tal fin, he llegado al juzgado esta mañana con la intención de ofrecerle a Jacob la mejor defensa en la historia del estado de Vermont. Estaba concentrado, decidido y determinado, hasta que la he visto bajarse del coche de otro.

Del de su ex.

Tiene derecho a estar aquí, supongo —es el padre de Jacob—, pero Emma me hizo creer que él, en realidad, no salía en la foto.

No me gusta la manera en que Henry se agarra a ella cuando estamos subiendo las escaleras, no me gusta el hecho de que él sea más grande que yo. No me gusta el hecho de que, la única vez que le toco el brazo a Emma, cuando estamos a punto de entrar en la sala, Theo me vea y se le arqueen las cejas hasta meterse debajo del pelo, de manera que yo tenga que fingir que ha sido un roce accidental de la mano.

Lo que de verdad no me gusta es el hecho de estar preocupado por Emma cuando me debería concentrar exclusivamente en su hijo.

Entra el jurado, y yo ocupo mi asiento junto a Jacob. Tiene el aspecto de haberse tomado sesenta tazas de café. Está dando botes, aunque se encuentre sentado aquí, conmigo, a la mesa de la defensa. Emma está a su derecha, y juro que puedo sentir el calor de su piel aun con su hijo entre nosotros.

—Esto no me gusta —dice Jacob entre dientes.

«Ni a ti ni a mí, chaval», pienso.

—¿Qué es lo que no te gusta?

—Su pelo.

—¿El de quién?

—El suyo —dice Jacob, y señala a Helen Sharp sin mirarla.

La fiscal lleva hoy el pelo suelto por la cara. Es de color caoba y le acaricia los hombros. La verdad es que le da un aire casi compasivo, aunque a mí no me engaña.

—Bueno —digo—, podría ser peor.

—¿Cómo?

—Podría ser más largo.

Esto me hace pensar en Emma, anoche, con el pelo suelto que le caía por la espalda. Nunca se lo había visto así, por Jacob.

—Es un mal augurio —dice Jacob, y los dedos de la mano le tiemblan sobre el muslo.

—Parece que hay mucho de eso por aquí —digo, y me giro hacia Emma—. ¿Qué hace aquí Henry?

Niega con la cabeza.

—Ha aparecido esta mañana, cuando yo había salido *a correr* —hace hincapié y no me mira a los ojos. Fin de la conversación.

—Asegúrate de decir la verdad —dice Jacob, y tanto Emma como yo giramos la cabeza de golpe para mirarlo. ¿A ver si Jacob va a ser más intuitivo de lo que le habíamos creído capaz?

—En pie —ordena el alguacil, y el juez entra a grandes zancadas procedente de su despacho.

—Si la defensa considera oportuno hacer una argumentación inicial —dice el juez Cuttings—, puede comenzar.

Yo hubiera preferido hacer mi alegato de apertura cuando Helen hizo el suyo para que así, todo el tiempo que el jurado estuvo observando las reacciones de Jacob durante el turno de la acusación, hubieran podido pensar que su inapropiado afecto se debía a que tiene asperger, y no a que sea un asesino sociópata. Pero el juez no me dio esa oportunidad, así que ahora tengo que causarles una impresión el doble de profunda.

—La verdad —susurra Jacob de nuevo—, les vas a contar lo que pasó, ¿verdad?

Me percato de que está hablando del jurado; se refiere al asesinato de Jess Ogilvy, y hay tal carga en esa sola pregunta que de repente no tengo ni idea de qué responder a Jacob sin que se convierta en una mentira. Paso por un instante de duda y respiro hondo.

—*Hola, me llamo Íñigo Montoya* —susurro a Jacob—. *Tú mataste a mi padre, prepárate a morir.*

Sé que está sonriendo cuando me pongo en pie y me enfrento al jurado.

—Durante un juicio, los letrados pedimos al jurado que vea en una escala de tonalidades de gris. Se supone que ustedes han de mirar cada cuestión desde ambos lados; no prejuzgar nada; esperar hasta haber escuchado todos los testimonios para poder tomar una decisión. El juez les ha dado instrucciones para que actúen de esta manera, y se las volverá a dar al final del juicio. —Camino hacia ellos.

»Pero Jacob Hunt no sabe cómo hacer eso. No es capaz de ver distintos tonos de gris. Para él, el mundo es blanco o negro. Por ejemplo, si ustedes le piden a Jacob que baje la tele, él se la dejará en el suelo. Parte del diagnóstico del asperger de Jacob significa que él no entiende el concepto de metáfora. Para él, el mundo es un lugar literal. —Miro a Jacob por encima de mi hombro y le veo con la vista clavada en la mesa—. También repararían ustedes ayer, en el transcurso de la sesión, en que Jacob no miraba a los testigos a los ojos. O en que no mostró emoción cuando la fiscalía se dedicó a enumerar los horrores del escenario del crimen. O en que pueda no ser capaz de aguantar los testimonios durante largos periodos de tiempo y necesite un descanso en aquella salita del fondo. Es más, hay momentos en este juicio en que podría parecer que Jacob se comporta de forma grosera, o inmadura, o incluso de un modo que le hace parecer culpable, pero, señoras y señores del jurado, Jacob no lo puede evitar. Todas esas conductas son características del síndrome de Asperger, un trastorno neurológico incluido dentro del espectro autista que le ha sido diagnosticado a Jacob Hunt. Las personas con asperger pueden tener un cociente intelectual normal o incluso excepcional, pero muestran también serias deficiencias en su capacidad para relacionarse y comunicarse. Pueden estar obsesionados con la rutina o con las normas, o tener fijación por un tema en concreto. No son capaces de interpretar bien las expresiones faciales ni el lenguaje corporal. Son extremadamente sensibles a la luz, las texturas, los olores o los sonidos.

»Oirán hablar a los doctores de Jacob y a su madre sobre sus limitaciones y sobre cómo han intentado ayudarle a superarlas. Parte de lo que van a oír se refiere al sentido tan específico que tiene Jacob sobre lo que está bien y lo que está mal. En su mundo, no es que las normas sean importantes, es que son infalibles; y, aun así, él no comprende los fundamentos que las sostienen. Él no será capaz de contarles cómo su comportamiento podría afectar a otra persona, porque para Jacob resulta imposible meterse en el pellejo metafórico de otro. Sería capaz de recitarles hasta la última línea del episodio 44 de *CrimeBusters,* pero no podría decirles por qué la madre llora en la escena número siete, o cómo ha impactado a unos padres la pérdida de un hijo en el capítulo. Si preguntasen ustedes a Jacob, él no podría explicárselo; y no porque no quiera, ni tampoco porque sea un sociópata, sino porque su cerebro no funciona de ese modo, así de simple.

Voy andando hasta detrás de la mesa de la defensa y le pongo la mano a Jacob en el hombro con mucha suavidad. Él da un respingo inmediato, tal y como me imaginaba, ante la atenta mirada de los miembros del jurado.

—Si pasasen un tiempo con Jacob —digo—, muy probablemente pensarían que tiene… algo distinto. Algo que no llegan a poder definir bien. Puede parecer raro, o peculiar…, pero también es probable que no piensen que está loco. Al fin y al cabo, es capaz de mantener una conversación perfectamente razonable con ustedes; de ciertos temas, sabe más de lo que yo llegaré a saber nunca; no va por ahí oyendo voces en su cabeza, ni prendiéndole fuego a pequeños animales. Sin embargo, señoras y señores, la definición de demencia *legal* es muy distinta de lo que solemos pensar cuando la palabra *demencia* nos viene a la mente. Dice que el acusado, en el momento de cometerse un acto y a consecuencia de un defecto o trastorno mental grave, era incapaz de percibir la ilegalidad de sus actos. Lo que significa eso es que una persona con un trastorno neurológico como el asperger que comete un delito, una persona como Jacob, no puede ser considerada responsable de la misma manera que ustedes o que yo. Y lo que oirán de los testigos de la defensa son pruebas de que el hecho de tener el síndrome de Asperger hace que a Jacob le resulte imposible saber cómo sus actos podrían causar daño a otra persona. Oirán que tener síndrome de Asperger puede conducir a alguien como Jacob a tener un interés idiosincrásico que se convierte en algo abrumador y obsesivo. Y verán, señoras y señores del jurado, que tener el síndrome de Asperger afectó la capacidad de Jacob para comprender que lo que le hizo a Jess Ogilvy estaba mal.

Oigo un cuchicheo a mi espalda. Veo con el rabillo del ojo una docena de notas amontonadas en mi lado de la mesa de la defensa. Jacob se está meciendo hacia delante y hacia atrás, con la boca tensa. Pasado un minuto, comienza a escribirle notas a Emma también.

—Nadie está sugiriendo que la muerte de Jess Ogilvy sea algo menos que una tragedia, y trasladamos a su familia todas nuestras condolencias. Pero no acrecentemos dicha tragedia provocando una segunda víctima.

Hago un gesto de asentimiento y regreso a sentarme a la mesa. Las notas son breves y exaltadas.

No.

Se lo tienes que contar.

Lo que hice estaba bien.

Me inclino hacia mi cliente.

—Tú confía en mí —digo.

THEO

Ayer, estaba sentado solo al fondo de la sala, apretado entre una señora que estaba tejiendo un gorrito de lana para un bebé, y un hombre con una chaqueta de *tweed* que no paraba de enviar mensajes de texto durante los testimonios. Nadie sabía quién era yo, y me gustó que fuera así. Tras el primer descanso de relajación sensorial de Jacob, cuando fui a la salita acortinada, y el alguacil me dejó pasar, mi identidad secreta dejó de ser tan secreta. Me di cuenta de que la mujer que hacía punto se había cambiado de sitio, al otro extremo de la sala, como si yo tuviese alguna enfermedad contagiosa terrible en lugar de compartir apellido con el acusado. El hombre de la chaqueta de *tweed,* sin embargo, dejó de escribir mensajes. Empezó a hacerme preguntas: «¿Se había puesto violento Jacob antes alguna vez? ¿Estaba colado por Jess Ogilvy? ¿Ella le rechazó?». No me costó demasiado imaginar que se trataba de alguna especie de reportero, y después de eso, me limité a quedarme de pie al fondo, cerca de uno de los alguaciles.

Hoy estoy sentado junto a mi padre, un tío al que no conozco de nada.

Cuando Oliver se pone a hablar, mi padre se inclina hacia mí:

—¿Qué sabes de este tío?

—Le gustan los largos paseos por la playa, y es escorpio —digo.

He aquí lo que de verdad sé: Oliver le ha acariciado hoy el brazo a mi madre. Pero no en plan ay-cuidado-que-te-vas-a-caer, sino más bien en plan cómo-está-mi-chica. Pero ¿de qué coño va? Se supone que tiene que salvarle el culo a mi hermano, no tirarle los tejos a mi madre.

Sé que me tendría que sentir aliviado por el hecho de que mi padre esté aquí, pero no es así, la verdad. Estoy aquí sentado preguntándome por qué hemos venido a ver un juicio por asesinato en lugar de estar en la primera base de Fenway, viendo jugar a los Sox. Me pregunto cómo he aprendido a hacer el nudo a una corbata, como se lo he hecho hoy a Jacob, teniendo en cuenta que no ha sido mi propio padre quien me lo ha enseñado. Me pregunto por qué el hecho de compartir ADN con una persona no te hace sentir de manera automática que tienes algo en común con ella.

Me vuelvo hacia mi padre en cuanto Oliver finaliza su discurso.

—No sé pescar —digo—. Quiero decir que no sabría cómo poner el cebo en el anzuelo, o cómo se usa la caña, ni nada de eso.

Me mira fijamente, con el ceño algo fruncido.

—Estaría bien que hubiéramos ido a pescar —digo—, ya sabes, a algún sitio como aquel estanque detrás del instituto.

Esto, por supuesto, no puede ser más estúpido. Tenía seis meses cuando mi padre nos abandonó. Yo apenas me tenía en pie, no digamos ya lo de sostener una caña de pescar.

Mi padre agacha la cabeza.

—Es que me mareo —dice él—. Incluso si me quedo en un embarcadero. De siempre.

Después de eso, no es que hablemos mucho ya.

Fui a ver una vez a la doctora Luna. Mi madre pensó que sería una buena idea que charlase con un loquero de los sentimientos que pudiese tener, ya que mi hermano absorbía todo el tiempo y energías de la casa como una especie de aspiradora kármica gigante. No puedo decir que recuerde mucho de ella, salvo que olía a incienso y me dijo que me podía quitar los zapatos, porque ella misma pensaba mejor sin ellos, y tal vez a mí también me pasase.

Lo que sí recuerdo es de qué hablamos. Me dijo que a veces me resultaría difícil ser el hermano pequeño, porque tendría que hacer todo lo que suele hacer el mayor. Me contó que esto podría frustrar a Jacob y hacer que se enfadara, lo cual provocaría en él un comportamiento más inmaduro aún. En esto fue como el equivalente psicológico del parte meteorológico: me podía decir con una probabilidad muy precisa lo que se avecinaba, pero carecía de los medios para ayudarme en mi preparación para la tormenta.

En el estrado, su aspecto es diferente del que tiene en su despacho. Por ejemplo, viste un traje de chaqueta, y ha domado en un moño su habitual pelo largo y alocado. Ah, y lleva zapatos.

—A Jacob se le diagnosticó en un principio un trastorno general dentro del espectro del autismo. Después afinamos el diagnóstico en un trastorno generalizado del desarrollo. Hasta que fue a sexto curso no corregimos la diagnosis al síndrome de Asperger basándonos en su incapacidad para interpretar las situaciones sociales y para relacionarse con sus compañeros pese a su elevado cociente intelectual y sus aptitudes verbales. Esta progresión en el diagnóstico resulta bastante común en los chicos de la edad de Jacob; no significa que no tuviese asperger siempre, que lo tenía, solo significa que nosotros no contábamos necesariamente con la terminología para etiquetarlo.

—¿Podría usted proporcionarnos una definición del síndrome de Asperger para quienes no se encuentran familiarizados con él, doctora? —pregunta Oliver.

—Se trata de un trastorno del desarrollo que afecta al modo en que el cerebro procesa la información, y está catalogado dentro del segmento superior del espectro del autismo. Las personas con asperger suelen ser muy inteligentes y competentes, en esto se diferencian claramente de los niños que padecen autismos profundos, que son por completo incapaces de comunicarse; si bien los asperger tienen discapacidades en el área de la interacción social.

—De manera que alguien con asperger sería listo, ¿no?

—Alguien con asperger puede tener un cociente intelectual a la altura de un genio. Sin embargo, cuando se trata de mantener una conversación intrascendente, su ineptitud es manifiesta. Se les ha de enseñar la interacción social como a quien aprende un idioma extranjero, tal y como usted y yo necesitaríamos que nos enseñasen a hablar el farsi.

—A los abogados a veces nos cuesta hacer amigos —dice Oliver, que arranca algunas risas entre el jurado—. ¿Significa eso entonces que todos nosotros tenemos asperger?

—No —responde la doctora Luna—. Una persona con asperger desea integrarse con todas sus fuerzas, lo que le pasa es simplemente que no puede entender el comportamiento social que es intuitivo para el resto de nosotros. Es incapaz de interpretar los gestos o las expresiones faciales para formarse un juicio acerca del estado anímico de la persona con quien está hablando. No puede interpretar la comunicación no verbal, como que un bostezo significa aburrimiento cuando él acapara la conversación. No será capaz de entender lo que está pensando o sintiendo otra persona; él no tiene ese tipo de empatía de manera natural. Él es, sin lugar a dudas, el centro de su propio universo, y reaccionará en función de dicho principio. Por ejemplo, tuve un paciente que sorprendió a su hermana hurtando algo en un comercio y la delató, pero no lo hizo porque se considerase moralmente responsable de informar acerca del delito de su hermana, sino porque no quería que se le conociese como el chico cuya hermana tenía antecedentes policiales. Haga lo que haga un chico con asperger, lo hace porque está pensando en cómo le afecta *a él,* y a nadie más.

—¿Tiene alguna otra característica particular este trastorno?

—Sí. Alguien con asperger puede tener dificultades a la hora de organizarse o de priorizar las tareas y normas. Tenderá a concentrarse en los detalles en lugar de la situación general, y a menudo se obsesionará con un único tema específico durante meses o años. Y es capaz de hablar sobre ese tema durante horas y horas, aunque se trate de algo realmente sofisticado. Por este motivo, a este trastorno se le llama a veces el «síndrome del pequeño profesor». Los niños con asperger hablan de un modo tan propio de los adultos que suelen llevarse mejor con los amigos de sus padres que con sus propios compañeros.

—¿Tiene Jacob ese tipo de concentración obsesiva con un tema?

—Oh, sí. Ha tenido varios a lo largo de los años: los perros, los dinosaurios y, de manera más reciente, la investigación criminal.

—¿Qué más podríamos notar en una persona con síndrome de Asperger?

—Que se aferra ciegamente a las rutinas y a las normas. Son de una honestidad terrible. No te miran a los ojos. Pueden ser hipersensibles a la luz, al ruido, al tacto o a los sabores. Por ejemplo, es bastante probable que Jacob ahora mismo esté haciendo unos esfuerzos tremendos para aislarse del sonido de los tubos fluorescentes de esta sala, algo que ni usted ni yo podemos oír apenas. Un niño con asperger puede presentarse como un crío muy brillante, quizá raro, y al momento, cuanto se le alteran sus rutinas, puede sufrir un ataque que dure de diez minutos a varias horas.

—¿Como la pataleta de un niño pequeño?

—Exacto. Excepto que resulta más agotador cuando se trata de un niño de dieciocho años y 85 kilos —dice la doctora Luna.

Siento la mirada fija de mi padre y me vuelvo hacia él.

—¿Pasa mucho eso, las pataletas? —me susurra.

—Te acostumbras —digo, aunque no estoy seguro de que esto sea cierto. En realidad, jamás vas a poder cambiar el huracán, así que solo aprendes a mantenerte apartado de su camino.

Oliver se dirige ahora hacia el jurado.

—¿Se curará Jacob alguna vez el asperger?

—En la actualidad —dice la loquera—, no hay cura para el autismo, no se trata de algo que uno desarrolla, sino de una condición que se tiene para siempre.

—Doctora Murano, de entre los síntomas que nos ha descrito usted aquí hoy, ¿cuáles ha manifestado Jacob a lo largo de los años?

—Todos ellos —dice ella.

—¿Incluso ahora, a los dieciocho?

—Jacob ha mejorado mucho a la hora de adaptarse al contratiempo que supone para él que se le modifiquen las rutinas. Aunque aún le altera, ahora cuenta con mecanismos de ayuda a los que puede recurrir. En lugar de ponerse a gritar, como hacía a los cuatro años, busca una canción o una película y repite la letra o el guion una y otra vez.

—Doctora, este tribunal ha permitido a Jacob disfrutar de descansos de relajación sensorial cuando ha sido necesario. ¿Podría explicarnos qué es eso?

—Es la manera que tiene Jacob de apartarse de la sobreestimulación que le está alterando. Cuando siente que entra en una espiral que le hace perder el control, puede retirarse e ir a un lugar más silencioso y menos caótico. En el instituto dispone de una habitación donde puede recobrar la compostura, y en esta sala tiene el mismo tipo de área. Dentro hay toda clase de materiales que Jacob puede utilizar para tranquilizarse, desde mantas lastradas que producen presión hasta un columpio o lámparas de fibra óptica.

—Ha dicho usted que los niños con asperger sienten apego a las normas. ¿Es eso cierto en el caso de Jacob?

—Sí. Por ejemplo, Jacob sabe que las clases comienzan a las 8.12 de la mañana, y gracias a esa norma, llega puntual todos los días. No obstante, una vez su madre le dijo que llegaría tarde porque antes tenía una cita con el dentista. Sufrió un ataque, rompió la pared de su dormitorio de un puñetazo y no se le pudo calmar lo suficiente como para ir al dentista. En la mente de Jacob, le estaban pidiendo que quebrantase una norma.

—¿Le pegó un puñetazo a una pared? ¿Es que los niños con asperger tienen propensión a la violencia? —pregunta Oliver.

—Eso es un mito. De hecho, es menos probable que se porte mal un niño con asperger que otro neurotípico, simplemente porque sabe que así lo dicen las normas. Sin embargo, un niño con asperger también tiene un umbral muy bajo de lucha o huida. Si se siente acorralado de algún modo, verbal, físico o emocional, bien puede salir corriendo o atacar a ciegas.

—¿Ha visto a Jacob hacer eso alguna vez?

—Sí —dice la doctora Luna—. Recibió un castigo el año pasado en el instituto por insultar a un profesor. Al parecer, una joven le engañó para que se comportase de manera incorrecta con la promesa de que sería su amiga si lo hacía. La respuesta de Jacob fue propinarle un empujón a la chica, y lo expulsaron.

—¿Qué provocó la respuesta violenta de Jacob?

—Que fue menospreciado, imagino.

—¿Habló con él acerca del episodio? —pregunta Oliver.

—Lo hice.

—¿Le explicó usted por qué su respuesta violenta no fue apropiada?

—Sí.

—¿Cree usted que entendió que lo que hizo estaba mal?

Tiene un instante de duda.

—El sentido que Jacob tiene del bien y el mal no se basa en un código moral interiorizado. Se basa en lo que le han dicho a él que haga o que no haga. Si le preguntásemos si está bien pegar a alguien, te diría que no. Sin embargo, también te diría que está mal burlarse de alguien, y en su mente, la joven quebrantó primero esa norma. Cuando Jacob la agredió, él no pensaba en el daño que le podría causar, o siquiera en cómo sus actos pudieran ir en contra de una norma de conducta. Él estaba pensando en cómo ella le había hecho daño a él, y él, simplemente..., perdió el control.

Oliver se acerca al estrado de los testigos.

—Doctora Murano, si yo le dijese que Jacob había discutido con Jess Ogilvy dos días antes de la muerte de esta, y que ella le había dicho que se perdiese, ¿pensaría usted que eso habría afectado su comportamiento?

Ella lo niega con la cabeza.

—Jess era muy importante para Jacob, y de haber tenido una discusión, él se habría alterado en extremo. Al ir a su casa aquel día, Jacob estaba manifestando de forma clara que no sabía cómo comportarse. Se aferró a su rutina en lugar de dejar que la discusión siguiera su curso. Lo más probable es que la mente de Jacob procesara la discusión de este modo: «Jess me ha dicho que me pierda. Es imposible que yo me pierda porque yo siempre sé dónde estoy yo. Por lo tanto, Jess no quería decir en realidad lo que dijo, así que voy a seguir adelante como si jamás lo hubiese dicho». A partir de las palabras de Jess, Jacob no habría entendido que quizá ella no deseara volver a verle. Es esta incapacidad suya para ponerse en la tesitura mental de Jess lo que separa a Jacob del resto de sus compañeros. Mientras que otro chico pudiera ser quizá torpe socialmente hablando, Jacob se encuentra disociado por completo de la empatía, y sus actos y percepciones giran en torno a sus propias necesidades. Él nunca se detuvo a imaginar lo que estaría sintiendo Jess; todo lo que sabía era el daño que ella le estaba causando *a él* al discutir con él.

—¿Sabe Jacob que cometer un asesinato va contra la ley?

—Desde luego que sí. Con su fijación por la criminalística, es probable que pueda recitar las leyes tanto como usted, señor Bond; aunque, para Jacob, la propia preservación es la única norma inviolable, la regla que se encuentra por encima de todo lo demás. Así que, del mismo modo en que perdió los nervios con la chica del instituto que le humilló, y de verdad no entendió por qué aquello suponía un problema dado lo que ella le había hecho a él primero, bueno, solo me puedo imaginar que eso fue lo que pasó también con Jess.

De repente, Jacob se pone en pie.

—¡Yo no perdí los nervios! —grita, y mi madre le agarra del brazo para hacer que vuelva a sentarse.

Por supuesto que el simple hecho de que esté perdiendo los nervios en este preciso instante de algún modo invalida lo que está diciendo.

—Controle a su cliente, señor Bond —advierte el juez.

Cuando Oliver se da la vuelta, tiene ese aspecto de los soldados en las películas, cuando llegan a lo alto de una colina, ven al otro lado a un ejército entero del enemigo y se dan cuenta de que, hagan lo que hagan, no tienen la más mínima posibilidad.

—Jacob —suspira—. Siéntate.

—¡Necesito un descanso! —grita Jacob.

Oliver mira al juez.

—¿Su señoría?

Y, de repente, se están llevando al jurado, y Jacob va casi corriendo a la zona de relajación sensorial.

Mi padre parece completamente perdido.

—¿Y qué pasa ahora?

—Que esperamos quince minutos.

—¿Debería…, vas a ir tú allí detrás con ellos?

Hasta ahora lo he hecho todas las veces. Me he quedado allí en una esquina, jugueteando con los pompones de goma mientras que Jacob se recompone. Ahora, sin embargo, levanto la vista hacia mi padre.

—Tú haz lo que quieras —digo—. Yo me quedo aquí.

En mi primer recuerdo, estoy realmente enfermo y no puedo parar de llorar. Jacob tiene seis o siete años, y no deja de pedirle a mi madre —que se ha pasado la noche en vela conmigo— que le prepare el desayuno. Es temprano, ni siquiera ha salido aún el sol.

—Tengo hambre —dice Jacob.

—Ya lo sé, pero ahora mismo tengo que ocuparme de Theo.

—¿Qué le pasa a Theo?

—Que le duele la garganta, y mucho.

Se produce una pausa en que Jacob procesa esta información.

—Seguro que si tomase helado le mejoraría la garganta.

—Jacob —dice mi madre, sorprendida—. ¿Estás pensando en cómo se siente Theo?

—No quiero que le duela la garganta —dice Jacob.

—¡Helado! ¡Helado! —grito yo, aunque lo que pido a voces ni siquiera es helado, es de soja, como todo lo que hay en nuestro frigorífico. Pero, aun así, se trata de algo que se supone que es un capricho, y no un alimento para el desayuno.

Mi madre se rinde.

—Vale, helado —dice. Me sube al alzador de la silla y me da un bol. A Jacob también le da otro bol y unos golpecitos en la cabeza—. Le voy a tener que contar a la doctora Luna que te has estado preocupando por tu hermano.

Jacob se toma su helado.

—Por fin —dice—, paz y tranquilidad.

Mi madre aún cuenta esto como un ejemplo en que Jacob va más allá de su asperger para exhibir empatía hacia su pobre y enfermo hermanito pequeño.

He aquí lo que veo yo, ahora que soy más mayor:

Jacob consiguió un bol de helado para desayunar y ni siquiera tuvo que pedirlo.

Jacob consiguió que parase la pataleta.

Mi hermano no estaba intentando ayudarme a mí, sino ayudarse a sí mismo.

JACOB

Estoy tumbado debajo de la manta que me hace sentir como si cien manos me empujasen hacia abajo, como si estuviera en el fondo del mar y no pudiese ver el sol ni oír lo que está sucediendo en la superficie.

No perdí los nervios.

No sé por qué la doctora Luna pensaría tal cosa.

No sé por qué mi madre no se ha levantado y ha protestado. No sé por qué Oliver no está diciendo la verdad.

Solía tener pesadillas en las que el Sol se acercaba demasiado a la Tierra y yo era el único que lo sabía porque mi piel podía sentir los cambios de temperatura con mucha mayor precisión que la de los demás. Daba igual cuánto me esforzase por advertir a la gente, que nadie me escuchaba jamás, y al final se incendiaban los árboles, y mi familia se quemaba viva. Entonces me despertaba y veía salir el sol, y me volvía a desquiciar porque ¿cómo podía estar yo totalmente seguro de que mi pesadilla había sido al fin y al cabo una pesadilla y no una premonición?

Creo que ahora está pasando lo mismo. Después de años de imaginarme que soy un alienígena en este mundo —con sentidos más afinados que los de la gente normal y patrones del lenguaje que no tienen sentido para esa gente normal, y comportamientos que parecen extraños en este planeta, pero que en mi planeta sí son aceptables—, esto se ha hecho realidad. La verdad es una mentira y las mentiras son la verdad. Los miembros del jurado se creen lo que oyen, y no lo que tienen delante de sus propios ojos. Y nadie escucha, por muy alto que esté gritando dentro de mi cabeza.

EMMA

Parece como si un corazón latiese en el espacio que hay debajo de la manta. Encuentro la mano de Jacob en la oscuridad y la aprieto.

—Cielo —digo—, tenemos que salir.

Se gira hacia mí. Puedo ver el reflejo de sus ojos en la oscuridad.

—Yo no perdí los nervios con Jess —dice entre dientes.

—De eso podemos hablar luego…

—Yo no le hice daño —dice Jacob.

Paro y me quedo mirándole. Quiero creerle. Dios, cómo quiero creerle. Pero entonces pienso en esa colcha que yo misma le cosí, envolviendo el cadáver de una chica muerta.

—No *pretendía* hacerle daño —corrige Jacob.

Nadie mira al rostro de un recién nacido y se imagina las cosas que se torcerán en su vida. Lo único que ves son potenciales: su primera sonrisa, sus primeros pasos, su graduación, el baile en su boda, su cara cuando tenga en brazos a su propio hijo. Con Jacob, yo voy revisando constantemente los hitos: cuando me mira a los ojos de manera voluntaria, cuando es capaz de aceptar un cambio de planes sin desmoronarse, cuando se pone una camiseta sin haber cortado la etiqueta de la parte de atrás con meticulosidad. No se quiere a un niño por lo que hace o lo que no hace; se le quiere por lo que es.

Y aunque fuese un asesino, de forma intencionada o accidental, sigue siendo el mío.

—No conecta con sus compañeros —dice Helen Sharp—; es el centro de su propio universo; la propia preservación es la única regla inviolable; pataletas y problemas para controlar la ira… A mí, doctora Murano, todo esto me suena como si *asperger* fuese la nueva etiqueta para el egoísmo.

—No. No es una falta voluntaria de consideración de los sentimientos ajenos. Es una *incapacidad* para hacerlo.

—Y aun así se trata de una diagnosis relativamente nueva, ¿verdad?

—Apareció por primera vez en el manual *DSM-IV* de 1994, pero no era nuevo en absoluto. Antes de eso ya había mucha gente con asperger; es solo que no se le había puesto nombre.

—¿Qué gente?

—El director Steven Spielberg. El escritor John Elder Robison. Satoshi Tajiri, creador del fenómeno Pokemon. Peter Tork, del grupo los Monkees. Todos han sido diagnosticados de asperger de manera formal ya de adultos.

—Y todos ellos son gente de un inmenso éxito, ¿no? —pregunta Helen.

—Eso parece.

—¿No han llevado unas vidas muy productivas relacionándose con otros?

—Supongo que sí.

—¿Cree usted que cualquiera de ellos ha podido tener problemas para relacionarse socialmente con los demás?

—Sí, lo creo.

—¿Cree usted que cualquiera de ellos podría quizá haber pasado por momentos en que se burlasen de ellos o se sintiesen marginados?

—No lo sé, señora Sharp.

—¿En serio? ¿Es que no ha visto usted el peinado que llevaba Peter

Tork? Yo me atrevería a decir que sí, que se han reído de ellos. Y aun así, ninguno de esos hombres con asperger ha sido juzgado por asesinato, ¿verdad que no?

—No. Como ya le he dicho, no existe una relación causal entre el asperger y la violencia.

—Si el asperger no hace de uno alguien violento, ¿cómo es posible que sirva de excusa para que alguien como Jacob cometa un acto de violencia tan horrible?

—¡Protesto! —dice Oliver—. Está prejuzgando.

—Se admite —responde el juez.

La fiscal se encoge de hombros.

—Retiro la pregunta. Doctora Murano, ¿cómo formalizó usted su diagnóstico del asperger de Jacob?

—Encargué que se le hiciese un test de inteligencia y un análisis de su capacidad de adaptación para ver cómo manejaría Jacob ciertas situaciones de carácter social. Realicé entrevistas a Emma Hunt y a los profesores de Jacob para formarme una idea de la historia del comportamiento del paciente. El asperger no aparece de la noche a la mañana. Vi grabaciones suyas con menos de dos años, cuando aún seguía las etapas del desarrollo de los niños neurotípicos, y el subsiguiente declive en el comportamiento y en las conexiones interpersonales. También le observé durante un buen número de sesiones, tanto en mi despacho como en acontecimientos sociales de su colegio.

—¿Y no hay análisis de sangre u otras pruebas científicas a las que se hubiese podido someter a un niño para ver si tiene asperger?

—No. Se basa fundamentalmente en la observación de conductas e inclinaciones repetitivas, y en una carencia de interacción que afecta la funcionalidad cotidiana sin un retraso significativo en el lenguaje.

—Entonces…, ¿es una opinión subjetiva?

—Sí —dice la doctora Murano—. Una opinión informada.

—Si Jacob hubiera visto a otro psiquiatra, ¿es posible que este hubiera determinado que Jacob *no* tiene asperger?

—Lo dudo mucho. El diagnóstico con el que se confunde el asperger con una mayor frecuencia es el trastorno del déficit de atención o hiperactividad, y cuando se somete a los niños Aspies a medicación para dicho trastorno, y estos no responden a dicho tratamiento, entonces queda claro que el diagnóstico se ha de revisar.

—De manera que el criterio que siguió usted para diagnosticar a Jacob fue su incapacidad para comunicarse con otra gente, sus problemas para interpretar las situaciones sociales, su deseo de una rutina y estructuración y su fijación con ciertos temas, ¿verdad?

—Sí, más o menos es así —dice la psiquiatra.

—Digamos que tengo un hijo de siete años que está obsesionado con los Power Rangers y que tiene que tomarse su vaso de leche con galletas todas las noches antes de irse a la cama, al que no se le da muy bien lo de contarme cada día lo que ha hecho en el colegio o lo de compartir sus juguetes con su hermano pequeño. ¿Tendría asperger mi hijo de siete años?

—No necesariamente. Digamos que tiene a dos niños de tres años en una piscina de arena, y uno dice: «Mira qué camión tengo». El otro responde: «Yo tengo un muñeco». Eso se llama *juego en paralelo*, y es normal a esa edad. Pero si estudia usted a esos dos mismos niños cuando tienen ocho años, y uno dice: «Mira qué camión tengo», la respuesta apropiada sería: «Qué chulo», o «¿Me lo dejas?» o cualquier otra frase que continúe la interacción con el niño que abrió la charla. Sin embargo, un niño con asperger podría seguir diciendo como respuesta «Yo tengo un muñeco»; y cuando el compañero de juegos se marcha, el niño con asperger no entenderá por qué. En su mente, él respondió a la frase y mantuvo la conversación. No entiende que lo que él ha dicho no es una réplica válida.

—O —dice Helen Sharp— el niño del muñeco podría ser muy egocéntrico, ¿no es cierto?

—Con el asperger, ese suele ser el caso.

—Pero, sin el asperger, también es el caso de tanto en tanto. Lo que quiero decir, doctora, es que el diagnóstico y las suposiciones que usted hace al respecto de Jacob no están fundamentadas más que en su propia

opinión. Usted no tiene delante un examen de toxicología o un electro-
encefalograma…

—Hay toda una serie de trastornos psiquiátricos cuyo único método de diagnóstico es la observación clínica, señora Sharp. Da la casualidad de que este es uno de ellos. Y cualquier psiquiatra de este país le
dirá que el síndrome de Asperger es un trastorno válido. Puede resultar
complicado describírselo a otra persona en términos concretos, pero
cuando una lo ve, sabe lo que es.

—Y solo para dejarlo claro. ¿Le da a usted la sensación de que tener
el síndrome de Asperger afectó el comportamiento de Jacob el día en
que Jess Ogilvy fue asesinada?

—Así es.

—Porque Jacob no es capaz de manejar bien las situaciones sociales.
Y porque no tiene empatía. Y su frustración a veces le crea problemas
de control de la ira.

—Así es —dice la doctora Murano.

—Rasgos que podemos encontrar en alguien con asperger.

—Sí.

—Qué coincidencia —dice la fiscal, que se cruza de brazos—. Son
rasgos que podemos encontrar también en los asesinos a sangre fría.

Jacob me dijo una vez que podía oír a las plantas morirse. «Chillan»,
me dijo. Pensé que aquello era sin duda una ridiculez hasta que hablé del tema con la doctora Murano. Los niños con asperger, me dijo
ella, poseen unos sentidos que no nos podemos ni imaginar. Nosotros filtramos sonidos e imágenes que a ellos les bombardean el cerebro sin cesar, por eso en ocasiones parece que están idos, en su propio y minúsculo mundo. No es así, me dijo. Están en nuestro mundo,
pero en un contacto con él muy superior al que estaremos nunca los
demás.

Aquel día me fui a casa y busqué sobre la muerte de las plantas en
Internet. Y resultó que las plantas sometidas a estrés emiten gas etileno,

y unos científicos alemanes han creado un aparato que mide la energía de dichas moléculas como vibraciones, es decir, sonidos.

Ahora me pregunto si agotará el ser testigo del último aliento de la naturaleza. Si mi hijo no oirá solo a las plantas, sino también el rechinar de dientes de un océano furioso. Un amanecer tímido. Un corazón roto.

OLIVER

La orientadora de mi instituto, la señora Inverholl, una vez me obligó a hacer un test de aptitud con la intención de descifrar mi futuro. La recomendación laboral número uno para mi conjunto de habilidades fue la de investigador de catástrofes aéreas, de los cuales hay menos de cincuenta en todo el mundo. La número dos resultó ser de conservador de un museo de estudios chino-americanos. La número tres era payaso de circo.

Estoy bastante seguro de que «letrado» ni siquiera se encontraba en su lista.

Me gradué en la universidad poco tiempo después y me enteré por unos rumores de que esta misma orientadora había optado por una jubilación anticipada y se había trasladado a una comuna de Idaho, donde se había cambiado el nombre por Bendición y se dedicaba ahora a la cría de alpacas.

Frances Grenville no tiene pinta de hallarse en peligro alguno de montar una granja de llamas en cualquier momento. Viste una blusa abotonada hasta el cuello, y tiene las manos entrelazadas sobre su regazo con tal fuerza que me imagino que se estará dejando las marcas de las uñas en la piel.

—Señora Grenville —digo—, ¿dónde trabaja usted?

—En el instituto público de Townsend.

—¿Y cuánto hace que es usted orientadora allí?

—Este es mi décimo año.

—¿Cuáles son sus responsabilidades? —pregunto.

—Ayudo a los estudiantes con la búsqueda y selección de universidad. Escribo cartas de recomendación para las solicitudes de ingreso para las universidades. Y también trabajo con los alumnos que tienen problemas de comportamiento durante su etapa escolar.

—¿Conoce usted a Jacob?

—Sí, porque tiene un PEI, y he participado de manera muy activa en la organización de su jornada escolar para adaptarla a sus necesidades especiales.

—¿Podría explicarnos qué es un PEI?

—Es un Programa Educativo Individualizado —dice ella—. Es un plan educativo obligatorio según las leyes federales con el objeto de mejorar los resultados obtenidos por los alumnos con discapacidades. Cada PEI es diferente, en función del niño. Para Jacob, por ejemplo, creamos una lista de normas a las que se ajustaría en el ambiente escolar, porque él funciona bien con restricciones y rutinas.

—¿Ha tenido usted que ver a Jacob por motivos que fuesen distintos de los propiamente académicos?

—Sí —dice la señora Grenville—. Ha habido situaciones en que ha tenido problemas con los profesores por comportarse mal en clase.

—¿Cómo es eso?

—En una ocasión, no dejaba de decirle a su profesor de Biología que se había equivocado al enunciar ciertos datos en clase —vacila—. El señor Hubbard estaba dando la estructura del ADN. Emparejó adenina con adenina en lugar de emparejarla con timina. Cuando Jacob le dijo que aquello era incorrecto, el señor Hubbard se enfadó. Él no se dio cuenta de que el profesor se había molestado y continuó señalando la inexactitud. El señor Hubbard lo envió al despacho del director por molestar en clase.

—¿Le explicó Jacob a usted por qué no supo que el profesor se había enfadado?

—Sí. Me dijo que la cara de enfado del señor Hubbard se parece mucho a la cara que ponen otras personas cuando están contentas.

—¿Y es así?

La señora Grenville frunce los labios.

—Me he percatado de que el señor Hubbard tiende a mostrar cierta sonrisita cuando se siente frustrado.

—¿No sabrá usted, por casualidad, si es incorrecto emparejar adenina con adenina?

—Según parece, Jacob tenía razón.

Vuelvo la vista hacia la mesa de la defensa. Jacob está sonriendo de oreja a oreja.

—¿Hubo algún otro incidente en que tuviera usted que ayudar a Jacob?

—El año pasado tuvo problemas con una chica. Ella estaba muy disgustada por una calificación muy baja que había obtenido, y de algún modo le hizo saber a Jacob que, si de verdad quería ser su amigo, le diría al profesor de Matemáticas que se fuese… —baja la vista a su regazo— a que le sodomizaran. Jacob recibió un castigo por ello, y, más adelante, se enfrentó a la chica y la agarró por el cuello.

—¿Qué sucedió entonces?

—Que le vio un profesor y lo separó de la chica. Jacob fue expulsado durante dos semanas. Su expulsión habría sido definitiva de no ser por su PEI y por entender que había sido provocado.

—¿Qué ha hecho usted para modificar el comportamiento social de Jacob en el instituto?

—Jacob iba a una clase de interacción social, pero Emma Hunt y yo hablamos de ponerle un tutor privado en lugar de aquello. Pensamos que así tendría la posibilidad de trabajar mejor las situaciones específicas que tendían a alterarle y así podría afrontarlas de un modo más constructivo.

—¿Encontraron un tutor?

—Sí. Me puse en contacto con la universidad, y ellos tantearon al departamento de pedagogía. —Mira hacia el jurado—. Jess Ogilvy fue la primera estudiante que respondió a la solicitud.

—¿Y se estuvo reuniendo Jacob con ella?

—Sí, desde el pasado otoño.

—Señora Grenville, desde que Jacob comenzó sus sesiones de tutoría con Jess Ogilvy, ¿ha tenido lugar algún incidente en el que él perdiese los nervios?

Lo niega con la cabeza.

—Ni uno —dice.

—Su testigo —le digo a Helen.

La fiscal se pone en pie.

—El señor Hubbard, el profesor de Biología, ¿se enfadó y Jacob no se dio cuenta?

—No.

—¿Diría usted que eso supone un problema para Jacob, el hecho de saber cuándo se enfada alguien con él?

—Hasta donde yo sé sobre el asperger, sí.

—En el otro incidente que ha mencionado, tenemos a Jacob insultando a un profesor por un desafío, y después atacando a la joven que le había propuesto dicho desafío, ¿es correcto?

—Sí.

—¿Se le había dicho a Jacob con anterioridad que no usase la violencia para resolver problemas?

—Sin duda —dice la orientadora—. Sabía que era una de las normas en el instituto.

—¿Y quebrantó esa norma?

—Lo hizo.

—¿A pesar de que, según su propio testimonio, seguir las normas es muy importante para Jacob?

—A pesar de eso —dice la señora Grenville.

—¿Le ofreció él a usted alguna explicación acerca del porqué de quebrantar dicha norma?

La señora Grenville hace un gesto negativo muy lento con la cabeza.

—Dijo que perdió el control, sin más.

Helen se lo piensa.

—Ha dicho también, señora Grenville, que desde que empezó sus sesiones de tutoría, Jacob no ha perdido los nervios en el instituto.

—Es correcto.

—Al parecer se lo estaba guardando para después de clase —dice Helen—. No hay más preguntas.

La sesión se levanta temprano hoy porque el juez Cuttings tiene hora con el médico. La sala se va vaciando y yo recojo mis papeles y los meto en mi maletín.

—Bueno —le digo a Emma—. Me gustaría ir a tu casa y hablar contigo sobre tu testimonio.

Con el rabillo del ojo, veo a Theo y a Henry, que se dirigen hacia nosotros.

—Creía que ya lo habíamos hablado —dice Emma con una clara indirecta.

Y lo hicimos, pero no tengo la menor intención de marcharme de vuelta a la oficina sabiendo que Henry está bajo su techo.

—Nunca se está lo suficientemente listo —le digo—. Tenemos dos coches, no tenéis por qué iros todos apretados en uno. ¿Quiere alguien venirse conmigo?

Estoy mirando directamente a Emma.

—Es una buena idea —dice ella—. Jacob, ¿por qué no te vas tú?

Y así es como acabo siguiendo al coche de alquiler de Henry con Jacob a mi lado, en el asiento del copiloto de la camioneta, y solo después de una leve crisis, porque prefiere ir en el asiento de atrás y no hay asiento de atrás. Juguetea con la radio, que solo tiene banda de AM, ya que mi camioneta es lo bastante vieja como para que la diseñase Moisés.

—¿Sabes por qué las emisoras de AM se sintonizan mejor por la noche? —pregunta Jacob—. Porque la ionosfera refleja mejor las señales de radio cuando el Sol no irradia a tope las capas altas de la atmósfera.

—Gracias —digo—. No habría podido dormir esta noche sin saberlo.

Jacob se me queda mirando.

—¿En serio?

—No, estoy de coña.

Se cruza de brazos.

—¿Es que no has estado escuchando lo que tú mismo has dicho hoy ante el tribunal? Que yo no «pillo» el sarcasmo. Que soy de lo más egocéntrico. Ah, y en cualquier momento me podría volver totalmente loco.

—Tú no estás loco —le digo—. Solo estoy intentando lograr que el jurado te vea como a un demente en sentido legal.

Jacob se recuesta en el asiento.

—No soy muy fan de las etiquetas.

—¿Qué quieres decir?

—Mi madre se sintió aliviada cuando me diagnosticaron por primera vez, porque lo vio como una ayuda; es decir, que los profesores no miran a un niño que lee textos correspondientes a ocho cursos más y que resuelve problemas complejos de matemáticas en tercero de primaria y ven a alguien que necesita una ayuda especial, aunque se estén metiendo con él constantemente. El diagnóstico me ayudó a conseguir un PEI, que es fantástico, pero también cambió las cosas a peor. —Jacob se encoge de hombros—. Supongo que esperaba que fuese como lo de aquella otra chica de mi curso que tenía una mancha de nacimiento que le ocupaba la mitad de la cara. La gente se iba directa hacia ella y le preguntaba por la mancha, ella les decía que era de nacimiento y que no le dolía. Fin de la historia. Nadie le preguntaba jamás si lo podía coger como un virus, ni nadie evitaba jugar con ella a causa de la mancha. Pero tú dile a alguien que eres autista, y la mitad de las veces te hablará a gritos, como si estuvieras sordo; y las pocas cosas por las que obtenía reconocimiento, como ser inteligente o tener una memoria excepcional, de repente se habían convertido en detalles que hacían de mí alguien todavía más raro. —Se queda callado un instante y después se vuelve hacia mí—. Yo no soy autista. Yo *tengo* autismo. También tengo el pelo castaño y los pies planos, así que no entiendo por qué siempre soy «el chaval con asperger» —dice Jacob.

Mantengo la vista en la carretera.

—Porque es mejor que ser el chaval que mató a Jess Ogilvy —replico y, después de decir eso, no volvemos a hablar.

Era de esperar; Henry ha aparecido en un día en que la comida no resulta especialmente asperger. Emma ha preparado unos filetes con patatas al horno y salsa de carne, y unos *brownies* sin gluten. Si Henry se percata de la ausencia de verdura —o, para el caso, de cualquier otra cosa que no sea de color marrón—, no lo menciona.

—Bueno, Henry —digo—, ¿te dedicas a programar?

Asiente con la cabeza.

—Ahora mismo estoy analizando XML para una *web app* para el iPhone que le va a dar un toque a cuatrocientos platos étnicos americanos contemporáneos con hierba y salsas de origen chino. —Se lanza a un discurso esotérico de quince minutos sobre programación informática que ninguno de nosotros es capaz de seguir.

—Del manzano, la manzana, ¿verdad? —digo.*

—En realidad trabajo para Adobe —dice Henry.

Theo y yo somos los únicos a los que les hace gracia. Me pregunto si a Henry se lo habrán diagnosticado alguna vez.

—Y te has vuelto a casar, ¿no? —Miro a Emma cuando digo esto.

—Sí, tengo dos niñas —dice, y se apresura a añadir—: además de los dos chicos, por supuesto.

---

* «Manzana», en inglés *apple.* (N. del T.)

—Por supuesto —respondo, y parto un *brownie* por la mitad—. Y, entonces, ¿cuándo te marchas?

—¡Oliver! —dice Emma.

Henry se ríe.

—Pues supongo que eso dependerá de la duración del juicio. —Se apoya en el respaldo de la silla—. Emma, la cena estaba buenísima.

«Pues ya verás el Viernes Azul», pienso yo.

—Será mejor que me busque un hotel, porque llevo en pie treinta y seis horas seguidas y voy a caer redondo —dice Henry.

—Te quedas aquí —afirma Emma, y tanto Henry como yo la miramos sorprendidos—. Es una tontería hacerte dormir a media hora de casa cuando mañana temprano vamos a ir todos al mismo sitio, ¿no te parece? Theo, tu padre puede dormir en tu cuarto y tú en el sofá.

—¿Qué? —grita Theo—. ¿Por qué tengo yo que dejar mi habitación? ¿Y Jacob?

—Déjame que te lo diga de otra manera —responde Emma—. ¿Prefieres dormir en el sofá o ayudarme cuando a Jacob le dé un ataque?

Se aparta de la mesa de un empujón, enfadado.

—¿Dónde mierda están las almohadas de sobra?

—Yo no quiero sacar a nadie de… —dice Henry.

—Emma, ¿me permites unos minutos?

—Ah, es verdad, que querías repasar mi testimonio. —Se vuelve hacia Jacob—. Cariño, ¿puedes recoger la mesa y llenar el lavavajillas?

Se levanta y empieza a recoger mientras yo me llevo a Emma a rastras al piso de arriba.

—Tenemos que ir a algún sitio tranquilo —digo, y la meto en su propio dormitorio.

Nunca había estado aquí dentro. Es un remanso de paz, todo son verdes claros y azules turquesa. Hay un jardín zen con un rastrillo y tres piedras negras sobre la cómoda. En la arena, alguien ha escrito «S.O.S.».

—La única parte con la que no estoy tranquila todavía es cuando me pregunte la fiscal —dice Emma, y es todo lo que consigue soltar antes de que la agarre y la bese. Y no es dulce tampoco; es el equivalente físico a volcar sobre ella todos los sentimientos que no soy capaz de poner en palabras.

Cuando se aparta de mí, sus labios me parecen rosados y carnosos, y eso me hace volver a dar un paso hacia ella, aunque Emma me pone la mano en el pecho y me contiene.

—Dios mío —dice con una sonrisa que se le va formando poco a poco—. Estás celoso.

—Vale, pero dime a qué diantre ha venido todo eso de que «es una tontería hacerte dormir a media hora de casa…».

—Lo es. Henry es el padre de los niños, no un extraño que acaba de entrar de la calle.

—¿Así que va a estar durmiendo justo al otro lado de esta pared?

—*Durmiendo* es la palabra clave de esa frase —dice Emma—. Está aquí por Jacob. Créeme, Henry no tiene ningún motivo más allá.

—Pero tú le querías.

Arquea las cejas de golpe.

—Pero ¿tú qué crees? ¿Que me he tirado quince años aquí sentada suspirando por él? ¿Esperando a que llegase el momento en que volviera a entrar por esa puerta para poder esconderlo en el piso de arriba y seducirle?

—No —le digo—, pero a él lo creo muy capaz.

Clava sus ojos en mí por un instante y entonces se parte de risa.

—Tú no has visto a su mujercita perfecta y a sus niñitas perfectas. Créeme, Oliver, yo no soy el gran amor de su vida, esa mujer a la que no va a olvidar nunca.

—Lo eres para mí —digo.

Se le borra la sonrisa de la cara. Se pone de puntillas y me devuelve el beso.

—¿No necesitáis esto?

Nos separamos de un salto ante el sonido de la voz de Jacob y ponemos un metro de separación entre nosotros. Está de pie en la puerta de la habitación, con una mano todavía en el pomo y la otra sujetando mi maletín.

—¿Es que estabais…? —se le atropellan las palabras—. ¿Estáis vosotros dos…?

No dice nada más y me tira con fuerza el maletín, con tanta que se me escapa un gruñido al cogerlo. Sale corriendo por el pasillo hasta su cuarto y se encierra de un portazo.

—¿Qué ha visto? —pregunta Emma, frenética—. ¿Cuándo ha entrado?

De repente, Henry se encuentra en la puerta, mirando desconcertado al pasillo por el que ha huido Jacob y después a Emma.

—¿Va todo bien por aquí?

Emma me mira.

—Creo que tal vez deberías irte a casa —dice ella.

EMMA

Cuando entro en el cuarto de Jacob, está encorvado sobre su mesa, tarareando a Bob Marley y escribiendo con furia en su cuaderno verde:

1, 1, 2, 3, 5, 8, 13, 21, 34, 55, 89, 144, 233

Le quito el lápiz de la mano, y él hace girar su silla.

—*Te pongo bruta, ¿no, nena?* —dice con amargura.

—Nada de diálogos de películas —le digo a Jacob—, y menos de *Austin Powers*. Sé que estás disgustado.

—Déjame que lo piense. ¿Se supone que mi madre está preparando su testimonio con mi abogado, y en cambio le tiene la lengua metida hasta la garganta? Sí, digamos que eso me podría disgustar un poco.

Sofoco el arrebato de ira que surge en mi interior.

—En primer lugar, estoy totalmente preparada para testificar; y en segundo lugar, yo no esperaba besarle, sucedió sin más.

—Las cosas como esa no *suceden sin más* —discute Jacob—. O quieres o no quieres que sucedan.

—Pues muy bien, entonces, supongo que después de pasarme quince años sola, no me molesta resultarle atractiva a alguien.

—A alguien no —dice él—. A mi *abogado*.

—Jacob, está absolutamente concentrado en tu juicio.

—Él me da igual. Quiero decir que, si no hiciese su trabajo, le despediría sin más. Pero ¿tú? —grita—. ¿Cómo puedes hacerme esto ahora mismo? ¡Tú eres mi *madre*!

Me levanto y me encaro con él.

—La que ha renunciado a su vida entera para cuidar de ti —digo—. La que te quiere tanto que te cambiaría el sitio al instante. Pero eso no significa que no merezca ser feliz también.

—Bueno, pues espero que seas realmente feliz cuando yo pierda este juicio porque tú estabas demasiado ocupada siendo una zorra.

Y con esas, le doy una bofetada.

No sé quién de los dos está más sorprendido. Jamás había pegado a Jacob en mi vida. Se lleva la palma de la mano a la mejilla, y la marca roja de la mía aparece sobre su piel.

—Lo siento. Dios mío, Jacob, lo siento —digo, y las palabras saltan unas por encima de las otras. Le retiro la mano para poder ver el daño que le he causado—. Voy a traerte hielo —digo, pero él me mira como si nunca me hubiese visto antes.

Así que, en lugar de marcharme, siento a Jacob en la cama y lo atraigo hacia mí tal y como lo hacía cuando era pequeño y el mundo se convertía en algo insoportable para él. Comienzo a mecerme para que él no tenga que hacerlo.

Poco a poco, se relaja apoyado en mí.

—Jacob —le digo—, no pretendía hacerte daño. —Solo después de que él haya hecho un gesto de asentimiento me doy cuenta de que he repetido las mismas palabras que él me ha dicho sobre Jess Ogilvy.

En todos los años que Jacob lleva sufriendo crisis, pataletas y ataques de pánico, yo lo he contenido, me he sentado encima de él, lo he sujetado como una mordaza, pero nunca le he pegado. Conozco los límites no escritos: «Una buena madre no da unos azotes. El refuerzo funciona mejor que el castigo». Y aun así solo hizo falta un instante de frustración —de tomar conciencia de que no podía ser de manera simultánea quien él necesita que sea y quien yo quiero ser— para que yo haya saltado.

¿Fue eso también lo que le pasó a Jacob?

Oliver ha llamado cuatro veces esta noche, pero no lo he cogido cuando he reconocido el número en el identificador de llamadas. Tal vez sea esta mi penitencia; tal vez sea solo que no sepa qué decir.

Acaban de dar las dos de la mañana cuando se abre una rendija en la puerta de mi habitación. Es Henry, en cambio, quien entra. Lleva un pantalón de pijama y una camiseta en la que pone: «EN NINGÚN SITIO COMO EN 127.0.0.1».

—He visto tu luz encendida —dice él.

—¿No puedes dormir?

Niega con la cabeza.

—¿Y tú?

—No.

Hace un gesto en dirección al borde de la cama.

—¿Puedo?

Le hago sitio. Se sienta en mi lado de la cama, pero veo que observa la almohada que tengo junto a mí.

—Lo sé —digo—. Tiene que parecer un poco raro.

—No…, es solo que ahora yo duermo en el lado izquierdo de la cama, como tú. Y me preguntaba cómo habrá sucedido.

Me recuesto contra el cabecero.

—Hay montones de cosas para las que no tengo respuesta.

—Verás… No sé muy bien de qué iban esos gritos —dice Henry con mucho tacto—, pero los he oído.

—Sí, hemos tenido noches mejores.

—Te debo una disculpa, Emma —dice—. En primer lugar, por plantarme aquí de esta manera. Tendría que haberte preguntado, por lo menos. Ya tienes bastantes problemas sin la necesidad de encargarte de mí. Supongo que solo estaba pensando en mí mismo.

—Afortunadamente, ya tengo mucha práctica con eso.

—Ese es el otro motivo por el que me tengo que disculpar —dice Henry—. Debería haber estado aquí todas las demás noches en que hubo gritos, o... pataletas, o cualquier otra cosa que tuviese que ver con criar a Jacob. Es probable que hoy en esa sala haya aprendido más sobre él de lo que he aprendido en los dieciocho años desde que nació. Debería haber estado aquí para ayudar en los malos momentos.

Sonrío un poco.

—Supongo que esa es la diferencia entre nosotros dos. A mí me hubiera gustado que estuvieses aquí para los momentos buenos. —Miro por encima de su hombro, hacia el pasillo—. Jacob es encantador, divertido y tan inteligente que me deja temblando a veces; y siento que nunca hayas llegado a conocer esa parte de él.

Alarga el brazo sobre la colcha y me aprieta la mano.

—Emma, eres una buena madre —dice, y yo tengo que apartar la mirada, porque eso me hace pensar en mi discusión con Jacob.

Entonces Henry vuelve a hablar.

—¿Lo hizo?

Me vuelvo lentamente hacia él.

—¿Importa?

Solo soy capaz de recordar un momento concreto en que reventé con Jacob. Fue cuando él tenía doce años y no me felicitó por mi cumpleaños con una tarjeta, un regalo o un abrazo siquiera, aunque ya le había ido dejando caer unas cuantas pistas a lo largo de las semanas previas. Así que una noche, cuando hice la cena, la solté sobre la mesa delante de él con más fuerza de lo habitual y me quedé esperando en vano —como siempre— a que Jacob me diera las gracias.

—¿Qué tal un poco de gratitud? —exploté—. ¿Qué tal un poco de reconocimiento de que he hecho algo por ti? —Confundido, Jacob miró su plato y después a mí—. Te hago la comida, te hago la colada, te llevo a clase y de vuelta a casa. ¿Te has preguntado alguna vez por qué lo hago?

—¿Porque es tu trabajo?

—Pues no, es porque te quiero, y cuando quieres a alguien, haces cosas por ellos sin quejarte.

—Pero tú te estás quejando —dijo él.

Ahí fue cuando me di cuenta de que Jacob jamás entendería el amor. Me habría comprado una tarjeta de felicitación si yo le hubiera dicho de forma explícita que lo hiciese, pero eso no habría sido un verdadero regalo hecho de corazón. No puedes hacer que alguien te quiera, tiene que surgir de su interior, y las conexiones de Jacob no estaban diseñadas así.

Recuerdo haber salido de la cocina hecha una furia y haberme sentado un rato en el porche, bajo la luz de la luna, que ni es luz ni es nada, solo un pálido reflejo del sol.

OLIVER

—Jacob —digo en cuanto lo veo a la mañana siguiente—. Tenemos que hablar.

Me pongo a su paso mientras cruzamos el aparcamiento y dejo el suficiente espacio entre nosotros y su familia para asegurarme la intimidad.

—¿Sabías que no hay un término para un hombre puta? —pregunta Jacob—. Es decir, tenemos *gigoló,* pero sugiere una relación comercial…

—Muy bien, mira. —Suspiro—. Siento mucho que entraras y nos pillases, pero no me voy a disculpar por que ella me guste.

—Podría despedirte —dice Jacob.

—Podrías intentarlo, pero depende del juez, ya que estamos en pleno juicio.

—¿Y si se enterase de tus faltas de conducta con tus clientes?

—Ella no es mi cliente —digo—. Lo eres tú. Y si acaso, mis sentimientos por tu madre solo me hacen tener una mayor determinación para ganar el caso.

Parece dudar.

—Ya no hablo más contigo —dice entre dientes, y acelera el paso hasta que sube prácticamente corriendo los escalones de los juzgados.

Ava Newcomb, la psiquiatra forense contratada por la defensa, es el eje de mi argumentación. Si no consigue que el jurado entienda que algunos de los rasgos asociados con el asperger pudieron haber provocado que Jacob matase a Jess Ogilvy sin entender realmente por qué aquello estaba mal, entonces Jacob será condenado.

—Doctora Newcomb, ¿cuál es la definición legal de demencia?

Es alta, con aplomo y aspecto profesional, la imagen perfecta. «Todo bien —pienso—, por ahora.»

—Afirma que, en el momento de la comisión de un acto, el acusado no era capaz de discernir entre el bien y el mal a causa de una enfermedad o un defecto mental grave.

—¿Puede ofrecernos algún ejemplo de enfermedad o defecto mental que encaje?

—Algo que sugiera brotes psicóticos que aparten de la realidad, como la esquizofrenia —dice ella.

—¿Es ese el único defecto mental que constituye una demencia en términos legales?

—No.

—¿Provoca el síndrome de Asperger los brotes psicóticos?

—No, pero hay otros síntomas del asperger que podrían impedir a alguien discernir entre el bien y el mal en un momento concreto.

—¿Como por ejemplo?

—La fijación intensa con un tema que tiene alguien con asperger puede resultar obsesiva y abrumadora, hasta el punto en que impide el desarrollo normal de actividades diarias o incluso cruza la frontera de la legalidad. Tuve una vez un paciente tan obsesionado con los caballos que le detenían continuamente por allanar unos establos locales. En la actualidad, Jacob muestra un especial interés por la investigación criminal y las ciencias forenses. Esto resultó evidente en mi entrevista con él, al igual que su obsesión con la serie televisiva *CrimeBusters* y los cuadernos detallados que guardaba sobre la trama de cada episodio.

—¿Cómo podría contribuir una fijación como esa a algunas de las afirmaciones que se han hecho en esta sala? —pregunto.

—Hemos oído que Jacob aparecía cada vez más por los escenarios de los crímenes gracias a su escáner de frecuencias de la policía —dice la psiquiatra—, y la muerte de Jess Ogilvy fue parte de un escenario muy elaborado. Los indicios estaban preparados para que a primera vista pareciese un secuestro, y finalmente revelar a la víctima. Es factible que la posibilidad de crear el escenario de un crimen en lugar de limitarse a observar escenarios ficticios condujese a Jacob a actuar de un modo que iba contra las normas, las leyes y la moralidad. En ese momento, él solo habría estado pensando en el hecho de estar creando un escenario del crimen real que sería resuelto por las fuerzas del orden. De este modo, la fijación aspergiana de Jacob en la investigación criminal le llevó a la creencia ilusoria de que, en ese instante, la muerte de Jess era una parte necesaria de su estudio de las ciencias forenses. Por muy escalofriante que nos pueda parecer a nosotros, la víctima se convierte en un daño colateral durante la persecución de un fin superior.

—¿Y no sabía Jacob que el asesinato es ilegal?

—Totalmente. Él es el seguimiento de las normas personificado, el ver las cosas como un bien o un mal sin circunstancias atenuantes. Sin embargo, los actos de Jacob no habrían sido voluntarios en ese momento. No entendía la naturaleza ni las consecuencias de sus actos, y no podría haber parado aunque hubiera querido.

Frunzo el ceño ligeramente.

—Pero hemos oído también que Jess Ogilvy y Jacob tenían una relación muy estrecha. Eso le habría afectado, sin duda, ¿no?

—Pues ese es otro motivo por el que podemos concluir que el asperger sí que desempeñó un papel en lo que le sucedió a Jess Ogilvy. La gente con asperger tiene una capacidad cognitiva muy afectada, no se pueden poner en el lugar de otra persona para saber lo que podría estar pensando o sintiendo. En lenguaje común, es carencia de empatía; de manera que si, por ejemplo, Jess estuviese llorando, Jacob no intentaría consolarla. Él podría saber que la gente con lágrimas en los ojos por lo general está triste, pero estaría haciendo un juicio cognitivo, y no emocional, de la situación. Para alguien con asperger, esta carencia de empatía es un déficit neurobiológico, y afecta al comportamiento. En el caso de Jacob, habría disminuido su capacidad para percibir el impacto de sus propios actos sobre Jess.

—Pero aun así, doctora —digo, en mi papel de abogado del diablo—, hay una gran diferencia entre no darle un pañuelo a alguien cuando está llorando y matarlo para que sirva de pieza en la preparación del escenario de un crimen.

—Por supuesto que la hay —la psiquiatra se vuelve hacia el jurado—, y esto es probablemente lo más difícil de entender para la gente de la calle. En cualquier crimen que sea tan horrible como este, siempre vamos a buscar un móvil. Yo lo he valorado a partir de mi conversación con Jacob y con la doctora Murano, y pienso que la respuesta reside en la discusión que Jess y Jacob mantuvieron el domingo anterior a la muerte de la joven.

»La consecuencia típica del asperger es la afectación de la interacción social. En ese sentido, alguien con asperger posee una comprensión muy limitada e inocente de las relaciones, que puede llevarle a la búsqueda del contacto de una manera inapropiada. Esto conduce a la decepción e incluso a la ira cuando la relación no resulta del modo en que él había previsto. —Mira a Jacob—. Yo no sé qué se dijo entre Jacob y Jess la tarde en que ella murió, pero creo que Jacob estaba encaprichado con su tutora. Irónicamente, su rígida forma de entender el bien y el mal, del cual se pensaría que impide una conducta criminal, aquí pudo actuar en sentido contrario. Si Jess hubiese rechazado los acercamientos de Jacob, él habría interpretado que ella le estaba haciendo algo malo, que él era la víctima.

—¿Y después qué? —pregunto.

—Perdió el control. Arremetió sin darse cuenta de qué estaba haciendo físicamente en el momento en que lo hizo.

—No hay más preguntas —digo, y me siento. Me vuelvo hacia Jacob, que me clava los ojos, desafiante. Emma tiene la mirada perdida hacia el frente. Parece tener la firme determinación de no reconocer mi existencia hoy.

Helen Sharp se pone en pie.

—Hay un montón de niños que han sido diagnosticados con el síndrome de Asperger. Así que ¿nos está usted diciendo que el mundo está lleno de bombas de relojería? ¿Que en cualquier instante, si miramos mal a uno de ellos, podría venir a por nosotros con el cuchillo de trinchar?

—No, en realidad es al contrario, las personas con asperger no son propensas a la violencia. Dado que no tienen una capacidad cognitiva de tipo activo, no se sienten motivados a causar daño a nadie; es más, ni siquiera están pensando en los sentimientos de los demás. Si alguien con asperger se vuelve violento, es durante la búsqueda decidida de su interés especial, durante un estado de pánico, o durante un momento de total ignorancia de las interacciones sociales apropiadas.

—¿No es cierto, doctora, que la mayoría de los acusados que se declaran dementes lo hacen a causa de brotes psicóticos que los apartan de la realidad?

—Sí.

—Sin embargo, el asperger no es un trastorno psicótico —dice Helen.

—No, quedaría encuadrado más bien en la línea de los trastornos de la personalidad, que se caracterizan por distorsiones perceptivas y de carácter interpersonal.

—En términos legales, ¿no sugiere la ausencia de episodios psicóticos que el individuo es responsable de sus actos tanto penal como personalmente?

La psiquiatra cambia de postura, incómoda.

—Sí, pero ahí podría haber una laguna para el asperger. No podemos demostrar científicamente que alguien con asperger experimenta la realidad subjetiva de un modo muy distinto al de alguien que no tiene asperger, y aun así, la sensibilidad extrema a la luz, los sonidos, los sabores, el tacto y las texturas indica que ese es el caso. Si esto se pudiese medir, habría fuertes paralelismos entre el asperger y la psicosis.

Percibo un nítido impacto en el costado cuando Jacob me arrea un codazo. Me pasa un trozo de papel en blanco.

—Si eso fuera cierto —dice Helen—, ¿no nos sugeriría esto que alguien con asperger lo pasa realmente mal a la hora de ser consciente de la realidad y de su papel en ella?

—Exacto, y ese es el motivo de que ese elemento contribuya de manera decidida a la demencia legal, señora Sharp.

—Pero ¿no ha dicho usted también que la fijación de Jacob con la investigación criminal le condujo a utilizar la muerte de Jess Ogilvy para crear su propio escenario del crimen?

—Sí.

—¿Y no sugeriría tal premeditación y cálculo cuidadoso que sabía muy bien lo que estaba haciendo en ese momento?

La doctora Newcomb se encoge de hombros.

—Es una teoría —dice.

—También ha mencionado una carencia de empatía. —Helen se aproxima al estrado de los testigos—. ¿Ha dicho usted que es una de las características del síndrome de Asperger?

—Así es.

—¿Consideraría usted eso una magnitud emocional o cognitiva?

—Emocional.

—La carencia de empatía, ¿forma parte de los test de demencia legal?

—No.

—¿No es cierto que la determinación de la demencia legal se basa en si el acusado distinguía el bien y el mal en el momento en que se cometió el acto?

—Sí.

—¿Es esa una magnitud emocional o cognitiva?

—Cognitiva.

—De manera que la carencia de empatía significa que alguien es frío, cruel y no da muestras de remordimiento —dice Helen—, pero no significa de forma necesaria que no sea consciente de la naturaleza y consecuencias de sus actos.

—Ambas cosas suelen ir de la mano —dice la doctora Newcomb.

—¿En serio? —pregunta Helen—. Un sicario de la mafia no tiene empatía cuando liquida a sus víctimas, pero eso no lo convierte en demente legal, solo en un psicópata.

Jacob me vuelve a arrear otro codazo, pero yo ya estaba comenzando a levantarme.

—Protesto —digo—. ¿Hay alguna pregunta enterrada bajo todo este alarde de la señora Sharp?

—Con la venia —dice la doctora Newcomb, que se vuelve hacia el juez para solicitar su beneplácito—, la señora Sharp parece estar haciendo grandes esfuerzos por trazar un paralelismo entre alguien con asperger y un psicópata. Sin embargo, la gente con asperger no muestra ese encanto superficial del que hacen gala los psicópatas, ni tampoco intentan manipular a los demás. Carecen de las habilidades interpersonales necesarias para hacerlo bien, francamente, y eso suele convertirlos en presas de los psicópatas, más que en depredadores.

—Y aun así —apostilla Helen—, Jacob tiene su historial de agresiones, ¿no es cierto?

—No, que yo sepa.

—¿Mantuvo o no mantuvo una discusión con Jess dos días antes de su muerte, discusión presenciada por empleados de la pizzería Mamá S's?

—Bueno, sí, pero eso no fue una agresión física...

—Vale, ¿y qué hay del hecho de que le sancionaran el año pasado por intentar estrangular a una compañera de clase?

Un aluvión de notas en blanco aterriza delante de mí, y, de nuevo, las aparto con la mano.

—Solo un momento —le digo a Jacob entre dientes, y a continuación le hago una señal al juez—. Protesto...

—Lo reformularé. ¿Sabía usted que Jacob fue expulsado por agredir físicamente a una chica de su clase?

—Sí, recuerdo que la doctora Murano me lo mencionó. Aun así, me parece que el detonante fue el mismo: una relación interpersonal que no coincidió con las intenciones de Jacob. Se sintió humillado y...

—Perdió el control —interrumpe la fiscal—, ¿verdad?

—Cierto.

—Y es por eso que Jess Ogilvy fue asesinada.

—En mi opinión, sí.

—Dígame una cosa, doctora —dice Helen—, ¿seguía Jacob fuera de control cuando estaba ordenando alfabéticamente la colección de CD en la residencia de Jess Ogilvy, después de su muerte?

—Sí.

—¿Y cuando trasladó el cuerpo de Jess trescientos metros hasta un colector de agua detrás de la casa?

—Sí.

—¿Seguía él fuera de control cuando la sentó derecha, la cubrió con la colcha y le colocó las manos sobre el regazo?

La doctora Newcomb hace un levísimo movimiento afirmativo con el mentón.

—¿Y seguía él fuera de control días después, cuando regresó a ver el cadáver de Jess Ogilvy y llamó al 911 para que la policía lo hallase?

—Pues —dice la psiquiatra con voz tenue— supongo que sí.

—Dígame, doctora —pregunta Helen Sharp—, ¿y cuándo recuperó Jacob el control?

EMMA

—E están mintiendo —dice Jacob acalorado en cuanto nos quedamos a solas—. Están mintiendo todos.

He estado viendo cómo se iba encogiendo cada vez más, a cada minuto que transcurría en el turno de repregunta de la fiscal a la psiquiatra forense. Aunque Jacob le ha pasado a Oliver múltiples notas, este no ha solicitado el descanso hasta que Helen Sharp ha terminado de entrar a matar. No sabía qué iba a suceder, sinceramente —si se negaría a dejarme ir con él durante el receso, si aún me la tendría guardada por el episodio de anoche—, pero, al parecer, yo soy el menor de los males de la mesa de la defensa, y por eso a mí se me admite en la zona de relajación sensorial, y a Oliver no.

—Ya hemos hablado de esto, Jacob —digo—, ¿lo recuerdas? Decir que eres demente en términos legales no significa nada, solo le da al jurado algo que poder usar para encontrarte no culpable. Es una herramienta, igual que decirle a la junta escolar que tienes asperger. Y eso no cambió quién eras… Solo hizo más fácil que los profesores entendiesen tu estilo de aprendizaje.

—Me da igual la defensa —discute Jacob—. Me importa lo que esa gente está diciendo que hice.

—Ya sabes cómo funciona la ley. Es la acusación quien tiene la carga de la prueba. Si Oliver es capaz de hallar testigos que puedan mostrar delante del jurado otro escenario sobre lo que pudo haber sucedido, entonces ese jurado podría encontrar una duda razonable, y por tanto no podrían condenarte. —Alargo la mano en busca de la de Jacob—. Mi vida, es como darle un libro a alguien y decirle que podría haber más de un final.

—Pero es que yo no quería que se muriese, mamá. No fue culpa mía. Sé que fue un accidente. —Jacob tiene los ojos llenos de lágrimas—. La echo de menos.

El aliento se me congela en la garganta.

—Oh, Jacob —susurro—. ¿Qué hiciste?

—Hice lo correcto. ¿Por qué no se lo podemos contar al jurado, entonces?

Quiero evitar sus palabras, porque estoy a punto de testificar, y eso significa que no puedo mentir si la fiscal me pregunta qué me ha contado Jacob sobre la muerte de Jess. Quiero salir corriendo hasta que lo único que oiga sea mi torrente sanguíneo, y no su confesión.

—Porque —digo en voz baja— a veces lo más difícil de escuchar es la verdad.

OLIVER

Esto es lo que sé:

Antes del último descanso de relajación sensorial, Jacob estaba hecho un flan, era un manojo de nervios.

Ahora que hemos retomado la sesión, Emma se encuentra en el estrado para testificar y es ella quien está hecha un flan, un manojo de nervios.

Tras recorrer con ella las partes más básicas sobre su identidad y su relación con Jacob, me acerco al estrado, me hago el torpe y dejo caer el bolígrafo. Cuando me agacho, le susurro: «Respira hondo».

¿Qué puñeta habrá pasado en esos quince minutos que se han ido?

—¿Cómo se gana usted la vida, señora Hunt? —No me responde, se mira el regazo—. ¿Señora Hunt?

Emma levanta la cabeza de golpe.

—¿Puede repetir la pregunta?

«Concéntrate, cariño», pienso.

—Su trabajo. ¿A qué se dedica?

—Escribía una columna de consejos —dice en un volumen bajo de voz—. Cuando detuvieron a Jacob, me pidieron que me tomara un tiempo de descanso.

—¿Cómo se metió en ese trabajo?

—Por desesperación. Era una madre sola con un recién nacido y un niño de tres años que de repente daba muestras de conductas autistas. —Su voz gana volumen y cobra fuerza conforme habla—. Los terapeutas se pasaban el día entrando y saliendo de mi casa, gente que intentaba evitar que Jacob se me escapara por completo. Tenía que encontrar un trabajo, pero tampoco podía salir de casa.

—¿Cómo surgió el diagnóstico de Jacob?

—Era un bebé perfectamente sano y feliz —dice Emma, y mira a Jacob. Durante un momento es incapaz de hablar, y hace un gesto negativo con la cabeza—. Lo vacunamos, y, en el plazo de una semana, aquel niño tan cariñoso, interactivo y verbal dejó de ser el niño que yo conocía. De repente, estaba tirado en el suelo mirando cómo giraban las ruedas de sus camiones de juguete en lugar de correr con ellos por el salón.

—¿Qué hizo usted?

—Todo —dice Emma—. Sometí a Jacob a análisis de comportamiento aplicado, a terapia ocupacional, a fisioterapia, a logopedia. Le puse una dieta sin gluten ni caseína junto con un régimen de vitaminas y suplementos que les han funcionado a otros padres de niños autistas.

—¿Y le funcionaron a usted?

—Hasta cierto punto. Jacob llegó a un nivel en que no se aislaba; era capaz, con sus limitaciones, de valerse en el mundo. Finalmente, su diagnóstico cambió de un trastorno genérico en el espectro autista a un trastorno general del desarrollo, y de ahí por fin al síndrome de Asperger.

—Hay algún rayo de esperanza en ese diagnóstico.

—Sí —dice Emma—. Jacob tiene un sentido del humor increíble, muy mordaz. Es la persona más inteligente que conozco. Y si quiero compañía cuando estoy haciendo recados, recogiendo el lavavajillas o darme un paseo, él se ofrece enseguida. Hará cualquier cosa que yo le pida. Y también dejará de hacer lo que sea, si se lo pido. Es probable que yo sea la única madre que jamás se ha tenido que preocupar por que su hijo se drogue o beba alcohol siendo menor.

—Sin embargo, tiene que haber momentos en que le resultará muy duro, como madre.

—Todas las cosas que he mencionado que hacen de Jacob un chico perfecto…, pues todas ellas son las que hacen de él un chico diferente del típico. Toda su vida, Jacob ha deseado integrarse con sus compañeros, y toda su vida, he visto cómo se reían de él o lo rechazaban. No se puede imaginar cómo es tener que forzar una sonrisa cuando tu hijo gana una medalla en un campus de primer aprendizaje de béisbol por ser el que más pelotazos se ha llevado. Tienes que cerrar los ojos cuando le dejas en el instituto y él sale del coche con un par de audífonos enormes que le ayudan a aislarse del ruido de los pasillos, y, conforme se aleja, ves a los demás chicos que se ríen de él a sus espaldas.

—Si yo fuese a su casa un martes —digo—, ¿qué me llamaría la atención?

—La comida. Si es martes, toda la comida tiene que ser roja. Sopa de tomate, fresas y frambuesas. Sushi de atún. Ternera asada muy fina y poco hecha. Remolacha. Si no es roja, Jacob se agita mucho, y a veces se va a su habitación y deja de hablarnos. Hay un color para cada día de la semana, para la comida y para la ropa, que está colgada en su armario en el orden del arco iris, y los diferentes colores no se pueden tocar.

Se vuelve hacia el jurado, tal y como teníamos previsto.

—Jacob ansía la rutina. Se levanta a las 6.30 todas las mañanas, sea laborable o festivo, y sabe con exactitud a qué hora se ha de marchar a clase y a qué hora va a regresar a casa. Nunca se pierde un episodio de *CrimeBusters,* que ponen en la USA Network a las 16.30 todos los días. Mientras los ve, escribe notas en sus cuadernos, aunque en algunos casos haya visto el episodio más de una docena de veces. Siempre pone el cepillo de dientes a la izquierda del lavabo cuando ha terminado de usarlo, y en el coche se sienta detrás del conductor, va en el asiento de atrás aunque él sea el único pasajero.

—¿Qué sucede cuando a Jacob se le alteran las rutinas?

—Que le afecta mucho —dice Emma.

—¿Puede explicárnoslo?

—Cuando era pequeño, gritaba o se agarraba una pataleta. Ahora es más probable que se retraiga. La mejor manera de explicarlo que se me ocurre es que podrías estar mirando a Jacob y notar que él no está allí contigo.

—Tiene usted otro hijo, ¿verdad?

—Sí. Theo, de quince años.

—¿Tiene asperger?

—No.

—¿Está la ropa de Theo ordenada según el arco iris?

Lo niega con la cabeza.

—Suele estar en el suelo, formando una montaña.

—¿Y solo toma comida de color rojo los martes?

—Se come cualquier cosa que no esté clavada al suelo —dice Emma, y algunas de las mujeres del jurado se ríen.

—¿Hay alguna vez en que a Theo no le apetezca hablar con usted?

—Desde luego que sí, es un adolescente muy común.

—¿Hay alguna diferencia entre la forma en que se retrae Theo y la forma en que se retrae Jacob?

—Sí —dice Emma—. Cuando Theo no se comunica conmigo, es porque él no quiere. Cuando Jacob no se comunica conmigo, es porque no puede.

—¿Y tomó usted alguna medida para ayudar a Jacob a adaptarse mejor a las situaciones sociales?

—Sí —dice Emma. Hace una pausa y carraspea—. Contraté a una tutora privada para que le ayudase a trabajar esas situaciones: Jess Ogilvy.

—¿A Jacob le caía bien Jess?

Los ojos de Emma se llenan de lágrimas.

—Sí.

—¿Cómo lo sabe?

—Estaba cómodo con ella, y no hay mucha gente con la que él se sienta cómodo. Ella conseguía que hiciese… Ella conseguía que hiciese cosas que normalmente no haría... —Emma se viene abajo y hunde la cara entre las manos.

«¿Pero qué cojones hace?»

—Señora Hunt —digo—, gracias. No hay más pr...

—Espere —me interrumpe—. Es que... no he terminado.

Esto es nuevo para mí. Le hago un gesto negativo apenas perceptible con la cabeza, pero Emma tiene la mirada puesta en Jacob.

—Solo... Solo quería decir... —se vuelve hacia el jurado— que Jacob me ha dicho que él no quería que ella se muriese; que no fue culpa suya...

Los ojos se me abren como platos. Todo esto se sale del guion: territorio peligroso.

—¡Protesto! —suelto—. ¡Testimonio indirecto!

—Que no puede protestar ante su propio testigo —dice Helen encantada.

Pero tampoco tengo por qué darle una pala a mi testigo para que cave su propia tumba, y la de todos nosotros, de paso.

—Entonces estoy listo —digo, y me siento junto a Jacob para darme cuenta de pronto de que no soy el único que lo está.

JACOB

Se lo ha dicho.

Mi madre les ha dicho la verdad.

Miro al jurado, a cada uno de sus rostros expectantes, porque ahora ya deben saber que yo no soy el monstruo que todos esos otros testigos me han hecho parecer. Oliver ha interrumpido a mi madre antes de que haya dicho el resto, pero seguro que lo entienden.

—Antes de que comencemos con el turno de preguntas de la fiscalía. Letrados —dice el juez—, me gustaría recuperar parte del terreno que perdimos ayer al aplazar antes de tiempo. ¿Tienen ustedes alguna objeción a que finalicemos con el testimonio de la testigo antes de levantar hoy la sesión?

Es entonces cuando miro el reloj y veo que son las 16.00.

Se supone que tenemos que marcharnos ya para que yo pueda llegar a tiempo de ver *CrimeBusters* a las 16.30.

—Oliver —susurro—, di que no.

—De ninguna manera voy a dejar las últimas palabras de tu madre en la mente de los miembros del jurado durante todo el fin de semana —me responde Oliver con un siseo—. Me da igual cómo te las apañas con eso, Jacob, pero te las vas a tener que apañar.

—Señor Bond —dice el juez—, ¿le importaría hacernos partícipes de su conversación?

—Mi cliente estaba poniendo en mi conocimiento que accede a un retraso en el aplazamiento de la sesión por hoy.

—Estoy loco de contento —dice el juez Cuttings, pero no parece estar loco, ni contento—. Señora Sharp, su testigo.

La fiscal se pone en pie.

—Señora Hunt, ¿dónde se encontraba su hijo en la tarde del día 12 de enero?

—Fue a casa de Jess para su sesión.

—¿Qué aspecto tenía cuando regresó a casa?

Vacila.

—Alterado.

—¿Cómo se dio cuenta?

—Fue corriendo a su habitación y se escondió en el armario.

—¿Dio muestras de algún comportamiento autodestructivo?

—Sí —dice mi madre—. Se golpeó la cabeza contra la pared en repetidas ocasiones.

(Me resulta interesante oír esto, porque cuando tengo un ataque, no lo recuerdo muy bien.)

—Pero fue usted capaz de tranquilizarlo, ¿verdad?

—Pasado un tiempo.

—¿Qué técnicas utilizó? —pregunta la fiscal.

—Apagué las luces y puse una canción que le gusta.

—¿Era esa canción *I shot the sheriff*, de Bob Marley?

—Sí.

(Son las 16.07, y estoy sudando. Un montón.)

—¿Utiliza una canción que se titula «Disparé al *sheriff*» como técnica de relajación? —pregunta Helen Sharp.

—No tiene nada que ver con la letra. Dio la casualidad de ser una melodía que le gustaba, y le tranquilizaba cuando sufría ataques o tenía pataletas de pequeño. Y se le quedó.

—Ciertamente coincide con su obsesión con los crímenes violentos, ¿verdad?

(Yo no estoy obsesionado con los crímenes violentos. Estoy obsesionado con resolverlos.)

—Jacob no es violento —dice mi madre.

—¿No? Está siendo juzgado por asesinato —replica Helen Sharp—, y el año pasado agredió a una chica, ¿no es así?

—Medió provocación.

—Señora Hunt, tengo aquí el informe del inspector de educación al que llamaron tras el incidente. —Hace que se lo sellen como prueba (ahora son las 16.09) y se lo entrega a mi madre—. ¿Puede usted leer el párrafo que está resaltado?

Mi madre sostiene el papel.

—«Una adolescente de diecisiete años afirma que Jacob Hunt fue a por ella, la golpeó contra las taquillas y la sujetó por el cuello hasta que un miembro del personal lo separó a la fuerza.»

—¿Está sugiriendo que eso no constituye un comportamiento violento? —pregunta Helen Sharp.

Aunque nos marchásemos ahora, llegaríamos once minutos tarde para ver *CrimeBusters*.

—Jacob se sintió acorralado —dice mi madre.

—No le estoy preguntando cómo se sintió Jacob. El único que sabe cómo se sintió Jacob es Jacob. Lo que le estoy preguntando es si usted catalogaría el golpear a una joven contra una taquilla y sujetarla por el cuello como una conducta violenta.

—La *víctima* —dice mi madre con voz airada— es la misma niña encantadora que le dijo a Jacob que sería su amiga si él le decía a su profesor de Matemáticas que se fuese a tomar por culo.

Una de las damas del jurado mueve la cabeza en sentido negativo. Me pregunto si esto se debe a lo que hizo Mimi o a que mi madre ha dicho «a tomar por culo».

Una vez, durante un episodio de máxima audiencia de *CrimeBusters* que retransmitieron en directo, como una obra de Broadway, a un extra se le cayó un martillo, dijo a tomar por cu y lo que sigue y la cadena fue multada en consecuencia. Los censores le pusieron un pitido, pero estuvo una temporada circulando por YouTube en todo su esplendor.

CrimeBusters empieza en trece minutos.

Oliver me da un toque en el hombro.

—¿A ti qué te pasa? Para ya. Pareces un loco.

Bajo la vista. Me estoy dando golpes fuertes con la mano en un lado de la pierna; ni siquiera me he dado cuenta de que lo estoy haciendo. Pero ahora estoy más confundido aún. Creí que se suponía que tenía que parecer un loco.

—Entonces esta chica fue mezquina con Jacob. Supongo que ambas estaremos de acuerdo en eso, ¿verdad?

—Sí.

—Pero eso no niega el hecho de que él fuese violento con ella.

—Lo que hizo él fue justo —responde mi madre.

—Entonces, señora Hunt, ¿me está diciendo usted que si una joven le dice a Jacob algo que no sea muy agradable o que hiera sus sentimientos, entonces está justificado que Jacob utilice la violencia contra ella?

Los ojos de mi madre centellean, igual que hacen siempre que se enfada mucho, mucho y mucho.

—No ponga en mi boca palabras que yo no he dicho. Estoy diciendo que mi hijo es amable, sensible y que no le haría daño a una mosca de manera intencionada.

—Ya ha oído los testimonios de este caso. ¿Es usted consciente de que Jacob discutió con Jess dos días antes de la última vez que se la vio con vida?

—Eso es distinto…

—¿Estaba usted allí, señora Hunt?

—No.

Ahora mismo están los últimos anuncios de *Ley y orden: Unidad de víctimas especiales,* que es la serie que pone la cadena antes de *CrimeBusters.* Habrá cuatro anuncios de treinta segundos, y después la entradilla musical. Cierro los ojos y comienzo a hacer un ruido con la boca cerrada.

—Ha dicho usted que uno de los comportamientos indicadores del asperger de Jacob es que se siente incómodo rodeado de gente o circunstancias que no conoce, ¿es correcto?

—Sí.

—¿Y que algunas veces se retrae de usted?

—Sí —dice mi madre.

—¿Que le cuesta mucho expresarle a usted sus sentimientos?

—Sí.

Es el de un niño que se cae en un pozo y cuando bajan a Rhianna para salvar al niño ella enciende una linterna y hay un esqueleto humano completo y hay perlas hay diamantes pero los huesos pertenecen a un hombre es una heredera que desapareció en los años sesenta y al final te enteras de que no es ella que en realidad es él...

—¿Estaría de acuerdo usted, señora Hunt, con que su otro hijo, Theo, ofrece también muestras de todas y cada una de estas conductas de vez en cuando; es más, que todos los adolescentes del mundo las exhiben?

—No exactamente...

—¿Convierte eso a Theo en un demente también?

Son las 16.32, son las 16.32, son las 16.32.

—Por favor, ¿podemos marcharnos ya? —digo, pero las palabras son espesas como la melaza y no suenan correctamente; y todo el mundo se mueve despacio y arrastra las palabras, también, cuando me pongo en pie para reclamar su atención.

—Señor Bond, controle a su cliente —oigo, y Oliver me coge del brazo y me sienta de un tirón.

Los labios de la fiscal se retraen para enseñar los dientes como en una sonrisa, pero no es una sonrisa.

—Señora Hunt, fue usted quien contactó con la policía cuando vio que la colcha de Jacob salía en las noticias, ¿no es así?

—Sí —susurra mi madre.

—Lo hizo porque creía que su hijo había matado a Jess Ogilvy, ¿no es cierto?

Lo niega con la cabeza (16.34) y no responde.

—Señora Hunt, usted pensó que su hijo había cometido un asesinato, ¿no es cierto? —La voz de la abogada suena como un martillo.

Señora Hunt

(16.35)

Responda a la

(no)

pregunta.

De repente, la sala se queda inmóvil, como el aire entre el batir de las alas de un pájaro, y oigo cómo todo se rebobina en mi cabeza.

«Controle a su cliente.»

«Pareces un loco.»

«A veces lo más difícil de escuchar es la verdad.»

Miro fijamente a mi madre, directo a los ojos, y siento las uñas contra la pizarra de mi cerebro y de mi tripa. Puedo ver las cámaras de su corazón, y los glóbulos de color rubí en su sangre, y las retorcidas volutas de sus pensamientos.

«Oh, Jacob —oigo en la repetición instantánea—. ¿Qué hiciste?»

Sé lo que va a decir un minuto antes de que lo diga, y no puedo permitir que lo haga.

Entonces recuerdo las palabras de la fiscal: «El único que sabe cómo se sintió Jacob es Jacob».

—¡Alto! —grito tan fuerte como puedo.

—Señor juez —dice Oliver—, creo que tenemos que aplazar la sesión por hoy…

Me vuelvo a poner en pie.

—*¡Alto!*

Mi madre se levanta de su sitio en el estrado.

—Jacob, está bien…

—Su señoría, la testigo no ha contestado a mi pregunta…

Me tapo los oídos con las manos porque todos hablan tan alto que las palabras rebotan contra las paredes y contra el suelo y me subo a la silla y de ahí a la mesa y acabo saltando al centro del espacio libre que hay delante del juez donde mi madre ya se encuentra viniendo a por mí.

Pero antes de que pueda tocarla estoy en el suelo y el alguacil tiene la rodilla sobre mi espalda y el juez y el jurado se alteran y de repente hay silencio y calma y no más peso y una voz que conozco.

—Está bien, chaval —dice el detective Matson. Me ofrece una mano y me ayuda a ponerme en pie.

Una vez, en una feria, Theo y yo nos metimos en la casa de los espejos. Nos separamos, o tal vez Theo me dejase atrás, pero me encontré tropezándome con las paredes y mirando a la vuelta de esquinas que en realidad no existían; y finalmente, me senté en el suelo y cerré los ojos. Eso es lo que quiero hacer ahora, con todo el mundo mirándome. Justo igual que entonces, no hay una salida que pueda prever.

—Está bien —repite el detective Matson, y me muestra el camino.

RICH

La mayoría de las veces, si un policía local se mete en los dominios del *sheriff,* lo que viene a continuación es una pelea de gallos. A ellos no les gusta que yo les diga cómo organizar sus operativos ni un pelo más de lo que a mí me gusta que me manipulen mi escenario de un crimen. Sin embargo, con Jacob suelto por la sala, lo más probable es que hubieran agradecido hasta la ayuda de la Guardia Nacional de haber estado esta disponible, y cuando salto por encima de la barrera para agarrar a Jacob, todo el mundo se aparta y me lo deja, como si de verdad yo supiera lo que hago.

Menea la cabeza arriba y abajo, como si estuviese manteniendo una conversación consigo mismo, y una de sus manos se estira en un movimiento extraño contra su pierna, aunque por lo menos ya no grita.

Me llevo a Jacob y lo meto en un calabozo. Él me da la espalda, con los hombros presionados contra los barrotes.

—¿Estás bien? —pregunto, pero no responde.

Me apoyo contra los barrotes por fuera de la celda, de manera que prácticamente estamos espalda con espalda.

—Una vez, un tío se suicidó en un calabozo de Swanton —digo, como si se tratase de una conversación de lo más normal—. Los agentes le habían puesto una multa y lo habían dejado allí para que durmiese la mona. Estaba de pie, como tú, pero con los brazos cruzados. Llevaba una camisa de franela con botones. Tuvo la cámara de seguridad encima todo el tiempo. Es probable que ni te imagines cómo lo hizo.

Al principio Jacob no responde. Entonces gira la cabeza muy levemente.

—Hizo una horca atándose las mangas alrededor del cuello —responde—, de forma que, ante la cámara de seguridad, parecía que estaba de pie contra los barrotes, pero en realidad ya se había ahorcado.

Se me escapa una risotada.

—La madre que te parió, chaval. Eres realmente bueno.

Jacob se gira y se queda frente a mí.

—No debería estar hablando con usted.

—Es probable que no.

Le miro fijamente.

—¿Por qué dejaste la colcha? Vamos, no es algo que se te pudiera pasar por alto.

Duda un instante.

—Por supuesto que dejé la colcha. ¿Cómo iba a saber nadie si no que fui yo quien montó todo aquello? Aun así, pasaron por alto la bolsita de té.

Sé al momento que está hablando de los indicios presentes en la casa de Jess Ogilvy.

—Estaba en el fregadero. No sacamos ninguna huella de la taza.

—Jess era alérgica al mango —dice Jacob—. ¿Y yo? Yo odio cómo sabe.

Había sido meticuloso en extremo. En lugar de olvidarse de limpiar aquel indicio, lo había dejado a propósito para ponernos a prueba. Me quedo mirándole y me pregunto qué será lo que está intentando decirme.

—Pero aparte de eso —dice sonriente—, han acertado.

OLIVER

Helen y yo nos encontramos frente al juez Cuttings como dos escolares recalcitrantes.

—No quiero que eso vuelva a suceder ante mis ojos, señor Bond —dice—, y me da igual si tiene usted que medicarlo. O mantiene a su cliente bajo control durante lo que resta de este proceso, o tendré que hacer que lo esposen.

—Su señoría —dice Helen—, ¿cómo se supone que va a disfrutar el estado de la garantía de un juicio justo cuando tenemos montado un circo cada quince minutos?

—La fiscalía tiene razón, y usted lo sabe, letrado —añade el juez.

—Voy a solicitar juicio nulo, señoría —digo.

—No puede hacerlo cuando es su cliente el que está causando los problemas, señor Bond. Seguro que usted es consciente.

—Cierto —mascullo.

—De haber alguna moción que cualquiera de ustedes dos desee presentar, piénsenlo bien antes de hacerlo. Señor Bond, está advertido, le escucharé antes de empezar.

Me apresuro a salir del despacho del juez antes de que Helen pueda decir algo que me enfurezca aún más. Entonces, justo cuando creo que las cosas no pueden ir a peor, me encuentro con Rich Matson de charla con mi cliente.

—Solo estaba haciéndole compañía hasta que usted llegase —me explica Matson.

—Ya, claro.

No me hace ni caso, y se vuelve hacia Jacob.

—Oye —dice el detective—. Buena suerte.

Espero hasta que dejo de oír sus pisadas.

—¿De qué demonios iba eso?

—Nada, solo comentábamos unos casos.

—Qué bien, porque la última vez que os sentasteis los dos a charlar salió de maravilla. —Me cruzo de brazos—. Escucha, Jacob, tienes que solucionar esto. Si no te comportas, vas a ir a la cárcel. Punto.

—¿Y si no me comporto? —dice—. *¡Doing!*

—No tienes edad para acordarte de *Wayne's World*. Pero a mí me da igual, porque yo no soy el acusado. Lo digo totalmente en serio, Jacob. Tú monta otro número como ese y la fiscalía te manda de cabeza a la cárcel, o pedirá juicio nulo, y eso significará volver a empezar con todo.

—Prometiste que levantaríamos la sesión a las 16.00.

—Tienes razón. Pero en la sala de un tribunal, el juez es Dios, y Dios ha preferido quedarse hoy hasta más tarde; así que me da igual si nos quedamos hasta las cuatro de la mañana o si el juez Cuttings anuncia que nos vamos a poner todos en pie y vamos a jugar al corro de la patata. Tú vas a plantar el culo en esa silla a mi lado y no vas a abrir la puñetera boca.

—¿Le dirás al jurado por qué lo hice? —pregunta Jacob.

—¿Y por qué lo hiciste?

Sé que no le tenía que haber preguntado eso, pero a estas alturas ya no estoy pensando en el perjurio. Estoy pensando en que Jacob y yo tenemos que jugar con las mismas cartas de una vez por todas.

—Porque no podía dejarla —dice, como si algo así hubiera de resultar obvio.

Me quedo boquiabierto. Antes de poder hacerle ninguna otra pregunta —«¿Es que te rechazó? ¿Intentaste besarla y se te resistió más de la cuenta? ¿La abrazaste con tanta fuerza que la asfixiaste accidental-mente?»—, aparece un alguacil por los calabozos.

—Los están esperando.

Hago un gesto al alguacil para que abra la celda. Somos los últimos en entrar en la sala a excepción del jurado y del juez. Los ojos de Emma vuelan directos hacia su hijo.

—¿Va todo bien?

Pero el juez regresa antes de que pueda ponerla al corriente.

—Letrado de la defensa —dice al sentarse en su estrado—. Aproxí-mese. —Helen y yo nos acercamos—. Señor Bond, ¿ha hablado usted con su cliente?

—Sí, su señoría, y no se producirán más arrebatos.

—No quepo en mí de alegría —dice el juez Cuttings—. Puede con-tinuar.

Sabiendo lo que sé ahora, el argumento de la demencia legal parece cada vez más sólido. Solo espero que el jurado haya recibido también ese mensaje, alto y claro.

—La defensa ha finalizado —anuncio.

—¡¿Qué?! —explota Jacob a mi espalda—. ¡De eso nada!

Cierro los ojos y empiezo a contar hasta diez, porque estoy bastante seguro de que no es una buena idea asesinar a tu cliente ante un jurado entero. Y en ese momento, un avión de papel me sobrevuela el hom-bro. Es una de las notas de Jacob, que desdoblo:

Quiero hablar yo.

Me doy la vuelta.

—Desde luego que no.

—¿Hay algún problema, señor Bond? —pregunta el juez.

—No, señoría —respondo en el mismo instante en que Jacob dice «sí».

A duras penas, me vuelvo a enfrentar al juez.

—Necesitamos un descanso de relajación sensorial.

—¡Pero si llevamos diez segundos de sesión! —discute Helen.

—¿Ha finalizado, señor Bond? —pregunta el juez Cuttings—. ¿O tiene algo más?

—Hay más —dice Jacob—. Me toca hablar a mí, y si quiero declarar, me lo tienen que permitir.

—Tú no vas a declarar —insiste Emma.

—¡Usted, señora Hunt, no tiene la venia para hablar! ¿Es que soy el único aquí que sabe que esto es un tribunal de justicia? —ruge el juez Cuttings—. Señor Bond, interrogue a su testigo final.

—Me gustaría disponer de un breve receso…

—No tengo la menor duda de que así es. A mí me gustaría estar en Nevis y no aquí, pero ninguno de nosotros dos va a conseguir lo que desea —suelta el juez.

Hago un gesto negativo con la cabeza y acompaño a Jacob hasta el estrado de los testigos. Estoy tan enfadado que apenas puedo ver con claridad. Jacob le dirá la verdad al jurado, igual que me la ha dicho a mí, y cavará su propia tumba. Si no lo hace con el contenido de lo que diga, entonces lo hará con la forma en que lo diga: da igual todo lo que se ha dicho hasta ahora, da igual todo lo que se haya testificado hasta ahora, lo que va a recordar el jurado en pleno es a este chico torpe que suelta las palabras por arranques, tiene tics, no ofrece signos emocionales apropiados y no les mira a los ojos, todo ello expresiones tradicionales de culpabilidad. Da igual lo que diga Jacob, su comportamiento lo va a condenar antes siquiera de que abra la boca.

Le sujeto la portezuela para que pueda entrar.

—Es tu funeral —murmuro.

—No —dice Jacob—. Es mi juicio.

Veo claramente el momento en que él se da cuenta de que esto no ha sido una idea tan genial: le han tomado juramento y ha tragado saliva con dificultad. Tiene los ojos muy abiertos, y sus pupilas recorren la sala, de un lado a otro, a toda velocidad.

—Dime qué sucede cuando te pones nervioso, Jacob —digo.

Se humedece los labios.

—Camino de puntillas, o reboto. A veces tiemblo o hablo demasiado rápido o me río aunque no sea gracioso.

—¿Estás nervioso ahora?

—Sí.

—¿Por qué?

Retira los labios en una sonrisa.

—Porque me está mirando todo el mundo.

—¿Es eso todo?

—También por las luces, que brillan demasiado; y que no sé qué es lo que vas a decir a continuación.

«¿Y quién coño tiene la culpa de eso?», pienso.

—Jacob, le has dicho al tribunal que querías hablar.

—Sí.

—¿Qué le quieres contar al jurado?

Jacob vacila.

—La verdad —dice.

JACOB

Hay sangre por todo el suelo, y allí está ella tumbada. No responde aunque grito su nombre. Sé que tengo que moverla y por eso la levanto y la saco al pasillo y cuando lo hago hay más sangre todavía que le sale por la nariz y por la boca. Estoy intentando no pensar en el hecho de que estoy tocando su cuerpo y que está desnuda; no es como en las películas donde la chica es hermosa y el chico está a contraluz; es solo piel contra piel y yo siento mucha vergüenza por ella porque ni siquiera sabe que no lleva la ropa puesta. No quiero recoger sangre con las toallas, así que le limpio la cara con papel higiénico y lo tiro por el retrete.

En el suelo hay unas bragas y un sujetador y un pantalón de chándal y una camiseta. Pongo primero el sujetador y sé cómo porque veo la HBO y los he visto quitar; solo tengo que hacerlo a la inversa. Las bragas no las entiendo porque hay letras en un lado y no sé si es la parte de delante o la de detrás, así que se las pongo como sea. Después la camiseta y los pantalones de chándal y finalmente calcetines y botas Ugg, que son lo más complicado porque ella no puede hacer fuerza hacia abajo con los pies.

La cargo sobre mi hombro —pesa más de lo que había pensado— e intento bajarla por las escaleras. Hay un giro en el rellano y me tropiezo y nos caemos los dos. Caigo sobre ella y cuando le doy la vuelta, se le ha caído un diente. Sé que no le ha dolido, pero aun así me hace sentir que me voy a marear. Las magulladuras y la nariz rota no son tan malas como verla sin el incisivo.

La siento en una butaca. «Espera aquí», le digo, y entonces me río a carcajadas porque no me puede oír. Limpio la sangre del piso de arriba con más papel higiénico, el rollo entero. Sigue lleno de manchas y húmedo. Encuentro lejía en el armario de la colada y la echo en el suelo y utilizo otro rollo de papel higiénico para secarlo todo.

Se me pasa por la cabeza que me podrían coger, y es entonces cuando decido que no solo voy a limpiar, sino que voy a preparar el escenario de un crimen que conduzca en una dirección distinta. Lleno una mochila con ropa y me llevo su cepillo de dientes. Mecanografío una nota y la llevo al buzón. Me pongo un par de botas demasiado grandes para ser suyas, doy la vuelta por el exterior, corto la mosquitera, meto el cuchillo de cocina en el lavavajillas y pongo en marcha el ciclo corto. Quiero resultar obvio, porque Mark no es demasiado listo.

Me aseguro de borrar las pisadas en el porche y en el camino de entrada. Dentro, me cuelgo la mochila de los hombros y me aseguro de que no me estoy olvidando de nada. Sé que debería dejar los taburetes tumbados y los CD desperdigados por el suelo del salón, pero es que no puedo. Así que recojo los taburetes y el correo y después organizo los CD como creo que a ella le hubiera gustado que estuviesen.

Intento llevarla al bosque, pero me pesa más a cada paso, de manera que al rato, en vez de eso, la arrastro. Quiero que esté en un sitio donde yo sepa que no se va a quedar sentada bajo la lluvia o la nieve o el viento. Me gusta el colector de agua porque puedo llegar a él desde la autopista en lugar de tener que pasar por su casa.

Pienso en ella incluso cuando no estoy aquí; aun sabiendo que la está buscando toda la policía y que me podría distraer con mucha facilidad al seguir sus progresos o su falta de ellos. Por eso me traigo la colcha cuando vengo de visita. Era algo que siempre me había gustado y creo que si ella pudiese hablar, habría estado realmente orgullosa de mí por taparla con ella. «Bien hecho, Jacob —habría dicho—. Estás pensando en otra persona para variar.»

Qué sabría ella. Eso era *todo* en lo que yo estaba pensando.

Cuando termino, la sala está tan silenciosa que puedo oír el siseo del radiador y cómo se dilatan las vigas del edificio. Miro a Oliver, y a mi madre. Espero que estén bastante complacidos porque ahora todo debe parecer lógico. Sin embargo, no sé interpretar sus caras, ni las del jurado. Una mujer está llorando, y no sé si está triste porque he hablado de Jess o porque está contenta de saber por fin qué sucedió realmente.

No estoy nervioso ahora; si te interesa, te diré que tengo tanta adrenalina en la sangre que quizá podría ir y volver corriendo de Bennington. Es decir, *madre mía,* acabo de describir cómo monté un escenario de un crimen con un cadáver, después de haber logrado engañar a la policía y hacerles creer que se trataba de un intento de secuestro. He conectado todas las pruebas que ha presentado la fiscalía en este juicio. Es como el mejor episodio de *CrimeBusters* de la historia, y yo soy el protagonista.

—¿Señor Bond? —solicita el juez.

Oliver se aclara la garganta. Apoya una mano en la barandilla del estrado de los testigos y aparta de mí la mirada.

—Muy bien, Jacob. Nos has hablado mucho sobre lo que hiciste después de la muerte de Jess, pero no nos has contado cómo murió.

—No hay mucho que contar —digo.

De repente caigo y recuerdo dónde he visto esa expresión que hay en los rostros de todos los presentes. Es la de la cara de Mimi Scheck, y la de Mark Maguire, y la de todo aquel que piensa que no tiene absolutamente nada en común conmigo.

Empiezo a tener esa sensación de ardor en el estómago, la que me viene cuando me doy cuenta demasiado tarde de que tal vez haya hecho algo que en realidad no era tan buena idea.

Y entonces, Oliver me echa un cable.

—Jacob, ¿lamentas haber matado a Jess?

Sonrío de oreja a oreja.

—No —digo—. Eso es lo que he estado intentando deciros todo el tiempo.

OLIVER

Esto es lo amargo de la situación: Jacob ha hecho que parezca que está más loco de lo que yo jamás habría logrado con la sola declaración de un testigo. Pero, claro, también ha hecho que parezca que es un asesino despiadado.

Jacob se encuentra de nuevo sentado a la mesa de la defensa, cogido de la mano de su madre. Emma está más blanca que una pared, y no la puedo culpar por ello. Tras escuchar el testimonio de Jacob —una descripción detallada con sus propias palabras de cómo recoger un desastre de tu propio cuño—, yo me encuentro en la misma situación.

—Señoras y señores del jurado —comienzo—, se han expuesto aquí muchas pruebas acerca de cómo murió Jess Ogilvy. No vamos a discutir esas pruebas. Pero si han estado ustedes prestando atención a este proceso, también saben que este no es un libro que podamos juzgar por su cubierta. Jacob es un joven con síndrome de Asperger, un trastorno neurológico que le priva de la empatía por los demás tal y como la sentimos ustedes o yo. Cuando él habla acerca de lo que hizo con el cuerpo de Jess, en la casa donde ella residía, él no ve su implicación en un asesinato terrible. Más bien, tal y como ustedes han oído, se enorgullece del hecho de haber organizado todo el escenario de un crimen, un escenario digno de ser recogido en un cuaderno, igual que un episodio de *CrimeBusters*. No voy a pedirles que le excusen por la muerte de Jess

Ogilvy: nos sumamos al dolor de sus padres por tal pérdida, y no pretendemos disminuir la tragedia de ningún modo. Sin embargo, les voy a pedir que tomen la información que han recibido acerca de Jacob y su trastorno de manera que, cuando se pregunten si era penalmente responsable en el momento de la muerte de Jess, si distinguía el bien del mal en ese instante del mismo modo que los distinguen ustedes, no tendrán más elección que responder que no.

Camino hacia el jurado.

—El asperger —prosigo— es un enigma muy complejo. Han oído mucho sobre él en estos días… y apuesto a que han pensado: «Sí, ¿y qué?». No sentirse cómodo en situaciones nuevas; querer hacer las cosas del mismo modo todos los días; que nos resulte difícil hacer amigos… Todos nos hemos enfrentado de vez en cuando a estas dificultades, aunque ninguno de estos rasgos haya afectado nunca a nuestra capacidad para emitir un juicio, y a ninguno de nosotros nos estén juzgando por asesinato. Podrían ustedes estar pensando que Jacob no encaja en la imagen que tienen de una persona con un trastorno neurológico diagnosticable. Es inteligente y no parece un loco en el sentido coloquial del término. ¿Cómo pueden entonces tener la certeza de que el asperger es un trastorno neurológico válido y no la última etiqueta que se ha puesto de moda para referirnos a los niños con problemas? ¿Cómo pueden estar seguros de que el asperger proporciona una explicación de su comportamiento en el momento en que se cometió el crimen, y no una simple excusa legal?

»Bueno —sonrío—, les ofreceré un ejemplo por cortesía del juez del Tribunal Supremo Potter Stewart. En los años cincuenta y sesenta, dicho tribunal tuvo que decidir acerca de numerosos casos de escándalo público. Dado que el escándalo público no se halla protegido bajo la primera enmienda, tuvieron que decidir si una serie de películas pornográficas se ajustaba a la definición legal de escándalo público, y tuvieron que verlas. Todas las semanas, en lo que pasó a denominarse los «Martes de Escándalo», los señores jueces veían estas películas y tomaban sus decisiones. Fue en «Jacobellis contra el estado de Ohio» cuando el juez Stewart se convirtió en una leyenda de la judicatura por decir que el porno duro era difícil de definir, pero que, y cito, «lo reconozco cuando lo veo».

Me vuelvo hacia Jacob.

—Lo reconozco cuando lo veo —repito—. Ustedes no han tenido solo la posibilidad de escuchar a expertos, y ver informes médicos y pruebas forenses; ustedes también han visto y oído a Jacob. Y solo sobre esa base ya les debe quedar claro que no se trata únicamente de un chico con ciertas peculiaridades en su personalidad. Es un chico incapaz de comunicarse particularmente bien y al que se le embrollan los pensamientos; que habla de manera monótona y no muestra emociones ni cuando parecería imposible. Y aun así ha tenido el valor de plantarse ante ustedes e intentar defenderse de una de las acusaciones más graves a las que se podrá enfrentar jamás un joven como él. Lo que ha dicho, y cómo lo ha dicho, les puede haber resultado inquietante, impresionante incluso, pero es porque una persona con asperger, una persona como Jacob, no es el típico testigo.

»Yo no quería que mi cliente testificase. Y voy a serles sincero: le creía capaz de hacerlo. Cuando vas a declarar en un juicio, has de practicar cómo decir las cosas de un modo que sirva para cimentar tu argumentación. Tienes que presentarte de un modo con el que se identifique el jurado. Yo sabía que Jacob no podía hacer eso, y que no lo haría. Diantre, si casi no consigo que se ponga una corbata para venir aquí…, cómo iba a hacer que expresase remordimiento o incluso tristeza. No podía decirle lo que debía y lo que no debía decir delante de ustedes. Para Jacob, eso hubiera sido mentir, y para Jacob, decir la verdad es una norma que ha de cumplirse.

Miro a los miembros del jurado.

—Lo que tienen ustedes ante sí —prosigo— es un chico que no se está aprovechando del sistema, porque es física y psicológicamente incapaz de aprovecharse del sistema. No sabe actuar para ganarse sus simpatías. No sabe qué ayudará y qué dañará sus posibilidades de absolución. Él solamente deseaba contarles su versión de la historia, y así lo ha hecho. Y así es como ustedes saben que Jacob no es un criminal que intenta escabullirse por un vacío legal. Es así como ustedes saben que su asperger puede afectarle, le afectó y aún le afecta el juicio en cualquier momento concreto, porque cualquier otro acusado, cualquier acusado *corriente,* no habría sido tan inocente como para contarles lo que les ha contado Jacob.

»Ustedes y yo sabemos, señoras y señores del jurado, que el sistema americano de justicia funciona muy bien siempre que te comuniques de un cierto modo, un modo del que Jacob es incapaz. Y aun así, en este país todo el mundo tiene derecho a un juicio justo, incluida la gente que se comunica de un modo distinto al que mejores resultados obtiene ante el tribunal. —Respiro hondo—. Quizá, entonces, para que se haga justicia en el caso de Jacob, solo necesitemos gente que esté dispuesta a escuchar con un poco más de atención.

Mientras me dirijo de regreso a mi asiento, Helen se pone en pie.

—Recuerdo que, cuando era pequeña, le pregunté a mi madre por qué en vez de decir «papel de váter», en la etiqueta del paquete decía «toallitas higiénicas de celulosa». ¿Saben ustedes qué me respondió mi madre? «Puedes llamarlo como te dé la gana, hija, que no hay palabras en el mundo para disfrazar lo que es.» Este proceso no va de un joven al que le cuesta mucho mantener una conversación, o hacer amigos, o comer algo que no sea gelatina azul los miércoles...

«Los viernes», corrijo mentalmente. Jacob busca el lápiz y empieza a escribir una nota, pero antes de que pueda hacerlo, le arrebato el lápiz de la mano y me lo guardo en el bolsillo de la chaqueta.

—Este proceso va de un chico que cometió un asesinato a sangre fría y después, utilizando su intelecto y su fascinación por la criminalística, intentó cubrir sus huellas. No pongo en duda que Jacob tiene síndrome de Asperger. No espero que ninguno de ustedes lo ponga en duda tampoco. Pero eso no le exime de su responsabilidad por este asesinato brutal y depravado. Ya han oído a los investigadores criminales que fueron a la casa de Jess Ogilvy y hallaron restos de la sangre de Jess por todo el suelo del cuarto de baño. Han oído al propio Jacob decir que él lo limpió con lejía y después tiró el papel higiénico por el retrete. ¿Por qué? Eso no es porque haya una norma que dice dónde va el papel higiénico cuando has terminado con él…, sino, más bien, porque él no quería que nadie supiese que había limpiado aquel desastre. Él les ha contado a ustedes, señoras y señores del jurado, cómo organizó todo aquel escenario del crimen, y cuánto esmero puso en ello. Intentó despistar a la policía de manera premeditada y hacerles pensar que Jess Ogilvy había sido víctima de un secuestro. Rajó la mosquitera y utilizó las botas de Mark Maguire para dejar huellas, para sugerir con toda la intención que era otro el responsable del delito. Arrastró el cuerpo de Jess a lo largo de una distancia equivalente a tres campos de fútbol y lo dejó a la intemperie de forma que resultase más difícil encontrarlo. Y entonces se cansó de jugar su partidita particular de *CrimeBusters,* cogió el teléfono móvil de Jess Ogilvy y llamó al 911. ¿Por qué? Eso no fue porque a él le resultase más sencillo relacionarse con un cadáver que con una persona viva, sino porque todo aquello formaba parte de los retorcidos planes de Jacob Hunt para disponer egoístamente de la vida de Jess Ogilvy con el fin de poder jugar a los investigadores criminales.

Se dirige al jurado.

—El señor Bond podrá llamar a esto como le dé la gana —prosigue—, pero eso no cambia lo que es: un joven que cometió un asesinato brutal y que de forma activa lo encubrió durante días con una serie de indicios muy precisos encaminados a desorientar a la policía. Ese, señoras y señores del jurado, es el modus operandi de un asesino calculador, no de un chico con el síndrome de Asperger.

EMMA

*D*e *los archivos de la tía Em:*

Querida tía Em:

¿Qué se hace cuando todo apunta a que el mundo tal y como una lo conoce se va a detener de manera desastrosa?

Sinceramente,

Humpty-Dumpty-Se-Estampó

Querida Humpty:

¡S.O.S.!

Con cariño,

La tía Em

Tres días más tarde, el jurado sigue aún deliberando.

Nos hemos acomodado a una rutina: por la mañana, Oliver se trae a Thor para el desayuno. Jacob lo saca al jardín a tirarle una pelota mientras que Henry y Theo van reviviendo poco a poco con el café. Henry ha estado enseñando a programar en C# a Theo para crear su propio juego de ordenador, algo que ha fascinado a mi hijo hasta límites insospechados. Por las tardes, Oliver y yo jugamos al Scrabble, y

674

Jacob nos grita términos tan oscuros como válidos desde el sofá en el que está sentado viendo *CrimeBusters:* «¡Quia!», «¡Dix!». No ponemos las noticias ni leemos el periódico porque lo único de lo que hablan es de Jacob.

No se nos permite salir de la casa por dos razones: Jacob sigue aún bajo arresto domiciliario, y debemos quedarnos en algún lugar desde donde lleguemos a los juzgados en veinte minutos cuando el jurado regrese. Todavía me resulta extraño doblar una esquina en mi propia casa y encontrarme a Henry —esperaba que a estas alturas ya se hubiese marchado, que hubiera salido con alguna excusa como una enfermedad de alguna de sus hijas o que su mujer tuviera que ir a visitar a una tía moribunda—, pero él insiste en que se queda hasta que tengan un veredicto. Nuestras conversaciones están plagadas de tópicos, pero al menos son conversaciones. «Estoy recuperando el tiempo perdido —dice—. Más vale tarde que nunca.»

Nos hemos convertido en una familia. Una familia heterodoxa y amalgamada por la tragedia de otra, pero tras años de ser una madre sola en esta casa, acepto todo lo que me den.

Más tarde, cuando los chicos se están preparando para meterse en la cama, Oliver y yo sacamos a Thor a dar un paseo antes de que él regrese a su apartamento encima de la pizzería. Hablamos sobre el caballo que se tropezó y se rompió el tobillo. Hablamos sobre las ganas que tenía yo de ser escritora. Hablamos sobre el juicio.

No hablamos sobre nosotros.

—¿Es bueno o es malo que el jurado no alcance un veredicto?

—Bueno, creo yo. Es probable que signifique que alguien se resista por convicción.

—¿Y qué pasa después?

—Si Jacob es condenado —dice Oliver mientras Thor viene y va delante de nosotros y se enreda por el camino—, irá a la cárcel. No sé si será la misma en la que estaba. Si lo encuentran no culpable por razón de demencia, es probable que el juez quiera otra evaluación psiquiátrica.

—¿Y vendrá a casa entonces?

—No lo sé —reconoce Oliver—. Haremos que Ava Newcomb y la doctora Murano organicen un plan de tratamiento externo, pero dependerá del juez Cuttings. Podría sopesar el hecho de que Jacob haya cometido un asesinato, decidir que no puede pasar eso por alto y aislar a Jacob del resto de la comunidad.

Él ya me ha contado esto antes, pero a mí me parece que no se me termina de quedar.

—En un psiquiátrico del estado —termino la frase.

Me detengo cuando llegamos de vuelta al camino de entrada de mi casa, y Oliver se para también, con las manos metidas en los bolsillos de la chaqueta.

—He luchado toda mi vida para que Jacob reciba el mismo trato que los chicos normales en un colegio normal, con un programa de estudios normal —digo—, y ahora, su única oportunidad de no ir a la cárcel es aprovecharse del asperger.

—Con toda sinceridad, no sé qué es lo que va a pasar —dice Oliver—, pero es mejor que estemos preparados.

—Todavía no se lo he dicho a Jacob.

Se mira los zapatos.

—Tal vez deberías.

Como si lo hubiésemos invocado, la puerta se abre y aparece la silueta de Jacob en pijama.

—Estoy esperando a que vengas a darme las buenas noches —me dice.

—Ya voy.

Jacob mira a Oliver, impaciente.

—¿Y bien?

—¿Bien, qué?

—¿Te importaría darle ya el beso de despedida?

Me quedo boquiabierta. Desde mi discusión con Jacob, Oliver y yo nos hemos cuidado mucho de dejar espacio entre los dos cuando él está delante. Ahora, sin embargo, Oliver me coge entre sus brazos.

—A mí no me lo tiene que decir dos veces —dice, y presiona sus labios contra los míos.

Cuando Jacob era pequeño, tenía la costumbre de colarme en su cuarto pasada la medianoche y me sentaba en una mecedora junto a su cama para verle dormir. Cuando estaba inconsciente, era como si un pincel mágico lo hubiese redibujado. Metido en la cama, yo no distinguía si aquella mano retorcida bajo las sábanas era la misma que se había sacudido con fuerza en un ataque de estereotipia aquella misma tarde en el parque, cuando una niña se había metido en la piscina de arena en la que él se encontraba jugando solo y feliz. No era capaz de saber si aquellos ojos, cerrados, adoptaban un gesto de dolor cuando yo le pedía que me mirase de frente. No podía observarlo, cómodo y relajado en sus sueños, y pensar que ese era el mismo niño que no era capaz de recordar la secuencia de palabras adecuada para pedirle a la camarera un zumo de manzana en lugar de la leche.

Cuando Jacob dormía, se hacía tábula rasa y podría haber sido cualquier niño, cualquiera normal.

En cambio, cuando se despertaba era extraordinario. Y esa era verdaderamente su definición: fuera del orden o regla natural o común. En algún momento en la evolución del idioma, esa palabra adquirió connotaciones positivas. ¿Por qué el asperger no?

Podría decirse que *yo* era diferente. Había sacrificado voluntariamente mi futuro por el de Jacob, renunciado a cualquier tipo de fama o fortuna que hubiese podido lograr con tal de asegurarme de que su vida era mejor. Había dejado morir toda relación excepto la que había mantenido con Jacob. Había tomado decisiones por las que otras mujeres no habrían optado. En el mejor de los casos, eso me convertía en una madre luchadora, con coraje; en el peor, en madre decidida y resuelta. Y aun así, si entraba en una habitación abarrotada, la gente no se apartaba de mí como por arte de magia, repelida por un campo magnético invisible, como si se produjese una reacción de polarización entre sus cuerpos y el mío. La gente no volvía la cara hacia sus amigos para quejarse: «Oh, Dios, sálvame, que viene directa hacia mí». La gente no ponía los ojos en blanco a mis espaldas cuando yo estaba hablando. Jacob podrá actuar de manera extraña, pero jamás ha sido cruel.

Él, simplemente, no tenía la conciencia de sí mismo necesaria para eso.

Me hundo ahora en esa misma silla en que me solía sentar tantos años atrás, y otra vez veo dormir a Jacob. Ya no es un niño. Su cara tiene las trazas de un adulto, sus manos son fuertes y sus hombros están esculpidos. Alargo la mano y le retiro el pelo donde le está cubriendo la frente. Dormido, Jacob se estremece.

No sé qué tipo de vida habría tenido sin Jacob, y no quiero saberlo. Si él no hubiera sido autista, no le habría podido querer más de lo que ya le quiero. Y aunque le condenen, no podría quererle menos.

Me inclino, exactamente igual que solía hacer entonces, y le beso en la frente. Es la manera de antaño, la consagrada, en que una madre comprueba la fiebre, ofrece su bendición y da las buenas noches.

¿Por qué me siento entonces como si estuviese diciendo adiós?

THEO

Hoy es mi decimosexto cumpleaños, pero no espero mucho. Aún estamos aguardando, seis días después, a que el jurado llegue a un veredicto. Me estoy imaginando, la verdad, que mi madre ni siquiera se habrá acordado, y por eso me quedo de piedra cuando grita «¡a desayunar!», bajo las escaleras con el pelo aún mojado de la ducha y hay una tarta de chocolate con una vela.

Vale, es Jueves Marrón y seguro que es sin gluten, pero a caballo regalado no le mires el diente.

—Feliz cumpleaños, Theo —dice mi madre, y arranca a cantar. Se le unen mi padre, mi hermano y Oliver. Yo tengo una sonrisa que no me cabe en la cara. Hasta donde yo sé, mi padre no ha estado nunca en una de mis fiestas de cumpleaños, a menos que cuentes el minuto en que me parieron en el hospital, y eso no era en realidad una fiesta, vamos, digo yo.

«¿Ha merecido la pena? —se revuelve una vocecita en mi interior como el humo de la vela—. ¿Ha merecido la pena todo esto para conseguir una familia como aquellas a las que espiabas?»

Mi madre me pasa el brazo por el hombro.

—Pide un deseo —me dice.

Esto es exactamente lo que habría deseado hace un año. Lo que deseé, con tarta o sin ella. Pero hay algo en su voz, como un timbre de acero, que sugiere que aquí mismo tengo la respuesta acertada, un deseo en el corazón colectivo, en el de todos nosotros.

Y que parece estar en manos de los doce miembros de un jurado.

Cierro los ojos, apago la vela y todo el mundo aplaude.

Mi madre empieza a cortar porciones de tarta y me sirve el primero.

—Gracias —digo.

—Espero que te guste —responde ella—, y espero que te guste esto.

Me entrega un sobre. Dentro hay una nota, escrita a mano.

Tu deuda está pagada.

Pienso en mi locura de viaje a California para ir a buscar a mi padre y en la cantidad de dinero que habían costado esos billetes, y por un segundo me quedo sin habla.

—Pero si lo haces otra vez —dice ella—, te mato.

Me río, y mi madre me abraza por detrás y me da un beso en la cabeza.

—Oye, que hay más. —Mi padre me da otro sobre, que contiene una de esas tarjetas pastelosas de felicitación de Hallmark en la que pone «Para mi hijo», y cuarenta pavos.

—Ya puedes empezar a ahorrar para un *router* más rápido —dice.

—¡Genial!

Entonces Oliver me da un paquete envuelto en papel de cocina.

—Era eso o una caja de pizza —explica él.

Lo agito.

—¿Es una calzone?

—Oye, dame un voto confianza, ¿vale? —dice.

Lo rompo para abrirlo y me encuentro el código de circulación del estado de Vermont.

—He pensado que, cuando haya terminado el juicio, tú y yo podíamos pedir hora en tráfico y sacarte la licencia de aprendizaje.

Tengo que bajar la vista a la mesa, porque si no lo hago, todo el mundo se va a dar cuenta de que estoy a punto de echarme a llorar. Recuerdo cómo, cuando era pequeño, mi madre nos leía esos cuentos ridículos en que las ranas se convertían en príncipes y las chicas se despertaban del coma profundo con un beso. Nunca me he tragado ninguna de esa basura, pero ¿quién sabe? Quizá me equivocase. Quizá la vida de una persona pueda cambiar después de todo.

—Espera —dice Jacob. Hasta ahora, él se ha limitado a observar con una sonrisa de oreja a oreja; y menudo avance que es eso, porque en todas mis fiestas de cumpleaños desde que era pequeño, la norma no escrita decía que Jacob tenía que ayudarme a soplar las velas. Resultaba más sencillo compartir *mi* momento que provocar que aguase la fiesta con una crisis—. Yo también tengo un regalo para ti, Theo.

Me parece que, desde que nací, Jacob jamás me ha regalado nada. Creo que jamás le ha regalado nada a nadie, a menos que contemos el perfume que escogí yo en CVS para Navidad y se lo regalé a mi madre después de haber escrito mi nombre y el de Jacob en la etiqueta. Hacer regalos no está dentro del alcance del radar de mi hermano.

—¿Qué le ha comprado? —murmura Oliver mientras Jacob sale volando escaleras arriba.

—No lo sé —responde mi madre.

Un minuto después, Jacob ha regresado. Trae en las manos un pato de peluche con el que solía dormir cuando era pequeño.

—Ábrelo —me dice, y me lo ofrece.

Lo cojo y le doy la vuelta en mis manos. No hay envoltorio, nada que abrir.

—Mmm —digo con alguna risa que otra—. ¿Cómo?

Jacob pone el pato boca abajo y tira de un hilo suelto. Se descose un poco, y parte del relleno se sale formando un bulto. Meto el dedo en el agujero y palpo algo liso y duro.

—¿No me digas que es ahí donde estaba mi Tupperware? —dice mi madre cuando lo saco del interior del pecho del pato.

Hay algo dentro que no puedo distinguir bien. Abro la tapa y me encuentro delante de un iPod Nano de color rosa. Lo cojo con precaución, a sabiendas —aun antes de darle la vuelta— de que tiene el nombre de Jess Ogilvy grabado en la tapa trasera metálica.

—¿De dónde lo has sacado? —susurra mi madre desde el otro extremo del agujero negro por el que he caído.

—Tú lo querías, ¿verdad? —dice Jacob, aún emocionado—. Se te cayó al salir de su casa aquel día.

Apenas soy capaz de mover los labios.

—¿De qué estás hablando?

—Ya te lo dije: sé que estuviste allí. Vi la marca de las suelas de tus zapatillas, las mismas que utilicé aquí para mi escenario falso. Y yo ya sabía que te habías estado llevando más cosas de otras casas…

—¡¿Qué?! —dice mi madre.

—… vi los videojuegos en tu habitación. —Jacob me sonríe resplandeciente—. En casa de Jess limpié por ti, para que nadie supiera lo que hiciste. Y funcionó, Theo. Nadie descubrirá jamás que tú la mataste.

A mi madre se le escapa un grito ahogado.

—¿Qué demonios está pasando aquí? —pregunta Oliver.

—¡Yo no la maté! —digo—. Yo ni siquiera sabía que vivía allí. Pensé que no había nadie en la casa. Iba a echar un vistazo, a llevarme uno o dos CD, tal vez; pero entonces oí correr el agua en el piso de arriba y me asomé. Estaba desnuda, ella estaba desnuda y me vio. Yo me asusté, y ella salió de la ducha y se resbaló. Se dio en la cara con el borde del lavabo, y entonces salí corriendo, porque tenía miedo de que me pillase. —No puedo respirar; y estoy seguro de que el corazón se me ha parado en el pecho—. Estaba viva, en el cuarto de baño, cuando me marché; y de repente van las noticias y dicen que está muerta y que han encontrado el cuerpo fuera. Yo sabía que no había sido yo quien había llevado el cuerpo allí… Lo había hecho otra persona, probablemente quien la mató. Pensé que tal vez ella le hablase a Jacob de mí cuando fue a dar su clase, que habrían discutido por eso. Y que Jacob…, yo qué sé. No sé lo que pensé.

—Tú no mataste a Jess —dice mi madre.

Lo niego con la cabeza, petrificado.

Mi madre mira a Jacob.

—Y *tú* no mataste a Jess.

—Que yo solo moví su cuerpo. —Eleva la mirada al techo—. Os lo he estado diciendo todo el rato.

—Jacob —pregunta Oliver—, ¿estaba viva Jess cuando tú llegaste a la casa?

—¡Que no! Pero vi que Theo había estado allí e hice lo correcto.

—¿Por qué no llamaste a tu madre, o a una ambulancia? —pregunta mi padre—. ¿Por qué organizaste todo un escenario de un crimen para encubrir a Theo?

Jacob clava sus ojos en mí. Duele; de verdad que duele.

—Normas de la casa —se limita a decir—. Cuida de tu hermano, es el único que tienes.

—Hay que hacer algo —le dice mi madre a Oliver—. Son pruebas nuevas, Theo puede testificar…

—Podría verse implicado, o acusado de obstrucción a la justicia…

—Tienes que hacer algo —repite mi madre.

Oliver ya se ha ido a por su abrigo.

—Vámonos —dice.

Jacob y yo somos los últimos en salir de la cocina. La tarta sigue sobre la mesa junto con mis regalos. Parece ya como si fuera la exposición de un museo, intacta. Nadie se imaginaría que, cinco minutos antes, estábamos en plena celebración.

—Jacob. —Mi hermano se vuelve—. No sé qué decir.

Me da unos golpecitos muy torpes en el hombro.

—No te preocupes —responde Jacob—. Eso me pasa a mí constantemente.

JACOB

Hoy es 15 de abril. Es el día que, en 1912, se hundió el *Titanic*. Es el día que, en 1924, Rand McNally publicó su primer libro de carreteras. Es el día que, en 1947, Jackie Robinson debutó con los Brooklyn Dodgers. Es también el cumpleaños de Leonardo da Vinci, del escritor Henry James, de la chica que hace de Hermione en las películas de Harry Potter y de mi hermano Theo.

Antes me ponía celoso del cumpleaños de Theo. En el mío, el 21 de diciembre, lo más impresionante que había pasado era la explosión del vuelo 103 de la Pan Am sobre Lockerbie en 1988. Frank Zappa nació el día de mi cumpleaños, pero seamos sinceros, eso no tiene punto de comparación con Da Vinci, ¿verdad que no? Además, mi cumpleaños es el día más corto del año. Siempre me he sentido como si me hubiesen timado. Es probable que Frank Zappa también.

Hoy, sin embargo, no estaba celoso del cumpleaños de Theo. Es más, no podía esperar más a darle el regalo que he estado guardando para él.

Oliver dice que tanto Theo como yo vamos a tener la oportunidad de hablar en la sala del tribunal. Según parece, no es suficiente que el jurado ya sepa, como testificó el médico forense, que las magulladuras faciales de Jess fueron provocadas por una fractura de la base del cráneo en la región periorbital, que la sangre perforó las fascias y provocó la apariencia de contusiones. O, en otras palabras, que lo que parecía una chica apaleada bien podía haber sido una chica que simplemente se cayó y se golpeó la cabeza. Al parecer, el jurado —y el juez— tienen que oírnos a Theo y a mí explicar exactamente lo mismo con otras palabras.

Supongo que yo no soy el único que no siempre entiende lo que se ha dicho.

Conduce mi madre, con Oliver en el asiento del copiloto, y yo voy detrás con Theo. Mi padre se ha quedado en nuestra casa, por si da la casualidad de que llaman del juzgado en los veinte minutos que necesitamos nosotros para estar allí en persona. Cada vez que el coche pasa por un bache de la carretera, me hace pensar en saltos sobre un colchón, algo que Theo y yo hacíamos juntos cuando éramos pequeños. Estábamos convencidos de que, si conseguíamos tomar el suficiente impulso, podríamos alcanzar el techo, pero creo que no llegamos nunca a conseguirlo.

Después de todos estos años en que Theo ha dado la cara por mí, por fin he conseguido ser el hermano mayor. Hice lo correcto. No sé por qué le cuesta tanto entenderlo a esa gente del jurado.

Theo abre el puño. Dentro está el iPod rosa que antes era de Jess. Extrae de su bolsillo una maraña blanca de cables —sus cascos—, y se los pone en los oídos.

Para todos esos expertos que han dicho que no soy capaz de empatizar a causa de mi asperger:

«Para que os enteréis».

Alguien incapaz de empatizar desde luego que no protegerá a sus seres queridos hasta el punto de tener que comparecer ante un tribunal.

De repente, Theo se quita uno de los auriculares y me lo ofrece.

—Escucha —dice, y yo escucho. La música de Jess es un concierto para piano que se arremolina detrás de mis ojos. Inclino la cabeza hacia mi hermano para que me llegue bien el cable, para que, durante el resto del viaje, nos mantengamos conectados.

CASO N.º II: EL GUARDIÁN DE MI HERMANO

Theo Hunt se había estado dedicando a las peripecias arriesgadas. Sus excursiones de mirón habían escalado hasta convertirse en allanamientos de casas vacías de las que se llevaba algún recuerdo: juegos electrónicos y reproductores MP3. En la tarde del 12 de enero de 2010, se coló en la casa de un profesor universitario local. Lejos del conocimiento de Theo Hunt, la cuidadora de la casa —la estudiante de cursos de posgrado Jess Ogilvy— se hallaba en el piso de arriba dándose una ducha. Él se preparó una taza de té, entonces oyó ruidos arriba y fue a investigar.

Resulta difícil saber quién de los dos se sorprendió más: Ogilvy, que se encontró con un chaval desconocido en su cuarto de baño cuando ella estaba totalmente desnuda, o Theo Hunt, que se dio cuenta de que conocía a la chica de la ducha, la tutora de su hermano mayor, Jacob. Ogilvy estiró el brazo para alcanzar una toalla y salió de la mampara de ducha, pero perdió el equilibrio y se golpeó en la cabeza con el borde del lavabo. Mientras ella intentaba volver a ponerse en pie, Theo Hunt huyó, y en su acelerada salida, volcó la estantería de CD, varios taburetes y tiró el correo de la encimera de la cocina.

Dos horas más tarde, el hermano mayor de Theo —Jacob— llegó para su sesión de tutoría semanal. Estudiante de ciencias forenses, Jacob se sorprendió al reparar en una huella que había en el porche y que le resultaba familiar: la marca de la suela de las zapatillas Vans que coincidía con un par perteneciente a su hermano. Al entrar en la casa, que no estaba cerrada con llave, Jacob se la encontró desordenada. Llamó a voces, pero no recibió respuesta. Su posterior investigación en el piso de arriba le condujo al descubrimiento de Jess Ogilvy desnuda y tirada en un charco de sangre.

En la suposición de que su hermano estaba implicado en la muerte de la joven —posiblemente durante un altercado al frustrarse el robo—, Jacob *procedió a alterar el escenario del crimen de manera que apuntase en una dirección bien lejana a Theo. Aseó y vistió el cuerpo y lo trasladó al piso de abajo (y dio un traspié en las escaleras, con el resultado de la pérdida* post mortem *de uno de los incisivos de Jess Ogilvy). Limpió el cuarto de baño con lejía para eliminar los indicios de sangre. Recogió el mobiliario volcado, los CD y el correo, y procedió a crear el escenario de un crimen que las autoridades pudieran interpretar a primera vista como un secuestro, y con más atención, como encubrimiento perpetrado por ese pedazo de imbécil del novio de Ogilvy, Mark Maguire. A tal fin, Hunt se había situado en la mente de un idiota con capacidad intelectual limítrofe que intentase (de manera penosa) lograr que el escenario de un asesinato pareciese un secuestro. Metió en una mochila algunas prendas de ropa y artículos de aseo de Jess Ogilvy, pero se aseguró de que no fuesen las que vestía Ogilvy con más frecuencia, cosa en que alguien de astucia menor (como Mark Maguire) jamás habría reparado. Dejó una nota mecanografiada —supuestamente de la propia Ogilvy— que solicitaba que se retuviese el correo hasta nuevo aviso, como si ella hubiese decidido hacer un viaje. A continuación cortó la mosquitera de la cocina con un cuchillo de carnicero: la pista falsa de una entrada forzada. Por último, caminó por el exterior, bajo esta mosquitera, con las botas de Mark Maguire para que la policía pudiese seguir la pista del «encubrimiento» hasta el novio de Ogilvy. Hunt trasladó entonces el cuerpo de la joven hasta un colector de aguas a varios cientos de metros de la casa y aguardó a que los investigadores reuniesen toda la información que él les había dejado.*

De lo que Hunt no se percató, en su momento, fue de que podría estar implicándose él mismo en el asesinato. No tuvo en consideración que el escenario que se había encontrado (en el peor de los casos un asesinato obra de su hermano, y en el mejor, una muerte accidental causada por Theo) podría en cambio corresponder a una muerte por causas naturales: un suelo resbaladizo, una fractura craneal y un hematoma. Nada de esto, sin embargo, importa realmente.

En los años posteriores, los motivos de Jacob para modificar el escenario del crimen y trasladar el cuerpo fueron objeto de un intenso debate. Había quien sentía que, igual que puede haber crímenes pasionales, puede haber escenarios de crímenes fraternales. A otros les parecía que la fijación de Jacob con las ciencias forenses había sido la clave: él deseaba experimentar la tensión que sentiría un asesino a la espera de que las autoridades descubrieran los indicios que él mismo había dejado.

Piensa lo que quieras. Lo único que realmente importa es esto:

Todo ello, lo volvería a hacer de nuevo.

AGRADECIMIENTOS

Como siempre, tengo muchísima gente a la que darle las gracias:

A los brillantes miembros de mi equipo legal: Jennifer Sternick y Lise Iwon; y también a Jennifer Sargent, Rory Malone y Seth Lipschutz.

A los criminalistas que me permitieron ir con ellos a todas partes: en la policía de Providence, la cabo Claire Demarais, Betty Martin, Beth Anne Zielinski, Jim Knoll, los tenientes Dennis Pincince, Arthur Kershaw y John Blessing, el sargento Richard Altimari, el detective John Grassel, la señora Robin Smith, los doctores Thomas Gilson y Peter Gillespie, la detective Patricia Cornell y el teniente retirado Ed Downing; al agente retirado de la policía del estado de Connecticut Robert Hathaway; a Amy Duhaime y a Kim Freeland.

A Katherine Yanis y a su hijo Jacob, cuya generosa aportación a Autism Speaks en el Reino Unido inspiró el nombre de mi Jacob ficticio.

A Jim Taylor, quien me proporcionó la jerga informática para Henry y se ocupa de que mi página web siga siendo la mejor que he visto en el gremio de los escritores.

Al jefe Nick Giaccone, por el procedimiento policial.

A Julia Cooper, por sus conocimientos bancarios. A mi equipo editorial: Carolyn Reidy, Judith Curr, Kathleen Schmidt, Mellony Torres, Sarah Branham, Laura Stern, Gary Urda, Lisa Keim, Christine Duplessis, Michael Selleck, el equipo comercial y todos los que de un modo u otro siguen hallando lectores que no han oído hablar de mí y los acosan hasta que se suben al carro.

A mi editora, Emily Bestler, que me hace olvidar que se supone que esto es un trabajo, y no pura diversión.

LAS NORMAS DE LA CASA

A mi publicista, Camille McDuffie, quien no deja de emocionarse tanto como yo con la prensa elogiosa.

A mi agente, Laura Gross, quien podrá perder cinturones y Black-Berries (y proporcionarme unos excelentes momentos cómicos de alivio en el estrés de las giras), pero jamás ha perdido de vista el hecho de que formamos un equipo fantástico.

A mi madre. No podemos elegir a nuestros padres, pero si pudiésemos, yo la habría escogido a ella.

A mi padre, porque nunca le he dado las gracias de manera oficial por estar tan orgulloso de mí.

He hablado con gran cantidad de gente con experiencia personal relacionada con el síndrome de Asperger: Linda Zicko y su hijo Rich, Laura Bagnall y su hijo Alex Linden, Jan McAdams y su hijo Matthew, Deb Smith y su hijo Dylan, Mike Norbury y su hijo Chris, Kathleen Kirby y su hijo David, Kelly Meeder y sus hijos Brett y Derek, Catherine McMaster, Charlotte Scott y su hijo James, el doctor Boyd Haley, Lesley Dexter y su hijo Ethan, Sue Gerber y su hija Liza, Nancy Albinini y su hijo Alec, Stella Chin y su hijo Scott Leung, Michelle Destefano, Katie Lescarbeau, Stephanie Loo, Gina Crane y Bill Kolar y su hijo Anthony, Becky Pekar, Suzanne Harlow y su hijo Brad.

Quiero dar las gracias de manera especial a Ronna Hochbein, excelente autora por derecho propio que trabaja con niños autistas y no solo me sirvió de fuente de información en lo referente a las vacunas y el autismo, sino que también concertó innumerables entrevistas en persona con los niños y con sus padres.

Las gracias se quedan realmente cortas en el caso de Jess Watsky. A ella le debo algo mucho mayor: gratitud, humildad y una devoción ciega. Esta joven con asperger no solo me permitió hurgar en su vida y en su mente y robarle algunos recuerdos e incidentes muy específicos para la trama de ficción, sino que, además, leyó como un rayo todas y cada una de las páginas de este libro, me contó qué le había hecho reír y qué había de arreglar. Ella es el alma de esta novela; y sin ella, no habría podido crear un personaje como Jacob.

Y en último lugar (pero en modo alguno el menos importante): a Tim, Kyle, Jake y Sammy. Si vosotros cuatro fuerais lo único a lo que pudiese llamar mío, sería la mujer más rica del planeta.